태백산맥

조정래 대하소설

태백산맥

9

제4부 전쟁과 분단

태백산맥 제4부 전쟁과 분단

9권

13

위대한 전사 조원제

마루에 햇볕이 반나마 젖어들어 있었다. 울타리를 치고 있는 탱자나무들 윗가지마다 해맑은 연초록빛 새순들이 한 뼘 길이로 솟아오르고, 그 연하디연한 새순들에는 또한 연한 가시들이 서로 엇갈림하며 돋아나 있었다. 그 연초록 새순들은 한 해를 지낸 바로 밑가지와, 여러 해를 지낸 더 아래쪽 밑가지들이 띠고 있는 진초록빛과 확연하게 구분되었다. 그 연한 새순들이 여름을 지내고, 너무 진해 검은빛이 도는 초록빛 탱자들이 샛노랗게 익어가는 가을이 오면 믿을 수 없도록 억세고 단단하게 변해버렸다. 물론 그 빛깔도 밑가지들과 구분할 수 없도록 하나가 되어버리고, 가시들도 언제 부들거리며 휘어지고 구부러졌나 싶게 가지를 닮아 억세고 단단해져 있었다. 울타리를 이루며 촘촘하게 늘어선 탱자나무들의 가지가지마다 작고 하얀 탱자꽃들이 수없이 피어나 있었다. 그 작고 하얀 꽃들은 갓 돋아나기 시작한 초록빛 잎들 사이사이에서 눈송이들이 얹힌 것처럼 흰빛의 정갈함을 깔끔하게 드러내고 있었다. 탱자나무울타리는 토담이나 싸릿대울타리, 대발울타리 같은 것들과는 달리 계절을 따라 그 모습을 다양하게 바꾸는 정취를 지니고 있었다. 봄이면 꽃울타리였고, 잎 무성한 여름이면 초록비단울타리였고, 탱자가 노랗게 익는 가을이면 황금덩이 울타리였고, 잎도 열매도 다 떨어진 겨울이면 가시울타리였다. 무더운 여름이면 으레 웃통을 벗어젖히고 등물도 하고, 그런 모습인 채로 감나무 그늘 아래 놓인 평상에 나앉기도 했다. 그런데 무성해진 탱자나뭇잎들은 그런 모습들을 자연스럽게 가려주는 초록비단이 아닐 수 없었고, 그런 흉스런 모습을 안 보여도 되는 겨울이 오면 탱자나무울타리도 잎 다 떨군 가시울타리로 바뀌어 있었다. 남도의 농가에 싸릿대울타리나 대발울타리보다 탱자나무울타리가 더 많은 것은 무슨 까닭일까. 싸릿대울타리나 대발울타리는 몇 년 간격으로 새로 울을 쳐야 하는 번거로움이 있지만 탱자나무는 한번 심어놓기만 하면 해가 갈수록 싱싱하고 실한 울타리가 되는 평생묵기라서 그런 것만은 아니었다. 절기가 바뀜에 따라 변하게 되는 농가생활의 지나친 노출을 서로간에 살짝살짝 가리는 데 탱자나무는 안성맞춤이었던 것이다. 그건 생활과 자연을 적절하게 조화시켜 활용한 슬기고 지혜였던 것이다. 그리고 또 한 가지, 토담이든 싸리울이든 대발울이든 탱자나무울이든 모두가 일치된 공통점을 지니고 있었다. 토담을 쌓되 그 높이는 고샅을 걸어가는 보통 키의 어른 눈높이 정도로, 그냥 걸어갈 때는 집 안이 안 들여다보이고 무슨 볼일이 생겨 사람을 부르거나 인기척을 낼 때는 발뒤꿈치를 들어 목을 늘이면 집 안이 다 들여다보이도록 했다. 나머지 울타리들도 아무 때나 눈길만 돌리면 집 안을 들여다볼 수 있게 되어 있었다. 네 가지 울이 갖는 공통점은 모든 집들이 개방되어 있다는 점이었다. 그것은 한마을이 한집안처럼 감추는 것 없이 터놓고 살며 서로서로 정을 나눈다는 친족의식과 집단의식의 표현이었다. 그러니까 울타리들은 도둑을 막자고 친 것이 아니라 경계의 표시일 뿐이었다. 그러나 그건 어디까지나 서민들의 삶의 모습이었고, 예로부터 부자면 부자일수록, 권세가 크면 클수록 담은 두껍고 높아지게 마련이었다.

  하얀 꽃 곱게 핀 탱자나무울타리를 따라 암팡지게 생긴 암탉이 느릿느릿 발을 옮기다가 한바탕씩 땅을 헤집어 파고는 했다. 그 뒤를 예닐곱 마리의 병아리들이 종종거리며 따라가기도 하고, 쪼르륵 달려가기도 했다. 그런 병아리들이 연방 삐약삐약 그 맑고 고운 소리들을 내고 있었다. 병아리들이 서로 다투어 쪼르륵 달려가는 것은 암탉이 한바탕씩 땅을 헤집어 판 다음이었다. 서로 앞서려고 삐약거리며 몰려간 병아리들은 새로 파헤쳐진 땅에 주둥이들을 대고 정신없이 먹이를 쪼아댔다. 그러다가 어떤 놈들은 지렁이 한 마리를 서로 양쪽에서 물고 싸움판을 벌이기도 했다. 서로 먹이를 뺏으려는 그 싸움은 한 치의 양보도 없이 맹렬하고도 치열했다. 어떤 놈은 큰 지렁이를 삼키느라고 목을 뺀 채 뱅뱅이를 돌며 애를 썼고, 어떤 놈은 지렁이를 물고 다른 놈들이 덤비는 것을 피해 제 어미의 반대쪽으로 줄행랑을 치고 있었고, 어떤 놈은 어미닭이 새로 파헤친 곳으로 너무 빨리 달려가다가 넘어져 뒹굴어지거나 코방아를 찧기도 했고, 뒤따라오던 놈이 거기에 부딪쳐 넘어지며 두어 바퀴 구르기도 했다. 그럴 때면 삐약거리는 소리는 더 유난스러워졌다. 그러나 그 병아리들은 금방 몸을 일으켜 다시 기를 쓰며 달려가는 것이었다.

"참말로, 삥아리새끼털도 묵고살겄다고 저리 난리판굿인디…… 사람이야 당연지사제."

외서댁은 병아리들의 그런 모양을 마루에 걸터앉아 하염없이 바라보며 중얼거렸다.

암탉은 병아리들이 어쩌거나 간에 거들떠보지도 않고 그저 땅만 헤집어 파며 느린 걸음을 옮겨놓고 있었다. 새끼들을 먹여살리고자 하는 암컷의 진지하고 충실한 모습이었다. 장닭은 어디서 무엇을 하는지 보이지 않았다.

외서댁은 무심결에 콧물을 들이켰다. 떼놓고 온 두 자식의 모습이 왈칵 밀려들며 가슴을 흔들었고, 콧등으로 물줄기가 찡하니 내리뻗쳤던 것이다. 딸년은 딸년대로 애비 없어져 가엾고, 아들놈은 아들놈대로 애비한테 버림받아 불쌍했다. 새끼 정이라는 것이 무엇인지, 애비는 흉물로 꿈에 볼까 무서우면서도 그 새끼는 젖꼭지 물리다 보니 딸년한테나 마찬가지의 정이 홈통을 대게 되었다. 곡식이 땅이 없고 씨만 있어가지고는 소출을 못 보듯이 사람 목숨이라는 것도 마찬가지라서 그것을 뱃속에 넣고 키워낸 정은 뗄래야 뗄 수가 없는 모양이었다. 그것이 젖은 허벅지게 먹어대면서도 어쩐 일인지 살이 실하게 오르지 않았고, 이상하게도 달수가 겨워도 목을 잘 가누지 못 했다. 친정어머니 말로는 늦되는 애들이 있다고 했지만, 마음 한구석은 영 께름칙했었다. 그것이 뱃속에 있을 때 받은 구박이 이만저만이 아니었기 때문이었다. 기둘려, 이 엠씨가 존 시상 맹글어 기엉코 느그덜헌테로 갈 것잉께. 고상 되드락도 이 엠씨 원망허든 말어. 이 엠씨도 호강 날라리로 사는 것이 아닝께로. 외서댁은 또 콧물을 들이켜며 손등으로 코밑을 씩 문질렀다.

구굴 꿀꿀, 구구구…….

암탉이 갑자기 이상스런 소리를 내며 두 날개를 늘어뜨렸다. 그 소리는 알을 품을 때 내는 소리와 달랐고, 장닭을 등에 업거나 알을 낳고 나서 내는 소리와는 더욱 거리가 멀었다. 그러자 병아리들은 제각기 하던 동작들을 뚝 멈추고는 일제히 어미닭을 향해 내닫기 시작했다. 병아리들의 달리기는 그 어느 때 없이 다급하고 빨랐다. 그러다 보니 나뒹굴어지는 놈, 한쪽 다리가 헛짚어 기우뚱하는 놈, 흙더미에 머리를 박치기하고 구르는 놈, 가지각색이었다. 넘어지고 뒹굴어진 놈들은 지체 없이 일어나 또 달리기 시작했다. 어미닭에게 당도한 병아리들은 늘어뜨린 두 날개 속으로 쏙쏙 자취를 감추었다.

워메, 솔갱이가 떴는갑네! 외서댁은 괜히 마음이 다급해져 마당으로 내려섰다. 그리고 고개를 젖혀 하늘을 두리번두리번 살펴보았다. 하늘에는 실구름이 높고 길게 떠 있을 뿐 어디에도 솔개는 보이지 않았다. 요상시러라……. 외서댁은 이상스럽게 생각하며 고개를 되돌렸다. 그런데 귀에 들리는 소리가 있었다. 탱자나무들 가지 사이에서 쨱쨱거리는 참새들 소리였다. 참새들이 태평하게 쨱쨱거리며 푸득푸득 자리옮김을 하고 있는 것을 보면 솔개가 뜨지 않은 것이 틀림없었다. 솔개가 떴다 하면 참새나 병아리들은 말할 것도 없고 들쥐나 두더지까지도 찍소리를 내지 못하고 숨을 데를 찾아 허둥지둥하는 법이었다.

외서댁은 더욱 이상한 생각이 들어 암탉 쪽으로 눈길을 돌렸다. 암탉은 두 날개를 늘어뜨렸을 뿐만 아니라 몸의 모든 털들을 부풀려 곤두세운 채 병아리들을 품고 있었다. 솔개가 떴을 때와 똑같은 모습이었다.

저것이 미쳤다냐, 노망얼 헌다냐! 외서댁은 또 하늘을 쳐다보았다. 그때였다. 아까와 비슷한 암탉의 소리가 들렸다. 외서댁이 눈길을 돌렸을 때 병아리들이 암탉의 양쪽 날개 속에서 쪼르륵 쪼르륵 달려나오고 있었다. 병아리들이 다 나오자 암탉은 두 다리를 쭉 뻗치고 목을 뽑아늘이며 두 날개를 퍽퍽퍽 털어댔다. 그제야 한 가지 생각이 외서댁의 머리를 스쳤다.

"음마, 염병허네웨. 긍께로 저것도 새끼덜헌테 미리 학습얼 시키는 것 아니라고?"

외서댁은 기가 차기도 하고, 희한하기도 해서 헛바람 새는 웃음을 흘렸다. 그녀는 암탉이 병아리들을 데리고 그런 연습을 시키는 것을 목격하기는 처음이었다. 달구새끼가 저러는디 빨치산덜이 날마동 학습허고 토론허고 허는 것이야 당연지사제. 이나저나 목심 보존허자는 것이야 달블 것이 하나또 읎는 일잉께. 외서댁은 고개를 주억거리며 토방으로 올라서고 있었다.

햇발이 더 안으로 밀려든 마루에서는 천점바구가 무릎을 꺾고 바짝 엎드려 무엇인가를 쓰고 있었다. 고개를 삐딱하니 틀고 연필을 놀려대다가 멈추고 무슨 생각인가를 하고, 연필을 다시 놀리고 하는 그의 모습은 주위의 이런저런 움직임들을 전혀 의식하지 못하는 것 같았다. 그가 그렇게 엎드려 글을 쓰기 시작한 것은 꽤나 오래되었다. 그는 오늘만이 아니라 벌써 며칠째 글쓰기에 열중해 있었다. 그는 꼭 적과 맞서 싸움을 하고, 야간작전을 수행하는 식으로 글쓰기에도 열성을 부리고 있었다. 작전을 주로 밤에 하게 되니까 아침나절에는 대개 간밤의 작전에 대한 비판·평가와 학습을 두세 시간 하고, 오후에는 번갈아가며 보초를 서면서 학습의 복습을 하거나 총기청소 같은 것을 하며 보냈다. 장기작전을 하지 않는 한 해방구 안에서는 누구나 그런 시간의 여유를 누리고 있었다. 거처도 부대별로 인민들의 방을 하나씩 빌려 교대로 들고 있어서 낮잠자기도 편안했다. 천점바구는 그 오후 시간을 며칠째 글쓰기에 바치고 있었다. 글을 쓰다가 시간이 되면 야간작전에 나서고 다음 날 오후에 또 이어서 쓰고 하는 글이었다.

"워따메 참말로 징상시럽게 찔기고 찔기요이, 천 동무!"

천점바구를 한참 동안이나 물끄러미 바라보고 있던 외서댁이 마루에 철퍽 앉으며 큰 소리로 말했다.

"야아?"

천점바구가 고개를 들었다. 외서댁을 쳐다보는 그의 눈은 졸음이라도 찬 듯 초점이 잘 맞지 않았고, 멀뚱한 그의 얼굴은 무슨 일이냐고 묻고 있었다.

"무셔라, 을매나 정신얼 폴았으면 그리 크게 소리 질른 그 쉰 말얼 못 알아묵는다요?"

목소리를 더 키워 말을 한 외서댁이 어이없어하는 웃음을 지었다.

"무신 말 혔는디라?"

천점바구는 여전히 엎드린 채 눈을 껌벅거렸다.

"글 쓰는 일이 워째 그리 징상시럽게 찔기고 찔기냐고 혔소."

"이, 그랬구만이라. 글먼 워쩔 것이요, 포도시 깨친 글로 자서전얼 쓰잔께 글언 지대로 안 되야묵고 심만 짠득 들제라."

"아, 재미진 춘향전이나 삼국지럴 쓰는 것도 아니겄고, 다 아는 자기 이약 쓰는 것인디 그리 삐대쌓지 말고 퍼뜩퍼뜩 써뿌씨요."

"금메 말이요." 그제야 천점바구는 굼뜨게 몸을 일으키면서, "말이야 외서댁 동무 말이 맞는디, 워낙에 글 쓰는 재주가 읎어논께 고것이 워디 맘대로 뜻대로 되간디라? 나가 쪾은 일잉께 맘에야 훤헌디 워쩌크름 생게묵은 것이 글로 쓰자고 들면 생각이 싹 다 미친년 머리크락맹키로 헝클어져뿔고, 아새끼가 물고 뜯은 실패맹키로 헝클어져뿐단 말이요. 나가 똑 미쳐뿔겄소." 그는 뒷머리를 득득 긁어댔다.

"와따, 늘라는 글은 안 늘고 말만 늘었는갑네. 안창민 동지가 뭐랍디여? 말허디끼 쓰면 된다고 안 그럽디여? 에롭게 생각덜 말고 그리 술술 잘허는 말얼 그대로 글로 쓰면 안 되겄소? 엉치 작은 여자 아그 낳기 심들어 밤낮 사흘 삐대는 것맹키로 끙끙 삐대싼께 옆에서 보는 사람도 심이 들어 못 전디겄소."

"외서댁 동무, 그럼 동무가 그런다고 소대장 동무를 돕는 것인 줄 알아요? 동무가 그러는 건 글 쓰는 걸 방해하는 것이고, 소대장 동무를 더 힘들게 만들고 있다는 걸 알라구요."

갑자기 끼어든 여자의 카랑하게 울리는 빠른 말이었다. 외서댁의 눈이 소리나는 쪽으로 빠르게 옮겨갔다. 어깨에 얹히는 머리를 쌍갈래로 땋아내린 여자가 방문에 등을 기대고 앉아 있었다. 그녀의 얼굴은 목소리만큼 상기되어 있었다.

"이, 혜자 동무, 근디 말이시······, 고것이 무슨 소리당게라우?"

외서댁의 어조는 묘하게 꼬이고 있었다.

"무슨 소리긴요? 어째 그 쉬운 말도 못 알아들으실까아."

김혜자의 말도 꼬이고 있었다.

"이, 나넌 낫 놓고 기역자도 몰르는 무식쟁잉께 식자 든 사람이 허는 유식헌 말은 하나또 못 알아묵는 귀먹쟁이고, 바보 멍텅구리요."

외서댁의 말은 새끼줄을 꼬듯 해놓은 굵은 엿가락처럼 완전히 겹꼬여 있었다.

"소대장 동무가 하는 일을 방해하지 말라는 거예요."

김혜자가 눈에 힘을 모으며 허리를 세웠다.

"이, 인자 알아묵겄구만." 외서댁은 자리를 고쳐 앉으며 비웃음 문 입술을 야무치게 훔치고는, "말이 난 짐에 나가 혜자 동무헌테 한마디 꼭 찍어서 허겄는디, 나가 소대장 동무 허는 일 방해헌다고 간섭허덜 말고, 혜자 동무나 소대장 동무 투쟁심 약혀지게 달근마 시럽스로 꼬랑댕이 치덜 말라 그것이여. 여그넌 목심덜 내걸고 투쟁허는 빨치산 해방구제 연애치고 놀아나는 예배당이 아닝께로!" 그녀의 말은 가차없이 상대방을 후려치고 있었다.

"동무? 그게 도대체 무슨 말이에요!"

얼굴이 하얗게 변한 김혜자가 울부짖듯 소리쳤다. 천점바구는 난처한 얼굴로 고개를 숙임막하고 있었다.

"워째, 나가 애먼소리 허고 틀린 소리 혔소?"

외서댁은 토론의 발언을 할 때같이 가다듬어진 얼굴로 김혜자를 응시하고 있었다.

"그건 너무 심한 말이에요. 난 같은 동지로서 소대장 동무를 돕고 싶은 것뿐이에요. 그건 오해예요."

한풀이 꺾인 김혜자의 말은 약간 떨리고 있었다.

"혜자 동무, 기왕지사 탁 털어놓고 말이 된 것인디, 동무가 그리 속에 든 맘허고 달브게 말허면 못쓰요. 혜자 동무가 소대장 동무 헌테 갖고 있는 맘이야 우리 대원덜이 다 아는 것인디, 그리 말혀서 쓰겄소? 나가 허는 말은, 젊은 남자 여자가 눈 맞고 맘 맞는 것이야 하늘이 시키는 일인께 서로 좋아라 허는 것이야 다 존디, 동무넌 소대장 동무가 대원덜 앞에서 옹색시러바지고 궁색시러바지게 맘얼 표식 낸다 그 말이요. 소대장 동무가 그런 혜자 동무럴 피해 슬라고 애쓰는 일이 자꼬 생기는디, 소대장 동무가 소대장질 지대로 허게 헐라먼 그래서야 쓰겄소? 긍께로 좋아라 혀도 그리 야허고 숭허게 표식 내지 말고, 그저 바람 불듯 말듯 허게, 비 온듯 말듯 허게 숨키고 개례감스로 진득허고 끈허게 허라 그런 말이요. 나 말이 으쩌요? 접수헐 만허요?"

외서댁의 말은 그대로 비판토론이나 마찬가지였다. 더욱이 끝에 단 "접수헐 만허요?" 한 말이 그녀의 말에 무게를 가하고 있었다. 그리고 김혜자의 그동안의 태도는 정식으로 비판토론에 올려지기에 모자람이 없기도 했다. 그것은 대원들 간에 이성관계를 금하고 있는 당규에 저촉되기 시작했던 것이다.

"예, 외서댁 동무 말씀 잘 알아들었습니다. 제가 잘못했습니다."

김혜자는 고개를 떨어뜨리며 두 손으로 얼굴을 가렸다. 자신의 마음을 대원들이 다 알아버릴 정도로 자신의 언행이 표났다는 것에 그녀는 전신이 뜨거운 부끄러움을 느끼고 있었다.

"되얏소, 혜자 동무. 우리 소대장 동무넌 전사로도 장허고, 남자로도 실헌께 혜자 동무 눈이 붉기는 붉소. 나 말 알아들어준께 아즘찮이요."

외서댁은 김혜자의 어깨를 토닥여주었다. 그러면서 자신이 퍽 나이 들고 철이 든 것처럼 느끼고 있었다.

"와따, 소쿠리 비행기 태우지 마씨요. 어질어질혀서 정신이 없소."

얼굴이 달아오른 천점바구는 연필 끝에 침을 묻히며 얼른 엎드렸다. 그가 가진 연필은 손가락 두 매듭 정도 길이의 몽당연필이었다. 그런데 그것은 반 뼘 길이의 대나무에 끼워져 있었다. 그 몽당연필은 몽당숟가락처럼 빨치산이면 누구나 가지고 있는 휴대품이었다. 그 몽당연필들을 가지고 날마다 실시되는 학습을 받았다.

"소쿠리 비행기가 아니라 진짜배기 비행긴께 안심 푹 허씨요. 나도 남자 보는 눈이야 쪼깐 있는디, 소대장 동무야 모지랜 것 하나 또 없는 아조 실헌 총각이요. 맘씨 넓겄다, 인물 훤칠허겄다, 몸 건장허겄다, 거그다가 출신성분 좋겄다, 쪼깐 있으면 당원꺼지 되겄다, 머시가 모지랜 것 있소. 나도 처녀람사 소대장 동무헌테 달근마시험스로, 당신언 나 맘에 오아시스요, 등대입니다 허는 연애편지럴 멋떨어지게 쓰고 잡은 맘이 동혔을 것이요."

외서댁은 손짓까지 해가며 감정을 묻혀내고 있었다.

"아이고메, 외서댁 동무넌 워쩨 그리 말이 술술 나옴시로 찰지고 꼬시고 그요. 나야 못 당허겄소."

천점바구는 고개를 설레설레 저었다.

"이, 나가 입산혀서 달라진 것이 먼지 아요? 달라진 것이야 쌔고 쌨제만, 나가 알게 딱 표나게 달라진 것이 세 가지가 있소. 말허는 것이 장마에 물외 크대끼 늘어뿌렀고, 산 타는 것이 토깽이맹키로 빨라져뿌렀고, 겁만 나든 총질이 널뛰대끼 재미지게 되야뿐 것이오. 참말로 나가 나럴 생각혀도 생판 딴사람이 되야뿌렀는디, 나가 요런 시상얼 살아볼 줄이야 꿈이나 꿔봤간디라. 우리 냄편이 그 고

상혀 감스로 워째 산사람으로 살았는지 알게 되았소. 나 겉은 무식
헌 촌년이 출세혀 뿐 것이오."

그런 변화를 겪는 건 외서댁만이 아니었다. 그건 배움이 없는 입
산자들의 공통된 변화였다. 특히 나날의 학습과 토론을 통해서 그
들은 사회에 대한 인식을 갖게 되었고, 스스로의 생각을 조리정연
하게 말로 엮어내는 능력을 갖추게 되었다.

"나가 새살얼 너무 깠소. 요러다간 참말로 소대장 동무가 헐 일
망쳐놓게 생겼소. 글먼 자서전 잘 쓰씨요."

외서댁은 천점바구와 김혜자에게 눈웃음을 보내고 자리를 떴다.

천점바구가 쓰고 있는 것은 당원심사에 필요한 자서전이었다. 그
는 그리도 바라고 바랐던 당원이 될 기회를 맞았던 것이다. 그는
당원이 되는 기본조건인 글을 깨침과 동시에 학습내용의 해득능
력을 인정받았고, 절대조건인 투쟁을 통한 당성을 또한 인정받았
던 것이다. 당에 제출해야 될 서류는 추천서와 자서전이었다. 추천
서는 당원 두 명의 추천을 받는 것이고, 자서전은 말뜻 그대로 본
인이 쓰는 것이었다. 입당자의 사상적·인간적인 연대책임을 지는
추천인은 안창민과 하대치가 되어주었다. 천점바구는 오래전부터
염상진 대장의 추천을 받아 입당하고 싶은 소망을 간직해 오고 있
었다. 그러나 염 대장은 총사에 가 있어서 그 꿈은 이룰 수가 없었
다. 그렇지만 천점바구는 그것을 서운하게 생각하지는 않았다. 그
로서는 안창민과 하대치도 언제나 높게 우러르는 대상이었기 때문
이다.

당원이 된다는 것은 한마디로 당사업에 복무하는 모든 사람들이 바라 마지않는 최고의 영예였다. 당원이 되는 것은 조직원으로서 새로운 탄생을 의미했고, 새 생명을 얻는 것이었다. 당조직은 그 기초기반을 중시했으므로 당원의 입당절차는 아래서부터 위로 올라가는 상향식이었다. 그래서 입당 대상자의 선정과 심사는 당의 초급조직인 다섯 명 이상의 당원들로 구성되는 세포회의에서부터 시작되었다. 그 세포회의는 대개 중대단위로 형성되었다. 거기를 통과하면 연대, 연대에서 지구사령부를 거쳐 도당에서 최종결정이 내려졌다.

　천점바구는 자신의 어린 날부터 지금까지 살아온 그 빤한 이야기를 쓰는 데 며칠째 진땀을 빼면서, 많은 사람들 앞에 나서서 연설을 하는 것보다 더 어려운 것이 글쓰기라는 것을 뒤늦게 깨닫고 있었다. 말로 하면 술술 풀려나올 이야기가 어째서 글로 쓰면 마음먹은 대로 안 되는 것인지 모를 일이었다. 그래서 궁여지책으로 김혜자 동무에게 도움을 청할 수밖에 없었다. 날마다 조금씩 쓴 것을 김혜자 동무에게 보이고 뜻이 잘 통하지 않는 대목을 수정받곤 하는 것이었다. 물론 그 결정을 쉽게 한 것이 아니었다. 몇 번이고 망설이다가 가까이에 김혜자 동무만큼 학식이 든 대원이 없어 어쩔 수 없이 내린 결정이었다. 김혜자 동무는 순천여중의 졸업반에 다니다가 입산한 지식계급이었다. 수수한 생김에 말솜씨가 있는 그녀가 언제부터인지 모르게 자신을 소대장으로만 대하는 것이 아님을 천점바구는 느끼게 되었다. 그건 얼떨떨하면서도 난처한 문제였다. 그 어느 때라고 여중학생을 자신의 상대로 생각해 본 일이 없었고, 남녀대원들 사이의 사랑문제는 당에서 금하고 있는 것인데 소대장으로서 그 규율을 어길 수는 없었던 것이다. 그래서 그녀의 눈치를 모르는 척해왔고, 그녀가 표나게 뒷수발을 하고 드는 것도 적당하게 피하고는 했다. 그러나 문제는 자신도 그녀가 싫지 않다는 데 있었다. 그녀에게 끌리는 마음 때문에 투쟁의욕에 무슨 이상이 생길 리는 전혀 없었지만, 날이 갈수록 그녀에게 마음이 감기고 있는 것은 스스로 속일 수가 없었다. 혁명을 이룩하고 함께 살면 어떨까…… 가끔 그런 상상을 하고 있는 자신을 발견하고는 불덩이라도 잘못 집은 것처럼 화다닥 놀라 그 생각을 떼치고는 했다. 그는 어디까지나 혁명투쟁이 먼저였고, 만약 그녀 때문에 자신의 혁명의지에 손상이 오거나 그녀가 자신의 혁명의지를 손상시키려 한다면 그때는 가차없이 그녀를 다른 부대로 보내버릴 작정을 확고하게 하고 있었다. 그는 염상진 대장처럼 되고 싶은 꿈을 여자와 바꿀 수 없었던 것이다.

"되았소, 작전 나갈 시간이 을매 안 남었응께 오늘 몫아치넌 요걸로 혀야 쓰겄소."

천점바구는 연필을 끼운 손으로 마룻바닥을 치며 윗몸을 세웠다. 옷을 꿰매고 있던 김혜자가 옷을 옆으로 치웠다.

"많이 쓰셨군요."

김혜자가 종이로 눈길을 주며 밝게 웃었다. 한쪽 볼에 보조개가 살짝 패었다.

"몰르겄소, 말이 되얐는지 워쩌는지. 나헌테로 질로 쉰 것은 산탐스로 총질허고 싸우는 것이오. 글이란 것을 써봉께로 사나흘거리로 신문 맹글어내는 출판과 동지덜이 하늘맹키로 높아뵈요. 고것이 신선놀음인 줄 알었등마."

천점바구는 두 팔, 한 다리를 내뻗으며 늘어지게 기지개를 켰다.

"그렇지도 않아요. 글이란 것도 자꾸 써보면 늘어요. 전투를 자꾸 하면 요령이 늘듯이 말예요."

김혜자가 종이를 집어들며 천점바구를 쳐다보았다. 그 그윽한 눈길에는 촉촉한 따스함이 어려 있었다. 천점바구는 눈길이 마주치자 얼른 고개를 돌리며 벌떡 일어났다.

"몰르겄소, 늘란지 워쩔란지."

마루를 내려서며 천점바구가 뚱하게 한 말이었다. 그런 천점바구의 뒷모습을 바라보는 김혜자의 눈길은 더 그윽해지고, 얼굴에는 연분홍 웃음이 잔잔하게 번지고 있었다.

화아, 하늘도 참 기맥히시. 가을하늘만 존지 알었등마 인자 봉께 봄하늘도 아조 그만이시. 근디 가을하늘허고 봄하늘이 그 맛이 달틸 않다고? 달브기는 달븐디 워쩌크름 달븐고? 가만있어라 보자, 가을하늘이 시퍼렇고…… 봄하늘도 시퍼렇고…… 요상허시? 시퍼런 것은 똑겉은디…… 그려, 시퍼렇기로 친다면야 여름하늘도 시퍼렇고, 겨울하늘도 시퍼렇제. 하늘이야 본시 껌댕이 하늘이야 없는 법이고, 그 시퍼렇기는 시퍼런 하늘이 요상시럽게 달브기는 달븐단 말이여. 근디 고 야리꾸리허게 달븐 차이가 딱 잽히덜 않는단께로. 요런 답답헌 인종아, 손에 딱 잽히덜 않고, 말로 딱 짤라서 안 된께 야리꾸리가 아니겄냐. 잉, 그렇기사 헌디, 그 달븐 차이럴 속 씨언허게 찾어야 쓰겄는디. 참말로 요상허단께로…… 근디 고것이…… 이, 알겠어! 가을하늘은 물속맹키로 투명험시로 먼 것이 싸아허게 추운 기색이고, 봄하늘은 아조 흐린 안개가 사르르 낀 것맹키로 덜 투명험시로 잠풋허게 따땃헌 기색이 도는 것이 서로 달븐 차이 아니라고? 아이고메 못 해묵겄다, 나가 무신 음풍농월허는 시인이라고 이래싼다냐. 고것얼 간딴허게 과학적으로 말해 뿔면, 고기압과 저기압이 교류하는 기류변화에서 기인한 것이다, 아니겄어. 근디, 고것이 유물론자답기넌 헌디, 역시 멋대가리넌 없단 말이여. 좌우간 하늘이란 것이 먼디 하늘을 보고 있으면 맘이 편안허니 가라앉고, 고단헌 몸이 풀리는 것일까? 혁명이 성취된 시상이 저 하늘 겉을랑가? 근디, 보리풀때죽도 못 끓이는 철에 하늘만 저리 징허게 시퍼렇고, 배곯는 인민덜이 저 하늘을 쳐다보면 더 배만 고플 것 아니라고. 혁명은 기엉코 완수혀야 될 것인디, 골백분 생각혀도. 혁명 없이는 이놈에 시상얼 바로잡을 방도가 없응께로. 근디 다 돼간 잔치에 코 빠쳐뿐 그 양키놈에 새끼덜……

"중대장 동무, 여그 기셨구만이라."

느닷없는 소리에 조원제는 생각에서 깨어났다. 그리고 팔을 베고 누웠던 몸을 일으켜 세웠다.

"아니, 최 동무. 워쩐 일이오?"

"야아, 연대장 동지가 모시고 오라고 허느만이라."

연락병들이 언제나 그렇듯 최 대원도 말하는데 숨이 가빴다.

"무신 일 생겼소?"

조원제는 땅을 밀어차며 일어났다.

"잘 몰르겄구만이라."

"싸게 갑시다."

조원제는 앞장섰다.

그의 하얗던 얼굴은 겨울 산생활을 거치면서 흑갈색으로 변해 있었고, 포동하게 올랐던 살도 다 빠져버려 양쪽 볼이 패일 정도였다. 그러나 눈만은 여전히 또렷하고 날카로웠다. 아니, 눈도 그전의 눈이 아니었다. 그전의 눈이 남다르게 날카롭기는 했지만 초롱초롱한 그 속에 소년적 호기심과 나약이 들어 있었다. 그런데 이제 그의 눈은 초롱초롱함이 부리부리하게 바뀌어 있었고, 그 부리부리함에서는 무엇인가를 노리고 있거나 찾고 있는 것 같은 탄력적인 힘이 뻗쳐나오고 있었다. 그런 눈과 함께 흑갈색의 마른 얼굴은 그를 더없이 강인하게 보이게 했다.

"연대장님, 불르셨는게라?"

조원제는 연대장에게 경례를 붙였다.

"이, 어여 오씨요."

연대장이 들여다보고 있던 신문을 치우며 반색을 했다.

"무신 일 있는게라?"

조원제는 연대장을 주의 깊게 쳐다보며 느리게 엉덩이를 빼고 앉았다. 그의 부리부리하고 날카로운 눈이 상대방의 대답에 앞서 무엇인가를 찾아내려 하고 있었다.

"이, 아조 기분 존 일이 생겼소."

언제나 웃는 얼굴인 연대장이 더 환하게 웃었다. 조원제는 연대장에게 눈길을 둔 채 무슨 일인가를 묻고 있었다.

"배고픈디 요것부텀 묵고 신문은 찬찬히 보드라고이."

연대장이 무엇인가를 불쑥 내밀었다. 그의 손에 들린 것은 고구마였다.

"워쩐 고구매다요?"

신문에 무슨 좋은 일이 났을까 생각하며, 조원제는 고구마를 받을 생각을 않고 물었다.

"이, 돌른 물건 아닝께 싸게 묵드라고."

연대장이 손을 내밀었다.

"지야 배 안 고픈께 연대장님이나 드시씨요."

조원제는 고개를 저었다.

"어허! 또 그 고집이여? 나야 참말로 배 안 고프시. 중대장 오기 전에 폴세 배불르게 묵었응께로."

연대장이 입맛을 다시며 입을 훔쳐 보였다.

"일로 주씨요."

고구마를 받은 조원제는 그것을 반으로 자르더니 한쪽을 연대장 앞으로 불쑥 내밀었다. 그런 그의 눈은 연대장을 똑바로 쳐다보고 있었다.

"그려, 항꾼에 묵드라고."

연대장이 빙그레 웃으며 고구마 반쪽을 받아들었다. 그때서야 조원제도 마주 웃었다. 곡식이라고는 완전히 바닥이 난 5월에 연대장이 배불리 먹을 고구마가 있을 리 없었고, 연대장의 성품을 아는 터라, 어떻게 손에 들어온 고구마 하나를 입도 대지 않고 통째로 내놓는 것을 보지 않고도 환하게 알 수 있었던 것이다.

조원제는 고구마를 베어물었다. 철 지난 고구마답게 껍질은 끈적이고 속은 물컹거렸다. 그러나 단맛은 가을 고구마에 댈 것이 아니었다. 삶으면 껍질로 내배는 진이라는 것은 계절의 변화에 따라 고구마의 성분이 변해 나타나는 당분이었다. 입춘을 지낸 그런 '물고구마'는 아이들보다 이빨 부실한 노인네들이 더 좋아했다.

"신문에 무신 소식 났습디여?"

조원제는 고구마를 꿀꺽 삼키고 물었다.

"이, 자네 이약이 아조 근사허게 나부렀네."

연대장은 흡족한 웃음과 함께 고개를 끄떡거리며 신문을 내밀었다. 연대장이 단둘이 있으면서 직책을 부르지 않고 '자네'라고 할 때는 아무 스스럼없이 정을 나타내는 경우였다. 그때는 조원제도 '강철'이란 별명을 가진 연대장 이태식이 아니라 인정 많고 마음 넓은 인간 이태식으로 대했다.

조원제는 신문을 들여다보았다. 그건 《도당신문》이었다. 그런데 그 첫머리에 크게 쓰인 자신의 이름이 퍼뜩 눈에 띄었다. 그는 순간적으로 긴장하며 숨을 들이켰다. '백아산지구의 위대한 전사 조원제', 이것이 큰 제목이었고, '재귀열 예방의 위생투쟁에서 중대원 중 단 한 명의 희생자도 내지 않은 혁혁한 과업성취', 이것이 두 줄로 된 작은 제목이었다.

그 내용은 《지구당신문》에 이미 실렸던 것과 같았고, 다만 '본 지구 내에서 유일한 중대'가 '본 도당 내에서 유일한 지구'로 바뀌어 있었다. '지구'라는 낱말이 '도당'으로 바뀌었을 뿐이지만 실제로 그 차이는 어마어마한 것이었다. 지구 안에서 인정된 공적이 다시 도당 차원에서 인정된다는 것은 그 공적이 다섯 배로 확대되었다는 수치적 계산일 수가 없었다. 도당이 단순히 다섯 개의 지구로만 이루어진 것이 아니듯이 그 정치적 의미는 수치로 계산되는 것이 아니었다. 도당으로부터 투쟁공적을 인정받는 전사— 그것은 무한량의 영광이고 영예였다. 조원제는 몸이 화끈화끈 달아오르는 것을 느끼면서 주체하기 어렵게 가슴 벌떡거리는 감격에 휩싸이고 있었다.

"자네가 해낸 일은 요리 장헌 일이었구만그랴." 이태식은 조원제의 어깻죽지를 턱 치면서 잡고는, "자네 나이 생각허면 더 장허고 장헌 일이제. 앞으로도 그 나이 잘 눌르고, 축대겨감서 더 장헌 일 많이 허소이!" 무게 실린 얼굴로 조원제의 어깨를 흔들었다.

"야아, 명념허겄구만이라."

조원제는 이태식을 마주 보며 위아랫입술이 말려들도록 입술을 꾹 다물었다. 그러면서 그는 몸 뜨거운 흥분과 가슴 벌떡이는 감격이 찬 기운으로 가라앉아가는 것을 느끼고 있었다. '그 나이 잘 눌르고, 축대겨감서…….' 이태식의 충고가 알 수 없는 힘으로 흥분과 감격을 눌러왔던 것이다. '젊은 혈기로 방자하지 말고 더 겸손하면서 이를 계기로 더욱 분발해서…….' 좀 배웠다는 사람이면 필경 이런 식으로 말했을 것이다. 그러나 이태식은 그런 문자를 쓸 줄 몰랐다. 아니, 굳이 쓰려고 하지 않았다. 그런데 언제나 그의 꾸밈없는 말이 오히려 더 진실하고 무게 있고 마음을 그러잡고는 했다. 그래서 그의 앞에서는 공부 좀 했다는 것이 무슨 중뿔난 자랑일 수가 없었고, 대답까지도 자연히 '예'가 아니고 '야'로 나오게끔 되었다.

《도당신문》이 《지구당신문》의 보도를 받아 재게재하는 것은 흔한 일이 아니었다. 그것은 유행병 재귀열의 피해가 그만큼 심각하다는 반증이었다. 그 위세가 꺾여든 재귀열의 희생자들은 도당 전체 병력의 4할 정도로 추산되고 있었다. 그러니까 한 달이 조금 넘는 기간에 8천여 명이 죽어간 것이었다. 그건 투쟁력의 상실과 아울러 약화를 초래한 결정적 계기가 아닐 수 없었다. 그런 막대한 희생자를 낸 돌림병의 소용돌이 속에서 철저한 예방으로 중대원들 중에서 단 한 명의 희생자도 내지 않았다는 것은 지구 안에서 떠돌다가 말 단순한 화젯거리가 아니라 도당 차원에서 인정받을 만한 투쟁공적이기도 했다. 특히 중대장 조원제가 약관 스물이라는 데에서 그 공적은 더욱 빛을 발하고 있었다.

조원제는 정보과 분트에서 후방부대장 연락병을 거쳐, 입당을 하면서 문화부 중대장으로 자리를 옮겼던 것이다. 그때 마침 이름 모를 열병이 들불처럼 번지면서 도당에서는 본격적인 위생투쟁 전개를 지시하고 있었다. 그 지시에 대한 책임은 어디까지나 정치일꾼인 문화부 중대장에게 있었다. 조원제는 난감하지 않을 수가 없었다. 정치일꾼으로서 첫 번째로 수행해야 할 임무가 너무나 벅차고 무거웠던 것이다. 사람을 마구잡이로 죽이고 드는, 눈에 보이지 않는 세균을 막아내서 중대원들의 목숨을 보호해야 한다는 책임감은 산더미 같은 중압이었다. 그러나 그 중압감을 떠밀어내고자 하는 의욕 또한 가슴을 뜨겁게 하고 있었다. 그는 머리를 싸잡고 궁리에 몰두했다. 그러나 선뜻 좋은 방법이 떠오르지 않았다. 답은 이미 나와 있었다. 이와 벼룩·빈대의 박멸이었다. 도당에서 제시한 그 답에 어떤 방법으로 도달하느냐가 문제였던 것이다. 적과 무력 투쟁을 계속하면서 이를 박멸해야 하는 방법, 그것은 결코 쉬운 문제가 아니었다. 그는 어느 순간 군사일꾼인 중대장을 부러워하기도 하면서 그 문제의 해결에 집요하게 매달렸다. 그렇다고 군사일꾼인 중대장에게 의논하지도 않았다. 전투 시에 부대의 지휘책임을 맡을 뿐인 그에게 어떤 묘안이 있을 것 같지 않았고, 설령 그가 제시하는 무슨 방법이 그럴듯해서 시행하게 되더라도 그 결과에 대한 책임은 전적으로 정치일꾼인 자신이 지게 되어 있었다. 그 무한책임은 군대에 대한 당우위에서 비롯되는 것이었고, 그 원칙에 따라 군사일꾼은 당원이 아니라도 될 수 있었지만 정치일꾼은 당원이 아니고서는 절대 될 수가 없었다. 그러니까 정치일꾼의 책임은 평상시 부대원들의 사상교양에서부터 돌발사태에 직면한 작전수립에까지, 그 범위는 실로 넓었다. 그러면서도 그 행위가 돌출되지 말아야 하고, 군사일꾼인 중대장과 마찰이나 갈등을 일으켜서는 안 되었다. 그 이원조직은 기묘하게 조화를 이루어야 하는데, 당에서는 그것을 '예술적 조화'라고 일컬었다.

조원제는 머리를 앓은 끝에 마침내 대책을 강구하였다.

첫째, 전 부대원이 머리를 완전히 깎을 것.

둘째, 전 부대원이 주기적으로 일제히 옷을 삶을 것.

셋째, 다른 부대원들과 여하한 경우에도 접촉을 하지 말 것.

넷째, 인민들과의 접촉은 물론 어느 집이건 마루에도 앉지 말 것.

이 네 가지 사항은 돌림병을 옮기는 이나 벼룩·빈대를 박멸함과 동시에 옮겨오는 것도 근절하는 방법이었다.

조원제는 그 네 가지 방법을 명시해 중대장에게 넘겨주었다. 그래서 그날부터 부대원 전부가 머리를 빡빡 깎는다, 옷 삶을 솥을 구하려고 보투에 나선다, 분주하게 돌아갔다. 결국 그 무자비한 돌림병에 부대원을 한 명도 잃지 않았던 것은 그 네 가지 사항을 철저하게 지킨 결과였다.

"히! 시무 살 나이 갖고 고런 일 해낸 것이 장허다고 요리 시끌덤벙헌디, 나 진짜 나이 알었으면 더 난리판굿이었겠소이?"

신문을 옆으로 치우며 조원제는 이태식을 보고 히죽 웃었다.

"하면, 열야답 나이로 고런 일 혀부렀다 허면 생판 난리판굿이 일어났겄제."

이태식은 얼결에 거침없이 말해 놓고는 찔끔해서 주위를 둘러보았다.

사실 조원제의 실제 나이는 이제 열여덟이었던 것이고, 두 살을 더 먹게 된 연유는 그들 몇몇만 아는 비밀이었다. 조원제는 입당을 해야 했는데 나이가 모자랐다. 그 결격사유는 그의 당성이나 투쟁 경력 이전의 문제였다. 그런데 문제는 그가 입당을 원하는 것이 아니라 조직이 그의 능력을 필요로 하고 있었던 것이다. 당이론에 밝고, 말재주가 뛰어난 그를 나이가 모자란다는 이유로 언제까지 연락병을 시킬 수는 없었던 것이다. 무학의 농민들이나 기본출들의 사상교양의 진작은 하루가 시급한 형편이었다. 그래서 그의 나이를 두 살 올려 입당절차를 밟기로 했던 것이다. 그런데 그 묵계는 정작 본인한테 알려지면서 말썽이 되었다.

　"택도 없는 소리 허덜 마씨요. 멋났다고 당규를 어김스로 고런 일얼 혀라. 나넌 안 혈라요."

　조원제의 첫마디였다.

　"어허, 워째 그리 생각혀 보도 않고 무참허게 말해 뿌요. 요 일이 긍께……."

　"이, 원리원칙에 어긋나는 일얼 갖고 멀라고 생각허고 말고 혀라. 나도 당원 되고 잡은 맘이야 하늘 겉애도 그리 원칙에 안 맞게는 되고 잡지 않당께라."

　이태식은 마른침을 삼키며 조원제 앞으로 다가앉았다.

　"알겠소, 조 동무 맘 알겠소. 원리원칙 지키잔 것 다 좋고, 조직생활에서 원리원칙은 꼭 지켜야는디, 요 일언 원리원칙을 안 지키는 일이 아니고 외려 조직을 위허는 일이다 그 말이오."

"아이고 땁땁허게 그 말 허고 또 허면 머 헐 것이요. 원칙에 어긋나는 것이야 자명헌디. 나넌 그리 껄쩍찌근허니 입당 못허겠고, 그냥 나이 그대로 혀준다면 고맙게 입당허겠소."

"어허, 요런 소 잡아묵을 고집통머리가 있는가! 그리 될라면 당규럴 고쳐야는디, 고것이 될 일이겠소?"

"아, 긍께로 입당 안 허겄다 그 말 아니요."

"참말로, 배왔다는 사람이 워째 이리 말귀럴 못 알아묵고 벽창호까? 긍께, 조직이란 것도, 원리원칙이란 것도 사람이 살자고 맹글어진 것이고, 사람이 살다가 보면 특별한 경우에넌 고것얼 피해가는 수도 있는디, 고것이 나쁘게 쓰잔 것이 아니라 좋게 쓰자는 것잉께 맘 돌리랑께."

"나가 시무 살 될 때꺼정 이약허고 또 혀도 나 맘언 똑겉으요."

조원제의 단호한 말이었다. 그의 판판하고 견고하게 생긴 이마와, 그 가운데 돋은 핏줄이 남다른 의지와 고집을 드러내고 있었다.

"아이고 그 고집!" 이태식이 고개를 절레절레 흔들며 자리에서 일어났고, 돌아서다가 "남자답기넌 헌디……" 혼잣소리를 흘렸다.

결국 이태식의 설득으로는 안 되어 출판과장까지 동원되어 조원제는 마음을 바꾸게 되었다. 출판과장은 그의 중학교 교장이었던 것이다. 당이 정한 원리원칙에서 한 치라도 벗어나지 않으려는 조원제의 순진무구한 진실성도 그렇고, 그런 무리까지 해가며 쓸 만한 재목을 쓸 만한 자리에 찾아놓으려고 애쓴 이태식도 어지간한 사람이었다. 이태식은 연락병으로 오가는 조원제를 눈여겨보았다가 뒷조사까지 해보고 그런 일을 추진했던 것이다. 그는 머슴 출신으로 구빨치였다. 스물일곱인 그는 항시 웃음기 도는 부드러운 인상과는 달리 '강철'이란 별명을 가질 정도로 싸움에 강인했고, 통솔력이 뛰어났다. '강철부대'로 불리는 그의 부대는 백아산지구의 최강부대이기도 했다.

"어이 말이시, 자네 혹여 그간에 요상시런 연판장에 손도장 눌른 일 없는가?"

이태식이 갑자기 목소리를 낮추어 물었다.

"뜬금없이 연판장이고 손도장은 머시다요?"

조원제는 좋잖은 예감을 직감하며 고개를 저었다.

"이, 그렸으면 우선에 되았고." 이태식은 고개를 빠르게 끄덕이며 귀에 꽂은 꽁초를 뽑아 부싯돌을 쳐서 불을 붙이고는, "글면 자네 중대서 연판장 도는 눈치는?" 담배연기를 코로 내뿜으며 물었다.

"고런 일도 없는디요."

조원제는 대답을 하면서도 고개를 갸우뚱했다.

"딱 짤라 장담은 못허겄능가?"

이태식이 미심쩍은 눈으로 물었다.

"금메요, 장담 못허겄다면 지가 허깨비 노릇 혔다는 것이제라. 장담허겄구만요. 근디, 무신 안 존 일이 생긴 모냥이제라?"

"그렇구마. 나가 자네헌테 요리 묻는 것은 자네가 집이 동복이기 땜시여. 동복 출신덜 멫멫이 말이여, 인자 가망 없이 진 쌈인께로 손들고 나가자 하는 연판장얼 즈그덜 마실사람덜얼 중심으로 돌리다가 꼬랑댕이가 잽힌 것이란 말시."

"머시라고라! 워떤 넋 빠진 호로새끼덜이!"

조원제는 아랫입술을 힘껏 물며 눈을 부릅떴다. 그의 부리부리한 눈에 불길이 일고 있었다.

"시방 정보과에서 조사럴 벌이고 있응께 메칠 안으로 끌탕이 빠질 것잉마."

이태식이 언짢은 얼굴로 혀를 찼다.

"워떤 잡녀러 새끼덜이 고런 빙신 팔푼이 겉은 짓거리 허는지 몰르겄소. 고것이 다 그새끼덜 정신상태가 틀려묵어 생긴 일이지만, 또 한 가지, 신문덜이 전황을 너무 세세허게 알리고 있는 것에도 문제가 있다고 보요. 민주주의 허는 것이야 존디, 상황에 따라 알릴 것, 안 알릴 것은 개레야 되지 않겄는가요? 알면 병이고 몰르는 것이 약이란 말이 공연시 생게났겄는게라?"

"허! 원칙론자가 그리 말헐 때도 다 있능가? 그리 말허는 걸 봉께로 아조 묵직허니 뵈는디?" 이태식이 피식 웃고는, "맞어, 그 말도 중헌 말이시. 초기에 민주주의 잘허자고 작전도 공개토론에 부쳤다가 자꼬 정보 새나가 피해본 것이나 매한가지 일이제. 정식으로 제기혀야 헐 문제시." 그는 신중하게 고개를 끄덕였다.

조원제는 이태식과 헤어져 돌아오며 기분이 영 언짢았다. 조직 안에서 그런 동요가 일어나고 있다는 것은 심각한 문제가 아닐 수 없었다. 비록 그 수가 얼마 되지 않는다 하더라도, 또 완전히 적발을 해낸다 하더라도, 그 사건이 파급시킬 나쁜 영향은 돌림병 재귀열만큼 고약한 것이었다. 그리고 그런 동요는 이 백아산지구에서만 일어나는 것이라고 할 수가 없었다. 다른 지구들에서도 그럴 가능성은 얼마든지 있었다. 입산투쟁 여덟 달, 고생과 굶주림이 따른 그 세월은 결코 짧은 것이 아니었다. 사상무장이 빈약하거나 소홀한 사람들의 경우 사기가 떨어지고 마음이 흔들릴 수 있는 기간이었다. 투쟁이 장기화될수록 사상무장은 강화되어야 하고, 지나치게 자세한 신문보도도 통제되어야 한다고 그는 생각했다.

등사판 신문들은 여러 곳에서 발행되었다. 도당·각 지구당·단위당(시당)에서 각기 발행해서 조직마다 선요원들을 통해 배달되었고, 나머지는 해당지역의 인민들에게 배포되었다. 그 신문들의 발행은 조직간의 활동보고이면서, 대민선전·선동공작을 겸하는 중요한 정치행위였다. 신문들의 이름도 《노동신문》·《인민일보》·《민청신문》·《여맹신문》 등으로 다양했다. 그런데 원지에 철필로 긁은 글씨들은 그야말로 깨알같이 작으면서도 놀랄 만큼 또렷또렷했고, 등사도 흠잡을 데 없이 선명했다. 필경솜씨도, 등사기술도 전문적이었던 것이다. 적지의 신문들도 선요원들을 통해 사나흘씩 늦게 다들어왔다.

조원제는 천천히 걸음을 멈추었다. 저 멀리, 원리 쪽으로 나가는 길목 첫 마을 당산나무 옆의 게양대에 인공기가 유유하게 펄럭이고 있었다. 해방구는 아직까지도 이렇듯 건재한데 주전선은 천 리 밖, 너무나 멀었다. 기분 언짢은 소식을 들은 다음이라서 그런지 조원제의 심정에는 그 유유하게 펄럭이고 있는 인공기가 오늘따라 눈물겹게 느껴졌다. 그는 어금니를 꾸욱 맞물었다.

며칠이 지나 그 사건에 연루된 열세 명이 공개재판에 회부되었다. 그들은 모든 지구대원들의 격분을 샀다. 그들은 총살처형을 면할 수가 없었다.

염상구의 결혼식날이었다. 일요일의 남국민학교로 아이들 대신 어른들이 꾸역꾸역 밀려들고 있었다. 결혼식 장소가 신부집이 아니고 국민학교 강당인 것은 염상구가 결혼식을 '신식 하이칼라'로 하고자 한 때문이었다. 염상구의 그 생각에 신부 윤옥자도 반색을 했던 것이다.

"그 몬지 탱탱 쓸고, 이놈저놈이 걸쳐 땟국 쩔은 사모관댄가 지랄인가 귀신단지맹키로 입고 쓰고 근천 떨지 말고 양복 쪽 뽑아입고 신식 하이칼라로 멋떨어지게 혼례식 올리드라고!"

염상구는 단도직입적으로 말했고, 윤옥자는 즉각적으로 환영했던 것이다.

"위메, 참말로 멋지요이. 지도 말언 못혔어도 그 구식 혼례식이 영 정떨어졌는디라. 아그덜도 아님스로 색동저구리 치렁치렁 닐이고 근천 떠는 것보담이야 흰 드레스 받쳐입는 것이 을매나 더 멋지다고라."

두 손을 모아잡은 윤옥자는 부끄러운 웃음을 입에 물었다. 그러나 그녀의 얼굴은 곧 시무룩하게 변하고 말았다.

"아니, 위째 금방 뙹 집어묵은 상호가 되는겨?"

염상구가 눈치 빠르게 잡아챘다.

"신랑 양복은 신부 쪽에서 해주고, 신부 드레스는 신랑 쪽에서 해주는 법이라는디…… 드레스가 영판 비싸서."

"아, 시끄럿!"

염상구가 버럭 소리치며 담뱃갑을 방바닥에 떡을 쳤다. 그 서슬에 윤옥자는 화닥닥 놀라며 뒤로 얼른 물러나앉았다.

"아아니, 이 염상구럴 멀로 보고 허는 소리여, 시방? 니도 느그 엄씨맹키로 나럴 썩은 홍어좆 보디끼 무시헐 참이여! 나가 붕알 두 쪽밖에 찬 것이 없는 줄 아는 모냥인디, 카악 그냥!" 염상구는 담뱃갑을 집어들어 던질 듯한 몸짓을 했고, 윤옥자는 반사적으로 두 팔을 들어올려 얼굴을 가리며 몸을 옆으로 트는데, "사람 시퍼보덜 말어라. 이 염상구가 맥엄씨 주먹질만 허고 산지 아냐. 드레쓴가 머시깽인가가 지아무리 비싸도 나가 요로타께 혀줄 수 있응께로 니넌 맘 푹 놓고 기둘리기만 허먼 되야." 그는 사뭇 부드러운 어조로 말했다.

"그리 되면 겁나게 좋아불제라. 나야 거그럴 무시혀서 헌 말이 아니고 거그가 엄니헌테 체면 깎일까 걱정시러서 헌 말이제라."

언제 겁나서 방구석으로 몰렸나 싶게 윤옥자가 배시시 웃고 있었다.

"니기럴, 느그 엄씨가 나럴 맘 놓고 무시허고 앉었는디, 그 코 납짝허니 맹글어뿔고, 나 체면 당당허게 세움서 니 시집 잘 간다는 것을 온 시상에 다 뵈줄 팅께 니넌 찍소리 말고 기둘려."

염상구는 담배연기를 기운차게 내뿜었다. 그건 그가 주먹패의 헛기세를 부리는 큰소리가 아니었다.

그의 장모가 될 오씨는 그를 노골적으로 무시했다.

"이년아, 쥐도 새도 몰르게 칵 뒤져뿔 일이제 그 꼬라지로 시집가 것다고 나서서 집안 우세시키고 엄씨 애간장 요리 긁어파냐."

오씨는 염상구를 외면한 채 이런 식으로 욕해 댔던 것이다. 그러나 염상구는 그런 면전박대를 꾹꾹 눌러 참았다. 어차피 한 번은 넘겨야 할 고비였던 것이다. 오씨가 그럴수록 그는 윤옥자를 살붙게 감싸고 들었다. 결혼을 하기로 마음을 굳히고 학교도 그만둔 처지의 윤옥자는 하루가 다르게 그에게 끌려들고 있는 판이었다.

염상구는 과연 광주까지 윤옥자를 데리고 가서 그 비싼 드레스라는 것을 맞춰 입혔다. 순천에서는 만드는 데가 없어서 광주까지 가게 된 것이었다. 결혼식 때만 잠깐 입고 마는 그 예복이라는 것이 쌀 열 가마니 값이니, 열다섯 가마니 값이니, 읍내 안통의 여인네들 입을 떠돌았다. 특히 처녀들은 모여앉으면 그 이야기들을 하느라고 입에 침이 말랐다. 그 소문으로 가슴에 열불난 처녀가 교환수 영자였고, 말없이 눈물 떨어뜨리며 벌교를 떠난 것이 남원장 기생 경월이었고, 가슴에서 모과 떨어지는 소리를 들은 것은 아버지도 죽고 장사에 맥을 놓고 있는 책방의 정님이었다.

염상구는 신부에게 드레스만을 맞춰준 것이 아니었다. 양효석의 어머니네 포목점의 고급 비단들이 바닥이 날 정도로 채단을 끊어 보냈다. 그런데 거기에는 신부의 것만이 아니고 장모의 몫이 따로 준비되어 있었다. 그뿐이 아니었다. 신부에게 예물을 해주었는데, 그것이 또 사람들 귀를 의심하게 하는 엄청난 것이었다. 옥 쌍가락지·금 쌍가락지·홍산호 반지·금 브로치·홍산호 브로치·호박 브로치·스위스제 시계 등속이었다.

사람들의 의문과 놀라움은, 예쁜 데라고는 없이 그저 덤덤하게 생긴 윤옥자의 어디에 미쳐 염상구가 그 비싼 예물을 해주느냐는 것이었고, 껄렁패로만 알았던 염상구가 그 많은 돈을 어떻게 지닐 수 있었느냐 하는 것이었다.

그런데 가장 정신없이 놀란 사람은 바로 장모가 될 오씨였다. 그저 주먹패 건달이요, 사람 못된 빈털터리가 딸년 신세 망쳐놓고, 집안 재산까지 덮치려 든다고 눈 부릅뜨고 있던 오씨는 그 값진 예물들을 앞에 놓고 날벼락을 맞은 기분이었다. 그리고 그 놀라움은 그전의 불신을 신뢰로, 미움을 사랑으로, 의심을 믿음으로 바꿔놓았다. 염상구의 말마따나 높았던 코가 납작해진 것이었다.

염상구는 그 계획추진을 위해 수중에 있는 돈을 다 털기로 했던 것이다. 그래서 장터바닥에 깔아놓고 있던 돈을 다 끌어들인 것은 물론이었다. 그가 돈을 다 털어내서 그리 엄청나게 결혼준비를 한 것은 단순히 장모의 콧대를 꺾으면서 자신의 능력을 보여주고자 해서가 아니었다. 그렇게 함으로써 나타나는 이중삼중의 효과까지 노리고 있었다. 예물을 많이 받은 당사자가 제일 기분 좋고 행복한 것은 더 말할 것 없는 일이고, 그 예물들을 친정에 두고 오는 것이 아니라 다 가지고 올 것이니 어차피 자신의 재산이었다. 그러면서도 온 읍내사람들, 특히 기관장들이나 유지들에게 자신의 재력을 과시할 수가 있었다. 장가를 들기만 하면 솥공장이고 정미소가 굴러 들어와 어엿한 유지가 될 판인데, 그러기 전에 자신의 재력을 확인시킬 필요가 있었다. 그래야만 처가덕 보았다는 어쭙잖은 소리를 피하고, 당당하게 유지행세를 할 수 있게 될 것이기 때문이었다.

옥자가 그저 벙글거리고, 그 어머니 오씨가 독기 간데없이 나긋나긋해지고, 읍내가 떠들썩해지는 것으로 염상구가 노린 목적은 결혼식 전에 완벽하게 달성되었다.

결혼식장은 사람들로 터져나갈 듯했다. 읍내에서 한다하는 사람들은 다 모여든 데다, 모처럼 벌어지는 신식 결혼식을 구경하자고 안통사람들, 특히 여자들이 떼지어 몰려들었던 것이다.

군수를 주례로 내세운 결혼식이 시작되었다. 풍금소리가 울리면서 신랑이 입장했다. 검정 양복에 머리에 기름을 반들반들 바른 염상구는 전혀 딴사람처럼 말쑥했다. "저리 채리고 슨께 아조 하이칼라 신사 아니라고?" "긍께 의복이 날개라고 안 허등가?" "음마, 말 그리 허덜 말어. 인자 저 사람이 주먹 쓰는 청년단장이 아니시. 윤가집 재산 한 손에 몰아쥔 읍내 유지여, 유지." "잉, 그야 그렇제. 아들 하나 있든 것이 죽어뿔고 남치기가 딸만 싯인디다가, 큰사운께." 여자들의 숨죽인 수군거림이었다. 다시 울리는 풍금소리를 따라 신부가 입장하고 있었다. 드레스를 곱게 차려입은 신부 앞에는 두 소녀가 꽃바구니를 들고 가고, 옆에서는 들러리가 손을 받쳐주고 있었다. 흰빛 화사한 드레스는 마룻바닥에 깐 옥양목 위를 길게 끌리고, 여기저기서 여자들의 탄성이 꼬리를 잇고 있었다.

원앙새 금실로 아들딸 많이많이 낳고, 검은 머리 파뿌리 되도록 백년해로하고……. 긴 주례사가 이어지고, 신랑 염상구 씨로 말할 것 같으면 반공전선의 일선에서 좌익 공산당들을 척결함에 있어서 혁혁한 공훈을 세운 반공투사일 뿐 아니라……. 염상구를 끝없이 치켜올리는 축사가 연설조로 장황하게 계속되고 있었다.

그런데 그 축사를 들으며 가슴 미어지는 사람이 있었다. 맨 앞줄에 앉아서 굽어지는 허리를 자꾸 펴려고 애쓰고 있는 호산댁이었다. 아들이 제 체면 살리느라고 해준 비단 치마저고리를 얻어입고, 아들의 체면을 상하게 될까 봐 굽어버린 허리를 어떻게 해서든 펴보려고 애쓰고 있던 호산댁은 그러잖아도 동생의 결혼식에 참석 못하는 큰아들 생각에 마음이 젖어 있던 참인데 그런 축사를 듣게 되자 자신의 신세 기구함이 사무치고, 평생 한 번 있는 경사에도 오지 못하는 형제간의 처지가 새롭게 서러워져 아무리 참으려 해도 자꾸만 눈물이 솟고 있었다.

염상구는 신부와 함께 하객들을 향해 돌아섰다. 그리고 절을 했다. 마침내 결혼식이 끝났다. 들러리가 신부의 팔을 그의 팔에 끼웠다. 풍금소리가 다시 울리고, 그는 앞을 똑바로 바라보며 한 발짝 한 발짝 발을 옮기고 있었다. 그의 눈앞에는 쇳물덩이 이글거리던 솥공장과, 피댓줄 맹렬하게 돌아가던 정미소가 떠오르고 있었다. 그는 빙그레 웃었다.

"워쩌끄나! 신랑이 웃는다, 첫딸 낳것다."

어떤 여자의 상쾌한 외침이었다. 그는 더 환하게 웃었다. 여기저기서 색색의 줄종이가 날아들기 시작했다.

14

덕유산의 비밀회의

그 일은 극비리에 진행되었다. 일의 중대성으로 보아 당연한 일이었다. 만약 그 정보가 새나간다면…… 그건 가정이 필요 없는 일이었다. 군경은 총력을 집중해서 추격과 수색을 펼칠 것이 자명했다.

전남도당 위원장의 덕유산행─ 이 사실을 아는 사람은 도당 안에서 다섯뿐이었다. 본인 박영발, 여비서, 부위원장이며 총사 사령관 김선우, 위원장 보위부대장, 그리고 염상진이었다. 그 중대한 사실을 알게 된 것은 총사 부사령관의 직책으로서가 아니었다. 보위부대만으로는 완전하게 안전을 기할 수가 없어 제2의 보위대를 편성하게 되었고, 염상진은 그 지휘책임을 맡게 된 것이다. 위원장의 그림자로 불리는 여비서도 길을 떠나게 되니까 결국 도당에서 그 사실을 알고 있는 사람은 부위원장 혼자가 되는 셈이었다.

도당위원장을 보위한 50여 명은 5월 초순 깊은 밤에 길을 잡았다. 염상진도 덕유산이라는 목적지만 알았지 왜 그 멀고 위험한 길을 가는 것인지 내용은 전혀 모르고 있었다. 혹시 위원장이 교체되는 게 아닐까, 이것이 그가 할 수 있는 유일한 추측이었다.

백아산지구를 옆에 끼고 통명산을 돌아 곡성을 무사하게 지났다. 지역마다 선요원들이 기민하게 움직여 길을 잡아나갔다. 곡성에서고, 구례에서고 지리산으로 파고드는 데 최대의 장애가 섬진강이었다. 이쪽에 장애가 되는 지형지물은 적들에게는 유리한 지형지물일 수밖에 없었다. 적들은 그 강을 최대한 이용해 지리산 자락에서 이루어지는 도당과 도당, 도당과 지방당과의 접선을 차단하고, 방해하고 있었다. 이쪽에서 활동이 심해지는 밤에는 적들의 경비도 강화되는 것은 당연한 일이었다. 그런데 적들은 중요한 지점의 경비에는 근방의 민간인들을 밤마다 동원했다. 그들은 민간인들에게 대창이나 농기구 같은 것을 들려 강둑에 양팔 간격으로 세워서 경계를 하게 했다. 그리고 그들은 띄엄띄엄 서서 민간인들을 감시했다. 그 방법이야말로 강변에 사람 울타리를 친 격이었다. 그런 경비를 뚫고 섬진강을 무사하게 건넌다는 것은 여간 어려운 일이 아니었다. 한두 사람이면 또 모르지만 그런 상황에서 50여 명이란 인원은 대부대였던 것이다.

선요원과 숙의를 했지만 역시 인원이 너무 많은 것이 문제점이었다.

"지야 혼자서 활동허는 것잉께 단출혀서 간딴허제라. 우리 투쟁

인민덜이 멫 사람 쪼로록 슨 자리가 있응께, 그 목만 찾아 왔다리 갔다리 허기야 뉘서 콩떡 묵기보다 쉽제라이. 근디 수가 원체로 많 애논께…….”

선요원의 난감해하는 말이었다.

“피실격허(避實擊虛)요. 날이 새면 건너는 거요.”

이 갑작스러운 말은 위원장이 한 것이었다. 그 말은 도당사령부를 떠나온 뒤 이틀 동안에 위원장이 처음으로 한 말이었다. 좌중은 아무도 말이 없었다. 적의 허를 찔러라— 그 말은 갑작스러운 만큼 충격적이었던 것이다. 날이 새면 민간인들의 경비가 풀리게 되고, 적들의 경계심도 해이해질 것이 분명했지만, 그렇다고 그런 과감한 작전에 위험이 따르지 않을 수 없었다. 그러나 위원장의 명령이었다.

“예, 알겠습니다.”

보위부대장이 대답했다.

다음날 아침 먼동이 터오고 있었다. 강변 일대에는 안개가 자욱하게 드리워져 있었다. 예상했던 대로 밤샘을 한 민간인들이 몇 사람씩 짝지어 돌아가고 있었다. 경찰들은 먼저 참호나 초소로 들어 갔는지 어쩐지 그 모습이 보이지 않았다. 선요원의 뒤를 따라 그들 일행은 민첩하게 움직였다. 안개가 더없이 좋은 은폐물이 되어주었다. 몸은 최대한 낮추고 소리 없이 움직이는 그들의 모습은 안개에 가뭇없이 가려지고 있었다. 그들은 아무런 저항도 받지 않고 거뜬하게 강을 건널 수 있었다.

피실격허…… 염상진은 다시 뇌어보며 앞서가고 있는 위원장 쪽으로 눈길을 보냈다. 항일무장투쟁의 네 가지 기본전법 중의 하나이면서, 모택동 동지의 십육자전법까지 합해 삼십이자전법을 모르는 빨치산은 아무도 없었다. 네 자로 된 여덟 가지 그 전법은 그 누구나 군사학습을 통해 뜻을 익히고, 암기하도록 되어 있는 빨치산의 기본상식이었다.

염상진이 피실격허를 다시 뇌어보는 것은 그 전법의 신통함 때문이 아니었다. 그 전법을 응용·활용하는 위원장의 판단과 과감성에 놀라고 있었다. 염상진은 이따금 위원장을 가까이 대할 때마다 가슴 섬뜩거리는 긴장과 놀라움을 느끼게 되었다. 마른 체구에 언제나 우울이 깃든 얼굴, 거의 말을 하지 않는 외모만으로는 위원장은 무슨 병자 같은 모습이었다. 그러나 중대한 일을 처리할 때 보면 그의 의식이 얼마나 예민하게 번뜩이고, 의지가 얼마나 굳건하게 자리 잡혀 있는지를 실감하게 되고는 했다. 염상진은 위원장 앞에서는 언제나 자신의 어린애 같은 미숙과 속 빈 강정 같은 부족을 느꼈다. 그가 유일하게 위안받을 수 있는 것은 자신과 위원장과의 나이 차이뿐이었다. 세월이 쌓이면 나도 저렇게 되리라 하는 기대였지만, 그것도 꼭 자신 있는 것은 아니었다. 위원장이 지금 자신의 나이 적에 어떠했는지를 알 수 없는 탓이었다. 만약 그때부터 그랬다면 자신이 연륜에 걸고 있는 기대는 부질없는 것일 뿐이었다. 그래서 그는 위원장의 그때를 굳이 알고자 하지 않았다.

섬진강을 건너게 되자 그 다음부터는 끝없이 이어지는 산길이었다. 굽이굽이 줄기차게 이어지고 뻗어나가고 있는 산줄기들, 그건 소백산맥이 일으키고 있는 산물결이고 산파도였다. 덕유산까지의 길은 그 억센 물결과 파도를 거슬러올라가는 행군이었다. 수많은 산들은 가지가지 초록빛으로 물들어가고 있었고, 북으로 올라갈수록 봄은 더딘 걸음을 걷고 있었다. 더딘 봄의 모습은 나뭇잎들에서도 나타났지만, 진달래꽃들이 더 확연하게 그 모습을 보여주고 있었다. 남쪽의 산에서는 이미 그 절정의 아름다움이 지나버린 진달래꽃들이 북쪽으로 올라갈수록 싱그럽게 피어나 있었다.

안전도모를 위해 거의 야간행군이었고, 낮에는 은폐물을 찾아 휴식을 취했다. 날이 지날수록 위원장의 걸음은 느려졌다. 일제시대에 고문을 당해 상한 다리가 강행군으로 차츰 무리가 되고 있었다. 그러나 위원장은 지팡이를 짚었을 뿐 부축을 받으려 하지 않았다. 염상진은 그 절룩거리는 모습에서 한 투사의 견고한 일생을 보고 있었다. 토목 기술자로 시작한 삶을 일찍이 혁명투쟁으로 바꿔 온갖 고난을 무릅쓰며 오십이 다 된 사나이— 그는 투쟁으로 상처받은 다리를 끌며 또 투쟁을 위해 험준한 산악을 걸어가고 있었다. 그 굽힐 줄도, 지칠 줄도 모르는 모습은 투사의 한 표본이었다.

닷새째 되는 날, 소나무 아래 앉아 있던 위원장이 염상진을 불렀다.

"거기 앉읍시다."

위원장이 옆자리를 눈길로 가리켰다.

"예에."

염상진의 목소리에 긴장이 서려 있었다.

"산이 깊어서 그런지 솔잎이 그대로 거름이 되고 있소. 어렸을 때 솔가리나무 해본 적 있소, 염 동지?"

위원장이 바스라져가고 있는 솔잎 몇 개를 집어들며 물었다.

"예, 자주 했습니다."

"그랬겠지요, 염 동지 성이 그걸 말하고 있으니까. 자아, 담배 피우시오."

위원장이 담뱃갑을 내밀었다. 낮이고, 산이 깊어 담배 피우기는 자유로웠다.

"아닙니다, 저한테도 있습니다."

염상진은 담배를 사양하며, 이분이 꾸척시럽게 성으로 양반 상놈을 가르자는 건가 뭔가, 하고 생각했다. 염가 성을 상놈 취급하는 데는 소학교 적부터 반발과 분노를 느껴왔던 것이다.

"어서 뽑으시오."

"예에."

자신을 굳이 '동지'로 부르는 것이나, 담배를 권하는 것이나 모두 위원장이 나타내는 각별한 호의라는 것을 생각하며 염상진은 담배를 뽑았다.

"염 동지의 성에는 우리 민족의 모순과 계급의 모순이 함께 점철되어 있소. 그 모순의 힘이 오늘의 염 동지를 있게 한 것이오."

'모순의 힘', 염상진은 그 말이 의식에 강하게 찍혀오는 것을 느꼈다. 그리고 조직도 그렇지만 이론에 아주 탁월하다는 위원장을 문득 의식했다.

"참으로 만산에 진달래고, 꽃잎마다 뻐꾹새 피울음이오."

위원장이 시를 읊듯 하며 눈길을 멀리 보내고 있었다. 그 느닷없음에 염상진은 어리둥절해서 위원장을 얼핏 쳐다보았다. 위원장은 눈길을 저 멀리 둔 채 담배를 깊이 빨고 있었다. 염상진의 놀라움은 그 갑작스러운 말바꿈도 말바꿈이었지만, 그런 감상적인 말은 너무나 뜻밖이었던 것이다. 그는 '모순의 힘'을 시작으로 어떤 명쾌한 논리가 전개되리라고 예상했고, 또 기대했던 것이다. 염상진은 무슨 대꾸할 말이 없어서 그저 앞을 바라보았다. 초록빛 숲 사이에 모둠모둠 피어 있는 진달래꽃들이 역시 곱기는 고왔고, 멀리 들리는 뻐꾹새 울음도 언제나처럼 서럽고 애절한 느낌을 자아내게 했다.

"혹시, 염 동지는 밥 대신 진달래꽃을 따먹어본 적이 있소?"

"예, 어렸을 때 봄이면 꼭 그랬습니다."

염상진은 위원장 쪽으로 고개를 돌리며 대답했다.

"나도 저 꽃을 많이 따먹었소. 뻐꾹새 울음을 내 어머니 넋이거니 생각하면서 말이오."

염상진은 그때서야 위원장의 말이 퍼뜩 깨달아지는 것을 느꼈다. 뻐꾹새의 피울음이 어머니의 넋이면, 어머니는 이미 세상을 떠났다는 뜻이었다. 그는, 뻐꾹새 울음이 배고파 죽은 자식들을 찾아다니는 어머니의 환생이라는 전설을 떠올리며 위원장의 말이 결코 감상이 아니라는 것을 알아차린 것이다. 그러나 어머니를 일찍 사별하셨느냐는 말은 어려워서 물을 수가 없었다.

"염 동지는 애들이 몇이오?"

"둘입니다."

"그렇군요." 위원장은 고개를 끄덕이더니, "염 동지가 이러고 있으니 그애들이 또 진달래꽃을 따먹겠구려" 했다.

염상진은 두 아이의 얼굴이 눈앞으로 확 다가듦과 동시에 가슴이 쿵 울리는 것을 느꼈다. 그 말은 그동안 누르고 감추고 잊으려 해왔던 애비로서의 죄스러움과 책무감을 일순간에 까뒤집어 덮어씌우는 격이었다. 가장 예민한 부분의 감정을 왜 그렇게 정통으로 찔러대는 것인지, 그는 영문을 알 수 없었다.

"염 동지, 나한테도 자식들이 있소. 그 아이들에게 진달래꽃을 따먹게 하는 건 우리 대에서 끝나게 해야 되는 것 아니겠소."

염상진은 의식 속에서 불이 번쩍하는 것을 느꼈다. 땅에 떨어졌던 마음이 느닷없이 저 위로 치솟겨오르고 있었다.

"예, 그래야지요, 꼭 그래야지요."

염상진은 목멤을 느끼며 힘주어 대답했다.

염상진은 혼자서 오래도록 위원장과 나눈 대화를 생각했다. 일부러 자신을 부른 것이며, 그리도 말이 없는 분이 대화를 이끌어간 것이며, 스스로의 과거 일부를 내비친 것이며, 그 모든 것이 자신에 대한 믿음과 격려의 뜻이었다. 염상진은 새삼스럽게 마음을 가다듬지 않을 수가 없었다. 그리고 위원장이 누구보다 이론이 탁월하다는 것을 새로운 국면에서 확인하고 있었다. 그 첫 번째의 확인은 총 맞아 죽은 인민군 총위를 다룰 때였다. 그때는 정공법적인 이론 전개였다. 그런데 자신과의 대화는 우회적이고 비약적이었다. 그러면서도 직설법보다 훨씬 더 충격을 주고 마음을 사로잡았던 것이다. 상대와 경우에 따라서 구사되는 그 다양한 방법은 남다른 이론을 갖춘 데서 비롯되는 능력이 아닐 수 없었다. 염상진은 이리 저리 휘둘린 기분을 느끼는 한편으로, 새로운 화법을 익힌 좋은 기회라고 생각했다.

염상진은 덕유산 송치골에 도착해서야 왜 그 먼 길을 오게 되었는지 알게 되었다. 그곳에서는 어마어마한 회의가 벌어지게 되어 있었다.

'남반부 6개 도당위원장회의'가 그것이었다. 남쪽의 여섯 개 도당위원장들이 한자리에 모이고, 거기에 전쟁 전의 지리산지구 사령관 이현상도 합석하는 회의였다. 그 규모로 보나, 참석자들로 보나 '어마어마한 회의'가 아닐 수 없었다. 그동안 선요원들에게 '위원장의 존재'가 일체 비밀에 부쳐졌던 것이 새삼스레 당연하게 여겨졌다. 그 회의에서 논의될 내용이 선요원들을 이용할 수 없는 '중대한 것'임을 짐작하기에는 어렵지 않았다.

삼엄한 경비 속에서 회의가 열렸다. 각 도당에서 위원장들을 보위하고 온 정예부대들이 회의장을 에워쌌고, 회의내용은 비밀에 부쳐졌다. 회의는 하루로 끝나지 않았다. 회의내용은 알려지지 않았지만 회의 분위기에 대해서는 다음날로 이야기가 떠돌았다. 격렬한 논쟁이 벌어지고 있다는 것이 그것이었다. 중대한 사안이니까 그 멀리에서부터 위험을 무릅쓰고 위원장들이 모인 것일 터이고, 또한 위원장들은 일제치하에서부터 계속된 투쟁경력이나 모스크바 당학교를 나온 이론축적을 당중앙으로부터 공인받은 인물들이었으므로 사안의 문제점을 놓고 격론이 벌어지는 것은 얼마든지 있을 수 있는 일이었다. 그러나 아랫사람들로서는 불안감 또한 없지 않았다.

다음날 회의도 격론의 계속이라고 했다. 그런데 그것이 단순한 논쟁이 아니라 이론투쟁이라는 말이 뒤따랐다.

'이론투쟁'이란 말을 듣고 염상진은 불길한 생각을 떨치지 못했다. 이론투쟁이 벌어지고 있다면 회의에서 다루어지고 있는 문제는 빨치산투쟁의 당면한 전략·전술에 대해서가 아니라 보다 근본적인 것이라고 느껴졌기 때문이었다. '이론투쟁'에는 '자리바꿈'이 뒤따르게 마련이었다. 염상진은 혹시 이현상 선생이 어느 도당을 맡게 되는 것이 아닐까, 하고 생각했다.

회의가 완료되었다는 소식과 함께 그 결과가 알려졌다. 이현상 선생이 남반부유격대 총사령관이 되고, 각 도당 유격대는 그 지휘아래 들어간다는 것이었다. 그리고 회의 중에 가장 격렬하게 논쟁을 벌인 것이 전남도당 위원장이었다는 말도 퍼졌다.

염상진은 그 결정이 잘된 것인지, 잘못된 것인지 선뜻 판단을 내릴 수가 없었다. 그 결정이 내려지기까지의 과정설명을 그 누구한테서도 들을 수가 없는 데다, '이현상 선생'이란 존재가 판단에 혼란을 일으키게 하고 있었다.

도당으로 돌아가는 남행길은 덕유산을 향해 가던 때와는 달리

침울하고 지루했다. 위원장의 얼굴에 그늘이 짙게 드리워져 있었으므로 보위대에도 민감하게 그 영향이 미쳤다. 거기다가 위원장의 다리가 더 이상 걸을 수 없도록 노독이 도졌다. 위원장은 못내 미안해하고 괴로워했지만 대원들에게 업힐 수밖에 없었다. 칡덩굴로 엮어 들것을 맞들려고 했지만 위원장이 누워서 가기를 원하지 않았고, 평지가 아닌 산길을 오르내리는 데 들것의 효과는 없느니만 못하기도 했던 것이다. 업는 사람이 힘드는 것을 줄이기 위해 칡넝쿨로 업을개를 엮었다. 업힌 사람의 무게를 두 팔로 받치는 것이 아니라 두 어깨로 지탱하게 하기 위해서였다. 대원들이 번갈아가며 위원장을 업었고, 오르막길에서는 두 사람씩 뒤를 밀었으며, 내리막길에서는 옆에서 부축을 했다. 그런 행군은 위원장이 절룩이며 걷는 것보다 훨씬 빨랐다. 위원장의 다리가 악화된 것은 노독 때문만은 아니라고 염상진은 혼자 생각하고 있었다. 얼굴을 덮고 있는 그늘의 탓도 있다고 생각했다. 염상진은 마음 같아서는 자신도 위원장을 한 차례 업어모시고 싶었지만 자신에게 맡겨진 임무는 부대의 지휘였던 것이다. 어떤 경우에도 지휘관이 임무를 혼동하거나 착오를 일으키는 것은 용납되는 일이 아니었다.

"지구마동 정신이 하나또 없구만이라. 5월공세다냐 지랄이다냐 혀갖고 노란개·검은개덜이 대포 쏴질름서 워쩌크름 많이 몰아닥치는지 난리판굿이 벌어지고 있당께라."

섬진강에 이르러 접선된 전남지구 선요원한테서 들은 소식이었다. 언제나 대비해 오고 있던 공격이기는 했지만 보위대에는 금방 긴장이 감돌았다. 아무런 느낌도 드러내지 않은 건 위원장뿐이었다.

섬진강에서 도당사령부에 도착할 때까지는 덕유산으로 갈 때보다 몇 갑절 힘이 들었다. 예상보다 강력한 적의 공격에 따라 야간매복도 강화되어 있었던 것이다. 두 차례의 매복공격에 맞서야 했고, 염상진은 부하 넷을 잃어야 했다.

총사에 도착해 보니 적들은 박격포공격을 앞세워 병력을 대량으로 투입하면서 각 지구를 차례로 공격하는 작전을 펴고 있었다. 긴 설명을 듣지 않더라도 그것이 해방구를 유린하려는 작전인 것을 알 수 있었다. 투쟁은 또다른 국면으로 접어들고 있음을 염상진은 감지했다. 그러나 토벌대의 적극공세와 덕유산 송치골의 결정이 어떤 관계로 작용하게 될 것인지 막연한 의문이 생겼다.

이틀 뒤에 도당 간부회의가 소집되었다. 도당사령부 부장급과 지구사령관으로 제한된 긴급회의였다. 총사 부사령관은 지구사령관급이라서 염상진도 물론 회의에 참석했다.

"왈 5월공세라고 하는 적들의 공격이 감행되고 있는 현 상황하에서 부득이 간부회의를 긴급 소집하지 않을 수 없었던 것은 이번 덕유산회의의 결정사항이 그만큼 중대하여 시급한 보고를 요하는 것이기 때문입니다."

위원장의 개회선언을 겸한 회의소집에 대한 이유 설명이었다. 회의장은 여느 때 없이 긴장되어 있었다.

"회의는 덕유산회의의 결정사항과 그 배경에 대한 보고, 다음으로 그 결정에 있어서의 문제점 확인, 끝으로 우리 도당의 입장에 대한 토론의 순서로 진행하고자 합니다."

위원장이 앉음새를 고치며 좌중을 휘둘러보았다. 무표정한 얼굴에 눈빛만 유난히 예리했다.

"에에, 남조선 6개 도당위원장들과 전지리산유격지구 사령관 이현상 동지가 참석한 덕유산회의에서 결정된 사항은, 이현상 동지를 남조선유격대 총사령관으로 하고, 그 지도 아래 각 도당의 유격대를 재편시킨다는 조직개편이었습니다. 이러한 조직개편에 대한 제의는 이현상 동지에 의해 이루어졌고, 그 근거는 이승엽 동지의 지령에 있습니다. 이상이 결정사항과 그 배경에 대한 보곱니다. 다음으로, 그 결정에 있어서의 문제점 확인이 되겠습니다. 첫째, 전체적 조직개편에 따라 각 도당은 '사단' 편제로 그 조직을 바꿔야 한다는 점입니다. 여기서 야기되는 중대한 문제점은 각 도당이 해체되고 단순한 군사조직으로 남게 된다는 사실입니다. 이것은 다시 두 가지 문제를 야기시킵니다. 첫째, 당조직의 해체를 어찌 감히 도당 위원장들이 결정할 수 있으며, 둘째, 당조직이 부재한 상태에서 어떻게 군사조직이 있을 수 있느냐 하는 점입니다. 이상은 결정사항에 대한 문제점 파악이고, 그 이전에 중대한 문제가 더 있습니다. 그것이 무엇인고 하니, 이현상 동지가 당초에 제기한 조직개편 그 자체입니다. 그 조직개편에 따르면 당이 군사조직의 하위에, 군사조직이 당의 상위에 올라서도록 되어 있는 것입니다. 이것이야말로 당의 절대원칙에 정면으로 위배되는 해당행위이며 도전행위가 아닐 수 없습니다. 아무리 위급한 전시상황이라 하더라도 군사조직이 당의 우위에 서는 도착이 있을 수 없는 것이며, 상황이 위급하면 위급할수록 당조직이 더욱 강화되어야만 다른 여타 조직들도 통일을 이루어 그 위기를 타개해 나갈 수 있다는 것은 너무나 명백한 사실입니다. 이러한 사실들을 근거로 하여 격렬한 논쟁이 벌어졌습니다. 당의 절대원칙 수호에 대하여 이현상 동지는 계속 그 조직개편이 당의 지령임을 강조했습니다. 그런데 바로 거기에 중대한 문제점이 또 있었습니다. 당의 지령이면 지령서가 있어야 하고, 당이 이현상 동지를 총사령관으로 임명했으면 당의 임명장이 제시되어야 합니다. 그런데 이현상 동지는 그 어느 것도 가지고 있지 않았습니다. 이승엽 동지로부터 강원도 후평에서 구두지령을 받았다고 했습니다. 후퇴상황이라는 것을 십분 감안한다 하더라도 그것은 전혀 납득이 안 되는 일입니다. 지령의 중대성으로 보면 더욱 납득이 안 되는 일입니다. 당의 지시는 그 어떤 것이든 정확과 확실을 기하고, 착오와 와전을 막기 위하여 문서화하도록 되어 있는 것은 기본적인 대원칙이 아닙니까. 그것을 실행하기 위하여 우리는 온갖 방법으로 암호를 만드느라고 고심하고 있지 않습니까. 그런 우리의 상황을 비춰볼 때 아무리 후퇴상황이라 하더라도 그 중대한 지령을 내리면서 지령문을 겸한 임명장을 작성하지 않았다는 것은 도저히 상식적 이해가 가지 않는 일입니다. 그리고 그 점에 잇따라 또 의문이 생기는 점은, 과연 이승엽 동지가 당의 절대원칙에 정면으로 위배되는 그런 엄청난 오류를 범할 수 있을 것인가 하는 점입니다. 우리는 여기서 풀 수 없는 수수께끼의 함정에 빠지게 됩니다. 이승엽 동지가 그렇지 않다면, 그럼 모든 혐의가 이현상 동지에게 돌아가는 난처한 일이 벌어지게 됩니다. 우리는 이승엽 동지와, 특히 이현상 동지가 세운 혁혁한 투쟁공로를 너무 잘 알고 있습니다. 그러므로 그 사실 여부를 확인할 길이 없는 현시점에서 두 동지 중 누구를 의심하거나, 누구에게 혐의를 둘 수가 없습니다. 이런 여러 가지 문제점과 의문점을 남긴 채 결국 그 의제는 결정이 된 것입니다."

위원장은 천천히 담배를 빼물었다. 회의장의 분위기는 완연히 술렁거리고 있었다. 무슨 소리는 들리지 않았지만, 대부분 어리둥절하거나 의문에 찬 얼굴들이었고, 누구는 고개를 갸웃갸웃했고, 어느 사람은 옆사람에게 무슨 말을 하려다가 그만두었고, 어느 사람은 염상진에게 무슨 눈짓을 했고, 가지가지였다.

"이제 마지막으로, 그런 결정에 대하여 우리 도당의 입장을 본인은 위원장으로서 개진하고자 하며, 여러분들도 기탄없는 토론을 거쳐 그 결과를 정리해 주시기 바라는 바입니다. 에, 본인은 그 결정에 있어서 반대표시를 명백하게 했습니다. 왜냐하면 그 어떠한 경우에도 당이 군사조직에 우위를 상실할 수 없다는 절대원칙을 확고하게 믿음과 동시에 그 원칙을 지키고자 해서였습니다. 물론 그러한 태도결정의 결정적 계기는 지령서와 임명장이 없었기 때문입니다. 이현상 동지의 그러한 제의와 결정이 과오냐, 아니냐는 추후에 명백히 밝혀질 일이므로 여기서 비생산적인 논의를 더 이상 할 필요가 없을 것입니다. 다만 우리가 논의할 수 있는 문제는 앞으로의 우리 도당의 입장에 대해섭니다. 이에 본인은 당중앙의 지시문을 접수하지 않는 한 우리 도당을 군사조직 아래 편입시키는 반당적 과오와 해당적 오류를 범할 수 없으며, 그 어떤 경우에도 당이 군사조직에 우위를 상실할 수 없다는 절대원칙에 충실하면서 덕유산 결정을 배격하고, 현재의 조직과 체제로써 해방투쟁을 계속 전개해 나갈 것을 제의하는 바이올시다. 동지 여러분들의 기탄없는 토론을 기대합니다.”

위원장이 말을 끝냈다. 그가 평소에 거의 말을 하지 않는 것은 마치 이런 회의에 대비한 것이기라도 한 듯 그의 말은 막힘없이 길었고, 말 매듭매듭에는 질긴 힘이 서려 있었다.

회의장에는 침묵만 흐르고 있었다.

“이건 중대한 문젭니다. 기탄없이 말씀들 하십시오.”

위원장이 의견을 유도했다.

“예, 위원장 동지의 의견에 전적으로 찬동하면서, 한 가지 예상되는 문제점에 대해 말씀드리고자 합니다. 우리 도당이 독자적인 투쟁을 전개할 때 총사령부 및 다른 도당과의 사이에 여러 가지 문제들이 야기될 것 같은데, 그것은 어떻게 생각하시는지요?”

부위원장의 말이었다.

“예, 좋은 말씀이오. 앞에서 지적했다시피 다른 도당들은 그 결정을 따르면서 도당이 ‘사단’이 되어 내용적으로 도당 자체가 해체되어 버리는 판국이니 더 말할 것이 없고, 남은 건 총사령부와의 문젠데, 그것도 원칙적 오류를 범하고 있는 한 원칙을 고수하는 우리 도당에 대해서 특별한 문제를 야기시키지는 못할 것이오. 만약 무슨 문제가 생기면 그때그때 대응하면 되리라 싶소."

"예, 알겠습니다."

더 이상 아무도 발언을 하지 않았다. 염상진은 발언할 만한 문제점을 신중히 찾아보았다. 그러나 당의 기본원칙 고수에 찬동하는 한 위원장의 논리에 어느 한 곳 허점이 있을 리 없었다. 다만 이현상 선생과 위원장 사이가 어쩔 수 없이 거북하게 될 것이 마음 무거울 뿐이었다. 그 무거운 마음속에서 이미 부위원장이 제기한 문제점이 자꾸만 의문으로 부풀어오르고 있었다. 그는 다른 간부들도 자신과 비슷한 생각들일 거라고 짐작했다.

"다들 의견이 없으십니까?"

위원장이 간부들을 둘러보았다. 여기저기서 대답이 나왔다.

"예, 토론이 없으면 본인의 의견을 안건으로 상정하겠습니다. 지금부터 표결해 주십시오."

위원장이 '찬성'을 묻기도 전에 모두가 손을 들어올렸다.

"예, 우리 도당은 새로 구성된 유격조직의 산하로 편입되지 않고 현재의 조직과 편제로써 당의 기본원칙에 투철하면서 조국과 인민의 해방투쟁을 가일층 용맹스럽게 전개해 나갈 것을 만장일치로 가결하는 바입니다."

위원장이 말을 마치고 일어섰다. 간부들도 일제히 일어섰다. 박수소리가 울리기 시작했다. 그 박수소리는 차츰차츰 힘차고 크게 울려가고 있었다.

군과 경찰의 대대적인 공격이 시작되면서 빨치산 무장부대들이 정신 못 차리게 바빠진 것은 더 말할 것이 없었다. 그러나 그들 못지않게 눈코 뜰 새 없이 돌아가는 사람들이 있었다. 후방부 병기과 대원들이었다. 싸움이 치열해지면서 총알이나 수류탄의 소비가 급증하게 되자 그만큼 일거리가 많아지게 되었던 것이다.

　각 지구마다 설치된 병기과에서는 여러 가지 병기를 만들어 보급했는데, 주력하고 있는 것은 총알과 수류탄이었다. 공격용이라기보다는 호신용이나 자살용이고, 산생활에서 여러 모로 활용할 수 있는 칼을 지급한 것도 병기과에서 한 일이었다. 그러니까 병기과에는 대장장이나 주물공이 우선적으로 배치되었고, 공대 출신이나 화학 전공자들이 그 뒤를 이었다. 그 다음에는 손재주가 괜찮은 사람들이 모이게 되었다. 그리고 후방부에 많게 마련인 여자대원들이 병기과에서도 일하고 있었다.

　병기과에서 주력하고 있는 총알 생산은 M1 탄피를 이용한 재생 총알이었다. 총탄·탄환·탄알, 여러 가지로 부르는 총알이 대가리인 '알'과 '몸체'와 '화약'으로 이루어지는 건 상식이었다. 그런데 재생총알을 만드는 데 대가리인 '알'은 손쉬웠다. 주물공의 솜씨로 본을 떠서 놋쇠를 녹여 붓는 것으로 '알'은 아주 그럴듯하게 제 모습을 갖추었다. 그러나 정작 문제는 '몸체'와 '화약' 만들기에 있었다. 먼저 '몸체'인데, 한번 사용한 M1 탄피는 그대로 다시 사용할 수가 없었다. 왜냐하면 속에 든 화약의 폭발로 탄피가 팽창되어 있었던 것이다. 그래서 그것을 다시 사용하려면 탄피가 팽창된 부피만큼을 고르게 긁어내야만 했다. 팽창된 탄피가 걸리고 막히는 일 없이 총신을 다시 통과할 수 있도록 탄피 하나하나를 고르게 긁어내야 하는 일, 그건 여간 어렵고 정성을 필요로 하는 일이 아니었다. 그 일을 바로 여성대원들이 주로 맡아서 했다. 탄피를 조금씩 돌려가며 무쇠칼로 긁어내는 일은 단순노동 같으면서 단순노동이 아니었다. 어느 한 부분을 너무 많이 긁어내서도 안 되고, 전체를 너무 많이 긁어내서도 안 되고, 넘치고 모자라지 않게, 알맞고 적당하게 긁어내야 하는 그 일은 신경을 모아 정성을 바쳐야 하는 중노동이었다. 그 일은 동지들의 목숨과 직결되어 있다는 정신적 부담까지 작용하고 있었다. 탄피를 긁어내는 밑에는 꼭 판자나 삐라 종이 같은 것들이 받쳐져 있었다. 긁어낸 놋쇠가루를 모으는 것이었다. 그 가루들은 알뜰하게 모아져 '알'을 만드는 데 보탰다. 날마다 모아지는 그 양은 적지 않았고, 그것이야말로 티끌 모아 태산이었다. 그런 노력 하나하나가 놋그릇을 보투 나가야 하는 대원들의 힘을 덜 수 있게 되고, 인민의 재산을 아끼는 것이라는 점을 여성대원들은 다 인식하고 있었다. 그러한 것은 날마다 진행되는 학습을 통해서 깨우치는 바였다.

그런데 그 탄피 긁어내는 작업에 일대 혁신이 일어나게 되었다. 일을 보다 능률적이고 효과적으로 처리하기 위해서 탄피와 탄피끼리 마찰을 시켜 '닳아지게' 하는 방법이었다. 처음에 그 실험은 나무 술통을 가지고 행해졌다. 술통의 위아래 가운데에 구멍을 맞뚫어 자동차 시동을 거는 쇠막대기를 박아 고정시키고, 술통에 탄피를 반 이상 채워 옆으로 누인 다음, 술통의 앞뒤로 나온 쇠막대기를 말뚝에 받치고 쇠막대기 손잡이를 돌려댔다. 술통이 빙글빙글 돌아가며 속에서 탄피들이 부딪치는 소리가 요란했다. 한참을 돌려대고 나서 탄피를 꺼내보았다. 과연 탄피들은 처음 술통에 넣었을 때와는 다른 빛깔을 띠고 있었다. 칼로 긁어냈을 때와 똑같은 그 빛깔은 탄피들이 '닳아졌다'는 증거였다. 실험은 대성공이었다. 동그란 탄피들은 둥근 술통 속에서 회전운동에 따라 마찰을 했으므로 닳아진 것도 아주 고르게 닳아져 있었다. 다만 수시로 통돌리기를 멈춰 닳아진 정도를 신경 써서 점검하면 되었다. 그러나 통속의 탄피들이 하나같이 총구에 맞도록 닳아지게 할 수는 없었다. 어차피 여성대원들이 긁어낸 탄피들도 하나하나 총구에 끼워보는 점검을 거쳐 화약을 넣게 되어 있었다. 통 속에서 어느 정도까지 닳아진 탄피들은 여성대원들의 손에서 마무리 손질을 받아야 했다. 그러나 통돌리기는 일의 능률을 엄청나게 높여주었다. 그래서 그 방법은 신속하게 각 지구 병기과로 전해졌다. 각 병기과에서는 술통보다 몇 배 큰 나무통들을 짜맞추느라고 한동안 고심들 했던 것이다. 그 희한한 탄피재생기를 발명한 것은 백아산지구 병기과에 배속되어 있는 어느 공대 출신이었다.

재생총탄을 만드는 데 가장 큰 애로는 화약의 제조였다. 그 제조법은 다 알고 있으면서도 원료를 구하기가 어려워 병기과마다 애를 먹고 있었다. 화약의 원료는 농촌의 집집마다 있게 마련인 오줌통에서부터 구하게 되었다. 오줌이 오래될수록 오줌통 안쪽에 많이 엉기는 흰 앙금, 그것을 긁어모아야 했다. 그것은 다름 아닌 암모니아였다. 거기다가 양잿물을 섞어 끓이면 흰 앙금이 생겼다. 그것이 질산나트륨이었다. 거기다가 때죽나무숯가루와 유황을 일정 비율로 섞은 것이 화약이었다. 숯가루를 쓰되 꼭 때죽나무숯을 쓰는 이유는 소나무숯보다 참나무숯이 훨씬 더 불땀이 좋은 그런 점 때문이었다. 그러니까 때죽나무숯은 그 성분 때문에 숯 중에서는 화력이 제일 강했던 것이다. 그러나 이렇게 제조된 화약에는 치명적인 약점이 있었다. 바로 질산나트륨 때문이었다. 질산나트륨은 조해성을 가지고 있었던 것이다. 그래서 총탄이 조금 오래되면 질산나트륨이 빨아들인 습기로 불발탄이 생기게 되었다. 그 불발탄 때문에 생겨난 별명이 '영웅탄'이었다. 그 사연인즉, 어느 골짜기에선가 전투가 벌어졌는데 한 빨치산이 숲 속에서 적과 정면으로 맞닥뜨리게 되었다. 간발의 차이로 빨치산이 적을 먼저 발견했던지, 그는 방아쇠를 당겼다. 그런데 총알이 나가지 않았다. 바로 불발탄이었던 것이다. 이제 적이 방아쇠를 당길 차례였다. 그런데 그 빨치산은 다음 동작을 취했던 것이다. 다음 동작이란 총알을 갈아끼운 것이 아니라 총을 휘둘러 개머리판으로 적을 내려친 것이었다. 적은 쓰러졌고, 그 빨치산은 적을 생포했다. 그 다음부터 습기 잘 차는 질산나트륨이 든 총탄은 '영웅탄'이 되었다. 그런데 정작 영웅인 장본인은 영웅답지 못한 말을 했다. "머시가 먼지 나도 통 몰러. 워디 고것이 지정신으로 헌 짓이간디?" 이렇게 말했다고 해서 동료들은 그에게 붙여준 영웅칭호를 박탈하지는 않았다. 그 멍청한 듯한 말이 오히려 그를 더 돋보이게 했다. 그의 아무런 꾸밈이 없는 솔직한 말에서 동료들은 그때의 위기를 더 절실하게 느낄 수 있었고, 그 위험 속에서 '제정신으로 한 짓이 아닌' 그 짓이 바로 엄청난 담력이고 용기라는 것을 그들은 체험적으로 생생하게 알 수 있었던 것이다. 누구나 그런 위기에 처하면 주저앉거나, 손을 들게 마련이었다. 그런데 그런 일이 일어난 다음에도 빨치산들은 여전히 그 총알을 쏠 수밖에 없었다. 자신의 총알이 '영웅탄'이 아니길 바라면서. 그러고 보면 '영웅탄'이란 별명은 서글픈 익살이 섞인 빨치산적 역설이기도 했다.

그러나 습기가 안 차는 완전한 총알을 만들 방법이 없는 건 아니었다. 양잿물을 쓰는 대신 칼리비료를 쓰면 질산칼리(KNO_3)가 생성되어 완전한 화약을 제조할 수 있었다. 그러나 그 방법은 적들도 이미 알고 있었다. 그래서 농촌에 칼리비료의 배급을 전면 중단시켜 버렸던 것이다.

재생시킨 탄피에 화약을 채우고, 놋쇠알을 박은 다음, 탄피의 뒤꼭지 뇌관자리에 성냥에서 뜯어낸 화약을 발라 촛물로 고정시키는 것으로 재생탄환은 완성되었다. 대원들이 성냥을 손에 넣게 되더라도 쓰지 않고 굳이 불편한 부싯돌을 사용하는 것도 성냥이 총알 제조에 없어서는 안 될 재료였기 때문이다.

물론 '알'은 놋쇠로만 만드는 것은 아니었다. 놋쇠가 떨어지면 납으로 만들었다. 납탄은 그 치명적인 피해 때문에 가능하면 그 제조를 금하고 있었지만, 적들의 경계로 놋그릇은 구하기가 점점 어려워지고, 적들의 공격을 받아가면서 빈 총을 들고 있을 수는 없는 일이었다. 그러나 납탄은 그 피해가 무서웠다. 몸 어느 부분이든 맞기만 하면 납이 산산이 흩어져 살을 파고들 뿐만 아니라 독을 퍼뜨려 아주 빠른 속도로 살을 썩게 만들었다. 그리고 뼈나 핏줄에 닿았다 하면 납은 마치 뱀처럼 그것들을 감고 돌았다. 납탄을 몸통에 맞았을 때는 더 말할 것이 없었고, 다리나 팔에 맞고 수술을 했다고 해도 십중팔구는 결국 다리나 팔을 잘라내게 되었다. 수술을 여간 잘하지 않고서는 살 속에 퍼진 납 파편들을 다 찾아낼 수가 없었고, 약간 남아 있던 파편이 끝끝내 말썽을 부렸던 것이다.

재생총알의 성능이 물론 신품과 같을 리가 없었다. 공격용이 되기는 어려웠고, 그런대로 방어용으로 사용되고 있었다. 빨치산들이 갖춘 개인화력의 60퍼센트 정도가 그 재생탄이었다. 빨치산들은 방어전이 아닌 공격전을 나갈 때 재생탄을 쓰지 않았다. 모든 빨치산들은 총을 쏘고 난 다음에 탄피 수거를 원칙으로 하고 있었다. 신품으로는 재생탄을 만들어야 하고, 재생탄피는 녹여서 알을 만들어야 했던 것이다. 경찰들은 빨치산들이 재생탄을 만들어 쓴다는 것을 알고 있어서 자기네들이 쏜 총알의 탄피를 거의 남기는 일 없이 쓸어갔다. 그러잖아도 경찰들 태반이 친일반역자들이라서 빨치산들의 증오 대상인 데다가 그런 짓까지 하게 되어 빨치산들의 증오는 더 커져갔다. 경찰들의 그런 행동도 자기네들을 가장 미워하고 척결하려 드는 부류가 빨치산들이라는 것을 알기 때문에 비롯되는 일이었다. 빨치산과 경찰 사이에서는 어쩔 수 없이 갈수록 적대감이 커져가고 있었다. 그런데 군인들은 경찰들하고 사뭇 달랐다. 그들은 탄피 같은 것에 신경 쓰지 않았다. 그래서 빨치산들은 기왕 전투가 붙으려면 군인과 붙기를 바랐다.

병기과에서 두 번째로 주력하는 것이 수류탄 제작이었다. 수류탄 껍질은 대개 놋쇠를 녹여 만들었고, 그 속에 넣는 파편은 무쇠솥을 잘게 깬 것이었다. 화약과 함께 무쇠 조각들을 넣고, 불붙일 뇌관을 달면 수류탄이었다. 깡통도 구하는 대로 수류탄 껍질로 사용되었다. 그 성능이 적의 수류탄과는 비교할 수가 없었지만 방어용 위협용으로는 제법 위력을 발휘했다. 그 폭음이며 유난스러운 연기가 아주 그럴듯했던 것이다. 물론 그 수류탄이 사람들 한복판에서 폭발하게 되면 서너 사람 정도에게는 치명상을 입힐 만한 화력을 가지고 있었다.

병기과에서는 더러 '자살탄'도 만들어 보급했다. 기관포 탄피에다 화약을 넣고 심지를 박은 것이었는데, 불가항력적 상황에 빠졌을 때 그것에 불을 붙여 자살을 꾀하는 탄이었다. 그것을 품거나 입에 물고 죽어간 빨치산들도 가끔 있었다.

"와따메, 이놈에 5월공센지 염병인지 시작된게 오짐 누고 그것털 새도 없네잉."

김종연이 재생탄피의 뒤꼭지에다 촛물 돌리는 일을 하며 입을 놀렸다. 화약을 고정시키기 위해 한 동작으로 촛물을 도르륵 흘려 돌리는 그 작업은 재생총알 만드는 과정에서 제일 중요한 대목이었다. 그는 입을 놀리면서도 손은 빈틈없이 화약을 따라 촛물을 흘리고 있었다. 그는 서인출과 함께 병기과로 배치되었을 때는 달굼쇠에 매질을 하거나, 촛물그릇 들고 내는 것 같은 일을 주로 했다. 그러나 남보다 눈치 빠르고 영리한 그는 일들을 속빠르게 익혀 재생탄피 점검을 거쳐 제일 중하고 어려운 일을 맡게 되었다.

"옳여, 워디서 찌릉내가 폴폴 나쌓등마 바로 김 동무가 오짐 방울 덜 털고 옷에다가 들겨서 그런 것이로구마!"

김종연과 말장단이 척척 잘 맞는 배삼성이가 잽싸게 말을 받았다.

"어허! 긍가? 그 코 한분 유명짜시. 근디 눈이나 붉고 귀나 붉아야 빨치산으로 쓸 것인디, 코가 붉아뿐께 고것얼 워다다 쓸 것이다냐. 천상 근천시럽고 짜잔허게 넘 다리 새 냄새나 맡아야제."

김종연이 잠시 지체도 하지 않고 말을 받아쳤다.

"그 말 한분 찰떡이시. 술도가가 있으니 술 뜨는 냄새를 맡을 것이며, 장바닥이 있으니 괴기 썩는 내럴 맡을 것이여. 요 코가 헐 일이 천상 그것이제."

배삼성이가 말을 되받아치지 못하고 허물어졌다. 역시 그는 김종연의 입심을 당하기가 어려웠다. 입산을 하고서도 김종연의 음담은 생기가 줄지 않았고, 남자대원들 사이에서 단연 인기가 높았다. 그는 병기과에서 일하면서도 언제나 총 들고 화선에 나서기를 바라고 있었다. 그런 그가 유동수의 도주 소식을 들었을 때는 차마 입에 못 담을 욕을 해대며 무섭게 화를 냈었다.

"고런, 붕알얼 까서 소금 닷 말을 칠 놈. 자수혀서 혼자 살어보겄다고? 니기미, 총살이나 당해 칵 뒤져뿌러라, 잡새끼!"

성님, 성님 하며 깍듯이 대해왔던 유동수에게 김종연이 처음이
고 마지막으로 퍼부어댄 욕이었다.

"동수 성님이 병기과에 있었드라면 그리 안 되얐을 것인디……."

안타까워하는 서인출의 말이었다.

"고런 인종은 워디에 있어도 매한가지여. 입산헐 때부텀 맘이 뜨
광혔응께!"

김종연이 단호하게 말했다.

김종연이나 서인출은 아직까지도 유동수가 총살당해 죽었다는
것을 모르고 있었다.

그 시간에 하대치의 부대는 순천 쪽에서 밀려드는 군경을 맞아
중대단위 전투를 벌이고 있었다. 서로 연결된 산등성이 하나씩을
중대가 맡아 적의 공격을 막아내는 방어전이었다. 중대단위로 전
투를 하되 총지휘는 하대치가 맡고 있었다. 하대치는 지휘를 위
해 양쪽에 2개 중대씩을 배치하고 가운데 봉우리에 서 있었다.
그의 옆에는 각 중대로 띄울 연락병들이 여섯 명 대기하고 있었
다. 그가 직접 지휘하는 보위중대를 제외한 4개 중대에 필요한 연
락병들은 모두 여덟이었다. 상황변화에 따라 작전지시를 연달아
띄울 것에 대비해 1개 중대에 두 명씩의 연락병들을 배치해 놓고
있었다.

하대치는 얼마 전까지 쓰고 다니던 레닌모를 어떻게 했는지 엉
뚱하게 국방군 작업모를 쓰고 있었다. 머리에 납작 붙는 레닌모는

그의 작은 키를 더 작아 보이게 하고, 다부진 체격을 더 다부져 보이게 했다. 그런데 모자 천장의 둘레에 철사를 넣어 천장이 둥글고 팽팽하면서 레닌모에 비해 높이가 높은 국방군 작업모도 그의 키를 약간 커 보이게 하면서, 강단지게 생긴 두껍고 넓적한 얼굴에 썩 잘 어울렸다. 누구의 솜씨인지 모자에는 큼지막한 별 하나가 그려져 있었다. 그것은 계급을 표시하는 것이 아니라 인공기의 별을 본뜬 것일 터였다. 염상진이 오래전부터 지령문의 끝에 꼭 별 하나를 그렸던 것처럼.

"2중대, 적덜이 왼편짝 골짝으로 이동허고 있응께 그짝 깔끄막얼 조심허라고 전혀!"

하대치가 눈살을 찌푸리며 지시했다.

"야, 알겄구만이라."

앞으로 나섰던 연락병이 하대치 뒤에다 경례를 하고는 잽싸게 달리기 시작했다.

하대치는 키가 작기도 했지만, 어떤 전투에서나 여간해서 몸을 구부리거나 낮추는 법이 없었다. 나는 총알을 맞아도 안 죽는 사람이다, 하는 식으로 언제나 꼿꼿하게 서서 부대를 지휘했다. 입산 초기의 일로, 총 쏘는 법을 겨우 익힌 신빨치들은 싸움이 붙었다 하면 겁부터 먹고 머리를 쑤셔박기 일쑤였다. 그럴 때마다 하대치는 대원들 앞을 거침없이 걸어다니며 마구 소리치고는 했다. "동무덜! 겁묵지 말고 나럴 봇씨요. 나가 요러크름 당당허니 걸어댕게도 암시랑토 않으요. 봇씨요, 총소리가 저리 방정 떨고 지랄 쳐도 워디 맞는 디 있소? 나가 원체로 키가 짧아논께 맞을 디가 없다고 혈랑가도 몰르는디, 실은 총알에 눈이 안 달렸응께 맞자고 혀도 잘 맞덜 않는 것이 총알이오. 긍께 접묵지 말고 허리 피고, 고개덜 드씨요." 그런 하대치의 배짱과 용감성에 신빨치들은 그저 주눅 들고 기가 죽었다. '땅딸보 하대치'가 지구 안에서 금방 유명해진 것도 결코 무리가 아니었다.

"중대장 동무, 중대장 동무! 개덜이 왼편짝 골짝으로 몰린께 그짝 깔끄막 잘 지키라능마요."

2중대 연락병이 숨 가쁘게 토해놓았다.

"이, 폴세 다 종그고 있소. 저것덜이 총질은 오른편짝서 멫 놈헌테 시킴스로 정작 왼편짝 깔끄막얼 기올라 공격허겄다는, 즈그대로넌 대그빡 돌리는 위장술인디, 고것이 워디 즈그 맘대로 되간디? 괭이 앞에 생쥐새끼덜 놀기제."

여유만만한 중대장은 천점바구였다. 그는 말을 끝내며 연락병을 향해 씨익 웃었다.

"글먼 가보겄구만이라."

연락병이 경례를 붙였다.

"그러씨요. 시간도 얼추 다 되야간께 한두 파수만 더 애쓰면 될 것이요."

천점바구가 경례를 받으며 연락병을 격려했다. 골짜기 아래서 산발적인 총성이 계속되고 있었다. 산등성이에서는 거의 총소리가 울리지 않았다. 적들이 사정권 안으로 들어오기 전에는 총을 쏘지 않겠다는 작전이었다. 전투는 벌써 세 시간을 넘게 끌고 있었다. 그동안 적들이 세 차례 공격을 해왔고, 지형적으로 유리한 하대치의 중대들은 그때마다 거뜬하게 적들을 물리쳤다.

천점바구는 해를 올려다보았다. 해는 서쪽으로 꽤나 기울어 있었다. 적들이 위치이동을 하는 것은 오늘의 마지막 공격을 시도하려는 것이라고 그는 생각했다. 그가 중대장이 된 것은 부대 재편성에 따른 것이었다. 재귀열로 희생자들이 극심해지고 나서 각 부대의 재정비는 불가피했던 것이다. 도당의 지시에 따라 각 지구는 소대편제를 없애고 중대단위의 편성을 다시 하게 되었다.

"동무덜, 봇씨요. 개덜이 쩌그서 움직거리는 것 뵈제라. 저것덜이요 왼편짝 깔끄막으로 올라붙을라고 허는 것잉게 우리넌 죽은 디끼 있다가 저 잡것덜이 깔끄막 중테기 쪼깐 우에 쩌그 참나무 뵈제라? 거그 짬에 오면 우리 중대의 폭탄 맛얼 한바탕 뵈고 나서 공격 개시허겄소."

천점바구는 낮은 소리로 중대원들에게 작전을 지시했다. 새로 편성된 중대의 인원은 그전의 소대원들보다 조금 많은 35명 평균이었다.

토벌대들은 울창해지기 시작한 나무숲에 몸을 숨겨가며 빠르게 산비탈을 기어오르고 있었다. 산개해서 움직이고 있는 그들의 모습은 나무숲 사이사이로 드러났다가 가려지고 다시 드러나고 했다. 산등성이에서는 그들의 움직임이 다 내려다보이고 있었다. 그들이 위험을 무릅쓰며 그렇게 적극공세를 펼치는 것은 빨치산들이 벌써 여덟 달이 되도록 장악하고 있는 해방구를 점령하기 위해서였다. 해방구를 없애려는 쪽과 해방구를 지키려는 쪽과의 싸움. 그건 서로 양보가 있을 수 없는 싸움이었다.

토벌대들이 비탈의 중간지점을 넘어 참나무에 가까워지고 있었다. 천점바구가 팔을 치켜들었다. 토벌대들이 참나무께를 지나려 하고 있었다. 천점바구가 팔을 힘차게 아래로 쳐내렸다. 그와 함께 아래로 굴러내리는 것들이 있었다. 그건 큼지막한 돌덩어리들이었다. 여러 개의 돌덩어리들은 쿵쾅거리며 비탈을 굴러가고 있었다. 돌덩이들은 구를수록 가속도가 붙어 그 기세가 예사롭지 않았다. 어떤 것은 큰 나무에 부딪쳐 튕겨올랐다가 다시 구르기도 했고, 어떤 것은 작은 나무를 그대로 깔아뭉개며 굴러내리기도 했다.

"피해라, 돌이다!"

아래서 터진 다급한 외침이 먼 느낌으로 들려왔다.

"쩌 빨갱이새끼덜!"

"워메, 사람 잡겄네!"

이런 소리들도 다급하게 터져나왔다. 그리고 돌들을 피하려는 토벌대들의 황급한 모습이 숲 사이사이로 보이고 있었다. 아래로 총을 겨눈 천점바구네 부대원들은 쿡쿡거리며 웃고 있었다. 천점바구가 아까 말한 중대의 폭탄이란 그 돌덩이들이었다. 그 돌덩이들을 굴러내려서 적들에게 피해를 입히자는 것이 아니었다. 적을 위압하고 신경을 자극시키려는 일종의 심리전이었다. 그러나 처음부터 돌덩이를 준비했던 것은 아니었다. 싸우다 보니 등성이 언저리에 돌덩이들이 많이 박혀 있어서 천점바구는 그런 계획을 세웠던 것이다.

"요런 빨갱이새끼덜아, 총알이 떨어졌으면 자수혀! 돌뎅이 굴리지 말고 자수혀! 자수허면 살레준다아—."

아래서 들려오는 목청 돋운 소리였다. 누군지 꽤나 배짱이 두둑한 자였다.

"워메 고마우요이이—. 에라이 반동새끼덜아, 좆 뽀는 소리 말고 느그가 우리헌테 자수혀라. 진짜배기로 살레줄 팅께로."

소리 지를 일이 있을 때마다 도맡고 나서는 목청 큰 유만복이가 외쳐댔다.

이것 또한 주간전투에서 흔히 있는 심리전이었다. 밤에 전혀 소리를 내지 못하고 활동하는 빨치산들은 그런 기회에 맘껏 소리 질러보려고 서로 나서기도 했다. 그러나 적보다 더 큰 소리로 적의 기세를 제압해야 했기 때문에 아무에게나 그 기회는 주어지지 않았다.

적진에서 일제히 사격을 가해왔다. 적들이 돌격전을 펴고 있었다. 양쪽 산에서도 총소리가 콩을 볶기 시작했다.

"사겨억 개시!"

천점바구가 외쳤다.

중대원들이 일제히 방아쇠를 당겼다. 총소리들이 한층 요란하게 엉클어졌다. 천점바구는 적 하나가 핑글 한 바퀴 돌아 나뒹굴어지는 걸 노려보며 총구 방향을 약간 틀고 있었다. 적진에서 던진 수류탄이 터져오르고, 폭풍과 불길에 휩쓸리는 나무와 풀들이 경련을 일으키고 있었다. 그러나 수류탄들이 터지고 있는 거리는 이쪽 화선에서 꽤나 멀었다. 수류탄 폭연이 잦아들고 있는 사이로 적 하나가 앞으로 푹 고꾸라지고 있는 것을 외서댁은 비식 웃으며 쏘아보고 있었다.

10여 분 만에 적진에서 먼저 사격을 멈추었다.

"중지, 중지!"

천점바구는 다급하게 팔을 내저었다.

"야이 빨갱이새끼덜아! 납탄 쏘지 말어. 제네바 협정 위반이다!"

적진에서 외치는 소리였다.

"나가 대거리헐라요."

외서댁이 벌떡 일어났다. 외서댁의 목청이 유만복 다음가게 크고 카랑카랑한 것은 다 아는 일이었다.

"아조 야물딱지게 맹글어뿌씨요."

유만복이가 물러서며 말했다.

"요런 반동새끼덜아! 납탄이 무서우면 총알 놓고 가면 될 거 아니여어! 잡소리 말고 총알이나 놓고 가!"

두 주먹을 부르쥔 외서댁이 있는껏 목청을 뽑고 있었다. 그런 그녀의 머리에는 옷고름 너비의 새빨간 천이 질끈 동여매져 있었고, 뽑아늘인 목에는 힘줄이 불끈 돋아올라 있었다. 그녀는 전투가 벌어지면 언제나 그 새빨간 천을 질끈 동여매고는 했다. 그리고 전투가 끝나면 그것을 풀어 정성스럽게 접어가지고 몸뻬 주머니에 넣었다. 새빨간 천을 낭자머리 위에 매듭진 그녀의 모습은 남자대원들이 무색할 정도로 용맹스럽게 보였다. 그런 외서댁을 보면 힘이 절로 난다는 남자대원들도 있었다.

"야이 씨부랄 년아! 집구석에서 좆이나 뽈제 멀라고 입산혀갖고 재수대가리 읎이 나스고 지랄이냐아!"

적진에서 들려온 소리였다.

"허, 저놈이 얄랑궂은 소리 허네?"

외서댁이 헛웃음을 치며 대원들을 둘러보았다. 그 예상하지 못했던 소리에 대원들의 얼굴이 어색하고 민망해져 있었다. 그런데 외서댁이 숨을 들이켰다.

"야이 씨부랄 놈아! 뽈자도 뽈 좆이 없어 입산혔다. 니놈 좆대감지 럴 뿌랑구가 뽑히게 뽈아줄 팅께 욜로 당장에 올라오니라, 올라와!"

부들부들 떨어대며 외치는 외서댁의 목청은 아까보다 훨씬 컸다.

"못 올라오는 놈도 빙신이다아!"

유만복이가 외쳐댔다.

"이, 그 말 좋으요. 다 항꾼에 그 말 서너 분 소리 질릅씨다."

천점바구가 반색을 하며 말했다.

"아, 그러제라." 유만복이가 손바닥으로 허벅지를 철퍽 치며 좋아라 하고는, "글먼 다 항꾼에 시 분만 허는 것이요잉. 짜아, 한나 둘, 싯!" 하며 손짓했다.

"못 올라오는 놈도 빙신이다아!"

"못 올라오는 놈도 빙신이다아!"

"못 올라오는 놈도 빙신이다아!"

35명이 합친 소리가 우렁차고도 우람하게 퍼져나갔다.

아래쪽에서는 아무 대꾸도 들려오지 않았다. 대꾸 대신 들려오는 것은 웃음소리들이었다. 분명, 먼저 소리 지르고 궁지에 몰린 사람을 놓고 서로가 웃는 웃음일 것이었다.

오른쪽 산등성이에서 외침이 들려왔다.

"공화국 시간 왔다아! 공화국 시간 왔다아!"

"잉? 폴세 그리 됐는갑네. 동무덜, 우리도 싸게 공화국 시간을 알립시다."

천점바구가 손짓을 했다.

"공화국 시간 왔다아! 나가자, 쳐부시자!"

2중대원들이 팔을 뻗쳐올리며 합창을 했다.

주간전투에서 대개 오후 두세 시 사이를 '공화국 시간'이라고 불렀다. 그 말은 '앞으로는 우리 세상'이라는 은유였다. 빨치산에 비해 야간전투력이 약한 군경들은 야간전투를 피하려면 안전지대까지의 거리 때문에 그 무렵에 일단 철수를 하지 않을 수 없었다. 더 늑장을 부리다가는 철수하는 도중에 날이 어두워져 기습당하기가 십상이었다. 그래서 빨치산들은 전투를 하다가도 그 시간이 되면 일삼아 '공화국 시간'을 외쳐대며 기세를 올렸고, 군경들은 약속이나 한 것처럼 퇴각준비를 하고는 했다.

아래쪽에서 총소리가 산발적으로 울리기 시작했다. 위협사격을 가하며 적들이 부산스럽게 비탈을 내려가고 있는 것이 보였다.

"동무들! 빨치산의 노래, 시이이작!"
천점바구가 손을 치켜들며 신호했다.

　　반동의 시체를 넘고 넘어
　　앞으로 앞으로
　　섬진강아 흘러가라
　　우리는 승리한다
　　원한 위에 피에 맺힌
　　반동을 무찌르고서
　　꽃잎처럼 피어나는
　　혁명의 깃발이여

　공화국 시간에만 부르는 〈빨치산의 노래〉였다. 그것 또한 상대방들의 사기를 위축시키고자 하는 심리전의 하나였다. 자기네들의 주제곡 가사를 바꿔버린 그 노래를 등 뒤로 들으며 퇴각하고 있는 적들을 더 몰아치는 기세로 그들은 노래를 합창해 대고 있었다. 해는 서쪽으로 많이 기울고, 산등성이에 드리운 그들의 그림자도 키보다 길어져 있었다.

　송치골의 6개 도당위원장회의가 끝난 직후부터 전북도당 사령부 소속 대원들 사이에 여러 가지 말이 떠돌기 시작했다. 그중에서 제일 많이 관심이 모아지거나 우김질을 일으키는 것은 두 가지였다.

첫째가 도당위원장이 모든 권한을 이현상 선생한테 빼앗겼다는 것이고, 둘째가 전북도당에서 많은 대원들이 이현상 부대로 전출을 가야 된다는 것이었다.

첫 번째 문제는 모든 권한을 뺏겼다, 아니다로 말이 오가는 우김질이 반복되었다. 그러나 회의 결과가 공개되지 않은 상태에서 그 우김질은 팽팽히 맞설 뿐 어떤 결말이 나지 않았다. 그도 그럴 것이 평대원들의 입장에서는 어디 가서 회의 결과를 속 시원히 알아볼 길도 없었던 것이다. 그러니까 우김질하는 당사자들도 자기네들의 생각일 뿐이지 어떤 근거가 있는 것이 아니었다. 그래서 또 우김질이라는 것은 있게 되는 것이기도 했다.

두 번째 문제는 가야 하느냐, 말아야 하느냐로 말거리가 되었다. 그러나 그 문제는 우김질까지는 되지 못했다. 조직은 어디까지나 명령이었으므로 가고, 안 가고가 자기네들의 의사로 결정되는 것은 아님을 알아차린 탓이었다. 그런데 문제는 거기서 끝나지 않고 다른 방향으로 발전했다. 그건 다름이 아니라 누가 전출될 것이냐 하는 관심이었다. 그것 역시 우김질은 될 수 없었다. 그 대신 출처 없는 소문들을 만들어냈다. 총사령부로 전출되는 거니까 싸움 잘하는 대원들이 갈 것이라고도 했고, 비무장대원들 중에서 뽑을 거라고도 했고, 재귀열을 앓아 회복 중인 대원들을 보낼 거라는 말도 있었다. 그러나 그 어느 것도 확실한 것은 없었다.

손승호는 그런 소리들을 귓등으로 들으며 무겁고 기운 없는 몸을 끌며 나날을 보내고 있었다. 그가 관심 쓰는 것은 그저 재귀열의 재발을 막는 것이었다. 먹을 수 있는 것이면 무엇이든지 입에 쓸어넣고 싶은 무서운 허기를 이겨내는 것이 재발을 막는 유일한 방법이었다. 들끓는 열에 휘둘리며 사경을 헤맸던 그때를 생각하고, 처참하게 죽어가던 사람들을 생각하고, 이대로 죽을 수는 없다는 의지를 세우며 먹고 싶은 고통을 이겨냈던 것이다. 그래서 재발의 위험은 어느 정도 넘겼지만, 끼니가 부실해서 회복이 더디었다.

손승호는 찔레순을 따서 껍질을 벗기고 있었다. 살 오른 찔레순은 약간 떫은 듯하면서도 달차근해 꼭꼭 씹으면 먹을 만했던 것이다. 어린 날 남의 집 담장 너머 찔레순을 따다가 야단을 맞은 일이 한두 번이 아니었다. 찔레순도, 삐비도, 띠풀뿌리도, 장다리꽃도, 먹을 것 없는 봄철의 아이들 먹이였다. 그런 것들을 먹고 자란 세월이 눈물겹게 뿌우연 저편의 기억으로 떠올라왔다. 아이들이 그런 것들을 먹기는 지금도 마찬가지였다. 세월은 흘러갔으되 세상은 달라진 것이 없었다. 달라진 그 세상을 보지 못하고 이 산속에서 이대로, 더욱이 세균전의 희생물로 죽을 수는 없는 일이었다. 손승호는 다시 어금니를 맞물었다.

"손 동무, 여기 계셨군요."

옆에 걸음을 멈춘 박난희가 숨을 할딱거렸다.

"무슨 좋은 일 있다고 그리 급하게 다니시오."

손승호가 심드렁하게 말했다.

"좋은 일이 아니고 나쁜 일이 생겼어요."

박난희가 낮고 빠르게 속삭였다. 그때서야 손승호는 그녀에게 눈길을 모았다.

"저 말예요, 이현상 선생 부대로 회복기 환자들을 보내기로 결정이 됐대요. 큰일났잖아요."

그게 무슨 큰일이오? 하는 말이 곧 나오려는 것을 손승호는 참았다. 그 말은 박난희를 너무 무색하게 만들 것 같았던 것이다. 손승호는 고개를 숙였다. 이현상 부대로 가게 되면…… 결국 지리산으로 가게 되는 거지. 이현상 부대가 지리산으로 간다는 건 여기 도착할 때부터 확실한 사실로 알려졌으니까. 각 도당이 자기들 도에 거점을 확보하고 무한책임으로 투쟁을 전개하고 있는 상태에서 그 깊은 산으로 들어간다는 것은 무슨 의미가 있을까. 지리산이 3개 도에 걸쳐 있으니까 총사령부를 설치하기 좋아서인가? 글쎄, 그게 아니면…… 사령부 설치를 겸해 미리 투쟁거점을 확보해 두자는 목적인가? 지금 상황은 여순항쟁 직후와는 다르지 않은가. 그때는 피신투쟁지로서 지리산으로 들어갈 수밖에 없었고, 지금은 그때처럼 상황이 급박하지 않고 넓은 지역에서 투쟁을 전개하고 있지 않은가. 그런데 왜 지리산으로 일부러 들어간다는 것인가. 그것은 투쟁력의 사장이 아닌가. 지금은 한 사람의 투쟁이라도 확대하면서 인민들 옆에서 투쟁할 시기가 아닐까. 지리산은, 그런 투쟁이 한계에 다다랐을 때 피신투쟁지로 선택하는 곳이 아닐까. 의병들도, 동학군들도 그랬던 것으로 아는데……. 투쟁이 치열하게 진행 중인 이 상황에서 어째서 그 깊은 산 지리산으로 들어간다는 것인가. 알 수가 없는 일이다. 내 생각이 모자라는 것인가…….

"뭘 그리 생각하세요?"

박난희가 얼굴을 가까이 디밀었다. 손승호는 얼굴을 들었다. 껍질을 벗기다 만 찔레순은 그동안에 엄지와 검지손가락 사이에서 잉끄러져 있었다.

"뭐, 별 생각 아니오."

손승호의 수척한 얼굴이 희미하게 웃었다.

"어떡하시겠어요?"

잘 먹지 못하면서도 언제나 맑은 윤기가 도는 큰 눈을 더 크게 뜨며 박난희가 물었다.

"뭘 말이오?"

"아이 참! 몸이 이래가지고는 딴 부대로 가실 수 없잖아요."

박난희 씨, 좀더 솔직하게 말씀하셔야지, 내가 떠나는 게 싫다고 말야. 그래, 나 같은 놈을 그렇게 생각해 주다니, 고맙고…… 그리고, 뭐라고 말해야 좋을까. 손승호는 지그시 웃었다.

"그게 어디 내 맘대로 되는 일이겠소? 조직이 하는 일이지."

"아니에요. 조직은 뭐 사람이 움직이는 게 아닌가요? 빨리 그분을 찾아가도록 하세요. 가서 부탁하세요. 그분 능력으로는 얼마든지 해결할 수 있어요."

박난희의 눈은 더 윤기가 났고, 말하는 입술에는 질긴 힘이 모아지고 있었다. 그 색다른 모습에서 손승호는 지금까지 느끼지 못했던 그녀의 강인성을 발견하고 있었다. 무대에서 노래를 하는 개방성과 적극성에 그 강인성이 작용해 그녀 자신을 이 산속에 있게 한 것이 아닐까 하는 생각이 들었다. 자신에게 부족한 그런 그녀의 개성이 손승호에게는 나쁘지 않게 느껴졌다.

"누구, 박두병 동지 말이요?"

"예에, 박 동지."

"글쎄…… 좀 생각해 봅시다."

"아니에요. 생각할 여유가 없어요. 곧 전출이 시작된다더라니까요."

박난희는 안달이었다.

"알겠소. 내가 알아서 할 테니 걱정 마시오."

"이런 몸으로 여길 떠났다간 큰일난다는 걸 잊지 마셔야 해요."

박난희는 힘주어 다짐했다. 손승호는 그저 웃었다.

박난희가 돌아간 다음에도 손승호는 생각에 잠겨 있었다. 지원 병력을 보내면서 왜 하필이면 회복기의 환자들일까. 자기네들 한 몸도 제대로 가누지 못하는 회복기 환자들만을 전출시키는 의미는 무엇일까. 유격조직을 개편하는 그 회의가 순조롭지 못했던 것과 그것과는 어떤 관계가 있는 것일까. 이현상 사령관의 병력 요청에 도당위원장은 마지못해 그 숫자나 채우자고 회복기 환자들을 골라낸 것이 아닐까? 현재 도당사령부의 병력 중에서 제일 쓸모없는 것이 회복기 환자들이니까. 글쎄…… 그게 아니라면, 그럼 지리산으로 가는 길에 허약한 사람들을 데려가 보호하고, 건강을 회복시키자는 것일까? 글쎄, 지금 그런 배려까지 할 여유가 있을까? 그 깊은 내막이야 알 도리가 없는 일이고, 어쨌거나 지금 상태에서 지리산으로 가 틀어박힌다는 건 아무런 의미가 없다. 지금은 전역이 도당단위로 활발하게 움직이고 있는 그야말로 유격투쟁 시기이지 여순항쟁 때처럼 전남 일부지역만 움직이고 다른 지역에서는 연계투쟁이 일어나지 않아 지리산으로 들어갈 수밖에 없었던 피신투쟁 시기가 아닌 것이다. 일단 박두병을 만나고 보자⋯⋯. 손승호는 기운 없는 몸을 무거운 짐이라도 진 듯이 일으켜 세웠다.

박두병은 무슨 글인가를 쓰고 있다가 손승호를 반갑게 맞았다.

"아이쿠 손 동지, 몸 회복은 좀 어떠시오?"

박두병은 언제나처럼 그늘 없는 얼굴로 힘이 넘치는 악수를 했다.

"예, 점차 좋아지고 있습니다."

손승호는 박두병의 소탈하고 구김살 없는 성품에 또 묘한 안정감을 느끼며 웃음 지었다.

"아직도 수척하신데, 워낙 먹는 게 부실하니까⋯⋯."

박두병이 민망해하며 혀를 찼다.

"아닙니다, 그것도 투쟁 아닌가요. 그런데 방해가 안 되는지 모르겠습니다."

손승호는 책상으로 대용되고 있는 미군 탄약상자 위에 펼쳐진 종이로 눈길을 보냈다.

"아니, 염려 마십시오. 신문에 낼 글인데, 거의 다 썼습니다."

손승호는 박두병의 말을 들으면서도 눈길을 책상에 그대로 두고 있었다.

"뭘 그리 보십니까?"

"아, 예, 저 펜에 무슨 영어가 씌어 있어서⋯⋯."

그때서야 손승호는 책상에서 눈길을 거두었다.

"아, 이 볼펜 말입니까? 보십시오, 미군전용 볼펜입니다."

박두병이 볼펜을 집어 손승호에게 내밀었다. 손승호가 받아든 검정 볼펜에 씌어 있는 흰 글씨의 영어는 U.S. GOVERNMENT였다.

"그게 다 보투에서 생긴 겁니다. 미군전용 볼펜으로 미제를 타도하자는 글을 쓰고 있는 거지요."

"그렇군요. 빨치산전술에 아주 충실하고 있는 셈이군요."

"맞어요, 맞어요."

두 사람은 마주 보고 웃었다.

"무슨 하실 말씀이라도 있으신지……."

박두병은 손승호의 입장을 생각해서 먼저 말문을 열었다. 그저 심심해서 왔을 리가 없었기 때문이다.

"예, 전출문제에 관해 좀 알아볼까 해서요. 회복기 환자들을 보낸다는데 저도 포함된 것인지, 포함되었으면 좀 빼주실 수 없으신지 알아보려구요."

손승호는 말이 길어지지 않게 용건을 한마디로 밝혔다.

"왜, 여기가 좋으십니까?"

박두병이 손승호를 물끄러미 바라보며 웃었다.

"예, 정도 들었고, 투쟁적인 면에서 볼 때도 지금 지리산으로 들어가야 할 의미를 발견할 수가 없습니다."

입을 꾹 다문 박두병은 한참이나 고개를 끄덕이고 있었다.

"아주 중요한 말씀을 하시는군요. 염려 마십시오, 손 동지는 처음부터 전출자명단에 들어 있지 않았습니다. 우리 도당에 없어서는 안 될 일꾼인걸요."

박두병이 시원스럽게 말했다.

"아닙니다, 일꾼이긴요. 모자라는 게 너무 많습니다."

손승호는 마음이 가라앉는 안도감을 느끼며 말했다.

"겸손의 말씀입니다. 그런데 손 동지의 지적대로 지금 시점에서 지리산으로 들어간다는 것도 문제지만, 그보다 더 앞선 문제점은 각 도당들 위에 유격사령부가 올라앉게 된 조직개편에 있습니다. 그건 조직의 기본이 뒤집어진 오류고, 과오입니다. 당조직 위에 군사조직이 올라앉게 된 건 국가조직 위에 군사조직이 올라앉은 것과 똑같은데, 그런 경우는 그 어느 나라에도 없습니다. 얼마 전에 해고당한 맥아더의 경우를 보세요. 그 독선적이고 안하무인인 맥아더는 자신의 유엔군사령관이란 직책이 곧 전 세계적인 지배자라는 것인 줄 착각했어요. 그 착각이 대통령에게 도전하게 만들고, 더 심하게는 대통령도 무시하고 자기 마음대로 행동하게 한 겁니다. 군인이 대통령 위에 올라앉으려는 짓이었지요. 그 결과가 어찌 됐습니까. 축출당할 수밖에요. 아무리 전시라고 하더라도 군대조직은 어디까지나 국가조직의 일부에 지나지 않는 것입니다."

손승호는 뭐라고 대꾸할 말이 없었다. 박두병은 부드러운 인상과는 달리 너무나 명쾌하고도 완벽한 논리로 문제의 핵심을 찔러버렸던 것이다.

"무슨 말씀인지 잘 알겠습니다. 그럼, 그만 가보겠습니다."

손승호는 신경 써서 몸을 가볍게 일으키려고 했다.

"잠깐만 기다리세요."

박두병은 손짓을 하고는 때 묻은 배낭을 뒤지기 시작했다.

"이거 가지고 가세요."

박두병이 내민 것은 검정 볼펜이었다.

"아닙니다, 저한테도 있습니다. 두고 쓰세요."

손승호는 진심으로 사양했다.

"손 동지가 가진 것은 몽당연필 아닙니까. 내가 두 개를 가지고도 미처 나눠 쓸 생각을 못했어요. 이걸로 미제를 타도할 극본이나 시를 더 멋지게 쓰세요. 자아, 받아요."

박두병은 볼펜을 손승호의 손에다 쥐여주었다.

"그럼 잘 쓰겠습니다."

손승호는 목례를 했다.

"예, 건강 조심하세요."

박두병이 환하게 웃으며 그 큰 코를 씰룩거렸다. 손승호도 따라 웃었다.

손승호는 느린 걸음을 옮기며 박두병의 말을 되짚어 생각하고 있었다. 그의 길지 않았던 말은 여러 가지의 질문과 답을 동시에 포괄하고 있었다. 그 회의의 결정은 민주적으로 이루어졌는가? 그렇지 않다. 병력지원은 호의적 협조로 이루어진 것인가? 그렇지 않다. 민주적인 방법이 아닌데 왜 그런 중대한 문제가 결정될 수 있는가? 주재자가 이현상이니까. 호의적인 협조가 아니면서도 왜 대원들을 차출하는가? 요구자가 이현상이니까. 왜 이현상은 당의 근본 원칙을 위배하는 그런 결정을 내렸을까? 맥아더 같은 착각에 빠졌으니까. 당을 무시하는 그런 결정적 과오를 범한 이현상은 어떻게 될까? 맥아더처럼.

손승호는 마음 무거운 우울함을 느꼈다. 성인들 중에서 이현상이란 이름 석 자를 모르는 사람은 거의 없었다. 그만큼 그의 투쟁은 장기간에 걸쳐 영웅적이고 신화적이었다. 그런 사람이 어떻게 그런 과오를 범하고, 그런 오류를 저지를 수 있을까. 그런 사람이니까 그럴 수가 있는 거라고? 어쩌면 그럴지도 모른다.

손승호는 볼펜을 주머니에 꽂으며 연예대의 움막 쪽으로 발길을 돌렸다. 삐라 뒷면에다 이 볼펜으로 미제와 그 앞잡이들을 척결하는 내용의 극본을 쓰면 아주 안성맞춤이겠군, 하고 생각하며.

"손 동무, 손님이 찾아왔소."

움막에 가까워졌을 때 누군가가 말했다.

"손님?"

손승호는 가슴이 철렁하는 것을 느꼈다. 그리고 김범우가 번쩍 떠올랐다.

"손 동무시요?"

그러나 앞으로 다가서는 얼굴은 김범우가 아니었다. 안면이 없는 사람이었다. 이 산중에서는 전혀 어울리지 않는 '손님'이라는 말을 갑자기 듣게 되자 반사적으로 김범우가 생각났던 것이다. 나는 지금까지도 김범우가 찾아올지 모른다는 생각을 하고 있는 것인가,

그는 평소에 의식하지 못했던 자신의 마음에 새삼스럽게 놀라고 있었다.

"누구신지요?"

"이, 선요원인디요, 솥뚜껑 동무 아시지라?"

"예, 압니다."

손승호의 얼굴이 금방 밝아졌다.

"요것 받으씨요. 그 동무가 보낸 것이요."

선요원이 담뱃갑만 한 것을 내밀었다.

"이게 뭡니까?"

"몰르겄소. 속에 핀지 들었답디다. 시간 너무 지체혀서 나 싸게 가야겄소."

손승호는 선요원이 내밀고 있는 것을 얼른 받아들었다.

"고맙소. 안부 좀 전해주시오."

"그리헙시다."

손승호는 빠른 걸음으로 멀어져가는 선요원의 뒷모습과, 손에 든 것과를 번갈아보며 한동안을 그대로 서 있었다. 선요원이 마치 솥뚜껑이라도 되는 것처럼.

종이를 풀자 나온 것은 뜻밖에도 인삼 두 뿌리였다. 편지는 그 밑에 들어 있었다. 손승호는 마음 급하게 편지를 펴들었다.

　　孫 동무 前上書

　　病後回復은 잠 어떠시요. 늦게사 病 앓았단 消息 듣고 기맥힙디다.

혀도 목심 탈 읎응께 을매나 多幸허고 多幸허요. 回復에 쪼깐 이로
우라고 요것을 보내는 것이니 때때로 씹어서 잡수시씨요. 너무 작
아서 面目이 읎소. 맘으로야 당장에 가보고 잡아도 그리 못허는 것
이 우리덜 形便인께라. 線要員헌테 사사로운 일 시키는 것이야 黨이
禁허는 것이제만 孫 동무 겉은 장헌 동무 보허자는 일인께 黨도 理
解헐 것이구만요. 어서어서 回復허시고 山生活 無事허시기를 바랩
니다. 漢文字가 틀린 것이나 읎는지 걱정시럽구만이라.

솥뚜껑 拜上

편지 위에 물방울 하나가 뚝 떨어졌다. 손승호는 눈을 질끈 감으
며 입술을 물었다. 그리고 고개를 뒤로 젖혔다. 이 전쟁통에 인삼
을 구하느라고 무진 애를 썼을 솥뚜껑의 모습이 선하게 떠올랐다.
손승호는 자꾸만 솟는 눈물을 목이 아프도록 되삼키고 있었다.

15

사형 대신 써야 하는 수기

김미선이 받은 형벌은 사형이었다. 사형이 언도되는 순간 김미선은 만주 벌판에서 겪었던 칼바람보다 더 차고 예리한 현기증에 휩싸였던 것이다. 그리고 서로 다른 두 가지 모습이 한꺼번에 스치고 지나갔다. 아이들의 얼굴과 이원조의 얼굴이었다. 그 두 모습은 체포된 이후 줄곧 마음에서 맞부딪치고 뒤엉켜왔던 문제였다. 그냥 북행을 했어야 하지 않았을까…… 아니야, 두 새끼들의 그 꼴을 보고는 차마 어쩔 수 없었어…… 하지만, 이렇게 잡혀버렸으니 무슨 소용이야…… 아니지, 전혀 예상하지 않은 위험은 아니었지. 잡히더라도 죽지만 않고 몇 년 징역살이하고 나서 자식들을 지키는 것이 더 낫다고 각오는 했었지. 이원조 그분은 나의 그런 마음까지 헤아렸던 것일까? ……그분의 말 없는 묵인은 무슨 의미였을까? 자식 가진 여자의 심정을 이해했던 것일까? 아니면, 강제로 북행을 시켜보았자 그 정신상태가 당원으로서 더는 쓸모가 없다고 포기해 버린 것일까? 아니야, 날 포기했을 리가 없어. 문학평론가인 그분은 에미가 된 여자의 심정을 충분히 이해하실 분이야. 나는 당을 버린 것이 아니야. 난 혁명을 포기한 게 아니야. 어린 자식들을 살려내기 위해 잠시 투쟁을 멈춘 것뿐이야. 그분이 고개를 저었더라면 난 분명히 북행을 했을 거야. 그분은 날 믿기에 그런 어려운 묵인을 한 게 아닌가. 하지만…… 사형을 당하게 되면 어쩔 것인가! 아니야, 아니야, 그럴 리는 없어. 군인도 아니고, 사람을 죽인 일을 한 것도 아니고, 기자 노릇을 한 것뿐인데, 아무리 살벌한 세상이라 해도 죽이기야 하려고……. 조사를 받는 동안에 날마다 되풀이한 생각들이었다.

그런데 형벌은 막상 사형이었다. 언도를 듣는 순간 떠오르는 이 원조의 얼굴은, 이럴 줄 알았더라면! 하는 후회로 가슴을 쳤고, 두 아이의 얼굴은, 이 불쌍한 것들아! 하는 울부짖음을 솟게 했다. 그러나 법정에서는 눈물도 보이지 않았고, 법정을 나설 때도 흐트러짐 없이 똑바르게 걸었다. 그런 상태는 감방으로 돌아와 허물어지고 말았다. 명백한 죽음 앞에서 확대되는 건 두 자식뿐이었다. 이미 멀리 떠나간 당의 존재는 의식되지 않았다. 자신이 이 세상에서 흔적도 없이 사라지게 되면 어린 두 자식은 어찌 될 것인가……. 그 절박한 생각 앞에서 눈물은 걷잡을 수 없이 쏟아졌다. 혁명사상을 마음에 심기 시작하면서부터 멀어졌던 눈물이 마침내 한꺼번에 솟구쳐오르고 있었다. 동지로서 짝을 맺은 남편이 백색 테러의 희생이 분명한 행방불명이 되었을 때 떨군 눈물은 슬픔이 아니라 오히려 결의였던 것이다. 그런데 두 자식을 두고 떠나야 하는 눈물은 걷잡을 수 없는 서러움이고 절망이었다. 남편과 자식의 차이……. 남편은 죽음을 각오하고 투쟁하는 존재였고, 남편이 없어도 자식들은 자신이 키울 각오가 되어 있었던 것이다. 비합법투쟁 상태였지만 자신이 안전했던 그때와 사형선고를 받고 감방에 갇혀 있는 지금과는 자식들의 문제가 하늘과 땅 차이였다. 어떤 기적이 일어나지 않고는 사형을 면할 길이 없었다. 사람들은 날마다 사형을 당해 사라져가고 있었다. 그 기적이란 인민군이 다시 서울을 탈환하는 것뿐이었다. 그러나 그 막연한 기대에 비해 선고에 뒤따라 지체 없이 시행되는 사형집행은 너무나 가까이 있었다. 그래서 그 기대는 '기적'일 수밖에 없었다.

그런데 전혀 기대하지 않은 '엉뚱한 기적'이 김미선을 찾아들었다. 선고를 받고 나서 이틀 뒤였다.

"김미선, 면회!"

자물쇠를 따며 간수가 던진 말이었다. 김미선은 그 말을 또렷이 들었으면서도 잠깐 어리둥절했다. 자신을 면회 올 사람이 없는 데다가 사형선고를 받은 사상범에게 면회가 허용된다는 사실이 도무지 믿어지지 않았던 것이다.

"야, 김미선! 빨리 나오잖고 뭘 꾸물거려."

간수의 눈 부라린 외침이었다.

"예에, 나갑니다."

김미선은 서두르면서도 별로 좋지 않은 예감을 느끼고 있었다. 그러나 그 예감은 곧 사라지고 말았다. 사형보다 더 나쁜 일이 뭐 있을 것인가 하는 판단이 들었던 것이다.

김미선이 간수를 따라서 간 곳은 면회실이 아닌 어느 사무실이었다. 사무실에는 계급장 없는 군복을 입은 두 사나이가 앉아 있었다. 그들을 보는 순간 김미선은 반사적으로 전신이 움츠러들며 찌르르 전기가 통하는 것을 느꼈다. '계급장 없는 군복'이 주는 공포감이었다. 계급장 없는 군복들에게 그동안 닦달을 당할 만큼 당한 반사작용이었다. 그들은 계급장 없는 군복 속에 하나같이 신분도 정체도 감추고 있었다. 그들이 수사기관원이라는 것뿐, 그들은 이름도 얼굴도 가지고 있지 않았다. 그들은 자기네가 만족할 만한 결과가 나올 때까지 무자비한 고문취조를 가해대는 자동기계들이었다.

"김미선, 고개 들어!"

곧 쥐어지를 듯한 우악스러운 목소리였다. 깍지 낀 손아귀에 힘을 모으며 김미선은 무겁게 고개를 들어올렸다.

"김미선, 똑똑히 들어라. 너한테 특별히 살아날 기회를 주겠다. 이분 말씀 잘 듣도록!"

머리를 짧게 깎은 사나이가 핏기 서린 눈으로 김미선을 노려보며 윽박지르듯이 말했다. 김미선은 사나이의 눈길을 피해 그의 가슴께의 군복 단추에 시선을 매달고 있었다. 그녀는 '살아날 기회'라는 말에 아무런 느낌도 갖지 못하고 있었다.

"자아, 말씀하십시오."

머리 짧은 사나이가 옆사람에게 말하며 담배를 빼들었다. 미국 담배 팔말이었다.

"김미선 씨, 날 좀 보시오."

느낌이 전혀 다른 목소리였다. 굵고 낮은 그 목소리는 존대를 쓰고 있었다. 김미선은 '김미선 씨'라는 존칭이 너무 생경하게 느껴졌다. '동무'나 '동지'가 익숙해진 귀에 그 존칭은 너무나 설게 들렸다. 그녀는 천천히 눈길을 돌렸다. 그녀는 앞에 앉아 있는 남자가 그동안 겪어왔던 계급장 없는 군복들과는 다르다는 것을 한눈에 알아보았다. 그 남자는 똑같은 계급장 없는 군복을 입었으면서도 머리칼이 짧지 않았으며, 얼굴이나 눈에 살기와 독기가 없이 안온하고 부드러운 모습이었다.

"김미선 씨, 김미선 씨는 혹시 내가 누군지 알지도 모르겠는데, 내가 이렇게 김미선 씨를 찾아온 건 이분이 미리 말씀했다시피 김미선 씨에게 죽음의 사슬에서 벗어날 수 있는 기회를 드리기 위해 한 가지 일을 권하고자 해서요."

그 남자는 잠시 말을 멈추었다. 그래, 첫눈에 눈에 익은 얼굴이었다. 그런데…… 저게 누굴까? 변심한 어떤 직원일까? 글쎄, 조직의 생리상 첫눈에 눈에 익을 정도의 얼굴이 누군지 모를 리가 없고, 얼굴만 눈에 익고 신원을 모르는 존재란 있을 수 없지 않은가. 그럼…… 저건 누굴까?…… 김미선의 머리는 짧은 시간에 빠르게 회전하고 있었다.

"내가 김미선 씨한테 권하고자 하는 일은 다른 게 아니라, 김미선 씨의 직업도 여자로서 흔하지 않은 데다가, 괴뢰치하에서 겪은 바도 남다른 역정을 가지고 있는데, 그걸 수기로 자세하게 기록해 보라 그것이오. 물론 전향적 입장에서 말이오. 김미선 씨는 이런 내 권유를 어떻게 받아들일지 모르겠소. 감정적으로 당장 거부감을 느낄지도 모를 일이오. 그야 얼마든지 그럴 수 있는 일이오. 내 말이 갑작스러운 데다가, 김미선 씨가 한 좌익생활은 너무 오래됐기 때문이오. 그래서 말인데, 지금 당장 대답을 듣자는 것도 아니고, 대답을 하라는 것도 아니오. 앞으로 얼마 동안 생각할 여유를 드리겠소. 그런데 오늘은 내가 온 김에 몇 가지 점을 말해 두고 싶소. 김미선 씨가 부잣집 딸로 태어나 좌익사상을 갖게 된 것을 난 충분히 이해하고 있소. 그건 젊은 혈기로써 얼마든지 있을 수 있는 일이오. 일제치하에서 공산주의 혁명은 전인류적 해방이라는 맥락에서 조국해방의 한 방법으로 채택될 수 있었고, 그러한 자각 아래 많은 부잣집 자식들이 공산주의 사상에 경도되었소. 김미선 씨만이 아니라 나도 그런 사람 중의 하나였소. 그러나 우리는 공산주의 혁명과 함께 조국의 해방을 이룩한 게 아니라 2차대전의 연합군의 덕으로 해방을 얻지 않았소? 그건 주지의 사실인데, 그렇다면 해방이 이루어졌으니까 그 시점에서 목적하는 바 수단이었던 공산주의는 버려야 되는 것 아니겠소? 아니, 공산주의 혁명은 조국해방만을 위한 단순목적이 아니라 인민해방까지 동시에 이룩하자는 복합목적이었다고 말할 수도 있소. 그래도 좋소. 인민해방은 어디 공산주의에서만 할 수 있는 전매특허물은 아니잖소. 용어가 다를 뿐 자유민주주의 사회에서도 얼마든지 할 수 있는 일 아니겠소? 보시오. 난리가 터지기 전에 벌써 이 대한민국에서는 농지개혁을 통해 지주라는 것은 다 없어지지 않았소? 그 덕에 나도 빈털터리가 됐소만. 이 점을 떠나서 생각하더라도 북한 공산주의자들이 저지른 만행은 도대체 뭐요. 동족간에 전쟁을 일으켜 얼마나 많은 사람들을 살상했으며, 또 얼마나 많은 재산들을 잿더미로 만들었냔 말이요. 그것까지도 또 덮어준다고 해요. 지금 전황은 어떤지 압니까? 괴뢰군들은 삼팔선 전역에서 북으로 밀리고 있는 실정입니다. 김미선 씨는 지금도 괴뢰군들이 서울로 다시 치고 내려오리라고 믿고 있는지 모르지만, 그럴 가망성은 전혀 없으니 어서 그런 허황한 꿈에서 깨나는 게 좋을 게요. 김미선 씨는 만주에서부터 내려오면서 직접 봐서 알겠지만, 북쪽은 남쪽보다 더 심하게 잿더미가 돼서 북괴는 아무리 발악을 해도 더 이상 전쟁을 수행할 능력이 없소. 그럼 중공괴뢰들이 있다고 할지 모르지만, 그것들이야말로 보잘것없는 거지떼들이오. 인해전술을 하느라고 수없이 죽어버려 숫자도 염려할 것이 못 되는 데다 무기도 형편없으니 말이오. 자아, 이런 이야기는 너무 간격이 벌어지는 이야기니까 다 그만두고 좀더 직접적인 얘길 해봅시다."

그 남자는 말을 멈추며 담배를 빼들었다. 고생이라고는 모르고 살아온 것이 분명한 그의 말끔한 얼굴에는 군복에 어울리지 않는 부드러운 웃음이 감돌고 있었다. 김미선은 그의 말 같지 않은 소리에 말끝마다 반격을 해대며, 그가 도대체 누구인지를 생각해 내려고 애써왔던 것이다. 기억 속에서 그가 누군지 잡힐 듯 하면서도 잡히지 않고 있었다.

"뭐, 길게 말하지 않겠소. 사상이 도대체 뭐요? 그게 하나뿐인 생명과 바꿀 가치가 있는 게요? 아니, 김미선 씨의 경우는 어린 두 자식까지 합해서 세 목숨이오. 물론 사상이란 어느 한때 가질 수도 있는 것이오. 또한 어느 때는 깨끗하게 버릴 수도 있는 게 사상이오. 김미선 씨의 경우는 그때가 바로 지금이오. 그러니까 아까 내가 말한 수기를 쓰시오. 그걸 쓰기만 하면 그대로 전향서 삼아 무죄석방이 될 것이오. 어서 그걸 쓰고 석방되어 두 자식을 데리고 자유대한의 품에 안겨 새 인생의 광명을 찾기를 진심으로 바라겠소. 신문기자도 글을 쓰는 직업인 이상, 같이 글을 쓰는 입장에서도 공적인 처리를 떠나 개인적으로도 돕고 싶소. 오늘은 이만 돌아갈 테니 며칠 생각해 보도록 하시오. 실례하겠소."

그 남자는 담배를 끄고 몸을 일으켰다. 같이 글을 쓰는 입장! 김미선은 반사적으로 상대방을 쏘아보았다. 약간 긴 느낌을 주는 저 부르주아지의 전형적인 얼굴! 그녀의 의식 속에서는 마침내 그 남자의 얼굴과 이름이 일치되고 있었다. 아, 저 사람은 소설가 이아무개가 아닌가! 그녀는 입속에서 부르짖었다. 소설가 이아무개는 머리 짧은 사나이를 앞서 문 쪽으로 걸어가고 있었다. 아직도 젊은 놈이 그리도 해먹을 짓이 없어 수사기관 앞잡이 노릇이란 말이냐. 그래, 네놈은 일정 때부터 이광수 꽁무니에 붙어 친일하고 싶어 몸살했던 놈이고, 해방이 되고 나서 쓴다는 소설나부랭이도 술타령이나 연애질하는 것이 아니었더냐. 버러지 같은 자식……. 김미선은 팔을 낚아채는 손에 놀라 화들짝 몸을 일으켰다.

"빨리 걸어!"

바로 앞에 간수가 버티고 서 있었다.

김미선은 무겁게 걸음을 떼어놓았다. 두 아이의 삐쩍 마른 얼굴이 선하게 다가왔다. 그녀는 고개를 저었다. 의식이 썩을 대로 썩어버린 삼류소설가 이아무개의 말을 듣지 않았던 것으로 하고 싶었다. 그것은 두 아이를 미끼로 삼은 함정이었다. 지극히 인간적인 것 같으면서 더없이 비인간적인 회유…… 그것은 몰인정한 수사관의 고문보다 더 잔인한 고문이었다. 역사의 발전법칙을 따라 행동하지는 못한다 할지라도 소위 소설가라는 작자가 그따위 교활한 짓이나 앞장서고 다니다니……. 그녀는 어금니를 맞물며 다시 두 손을 깍지 끼었다. 두 아이는 긴 복도를 지나 감방에까지 따라오고 있었다.

이틀 뒤였다. 또 간수를 따라 감방을 나갔다. 괴로움만 씹고 씹었을 뿐 마음은 그자가 원하는 쪽으로 전혀 움직이지 않은 상태였다. 그런데 간수가 데려간 곳은 그자를 만났던 사무실이 아니라 정말 면회실이었다.

면회실에 들어선 김미선은 우뚝 굳어지고 말았다. 거기에는 뜻밖에 파삭 늙어버린 친정어머니와 깡마른 두 아이가 와 있었던 것이다. 아아, 이럴 수가 있는가! 그녀는 눈을 질끈 감으며 입술을 깨물었다. 그리고 부르르 떨었다.

"엄마아!"

울음 섞인 소리가 면회실을 울렸다. 작은아들의 목소리인 것을 그녀는 눈을 감고도 알았다. 그녀는 눈을 번쩍 떴다. 그냥 돌아서 버릴까 했던 생각이 와르르 무너지고 있었다.

"승욱아!"

그녀는 철망 쪽으로 내달았다.

"엄마야, 보고 싶었어."

작은아들이 철망에 매달려 울음을 터뜨렸다. 그녀는 작은아들의 손을 덥석 잡았다. 그러나 그녀의 손에 잡히는 것은 철망을 움켜잡고 있는 꼬부라진 작은 손가락들뿐이었다.

"용욱아, 너도 손, 손!"

그녀는 숨이 가쁜 듯 큰아들에게 말하며 한 손으로 철망을 더듬었다.

"엄마, 안녕하셨어요."

큰아들이 말하며 그녀의 손이 더듬고 있는 철망께를 잡았다. 그런 큰아들의 눈에서 눈물이 주르륵 흘러내렸다. 큰아들의 눈물을 보자 그때까지 억누르고 있었던 그녀의 눈물도 기어코 터지고 말았다. 그녀는 눈물을 쏟으며 울음을 삼키며 두 아이의 손가락들을 정신없이 매만지고 있었다.

"고생이 많지야?"

친정어머니가 손수건으로 눈을 훔치며 말했다.

"아니요, 전 괜찮아요. 어무니가 애들 데리고……."

그녀는 목이 메고 말았다.

그녀는 두 아이의 손을 잡은 채 양쪽 팔소매에 눈물을 번갈아가며 닦았다. 한동안 아무도 말이 없었다.

"에미야, 인자 여기서 시키는 대로 해라. 니가 북으로 또 따라가지 않은 것이 요 새끼들 위해서라고 안 했드냐. 기왕 그리 된 것, 시키는 대로 하고 살아날 것 아니냐. 니가 이 세상에서 없어지고 나면 이 늙은 것이 살면 얼마나 살 것이냐. 그때 이 두 새끼들이 어찌 될 것이냐. 니 뜻대로 원대로 그만치 한세상 살았으면 인자 된 것 아니겠냐. 이 불쌍한 새끼들이 무슨 죄가 있냐. 그저 시키는 대로 해라. 다 새끼들을 위해서 하는 일이다."

친정어머니의 말에 그녀는 고개를 떨어뜨렸다. 친정어머니는 비록 그자들의 흉계에 끌려 여기까지 왔다 하더라도 그 말만은 진심이었다. 전향수기를 쓰기만 하면 사형을 면하고 살아나게 된다는 그자들의 한마디만 듣고도 어머니는 솔선해서 그 말을 하게 되어 있었다. 그자들은 그것을 환히 알고 어머니를 끼워넣은 것이었다.

"엄마, 나 엄마하고 여기서 살 테야."

작은아들이 울음을 추스르며 또렷하게 말했다.

"그래, 그래, 우리 승욱이……."

그녀는 쏟아지려는 눈물을 간신히 참아내며 질정 없이 고개를 끄덕였다.

면회는 그것으로 끝났다.

그녀는 감방으로 돌아와서야 입을 손바닥으로 틀어막고 울기 시작했다. 울음이 심해질수록 그녀의 쪼그려앉은 몸은 작아지면서 머리는 머리대로, 어깨는 어깨대로, 팔은 팔대로 떨려대고 있었다.

수기를 쓰게 되면…… 보나마나 선전용으로 이용해 먹을 것이 틀림없다. 전향서를 대신한다니까 그자들이 원하는 대로 써야 할 것이고…… 그자들은 또 저희들 욕심에 맞게 멋대로 가필·왜곡·삽입을 해댈 것이 뻔했다. 그런 참담한 꼴을 보이려고 투쟁에 뛰어든 것이 아니었다. 그런 비참한 항복을 하려고 역사의 편에 선 것이 아니었다. 그 순결을 더럽히지 않고 지키는 길은 죽음뿐이었다. 그런데…… 그런데…….

그녀는 울다가 지쳐 감방바닥에 쓰러졌다.

그녀는 다음날 또 간수를 따라나갔다. 예상대로 그 사무실에 소설가 이아무개가 기다리고 있었다. 그녀는 그자가 묻는 여러 가지 말에 전혀 대답하지 않았고, 설득이랍시고 늘어놓는 구역질나는 반동논리에도 귀 기울이지 않았다.

"수기는 가명으로 책을 낼 것을 약속합니다. 며칠 더 생각해 봐요. 참, 이건 아직 비밀사항인데, 미·쏘 간에 휴전문제에 대해 의견이 오가고 있소."

그자가 몸을 일으키며 한 말이었다. 김미선은 머리가 쿵 울리는 충격에 부딪혔다. 거짓말이야! 날 속이려는 거야! 그녀는 완강하게 충격을 떠밀어냈다. 그러나 충격은 쉽사리 떠밀리지 않았다. 도시마다 더는 어찌할 수 없을 지경으로 부서지고 불타버린 북쪽의 모습이 눈앞에 어른거렸다. 그녀는 팔다리에서 힘이 풀려나가는 것을 여실히 느끼고 있었다. 그 절망적인 파괴가 현실인 이상 휴전이라는 말이 오간다는 것은 결코 터무니없는 소리가 아니라 싶었다.

국군 정훈국에 있다는 소설가 이아무개는 두 번을 더 찾아왔다. 그때마다 그자는 연기된 사형집행 날짜를 환기시켰고, 치졸스런 인생론을 장황하게 늘어놓고는 했다. 그녀는 비쩍비쩍 몸이 타들어가고 있었다. 두 자식이 매달려 있는 올가미가 갈수록 목을 죄어오고 있었다. 그 올가미는 끊어낼 수도, 벗어던질 수도 없는 형틀이었다.

"김미선, 면회!"

그녀는 섬뜩 놀라며 두 손바닥으로 양쪽 귀를 막았다.

"기다리는 것도 한도가 있어요. 다음번이 마지막 기횝니다."

그자가 지난번에 한 말이었다.

"뭘 해, 김미선!"

간수가 소리쳤다. 김미선은 주춤주춤 몸을 일으켜 세웠다. 다리가 후들후들 떨리고 있었다.

"자아, 오늘은 결론만 간단하게 대답하세요. 하겠소, 안 하겠소!"

여느 때 없이 냉정한 그자의 말이었다. 김미선은 고개를 들었다. 그리고 상대방을 똑바로 쳐다보았다.

"빨리 대답하시오. 시간이 없소."

소설가 이아무개는 그녀를 맞쏘아보며 싸늘하게 말했다. 그녀는 떠밀리는 기분으로 눈길을 피했고, 고개를 숙였다.

"어떡하겠소!"

상대방은 더 세차게 떠밀어대고 있었다. 낭떠러지의 막바지였다. 그녀는 숨을 들이켜며 눈을 꼬옥 감았다.

"어서 대답하시오. 하겠소, 안 하겠소."

그녀는 고개를 끄덕였다. 그녀의 고개는 보일 듯 말 듯 끄덕이고 있었다.

"분명하게 말로 대답하시오!"

소설가 이아무개의 입 언저리에 비릿한 웃음이 번지고 있었다.

"하겠어……."

그녀가 흑 울음을 터뜨리며 책상에 엎드렸다.

"자알 생각했소. 당장 장소를 옮기도록 하겠소."

그자가 벌떡 일어났다. 김미선의 좁고 여윈 어깨가 잘게 들먹이고 있었다.

심재모는 원대복귀 날짜가 정해지자 병원장의 양해를 얻어 이삼일 동안 병원을 떠날 수 있게 되었다. 언제나 마음 한구석에 찜찜하게 남아 있는 단양을 찾아가기 위해서였다.

원주까지는 군용열차를 두 번 갈아탔다. 전시답게 각종 군용차량들은 뿌우연 흙먼지들을 일으키며 포장 안 된 길들을 질주해 대고 있었고, 소령 계급장은 아무 차나 쉽게 얻어탈 수 있는 위력을 발휘했던 것이다. 더욱이 원주 쪽으로 가는 차들은 전방에 병력이나 물자를 수송하고 돌아가는 길이라서 대개 비어 있기도 했다.

차를 두 번 갈아타면서 그동안 멀어졌던 전방의 전투소식을 생생하게 들을 수가 있었다.

"아이고, 말도 마십시오. 그게 어디 말이 전투지 사람이 할 짓입니까. 어디서나 고지탈환전투를 전개하고 있는 판인데, 서로가 뺏으려고 하고 안 뺏기려고 하고, 뺏긴 것 다시 찾으려고 하고 뺏은 것 다시는 안 뺏기려고 하고, 그러다 보니 폭탄은 폭탄대로 퍼부어 대고, 끝장에는 꼭 육박전을 벌이게 되니 사람은 사람대로 수없이 죽어가고, 아이고, 당최 눈 뜨고 볼 수가 없어요."

심재모는 그 정경이 환히 눈에 들어와 그저 고개만 끄덕였다.

"어쨌거나 장교 중에 제일 불쌍한 게 소위지 뭡니까. 적들을 향해 정면으로 돌격을 치다 보니 앞장을 안 설 수 없고, 적들은 효과적으로 공격을 저지하려고 지휘관부터 없애려 하고, 그러다 보니 총알들이, 쏘위! 쏘위! 하고 날아다니며 소위만 찾는 것 아닙니까. 그래 어떤 소대에선 소대장이 하루에 세 번까지 바뀌었다고 하지 않습니까? 소위가 죽고, 선임하사가 맡았는데 또 죽고, 일등중사가 소대장이 된 거지요. 그런데 그 일등중사도 다음날 어찌 됐는지는 모르지요."

옆에 앉은 중위는 '쏘위! 쏘위!' 할 때 검지손가락을 곧게 펴 정말 총알이 여기저기 날아다니는 것 같은 시늉을 해보였다. 그 이야기는 새로 듣는 것이면서도, 심재모는 그동안 더욱 치열해진 전투 상황을 능히 실감할 수 있었다.

원주는 전방전투의 보급기지가 되어 있었다. 군용차량들이 수 없이 드나들고 있었으며, 일반인들보다 군인들이 더 많은 것 같은 느낌이었다. 전쟁초기의 부산과 같은 인상이었다. 미군 부대 주변에 둘러쳐진 철조망은 특히 그랬다. '무단으로 접근하면 발포한다'는 새빨간 경고판도 똑같았고, 영문과 한글 글씨 위에 그려진 해골은 여전히 살벌한 위화감을 드러내고 있었다. 심재모는 부산에서와 마찬가지로 그런 것들을 스산한 마음으로 지나쳤다. 그들이 조성하고 있는 위화감만큼이나 심재모는 언제나 그들에게서 거리감을 느끼고 있었다. 그 거리감의 간격은 그들과는 전혀 다른 생김새에서 느끼는 이질감만큼이나 멀었다. 백인의 생김새에서 느끼는 이질감도 컸지만 흑인한테서 느끼는 이질감은 더욱 컸다. 백인과 흑인이라는 정반대 색깔의 인간들이 한 나라 국민이라는 사실이 언제나 부자연스러운 착각을 일으키게 했다. 백인이 흑인들을 아프리카에서 강제로 끌어다가 노예로 부렸기 때문에 그렇게 되었다는 미국의 역사는 쉽게 익숙해지지가 않았다. 백인들을 낮춰 부르는 말이 '흰둥이' '양코배기' '코쟁이' 정도인 데 비해 흑인들을 낮춰 부르는 말은 '깜둥이' '깜상' '먹통' '밤중' '땟국' 등으로 더 많았다. 그것은 일반인들의 감정이 백인보다 흑인에 대해서 더 나쁘다는 표시였다. 그로서도 백인과 흑인이 똑같은 짓을 하는데도 그 감정의 강도가 다르게 나타나는 것을 여러 번 느꼈었다. 대낮에 길 가는 여자들을 희롱하는 것을 보았을 때, 백인의 경우는 '저새끼들이 저거……' 하는 정도의 반감을 느끼는 데 비해 흑인의 경우는 '아니 저새끼가 감히……' 하는 식으로 분노와 함께 심한 모멸감까지 느끼게 되었다. 그 차이를 시원하게 밝힌 것은 군의관이었다. "그건 우리들의 마음속에 자리 잡고 있는 백인에 대한 열등감과, 흑인에 대한 우월감이 그렇게 작용되는 것 아닙니까. 그런 반응이야말로 미국정부가 이 땅에 흑인들을 더 많이 파견한 여러 가지 목적 중에 하나가 적중한 셈입니다. 무슨 말인가 하면, 어떤 전쟁에서나 정도의 차이만 있을 뿐이지 군인들이 민간인들을 상대로 저지르는 만행은 있게 마련 아닙니까? 그런데 동족이 아니라 외국인들이 저지른 만행에 대해서는 전쟁이 끝나고서도 국가감정으로 오래 남게 되어 있습니다. 미국의 경우 우리를 돕겠다고 군대를 파견했는데, 미군이 저지른 만행으로 우리나라 사람들이 미국에 감사하는 게 아니라 오히려 반감을 갖게 되면 어떻게 됩니까? 그 대목에서 흑인들은 아주 좋은 이용물인 셈입니다. 우리 황인종들이 가지고 있는 흑인에 대한 우월감을 이용해서 국가감정을 인종감정으로 바꿔버리는 것이죠. 그렇게 되면 흑인들만 죽일 놈들이 되고, 미국이라는 나라는 아무런 피해도 안 입게 되는 겁니다. 우린 지금 그 함정에 빠져 있는 거지요. 그리고 흑인들이 백인들보다 전쟁에 더 많이 투입된 목적은 그뿐이 아니겠지요. 겉으로는 신성한 국민의 의무를 내세워 흑인과 백인이 평등하다는 사실을 강조하면서, 속으로는 백인보호를 시행하는 것 아닙니까. 또한 흑인들의 입장에서는 자기네 나라에서와는 달리 외국땅에서 미국군인으로 당당하게 행세하는 기회가 되는 거지요." 말을 마친 군의관은 씁쓸하고 허전하게 웃었던 것이다.

심재모는 원주를 떠나면서, 자신은 군인으로 출세하기는 틀렸는 지도 모른다는 생각을 했다. 미군이라면 무조건 좋고, 고문관들에 게는 어느 때나 굽신거려져야 하는데 갈수록 감정이 나쁘게 꼬여 가고 있었다. 어쩌면 김범우라는 사람을 만나게 된 것부터가 잘못이었는지도 몰랐다. 김범우가 남다르게 해대는 미국에 대한 비판을 듣다 보니 전에 없던 생각들이 자꾸 꼬리를 물고 생겨나게 되던 것이다. 영관급 장교들은 별자리가 될 꿈을 앞에 두고 영어회화를 공부하기 위해 하급장교들 중에서 영어 잘하는 자를 부관으로 골라낸다, 고문관들에게 연줄을 대려고 통역장교에게 선심을 쓴다, 노골적인 짓들을 해댔다. 그로서는 그런 짓들이 모두 추잡하고 경멸스럽게만 보였던 것이다.

심재모는 차가 덜컹거리는 대로 몸을 내맡긴 채 창밖을 내다보고 있었다. 전쟁 중인데도 산밭의 보리들은 누릿누릿 익어가고 있었다. 그는 비탈진 산밭과 익어가는 보리를 하염없이 바라보며, 산다는 것이 무엇일까, 하고 생각했다. 강원도와 강원도에 인접한 충청북도 일부는 온통 산투성이라서 밭들도 거의가 비탈일 수밖에 없었다. 또한 넓이가 넓지도 못했다. 그런데 사람들은 전쟁에 죽고 시달리면서도 거기에 농사를 지었던 것이다. 그는 죽지 못해 산다는 말을 떠올렸다. 땅 파먹고 살아야 하는 사람들이 다 그 지경이 아닐까 싶었다. 엉뚱하게 '비탈보지'라는 말이 떠올랐다. 그는 면구스러운 생각에 입맛을 다셨다. 그 야스럽고 듣기 거북한 말은 전방으로 이동하고 나서 알게 되었다. 그런데 그 말의 연유를 듣고 보니 그것이 못된 욕만은 아니었던 것이다. 강원도의 밭들이 거의 다 비탈이라서 여자들이 오랜 세월 동안 그 밭을 매다 보니 거기마저 비탈을 닮아 삐딱해졌다는 뜻이었다. 어떤 허풍쟁이가 지어낸 음한 우스갯소리였지만, 거기에는 평생토록 비탈밭을 매고 살아야 하는 그 고장 여인네들의 고달픔과 서글픔이 젖어 있었던 것이다. 물론 그런 느낌은 그가 혼자서 가진 것이고, 사병들 사이에서 '비탈보지'라는 말이 튀어나올 때는 강원도 출신들을 미련하다고 해서 '감자바우'라고 부르는 것보다 더 비하시킨 욕이 되었다.

단양이라는 산으로 에워싸인 작은 도시도 어김없이 전쟁의 피해를 입고 있었다. 심재모는 다른 생각은 할 겨를이 없어 순덕이가 있을 하숙집을 향해 발길을 돌렸다. 그녀를 억지로라도 고향으로 돌려보내지 못했던 것이 또 후회로 되짚였다. 그건 단순한 책무감에서가 아니었다. 다시 벌교에 가서 그녀가 집에 돌아가지 않았다는 것을 확인한 뒤로 그녀는 이상스럽게 자신의 가슴 한구석을 차지하고 앉았던 것이다. 그러고는 날이 갈수록 그 모습이 커지고 있었다.

하숙집 대문은 그전처럼 반나마 열려 있었다. 심재모는 대문을 밀며 숨을 들이켰다. 그리고 목을 가다듬었다.

"아주머니 계십니까?"

그는 마당으로 들어섰다.

"누구쉬우?"

열린 방문에서 여자가 얼굴을 내밀며 느릿한 억양으로 물었다. 심재모는 주춤했다. 그 여자는 전혀 낯모르는 얼굴이었던 것이다.

"주인아주머니 안 계십니까?"

불길한 생각이 들었지만 심재모는 침착하게 물었다.

"내가 쥔인디유."

여자가 얼굴을 더 내밀며 알 수 없다는 듯 눈을 껌벅거렸다.

"그럼, 전에 여기 살던 분들은 어디로 이살 갔습니까?"

심재모는 난감한 심정이 되면서 물었다.

"충주댁 찾으시는감유?"

여자가 느리게 방에서 나왔다.

"예에, 충주댁 맞습니다."

심재모는 주인아주머니가 충주댁으로 불리던 것을 생각해 냈다.

"걸음이 늦었구만유. 그 난리 당하구 여기 무서 못살겠다구 친정 있는 충주로 이사 나갔구면유."

쉰이 넘었을 여자는 심재모를 훔쳐보듯 하며 연방 눈을 껌벅거렸다.

"그 난리라니, 전쟁이 무서워 피난을 떠났다 그 말입니까?"

심재모는 다소 마음이 놓이며 물었다.

"아니지유. 작년 삼동까지 이 집서 살다가 그 숭헌 난리 당하구 짐을 싼 것이지유."

"자꾸 난리라고 하시는데, 전쟁 말고 무슨 난리가 또 있었습니까?"

심재모는 그 느리고 처지는 어조에다가, 말뜻을 제대로 알아들을 수가 없어서 속이 너무 답답했다.

"워디 총질하는 것만 난리간디유. 코쟁이덜이 지멋대루 여자덜 욕보이구 뎀비는 것이 여자들루서야 더 무선 난리 중에 난리지유."

"그럼 이 집에서 무슨 일 당했다는 겁니까?"

심재모는 현기증 같은 것을 얼핏 느끼며 다그쳐 물었다.

"워디 이 집만 당했간디유. 그날 밤에 밀어닥친 코쟁이덜헌티 온 동네 집집이 쑥밭이 됐지유."

여인네는 어깨가 처져내리도록 한숨을 토해냈다.

"이 집에 함께 살았던 처녀가 있었는데, 어찌 됐는지 아십니까?"

여인네는 힘없는 눈길로 심재모를 물끄러미 쳐다보았다. 그리고는 한참 만에 입을 열었다.

"나 겉은 늙어빠진 것이나 그 숭헌 꼴 면했지 좀 젊었다 하문 처녀고 뭐시고 성한 여자가 하나도 없었구만유."

여인네는 고개를 설레설레 저었다.

"아니, 그런 막연한 말이 아니고, 그때까지 그 처녀가 이 집에 살았었는지, 아주머니가 그 처녀를 아시는지, 그걸 묻는 겁니다."

심재모의 다급한 말에는 짜증이 섞여 있었다.

"알지유, 순덕이라구."

여인네가 마땅찮다는 듯 눈을 흘겼다. 심재모의 가슴은 와르르 무너지고 있었다. 눈을 질끈 감은 그는 오른쪽 손바닥으로 이마를 눌러잡았다. 숨이 막힐 지경으로 가슴이 벌떡거리며 분노가 치뻗어오르고 있었다. 그는 엄지손가락과 나머지 네 손가락으로 양쪽 관자놀이를 눌렀다. 그는 어금니를 점점 세게 맞물며 손가락들 끝에도 더 강하게 힘을 모으고 있었다. 그런 그의 몸은 부들부들 떨리고 있었고, 그 떨림에 따라 거친 숨결도 매듭매듭 끊기고 있었다.

"진작에 왔이야지 너머 늦어부렀지유. 숭헌 놈에 시상."

심재모의 귀에는 여인네의 말이 먼 메아리로 들리고 있었다. 심재모는 감정을 다스려야 한다고 생각했다. 아직 확인할 사실이 한 가지 더 남아 있었던 것이다.

"그 처녀도 충주로 함께 떠났습니까?"

"아니유. 혼자 떠났이유."

"어디로요?"

심재모의 목소리가 갑자기 커졌다.

"몰르지유. 말 안 하고 떠났이니."

"고향으로 간 것 아닙니까?"

여인네는 그저 고개만 저었다.

심재모는 전신에 힘이 쑥 빠져버리는 것을 느꼈다. 그 꼴을 당하고 그녀가 고향으로 갔을 것 같지는 않았다.

"거짓꼴로라도 한 분만이라도 지 맘얼 받아주셨으먼 그 표시로 평상 혼자서도 살아졌을 것인디……."

순덕이의 목멘 말이 들려오고 있었다. 순박하기 그지없던 그녀의 얼굴이 바로 눈앞에서 울고 있었다. 심재모는 그 얼굴을 잡으려는 듯 걸음을 옮겨놓고 있었다. 그의 껑충하게 긴 다리는 약간씩 흔들리며 하숙집을 벗어나고 있었다.

"서장님, 저는 아직 순번이 멀었는디요. 그간에 벌써 두 번이나 나갔다 왔구만요."

서 순경이 기죽은 소리로 겨우 말하고 있었다.

"어허, 명령이면 따를 것이지 무슨 말이 그렇게 많소."

반쯤 옆으로 돌아앉은 남인태는 상대방을 거들떠보지도 않고 싸늘하게 내쏘았다.

"저어 서장님, 그래도 원칙이라는 게 있는 것 아닙니까. 제 경우는 윤번제가 지켜지지도 않고, 부정을 저지른 일도 없는데 세 번째 내보내는 것은……."

"그래서, 명령에 복종할 수 없다 그거요?"

남인태는 의자를 홱 돌리며 눈을 부라렸다. 서 순경은 움찔하며 고개를 좀더 숙였다. 고개가 움츠러든 만큼 어깨가 솟겼다.

"아닙니다, 그게 아니라, 아직 한 번도 토벌에 안 나간 사람도 있으니 좀 공평하게……."

"시끄럽소!" 남인태는 책상을 치며 몸을 일으키더니, "당신 말이야, 이제 보니 사상이 불온하구만" 하면서 상대방을 노려보았다.

"아니, 무, 무슨 말씀입니까!"

서 순경의 눈이 휘둥그레졌다.

"무슨 말이냐니, 사상이 불온하지 않고서야 명령불복종에, 동료를 모함할 수 있냐 그거요."

"그게 아니라 서장님……."

"글쎄 듣기 싫다니까. 당신은 특히 말조심하고 명령 똑바로 따라야 해. 그렇지 않으면 아주 본서를 떠나 취약지구 지서로 가거나, 토벌대에 말뚝 박게 될 테니까 말야."

남인태의 말이 비꼬이고 있었다.

서 순경의 얼굴이 하얗게 굳어졌다.

"몰라서 묻소? 서 순경은 안팎으로 빨갱이집안 아니냔 말이오. 당숙 아들놈에다가, 외삼촌 아들놈까지 입산빨갱이들 아닌가. 서 순경이 깨끗한 걸 보이려면 명령이 있기 전에 솔선해서 토벌에 나가 전과를 올려야만 할 처진데, 그렇게 매사에 불평불만만 해대니 어떻게 서 순경의 충성심을 믿을 수 있겠소? 서 순경이 자꾸 토벌 작전에서 빠지려고 하면 그자들의 활동을 도우려고 하는 것으로 의심받는다 그거요. 더 할 말 없으니 그만 나가보시오."

고개를 푹 떨어뜨린 서 순경이 돌아섰고, 남인태는 그런 부하의 뒷모습에 눈길을 박은 채 입꼬리 처지는 웃음을 피워내고 있었다.

어느 경찰서에서나 토벌대의 차출을 놓고 그런 식의 말썽은 빈발해 오고 있었다. 경찰들의 경우 토벌대 참가는 의무적 윤번제로 되어 있었다. 그러나 하나같이 토벌대에 나가기를 꺼려 꽁무니를 빼려고 했고, 그 윤번제는 제대로 지켜지지 않았다. 그도 그럴 것이, 무슨 수를 써서든 뒤빠져 책상을 붙들고 앉아 있으면 하나밖에 없는 목숨을 안전하게 보존할 수 있었지만, 토벌대에 나갔다 하면 어느 산골짜기에 처박혀 죽을지 모를 일이었다. 그런데 경찰들은 경력이 오래된 사람들일수록 어김없이 친일경력의 소유자들이었고, 세상의 물결을 요령 좋게 타고 넘는 기회주의를 이미 몸에 익힌 그들로서는 목숨을 내거는 일에 서로 몸을 사리고 뒤꽁무니를 빼려고 급급했다. 그러다 보니 남모르게 뒷손을 쓰고, 서로간에 모함을 해대는 일이 빈번하게 일어났다. 자기네의 생존보호를 위해 이승만 정권을 떠받치며 반공세력으로 똘똘 뭉쳤던 그들의 집단기회주의는 정작 전쟁이 벌어진 다음부터는 개개인의 목숨을 부지하기 위해 각자가 개체기회주의를 발동시켜 내부혼란이 야기되고 있었다. 뒷손을 쓰자니 돈이 필요하고, 돈을 마련하자니 부정을 저질러야 하고, 부정을 저지르다 보니 턱없이 민간인들을 괴롭히고, 그런 것을 노려 옆사람이 밀고하게 되고……. 돈 없고 빽 없는 놈만 토벌대에 나가 개죽음한다는 말은 경찰 내부를 벗어나 세상이 다아는 일이기도 했다. 그것은 경찰의 부패를 조장하는 또 하나의 요인이었다.

그런 형편에서 윤번제가 지켜질 리 없었고, 돈이나 빽이 없는 사람, 어떤 조그만 트집이라도 잡힐 것이 있는 사람은 토벌대 신세를 면할 수가 없었다. 그런데 날이 갈수록 경찰들이 죽는 수가 늘어가면서 내부의 갈등은 더욱 심해질 수밖에 없었다. 토벌대를 유지시키기 위해 의경제를 실시해서 젊은이들을 투입하고 있었지만 그 뼈대는 어디까지나 경찰이어야 했던 것이다.

한편, 권 서장은 염상구와 승강이를 벌이고 있었다.

"글쎄, 몇 번씩이나 국민방위군과 향토방위대법이 해체되었다고 말해야 합니까. 그 법이 국회를 통과한 게 지난 4월 30일이고, 공포가 5월 12일 아닙니까."

권 서장의 얼굴에는 짜증이 묻어 있었다.

"나야 원체로 무식혀 눈께 고런 것 알 바 없고, 워쨌그나 간에 우리 아그덜 토벌대로 돌리겄다는 것은 반대요."

윗몸을 뒤로 젖혀 앉은 염상구는 고개를 홰홰 저었다. 그는 검정색 양복 차림이었고, 계절에 맞지 않게 조끼까지 받쳐입고 있었는데 그 단추고리에서 주머니로는 시계 금줄이 드리워져 있었다. 그 금줄은 검정조끼 위에서 유난히 샛노랗게 빛을 발하고 있었다. 장가를 든 다음부터 염상구가 즐겨 입는 옷차림이었다.

"염 단장, 아니 염 사장님, 이건 유·무식으로 지나칠 문제가 아니잖소. 법에 따라 처리할 문제니까 순조롭게 협조를 좀 하시오."

염상구는 장가를 가고부터 자신을 '염 단장'이나 '염 대장'으로 부르는 것을 원하지 않았다. 그는 자신의 호칭을 '염 사장님'으로 통일시켰던 것이다.

"나허고 쎄가 닳아빠질 때꺼정 말혀 봤자 아무 소양 없소. 그리는 못허겄다는 나 생각은 제석산 몬뎅이에 콱 박은 말뚝잉께!"

차림새에 어울리도록 염상구의 태도는 자신만만하고 거만스러웠다.

"정 그렇다면 별수가 없소, 법대로 할 수밖에."

권 서장이 쓴 입맛을 다시며 자세를 바꾸었다.

"버업!"

염상구가 뒤로 젖히고 있던 윗몸을 빠르게 바로 세우며 목청을 높였다.

"그렇소, 다른 방법이 없소."

권 서장이 염상구를 똑바로 쳐다보았다.

"아하! 나허고 막보기로 나스겄다 그것인디, 쪼옷쏘, 막보기로 허겄다면 워디 한분 붙어봅씨다. 서장이 씬가 요 염상구가 씬가. 우리 청년단이 썩은 홍어좆이 아니라는 것을 요분에 아조 쌈빡허니 뵈주겄어. 해방되고부텀 니기미씨펄놈덜이 즈그덜 좋을 대로 궂은일에 다 부레묵고 난리가 터진게 워째? 똥 친 막대기맹키로 우리덜 내뿔고 즈그덜만 쏙 빠져나가? 그려도 참고 또 협조럴 혔어. 근디, 그 공 하나또 몰라라 허고 인자 와서 법대로 죽을 구뎅이로 처박겄다고? 워디 법대로, 맘대로 혀보드라고. 토벌대로 나가서 죽으나, 경찰허고 총질해서 죽으나, 죽기는 매일반잉게!"

얼굴에 독기를 품은 염상구는 자리를 박차고 일어났다.

권 서장은 가슴이 내려앉는 것을 느끼고 있었다.

"요 염상구가 인자 옛날 염상구가 아니란 걸 알어야 쓸 것이여. 돈도 주먹도 다 나 것이고, 벌교바닥이 다 나 것이다 그것이여!"

염상구가 거칠 것 없이 소리치며 사무실을 가로지르고 있었다.

권 서장은 손으로 이마를 짚었다. 염상구가 그런 식으로 나올 줄은 몰랐던 것이다. 그의 말마따나 완력에다가 재력까지 갖추었으니 그는 예사 골칫덩이가 아니었던 것이다. 또 염상구의 입장에서 보면 그의 말도 결코 억지는 아니었다. 청년단이 줄곧 정치적으로 이용된 것은 누구나 다 아는 사실이었고, 이제 와서 자기 부하들을 위험으로 몰아넣지 않으려고 반발하는 것은 사적으로 보면 오히려 의리 있는 행동이기도 했다. 그러나 토벌대의 인원보충은 피할 수 없이 시급한 문제였다.

권 서장은 난감하기만 했다. 그와 순조롭게 타협할 수 있는 묘안이 떠오르지 않았다. 아예 그와 의논하지 않고 한 명씩 표나지 않게 의경으로 돌리지 못한 게 후회스러웠다. 한꺼번에 일을 처리해 버리려고 욕심을 부렸던 것이 탈이었다. 그를 설득할 만한 사람이 없을까……. 이 사람, 저 사람 떠올려보았지만 그를 다스릴 만한 사람은 잡히지 않았다. 재력까지 갖춘 그에게 영향력을 행사할 수 있는 사람은 아무도 없었다. 유지라는 사람들은 그의 결혼을 계기로 태도를 표변해서 '염 사장님' 호칭을 말끝마다 써가며 그를 자기네들과 동급으로 대접하기에 바빴다. 그 대표적인 인물이 금융조합장 유주상이었다.

권 서장은 몸을 비틀며 끄으응 된소리를 흘리고 있었다.

화가 머리꼭대기까지 치솟은 염상구는 양복깃에 바람을 일으키며 역전 쪽으로 세차게 걸어가고 있었다. 하! 좆대감지럴 팍 조사불 놈, 워따가 대고 법이여, 법이. 고런 느자구없는 새끼가 법 찾음서 요 염상구럴 겁믹일라고 혀? 고 새끼가 나럴 시퍼보고 뎀비는 것인디, 워디 혀보자. 우리 아그덜 손만 댔다 허먼 니놈얼 벌교바닥서 깨끔허니 몰아치고 말 것잉께. 돈이고 빽이면 안 되는 것 없는 시상인디, 니까징 것 하나 몰아치기야 식은 죽 묵기다. 버업! 씹 겉은 새끼, 좆 뽈고 자빠졌네. 이놈으 나라에 법이란 것이 워디 있냐, 빨갱이 맹그는 만병통치 다이야찡 가리법 하나 말고는. 니놈도 개

지랄 치고 나대면 빨갱이 되는 수가 있다는 것을 알아야 쓸 것이여. 염상구는 뽀드득 이빨을 갈아붙였다.

"사장님, 인자 나오신게라?"

젊은이 하나가 염상구 앞에 꾸뻑 절을 했다.

"감찰부장 워딨냐!"

염상구가 거칠게 내쏘았다.

"야아, 다방에 있구만이라."

젊은이가 다급하게 다방 쪽으로 몸을 되돌렸다.

"어이, 감찰부장!"

염상구는 다방으로 들어서며 소리치고 있었다. 아가씨와 노닥거리고 있던 한 사내가 후닥닥 몸을 일으켰다.

"단장님, 아니 저 사장님. 무, 무신 일 있으신게라?"

당황한 사내는 허둥거리고 있었다.

"정신 채리고 싸게 앉거."

염상구가 가느다란 눈으로 사내를 째려보며 의자에 앉았다. 사내는 굽신거리며 맞은편 의자에 엉덩이를 붙였다.

"감찰부장, 지끔 당장 아그덜 몇 명 모타서 총얼 싹 다 우리 집으로 옮겨."

"야아?"

"표 안 나게 보재기로 싸든지, 가마니로 덮든지 혀서 소리소문 없이 싸게 해치워."

"무, 무신 일인디라?"

"이약언 이따가 허고, 나가 집에서 기둘릴 팅게 시킨 대로 일이나 영축없이 혀. 싸게!"

"야아, 알겠구만이라."

사내가 서둘러 다방을 나갔다.

"사장님, 커피 하실 거지요?"

새 얼굴인 아가씨가 눈웃음을 치며 염상구에게로 다가왔다.

"암스로 멀라고 묻냐."

염상구는 퉁명스럽게 대꾸하고는 담배를 빼들었다. 아가씨는 샐쭉해지며 돌아섰다. 그는 라이터를 꺼내 심지 덮개를 밀어올리고 불을 일으켰다. 그을음이 피어오르는 불꽃에 그는 점잔을 피우며 담배에 불을 붙였다. 그가 가진 라이터는 돈푼깨나 만지거나 겉멋 좋아하는 사람들 사이에서 유행하고 있는 '용개 라이터'였다. 체면을 살려야 할 점잖으신 분네들이 지니는 물건치고 그 별명은 어울리지 않게 상스러웠다. 그러나 그건 어쩔 수 없는 것이, 그 심지 덮개라는 것이 생겨먹기를 영락없이 발기한 남자의 그것 대가리였던 것이다. 물론 그것 아니고도 군인의 철모를 닮기도 했다. 그러나 사람들은 아무도 '철모 라이터'라고는 부르지 않았다. 대부분의 욕들이 남녀의 거기에 연관되어 있듯이, 아이들이나 어른들이나 그 별명을 '용개 라이터'로 통일하고 있었다.

"참, 조합장님이 아까부터 사장님을 찾고 있었어요."

아가씨가 커피잔을 탁자에 놓으며 뒤늦게 생각난 듯이 말했다. 염상구는 콧방귀를 뀌며 새끼손가락을 집어들었다.

"혹시 오시면 전화 넣어달라고 하던데요. 급한 일이라고요."

염상구는 길게 빨아들인 담배연기를 마주 앉은 아가씨의 얼굴에 확 내뿜어버렸다.

"어머머, 나 몰라, 몰라."

아가씨가 상을 찡그리며 얼굴을 돌리고, 두 손을 내젓고 하며 야단을 피웠다. 그러나 아가씨는 화를 내지도 않았고, 자리를 뜨지도 않은 채 오히려 색정 묻어나는 눈흘김을 보내고 있었다.

"내빌라둬라. 급헌 것이야 지가 급허제 나가 급헌 게 아닝께로."

염상구는 윗몸을 뒤로 젖히어 커피잔을 천천히 들어올렸다. 윗몸을 뒤로 젖히는 앉음새도 결혼한 다음부터 생긴 것이었다. 헹, 또 금융조합에 돈 좀 맡게도라고 애가 타겄제? 지아무리 발싸심혀 봤자 요 염상구 맘언 끄떡 안 혀. 그 조합 이자라는 것이 장터바닥 돈놀이에 비허자면 벼룩에 간인디, 누구 존 일 시키자고 돈얼 맡겨, 맡기길. 그놈이 넋이 나가도 열 분 나간 놈이제. 지놈이야 인자 내 발샅에 때꼽만치도 못헌 놈이여. 입술 사이에 커피액을 문 염상구는 비웃음을 짓고 있었다.

"사장님이 전화 안 하시면 제가 곤란해지잖아요. 그분도 손님인데, 아주 급한 일이라고 그러던데, 제가 전화 연결해 드릴 테니까 통화 좀 하세요. 무슨 급한 일인지 모르잖아요."

아가씨가 아양을 떨며 말했다.

"하 그년, 그려, 니럴 봐서 전화허자."

염상구는 큰 선심을 쓰듯 했다.

염상구가 커피잔을 다 비웠을 즈음에 전화통 앞에 선 아가씨가 손을 까불었다. 염상구는 헛트림을 하며 느리게 일어났다.

"아아, 나요, 염 사장이오."

"예에, 염 사장님. 얼마나 찾았는지 모릅니다. 거 다름이 아니라 내가 급한 사정이 생겨서 논을 처분해야 되게 생겼어요. 소유권 이전을 해줘야 되겠으니까 사장님 도장이 필요해서요."

　전화 속에서 유주상의 목소리는 터무니없이 크게 울리고 있었다.

"당신 논얼 포는디 워째 내 도장이 있어야 허요?"

　염상구의 목소리는 태평스러웠다.

"아하, 염 사장님이 잊고 계시는구먼. 거 재작년에 농지개혁 피허자고 내 논을 염 사장님 앞으로 명의를 바꿔놓은 것 있잖습니까. 그걸 팔아야 하니까 염 사장님 도장이 필요하지요."

"거 무신 자다가 봉창 뚜둘기는 소리요? 나넌 통 몰르는 일인디."

　염상구는 태연스럽게 말하고 있었다.

"아니, 염 사장! 그게 무슨 소리요. 나한테 사례까지 받고 그 일을 해놓고서 이제 와서 그게 무슨 소리요, 도대체!"

　유주상이 곧 숨이 넘어갈 듯이 다급하게 소리치고 있었다.

"그 무신 생뚱헌 소리요. 나넌 고런 짓거리 헌 일 없소. 맥엄씨나 화나게 맹글지 말고 다시는 고런 넋 빠진 소리 씨불대지 마씨요. 전화 끊소."

"염 사장! 염 사장!"

　염상구는 비식이 웃으며 냉혹하게 전화를 끊어버렸다. 그러면서 그는 속이 후련하게 뚫리는 것을 느끼고 있었다. 이 일을 치른 것으로 그 논들은 완전한 자기 소유가 된 것이었다. 언제든 유주상이가 권리주장을 하고 나오면 바로 이런 식으로 일을 끝장내려고 진작부터 작정해 두고 있었던 터였다.

염상구는 논의 소유권자로서 법적으로 아무런 하자가 없었고, 유주상은 논을 빼돌리는 꾀를 부린다고 부렸는데 그만 염상구한테서 소유권 포기각서를 받아두지 않은 실수를 저질렀던 것이다.

16

항미소년돌격대

샛노란 장다리꽃도 지고, 논들을 붉게 물들였던 자운영꽃도 시들면서 5월이 가고 있었다. 산들은 녹음이 짙어지고, 밭에서는 보리알들이 툭툭 불거지며 익어가고 있었다. 삼사월에 그리도 마구잡이로 산들을 태워대던 토벌대의 불지르기도 어느 만큼 뜸해지고 있었다. 빨치산들의 은신처를 없애고, 활동을 제약하기 위해 산을 불 질러대던 그 행위도 자연의 위력 앞에서는 한풀 꺾일 수밖에 없었다. 나무들마다 물이 오르고, 잎들이 무성해지면서 불길이 잘 번지지 않아 별로 효과를 볼 수 없었던 것이다. 그리고 자연의 생명력은 무서워 삼사월에 검게 불타버린 산들 여기저기에서는 산풀들이 억세게 커나고 있었다. 또 토벌대가 아무리 닥치는 대로 산들을 불태웠다 해도 아직 불타지 않은 산들이 훨씬 더 많았고, 특히 해방구를 품고 있는 산들은 건재한 상태였다. 나날이 나무숲이 울창해져가는 것은 빨치산들로서는 두 겹, 세 겹의 갑옷을 입는 것이나 마찬가지였다. 추위 몰아치는 나뭇잎 다 떨어져버린 겨울 산이 지옥이라면, 물 흔하고 숲 무성한 여름산은 극락이었다.

숲이 우거지기 시작하면서 토벌대들은 엄청난 화력전으로 나왔다. 해방구를 향해 끝없이 박격포를 쏘아댔던 것이다. 그들은 안전지대인 큰길가에다 박격포들을 10문이고 20문이고 줄줄이 거치해 놓고 마구 폭탄을 날려보냈다. 그런 박격포 공격을 해대면서 토벌대들은 해방구로 밀려들고는 했다. 빨치산들은 아무 데나 떨어지는 포탄을 피해가며 토벌대와 맞서 싸워야 했다.

조원제의 중대는 화순 쪽에서 날아드는 박격포탄을 피해가며 고갯마루에 방어선을 치고 있었다. 백아산지구의 경우 토벌대의 공격은 화순·무등산·곡성 세 방향에서 이루어졌다. 지난 2월 초순에 노령지구를 휩쓸고, 4월 24일에는 유치지구에 치명타를 입힌 토벌대는 이제 백아산지구를 공략해 대고 있었다. 노령지구의 참패에 대해서는 도당에서도 그 불가피성을 충분히 인정하고 있었다. 그것은 들녘이 넓어 보호받을 만한 산들이 너무 부족했던 것이다. 적들은 경찰만이 아닌 군인 대부대를 투입해서 북쪽 산줄기를 차단하고는 서남쪽 해안을 향해 공격을 감행했던 것이다. 산들이 빈약한 데다가 퇴로까지 차단당했을 뿐만 아니라, 초기의 화력열세에다 대원들의 전투력 미비까지 겹쳐 노령지구는 괴멸의 비운을 겪지 않을 수가 없었다. 그때 30여 명이 사지를 벗어나 백아산지구로 피해왔었다. 그런데 그들은 다음날 밤으로 다시 자기네들 지구로 돌아가야 했다. 투쟁지구를 무한책임으로 지켜야 하는 원칙에 따른 것이었다. 백아산지구에서 그들에게 한 일은 보투를 지원해서 양식을 확보해 준 것뿐이었다. 그들은 양식을 짊어지고 죽음에서 빠져나온 그곳으로 다시 묵묵히 돌아갔다. 조원제는 입산하고 처음 대하는 그 장면을 보고 얼마나 충격을 받고 갈등을 겪었는지 몰랐다. 죽을 고비를 넘기고 간신히 살아나온 사람들을 다시 돌려보내다니…… 그리고 그들은 또 아무런 항의나 불만 한마디 없이 떠나다니……. 그런 조처가 너무 비정하게 느껴졌고, 묵묵히 떠나는 그들의 모습이 너무 비감해 보였던 것이다. 조직의 원칙…… 조직원의 책임…… 인간적 배려…… 인정적 동정……. 결말이 안 나는 갈등 속에서 그의 인정주의는 자꾸만 조직의 원칙을 이기려 하고 있었다. 그런데 차츰 시간이 흘러가면서 그는 자신의 인정주의가 그릇되었다는 것을 깨달아가게 되었다. 그것은 곧 당성의 강화와 함께 조직원으로서의 자질향상이 이루어지고 있는 증거이기도 했다. 그런 냉정한 조처가 없이는 투쟁은 확보될 수 없고, 조직은 존재할 수 없었던 것이다. 누구나 본능적 감정대로 안전지대만을 찾아 피하다 보면 결국 전체의 괴멸을 자초하게 될 뿐이었다. 그래서 어느 군대에서나 '책임 지역방어'니 '사수'니 '돌격대'니 '즉결처분'이니 하는 원칙과 규율이 있게 마련이었던 것이다.

노령지구에 비해 유치지구가 치명적인 타격을 입은 것은 여러모로 문제점이 많았고, 도당에서도 비판을 통한 뒷수습에 나서고 있었다. 유치지구는 노령지구와 달리 화악산 줄기로 이어지는 입지 조건이 좋았고, 전략적으로도 중요한 지역이었다. 그곳이 무너지면 도의 서남지역이 적의 수중으로 넘어가면서, 다른 지구들이 연쇄적으로 위협을 받게 되어 있었다. 적들이 자기네에게 유리한 지형조건에 있는 지구들부터 차례로 집중공격을 가하고 있다는 점을 감안하더라도 유치지구가 반 가까운 병력손실을 입었다는 것은 전술적인 면에서의 문제점이 지적되지 않을 수가 없었다. 유치지구가 입은 피해의 영향에 대비해 백아산지구에도 경계강화의 지시가 내려졌다. 조원제는 문화부 중대장의 입장에서 전술책임이라는 것을 곰곰이 생각해 보았다. 부대단위가 크든 작든 간에 최종적인 전술책임은 어디까지나 정치일꾼인 문화부 소속원들에게 있었기 때문이다. 그러나 어떻게 해야 싸움에서마다 이길 수 있는 전술을 구사할 수 있는 것인지 그 요령이나 방법이 선명하게 잡히지 않았다. 그래서 지금까지 싸움에서 진 일이 없다는 연대장 이태식에게 넌지시 물어보았다. "지길, 고것이 워찌 말로 되간디? 쌈이란 것이 헐 때마동 천칭만칭인디. 쌈이란 것이 아그덜 구구단 외디끼 착착 답얼 내는 거이 아니지 않더라고? 총소리 많이 들어보먼 고것이 무신 총알인지 금시 알아지대끼 쌈도 많이 젂어보먼 저절로 알아지는 것 아니드라고?" 이태식은 이렇게 말하며 씨익 웃고 말았다. 조원제도 따라 웃을 수밖에 없었다. 우문에 현답이었던 것이다.

박격포탄은 제멋대로 날아들어 쾅쾅 터져올랐다. 그때마다 파편과 함께 흙이 치솟고, 나뭇가지가 부러지거나 찢어지고, 풀들이 고스러졌다. 박격포탄은 떨어져 폭발하는 것보다는 날아오는 소리를 누구나 기분 나빠했다. 공중을 가르는 그 소리가 꼭 귀신 울음 소리 같다고 해서 박격포탄은 일명 '귀신탄'이기도 했다. 그것이 위험한 것은 곡사포탄이기 때문이었다. 은폐물이 소용없이 제멋대로 떨어져내리는 탓에 각별히 신경을 쓰지 않으면 안 되었다.

"어이 소년병 동무, 정신 채리씨요. 폭탄이 요리 날아오는디 고것이 먼 짓이요."

조원제는 옆의 소년병 발끝을 툭툭 건드렸다.

"폭탄이 워디로 날라오는지 다 보고 있응께 걱정 마씨요."

인민군 모자를 눌러쓴 소년병은 풀섶을 기어다니는 왕개미들을 가지고 장난질을 치며 태연스럽게 대꾸하고 있었다.

"거 먼 시건방진 소리여, 아그덜맹키로 개미나 갖고 놈스로."

조원제의 목소리가 조금 커졌다.

"봇씨요, 동무! 말조심허씨요. 같은 전사끼리 워째 말을 놓고 그러요. 동무넌 기본학습도 못 받었소?"

정색을 한 소년병은 조원제를 똑바로 쳐다보고 있었다. 조원제는 아차 싶었다. 상대방이 너무 어려 얼결에 하대를 한 모양이었고, 원칙론을 따지고 나오는 데야 꼼짝없이 당할 도리밖에 없는 일이었다. 그런 원칙을 학습시키고 지도하는 문화부 중대장의 체면이 완전히 땅에 떨어진 입장이었다. 조원제는 스스로 쑥스럽고 계면쩍어 빙긋이 웃었다.

"동무 말이 맞소. 나가 실수혔으니 정식으로 사과허겄소. 나가 잘못혔소."

조원제는 웃으며 소년병에게 손을 내밀었다.

"동무의 사과 접수허겄소."

소년병이 손을 맞잡으며 야무지게 말했다. 그 앳된 얼굴에 만족스러운 웃음이 퍼지고 있었다. 조원제는 그 당차고 야무진 태도가 귀엽고 대견스럽기만 했다. 그는 그 소년병의 모습에서 전쟁 전에 서중학교에서 세포책을 했던 자신의 모습을 보고 있었다.

"동무 몇 살 묵었소?"

조원제의 묻는 말에 소년병은 입술을 삐쭉하며 콧등을 찡그렸다.

"워째, 답허기가 싫소?"

조원제가 웃었다.

"일반전사 동무덜언 우리 항미소년돌격대만 보먼 자꼬 나이럴 물어쌓는디, 우리럴 애기로 보는 것 겉에서 기분이 영 안 좋제라."

"옳여! 그 기분 알겄소."

쾅!

박격포탄이 꽤 가까운 뒤쪽에서 터져올랐다. 조원제와 소년병은 반사적으로 몸을 움찔 웅크렸다. 그러면서 소년병은 조원제를 향해 천연덕스럽게 웃고 있었다. 앳된 얼굴에 어울리지 않는 그 겁 없는 웃음에 조원제는 어이가 없었다.

"땅에 백힘서 쫓아오는 총알이 무섭제 소리 질름서 날라가는 총알은 안 무섭대끼 저리 화통 삶아묵은 소리 질름서 터지는 폭탄은 겁묵을 것 없소. 우리가 안 맞었응께 소리가 딛긴 것잉께라."

소년병은 노병 같은 설명까지 하고 있었다. 그건 군사학습에서 가르치는 내용이었지만, 소년병이 말하는 품으로 보아 학습내용을 외운 것만이 아니라 경험을 몸에 익혀서 나오는 말인 것이 확실했다. 니가 진짜배기 빨치산이로구나, 하고 조원제는 생각했다.

"나 나이 알고 잪으요?"

소년병이 칼빈총을 바로잡으며 물었다. 조원제는 웃으며 고개를 끄덕였다.

"장개가도 될 열다섯이요."

조원제는 푹 웃음을 터뜨렸다.

"워째 웃소?"

"애기라고 안 생각헐 팅께 앞에다 고런 말 안 붙여도 되겠소."

"이, 그런 뜻이구만이라."

소년병이 부끄러운 듯 쿡쿡 웃었다.

"근디 말이오, 입산험서 엄니헌테 총질혔다는 동무가 누구요?"

조원제는 목소리를 낮추었다. 그런데 소년병의 얼굴이 싹 굳어지며 조원제를 빤히 쳐다보았다. 조원제는 가슴이 철렁했다. 아차, 이것이 장본인이구나! 하는 생각이 머리를 쳤던 것이다. 그러나 다음 순간 소년병의 입에서 나온 말은 그것이 아니었다.

"그 동무 전사혔소."

"에! 언제?"

"한 달 다 되야가요."

소년병의 눈에 눈물이 번지고 있었다.

두 사람 사이에는 더 말이 없었다. 그 소년을 한번 보고 싶었던 호기심 때문에 꺼냈던 말인데 조원제는 그만 후회하고 있었다. 입산을 말리는 어머니를 쏘고 입산한 그 소년의 이야기는 너무나 유명하게 퍼져 있었고, 누구나 한 번쯤 그를 만나보고 싶어했던 것이다.

화순군당의 '항미소년돌격대'는 30여 명으로, 모두가 열네다섯 살에서 열여섯 살의 소년들로 이루어져 있었다. 그리고 그들은 하나같이 광부의 아들들이었다. 그들이 그렇게 한 덩어리로 뭉쳐지게 된 사연은 해방 다음 해인 1946년으로 거슬러올라가야 했다. 그건 다름 아닌 화순탄광 광부들이 일으킨 생존권투쟁에서부터 비롯되었다. 해방 1주년 기념식을 겸해 3천여 명의 광부들이 1차로 일어났고, 10월 30일 2차로 일어나면서 미군정의 거듭된 무력진압으로 광부들이 피를 뿌리며 죽어가게 되었다. 저공비행으로 위협하고, 탱크의 직사포로 위협사격을 가하며 몰아붙이고, 총을 갈겨대서 광주진입을 막아낸 그 사태에서 공식화된 사상자는 세 명에서 다섯 명이었다. 그러나 집계되지 않은 총 맞은 부상자들은 수십 명을 헤아렸다. 그런데 미군의 엄호를 받으며 경찰들이 주모자 색출을 벌이는 바람에 그 부상자들은 치료를 요구한 것이 아니라 오히려 몸을 숨기기에 급급해야 했다. 병원의 치료를 받아도 문제가 생길 총상을 숨어서 민간요법에 의지했으니 치료가 될 리 없었다. 그렇다고 어떻게 경찰들의 눈을 피해 환자들을 다른 지방 병원으로 옮길 형편도 못 되었다. 그들은 끼니를 끓일 수가 없어 생존권투쟁에 나선 사람들이었던 것이다. 부상자들은 하나씩, 둘씩 죽어갔다. 날이 갈수록 그 수는 늘어나고 있었다. 그 수가 얼마인지는 정확하지 않은 채 조심스러운 소문으로만 떠돌았다. 그러나 해가 바뀌고 또 바뀌면서 그 소문마저 안개로 스러지고, 바람에 밀려갔다. 세상을 흔드는 큰일들이 연이어 터지는 데다, 제 살기에 바쁜 세상사람들이 그 일을 잊어가는 것은 어쩌면 당연한 일인지도 몰랐다. 그러나 그 일을 가슴에 한으로 심고, 그 한을 한숨으로 토해내며 씹고 또 씹는 사람들이 있었다. 그들이 바로 남편의 부상을 제대로 치료하지 못해 애간장 태우며 남편들을 저세상으로 떠나보내야 했던 여인네들이었다. 그 여인네들은 자식들, 특히 아들들을 붙들어앉혀놓고 시시때때로 한숨을 토해내며 말했다. "느그 아부지럴 쥑인 것은 양코배기 미국놈덜이여. 미국놈덜언 우리 웬순께, 니가 후제 커서 아부지 웬수럴 기엉코 갚아야 써." 여인네들은 그 말을 곱씹으면서 사무치는 한을 달래고, 서러운 신세를 이기려 했는지 모르지만 자라나는 소년들의 가슴에는 원한과 복수심이 벽돌로 차곡차곡 쌓일 수밖에 없는 일이었다. 전쟁이 일어나고 인공이 되자 그 소년들은 모두가 소년선봉대로 나섰다. 그리고 후퇴길을 따라 입산하게 되었다. 여인네들은 그 길을 막을 수 없었다. 그런데 어느 여인 하나가 한사코 아들의 길을 막았다. 아들과 어머니 사이에 심한 실랑이가 벌어졌다. "은제넌 아부지 웬수 갚으라고 귀가 닳게 말혀 놓고 인자 와서 입산얼 못허게 허고 그요. 나가 헌 일이 있는디 입산 안 혔다가는 나도 아부지맹키로 죽는단 말이오." "아닐 거이다. 니맹키로 쪼깐헌 것을 쥑이기야 허겄냐. 입산은 말어라."아이고메 엄니, 보도연맹 사람덜 무작시럽게 죽인 것 보고도 그리 깝깝헌 소리 허고 앉었소.""고것이야 어런덜이고 니야 쪼깐헌 께 달브제. 혹여 무신 일 생기면 잘못했다고 비는디야 워쩔라디야.""엄니, 정신 채리씨요. 빌기년 워떤 놈덜헌테 빌어라! 엄니 맘이 워찌 그리 변해뿌렀소. 나 갈라요!""못 간다니께.""여그 놓씨요. 나넌 끝꺼정 싸울 것잉께.""반동이고 머시고, 갈라먼 이 엠씨 죽이고 가그라.""사람 미치게 맹글지 말고 여그 놓으란 말이여라, 여그." 소년은 울부짖으며 방아쇠를 당겨버렸다.

그렇게 입산한 소년의 소문은 곧 퍼지게 되었다. 그 소문은 입산한 사람들 모두를 놀라게 했고, 도당에서는 그것을 문제삼기에 이르렀다. 자기비판토론에서 소년은 경위를 설명했고, 토론을 거쳐 당이 내린 결론은 '어머니의 사상적 배신은 잘못된 것이지만 자식으로서 어머니를 살해한 것은 있을 수 없는 일'로 '진심으로 사죄의 반성을 하라'는 결정이 내려졌다.

광부들의 아들이 30여 명 입산하게 됨으로써 총상을 입고 죽어간 사람들의 수가 몇 년이 지나서야 그 윤곽이나마 드러나게 되었다. 도당에서는 그 소년들에게 옷을 잘 해입혔고, 나이를 감안해 모두를 가벼운 칼빈총으로 무장시켰다. 그리고 그 부대 이름을 '항미소년돌격대'라고 명명했던 것이다.

꽥꽤르르르 꽤르꽤르 꽤르르…….

가까이에서 방울 굴리듯 하는 소리가 맑고 낭랑하게 울렸다. 꾀꼬리소리였다.

"쩌 잡놈에 새!" 소년병이 반사적으로 고개를 뒤로 홱 돌리며 내쏘고는, "잡것이 포탄소리도 무서바허덜 안 혀" 하며 침을 내뱉었다.

조원제는 옆눈길로 소년병을 지그시 보며 안쓰러워하는 표정을 짓고 있었다.

빨치산들치고 까마귀와 꾀꼬리를 좋아하는 사람은 하나도 없었다. 까마귀처럼 떼지어 몰려다니지는 않지만 꾀꼬리도 사람의 시체를 헤집어 팠던 것이다.

"전달, 개다!"

낮고 긴장된 소리가 빠르게 옆으로 옮겨지고 있었다. 그 소리를 따라 능선의 전열이 가다듬어져나갔다. 조원제는 소년병을 보았다. 소년병은 어느새 칼빈총을 다부지게 잡고 전방을 노려본 채 혀끝으로 위아랫입술에 침을 발라대고 있었다.

항미소년돌격대는 이태식의 연대와 공동방어전을 하게 되었다. 그건 방어전을 돕기보다는 전투력이 강한 '강철부대' 이태식의 연대와 함께 싸워봄으로써 실전경험을 쌓게 하려는 것이 목적이었다. 연대장 이태식은 전열을 균형 있게 유지시키고, 소년병들을 보호하기 위해 그들을 부대원 사이사이에다가 배치시켰다.

이태식의 연대는 고갯길을 사이에 두고 양쪽 등성이로 배치되어 있었다. 이 지점에서 물러서게 되면 뒤로 5리 가까이는 산이 없는 분지가 이어져 있어서 해방구에 구멍이 뚫리게 되어 있었다. 이태식의 연대가 투입된 것도 그 중요성 때문이었다.

적들은 예상대로 길 양쪽의 골짜기를 타고 오르고 있었다. 가로서기를 한 적들의 모습이 나무숲 사이로 나타나기 시작했다. 조원제는 눈길을 낮추며 적들의 수를 어림잡으려고 눈동자를 빠르게 굴렸다. 눈길을 너무 낮추면 풀들이 시야를 방해했고, 너무 높이면 나뭇잎들이 앞을 가렸다. 조원제의 눈은 점점 가늘어지고 있었다. 그에 따라 얼굴도 긴장되어 가고 있었다. 적들의 수가 예상보다 훨씬 많았던 것이다. 으레 적들의 수는 이쪽보다 많게 마련이었지만, 오늘은 많아도 너무 많은 것 같았다. 조원제는 자신도 모르게 이태식 쪽으로 고개를 돌렸다. 몸을 약간 세운 이태식은 앞만 노려보고 있는 모습이었다. 조원제는 20여 미터 저쪽에 있는 이태식을 잠시 지켜보았다. 그 꼼짝을 하지 않고 있는 모습이 맹수 같다고 생각했다. 이상스럽게도 이태식이란 사람은 일단 총을 들고 화선에 나서면 평소보다 두 배는 더 커 보이는 사람이었다. 어떤 상황에서도 표정의 변화가 없었고, 느닷없이 과감한 돌격을 치거나, 뒤로 빠져 옆을 쳐서 적을 물리치고는 했다. 조원제는 그런 이태식을 믿으며 고개를 돌렸다.

적들은 한결 가까워져 있었다. 그러나 아직 공격을 가할 만한 거리는 아니었다.

탕, 타당, 타당탕탕탕…….

적진에서 총을 쏘아대기 시작했다. 위험지역을 앞두고 적들이 으레 하는 짓인 위험예비를 겸한 위협사격이었다. 미친놈들, 인민의 피를 쏟아붓는구나! 조원제는 가늠구멍을 들여다보며 코웃음을 흘렸다. 이쪽 화선에서는 죽은 듯이 조용하게 엎드려 있었다.

적들은 좀더 빠른 속도로 비탈을 오르고 있었다. 이쪽에서 일체 응사를 하지 않자 능성이에 적정이 없는 것으로 파악하는지도 모를 일이었다.

"사겨억 개시!"

"사겨억 개시!"

연대장의 명령을 중대장들이 복창하며 이쪽 화선에서 일제히 사격이 시작되었다. 겹줄을 이루며 올라오던 적들의 모습이 일제히 풀숲으로 사라졌다. 그러면서 잠시 총소리가 멎는가 싶더니 다시 기세를 올렸다. 그리고 거리가 어림없는데도 수류탄들이 터지기 시작했다. 그건 이쪽의 사격을 교란시키고, 심리적 위협을 가하려는 이중목적을 가진 행위였다. 그런 정도의 속셈은 그동안 경험으로 다 알고 있어서 이쪽 화선에서는 아무런 동요 없이 교차사격을 가하고 있었다.

조원제의 오른쪽 앞으로 무엇인가가 픽 소리를 내며 떨어졌다. 수류탄이었다. 그때 바로 앞의 대원이 몸을 벌떡 일으키더니 순식간에 그 수류탄을 집어 적진으로 내던졌다. 연거푸 터지고 있는 수류탄들의 폭음에 뒤섞여 적진에서 비명소리가 들려왔다. 수류탄 되집어던지기가 보기 좋게 성공한 것이었다. 조원제는 그 위험스런 일을 해낸 것이 무당의 아들 덕칠이인 것을 알았다. 주간전투에서 그런 아슬아슬한 장면은 더러 연출되는 일이었다. 조원제의 옆에 엎드린 소년병은 그 순간적인 장면을 눈길 곤두세워 보고 있었다.

적의 수류탄들은 점점 가까이에서 터지고 있었다. 조원제는 이쪽에서도 수류탄을 던져야 할 시간이 촉박해지고 있음을 느끼고 있었다. 그때 또 왼쪽 앞에 퍽 소리를 내며 떨어지는 것이 있었다. 그와 동시에 옆에서 누가 튀어나가는 것을 조원제는 느꼈다. 후닥닥 팔을 뻗쳤지만 소년병은 이미 손아귀에 잡히지 않았다. 소년병이 수류탄을 집어드는 것을 보며 조원제의 얼굴은 애타는 표정으로 찡그려져 있었다. 소년병이 수류탄을 내던졌다. 조원제는 막힌 숨을 토하며 멍청한 얼굴이 되었다. 소년병이 이쪽으로 몸을 돌리며 웃는 것 같았다. 그런데 팔을 뻗쳐올리며 윗몸이 뒤로 벌렁 넘어가는가 싶더니 앞으로 푹 고꾸라졌다.

"워쩌!"

조원제는 짧은 소리를 왈칵 토하며 앞으로 튕겨나갔다. 소년병을 끌어안았다. 소년병의 몸이 축 늘어졌다. 몸을 낮춘 조원제는 소년병을 끌다시피 해서 옮기고 있었다. 그의 주위에 총알이 푹푹 박히며 풀잎들을 찢고, 흙을 튕겨올렸다.

소년병을 제자리로 옮긴 조원제는 그의 등에 뚫린 총구멍을 보았다. 총구멍 주위는 벌써 질척하게 피로 젖어 있었다. 그는 소년병을 바르게 눕혔다. 관통상이었다. 가슴에서는 시뻘건 피가 걷잡을 수 없이 흐르고 있었다. 어찌 해볼 도리가 없었다.

"동무, 동무, 정신 채리씨요……."

조원제의 다급한 목소리는 메어들고 있었다. 소년병의 반쯤 뜨인 눈이 조원제를 올려다보았다.

"동무…… 나, 나…… 얼렁 죽여주씨…… 나, 나……."

소년병의 입술이 파르르 파르르 경련을 일으켰다. 얼굴은 고통으로 심하게 일그러지고 있었다. 입술을 깨문 조원제는 고개를 내젓고 있었다. 그의 눈은 충혈되며 물기가 번지고, 콧날개는 차츰 심하게 씰룩이고 있었다. 그는 소년병의 말을 들어줄 수가 없었다. 아무리 가망이 없다고 하지만 그의 고통을 덜어주기 위해 머리에 총을 쏠 수는 없었다. 그런 일을 해본 적이 없었고, 소년병을 두 번 죽일 수 없었던 것이다.

소년병의 눈이 사르르 감기며 무슨 말을 하는 것 같았다. 조원제는 다급하게 귀를 가까이 갖다댔다.

"엄니…… 아부지……."

소년병의 입에서 흘러나온 가느다란 소리였다. 그리고 소년병의 고개가 옆으로 처졌다. 조원제의 눈에서 눈물이 주르륵 흘러내렸다.

그즈음 연대장 이태식은 30여 명의 대원들을 이끌고 적진 쪽을 향해 고갯길을 내달리고 있었다. 마침내 이태식 특유의 기습전이 전개되고 있었다. 30여 명은 양쪽으로 갈라지더니 서로 반대쪽 골짜기의 비탈로 돌격하고 있었다. 측면기습공격이면서 협공이었다. 이태식은 그런 과감하면서도 위험을 무릅써야 하는 공격을 감행할 때는 언제나 앞장을 서서 부하들을 이끌었다.

그런 돌발상황으로 적진은 금방 교란되고 말았다. 공격대열이 어지럽게 허물어진 적들은 옆쪽의 비탈을 타고 앞다투어 골짜기 아래로 흩어져 달아나기 시작했다. 산개한 돌격조는 수류탄을 던지고, 총을 갈겨대며 그 뒤를 몰아치고 있었다. 적들로서는 부상자들을 수습할 틈도 없었다. 조원제는 그런 상황변화를 모르고 있었다.

조원제는 붙박인 듯이 앉아 숨 끊어진 소년병을 내려다보고 있었다. 파리하게 마른 소년병의 얼굴에는 슬픔인 듯 괴로움인 듯 야릇한 그늘이 서려 있었다. 소년병의 집이 어디인지, 이름이 무엇인지도 몰랐다. 그는 입술을 더 깨물었다. 이 소년은 자신의 죽음을 미리 느꼈던 것일까? 그래서 꾀꼬리의 울음소리에 그렇게 민감한 반응을 보였던 것은 아닐까? 글쎄…… 유물론자로서 어울리지 않는 소리다. 그렇지, 죽음치고 허망하지 않은 죽음이 어디 있는가. 더구나 빨치산의 죽음은……. 꾀꼬리를 그렇게 싫어했는데 그놈에게 뜯기게 할 수야 없지. 이 싸움판이 끝나면 묻어줘야지. 소년전사 동무, 내가 동무를 위해 할 수 있는 일은 그것밖에 없소. 동무, 편히 가시오. 조원제는 주먹 쥔 손등으로 눈을 문질렀다. 피로 범벅된 가슴 위에 한낮의 햇살이 가득 내리쬐고 있었다.

두 차례 더 공방을 거쳐 '공화국 시간'이 되자 적들은 퇴각해 갔다. 일단 기세가 꺾여버린 적들이 전열을 정비해 다시 시도해 오는 공격을 물리치기는 별로 힘드는 일이 아니었다. 싸움에서 사기는 역시 화력에 버금가는 무기였다.

조원제는 연대장 이태식에게 소년병의 죽음을 설명했다.

"하먼…… 정허게 묻어디려야제……."

검붉게 피가 굳어진 소년병의 시체를 내려다보며 이태식이 혼잣말을 하듯 말하고 있었다. 그는 한참을 서 있다가 혁대에 낀 수건을 빼들었다. 그리고 그것을 펴서 두어 번 세차게 털어냈다. 그런 다음 무릎을 꺾고 앉더니 소년병의 피떡이 되어 있는 가슴을 덮었다. 그 수건 위에 눈물이 뚝 떨어지는 것을 조원제는 보았다.

"어여 모시씨요."

고개를 숙인 채로 돌아서며 이태식이 말했다.

조원제는 항미소년돌격대원들과 함께 남향을 골라 무덤을 팠다. 반 길 깊이로 파고 소년병을 옮겨넣었다. 그 얼굴을 바로 흙으로 덮을 수가 없었다. 조원제는 주위를 둘러보았다. 진달래꽃은 이미 지고 없었다. 소년병들에게 진달래 가지들을 꺾어오게 했다. 초록빛 잎이 싱싱하게 매달린 진달래 가지로 소년병의 몸을 전부 덮었다. 그런 다음 흙을 퍼넣기 시작했다. 봉분을 조그맣게 만들고, 그 위에 다시 진달래 가지들을 꽂았다.

> 날아가는 까마귀야
> 시체 보고 우지 마라

어떤 소년병이 노래를 시작했다. 다음 소절부터 모두의 목소리가 합쳐졌다.

> 몸은 비록 죽었으나
> 혁명정신 살아 있다
> 만리장성 무주고혼
> 홀로 섰는 나무 밑에

비장감 서린 노랫소리는 푸른 하늘로 퍼져오르고, 싱그러운 숲 우거진 산줄기를 타고 흘러갔다.

소년병의 장례를 치르는 동안 연대 대원들은 양쪽 골짜기를 훑으며 노획물모으기를 끝냈다. 그건 주로 탄피줍기였다. 물론 총을 횡재하는 경우도 적지 않았다. 적의 시체에서 옷을 벗겨 입거나, 구두를 벗겨 신는 경우도 흔했다. 총과 탄피는 반드시 조직에 내놓아야 했지만 옷이나 구두 같은 것은 손 빠른 사람의 차지였다. 그러나 사람은 여러 층이었다. 시체에서 예사로 옷이나 구두를 벗겨 입고 신는 사람이 있는가 하면, 옷과 신발이 다 낡고 헐었는데도 그런 것을 아예 거들떠보지 않는 사람도 있었다. 그런가 하면 어떤 사람은 일부러 총구멍 뚫리고 피범벅된 옷을 걸치고 다니기도 했다.

경계가 필요한 지점에 보초들을 세운 다음 오늘 벌어진 전투의 평가토론회가 열렸다. 그것은 날마다 실시하는 학습과 마찬가지로 어떤 전투를 치르거나 꼭 하게 되어 있는 규정이었다. 전과·피해·전투내용·문제점 같은 것들이 종합적으로 거론됨과 아울러 반성을 하게 되었다. 그건 다른 토론회와 마찬가지로 자유로운 발언이 보장되어 있었다. 그 토론회는 정치일꾼들의 소관사항으로 중대단위로는 문화부 중대장이, 연대에서는 정치지도원이 관장했다.

"에, 지금부터 오늘 전개한 투쟁에 대해 평가토론회를 시작하겠습니다. 오늘도 인민의 적 미제 앞잡이이며 이승만 도당의 주구들의 공세를 용맹스럽게 격퇴시킨 전사 동지들의 열렬한 투쟁에 심심한 찬사를 보내며, 먼저 전체적인 전과와 피해를 보고하겠습니다. 전과, 적 사살 여섯, 소총 노획 아홉 정, 실탄 및 탄피 다수입니다. 우리 측 피해로는 사망 한 명, 부상 두 명입니다. 다음은 전투내용의 평가로서, 에, 오늘도 연대장 강철 동지의 과감한 전술, 투철한 용맹, 탁월한 지도와, 전사 동지 여러분들의 열렬한 투쟁력이 철통같이 단결되어 빛나는 승리를 이룩했으므로 재론의 여지가 없을 줄 압니다. 끝으로 문제점에 대한 토론이 있겠습니다. 무슨 구체적인 문제점들이 있으면 기탄없이 발언해 주시기 바랍니다.”

정치지도원의 발언이었다. 해주 출신의 그는 당일꾼의 경력자답게 언변이 좋고, 언제나 수식이 호화로웠다. 조원제는 그의 말을 들을 때마다 바로 옆에 있는 이태식을 생각하며 마음이 편치 않았다. 성품이 겸손하기 이를 데 없어서 자기를 내세우기 지극히 꺼리는 이태식이 면전에서 그런 수식이 많은 칭찬의 말을 들으며 얼마나 면구스럽고 옹색해하랴 싶었고, 특히 이태식은 신문은 물론이고 학습이나 강연에서 어려운 말을 쓰는 것을 아주 마땅찮아했던 것이다. 모두가 쉽게 알아들을 수 있는 쉬운 말이 얼마든지 있는데 왜 어려운 말을 쓰느냐는 것이 그의 변함없는 지적사항이었다. 그래서 그가 유일하게 존경하는 지식인이 출판과장이었다. 서중학교 교장 출신인 출판과장이 이태식뿐만 아니라 모든 기본출들에게 존경을 받는 것은 역시 다른 지식인 출신들이 가지고 있는 문제점을 그대로 드러내는 것이기도 했다. 중학생들을 상대로 훈화하듯 하는 출판과장의 강연은 누구나 알아들을 수 있는 쉬운 말로 엮어졌고, 그러면서도 하고자 하는 내용의 논리는 다 갖추어져 있었다. 그러나 지식인들은 거의가, 특히 나이가 젊을수록 의미해득이 어려운 한자의 논리어들을 수없이 말에다 뒤섞고 있었다. 조원제는 그런 현상이 개가 겉보리를 소화시키지 못하고 그대로 싸버리는 것과 같은 현상이라고 생각은 하면서도 그게 그렇게 쉽게 고쳐지지는 않았다. 그건 사상의 소화와 암기의 차이라는 것도 인식하고 있었다. 그리고 경륜과 연륜의 무게라는 것도 깨닫게 되었다.

"한 가지 요상시런 것이 있는디라이."

한 대원이 손을 들며 말했다.

"예, 발언하세요."

정치지도원이 손바닥을 펴받치는 손짓으로 발언권을 인정했다.

"따른 것이 아니고라, 소년병이 수류탄얼 되집어던지다가 총얼 맞었다는디, 고런 험헌 일얼 누가 시켰당가요? 영판 요상시럽구만이라."

"예, 아주 좋은 지적인 것 같습니다. 모든 대원들이 궁금하게 생각할 문젠데, 누구 책임발언 하실 동무 안 계십니까?"

"예, 지가 허겄구만요."

조원제는 손을 들었다.

"예, 하세요."

정치지도원이 아까와 같은 손짓을 했다. 조원제는 바지를 추키며 일어났다.

"지가 허는 말은 확실헌 책임발언이 아니고 짐작이라는 것을 미리 말씸드리겄구만요. 왜 그냐먼 지가 그 소년병 바로 옆에 있었고, 그때 정황을 그대로 소상허게 알고 있어서구만요. 그렇께로, 수류탄이 터지기 시작험스로 지 오른쪽에 미처 안 터진 수류탄 하나가 떨어졌구만요. 고것얼 박덕칠 동무가 되집어던졌구만이라. 근디 을매 안 있어 또 하나가 왼쪽에 떨어졌구만요. 근디 그 소년병이 눈 깜짝헐 새에 튕겨나갔구만요. 지는 깜짝 놀래 소년병을 잡을라고 손얼 뻗쳤는디, 때가 늦어뿌렀제라. 그 소년병은 수류탄을 되집어던지기는 혔는디, 돌아스다가 그만 총에 맞고 말았구만요. 지 생각으로는 그 소년병이 박덕칠 동무가 허는 것을 보고 자기도 그런 용맹시런 투쟁얼 혀볼라고 헌 것 같구만이라. 그때 번개 치대끼 헌 형편에 누가 수류탄을 되집어던져라 어쩌라 헐 틈새가 없었든 것만은 분명허니께요."

"예, 조 지도원 동무의 발언에 질문 있으신 동지들 계시면 하십시오."

모두들 고개를 끄덕일 뿐 말이 없었다.

"예, 조 지도원 동무의 발언이 매우 정확한 것 같습니다. 소년전사의 영웅적이고 희생적 투쟁에 대해 모두 납득이 되셨으면 다음 문제로 넘어가기로 하겠습니다."

"지도원 동지!"

한 대원이 손을 들어올렸다.

"발언하세요."

"쩌어…… 아까 지도원 동지께서 사살이 여섯이라고 발표허셨는디, 진짜로넌 사살이 다섯이고 부상이 한나였구만이라. 그란디 우리 대원덜 중에서 그 부상자럴 보고허지도 않고 찔러쥑였구만요. 보고도 없이 멋대로 고런 짓거리 못허게 되야 있고, 아무리 적이라도 고런 잔, 잔……."

그 대원은 무슨 말인가가 생각나지 않는지 머리를 갸웃거리며 말을 되씹고 있었다.

"잔혹행위요?"

정치지도원이 말을 거들었다.

"이, 그려라, 잔혹행위!" 그 대원은 자기 머리를 툭 쳤고, 대원들 사이에서 쿡쿡거리는 웃음이 터지고는, "고런 잔혹행위를 금허고 있는디, 고런 짓얼 혀서 되겠는게라?" 대원의 목소리에서는 열기가 묻어나고 있었다.

그 대원이 '잔, 잔……' 하며 더듬을 때 아마 '잔혹한 행위'일 거라고 조원제는 생각했고, 대원들의 웃음을 따라 그도 빙긋이 웃고 있었던 것이다. 대원들은 학습에서 배운 말들을 어떻게 해서든 써먹으려고 노력했으므로 토론회에서 그런 일은 흔하게 벌어지는 부담 없는 웃음거리였다. 그런데 그 대원의 발언을 듣고 조원제는 웃음이 가시는 것을 느꼈다. 토론회는 자기비판으로 바뀌고 있었고, 그 대상자로 문득 떠오르는 얼굴이 있었던 것이다.

"그 동무가 누구요. 지적하시오."

정치지도원이 엄하게 말했다.

그때 한 사람이 엉거주춤 일어서고 있었다. 조원제는 가슴이 철렁하는 것을 느꼈다. 그는 예상대로 배점돌이었던 것이다.

"아니, 또 동무요!"

정치지도원의 목소리가 날카로워졌다. 그럴 수밖에 없는 것이 배점돌이는 똑같은 문제로 벌써 서너 차례 자기비판을 거쳤던 것이다.

키가 작고 깡마른 배점돌이는 폭이 좁은 얼굴에 아무 표정도 없이 눈만 껌벅이고 서 있었다. 저런 몸집에 그런 뜨거운 살기와 증오가 어디에 들어 있는 것일까. 조원제는 그를 바라보며 똑같은 생각을 또 하고 있었다.

"동무, 동무가 한 행위부터 말해 보시오."

정치지도원이 미간을 찡그리며 말했다.

"쩌어…… 개 한 마리가 배때지에 총얼 맞고 아직 안 뒤지고 뻐르적기리고 있드만이라. 그래서 푹푹 찔러뿌렀제라."

배점돌의 말은 간단했다.

"그래서는 안 된다는 규칙을 몰랐, 아니, 잊었소?"

"아니어라."

"그런데 왜 그런 짓을 했소?"

"그전꺼지넌 총총허니 안 잊어뿌렀는디, 그 개럴 보자 정신이 깜빡혀뿌렀구만이라."

"아니, 그걸 말이라고 하는 거요!"

정치지도원이 버럭 소리를 질렀다.

"사실이 그런디 워쩔 것이요."

배점돌은 여전히 표정 없는 얼굴로 눈만 껌벅이고 있었다. 저 눈이 예사 사람들하고는 달라. 그건 일종의 정신질환일 거야. 그를 저런 식으로 몰아대서는 안 된다고 조원제는 생각했다.

"여그 발언 있구만요."

조원제는 손을 들었다. 정치지도원이 고개를 끄떡했다.

"배점돌 동무의 발언은 상식적으로는 다소 이해가 곤란해도 거짓말이 아니라는 판단은 드느마요. 자기 맘얼 자기 심으로 워찌헐 도리가 없다는 것인디, 고것은 자기비판토론으로 해결될 문제가 아니라는 생각이 드는구만요. 배 동무는 그동안 여러 번 자기비판얼 통해서 진심으로 자기 잘못을 반성허고도 또 똑같은 잘못을 저질른 것이 그것을 입증허고 있구만요. 그렇께 배 동무 문제는 따로 회의를 열어 논의헐 것을 지도원 동지께 제의허는 바이구만요."

정치지도원은 연대장 이태식에게로 눈길을 돌렸다. 이태식이 고개를 끄떡였다.

"그럼, 배 동무의 문제는 과오의 중복에 따른 중대성으로 별도의 회의에 부치고자 합니다. 이에 대해 다른 의견들 없으십니까?"

"없그만이라."

누군가의 찬동을 따라 의견이 하나로 모아졌다.

"예, 좋습니다. 그럼, 다음 문제를 제기해 주십시오."

한동안 아무도 말이 없었다.

"다른 문제들 없습니까?"

"야아."

"인자 된 상싶구만이라."

정치지도원이 대원들을 둘러보며 입을 열었다.

"그럼 이것으로 오늘의 토론회를 마치고자 합니다."

배점돌이는 여기저기 눈치를 살피며 자리에 앉고 있었다. 조원제는 그런 배점돌을 바라보며 참 안됐다는 생각을 하고 있었다. 자신은 다른 대원들에 비해 배점돌의 과거를 비교적 소상하게 아는 편이었다. 언젠가 그의 잔혹행위에 대해 개인적으로 타이른 일이 있었는데 그때 그가 자기 자신에 대해 하는 이야기를 들었던 것이다.

배점돌이라는 이름에서 드러나듯이 그는 계급적으로 하층에 속하는 머슴 출신이었다. 그의 아버지 또한 평생을 머슴 노릇으로 보낸 사람이었다. 그는 여섯 살 때부터 어머니 없이 자라났다. 집주인이 어머니를 범했고, 그 사실이 드러나자 목을 맨 것이다. 어머니는 반은 아버지한테 맞아죽고, 반은 목매 죽은 것이라고 그는 말했다. 어머니는 죽었어도 집주인은 끄떡없었고, 아버지는 머슴 노릇을 옮겨앉아야 했다. 그는 술이 과해진 아버지가 떠미는 대로 열 살 때 꼴머슴 노릇부터 시작했다. 열다섯 살부터 새경을 받게 되고, 스무 살이 넘어도 어머니의 억울한 죽음은 잊혀지지 않았다. 장가를 가지 않은 것도 자기 마누라도 어머니 같은 꼴을 당해 죽을 것 같았기 때문이었다. 스물다섯까지 총각으로 해방을 맞이했다. 머슴살이 면할 수 있는 공평한 세상이 온다는 말에 귀가 트였고, 다음 해 11월의 농민시위에 휩쓸리게 되었다. 한번 생각을 바꾸고 나서 그의 가슴에서는 불길이 훨훨 타올랐다. 그동안 가슴 깊이 억눌려왔던, 어머니를 결국 죽게 만든 집주인에 대한 증오가 뜨거운 불길로 변했고, 그 불길은 다시 지주라는 것들에게로 번져나갔다. 그는 집주인을 죽일 계획을 세웠지만 그보다 앞서 시위주동자로 잡혀 경찰서에서 살점이 떨어져나가도록 두들겨맞았다. 그리고 여덟 달 징역살이를 하고 나왔다. 그의 가슴에서 타오르는 불길은 이제 경찰에게까지 옮겨붙어 있었다. 그는 징역살이를 하면서 오히려 세상에 더 눈뜨게 되었던 것이다. 감옥에서 풀려나고 서너 달 뒤에 여순사건이 터졌다. 그는 볼 것 없이 선봉으로 나섰다. 그가 맨 처음 한 일이 옛날 집주인을 죽인 것이었다. 그는 그때서야 비로소 어머니를 부르며 통곡했다. 일이 뜻대로 안 풀려 그도 입산할 수밖에 없었다. 전쟁이 일어나고 하산해 보니 아버지가 죽고 없었다. 자기 때문에 아버지가 경찰에 끌려가 매타작을 당하고 그 장독으로 죽었다는 것을 알았다. 그의 가슴에서는 불길이 더 뜨겁게 타올랐다. 인공 아래서 그의 가혹행위는 벌써 말썽이 되었다. 다시 입산을 했는데 구빨치로서 평대원에 머물러 있는 건 그 혼자뿐이었다. 당의 징계를 받은 과오 탓이었다. 그는 용맹스러웠다. 그러나 빈번한 가혹행위로 그 용맹은 빛이 되지 못했다. 그는 보투를 나가서도 일삼아 기와집을 골라 들어가 살인을 저질렀고, 적의 부상병을 돌로 쳐죽이는 식의 가혹행위를 저질렀다. 그의 그런 행위들은 자기비판토론에서, 혁명투쟁에 있어서 사적 보복감정을 청산해야 한다, 인민의 지지확보를 저해하는 동시에 적의 역선전에 이용될 일체의 행위를 해서는 안 된다, 적의 내부에 잠재되어 있는 인민성 확보를 항시 고려해야 한다, 적의 부상자에 대해서는 불필요한 가혹행위를 삼가야 한다, 이런 여러 규정의 위반으로 지적을 당해야 했다. 그는 자기비판토론이 사사로운 감정의 비난이나 사적인 감정의 모략이 아니라 조직을 건전하고 강고하게 지켜나가고, 전사로서의 사상적 정신적 발전을 도모하기 위해 동지 상호간의 믿음과 존중 위에서 행해지는 모두의 반성과 약속이라는 것을 잘 알고 있었다. 그래서 그는 동지들 앞에서 자신의 잘못을 진정으로 반성했고, 당의 이름 으로 다시는 그런 잘못을 저지르지 않겠다고 다짐했다. 그러나 그 것은 얼마 못 가 물거품이 되고는 했다.

"고것이 무신 염병인지 나도 나 맘얼 통 몰르겄당께라. 천상 뒤져 서나 고칠 병인가 비요."

그가 괴로워하며 한 말이었다. 그 말 앞에서 조원제는 더 이상 아무 말도 할 말이 없었다.

며칠 뒤에 열린 간부회의에서 배점돌을 병기과로 전출시키기로 결정되었다. 적이나 인민들과 접촉하는 것을 막는 방법은 그것밖 에 없었던 것이다.

"가라면 가는디, 나넌 인자 빨치산도 멋도 아니시."

그가 총을 반납하며 맥 빠진 소리로 중얼거린 말이었다.

전북도당사령부가 있는 남덕유산에도 토벌대의 공세는 가열되 어 가고 있었다. 대규모 병력으로 구성된 군경합동토벌대들은 덕유 산 깊이까지 밀어닥치는 과감성을 보이고 있었다. 그리고 한차례 작전을 시작하면 사나흘씩을 산등성이에서 야영을 해가며 버텼다.

그전에 없던 작전에 빨치산들은 궁지에 몰리지 않을 수 없었다. 상대방들의 막강한 병력과 화력 앞에서 그들이 믿을 수 있는 건 오로지 주력뿐이었다. 그들은 주력을 십분 활용해 가며 소조투쟁으로 피해를 줄이고, 적을 교란시키고, 기습전을 시도하고 하면서 골짜기와 골짜기를 타고 넘었다.

그런데 이상한 것은 숲이 우거졌는데도 불구하고 토벌대들이 꼭 찍어내기라도 하듯 사령부의 비트 지점을 공격해 온다는 점이었다. 또한 제2, 제3의 이동로나 예비거점에 적의 매복이 쳐져 있기도 했다. 물론 그 이상스러움은 오래가지 않았다. 자수자나 포로들에 의한 정보누설이란 사실이 곧 포착되었다. 그러나 그 대비책은 원인 포착에 비해 신속하게 마련되지 않았다. 기존의 활동요건들을 일시에 대체한다는 것은 그리 쉬운 일이 아니었던 것이다. 그건 화력과 병력의 열세에 겹친 또 하나의 장애였다.

사령부는 꼬박 하루를 토벌대에게 쫓기며 싸우고 있었다. 수가 많은 토벌대들은 등성이에서부터 아래로 병력을 배치해 맘껏 화력을 퍼부어대며 사살과 포위를 겸한 이중작전을 쓰고 있었다. 사령부 병력들은 소조로 분산되어 포위를 예방하면서, 최소단위로 편성된 돌격대들이 여기저기서 기습반격을 가해 적의 추격을 둔화시키고는 했다.

돌격대들은 이쪽 숲 속에서 불쑥 나타나며 총을 갈겨대고는 금세 모습을 감추기도 했고, 저쪽 바위 뒤에서 불쑥 나타나 노래를 불러대다가 어디론가 사라져버리기도 했다. 그러면 토벌대들의 화력이 그쪽으로 집중되면서 추격이 주춤해지고는 했다. 빨치산들은 마치 무슨 놀이라도 하는 것 같았고, 토벌대들은 기를 썼지만 그들의 잽싼 주력을 따라잡을 수가 없었다. 평균 보통사람의 세 배 빠르기인 그들의 주력은 적과 싸움이 붙으면서 더욱 빨라져 있었던 것이다. 그 작전은 도당위원장이면서 사령관인 방준표가 직접 지휘하고 있었다. 널리 알려진 대로 그는 작전을 지휘하면서 직접 총도 쏘아대고 있었다. 그는 언제라고 몸을 사리는 일이 없어서 간부들의 염려를 사기도 했지만, 전체 대원들의 사기를 높이는 데는 더없이 효과를 나타내고 있었다. 삼십 중반을 약간 넘긴 그는 권위주의나 형식주의가 전혀 없었고, 당이론이 누구 못지않게 강하다면서도 연설을 할 때는 그 말 씀씀이가 쉬워 대원들에게 존경을 받았다. 그가 귀여워했던 소년전사가 죽게 되자 땅에 무릎을 꿇고 앉아 울었다는 말은 대원들을 크게 감동시키기도 했다.

"이렇게 쫓기기만 하면 어디까지 가자는 거예요?"

박난희가 이마의 땀을 훔치며 숨 가쁘게 말했다. 들고 있는 칼빈 총이 무거워 보였다.

"평양까지요."

손승호가 배낭을 추스르며 대꾸했다.

"웃지도 않으면서 농담이네요. 그렇게 됐음 얼마나 좋겠어요."

박난희는 폭 한숨을 쉬었다.

"그럴 날이 올 것을 믿읍시다."

"당원답네요."

박난희가 머리카락을 귀 뒤로 넘기며 웃었다.

손승호는 '당원'이라는 말에 또 염상진을 생각했다. 염상진에게 죄스럽기도 했고 자랑스럽기도 했다. 자서전을 쓰면서도, 입당이 결정되면서도 염상진을 생각했었다. 한때의 전향 아닌 방황이 더없이 부끄러웠고, 자신의 머리에 권총을 들이대고서도, 너를 끝까지 포기하지 않겠다며 감정을 자제했던 염 선배가 끝없이 고마웠다. 염 선배의 그 초인적인 인내 앞에 비로소 떳떳하게 설 수 있을 것 같았고, 사과다운 사과도 할 수 있을 것 같았다. 염 선배는 확실히 그릇이 큰 사람이었다. 그때의 자신의 방황은 전향은 아니었을지라도 염 선배에게 배신인 것은 틀림없었다. 그런데도 염 선배는 자신의 방황을 꿰뚫어보았던 것이다. 당원이 된 그날, 염 선배가 당원이 된 나를 보면 얼마나 기뻐할까, 하는 생각으로 가슴 벅차며 곧 염 선배에게로 달려가고 싶은 심정이었다. 그날 비로소 남쪽으로 끝없이 뻗어나간 산줄기를 멀리멀리 바라볼 수 있었던 것이다. 그 산줄기를 따라가면 지리산맥에 이르고, 거기서 다시 가지 친 산줄기를 따라가면 염 선배는 그 어느 산엔가 있을 것이었다. 염 선배에게로 쏠리는 마음은 결코 감상만이 아니었다. 방황하던 한 인간이 제자리를 찾은 모습을 보여주고 싶었고, 염 선배의 가슴에 아직도 실망으로 남아 있을 자신의 부채를 희망으로 바꿔놓고 싶었다. 그리고 염 선배를 도와 떳떳한 투쟁을 해보이고 싶었다. 그런 생각이 지워지지 않아 무심결에 남쪽 산줄기를 바라보며 마음을 빼앗기고는 했다.

손승호는 또 남쪽으로 먼 눈길을 보내고 있었다. 뒤따라오고 있는 토벌대의 총소리와 수류탄 터지는 소리들이 산을 흔들어대고 있었다. 산이 깊어 그 소리들은 겹겹의 메아리로 긴 꼬리를 끌며 울려가고 있었다.

원수와 더불어 싸워서 죽은
우리의 죽음을 슬퍼 말아라

왼쪽에서 목청 높여 불러대는 돌격대의 〈인민항쟁가〉였다. 바위에 올라서서 총을 흔들어대며 노래를 부르는 그 두려움 없는 모습을 멀찍이 바라보며 손승호는 낮은 소리로 노래를 따라 부르고 있었다.

태백산맥에 눈 날린다
총을 메어라 출진이다

오른쪽에서 들려오는 〈빨치산의 노래〉였다. 그쪽에서 수류탄 서너 개가 연거푸 터져올랐다. 수류탄이 빛살들을 뻗쳐올리며 터질 때마다 무성한 나뭇잎들이 폭풍에 어지럽게 휩쓸리고, 가지가 부러져 처져내리기도 했다. 그러나 돌격대가 있는 곳까지는 어림없이 멀었다. 손승호는 그 광경을 바라보며 피식 웃었다. 토벌대는 실효를 위한 공격을 하는 것이 아니라 화풀이를 하고 있었다. 신경전에 화력소모전을 유도하고 있는 이쪽의 작전에 고스란히 말려들고 있는 판국이었다.

"손 동무, 출발이에요."

박난희의 말에 손승호는 총을 두 손으로 잡으며 손아귀에 힘을 주었다. 정말 이렇게 어디까지 가려나, 하는 생각이 들었다. 손승호는 그러나, 다 알아서 하겠지, 하는 생각을 했다. 그건 위원장에 대한 신뢰였다. 위원장이 아무 계획도 없이 무작정 쫓길 리가 없었던 것이다.

손승호는 자신이 전혀 예기치 않은 상태에서 당원이 되었다.

"손 형, 당원이 되시는 게 어때요?"

어느 날 박두병이 굳이 '손 형'이라고 호칭하며 넌지시 말을 꺼냈던 것이다. 그 호칭이 전부터 그랬던 것처럼 그 입당권유가 사무적 용건만은 아니라는 의미를 나타내고 있었다.

"제가 무슨 자격이 있을는지요."

손승호는 이 말을 겸손한 예의를 갖추려고 한 것만은 아니었다. 자신이 한때 흔들렸던 시기가 자격지심으로 작용하고 있었던 것이다. 그러나 한편으로는 당원이 되고자 하는 욕구가 소학교 적에 상을 타고 싶었던 심정처럼 마음속에 도사리고 있기도 했다. 산생활이 어려울수록 이상하게도 그 욕구는 커지고 있었던 것이다.

"손 형 정도의 경력과 능력이라면 모자람이 없지요. 마음의 준비가 돼 있으면 제가 추천을 하지요."

박두병의 적극적인 말이 자신의 심적 부담을 덜어주고 있었다.

"예, 그래 주시면 더없는 영광이겠습니다만……."

"알겠습니다. 남은 추천인 한 명도 제가 물색할 테니 손 형은 자서전 준비나 하시지요."

"저어, 그건……."

"예, 말씀하십시오."

"저어, 다름이 아니라, 거리가 좀 떨어져 있기는 하지만, 솥뚜껑 동무라고…… 그 동무의 추천을 받았으면 하는데요."

"아, 그 영웅적으로 투쟁하고 있는 회문산 쪽 중대장 동무를 말하는군요. 그거 아주 좋은 생각입니다."

그래서 손승호는 그동안 중대장으로 직위가 바뀐 솥뚜껑의 추천을 받게 되었다.

솥뚜껑은, 자기 같은 사람을 잊지 않고 추천인으로 삼아주어 영광스럽고 고맙다는 내용의 편지를 보내왔다. 손승호는 그야말로 주객이 전도된 그 편지를 보고 또 먼 하늘을 바라보았던 것이다. 그는 하는 언행마다 눈물겨운 사람이었다.

손승호는 자서전을 쓰면서 자신이 사상적 방황을 했던 대목에 이르러 많은 갈등과 괴로움을 겪어야 했다. 그건 한마디로 간추리면, 그때의 사실을 써야 할 것인가 말아야 할 것인가, 하는 것이었다. 있었던 그대로 쓰자니 흠집이었고, 어물거려 건너뛰자니 시간적 공백이 생겼고, 미온적으로 활동한 것으로 적자니 거짓말이었다. 자서전이란 거짓이나 허위조작이 없는 진실된 자기 진술이었다. 곧 자기 자신을 당 앞에 세워놓고 자기 양심의 거울로 자기 스스로를 비추는 일이었다. 조직은 가시적 투쟁을 바탕 삼은 전적인 신뢰로서 자서전을 쓰게 하고 있었다. 그건 의심이나 조사가 목적이 아니라 조직이 파악하고 있지 못한 그 이전의 경력을 소상하게 알게 됨으로써 조직원으로서의 신뢰성을 더 넓고 두텁게 하려는 것이 자서전쓰기였다. 그 원칙에 충실해서 있는 대로 쓰려는 마음과 그것을 거부하여 적당히 얼버무려넘기려는 마음과, 아예 흠집을 남기지 않으려고 조작을 하려는 마음과, 그 세 가지가 뒤엉켜 씨름판을 벌이고 있었다. 손승호는 연필을 멈추고 꼬박 하루를 씨름판의 심판을 보아야 했다. 세 씨름꾼은 승부를 가리기 어렵게 엎치락뒤치락거렸다. 손승호는 결국 밤하늘의 별을 바라보며 승부를 가리게 되었다. 첫 번째 마음의 승리였다. 그 대목 때문에 당원이 못 된다면 그건 당연한 일이라는 생각으로 내린 결정이었다.

"비 온 뒤에 땅이 더 굳어지는 것 아니던가요."

입당이 결정된 다음 그 대목에 대해서 박두병이 나타낸 반응이었다.

"그 대목을 꾸미지 않은 것이 손 동무의 오늘날의 당성이 얼마나 견고한가를 입증한 것 아닙니까."

박두병이 이어서 한 말이었다.

마침내 사령부 병력은 한 지점에서 발길을 멈추게 되었다. 그 지점에는 다른 지구의 병력이 대기하고 있었다. 그때서야 대원들은 지금까지 산을 몇 개 넘어온 것이 쫓긴 것이 아니라 유인작전이었던 것을 알게 되었다. 한바탕 싸움을 벌이기 위해 사령부와 지구

병력은 신속하게 전열을 갖추었다. 서쪽 산들이 제 그림자에 가려 회색빛으로 가라앉고 있었고, 반대로 동쪽 산들은 석양빛을 받아 초록빛 녹음이 붉은 색조와 어우러지면서 환상적으로 드러나 있었다.

치열한 접전이 시작되었다. 사령부 병력은 이제 누구 하나 전투에 가담하지 않은 사람이 없었다. 밀고 밀리는 싸움이 두 시간 이상 계속되었다. 전투가 치열한 만큼 양쪽의 피해도 속출하고 있었다. 어두워지기 시작하면서 토벌대는 뒤로 물러서며 공격을 방어로 바꾸고 있었다. 그럴 수밖에 없는 것이 상대방들이 어둠을 타고 우회공격을 가하는 새로운 전법으로 나오면서 피해가 급증했던 것이다.

"손승호 동무 어딨소, 손승호 동무!"

숨을 헐떡이는 다급한 목소리가 외치고 있었다.

"저짝으로 가보씨요, 저짝."

누군가의 응답이었다.

"손승호 동무가 누구요, 손승호 동무!"

총을 든 사내가 뛰면서 소리치고 있었다.

총을 겨누고 있던 손승호는 옆의 박난희에게 물었다.

"혹시 누가 날 부르는 것 같지 않소?"

"글쎄요, 저쪽에서 그런 소리가 들리는 것도 같았어요."

박난희가 큰 눈을 깜빡거렸다.

"손승호 동무 어딨소, 손승호 동무!"

숨 가쁜 외침은 또렷하게 들려왔다. 손승호는 몸을 일으키며 소리쳤다.

"나요, 여깄소!"

그는 손을 들어 보였다. 한 사내가 이쪽으로 헐레벌떡 뛰어오고 있었다.

"손승호 동무요?"

입술이 바싹 탄 사내가 물었다.

"예, 손승호요."

손승호는 대답하며 상대방을 주시했다. 그러나 모르는 얼굴이었다.

"되았소. 갑씨다, 싸게."

사내는 다짜고짜 손승호의 소매를 덥석 잡더니 끌어댔다.

"누군데, 대체 무슨 일이오?"

손승호는 아무것도 짚이는 것이 없는 채 팔을 뒤로 끌어당겼다.

"이, 급허다 봉께. 나 김두집이라고 헌디, 솥뚜껑 동무 아시제라?"

"예, 무슨 일 생겼소!"

불길한 충격에 부딪치며 손승호의 입에서 터져나온 소리였다. 그리고 그때서야 솥뚜껑의 부대가 합세했다는 것을 알았다.

"큰탈나뿌렀소."

사내의 얼굴이 일그러졌다.

"어찌 됐소?"

손승호의 목소리가 뜨거웠다.

"아이고, 한시가 급허요. 감시로 이약헙씨다."

사내의 얼굴이 울상이 되었다.

"알겠소. 잠깐 기다리시오."

손승호는 중대장의 허락을 받고 사내를 따라나섰다.

"어디를 다쳤소?"

"수류탄 맞어뿌렀소."

"뭐라구요!"

손승호는 빠른 걸음을 주춤 멈춰서듯 했다. 충격이 심했고, 땅이 기우뚱할 정도로 현기증이 일어났던 것이다. 총을 맞은 줄 알았지 수류탄을 맞았으리라고는 생각조차 못했던 것이다. 수류탄을 맞고 살아날 가망은 거의 없는 일이었다.

"얼마나 다쳤소?"

손승호는 사내보다 걸음을 빨리하며 물었다.

"가망이 없소…… 배가 터졌응께."

손승호는 입술을 깨물었다. 금방 목이 꽉 막혀올랐다. 도무지 믿을 수가 없는 일이었다. 그리도 몸이 날쌔고, 육감이 빠른 사람이 총알이 아니고 수류탄을 맞다니…….

"대체 어쩌다가…… 어쩌다가 그리 됐소?"

"금메 말이오, 워떤 얼빙이가 쌩사람 잡은 것이제라." 사내는 한숨을 푹 쉬고는, "수류탄이 옆에 떨어진 줄도 모르고 총질허고 있는 동무럴 구헐라다가 베락 맞어뿌렀제라. 그 동무 구해내고 중대장 동무가 당혀뿌렀시니, 고것이 잘된 일인지 잘못된 일인지, 기가 차구만요.”

사내의 목이 메고 있었다.

손승호의 의식 속에서는 사내가 말한 장면이 환하게 떠오르고 있었다. 그의 걸음은 더욱 빨라져 뛰다시피 하고 있었다.

복부가 터져 창자가 흘러나온 솥뚜껑은 대원들에게 둘러싸여 있었다. 거칠게 탄 얼굴에는 이미 핏기라고는 없었다.

“솥뚜껑 동무! 나, 나 손승호요.”

손승호는 솥뚜껑의 손을 두 손으로 감싸잡으며 울음을 토하듯 했다. 여전히 두껍고 거칠고 투박하고 큰 솥뚜껑의 손에도 온기가 흘렀다.

“소, 손 동무, 오셨구만이라.” 솥뚜껑은 희미하게 웃음을 떠올리고는, “나가 눈감기 전에 보고 잡아서…… 요리 손 동무럴 보고 죽응께…… 원이 없소. 손 동무 은혜 저시상에 가서도…… 안 잊어뿔 것이요. 요, 요, 만년필, 인자 나가 손 동무 주고 잡으요.” 그가 간신히 들어올렸다가 도로 떨어뜨려버린 손에는 만년필이 꼭 쥐어져 있었다.

“솥뚜껑 동무…….”

손승호는 허리를 굽히며 감싸잡고 있던 솥뚜껑의 손을 자기의 이마에 댔다. 그가 솥뚜껑을 부르는 소리는 그대로 울음이었다.

“동무덜, 동무덜하고 항꾼에…… 항꾼에 해방얼 꼭 보고 잡았는디…….”

솥뚜껑의 목소리가 약간 커졌다. 손승호는 허리를 펴고 솥뚜껑을 내려다보았다.

"······나가 먼첨 감서 만세나 불름서 갈랑게······ 동무덜도 항꾼에 따라서 허먼 좋겄소."

둘러선 대원들이 모두 고개를 끄덕였고, 서너 사람이 소리내서 대답했다. 솥뚜껑의 얼굴에 웃음이 피어났다. 그리고 턱이 약간 들리는가 싶더니 눈을 부릅뜨며 소리쳤다.

"공화국 만세에!"

─공화국 만세에!

모두가 어두워가는 속에서 합창을 했다.

"인민 만세에!"

─인민 만세에!

"공화국 만세에!"

─공화국 만세에!

"인민 만세에!"

─인민 만세에!

한 번으로 그친 것이 아니라 세 번이 넘게 되자 손승호는 자기도 모르게 그것을 따라서 세고 있었다.

"공화국 만세에!"

─공화국 만세에!

"인민 만세에!"

─인민 만세에!

"공화국 만세에!"

─공화국 만세에!

"인민 만세에!"

─인민 만세에!

여덟 번째에 이르러 목소리에서 기운이 빠지면서 소리도 낮아
졌다.

"공화국 만세에……."

─공화국 만세에!

"인민 만세에……."

─인민 만세에!

"공화국 만세에……."

─공화국 만세에!

"인민 만세에……."

─인민 만세에!

열두 번째가 되어 목소리는 더욱 맥을 잃고 가라앉았다. 그러나
대원들의 합창은 갈수록 커지고 있었다.

"공화국 만세에……."

─공화국 만세에!

"인민 만세에……."

─인민 만세에!

"공화국 마……."

─공화국 만세에!

그의 목소리가 더욱 잦아들면서 뒷소리는 나오지 않고 입술만

움직이고 있었다. 그러나 날이 어두워 대원들에게는 경련과 함께 달싹이는 입술 모양이 보이지 않았다. 대원들은 그런 것을 다 안다는 듯 목메는 소리로 줄기차게 합창하고 있었다.

"인민 마……."

―인민 만세에!

"공화……."

―공화국 만세에!

열일곱 번째가 끝났다. 그리고 솥뚜껑의 입에서는 더는 아무 소리도 나오지 않았다.

그의 넋을 실어가듯 어둠 속에서 산바람이 불어왔고, 먼 하늘에는 별들이 돋아나고 있었다.

17

장마와 함께 온 휴전회담 소식

논보리에 이어 밭보리를 베내기도 바쁘고 타작하기도 바빴다. 계속 공격을 받으면서도 견고하게 해방구를 지키고 있는 백아산지 구에서는 작년 가을에 그랬던 것처럼 대원들이 교대로 농사일을 거들고 있었다. 2월부터 시작되었던 굶주림에서 벗어나게 되어 농민들이나 대원들이나 일손에 신명이 붙고 있었다.

조계산지구에서도 싸움이 없는 날이면 구역별로 농사일에 나섰다. 대원들 중에 농민들이 워낙 많아서 농사일을 거드는 것은 무척 효과적이었다. 그리고 대원들도 향수에 젖어들며 즐거운 마음으로 일을 해냈다. 농사일을 거드는 것도 인민을 위한 투쟁의 하나였다. 당의 입장에서는 인민에 대한 봉사는 곧 인민의 지지확보였으며, 또한 2할 5부의 세금을 징수하는 데 떳떳할 수 있는 일이었다. 해방구 사람들의 입장에서는 아무런 도움을 받지 못해도 세금을 내야 할 판인데 도움을 받아가며 세금을 내는 것이니 그보다 더 좋은 일이 없었다.

천점바구의 중대는 보리베기에 나서고 있었다.

"으따와, 곡식 내얌새 맡은 지가 을매다냐. 회가 다 동허네웨."

한 대원이 낫을 들고 밭으로 들어서며 코를 벌름거렸다.

"이, 식은 보리밥에 된장 척 볼라 상추쌈 주먹뎅이만 허니 싸갖고 볼아지 터지게 밀어널 날이 기엉코 와뿌렀구마. 안 가는 세월은 없는 법이여!"

다른 대원이 서너 고랑 간격을 두고 밭으로 들어서며 탄력 넘치는 목소리로 맞장구를 쳤다.

"어허, 상추쌈 묵을지 몰르는구만. 상추쌈에 코 톡 쏘는 독 올른 풋꼬치가 빠지면 고것이 무신 맛이여. 곰국에 소금 안 친 맛이고, 붕어 쫄임서 꼬치장 빼묵은 맛이제."

또다른 대원이 낫자루에 침을 튀기며 밭으로 들어서다가 말을 거들었다.

"하먼, 하먼. 풋꼬치야 꼭 있어야제. 식은 보리밥에 상추쌈도 좋고, 식은 보리밥 찬물에 몰아 독 올른 풋꼬치 된장에 푹푹 찍어 묵는 맛도 기맥히덜 않트라고?"

처음의 대원이 군침을 삼키며 쩝쩝 입맛을 다셨다.

"이, 감나무 그늘 평상에 웃통 홀랑 벗고 보리 고봉밥 한 사발 묵고 매미소리 들음서 낮잠 한숨 푹 자먼 신선이 따로 있드랑가?"

세 번째 대원이 기분을 돋우었다. 그들은 이미 농부로 돌아가 있었다. 그래서 말도 존대가 아니라 서로가 편안하게 놓고 있었다.

"아이고메, 그리 묵는 타령만 허고 섰다가 해가 서산으로 뽕 빠져불겄소. 남정네덜이 실답잖기는."

외서댁이 눈을 흘기며 밭으로 들어섰다. 그녀의 입에서 나온 소리도 '동무들'이 아니고 '남정네들'이었다.

"와따, 외서댁 동무넌 쉬씨요. 우리가 다 알어서 헐 팅께."

두 번째 대원이 혀를 찼다.

"나가 여자요? 빨치산이제. 빨치산에 남녀차등 없응께 고런 말마씨요. 허고, 남자덜이 그리 묵는 타령만 허고 있는 판인디 나가 워찌 쉬겄소."

외서댁이 야무지게 공박했다. 세 남자가 서로서로 쳐다보며 계면쩍은 웃음을 흘렸다.

"외서댁 동무, 동무덜 말대로 요런 때나 잠 쉬씨요. 낫 요리 주고라."

웃는 얼굴로 천점바구가 외서댁 옆으로 다가서며 손을 내밀었다.

"참말로, 나럴 꼭 여자로 대접헐라는갑네? 대접허겄다면 받어야 거그 대접도 되겄제라이."

외서댁이 못 이기는 척 천점바구에게 낫을 넘겨주었다.

"허, 말도 벨 요상시럽게도 다 허네이."

첫 번째 대원이 어이없다는 듯 얼굴을 하늘로 들며 소웃음을 웃었다.

"저 동무 말이야 항시 찰방지제. 저 짠득짠득허게 생긴 것맹키로."

세 번째 대원이 목소리 낮추며 말했다.

"어허, 그리 말허덜 말드라고, 또 베락 맞는디. 저 동무가 질로 싫어라 허는 말이 그 남자깨나 홀리게 생겼다는 말 아니드라고."

두 번째 대원이 외서댁 쪽으로 눈을 힐끗거리며 목소리를 더욱 낮추었다.

그들이 목소리를 낮추었어도 외서댁의 귀에는 그 말들이 다 들리고 있었다. 그러나 외서댁은 못 들은 척 밭둑을 내려가고 있었다. 내놓고 놀림감을 삼는 게 아니라 자기들끼리 말조심을 시키고 있는데 굳이 아는 체하고 나설 형편이 아니었던 것이다.

후방부를 떠나 기동대에 배치되어 왔을 때 외서댁은 나이 든 남자대원들의 비릿한 입질을 많이 받았었다. 그녀의 얼굴에 드러나고 있는 그 묘한 색감, 염상구가 첫눈에 "잉, 솔찬허시" 하고 알아본 그 느낌을 그들도 영락없이 알아챘던 것이다. 외서댁은 자신한테 남자들이 으레 그런 흉측스런 생각을 갖는 것에 몸서리를 쳤다. 그리고 들척지근한 웃음에다 묻혀내는 비리치근한 말들에 치를 떨었다. 더구나 입산을 해서까지 그런 말들을 들으며 이상스런 놀림감이 된다는 것은 도저히 견딜 수가 없는 일이었다. 그래서 그녀는 그런 말들을 막아내는 봉쇄작전에 나섰던 것이다. 그녀가 동원한 무기는 자기비판토론이었다. 그런 말을 즐기는 남자대원들을 한꺼번에 비판대상에 올린 것이었다. 빨치산에서는 남녀차등이 없이 모두 동지요 동무로 함께 투쟁한다고 학습받았는데 왜 여자로 차등을 두고 놀림감을 삼는가. 동지들은 서로간에 돕고 위로해서 투쟁력을 높여야 한다고 학습받았는데 왜 반대로 놀리고 속상하게 해서 투쟁력을 떨어뜨리는가. 이런 식으로 공박을 가했다. 물론 천점바구도 적극적으로 거들고 나섰다. 그런 비판에 대해 남자대원들은 꼼짝없이 자기비판을 하지 않을 수 없게 되었다. 자신의 과오를 인정하며, 앞으로는 절대로 그런 일이 없을 것이다, 하는 내용들이었다. 그런 일을 거친 다음에야 외서댁은 놀림에서 벗어날 수 있었다. 그러나 태어날 때부터 타고난 그 야릇하고도 묘한 색감이 그녀의 얼굴에서 없어진 것은 아니었다. 투쟁으로 거칠어지면 거칠어진 대로, 굶주림에 메마르면 메마른 대로 그녀의 얼굴에 서려 있는 색감은 그때그때마다 변색해 가며 남자들의 눈길을 끌어당겼다.

그러나 정작 그녀는 염상구의 씨를 배에 담고부터 치른 온갖 몸고생·마음고생을 거쳐 애를 낳고는 남자라면 오만정이 다 떨어져 버렸던 것이다. 남자와 살을 댄다는 것은 생각만으로도 끔찍스러웠다. 그녀가 오롯이 가슴에 담고 있는 것이 있다면 남편과의 길지 못했던 결혼생활뿐이었다. 모닥불 기운 다 가셔버린 새벽녘의 잠결에서나, 눈을 맞으며 노숙을 하는 밤이면 그녀는 기억 속의 남편의 품에 안기고는 했다.

"아니, 중대장 동무, 낫질허는 것이 위째 그요?"

낫질한 보리를 손아귀에 가득 잡고 허리를 편 대원이 천점바구를 내려다보며 놀란 듯 말했다. 아닌 게 아니라 보릿대를 잡고 낫질을 하고 있는 천점바구의 품은 영 서툴고 어설퍼 보였다.

"위째, 심에 안 차요?"

천점바구가 허리를 펴며 비식 웃었다.

"금메요, 개덜 잘 때레잡고 총질 야물딱지게 허는 것에 비허자면 영판 찌울리는디요."

그 대원은 알 수 없는 일이라는 듯 고개까지 갸웃했다.

"나가 출신성분이 먼지 잊어뿌렀소?"

천점바구는 이마의 땀을 훔치며 또 비식 웃었다.

"먼 소리다요?"

"아, 나 누구 아덜이요? 농업인민 아덜이 아니고 백정 아덜 아니요, 백정. 그래논께 쇠망치로 소 대그빡 딱 한 분에 쳐서 숨 끊을지넌 알아도 낫질 지대로 못허는 것이야 당연지사 아니겠소?"

"이, 고런 말이었구만이라. 긍께로, 출신성분은 못 쇡인다 고것이구만요이?"

"그렇제라."

"화아, 고 말이 아조 야물딱지게 맞어떨어져뿌요이."

그 대원이 아주 신통하다는 듯 입을 크게 벌리고 웃어댔다. 다른 두 대원도 일손을 멈추고 따라 웃고 있었다.

외서댁은 개울 쪽으로 발을 옮겼다. 5월 중순 무렵부터 며칠 간격으로 적당히 내린 비로 개울에는 맑은 물이 넉넉한 느낌으로 흘러내리고 있었다. 개울가에는 한 여자가 쪼그리고 앉아 무슨 손놀림을 하고 있었다.

"혜자 동무, 멀 허요?"

외서댁이 그 여자 옆으로 가까워지며 물었다.

"예, 어서 오세요. 그냥 심심해서……."

김혜자가 외서댁을 올려다보며 웃었다. 햇빛 탓으로 그녀의 눈이 가늘게 찡그려졌다.

"이, 꽃반지 맹글고 있었구마!"

외서댁이 아는 체하며 김혜자 옆에 앉았다. 김혜자의 손에는 토끼풀의 흰 꽃이 달린 가느다란 줄기 두 개가 들려 있었다.

"이런 짓 맘에 안 들지요? 지식계급의 비생산적 감상취미라서."

김혜자가 자신의 손에 들린 꽃과 외서댁을 번갈아보며 어색스럽게 웃었다.

"쉬는 시간에 꽃반지 맹그는 것이야 지 맘이제 고것이 워째 뜬금없는 지식계급 비판으로 가 걸린다요?"

외서댁이 풀섶에 앉으며 고개를 저었다.

"난 또 그렇게 되는 줄 알았어요."

"실답잖소. 혜자 동무가 지식계급 출신들의 반인민성 청산, 자유주의 배격 겉은 말얼 자꼬 들어쌓다 봉께 너무 과허게 생각허는갑소."

외서댁이 꽃줄기 하나를 뜯으며 예사롭게 말했다.

그것은 사실인지도 몰랐다. 지식계급 곧 착취계급이라는 등식은 거부할 수 없이 거의 모든 지식계급들에게 맞는 것이었고, 책을 통한 이론에 앞서 경제적 여유 속에서 생활한 성장과정을 통해서 고질화된 의식의 한계를 가지고 있다는 것도 부인할 수가 없었다. 당은 그 잔재를 하루빨리 청산하고, 그 한계를 신속하게 극복할 것을 지속적으로 촉구해 오고 있었다. 그것은 지식인 출신, 특히 학생들에게 출신성분적 열등감과 부담감으로 작용하고 있었다. 학생들이 그런 계급적 결함으로 두드러지게 지적을 당하는 것이 두 경우였다. 날마다 받는 학습에서 졸기를 잘하는 것과, 행군 중에 주력이 약해 언제나 낙오의 위험을 안고 있는 것이었다. 그런데 그 두 가지는 묘하게 연관작용을 일으키고 있었다. 노동 대신 공부를 하느라고 주력이 약한 것이고, 약한 주력을 강하게 기르려다 보니 힘이 들어 이미 공부를 해서 거의 다 아는 학습에서는 졸게 되고, 그런 식으로 맞물려 돌아가는 톱니바퀴였다. 농민이나 기본출들은 그들과는 반대로, 공부 대신 노동을 했으니까 주력이 강하고, 그러니까 피곤이 덜한 데다 학습에서 날마다 배우는 모든 것이 새롭고 유익한데 졸음이 올 리가 없었던 것이다. 농민이나 기본출들은 거의가 눈 똑바로 뜨고 몽당연필 끝에 침 묻혀가며 열성으로 학습을 받았고, 말들이 어렵든 말든 중요하다고 강조된 규정이나 대목 같은 것은 달달 외워버렸다. 그런 옆에서 지식계급들은 꾸벅꾸벅 조는데, 그보다 더 좋은 대조가 있을 수 없었다. 학습시간에 지적당해 가며 졸다 깨다 하는 것까지는 그래도 좋은데, 그 벌을 톡톡하게 받게 되는 것은 불시에 실시되는 학습결과 심사 때였다. 상부에서는 정치위원들이 갑자기 심사를 나와 이것저것 질문을 하고는 했는데, 으레 대답이 막히거나 우물쭈물하는 건 지식계급들이었다. 언젠가 심사에서 전달 학습내용을 질문하게 되었다. 그런데 지적당한 대원은 학습시간에 꼬박 졸아버려 한마디도 대답할 수가 없었다. "동무는 어제 학습을 안 받았소?" 정치위원이 대답을 독촉했다. "아닙니다, 배우기는 배웠는데 오늘 전투에서 폭탄이 터지는 바람에 놀라 싹 잊어버리고 말았습니다.""그래요? 어디 다친 데는 없소?" 정치위원은 능청스럽게 물었다. "예, 배운 것만 잊어먹었지 다치지는 않았습니다.""다행이오. 앞으로는 폭탄이 터져도 잊어먹지 않도록 똑똑하게 학습하시오.""명심하겠습니다." 그 일은 두고두고 웃음거리가 되었는데, 그 엉터리 거짓말쟁이도 지식계급이었다.

"짜아, 꽃시겐께 혜자 동무 차드라고."

외서댁이 김혜자에게 꽃묶음을 내밀었다. 그 꽃시계는 보통 것처럼 꽃이 두 송이로 된 것이 아니었다. 줄기는 분명 두 개뿐인데 꽃은 여러 송이가 매달려 있었다.

"아니, 어떻게 이렇게 만들었어요? 솜씨가 너무나 좋네요."

김혜자는 꽃시계를 받아들며 놀라워했다.

"솜씨넌 무신. 꽃이 달랑 두 개면 시계 같덜 않고 미운께 그리 맹글어본 것이제."

외서댁이 스산하게 웃었다.

"이 솜씨 보니까 처녀 적에 이런 것 많이 만들어본 모양이네요."

"배불리 못 묵고 가난허게 삼스로도 처녀 맘으로 그리 혔소. 여름이면 손톱에 봉숭아물도 허천나게 딜이고, 겨울이면 비갯모에 밤새는 줄 몰르고 수도 억시게 놓고……. 다 허망허니 지내가뿐 꿈이제……."

외서댁은 저 멀리 어딘가로 망연한 눈길을 보내고 있었다. 김혜자는 꽃시계를 만지작거리며, 태어날 때부터 억센 빨치산이었던 것만 같은 외서댁에게도 그런 날들이 있었다는 것을 새삼스러워하고 있었다. 일부러 마음 써서 그렇게 색다른 꽃시계를 만들어준 그녀의 따스한 마음이 가슴으로 번져오는 것을 김혜자는 느끼고 있었다.

"그래도 앞으로 올 새날이 더 많이 남았잖아요."

김혜자는 외서댁을 위로하는 마음으로 말했다.

"하면, 그야 그렇제." 외서댁은 김혜자 쪽으로 얼굴을 돌리고 웃으며, "혜자 동무에 비허자면 나야 호강 날라리로 처녀 적 보낸 심이요. 굶으나 묵으나 간에 부모 밑에서 보냈응께. 혜자 동무 겉은 사람덜이야 기룬 것 없이 살았음시롱도, 모다 공평허게 사는 시상 맹글겄다고 집 떠나 산중서 요 고상인디, 그 뜻이 을매나 장허고 고마우요." 그녀는 진정으로 말하고 있었다.

"장하긴요, 아직도 편하게 산 근성이 너무나 많이 남아 있고, 투쟁력도 제대로 갖추지 못하고 있는걸요."

김혜자는 쑥스럽게 웃음 지었다.

"고것이야 워찌 칼로 무시 치고, 부삽으로 똥 떠내디끼 한날한시에 고쳐질 일이겄소. 솥도 괄았으면 식는 디꺼지야 그만헌 시간이 걸리는 것이고, 뜨건 물도 식자면 또 그런 것 아니겄소. 시상 맹글어진 이치가 그런디도 입산헌 배운 사람덜이야 원체로 맘덜이 강단져논께 금세금세 달라지는 것 아니겄소. 배운 사람덜 나이럴 뭉뎅기레 중간으로 무질러 잡자면 그 사람덜 버릇이고 생각이란 것이 다 20년썩은 묵은 것인디, 고것을 대여섯 달 동안에 고쳐냈으니 모다 을매나 빠른 것이요. 지끔이야 워디 입산허고 두세 달 동안맹키로 그 얄랑궂은 싸카쓰허고 뎀비는 여성동무덜이 있소. 아이고 메, 그때 같앴음사 투쟁이고 머시고 가관 아니었습디여?”

외서댁이 김혜자를 보며 고개를 내둘렀다. 김혜자는 고개를 끄덕이며 입을 가리고 웃었다. 그녀는 그즈음에 지식계급 여자들이 저질렀던 몇몇 일들을 떠올렸던 것이다.

어떤 여학생 하나는 꽤나 부잣집 딸이었는데, 얼굴 생김은 그저 평범하면서 살결이 유난히 하얬다. 그녀는 그 살결을 보호하고 유지하기 위해서 참으로 별난 짓을 했다. 어떻게 집에 연락을 해서 머슴이 찹쌀을 가져오게 했다. 그리고 그 찹쌀을 매일 아침 한 움큼씩 입에 넣고 씹어 완전히 가루를 만든 다음, 침에 섞어 죽처럼 된 그것을 대야물에 뱉어내 휘휘 저어 그 물로 낯을 씻었던 것이다. 그런 행동이 보리밥도 제대로 못 먹고 살아온 대부분의 여자들 틈에서 말질이 안 될 수 없었다. 그녀는 그뿐만이 아니었다. 후방부에서 누구나 하는 일을 전혀 하지 않았다. 자기는 그런 거친 일은 할 수가 없으니 정신노동을 해야 한다는 것이었다. 그렇다고 사상의 깊이를 갖추어 누구를 학습시킬 능력이 있는 것도 아니었다. 그녀가 할 수 있는 일을 굳이 찾자면 무학자에게 글을 가르치게 하는 것이었다. 그녀는 그러나 그 일도 할 수가 없었다. 아무도 그녀한테는 글을 배우려 하지 않았던 것이다. 그녀가 하는 일은 고작 달이 밝으면, “아아, 인생이여, 고적한 인생이여, 낙엽처럼 외로이 가는, 나그네 길이여” 하며 청승을 떠는 것이었고, 밤에 부대이동을 할 때면, “집시의 길이여, 끝없는 집시의 길이여” 하며 눈물에 젖은 듯한 소리로 읊조리는 것이었다. 그런가 하면 구슬픈 소리로 내용 모를 노래를 부르기도 했다. 그런 그녀의 행동을 여자대원들보다 남자대원들이 더 질색을 했다. 그 청승스런 짓이 재수 없다는 표정들이었다. 그런데도 그녀는 그런 눈치들을 아랑곳하지 않았다. 그러나 그녀는 결국 두 달 만에 산을 내려갔다. 당에서 권유한 하산자들 속에 끼었던 것이다.

어느 여학생은 집에서 장조림이며 고추장 같은 것을 가져다 먹는가 하면, 어떤 여학생은 빨래하고 밥 짓는 일을 못 견뎌 매일같이 눈물을 짰고, 또 어느 여학생은 자기가 할 일을 걸핏하면 남에게 시키려고 들었다.

김혜자는 그런 지난 일들이 모두 자신이 저지른 잘못 같아 다시 떠올리는 것조차 부끄럽고 창피스러웠다.

"두 여성동무가 똑 성제간맹키로 다정허니 앉어서 무신 이약이 그리 재미지요."

천점바구와 세 대원이 땀들을 훔치며 걸어오고 있었다.

"폴세 한 뙈기럴 다 비부렀다요?"

외서댁이 남자들을 보며 놀라는 시늉을 했다.

"빨치산 넷얼 워찌 보고 허는 소리요, 시방?"

첫 번째 대원이 한쪽 코를 막고 코를 탱 풀어대고는 기분 나쁜 척 퉁명스레 말했다.

"하면, 비문헐랍디여. 요 거울겉이 맑은 물에 땀부텀 씨언허게 씻츠씨요."

외서댁이 대야에 물이라도 떠내는 듯 개울물을 가리키며 남자들에게 손짓했다.

네 남자는 나란히 앉아 힘껏 물을 끼었으며 낯들을 씻어댔다.

"어허 참 션타. 요리 땀내 일허고 낯 씨언허게 씻은게 똑 태평헌 시상 만낸 것 겉으네."

세 번째 대원이 물방울 뚝뚝 떨어지는 얼굴로 활갯짓을 하며 상쾌한 목소리로 말했다.

"워째 목구녕이 간질간질허니 당글개질얼 허는디, 탁배기 나올라먼 당아 멀었을끄나?"

두 번째 대원이 동네 쪽으로 고개를 늘인 채 얼굴의 물을 훔쳐 뿌리고 있었다.

"음마, 영판 염치없는 빨치산들이요이. 한 뙈기 보리 비고 술 나오기 바래고. 그래갖고도 인민 위허는 군대라고 허겄소? 올 때 되면 비문이 올라고."

외서댁이 퉁을 놓았다.

"공자님 말씸이여. 본전 못 찾을 말 허덜 말고 담배나 꼬실리드라고."

세 번째 대원이 풀 위에 털퍽 앉으며 쌈지를 꺼냈다.

"근디 말이오, 중대장 동무. 거 머시냐, 남해여단장이 죽었다는 소문이 도는디, 고것이 참말일께라?"

첫 번째 대원이 담배를 말며 신중하게 말을 꺼냈다.

"아매 그런갑소."

잔디풀줄기를 입꼬리에 넣고 잘근거리고 있던 천점바구가 더디게 대답했다.

"끝꺼정 말얼 안 들어 총살얼 당했다는디, 참말이요?"

두 번째 대원이 천점바구 옆으로 바싹 다가앉으며 목소리를 낮추었다.

"금메요……."

천점바구의 얼굴은 대답처럼 별다른 표정이 없었다.

"고것이 아니라등마. 부하덜얼 다 뺏기고 모후산서 토벌대 총에 죽었다등마. 그렇제라?"

세 번째 대원이 천점바구를 쳐다보았다.

"금메요……."

"아이고메 땁땁허요. 그리 뜨광허게 말고 씨언허게 답해뿌씨요."

첫 번째 대원이 담배연기를 코로 입으로 내뿜으며 말했다.

"글씨요, 나가 아는 것은 부대가 해산혀서 재편성된 것허고, 그 장군이 죽었다는 것뿐이구만이라. 워찌 죽었는지야 나도 몰르겄소."

천점바구의 말은 사실 그대로였다. 도당 간부회의에서 사형을 결정해 총살시켰다고도 했고, 토벌대에게 사살당했다고도 했다. 어떤 소문이 맞는 것인지 확실하게 알아볼 만한 사람이 마땅히 없었다. 당이 공식적으로 밝히지 않은 일에 지나친 관심을 갖는 것은 전사가 할 일이 아니었다. 그러나 의문은 그것만이 아니었다. 그 여단장 박달이라는 사람은 일제 때부터 장백산맥 일대에서 무장독립투쟁을 했던 사람으로 당 서열이 높았는데 역원을 살해하는 과오를 저질러 전선에 나오게 된 것이라고 하는가 하면, 이름만 같았지 그 사람이 아니라는 말도 떠돌았다. 그리고 죽은 장소가 일정하지가 않았다. 모후산이라는 말도 있고, 백아산과 조계산 사이 어디라는 말도 있었다.

"와따메, 새 날아가는 소리덜 자꼬 해쌓지 마씨요. 남해여단장인지 장군인지가 당에서 총살당혔으면 워쩠고, 개덜한테 사살당혔으면 워쩔 것이요. 워찌 죽었그나 간에 총 맞어 죽은 것이야 매일반인 것이고, 죽어야 헐 인종이 죽어뿐 것인디 쉬엄 난 남자덜이 쉬엄값 못허고 워찌 그리 지집덜맹키로 쓰잘디읎는 말덜이 많으요. 왕별 단 장군이면 장군맹키로 쌈빡쌈빡허게 싸와 이게야 장군이제, 열네다섯 살 애총각덜이 싸우다가 그 아깝고 시퍼런 나이로 퍽퍽 죽어가고, 여자덜이 총 들고 나서서 죽기로 작정허고 싸우는 판굿인디, 겁묵은 개새끼 꼬랑댕이 가랭이 새로 끼박음서 비실비실 옆걸음치대끼 장군이란 것이 실실 쌈 피해댕김서 아까운 밥이나 죽이고 자빠졌는디, 고런 짜잔헌 물건이 장군은 무신 놈에 장군이여. 아조 씨엉쿠 잘 죽어뿐 것잉게 쓰잘디읎는 말덜 고만허고 인자 일이나 또 시작헙씨다."

외서댁이 낫을 들고 일어섰다. 남자들이 머쓱해져서 서로를 쳐다보았다.

천점바구네 부대가 보리베기를 순조롭게 하는 동안에 옆동네를 맡은 강동기네 부대에서는 큰 말썽이 벌어지고 있었다.

"야이 개애새끼야, 느그덜언 월급 받아묵어감서 혁명사업이라고 헐 적에 우리넌 산중으로 쫓겨댕김서 쫄쫄이 굶고 동상 걸려 발꾸락 떨어져나감스로 목심 내걸고 투쟁혔다! 그런디 요새끼야, 머시가 워쩌고 워쩌? 니놈얼 당장에 팍 쏴죽여뿔고 말 것이여!"

강동기는 열 받친 얼굴로 고래고래 소리 지르며 한 사내의 배에 총을 들이대고 있었고, 그 사내는 두 팔을 치켜든 채 부들부들 떨고 있었다.

"도, 동무, 중대장 동무, 내레 잘못했시요. 그 발언 취소하갔으니, 지, 진정하시라요. 동무, 중대장 동무……."

얼굴이 하얗게 질린 사내는 떨리는 입술로 간신히 말하고 있었다.

"요런 잡녀러 새끼야. 니놈언 나 손에 뒤져야 써. 취소헐 말이 따로 있제, 니놈 맘뽀가 애시당초 글러묵었는디 취소헌다고 될 성불러! 그간에 니놈이 드러운 행투 수없이 혔는디도 나가 을매나 참은지 알어? 나가 총 든 짐에 앗싸리허게 끝장얼 내고 말 거이다!"

강동기가 불똥이 튀는 눈으로 총을 추슬렀다.

"아이고 동무, 보시라요……."

사내가 질리며 뒤로 주춤 물러섰다.

"어이 동기, 동기! 쪼깐 참어!"

통이 비탈을 굴러내리듯이 이쪽으로 무섭게 빨리 내달아오는 키 작은 사내가 있었다. 하대치였다. 급한 김에 그의 입에서 터져나오는 소리는 '강 동무'가 아니라 '동기'였다.

"자네, 요것이 멋 허는 짓거리여!"

하대치가 숨을 헐떡거리며 강동기의 총을 잡아챘다.

"냅두씨요, 저놈 죽이고 나도 죽을라요!"

강동기가 뿌드득 이빨을 갈아붙였고, 앞의 사내는 들고 있던 두 팔을 떨어뜨리며 무너지듯 그 자리에 주저앉았다.

"강 동무, 정신 채려! 부하덜 앞에서 중대장찌리 요것이 무신 짓거리덜이여."

하대치가 강동기의 어깻죽지를 픽픽 쳤다. 그동안 어찌할 바를 몰라 얼어붙어 있던 부하들이 비로소 안도의 숨들을 내쉬기 시작했다. 강동기가 문화부 중대장에게 총을 들이대는 순간 모든 부하들은 얼어붙고 말았지만 그중에서 하나, 강동기의 연락병이 하대치에게 달려간 것이었다. 한번 솟았다 하면 겉잡을 수 없이 무서운 강동기의 결기를 알고 있는 부하들은 문화부 중대장이 꼭 죽는 줄만 알았던 것이다.

"강 동무, 한 동무, 쩔로 갑시다."

하대치가 엄한 얼굴로 두 중대장에게 매운 눈길을 보냈다. 강동기가 어깨를 늘어뜨리며 푹 한숨을 내뿜었고, 그때까지 주저앉아 있던 문화부 중대장이 손바닥으로 얼굴을 훔치며 몸을 일으켰다. 강동기의 총을 든 하대치가 앞서 발을 떼어놓았다.

군사일꾼인 중대장이 정치일꾼인 문화부 중대장에게 총을 들이 댔다는 것은 중대한 문제가 아닐 수 없었다. 결기가 세긴 해도 경솔한 데가 없는 강동기가 그렇게 하기까지는 분명 무슨 이유가 있었겠지만, 군사일꾼이 정치일꾼에게 그런 막가는 짓을 했다는 것이 하대치의 신경을 자극하고 있었다. 더군다나 그 문화부 중대장은 이북 출신이었던 것이다.

강동기의 중대도 보리베기를 하려고 조를 짜나가고 있었다. 그런데 문화부 중대장 한상근이 갑자기 말했다.

"그런 일은 남선 동무들이래 다 맡아서 하라요."

"허면, 북선 동무덜언 밥 안 묵고 살라요?"

강동기는 농담인 줄 알고 이렇게 말을 받았다.

"그케 말하디 말라요. 그런 따위 일까지 하자고 인민군 전사들이 예까지 와서 고생하는 기 아니니끼니."

한상근의 목소리가 달라졌고, 강동기는 그때서야 농담이 아닌 것을 알았다. 순간적으로 속이 꿈틀 꼬였다. 그러나 그는 꾹 눌렀다.

"허면, 멀라고 왔습디여?"

강동기는 억지로 웃음을 지었다.

"몰라서 묻는 기요! 남선 동무들이래 해방군을 해방군으로 대접할 줄 알아야디, 이시따위 일까지 하라니, 해방군을 뭘로 아는 기요, 이거!"

이새끼, 우리가 느그덜 종이냐! 상전 옲애겄다고 요 고상 사서 허는디 인자 느그가 상전이여! 강동기의 감정은 마침내 폭발하고 말았다.

"야이 개애새끼야!……."

강동기는 나무에 세워둔 총을 순식간에 낚아잡고 한상근을 향해 치닫고 있었다. 그의 가슴에는 오랜 동안 참아왔던 감정들이 겹으로 터져오르고 있었다.

"두 동무 들으씨요. 요 일언 나 혼자 알아서 덮고 말고 헐 문제가 아닌 것 겉으요. 동무덜도 중간간부니께 그만헌 것이야 다 알 것인디, 본 눈이 수십인디다가, 말썽 일어난 문제가 당에서 금허고 있는 중대헌 것이고, 거그다가 말쌈이 아니고 총까지 들이댔이니 천상 상부에 보고럴 혀야 되겄소."

두 사람의 이야기를 다 듣고 난 하대치가 착잡한 어조로 차분하게 한 말이었다. 두 사람은 머리만 숙인 채 아무 말이 없었다.

하대치는 문제의 심각성을 정확하게 짚어내고 있었다. 먼저, 이북 출신과 이남 출신 사이에서 일어나고 있는 갈등의 문제였다. 그 문제는 인공이 시작되면서부터 드러났고, 당에서는 그 바람직하지 못한 문제를 근절시키기 위해 지속적인 노력을 기울였다. 당의 선전에 의한 인민군의 또다른 이름은 해방군이었고, 전시하의 당과 행정조직을 원활하게 운용하기 위해서 많은 요원들이 북쪽에서 파견되었다. 사실 남쪽에서는 오랜 지하투쟁을 하는 동안에 수많은 사람이 희생되어 버려 행정을 중심으로 한 모든 분야를 장악해야 하는 당조직을 구축하는 데도 일꾼들이 모자라는 실정이었다. 그러니 이승만 정권의 반동공무원들을 그대로 쓸 수 없는 행정조직의 공백은 더 말할 것이 없었다. 그런 필요에 따라서 북쪽에서 파견된 요원들은 자연스럽게 당과 행정조직의 중간간부들이 될 수밖에 없었다. 그들의 파견은 물론 해방이 완료되고 남쪽 요원들이 확충될 때까지라는 시한부였다. 대학생들이 한두 달 시한부로 남쪽 전역에 교양지도원으로 파견된 것도 같은 계획의 하나였다. 면단위이하까지 인민을 상대로 사상을 조직하고, 당사업을 제대로 선전 선동할 수 있는 일꾼들이 부족한 실정이라서 대학생들까지 동원된 것이었다. 형편이 그렇게 되고 보니 거의 모든 좋은 자리는 이북사람들이 차지한 형국이 되었고, 그런 분위기는 이남사람들에게 상대적 소외감이나 반발을 느끼게 할 수 있는 데다가, 북쪽에서 파견된 요원들은 일관된 당의 지시를 받았다고 하더라도 사람이란 각양각색이어서 더러 당의 지시에 어긋나게 '남조선을 해방시켜 주었다'는 우월감을 나타내는 사람들이 없지 않았다. 그 우월감은 상대적으로 열등감을 구체화시켰고, 그 열등감은 반발로, 적대감으로 발전하는 갈등을 일으키게 되었다. 그런데 전세가 역전되면서 당이나 행정직 요원들은 말할 것도 없었고, 대학생들도 북쪽으로 돌아가지 못하고 입산하게 되었다. 입산을 하면서 그런 갈등은 현저하게 줄어들었지만 그러나 말끔하게 가신 것은 아니었다. 남과 북의 사람들 사이에는 눈에 보이지 않는 냉기가 흐르고 있었다. 그것은 어쩌면 입장이 달라진 데서 오는 것인지도 몰랐다. 당에서는 학습을 통해서 그런 감정의 일소를 강조하고 있었지만 실생활의 국면국면에서는 미묘한 감정들이 순간적으로 부딪치고는 했다. 극한적인 입산투쟁이 전개되면서 이남 출신들은 대부분의 이북 출신들을 겁쟁이로 비웃고 있었고, 이북 출신들은 또한 이남의 농민이나 기본출들의 사상적 무지에 대해서 경멸감을 가지고 있었다. 그 간격은 당이론이나 학습이 좁힐 수 있는 것이 아니었다.

그 다음으로 하대치가 중요하게 짚은 것이 중간간부들로서 부하들 앞에서 총을 들이대며 다투었다는 점이었다. 거기에 뒤따르는 것이 정치일꾼에게 군사일꾼이 총으로 위협을 가했다는 점이다.

첫 번째 문제는 한상근의 잘못이었고, 두 번째 문제는 강동기의 잘못이었다. 잘못은 명백하게 드러났지만 그 일의 중대성이 연대단위의 자기비판토론으로 끝낼 성질이 아니어서 하대치는 상부보고를 결정내릴 수밖에 없었다.

하대치는 두 사람에게 행동통제명령을 내려 따로따로 돌려보낸 다음 사태가 그 상태에서 끝난 것을 큰 다행으로 여기고 있었다. 그 결기 승한 강동기가 삽으로 지주의 등을 찍어버린 것처럼 방아쇠를 당겨버렸다면 어찌했을 것인가……. 생각만 해도 가슴이 얼어붙는 일이었다. 손가락 하나 까딱 잘못했더라면 소중한 두 일꾼이 순식간에 없어질 뻔했던 일이었다. 그려, 참을 인자가 셋이면 살인도 면헌다고 혔어. 잘 참았구먼, 잘 참았어. 하대치는 담배를 빨며 강동기를 생각하고 있었다. 강동기가 그래도 방아쇠를 당기지 않은 것은 상대방이 지주가 아니라 동지였기 때문이라고 하대치는 생각했다.

한상근은 교양지도원으로 파견되었던 대학생인데, 특히 당이론에 밝았다. 그는 언제나 차가운 인상이었고, 비판적인 말을 잘하면서, 다른 이북 출신들에 비해 우월감이 좀 많은 편이었다. 그런 눈치를 진작 알았으면서도 강동기와 그냥 붙여두었던 것을 하대치는 뒤늦게 후회하고 있었다. 그러나 이번 일을 계기로 아무 탈 없이 서로 헤어지게 된 것을 그나마 다행으로 생각했다. 지구사령부에서 두 사람에게 어떤 처벌을 내릴지 모르지만, 그 결과와는 상관없이 그들은 이제 더 이상 같은 부대에서 투쟁사업을 할 수가 없는 입장이었다.

하대치는 지체하지 않고 지구사령부에 사건보고를 했다.

"그런 일이 벌어지다니, 그거참 큰일날 뻔했군요. 내일 오후에 회의를 열도록 하지요."

지구정치위원 안창민은 몇 번이고 고개를 저었다.

다음날 오후에 지구당무자회의가 열렸다. 지구사령관과 정치위원들을 중심으로 한 그 간부회의는 당의 원칙에 입각하여 지구사업 일체의 결정권과 재판권까지 행사하는 지구위원회였다. 거기에 뜻밖에도 염상진까지 배석해 있었다. 염상진은 총사의 기동대를 이끌고 유치지구에서 백아산지구로 이동하는 도중에 조계산지구를 경유하는 참이었다. 안창민이 어제 당장 회의를 소집하지 않은 것이 염상진의 도착을 기다렸던 것임을 하대치는 나중에야 알았다.

한상근과 강동기가 차례로 사건의 사실증언을 했고, 하대치는 해당 연대장으로서 어제의 조사와 사건의 현장보고를 했다. 이어서 간부들의 의견이 개진되었다.

"이 사건은 양자가 모두 과오를 범한 중대하고 복잡한 사건입니다. 제 의견을 말하기에 앞서 마침 총사 부사령 동지께서 배석하셨으니 그 의견부터 들어, 본 사건에 대한 판단의 기초를 삼았으면 합니다."

지구사령관은 발언권을 염상진에게 넘겼다.

"우선, 지금까지 이런 내용의 사건이, 그것도 중간간부들 사이에서 발생하고 있다는 사실에 대해서 심히 유감스럽게 생각합니다. 우리는 계속해서 미제축출과 그 앞잡이 반민족세력을 척결하여 진정한 민족의 해방을 성취하고, 순결한 인민의 나라를 건설하기 위한 투쟁을 전개하고 있습니다. 재론의 여지가 없는 이 엄연한 사실 앞에서 입산투쟁을 불사하고 있는 우리는 가일층 단합된 협조로 돌덩이처럼 뭉쳐 투쟁력을 확산시켜야 한다는 것은 더 말할 필요조차 없는 사실입니다. 그러함에도 불구하고 중간간부들이 이런 사건을 야기시켰다는 것은 도저히 묵과할 수도, 용납될 수도 없는 일이라는 것을 명백히 하고자 합니다. 보십시오, 미제의 포악과 반민족세력의 발악이 날로 극심해지고 있는 이 시점에서 우리에게 남선은 무엇이며, 북선은 무엇입니까! 우리가 하나로 똘똘 뭉쳐도 힘이 모자라는 이때에 어찌 중간간부가 그런 파당적이고 종파적인 언행을 자행하여 당의 원칙을 위배하고, 투쟁력의 와해를 조장할 수 있는 것입니까. 또한, 그런 반당적 행위에 대하여 상대자는 감정으로 대응할 것이 아니라 동지애를 앞세워 그 오류를 지적했어야 하고, 당에 보고하여 당규에 따라 처리하는 이성적인 방법을 택했어야 합니다. 그런데 그런 절차를 무시하고 비이성적 방법으로 총을 동지에게 겨누었습니다. 총은 적에게 겨누는 것이지 그 어떤 경우에도 감정적으로 동지에게 겨누는 것이 아닙니다. 그 행위 또한 정당화될 수가 없습니다. 따라서 두 동무의 행위는 각각 독립시켜 심사되어야 하리라고 생각하는 바이올시다."

염상진은 인민들을 상대로 강연대에 올라섰을 때와는 또다른 모습으로 말해 나갔다. 그의 말에는 여전히 탄력이 넘치고 있었지만, 강연할 때와 같은 선동성은 전혀 드러나지 않고 냉정한 태도로 비판을 가하고 있었다.

염상진의 말이 끝나자 다른 사람들은 순서에 따라 찬동발언을 짤막짤막하게 했을 뿐이다. 그리고 처벌에 대한 숙의로 들어갔다.

"본 당무회의는 한상근 정치지도원에게 '엄중경고'를, 강동기 중대장에게 '경고' 처분을 결정하는 바이오. 아울러 두 동무는 연대원들 앞에서 자기비판을 실시할 것이며, 인사조처는 추후에 통고될 것이오. 이상으로써 당무회의를 마치고자 합니다."

빨치산의 당적 처벌은 다섯 가지였다. 주의·견책·경고·엄중경고·출당이 그것이었다. 주의·견책까지는 반성을 통한 재범을 하지 않는다는 전제 아래 행해지는 훈계 정도였다. 그러나 경고나 엄중경고는 당원에게 출당을 전제로 한 '경고'였고, 같은 비중의 과오를 다시 저지르는 경우 출당을 면할 수가 없는 엄벌이었다. 물론 그 경고처분은 앞으로의 당생활에 장애요인이 되는 기록성을 갖고 있었다. 끝으로, 출당은 당원에게 가해지는 마지막 선고였다. 당은 당원을 그 어떠한 경우에도 당원의 상태로 처단하는 일이 없었다. 일단 출당처분을 내려 당적을 박탈한 다음에 처단하게 되어 있었다. 그러니까 출당처분은 곧 '사형선고'였다.

이틀 뒤에 문화부 중대장의 자리바꿈이 있었다.

"강 동지, 미안하게 됐이요. 잘 있으라요."

한상근이 웃으며 손을 내밀었다.

"한 동지, 내가 미안시럽소. 암 디서나 몸 성허씨요이."

강동기가 웃으며 한상근의 손을 맞잡았다.

보드라운 털이 보송보송하게 돋은 초록빛 천의 질감으로 논 여기저기에 반듯반듯 자리 잡고 있던 못자리판들이 시나브로 사라지면서 모내기가 끝나가고 있었다. 그러나 아직까지도 모내기를 마무리 짓지 못한 것은 예년에 비해 한 열흘 남짓 늦어지고 있는 셈이었다. 그럴 수밖에 없는 것이 힘깨나 쓸 수 있는 장골이란 장골들은 거의가 집을 떠나버린 까닭이었다. 한편으로는 입산을 했고, 한편으로는 군대나 노무자로 끌려나갔던 것이다. 남자들이 있어도 강아지 일손이라도 빌리고 싶어질 지경으로 일손이 딸리는 모내기철에 힘쓸 수 있는 남자들이 없고 보니 그 형편이란 말이 아니었다. 집집마다 여인네들이 팔을 걷어붙이고 나섰고, 이미 일손을 놓았던 노인네들이 새삼스럽게 힘을 모으려고 안간힘 썼고, 아이들까지 논두렁을 타박거리며 잔심부름을 맡지 않을 수가 없었다. 일손이란 일손은 다 동원되었지만 일은 일같이 되지 않은 채 더디기까지 했다.

또한, 금년처럼 모내기하는 들판이 썰렁하고 냉랭했던 적은 일찍이 없었다. 들판은 으레 모내기판이나 가을걷이판, 두 차례는 떠들썩한 흥겨움과 시끌짝한 생기가 넘치고 흘러야만 서로서로의 일

손에 신명도 붙고, 이 논 저 논에서 일손도 다투게 되고, 힘을 써도 몸 고단한 줄도 모르는 법이었다. 그러니까 농악대를 동원해 한바탕 휘들어지고 설크러지게 풍물은 괜히 잡는 것이 아니며, 일손이 좀 둔해도 육자배기 잘 뽑는 사람을 괜히 서로 다투어 논 가운데 세우는 것이 아니었고, 양쪽 못줄잡이를 잡소리 한 가락이나마 할 수 있는 사람으로 고르는 것도 괜한 일이 아니었던 것이다. 컬컬하게 틉지면서 구성지고 절절한 육자배기 한 자락을 들으면 한 마지기 모내기가 거뜬했고, 못줄을 옮길 때마다 논두렁 양쪽에서 기분 내키는 대로 뽑아늘이고 화답하는 소리에 웃다 보면 허리에 돌덩이 얹힌 것 같은 무거움을 잊고 또 허리 굽혀 다음 줄에 모를 꽂을 수 있었던 것이다.

그런 소리들이 이 논 저 논에서 터지고 서로 어우러져 모내기 들판은 흥겨움이 넘치고, 사람의 생기로 출렁거리게 된다. 그러나 올해는 그런 소리들이 자취가 없었다. 사람의 애간장을 후비다가 한 고비 넘겨 쓰다듬어 얼리고 다시 휘돌아쳐 절절하게 뻗어나가던 힘진 소리 임자는 어디로 갔는지 알 수가 없고, 못줄을 잡은 사람도 못줄을 다음 자리로 옮기다가 물먹은 못줄 무게에 오히려 논으로 빨려들어갈 지경의 노인네들이었으니 그 무슨 웃음 터지는 잡소리 가락이 나올 리 없었다. 그저 논바닥에 차느니 한숨이었고, 모포기에 감기느니 시름이었다.

노덕보의 아내 조성댁은 논두렁에 앉아 몸뻬를 무릎 위까지 걷어올리고 흘러내리지 않도록 그 끝을 삼끈으로 묶고 있었다. 그녀의 얼굴은 푸슥푸슥 부어 있었고, 눈에는 핏발이 성성한 채 위아래 눈두덩은 속에 물이 찬 것처럼 살갗이 투명한 느낌을 띠고 심하게 부어올라 있었다. 한눈에 지나치게 울었다는 표가 났다.

"어이……, 맴이 잠 워쩐가. 긍께 그냥……."

김복동의 아내 장흥댁이 조성댁의 눈치를 살피며 어렵게 입을 뗐다.

"워쩌기넌 워쩔 거잉가, 다 박복헌 이녀러 팔자제."

조성댁이 무너져내리는 한숨을 토해냈다.

"참말로 니나 나나 다 각다분헌 팔자시. 다 시국 잘못 만낸 탓인디, 워쩔 것잉가, 맘 독허니 묵소. 새끼덜얼 살레야 쓴께."

장흥댁은 진심으로 조성댁을 위로하고 있었다. 자신이 처한 신세도 조성댁보다 낫다 할 것이 없어서 그 말은 더 간곡하지 않을 수 없었다.

"이날 입때꺼정 요것 봐라 허고 산 것맹키로 살어본 날이 하로도 없는디, 남정네꺼지 가부렀으니 인자 워째야 쓸란지. 새끼덜이나 적으면 몰르겄는디, 줄줄이 까질러놨이니 앞날이 팍팍헌 뻘밭이고 모래밭이여."

목이 멘 조성댁이 또 가슴 허물어지는 깊은 한숨을 토해냈다.

"그려도 워쩔 것이여, 산 목심이야 살어야 헌께 이빨 응등물고 나서서 그 뻘밭에 앞발 빠지기 전에 뒷발 널판지 옮겨감서, 그 진창에 돌멩이 하나썩 굉겨감서 사는 것이여. 맘 하나 강단지게 묵고 살자고 나스면 다 살아지는 것잉께. 한 자석 키워내는 홀애비는 없어도, 과부야 열 자석 키워낸다는 말이 안 있드라고. 여자 강단이야 하늘이 내린 것잉께 맘 독허게 묵소."

장홍댁이 조성댁의 손을 잡았다.

"그려, 새끼덜 생각허먼 나가 한시럴 넋 빼고 있어서넌 안 되제. 인자 그 새끼들도 평상을 애비 없는 설움 받치고 살아야 헐 불쌍헌 것덜잉께."

부을 대로 부은 눈에 또 눈물이 글썽해지며 조성댁은 고개를 끄덕거렸다.

"자네가 코 빠치고 구들장 지고 있덜 않고 요리 금세 자리 차고 나슨 것 봉께로 나 맘이 찢어질라 험스로도 한쪽으로는 아즘찮이시. 자네 속이야 말로 다 헐 수 없제만, 자네가 요리 기운 채리고 나슨 것 새끼덜이 봄스로 즈그덜 맴이 을매나 심지겠능가. 자네가 장허고, 장허시."

"아니구만, 자네 말이 염불이고 보약이시."

두 여자가 맞쳐다보며 서러운 듯 괴로운 듯 웃음 지었다.

"음마, 요것이 누구다요! 조성댁 아닌게라? 오늘도 못 나오는 줄 알었등마 나왔소이. 그 강단이 참말로 기맥히요이. 하먼 그래야제."

"조성댁, 나왔구만이라. 참말이제 그 맘이 장허고 아즘찮이요."

"조성댁, 을매나 속이 애리고 빠지요. 그려도 으쩔 것이요, 다 잊어뿌러야제. 끝 못 보는 냄편은 있어도 끝 못 보는 자석은 읎당께, 그 말 믿음시로 심지게 사씨요. 우리도 옆에 안 있소."

논두렁을 타고 오던 세 여자가 조성댁을 알아보고 내달아 다투어 위로의 말을 보냈다. 함께 모내기를 할 품앗이꾼들이었다.

조성댁은 사흘 전에 남편의 전사통지서를 받았던 것이다. 노무자로 끌려간 노덕보가 전선에서 죽은 것이다. 군인만 죽는 줄 알았던 조성댁은 전사통지서를 손아귀에 몰아쥐고 발버둥치며 통곡했다. 이틀을 눈물 속에 빠져 있다가 사흘째 몸을 일으켰던 것이다. 남편은 간 남편이었고, 돌아올 수 없는 남편이 남겨놓은 것은 자식들과 가난뿐이었다. 기왕 죽지 못하고 살아가야 할 목숨, 모내기철에 품앗이 일거리를 쌓아둔 채 언제까지 넋 놓고 있을 수는 없었다. 장리쌀만 빚이 아니라 품앗이 일거리도 빚이었다. 품앗이빚을 제대로 갚지 못하면 농사짓고 살아갈 방도가 없는 것이 농촌살이였다. 앞으로는 과부신세로 살아야 될 판이니 더욱 그랬다. 몸도 마음도 천 근 무게였지만 집을 나서지 않을 수가 없었던 것이다.

햇살이 퍼지기 시작하면서 풀잎에 맺힌 이슬들이 걷혀가고 있었다.

"오늘도 겁나게 찔랑갑는디, 싸게 모판부텀 뜨드라고."

한 여자가 말하며 머릿수건을 고쳐 맸다.

"잉, 일손이 딸린께로 진 해도 짧덜 않터라고. 싸게싸게 혀야제."

다른 여자가 말을 받으며 소매를 걷어올렸다.

여자들이 다 일할 채비를 하고 나섰다.

"자네넌 모판 뜨는 일이야 냅두소. 몸이 을매나 휘질 것인디, 그간에 심이나 모트고 있으소."

모두 들으라는 듯 장흥댁은 조성댁에게 일부러 큰 소리로 말했다.

"하먼, 그러씨요."

"항, 모판이야 우리 손으로도 넉넉허요."

여자들이 인심 후하게 장흥댁의 말을 받아들이고 있었다.

"그 푸진 말덜 고마우요. 일허다가 심 빠지면 나가 알어서 쉴 것 잉게 싸게 시작헙씨다."

조성댁은 일에서 빠지고 싶지가 않았다. 기왕 일을 나온 것, 품앗이답게 일을 해낼 작정이었다.

"그러면 그리 허소."

장흥댁은 다른 사람들의 눈치도 있고 해서 그 정도로 말을 마무리 지었다.

장흥댁은 조성댁에게 약간이나마 남아 있었던 감정이 그녀의 남편이 죽는 것으로 말끔하게 씻겨나가고 없었다. 누구보다 절친했던 조성댁과 완전히 담을 쌓게 된 것은 술도가를 사들인 서운상에게 얽힌 네 집의 소작문제를 끝까지 해결하지 않고 중도에서 말 한마디 없이 뒷손을 써서 다른 소작을 얻어 부친 다음부터였다. 자신도 그 소행을 괘씸하게 생각했지만, 세 남정네들의 기세가 무서워서도 조성댁하고는 발길을 끊지 않을 수가 없었다. 그런데 인공이 끝나면서 자신의 남편은 입산을 했고, 조성댁의 남편은 노무자로 끌려나갔다. 그 입장이야 어찌 됐든 간에 서로가 남편 없는 생활을 꾸려가게 되자 그 감정이 차츰 누그러지게 되었다. 서로가 혼자라는 외로움을 느낀 탓인지도 몰랐다. 누가 먼저랄 것도 없이 우물가에서 마주 보고 웃는 것으로 다시 발길이 이어지게 되었다. 그러나 마음이 예전으로 다 돌아간 것은 아니고 무언가 께끄름하게 남아 틈새는 벌어져 있었다. 그러던 것이 그녀의 남편이 죽었다는 소식을 듣게 되면서 그 야릇하던 감정의 찌꺼기가 말끔하게 가셔졌던 것이다.

그러나 장흥댁은 자신의 남편 김복동이가 노덕보보다 벌써 몇 달 전에 재귀열로 죽었다는 것을 까맣게 모르고 있는 형편이었다.

"이, 더 심쓰씨요, 더! 쪼깐만 더, 쪼깐 더!"

들몰댁이 힘을 써대며 된소리로 소리치고 있었다. 들몰댁의 외침에 따라 땀범벅인 소화의 몸이 비틀려돌아가고 있었다.

"고비요, 심 놓지 마씨요! 이, 쪼깐 더, 쪼깐 더!"

들몰댁의 얼굴에서도 소화의 얼굴에서도 땀이 줄줄이 흘러내리고 있었다.

정하섭의 손이 잡힐 듯 잡힐 듯 하고 있었다. 정하섭도 자신도 손을 있는 대로 뻗쳐 서로 잡으려 하고 있었다. 그런데 그의 손은 잡힐 듯 잡힐 듯 하면서 쉽사리 잡히지 않았다. 정하섭이 안타까워하며 계속 뭐라고 소리치고 있었다. 그러나 그 소리는 들리지 않았다. 그때 뒤에서 이상한 소리가 들려왔다. 그리고 찬바람이 끼쳐왔다. 그건 그때의 그 소리, 신령님 손에 들린 동삼을 가지려고 산을 올라갈 때 앞을 가로막던 어머니의 소리였다. 질겁을 해서 다시 손을 뻗쳤다. 정하섭의 손이 덥석 잡혔다.

소화의 뒤틀려오르던 몸이 푹 꺼져내렸다.

"워메에, 꼬치요, 꼬치!"

들몰댁이 터뜨린 탄성이었다. 그녀는 핏덩이를 받아내며 사타구니부터 먼저 보았던 것이다.

소화는 그 외침을 큰 귀울림으로 들었다. 이제 그분의 모습은 간 곳이 없었다.

"으애앵!"

아기가 손발을 꼼지락거리며 울음을 터뜨렸다.

"이, 아즘찮이 아즘찮이 또 아즘찮이."

들몰댁이 눈물 어린 눈으로 아기를 어루만지듯 내려다보며 염불 외우듯 했다. 그리고 실을 집어 훑어내렸다.

아기의 울음소리가 들리자 소화의 두 눈에서는 눈물이 주르륵 흘러내렸다. 두 줄기 눈물은 맥질된 땀을 밀어내며 양쪽 관자놀이께로 흘러내렸다.

"아그가 나왔는갑는디, 멋이요?"

문밖에서 들리는 남자의 목소리였다.

"꼬치요, 꼬치!"

들뜬 들몰댁의 목소리로 보아 그녀는 이곳이 감옥 안이라는 것을 잠시 잊고 있는 것 같았다.

"허! 경사났소이."

밖에서 들려온 말이었다. 들몰댁은 흐뭇하게 웃고 있었다. 그러나 밖에서는 더 무슨 말을 하지 않았다.

소화는 몸이 한없이 아래로 가라앉아가는 것을 느끼며 잠으로 빠져들고 있었다.

들몰댁은 탯줄을 끊은 아기를 포대기에 감싸면서 비로소 여기가 감옥이라는 것을 돌이키고 있었다. 고추를 확인했을 때의 감격이 싸늘하게 식어드는 것을 느꼈다.

니가 위째 해필나게 꼬칠끄나와. 요것이 무신 조화 속인지 몰르 겄다. 위쨌그나 간에 꼬치고 조갑지고 다 하늘이 알어서 점지허는 것잉게, 니가 꼬치 달고 나온 것이 무신 짚은 뜻이 있덜 않겄냐. 니 가 꼬치라논게 느그 엄니 맴이 양편짝으로 기맥히겄다. 넘 안 허는 고상혀 감서 니럴 본 맴이 을매나 기맥히게 좋을 것이고, 니럴 넘 손에 넘게 키워야 헝게 그 맴이 을매나 또 기맥히게 서러울 것이냐. 위쨌그나 니가 예사로 명줄 받은 목심이 아닝께 무병허게 잘 커나 야 써. 잉, 무병허니…….

들몰댁은 손등으로 눈물을 닦아냈다.

형무소에서 해준 일은, 몸 풀 방을 따로 장만해 준 것과, 들몰댁 이 아이를 받도록 허락해 준 것이었다. 아이는 만 하루를 넘기지 않고 밖으로 내보내도록 되어 있었다. 소화는 한 달 전에 조무에게 아이를 맡기도록 결정해 놓고 있었다. 어머니 때부터 지켜내려온 굿터를 넘겨준다는 조건이었다. 조무는 황감해하면서 아이를 맡 아 기르기로 했다. 소화는 어차피 더는 무당질해 먹고살지 않을 작 정을 해왔던 것이다. 소화가 다짐했던 것은 무슨 수를 써서든 젊은 유모를 물색하라는 것이었다.

소화는 아이를 품고 하룻밤을 잤다. 아니, 아직 누구를 닮았는 지 알 수가 없는 아이를 품고 내려다보며 하룻밤을 지샌 것이었다.

아이의 이름을 지을 사람이 없다는 것이 새로운 슬픔이고, 외로움이고, 그리움이 되어 사무쳐왔다. 그분이 떠나기 전에 아들이름, 딸이름을 하나씩 받아놓지 못한 것이 그리도 후회스런 아쉬움일 수가 없었다.

결국 당신의 아이를 낳았습니다. 아들입니다. 이것이 당치 않은 욕심이라도 이제는 어쩔 수가 없습니다. 감옥에서 아이를 낳고, 남의 손에 아이를 키워야 하는 것이 가슴 아프고, 아이에게 미안합니다. 그러나 당신의 뜻을 따르다 보니 이리 되었습니다. 아이는 잘 키우도록 다 준비해 두었으니 아무 걱정 마십시오. 아이의 이름을 지어야겠는데, 아버지의 뜻을 이어받는 아들이라는 뜻으로 짓고 싶은데 무슨 자, 무슨 자를 써야 할지 잘 모르겠습니다. 제가 아는 한문이 짧은 탓도 있고, 아버지의 뜻을 한마디로 뭐라고 해야 할지도 어려운 탓입니다. 항렬자를 따르지 않는다고 나무라진 마십시오. 당신의 집안에서 원치 않는 자식에게 억지로 항렬자를 붙이고 싶지 않습니다. 어쩌면 저를 사람으로 대접해 주신 당신도 그걸 더 좋아하실지 모른다는 생각이 들기도 합니다. 앞으로 감옥생활이 4년 9개월이 남았습니다. 그러나 지루해하지 않겠습니다. 당신은 저를 눈 떠워 새 세상을 열어주었고, 당신은 그 세상을 위해 어디선가 고생을 하시는데, 저도 함께 고생하렵니다. 당신과 함께하는 고생은 고생이 아니라 낙입니다. 어디에 계시든 무사하십시오. 우리의 현생의 집이 아이입니다. 수국꽃같이 웃을 날을 고대하고, 그날이 올 것을 굳게 믿습니다……．

소화는 다음날 아침 아이를 안고 면회실로 갔다. 아이는 세상 모르게 자고, 젖은 아직 돌지도 않고 있었다. 젖이 돌아 한 번만 이라도 빨려보고 싶었지만 형무소의 시간은 그것을 허락하지 않았다.

"산후넌 워쩌신게라?"

아이를 받아가려고 수인실로 와 있던 조무가 괴로움을 드러낸 얼굴로 물었다.

"괜찮으요."

소화는 부숙부숙한 얼굴에 웃음을 띠었다.

"쩔로 앉어서 말허씨요."

간수가 명령인지 권하는 것인지 모를 말을 했다.

소화와 조무는 서둘러 의자에 마주 앉았다.

"유모넌 워찌 되얐소?"

소화의 차분한 물음이었다.

"야아, 두찌 아그럴 한 달 전에 난 젖 많은 여자로 구했구만이라."

조무가 밝은 얼굴로 대답했다.

"유모헌테 후허게 허씨요."

"하먼이라."

"아그가 병나면 금세금세 병원 딜고 가씨요."

"하먼이라."

"지금부텀 아그 귀에 굿장단 안 딛게 허고, 사람 알아봄서부텀 무신 일이 있어도 굿귀경 시키덜 마씨요."

"야아?"

"말 묻지 말고 나가 허라는 대로 꼭 허기만 허씨요."

"야아, 명넘허겄구만이라."

"아그 이름이 민승이요, 정·민·승!"

"야, 민승이……."

"똑똑허니 머리에 새기씨요."

"야아, 민·승이, 민·승이……."

"요상시런 딴 이름 지어 불르지 말고 꼭 민승이라고 불르씨요."

"하먼이라."

"믿고 있을 것잉께 나가 나갈 때꺼정 잘 키우씨요."

"하먼이라, 신령님 전에 약조허고 온 지성으로 키울 것잉마요."

"믿겄소."

소화가 강보에 싸인 아이를 조무에게 내밀었다. 조무가 조심스럽게 아이를 받아안았다.

"어여 가씨요."

소화의 눈에 눈물이 그렁그렁했다.

"몸조리 잘 허시씨요."

조무가 흑 울음을 머금으며 돌아섰다.

민승아, 무병허게 커야 써. 니 이름은, 인민을 위허는 아부지 뜻얼 이어받는다는 뜻으로, 백성 民자에 이을 承잔께. 이름값 헐라면 무병허게 커야 써.

소화는 조무에게 안겨 문밖으로 나가는 아이를 지켜보고 서 있었다. 절대로 울음으로 아이를 보내지 않으리라고 작정했었다. 그러나 눈에 그렁거리던 눈물이 기어이 넘쳐나 주르륵 흘러내렸다.

산과 들은 푸를 대로 푸르러 있었다. 세상이 초록빛으로 물들어 6월 하순이 되자 어김없이 장마가 시작되고 있었다. 먹장구름이 두껍게 낀 하늘은 낮게 내려앉아 장대비를 쏟아붓다가, 실비를 질금거리다가 하면서 몇 날 며칠이고 걷힐 줄을 몰랐다. 후텁지근한 더위 속에서 날마다 비가 내려대니 어디나 눅눅한 습기로 차고, 사람들의 몸은 쉰내를 풍기며 끈적거렸으며, 곰팡이나 독버섯 같은 것들만 제철을 만나 번창하고 있었다. 보리밥은 신경 써서 소쿠리에 담아 바람이 잘 통하는 목에 매달아 간수를 잘한다고 해도 한나절이 겨우면 쉰내를 풍겨 찬물에 두어 번 헹궈서 먹어야 될 지경이었다.

낮게 드리운 비구름은 어지간한 산에 올라서면 간짓대로 휘저어 걷어낼 수 있을 정도였다. 그리 낮게 뜬 먹장구름에서 장대비라도 쏟아부을 때면 산이란 산은 모두 비안개 속에 파묻혀버렸다. 백아산지구의 모든 빨치산들은 해방구를 등 뒤로 두고 장마진 산속에서 며칠째 싸움을 펼치고 있었다. 그들의 옷은 마를 사이 없이 물에 젖어 있었고, 거친 손들은 물에 팅팅 불어 허여멀쑥했으며, 몸에서는 들치근하면서도 찝찌름한 쉰내들을 풀풀 풍겨대고 있었다. 그들은 보리밥이나마 제대로 된 것을 하루에 한끼 먹기가 어려웠다. 양식이 없어서가 아니었다. 밥을 할 수가 없어서였다. 장맛비 때문에 밥을 할 수가 없는 것이 아니었다. 적의 공격에 맞서느라고 밥을 하고 어쩌고 할 여유가 없었다. 적들의 공격은 그 정도로 치열했다. '공화국 시간'이 통하던 때는 이미 옛날이었다. 적들은 철수라는 것이 없이 맹공을 가해오고 있었다. 그만큼 인원도 화력도 엄청나게 동원되어 있었다.

토벌대는 처음 작전을 개시할 때부터 과감하게 나왔다. 전에 없이 화순·무등산·곡성, 세 방향에서 전면공격을 감행해 왔다. 그건 백아산지구를 반원으로 둘러싼 전면공격이면서 정면공격이었다. 그런 대대적이고 과감한 공격에서 직감되는 것은 두 가지였다. 적들의 작전계획이 바뀐 것이고, 해방구를 완전히 파괴하려는 목적이었다. 이에 따라 당에서는 해방구 사수를 위한 대응투쟁을 지령했고, 총사의 병력까지 투입되었다.

염상진은 적의 공격을 막아내기 제일 어려운 무등산 쪽을 방어하고 있었다. 백아산지구는 백아산을 가운데 두고 이삼백 미터의 산들로 에워싸인 천연적 요새였다. 백아산 정상에 올라 무등산을 앞으로 바라보면 오른쪽 뒤로 통명산이 자리 잡았고, 왼쪽 뒤로 모후산이 멀찍했으며, 조계산은 무등산과 맞바라보는 위치였다. 백아산을 중심으로 하여 커다란 동그라미를 그리며 이어지고 있는 산들과의 사이에 논밭들이 지형을 따라 어느 곳에서는 널찍하게 펼쳐지기도 하고, 어느 곳에서는 좁장하게 줄어들기도 하면서, 그 농토의 넓이에 합당하도록 크고 작은 마을들을 이루어놓고 있었다. 그러니까 백아산지구는, 가운데 담배통 터는 자리가 솟은 놋재떨이 같은 모양새를 하고 있었다. 그곳에서 밖으로 뚫린 큰길은 두 군데였다. 하나는 화순으로 넘어가는 고갯길이었고, 다른 하나는 무등촌에 맞닿아 화순과 담양 쪽으로 갈라지는 길이었다. 그런데 무등촌 쪽의 길이 방어가 어려운 것은 그것이 고갯길이 아니라 야산들 사이의 평지를 따라 뚫린 때문이었다. 그동안에도 토벌대들이 여러 차례에 걸쳐 공략을 시도해 왔던 지점이었고, 그 길목의 초입에 자리 잡은 망월봉 언저리에서는 100여 명의 희생자를 한꺼번에 낸 일도 있었다. 그곳은 그런 희생을 감수하고라도 지키지 않으면 안 될 중요한 지점이었다. 그곳이 무너지면 적들은 야산들 사이의 평지를 따라 해방구로 밀려들게 되어 있었다. 그 지형조건은 해방구 안으로 들어갈수록 평지가 넓어지면서 야산들의 거리가 멀어져 적을 막아낼 방어선 구축이 어려웠던 것이다.

염상진은 망월봉 7부능선의 지휘본부에서 사방에 눈길을 돌리고 있었다. 적들은 점심이라도 먹는지 공격을 멈추고 있었다. 무겁게 내려앉은 하늘에서는 굵은 빗방울이 후둑거리고는 했다. 찌푸린 하늘의 칙칙함만큼 그의 가슴도 칙칙한 구름으로 차 있었다. 적들의 공세가 왜 이렇게 갑자기 가열되고 있는지 그는 짐작하고 있었던 것이다. 그것은 '갑자기'가 아니었다. 그것은 반드시 밀려오게 되어 있었던 파도였다. 그 파도는 미제국주의자들이 일으키는 반역사적 파도였고, 거기에 가세한 친일반민족세력들이 일으키는 반민족적 파도였다. 전세가 삼팔선 부근에서 공방전으로 바뀌면서 그 파도는 심해지기 시작했고, 이제 전쟁이 정치문제로 바뀌려고 하면서 거칠어지기 시작하고 있었다. 아직 도당 수뇌부에서

만 알고 있는 전쟁의 정치문제― 염상진은 완강하게 고개를 저었다. 해방이 되고 전쟁이 시작되기 전까지 진정한 해방을 위한 투쟁으로 얼마나 많은 사람들이 죽어갔는가. 그리고 전쟁 1년 동안 또 얼마나 많은 사람들이 죽어갔는가. 그 투쟁의 피값을 찾지도 못한 채 전쟁이 정치협상으로 바뀌어서는 안 된다. 그럴 수는 없는 일이다……. 염상진은 두 다리에 힘을 주며 앞을 바라보았다. 무등산은 중턱까지 구름에 가려 있었다. 그는 구름 속의 무등산을 꿰뚫어보려는 듯이 앞을 응시했다. 저 산의 굳건함으로 투쟁 앞에 서자. 저 산의 유구함으로 역사 앞에 서자. 저 산의 묵묵함으로 민족 앞에 서자. 그리고, 저 산의 무게로 이 땅을 딛자. 그리하여 이 땅이 인민의 것이게 하자. 염상진은 무등산 정상에 수십 길의 높이로 직립해 있는 벼랑바위들을 보고 있었다. 그는 어금니를 맞물며 부르르 떨었다.

굵은 빗방울들이 후두둑 나뭇잎들을 때렸다.

"부사령 동지, 적들이 공격해 오고 있습니다."

"알겠소. 전투준비시키시오."

염상진은 목에 걸린 망원경을 잡았다.

"다 완료됐습니다."

"좋소, 작전은 변동 없소."

쾅! 쾌당!

적의 박격포가 날아들기 시작했다.

한 발 앞을 분간할 수 없는 어둠이었다. 비는 숨이 가쁠 지경으로 퍼부어대고 있었다. 눈 오는 밤이거나 비 오는 밤의 어둠은 으레 그믐밤의 어둠보다 한결 진했다. 하늘의 여명을 구름이 가려버리면 어둠은 먹물이 되고, 사람의 눈은 바로 코앞을 분간하기 어렵게 되었다. 거기다 비가 쏟아지거나 눈이 퍼부으면 사람의 기능은 거의 마비상태에 다다랐다. 그러나 빨치산들은 그런 악조건 속에서도 끝없이 움직이고 있었다.

조원제의 중대는 비가 쏟아지는 어둠 속의 산을 헤쳐나가고 있었다. 그건 쫓겨가고 있는 길이었다. 닷새에 걸친 치열한 방어전은 실패로 끝나고 말았다. 백아산의 주봉 마당바위까지 빼앗겨버린 것이다. 결국 백아산지구의 해방구가 반쪽이 되어버린 것이다. 그뿐이 아니었다. 마당바위는 해방구의 전후좌우, 사방을 두루두루 경계할 수 있는 천연망루였다. 그것을 빼앗겨버렸으니 나머지 지구는 적의 눈앞에 완전노출을 면할 수 없게 되고 만 것이다. 피해는 그것만이 아니었다. 전사 여덟에 부상이 넷이었다. 3분의 1의 병력을 잃은 셈이었다. 연대 전체의 인명피해도 비슷했다. '강철부대'인 이태식의 연대도 피해만 입은 채 밀리지 않을 수 없었던 것이다. 워낙 대규모의 병력으로 전면적인 공격을 감행해 오는 적 앞에서 1개 연대의 용맹성만으로는 어찌할 도리가 없는 일이었다.

이번 전투는 부하들을 끔찍하게 아끼는 이태식을 많이 울렸다. 조원제는 연대장 이태식이 장맛비를 맞으며 숨이 끊어져가는 부하들을 붙들고 아무도 모르게 소리 없이 우는 모습을 많이 목격했다. 빗속에서 들먹이고 있는 그의 어깨를 바라보기만 하고, 아는 체는 할 수가 없이 고개를 돌려야 했던 조원제의 가슴에서도 피눈물이 흘러내리고는 했었다. 여지껏 부하들을 그렇게 많이 잃어본 적이 없는 이태식의 심정이 어떠할 것인지는 더 말할 것이 없었다. "동무덜 심내. 우리가 요 고상허는 것은 말이시, 역사발전이니 머니 하는 에로운 말 접어두고 쉰 말로 혀서, 니나 나나 차등 없이 서로가 서로럴 사람 대접험스로 사는 시상얼 맹글자는 것이여. 시방 우리가 서로럴 동무 삼음서 사는 요런 시상 말이여. 고상 끝에 낙이라고, 고런 시상이 필경 올 것잉께 꼭 믿음서 고상덜 참아내드라고잉." 이태식은 이렇게 말하며, 여자대원이 따로 지은 자기의 쌀이 많은 밥을 들고 와 보리투성이인 부하들의 밥솥에다 뒤섞고는 했었다.

조원제는 그저께 죽어간 박상춘을 잊을 수가 없었다. 그는 옆구리를 관통당하고도 웃으면서 죽어갔다.

"중대장 동무, 나가 요러크름 죽을라고 안 혔는디요."

박상춘은 쏟아지는 비로 눈을 제대로 뜨지 못하며 힘들게 말했다. 조원제는 손바닥으로 그의 눈에 떨어지는 비를 가리려고 했다.

"동무, 심내씨요. 동무넌 안 죽소."

조원제는 가망이 없는 것을 알면서도 그렇게 말할 수밖에 없었다.

"해방이 되먼…… 중대장 동무맹키로 공부럴 많이 허고 잡았는디요."

"……"

조원제는 대꾸할 말이 없었다. 빈농 출신인 그의 소박한 소원이 가슴을 찔렀던 것이다. 해방이 되면 누구나 공부를 무료로 할 수 있게 된다는 학습이 그에게 그런 꿈을 갖게 한 것일 터였다.

"혀도…… 이리 죽어도 아순 것 없구만이라. 입산혀서…… 평상 첨으로 사람맹키로 대접받고 살고…… 총 들고 허고 잡은 일…… 혔웅께라…… 하나또 아순 것 없구만……."

박상춘의 숨이 끊어졌다. 그런데 비를 맞고 있는 그의 얼굴은 잔잔하게 웃고 있었다. 그의 옆구리에서 솟은 새빨간 피는 빗물에 섞여 흘러내려가고 있었다. 조원제는 그의 말이 되울리는 것을 들으며 빗물과 섞여 빗속을 흘러가고 있는 긴 피흐름을 눈물 속으로 지켜보고 있었다.

"여그짬에서 눈얼 붙이게 헐께라?"

앞에 선 중대장이 조원제에게 물었다.

"안전허겄소?"

"그맥잖겄소."

"그리헙씨다."

중대는 행군을 멈추고 노숙에 들어갔다. 며칠째 잠을 못 잔 몸들이었다.

조원제는 총을 배 위에 얹고 땅바닥에 누웠다. 비는 그칠 줄 모르고 쏟아지고, 온몸은 살갗으로 물이 스며들 정도로 오래 물에 젖었고, 비스듬한 땅바닥으로는 빗물이 흘러내리고, 그대로 물구덩이에 누운 것이었다. 그는 척척하게 젖은 바지주머니에 손을 디밀어 광목 쪼가리를 꺼냈다. 그걸 손대중으로 반으로 접어 눈 위에 올렸다. 그건 비막이 안대였다. 그걸 눈에 덮지 않고서는 쏟아지는 빗줄기들이 눈두덩을 계속 때려 신경을 자극하기 때문에 아무리 고단해도 잠을 잘 수가 없었다. 빗방울들이 눈 위에 쉴 새 없이 떨어지는 그 느낌은 섬뜩거리는 것도 같고, 뜨끔거리는 것도 같은, 의외로 신경 곤두서는 심한 자극이었던 것이다. 그래서 빨치산들은 형편에 따라 손수건으로, 붕대로, 안대로도 쓰는 그런 천쪼가리들을 다 가지고 다녔다.

눈을 덮었지만 조원제는 잠이 오지 않았다. 개성에서 휴전회담이 시작되었다는 것이었다. 연대장에게 귓속말로 그 소식을 들었을 때 세상이 끝나버리는 것 같은 충격을 받았었다. 그 충격은 지난 1월에 인민군들이 다시 내려온다는 소식을 듣고 느꼈던 환희와 정반대의 것이었다. 그때 김일성대학으로 진학하라는 당의 분류를 받고, 입산투쟁이 이렇게 싱겁게 끝나는가, 하며 아쉬움을 가졌었던 것이다. 그런데 휴전이 되면…… 이 상태에서 휴전이 되면…… 그 다음이 어떻게 될 것인지 그는 아무것도 예측할 수가 없었다. 분명한 것은 한 가지뿐이었다. 민족해방의 길이, 인민해방의 길이 여기서 좌절될 수는 없다는 사실이었다. 역사의 발전법칙이 옳은 한, 그리고 그동안 피 흘려 죽어간 수많은 사람들의 죽음을 헛되게 하지 않으려면 투쟁은 계속되어야 했다. 당이 건재하는 한 그것은 빨치산의 소명이었다. 빨치산은 당과 함께 존재하고, 당과 함께 소멸하는 당의 정치군대였다. 그는 그 불변의 사실을 재확인하며, 그것을 가슴 한복판에 투쟁의 깃발로 세웠다. 그는 양쪽 관자놀이께를 타고 내리는 물기를 느꼈다. 그것은 빗물과 달랐다. 어둠은 먹물로 짙고, 비는 억센 기세로 쏟아져내리고 있었다. 그는 그 속에 누워 눈물을 흘리며 그동안 자신이 지켜보면서 저세상으로 떠나보낸 동지들의 모습을 차례로 보고 있었다.

18

새로 생겨나는 반공세력

"박 소령, 이거 참 축하를 해야 할지 말아야 할지 난 통 알 수가 없소. 영전을 해 가는 거니까 분명 축하를 하긴 해야 되는 건데, 내 입장에서는 손발이 척척 맞아돌아가던 동업자를 잃어버리는 처지니 기분 좋게 축하할 수도 없는 입장이라 그 말이요. 안 그렇소?"

최익승은 방이 울릴 정도로 목청을 높여 말하고 있었다.

"글쎄요, 그 말씀 듣고 보니 그렇기도 하군요."

박 소령이 술상의 생선회로 젓가락을 뻗치며 최익승의 억지스런 너털웃음에 맞추어 허허거렸다.

"그동안 나하고 거래해 보니까 나라는 사람이 어떻소?"

최익승은 양쪽 입꼬리가 처지도록 자신만만한 표정을 지으며 박 소령을 쳐다보았다.

"뭐, 더 말할 것 있습니까. 아주 앗싸리하지요."

박 소령이 약간 비굴한 듯한 웃음을 지었다. 그러나 그 목소리만은 기운차고 확실했다.

"아, 그렇게 생각해 주니 고맙소. 사실 남자가 앗싸리한 것 빼면 뭐 있겠소. 정치가나 군인이나 그게 바로 생명이라고 생각하는데, 어떻소?"

최익승은 자신을 자칭 '정치가'라 부르고 있었다.

"그야 당연하지요. 정치가도 군인도 제일 남자다운 직업 아닙니까."

"맞소, 맞소. 정치가가 권력으로 천하를 호령하는 것이나, 군인이 무력으로 천하를 평정하는 것이나, 둘 다 남자로서 한바탕 해볼 만한 일인 건 틀림없소. 박 소령도 아주 앗싸리한데, 역시 우린 아주 잘 어울린 짝이었소."

최익승은 고개를 뒤로 젖히며 헛웃음을 쳤다. 이놈아, 까불지 마라. 군인 찌끄레기야 정치가에 비하면 발샅에 때다. 정치가가 하라는 대로 꼼짝달싹 못하고 목숨을 내거는 것이 군인이라는 것들 아니더냐. 그는 속으로 비웃고 있었다.

"예, 모두 최 의원님이 의리를 잘 지켜주신 덕분이었죠."

박 소령이 약간 고개를 숙여 보였다.

"그럴 리가 있소. 박 소령이 의리를 잘 지킨 덕이지요. 그 고마운 뜻으로 이걸 받으시오."

최익승이 주머니에서 꺼낸 봉투를 박 소령 앞으로 내밀었다.

"아니, 이게 뭡니까?"

박 소령은 놀라는 시늉을 했다. 그 두툼한 봉투 속에 무엇이 들었는지 한눈에 알아볼 수 있었다.

"얼마 안 되지만 영전 축하금으로 장만한 것이오."

"아니, 이렇게 송별연을 베풀어주시는 것만도 고마운데 뭐 이런 것까지……."

말은 그렇게 하면서도 박 소령의 두 손은 벌써 두툼한 봉투를 거머잡고 있었다.

"나도 머잖아 서울로 올라갈 테니까, 한번 맺은 인연 앞으로도 끊지 말고 계속 이어나가봅시다."

최익승이 봉투를 놓으며 의미 깊은 얼굴로 말했다.

"그럼요, 오히려 제가 부탁드리고 싶은 말이었습니다."

박 소령은 봉투를 바지 뒷주머니에 밀어넣으며 최익승과 눈길을 나누고 있었다. 그래, 내가 소령으로 진급을 한 것도, 서울로 자리를 옮기는 것도 네놈 돈줄이 힘이 된 셈이지. 네놈 하는 짓이 심장에 털난 모리배이긴 하다만, 요런 개떡 같은 세상에서 언제 또 국회의원이 될지 알 게 뭐냐. 너 같은 놈을 알아둬도 손해날 것 없으니까 어디 길을 계속 터보자구. 그는 속으로 빙그레 웃고 있었다.

"헌데 말이오, 서울·부산 간에 급행열차까지 다시 운행을 시작한 걸 보면 정말로 휴전이 되긴 될 모양 아니요?"

최익승은 그저께 15일을 기해 급행열차가 다시 움직이기 시작한 것이 신경에 거슬려 말을 바꾸었다. 그 열차의 운행 재개를 계기로 부산바닥은 표나게 술렁거리기 시작했던 것이다. 마치 전쟁이 끝났다는 듯한 떠들썩함이 그로서는 심히 못마땅했다.

"휴전회담이 일단 시작됐으니까 휴전이 되긴 된다고 봐야겠지요. 그때가 언제가 될지는 잘 모르지만요."

박 소령이 심드렁하게 대꾸하고는 정종잔을 들어올렸다.

"이거 똥 싸고 밑 안 닦은 것처럼 이런 상태에서 휴전이라니 말도 안 되는 소리요. 괴뢰군놈들을 다시 압록강 두만강까지 밀어붙여 빨갱이는 씨를 말려버려야지 도로 삼팔선에서 휴전이라니, 이게 말이나 될 법한 소리요. 미국사람들이라는 게 알고 보면 뒤가 형편없이 무른 종자들이요. 겨울이라서 어쩔 수 없이 밀렸다면 날이 풀렸겠다, 전쟁물자 많겠다, 다시 몰아쳐올려야지 어째서 삼팔선에서 우물쭈물하다가 이제 와서 휴전이 뭐요, 휴전이. 안 그렇소?"

최익승의 말은 점점 열기로 부풀어오르고 있었다.

"글쎄요, 전쟁은 물자로만 하는 건 아니니까요. 미국으로선 인명 손실을 더 이상 내고 싶지 않은지도 모르지요."

"그러게 누가 미군들 더 죽이라고 했소. 전쟁물자만 뒤대주면 우리나라 젊은놈들이 얼마든지 있지 않소. 죽어도 하나도 아까울 것 없는 천한 것들이 아직 얼마든지 득시글득시글한데, 물자만 많이 대주면 빨갱이놈들 씨를 말리기야 문제도 없는 일 아니겠소?"

"그렇긴 합니다만, 미국이 무작정 우리한테 무기를 안 대주니까 문제지요."

"그러게 말이요. 미국 속셈은 알다가도 모를 일이오. 빨갱이들하고 싸우자고 나섰으면 그놈들을 압록강 두만강에다가 한 놈도 남기지 말고 다 처박아 씨를 말릴 때까지 싸워야 하는데, 이거 싸우다 말고 도로 삼팔선에서 휴전이라니 사람이 답답해 죽을 일 아니오. 이대로 휴전이 됐다간 머리에 불화로 이고 앉아 있는 격이니 불안해서 어찌 살 수 있겠소? 그러니 우리의 위대한 영도자 이승만 대통령 각하의 휴전 결사반대, 북진통일은 역시 옳은 말씀이오. 안 그렇소?"

최익승은 목소리만 커진 게 아니라 휴전 결사반대와 북진통일을 말할 때는 마치 구호라도 외치듯 팔을 뻗쳐올렸다.

"글쎄요, 우리 사정은 분명 그런데, 북진통일은 작년에 기휠 놓친 거지요."

최익승의 열기에 비해 박 소령은 별로 흥미가 없는 눈치였다.

"맞았소. 그때, 압록강까지 밀어붙였을 때 끝장을 봤어야 했소. 중공군놈들이 시건방지게 압록강을 건너올 때, 그때 딱 한 가지 방법이 있었소. 히로시마에 던졌던 원자폭탄을 딱 한 방만 만주에 던져버렸으면 만사가 오케이였다 그 말이오. 그때 애국자치고 그걸 안 바란 사람이야 하나도 없고, 영웅 맥아더 장군도 그런 생각을 했다는 것이야 아는 사람은 다 아는 일 아니었소. 그런데 미국은 그 간단한 일을 하지 못하고 다 된 밥에 재 뿌려버린 것 아니겠소? 그래 놓고 또 휴전이라니, 이건 도대체 빨갱이들하고 싸우자는 건지, 빨갱이들을 돕자는 건지, 그 속셈을 알 수가 없는 노릇이란 말이오."

"그거야 맞는 말씀인데, 미국정부로서는 세계3차대전이 터질까

봐 원자폭탄을 쓰지 못했다는 것 아닙니까. 쏘련과 중공을 건드리지 않으려고 한 거지요."

"그러니 트루만 대통령인가 뭔가가 자지 작은 쫌팽이가 아니면 뭣이오. 중공은 더 말할 것 없고, 쏘련도 원자폭탄을 만들어내지 못하는 형편이라는데 3차대전이 어떻게 일어난단 말이오. 그건 도대체가 말이 안 되잖소?"

"예, 그런 말도 있기는 하지요. 헌데, 트루만은 맥아더 장군 목을 쳐버렸고, 휴전회담까지 시작하고 나섰으니 우리로서야 어쩔 도리가 없는 일이지요. 작전권이 미군 손에 넘어가 있는 형편이니까요."

박 소령이 지루한 듯 눈을 껌벅이며 쩝쩝 입맛을 다셨다.

"좌우지간 우리 호시절도 이젠 끝나가는 모양이오. 낙동강에서 밀어붙이듯 또 한바탕 밀어붙였더라면 한밑천이 더 두둑해졌을 텐데."

최익승은 아쉽다는 듯 입술을 훔쳤다.

"허, 그동안 재미 본 돈도 적잖으실 텐데요?"

저런 도둑놈 심보 봤나 하며 박 소령은 최익승을 빤히 쳐다보았다.

"거야 뭐 기껏해야 국회의원 선거 한 차례도 못 치를 액수니 돈이라고 할 것 뭐 있겠소. 돈이라고 이름 붙이자면 적어도 서너 차례 치를 수 있는 액수는 돼야지요."

최익승은 멋쩍은 듯 껄껄거렸다.

"이 집엔 색시들도 없나요?"

박 소령은 문 쪽으로 눈길을 흘낏 보내며 통명스럽게 말했다.

"왜요, 아다라시로만 부르는 대로 꼭 찼지요. 우리 중요한 얘기 대충 끝냈으니 이제부텀 꽃들 데리고 편안허게 술을 마셔봅시다." 최익승은 얼른 자리를 고쳐 앉고는, "어야, 언년아아! 언년아, 이리 오너라아!" 문 쪽으로 고개를 돌려 목청을 뽑아대며 손바닥까지 짝짝 쳐대고 있었다.

서민영은 다리를 절룩거리며 장터거리 여기저기를 기웃거리고 있었다. 그의 차림은 언제나 마찬가지로 허름했고, 햇볕에 그을린 얼굴에도 여전히 별다른 표정이 없었다. 달라진 것이 있다면 머리 카락 사이에 새치가 희끗거리는 것이었다.

앞뒤를 눈여겨 살피고 있던 서민영이 고개를 갸웃거리며 길가에서 구슬치기를 하고 있는 아이들 쪽으로 돌아서려고 했다. 그때 멀지 않은 곳에서 펑! 하는 소리가 둔하고 연하게 들려왔다. 그의 고개는 반사적으로 그쪽으로 돌아갔다. 열댓 걸음 앞쪽의 가게에서 여린 김이 흘러나오고 있는 것도 보였다.

"음, 저기로구먼."

서민영은 중얼거리며 그쪽으로 걸음을 옮기기 시작했다. 이 더위에 풀무를 돌려 불길을 일으켜대고 있으니 그 사람도 어지간하군, 하고 그는 생각하고 있었다.

서민영이 그 가게에 가까워지는데 두 아이가 커다란 자루를 가볍게 맞잡고 안에서 튀어나왔다. 쌀이며 옥수수가 튀겨진 고소한 냄새가 진동하고 있었다. 서민영은 의식적으로 옷매무새를 어루만

지며 자신을 내려다보았다. 먼지나 터는 것일 뿐인 그 동작은 으레 사람을 대하기 전에 하게 되는 습관이었다.

문이 열려 있는 가게 안으로 들어서려다가 서민영은 그만 주춤 멈춰섰다. 안에서 훅 끼쳐오는 열기에 숨이 막혔던 것이다. 그건 그냥 더위가 아니었다. 그렇다고 더운 바람도 아니었다. 그건 불냄새를 풍기고 있는 불기운이었다. 좁은 가게 안에는 연기가 가득했고, 쇠화로에서는 불길이 너울거리고 있었다. 땡볕 속에서 농사를 짓고 사는 몸이었지만 서민영은 그런 훈김은 처음이었다. 땡볕 속에서 느끼는 땅이 내뿜는 훈기에는 그래도 초록빛 싱그러움과 그윽한 향기가 실려 있었고, 아무리 바람이 없는 날이라고 해도 숨길은 언제나 탁 트여 있었던 것이다. 그런데 가게 안에서 끼쳐오는 훈김에는 뜨거움과 메마름뿐으로 정말 숨이 콱 막히고 말았다. 그 속에서 계속 불질을 해대고 있는 사람은 얼마나 고달플까를 서민영은 새롭게 실감하고 있었다. 그러면서 자신이 찾아오기 잘했다고 다시 생각했다.

"실례합니다, 혹시 이근술 씨라고 계십니까?"

서민영은 가게 안으로 조심스럽게 들어서며 예의를 갖추었다.

"지가 긴디요, 누구시당가요?"

이근술은 튀김기계를 돌려대며, 위에서부터 차내려오고 있는 연기를 피해 몸을 낮추어 목을 길게 뺐다. 땀이 맥질된 그의 긴 얼굴에는 검댕이까지 여기저기 묻어 너저분하기 이를 데 없었다.

"더운데 애쓰시는구만요. 저는 서민영이라고 하는데, 의논할 일이 좀 있어서 이렇게 찾아왔습니다."

서민영도 연기를 피해 몸을 낮추며 이근술 쪽으로 가까이 갔다.

"누구시라고라? 서민영, 아니 쩌어, 민자 영자 선생님이 워쩐 일이시당게라?"

이근술은 불화로를 잘못 잡기라도 한 듯이 몸을 벌떡 일으키며 놀란 소리로 말하고 있었다. 서민영은 그를 처음 대하는 것이지만, 그는 오래전부터 '대꼬챙이'니 '탱자가시'니 하는 별명이 붙어 있는 서민영을 알고 있었던 것이다.

"선생님이 요런 마구간 겉은 디럴 워쩐 일이시당가요. 쇠죽 끓이는 가마솥 속이 따로 없이 여그가 바로 가마솥 속인디, 앉으실 자리도 마땅찮고, 요 일얼 워째야 쓸께라."

이근술은 팔뚝으로 이마의 땀을 문질러대며 허둥거렸다.

"아니오, 아니오. 난 아무 데나 앉아도 괜찮소. 불 앞에서 일을 하는 사람도 있는데 내 걱정은 마시오. 이거 일을 하는데 방해를 하는 게 아닌가 모르겠소."

서민영이 불길 위에 정지해 있는 배가 불룩한 튀김기계와 땀범벅인 이근술의 얼굴을 번갈아보며 말했다.

"아자씨, 나 튀밥 다 베레불겄소!"

그때 계집아이의 목소리가 쨍하게 울렸다. 한켠에 쪼그리고 앉은 계집아이가 흐린 연기 속에서 입을 쑥 내밀고 있었다.

"잉, 아니여, 베레불기넌."

이근술은 당황해서 이렇게 대꾸하고는 얼른 서민영을 쳐다보았다. 그 얼굴이 열적고도 옹색스러웠다.

"어서 일을 하시오. 난 옆에 앉아 찾아온 용건을 말할 것이니."

서민영은 장작 위에 걸터앉았다.

"아니구만요, 선생님. 여그넌 불구뎅이라 징허게 더운께 바깥에 나가셔서 쪼깐만 기둘려주시제라. 쩌 속에 든 쌀이 불기럴 쐬뿌러서 워쩔 방도가 없구만이라."

이근술은 엉거주춤하게 허리를 굽힌 채 난색이 되어 있었다.

"내 걱정은 마시오. 이만한 더위쯤 못 이길 사람이 아니니. 아, 어서 일을 시작해요. 저 애기손님 속 타는데."

서민영은 전혀 일어날 기미를 보이지 않았다.

"요것 참말로 죄송시러바서……."

이근술은 말을 얼버무리며 어찌할 수 없이 자리를 잡고 앉으며 튀김기계의 손잡이를 잡았다.

"내가 이근술 씨와 염상진이란 사람 사이에서 있었던 일을 진작에 들어서 알고 있었소. 허나, 이근술 씨가 그 뒤로 경찰직에서 물러나 이 일을 하고 있다는 것은 얼마 전에야 알게 되었소. 읍내사람들이 다 아는 소문을 그리 늦게 듣게 된 것은 해동 뒤로 농사일에 매달려 내가 고흥에 파묻혀 있는 때가 많았기 때문이오. 내가 이근술 씨를 찾아온 용건은 다름이 아니라, 내가 야학을 운영하고 있는 걸 아실지 모르는데, 이 일보다는 그 야학에서 아이들을 가르치는 것이 어떠실까 해서요."

이근술로서는 너무나 뜻밖의 말이었다. 그래서 무슨 말을 해야 좋을지 모르고 있었다.

"좀 갑작스런 말이기는 한데, 생각이 어떠시오?"

서민영은 상대방의 마음을 헤아리며 나직하게 묻고 있었다.

"저어…… 저 겉은 물건얼 그리 과만허게 생각혀 주시는 것이야 한없이 고마운 일인디라, 지가 워낙에 배운 것이 없는디다가, 이적지 해묵은 것이 순사질이라 아그덜 갤칠 자격이 애시당초 없구만이라."

이근술은 불길에서 느끼는 더위만이 아닌 새로운 더위를 느끼며 튀김기계를 돌려대고 있었다. 야학의 선생을 하든 안 하든 간에 서민영 같은 분이 자신을 그토록 마음에 두고 있다는 사실만으로도 그는 가슴 벌떡이는 흥분과 함께 사는 보람을 느끼고 있었다. 그 기분은 도경에 불려가 조사 같지도 않은 조사를 받고 사표를 쓸 때의 참담했던 감정을 남김없이 보상받는 것 같았다.

"내가 일자리를 바꿔보라고 권유하는 것은 야학선생이 이 일보다 더 낫기 때문이 아니오. 사람이 너나없이 평등해야 하는 세상에서 직업의 귀천이란 있을 수가 없는 일이지요. 단지 내가 야학선생을 권하는 건 지금 하는 일이 이근술 씨한테 어울리지 않기 때문이오. 사람이란 능력에 따라 자기 몫의 일을 맡아야 하는 법인데, 이 튀밥 튀기는 일은 어찌할 수 없이 아무런 배움도 갖지 못한 사람이 생계수단으로 삼아야 될 일이고, 이근술 씨가 이 일을 직업으로 삼는다는 건 개인적으로도 그렇고 사회적으로도 큰 손해요. 이근술 씨는 본인이 자격이 없다고 했지만, 농업학교를 나온 학력이면 국민학교 과정인 아이들을 충분히 가르칠 수 있고, 가르치는 요령도 금방 터득하게 될 것이오. 그뿐만이 아니라, 이근술 씨가 지닌 심덕이면 아이들도 잘 감쌀 것이고, 그 용기면 아이들을 바르게 지도하리란 믿음도 있소."

"아이고, 너무 과만허신 말씸이십니다."

이근술은 이 말밖에 더 할 말이 없었다.

"휴전이란 말이 오가기 시작했으니 전쟁이 끝날 날도 멀지 않은 것 같소. 그간에 야학도 제대로 운영을 못했으니 다시 정비를 해야겠고, 내가 이런저런 일이 많은 형편이니 나를 좀 도와 함께 일을 했으면 하는 생각이오. 물론 지금 당장 결정을 하시라는 건 아니오. 며칠 여유를 두고 생각해 주시오. 느닷없이 찾아와 일에 방해가 됐소. 난 그럼 이만 가야겠소."

서민영이 몸을 일으켰다.

"선생님, 이거 아무 대접도 없이……."

이근술이 손을 맞비비며 엉거주춤 일어섰다.

"일어나지 말고 어서 일하시오. 저 애기손님한테 또 타박 듣지 말고, 내 또 오리다."

서민영이 걸음을 옮겨놓으며 팔을 저었다.

"선생님, 허면 살펴가시씨요."

이근술은 허리를 굽혀 꾸벅 절을 했다.

서민영이 튀밥이 튀겨지기를 기다리고 있는 계집아이의 머리를 쓰다듬어주고 가게를 나갔다.

밖으로 나온 서민영은 큰 숨을 내쉬며 손등으로 이마의 땀을 훔쳤다. 전직 경찰이라는 체면 가리지 않고 튀밥 튀기는 일을 차고 나선 것도 그랬지만, 저런 불구덩이 속에서 팥죽땀을 흘리며 일을 하고 있는 이근술이란 사람이 새삼스럽게 대단하게 느껴졌다. 그는 찾아오기 잘했다는 생각을 다시 하고 있었다. 이근술은 생각보다 사람이 신실해 보였고, 예절과 겸손이 깊이 몸에 배어 있었던 것이다.

서민영은 따갑게 내리쬐는 햇볕 속을 걷기 시작했다. 그는 야학 선생이 꼭 필요한 것은 아니었다. 그러나 이근술의 처지를 듣고 나자 그대로 있을 수가 없었던 것이다. 며칠을 생각한 끝에 그를 돕기로 마음 정했다. 그에게 맡길 일은 야학선생만이 아니었다. 아직 막연하게 생각만 하고 있는 장학회 일 같은 것도 겸해서 맡길 수 있는 일거리였다. 무슨 일을 맡기든 간에 그런 사람이 혼자 내동댕이쳐진 것처럼 살게 내버려둬서는 안 된다는 생각을 서민영은 떼칠 수가 없었던 것이다. 그의 생각으로는, 보도연맹원을 무작정 처단하지 않은 이근술의 처사도 값진 것이었고, 그런 이근술을 알아보고 또 무작정 처단을 하지 않은 염상진의 처사도 값진 것이었다. 그때 그 소식을 듣고 가슴 저리는 기쁨과 앞이 트이는 서광을 느꼈던 것을 그는 언제까지고 잊을 수가 없었다. 그런 이해와 화합이야말로 모든 대립을 이기는 힘이었던 것이다.

서민영은 자애병원 앞에서 잠시 머뭇거리다가 결국 문 쪽으로 뻗은 좁장한 길로 접어들었다. 자주 하는 걸음도 아닌데 그냥 지나치기가 어려웠던 것이다. 마음 나누고 살 수 있는 사람이 지극히 적은 세상에서 자애병원은 마음을 쉬어갈 수 있는 유일한 곳이기도 했다.

"아니 선생님, 이 더운데 어쩐 일이십니까. 어디가 편찮으신가요?"

전 원장은 놀라는 기색부터 드러냈다.

"아니오, 볼일이 좀 있어 나왔다가 그냥 가기 서운해서 들렀어요."

서민영이 웃는 얼굴로 고개를 저었다.

"예에, 어서 이리 앉으십시오. 전 또 어디가 불편하신가 했지요."

전 원장은 반들반들 윤이 나는 나무의자를 권하며 큼직한 부채를 내밀었다.

"그간 별 탈 없으신가요?"

서민영이 부채를 받아들며 안부를 물었다.

"예, 별일 없습니다. 선생님은 어떠신지요."

전 원장은 서민영을 향해 부채질을 하며 마주 앉았다.

"예, 그저 별 탈 없이 농사짓기에 바쁘지요."

서민영이 부채질을 하며 전 원장을 향해 왼손을 저었다. 자기에게 부채질을 하지 말라는 뜻이었다.

"그러잖아도 한번 뵈었으면 하던 차였습니다."

전 원장의 말에 서민영은 무슨 일이 있느냐고 눈으로 물었다.

"예, 휴전이다 뭐다 시국 돌아가는 것이 하도 복잡해서지요. 저로서는 가닥을 잡기가 너무 어렵습니다."

"원장님, 이거……."

그때 간호원이 나무쟁반에 사발 두 개를 받쳐내왔다.

"선생님, 더운데 이것 좀 드십시오. 벌써 한여름입니다."

전 원장이 사발 하나를 들어 서민영 앞으로 내밀었다. 그건 콩국물에 우무를 띄운 것이었다.

"아 이거, 땀 들게 생겼군요."

서민영이 반색을 하며 사발을 받아들었다. 그건 전혀 호사스러울 것 없는 여름철 별식이면서 영양식으로 자신이 즐기는 것이었다.

두 사람은 사발을 받쳐들고 콩국물을 마시기 시작했다. 시원한 콩국의 구수한 맛과 우무묵이 씹히는 청결한 사각거림이 더위를 식혀주었다.

"아 참, 잘 먹었습니다."

먼저 사발을 비운 서민영이 입맛을 다시며 입을 훔쳤다. 전 원장은 웃음을 지으며, 목이 많이 말랐던 모양이라고 생각했다.

"아까 여쭤보려던 말씀이었는데요, 미국은 휴전을 할 작정인 모양인데 이승만 박사는 휴전 결사반대라고 하니, 그게 어떻게 되는 것인지요?"

전 원장이 차분한 어조로 물었다.

"글쎄요, 그거야말로 동상이몽이 아닐까 싶으오. 미국이야 애초의 삼팔선 이남을 되찾았으니까 더 피 흘려 싸울 필요를 느끼지 않는 것이고, 이승만은 자기가 국부라고 자처하는 것처럼 미국의 힘을 빌려 한쪽만의 국부가 아니라 한반도 전체의 국부가 되어보겠다는 엉뚱한 꿈을 꾸고 있는 것 아니겠소. 허나, 그건 작전권을 넘겨버린 것과 똑같은 또 하나의 노망일 뿐이오. 작전권을 넘겨주

들 말든지, 작전권이 없으면 휴전을 결사반대하질 말든지 해야 제
정신이 있는 짓일 텐데, 그 앞뒤가 안 맞는 짓을 하고 있으니 노망
이 아니고 무엇이겠소. 이승만이 아무리 목 찢어져라 결사반대를
외쳐대도 아무 소용 없는 짓이고, 미국은 끄떡도 하지 않고 제 할
짓을 다하게 되어 있어요. 보시오, 헌법이 규정하고 있는 국가 위기
시의 작전권이란 게 뭔가요. 그건 모든 국민의 생존권과 재산권을
지키기 위해 대통령에게 부여한 절대적이고 고유한 권한 아닌가요.
또, 모든 국민의 생존권과 재산권을 합친 것은 뭡니까. 그게 국권
아닙니까. 국가 위기시의 작전권은 곧 국권입니다. 그런데 이승만
은 그 엄청나고도 존귀한 권한을 하루아침에 미국에 넘기고 말았
습니다. 그건 이승만이만 작전권 없는 허깨비 대통령이 된 것이 아
니라 나라 전체가 국권을 상실해 버린 겁니다. 다시 말해, 작전권이
양서라는 것은 이름만 다른 또 하나의 한일합방조인서인 것이고,
작년 7월 12일은 대한민국이라는 나라가 미국의 식민지라는 걸 공
인한 날입니다. 물론 이런 말을 내놓고 하면 또 좌익이다, 빨갱이다
해서 몰아쳐 잡아넣을 게 틀림없지만, 사실을 사실대로 말하자면
사정이 그리 된 거지요. 이승만으로서도 할 말은 있겠지요. 공산침
략을 막아내기 위해서, 작전효과를 높이기 위해서, 미국이 아니라
국제연맹군에게 임시로 작전권을 넘긴 것이라고 말이오. 그러나 그
건 다 국민을 기만하는 교활하고 무책임한 거짓말이지요. 우리나
라가 국제연맹에 가입한 것도 아니고, 가입을 했다 하더라도 국제
연맹군에게 국권을 넘겼다는 것은 절대로 합리화가 될 수 없는 일

이지요. 세상에 어느 나라가 전쟁이 터져 사태가 위급해졌다고 해서 자기 나라 작전권을 수많은 나라들이 모여 서로 자기들 이익만 취하려고 하고 있는 국제연맹이란 무책임한 단체에 넘기겠소? 그야말로 그건 세계적인 웃음거리고, 멸시를 자초하는 자살행위일 뿐이지요. 더구나 유엔이란 것이 미국의 손아귀에 있고, 유엔군이란 것은 미국의 입장을 합리화하기 위한 모조군대라는 것은 세상이 다 아는 사실 아니오. 작전권을 넘길 때는 언제고, 이제 와서 휴전 결사반대라니, 그 늙다리 허수아비가 떠드는 소리에 미국이 끄떡이나 하겠소?"

서민영의 얼굴에는 진한 불쾌감이 드러나 있었다.

"그럼, 휴전문제는 어떻게 돼야 합니까?"

"어쨌거나 휴전은 돼야 합니다. 더 이상 우리 민족이 상할 이유가 없어요. 우선 전쟁은 끝내놓고 봐야 합니다."

서민영의 말은 단호했다.

"전쟁이 끝나면…… 그럼 산에 있는 사람들은 어떻게 되는 겁니까?"

"글쎄요……." 서민영이 미간을 찡그리며 오른손으로 입을 감쌌다. 그리고 고개를 약간 수그리며 한동안 앉아 있다가, "그 사람들 문제가 복잡하겠지요. 그 사람들이 쉽게 사상을 포기하지도 않을 것이고, 그렇다고 이쪽에서 그걸 용납하지도 않을 것이고…… 무슨 특별한 정치적 해결이 없는 한 아주 복잡한 문제지요." 그의 말은 침통했다.

"그런데 참 이상합니다. 김범우 씨나 손승호 씨는 여태까지 얼굴을 볼 수가 없는데, 혹시 서울에서 무슨 일 당한 게 아닐까요?"

전 원장은 가끔 생각해 왔던 궁금증을 드러냈다.

"글쎄올시다…… 그 사람들이 어찌 되었을까를 나도 더러 곰곰이 생각은 해봤지요. 그런데 종잡을 수가 있어야지요. 어찌 생각하면 인공치하에서 그쪽에 가담했을 것도 같고, 어찌 생각하면 전 원장님이나 나처럼 그냥 방관했을 것도 같고, 또 어찌 생각하면 나이들이 젊으니까 양쪽 어디로든 전쟁터에 끌려나간 것 같기도 하고……. 이렇게 여러 가지 가능성만을 생각하다 보니 어느 것도 정확하게 짚이는 것이 없지요."

"예에, 선생님 생각도 그러시군요." 전 원장은 의문에 찬 얼굴로 고개를 끄덕이고는, "그런데 말씀입니다, 의사들 중에도 좌익사상을 갖고 있다가 입산한 사람들이 적지 않은데요, 저처럼 아무 편도 들지 않고 이렇게 사는 게 혹시 잘못된 일은 아닌가요?"

"글쎄요, 그렇게 살기는 나도 마찬가지지요. 허나 그렇게 사는 것을 옳다, 그르다 하고 한마디로 잘라 말할 수는 없는 일이지요. 우리가 겪고 있는 이 전쟁에서는 특히 그렇지요. 무슨 말인가 하면, 전쟁이란 대개 국가 대 국가가 싸우는 것이고, 그럴 때는 적과 아군이 분명하게 구분되는 것 아닌가요. 그런데 지금 우리가 치르고 있는 전쟁은 이념이 작용하고 있는 같은 민족끼리의 전쟁이면서, 또 남과 북이 똑같이 외국군대가 개입된 국제전이거든요. 이런 복잡한 양상에 따라 사람들의 생각도 여러 갈래로 얽힐 수밖에 없는 거지요. 전쟁은 편을 갈라 싸우는 것이고, 이번 전쟁에서도 그 편갈이는 표나게 나타났지요. 그러면서도 한편으로 전 원장님이 나 나 같은 사람들이 적잖이 있을 수밖에 없는 건 그게 이념적 민족전쟁이기 때문입니다. 친일반민족세력으로 이루어진 이승만 정권이야 절대로 옳을 수 없고, 그렇다고 무작정 공산주의를 지지할 수도 없고, 그런 입장에 있는 사람들을 한 묶음으로 정치적으로는 중도파라고 부르는데, 그런 사람들은 결국 양쪽에서 다 환영받을 수가 없지요. 그런데 이번 전쟁을 계기로 그런 사람들도 많이 양쪽으로 갈라지게 되고, 전쟁 전에 있었던 중도파란 이제 없어진 것이나 다름없다고 봐야죠. 그렇다고 개인적으로 어느 편도 안 들었다고 해서 죄가 될 것은 없다고 봅니다. 얼마나 바른 생각을 가지고 사느냐가 문제지요."

"원장님, 환자가……."

간호원이 낮은 소리로 조심스럽게 말했다.

"이거 너무 오래 지체했습니다. 일 보세요."

서민영이 서둘러 일어났다.

"아니 이렇게 가시면……."

전 원장도 따라 일어서며 말을 얼버무렸다. 휴전이 되고 나면 세상이 어떻게 되겠느냐고 물어볼 참이었던 것이다. 그러나 서민영을 더 붙들 수는 없었다. 당장 급한 물음도 아니었고, 일을 방해하지 않으려고 한번 일어난 서민영이 다시 앉을 리가 없어서였다.

"그럼 살펴가십시오, 선생님."

전 원장은 서민영을 배웅했다. 서민영은 벌써 병원문을 나서고 있었다.

"야이 가쟁이럴 짝짝 찢어놀 년아, 머시가 워쩌고 워쩌? 냄편 빨갱이놈덜헌테 죽은 것도 분허고 원통헌디, 인자 니년 새끼가 우리 자석꺼정 때리고 들어! 그런디도 니년언 또 머시가 잘났다고 느그 새끼 편역듦서 우리 자석이 잘못혔다고 잘난 주딩이 까고 지랄이냐, 지랄이!"

한 여자가 빨래를 하다 말고 삼베저고리의 소매를 걷어붙이며 포악을 해대고 있었다.

"입이야 까죽이 모질래서 뚫어논 구녕이 아닝께 말이야 바로 허라고 혔는디, 나가 냄편인가 그 문딩인가가 빨갱이질허는 것에 치럴 떤 것이야 시상이 다 아는 일이고, 그 문딩이가 뒈져뿐 것이 원젠디, 워째 아새끼덜이 우리 자석얼 골리고 염병들이냔 말이여. 우리 냄편이 느그 냄편 죽인 것도 아니겄고, 느그 새끼가 우리 자석얼 골리고 분질른께 쌈이 붙은 것 아니냐 그 말이여."

다른 여자가 빨래를 주무르며 상대방의 기세보다는 훨씬 약하게 대꾸하고 있었다. 그녀는 유 서방의 아내 샘골댁이었다. 다른 세 여자들은 제각기 빨래를 주무르고, 방망이질을 하고 하면서 말싸움을 벌이고 있는 두 여자를 힐끗거리고는 했다.

"저년 참말로 주딩이 씨불대는 것 잠 보소! 열 분 백 분 잘못혔다고 빌어도 분이 풀릴 뚱 말 뚱 헌디, 저년이 끝꺼정 잘혔다고 염병이시, 염병이. 이년아, 니년이 주딩이가 짝짝 찢기고 잡냐!"

여자가 곧 덤빌 것 같은 기세로 소리를 질러댔다.

"참말로 참자 참자 혀도 더 못 참겄네웨. 나가 멀 잘못혔다고 니
년헌테 빌고, 니년이 먼디 나헌테 욕얼 퍼댐스로 이년 저년이냐. 나
가 냄편 하나 잘못 만내 순사덜헌테 끌려댕김스로 고초당허고 산
것만도 서럽고 원통헌디 인자 니까진 넌꺼지 나서서 염병허고 지
랄이냐. 워디, 나 주딩이럴 찢어봐라!"

샘골댁이 기를 세우고 나섰다.

"워메, 저런 사람 잡을 년 보소! 요런 개잡년 같으니라고. 고 낯
짝 뚜꺼운 뻔뻔헌 행투가 니년도 바로 빨갱이여, 빨갱이!"

여자가 외치며 샘골댁에게 물을 끼얹었다.

"에라 잡것!"

샘골댁도 맞받아 물을 끼얹었다.

"온냐, 니년이 뒤지고 잡냐!"

여자가 얼굴에 뒤집어쓴 물을 손바닥으로 거칠게 훔치며 외쳤다.
그리고 순식간에 샘골댁을 향해 달려들었다. 위기를 느끼고 몸을
일으키던 샘골댁의 머리채가 그 여자의 손아귀에 잡혔다. 여자는
머리채를 낚아챘고, 샘골댁의 몸이 휘청하면서 다리가 비틀거렸다.

"워메, 워메, 기연씨 쌈이 붙어뿌네이!"

세 여자 중에 한 여자가 방망이를 놓으며 놀란 소리를 질렀다.

"쩌것, 쩌것, 못쓰겄다. 뜯어말개야제."

다른 여자가 손에 묻은 물을 뿌리며 다급하게 몸을 일으켰다.

"냅두소!"

세 번째 여자가 뒤엉켜 있는 두 여자를 노려보듯 하고 앉아서 바락 소리를 내질렀다.

"아니 왕주댁, 고것이 무신 소리다요?"

두 번째 여자가 의아스런 얼굴로 왕주댁이란 여자를 내려다보았다.

"냅두라먼 냅둬!"

왕주댁은 서로 머리채를 잡고 욕질을 해대며 싸우고 있는 두 여자를 여전히 똑바로 지켜본 채 더 큰 소리를 내질렀다. 두 번째 여자는 그 서슬에 엉거주춤해지고 말았다. 그런데 첫 번째 여자가 두 번째 여자의 다리를 찔벅거렸다. 두 번째 여자가 고개를 돌리자 첫 번째 여자가 위를 올려다보며 뭐라고 소리 없이 입시늉을 하면서 손짓을 했다. 두 번째 여자가 알았다는 듯 고개를 끄덕거리며 도로 앉고 있었다.

"이년아, 빨갱이년아! 뒤져봐라!"

"요런 오살헐 년아! 니나 뒤져라!"

두 여자는 서로 머리채를 잡고 버둥거리며 숨을 헐떡거리는 속에서도 욕을 주고받고 있었다. 두 여자의 머리카락은 헝클어지고, 홑것인 삼베적삼은 서로 힘을 쓰며 몸을 내두를 때마다 당겨지고 밀려올라가 속살이 드러나고, 몸뻬는 점점 흘러내리고 있었다. 두 여자는 기운이 비등비등했다.

"이년아, 빨갱이년아, 포럴 떠서 쥑일 년아!"

"요런 개잡년아, 말뚝 박어 쥑일 년아!"

두 여자는 서로 머리채를 잡아채고, 신음 대신 욕을 내뱉어가며 비틀거리고 휘청거렸다. 서로를 넘어뜨리려는 양보 없는 싸움이었다.

"워메, 더는 못 보겠네, 저러다가 둘 다 중대가리 되야뿔 것인디 인자 말개야 쓰겄네."

두 번째 여자가 손을 맞비비며 안타깝게 말했다.

"냅두랑께로!"

왕주댁이 고개를 홱 돌리며 소리를 바락 질렀다. 그런 그녀의 얼굴에는 험악하도록 독이 올라 있었다.

"음마, 사람이 영판 변해뿌렀네이."

두 번째 여자가 왕주댁의 서슬에 놀라며 혼잣소리로 구시렁거렸다.

"워메 엄니!"

뒤엉켜 대거리를 해대고 있던 두 여자 중에서 누군가가 비명을 질렀다. 샘골댁이었다. 상대방 여자가 샘골댁의 팔을 물어뜯은 것이었다. 샘골댁의 비명에 놀라 구경하고 있던 세 여자가 얼떨결에 일어섰다.

샘골댁이 비틀비틀 밀리다가 쓰러졌다. 그러나 상대방의 머리채를 악착스럽게 잡고 늘어졌기 때문에 상대방도 같이 쓰러지지 않을 수가 없었다. 두 여자는 엎어지고 뒤집어지며 서로 상대방을 찍어누르려고 몸부림치고 있었다. 머리카락이나 몸매무새는 더 어지럽게 헝클어지고, 더는 욕하는 소리도 들리지 않았다.

"인자 고만혀, 고만!"

왕주댁이 소리치며 두 여자 쪽으로 걸음을 옮겼다.

"샘골댁, 여그 놓고! 강진댁도 여그 놓소!"

왕주댁이 두 여자의 팔을 번갈아가며 쳤다. 그러나 두 여자는 싸움을 그칠 기세가 아니었다.

"샘골대액! 싸게 요 손 풀랑께 나 말 안 딛겨!"

왕주댁이 열 받친 소리로 외쳤다.

"음마, 워째 샘골댁만 왈기고 저러까이."

첫 번째 여자가 낮게 말했다.

"초록은 동색잉께로."

왕주댁의 말을 따라 샘골댁이 먼저 머리채 움켜잡은 손을 풀었고, 뒤따라 강진댁이란 여자도 손을 풀었다. 두 여자의 손에는 뽑힌 머리카락들이 한 움큼씩이었다.

"둘 다 낯 씻고 머리 단속 허소."

왕주댁이 딱 뿌러지는 어조로 말했다.

숨길이 가쁜 두 여자는 휘청이고 흔들리는 걸음걸이로 빨래터로 걷고 있었다. 빨래터에 서 있던 두 여자는 난처한 기색을 드러낸 얼굴을 찡그린 채 작은 소리로 혀를 차대고 있었다. 샘골댁은 자기 자리에 앉자마자 얼굴에 물을 끼얹기 시작했다. 강진댁은 헝클어진 머리를 손가락으로 빗질하며 그런 샘골댁을 쏘아보고 있었다.

"샘골댁, 나가 허는 말 똑똑허니 듣소."

왕주댁의 말에 샘골댁이 얼굴에 물을 끼얹는 것을 뚝 멈추었다.

"빨갱이덜헌테 냄편 잃고 자석 잃은 사람덜 앞에서 샘골댁언 입이 열이라도 헐 말이 없는 사람이란 것얼 알아야 써. 근디 머시가 잘났다고 콩이야 퐅이야 그리 말이 많혀. 그라고 새끼 단속도 똑바라지게 허고. 알아듣겄는가!"

샘골댁은 물방울이 뚝뚝 떨어지는 얼굴로 왕주댁을 쳐다보고만 있었다.

"아 싸게 대답 안 허고 멀 그리 쳐다보고 있어. 알아듣겄냐니께!"

눈을 부라린 왕주댁의 목소리가 위압적으로 들렸다.

"그러라먼 그러제라."

샘골댁이 한숨을 푹 내쉬며 고개를 떨어뜨렸다.

우물가에는 생경한 적막이 끼고, 잎 무성한 나무숲, 그 어디에선가 매미소리가 쨍쨍하게 울리고 있었다.

두 여자가 빨래통을 이고 고샅을 가고 있었다.

"그 경우 발르든 왕주댁이 오늘 봉께 영판 못쓰게 변해뿌렀네이."

아까의 두 번째 여자가 말했다.

"큰아덜이 전사혔응께로."

"금메, 그 맘이야 아는디, 글타고 그리 표나게 한쪽만 편역들먼 쓰간디."

"두 눈 똑똑허니 뜨고 봤으먼 말얼 바로 허소. 고것이 편짜기제 워디 편역드는 것이등가."

"이, 자네 말이 맞네. 따지고 보먼 샘골댁도 아무 죄가 없는디, 판이 그리 돌아가기 시작허면 서러바서 워찌 살랑고?"

"금메 말이여. 근디도 왕주댁이나 강진댁보고 심허다고 헐 수도 없는 일 아니라고?"

"긍께로 말이시. 다 지랄 겉은 시국이 맹그는 얄랑궂은 굿판이랑께."

"참말로 징헌 놈에 시상이구마. 이짝저짝에서 날마동 떼과부는 생기제, 생때겉은 자식덜 잃는 부모 늘어나제, 그럼스로 또 이리 판이 갈리니 살맛 떨어지는 인심 팍팍헌 시상이여."

"하면, 하면. 다 한솥밥 묵디끼 살다가 요것이 무신 일이랴. 동네마동 요런 일 벌어질 것이니 큰탈 아니라고?"

"워쩔 것잉가, 시상이 그리 미쳐 돌아감스로 맹그는 험헌 굿인디, 그나저나 샘골댁이 그리 당험스로 여그서 끈허게 살아질란지 몰르겄네?"

"금메, 고것도 예삿일이 아니시!"

"똑별나게 묵자 것도 없는 여그서 고런 설움 받고 분 삯임서 사니 암것도 몰르는 딴 디로 떠서 살면 맘이야 더 편헐란지도 몰르제."

"자네 혹여 고런 소리 샘골댁헌테 씀뻑허니 내놓지 말소이. 내쫓을라 헌다고 되갱길 팅께."

"나가 미쳤가니!"

빨래통을 인 두 여자는 따가운 햇볕 가득 찬 고샅을 팔 하나씩을 폭넓게 내두르며 걸어가고 있었다.

최익달의 술도가가 문을 여는 날이었다. 좀더 정확하게 말해 첫 술을 거르는 날이었다. 그래서 시음을 겸한 개업잔치를 벌이게 되었다. 전쟁 전에 벌써 그의 사촌형 최익승의 힘으로 허가를 내놓았던 것을 전쟁통에 밀려 시설이 늦어졌던 것이다.

술도가로 읍내의 기관장들과 한다하는 유지들은 거의 빠짐없이 밀려들었다. 그 가운데 염상구가 끼어 있었다. 그도 더위에는 어쩔 수 없었던지 검정 양복을 벗고 모시 남방셔츠 차림이었다. 흰 바지에 구두도 백구두였다. 그리고 머리에는 기름을 얼마나 많이 발랐는지 빗질자국이 선명한 머리칼에서는 끈적거리는 느낌의 윤기가 번들거리고 있었다. 그의 그런 유별난 차림은 여러 사람들 가운데서도 단연 눈에 띄었다. 나이 또한 가장 젊었다.

금융조합장 유주상도 얼굴을 내밀고 있었지만 염상구와는 멀리 떨어져 있었다. 그는 말 한마디 못하고 염상구에게 논을 떼어먹힌 다음부터 일부러 그를 멀리해오고 있었다. 그는 끓어오르는 분노를 겨우겨우 참아내며 염상구에게 보복할 기회만을 노리고 있었다. 그 방법 중의 하나가 세무서장 최익도와 친교를 더욱 두텁게 하는 것이었다. 최익도를 통해 염상구를 세금으로 때려잡게 할 심산이었다. 그의 계획은 그것만이 아니었다. 자신이 할 수 있는 능력을 총동원해 자신이 떼어먹힌 재산의 열 배쯤은 염상구에게 피해를 입히고 말겠다고 단단히 벼르고 있었던 것이다. 그 일을 은밀하게 추진하기 위해서 그는 자못 태연한 척해가며 염상구를 멀찍하게 대하고 있었다. 사람의 값어치도 돈에서 나오고, 권력도 돈으로 만들어진다고 굳게 믿고 있는 그로서는 염상구에게 치명적인 보복을 가하지 않고서는 도저히 견딜 수 없는 심정이었다.

"이거 참 술맛이 꿀맛이요."

읍장이 술사발을 입에서 떼며 껄껄거렸다.

"고맙구만이라. 술이야 을매든지 있응게 많이 드시씨요."

기분이 들떠 있는 최익달은 입이 헤벌어지며 벙글거렸다.

"정 사장네 도가 술맛허고넌 대잘 것이 읎소. 쌈이야 허나마나 이게뿐 쌈이요."

윤삼걸이 말을 끼워넣었다. 주인이 바뀐 지가 언제인데 여전히 '정 사장네 도가'로 불리고 있었다.

"하먼, 그리 돼야 안 허겄소. 그 집구석이야 폴세 사그러드는 불이었응께."

최익달이 입을 크게 벌리고 이빨을 드러내며 컬컬컬컬 웃어댔다.

"요 술맛이 달착지그리험스로도 목구녕얼 아리쓰리허게 맹그는 것이 아조 맛이 짚어 묵을 만허요."

염상구도 거드름을 피우며 입에 발린 덕담을 했다.

"이, 염 사장님 입에 그리 맞으면 나가 푹 안심허겄소. 솥공장이고 정미소에 직공덜이 많은디, 염 사장님 입에부텀 맞어야 쓸 것 아니겄소. 아랫것들헌테도 그리 선전 잠 혀주씨요."

최익달은 재빠르게 상술을 발휘하고 있었다.

"거 머시냐, 백문이……."

염상구의 이마가 찡그려지며 말이 막혔다.

"불여일견 말이오?"

최익달이 눈치 빠르게 뒤를 이었다.

"맞소, 백문이 불여일견이라고 워디 말로만 혀서 되겄소? 괴기넌 씹고 술언 마셔봐야 지 맛얼 아는 법잉께로 지끔 당장 술 몇 통허고 돼지다리 한 짝 솥공장으로 보내먼 워쩌겄소. 미리 입맛 다시게 혀놓고 나가 한마디 척 걸치먼 지대로 맞어떨어지는 것 아니겄소?"

염상구는 순간적으로 최익달의 상술을 엎어치기하고 있었다.

"이, 고것 아조 기맥힌 방법이오. 과시 염 사장님은 아무도 못 당헐 사업가시요. 나가 당장에 그리 시키겄소."

최익달은 서둘러 돌아섰다. 염상구는 손 안 대고 코 풀게 되었다고 생각하며 사람들 사이를 헤쳐나가고 있는 최익달의 뒷모습을 비웃음 어린 얼굴로 쳐다보고 있었다.

해는 져가고, 걸게 차린 안주에 특별히 걸러낸 술이 여기저기 놓인 동이에 찰랑거리고, 술도가 안마당에는 차츰 흥취가 차오르고 있었다.

"휴전으로 난리도 끝나겄다, 술장시가 제대로 될 판에 아조 목얼 딱 잘 맞챘소그랴."

누군가가 말했다.

"비문헐랍디여, 최 사장이 누군디."

누군가의 맞장구였다.

"워쨌그나 난리가 끝나먼 술이야 많이덜 묵을 것잉께 최 사장이야 돈방석에 앉게 되었고, 또 무신 돈벌이 될 만헌 것이 없을랑가 몰르겄소?"

또다른 목소리의 말이었다. 저런 설떨어진 자석, 돈벌이 될 일얼 누가 갤차주었다고 고런 멍텅구리 겉은 소리 허고 자빠졌냐. 염상구는 비곗살을 새우젓에 찍어 우물거리며 코웃음을 쳤다. 그 코웃음은 단순히 어리석음을 비웃는 것만이 아니었다. 자신은 이미 톡톡한 돈벌이가 될 수 있는 사업을 찾아내놓고 있다는 자신감의 표현이기도 했다.

"이 대통령 각하의 말씀이 절대적으로 맞소. 이렇게 찜찜하게는 정전이든 휴전이든 절대로 해서는 안 되는 일이오. 북쪽 괴뢰도당들이 힘이 빠진 이때에 더 세게 몰아쳐서 북진통일을 이룩해야 돼요."

"하먼 그래야제, 멸공 북진통일얼 혀야만 우리 겉은 사람덜이 두 다리 뻗고 편안허니 살 것 아니겄소."

"두말헐 것 없제라. 공산당 빨갱이넌 이 시상에서 하나또 넘기지 말고 뿌랑구럴 쏙쏙 뽑아뿌러야 허고, 씨럴 싹 다 몰래뿌러야 허요."

"근디, 정작 미국이 휴전얼 허겄다고 나슨다는디, 고것이 무신 땁땁헌 소릴께라?"

"그 점이 문제는 문제지요."

"미국이 우리 은인이고 대국인 것이야 틀림이 없는 일인디, 그 대목은 워찌 그리 잘못 생각허는지 몰르겄소."

"긍께로 우리가 모다 반대허고 나서서 잘못인 것얼 갤차줘야 허요."

"어허, 이래저래 여러 말 헐 것이 하나또 없소. 정전허고도 우리가 안심허고 편케 살 방도가 딱 하나 있소!"

"고것이 먼디, 싸게 말해보씨요."

"간딴허요. 요새 큰 도시서부텀 말이 시작되고 있다는디, 정전험스로 우리 남쪽이 미국에 한 도로 들어가뿌는 것이요."

"미국은 도가 아니라 주요."

"도든 주든 워쨌그나 간에 그리 맹글어불먼 빨갱이 걱정 하나또 안 해도 되겄다, 을매나 신간 편케 살아지겄소."

"허! 고것 참말로 신통헌 묘책이시."

"고것이야 우리 맘이제 미국이 받아줄라등가?"

"옳여, 머 묵자 것도 없는 땅뎅이에 빨갱이덜이 불란지기고 헝께 성가시러헐 것이로구만."

이런 말들이 중구난방 오가고 있는데 대문 밖에서는 와자지껄 소란이 벌어지고 있었다.

"야 이새끼들아, 썩 비키지 못해! 우리가 누군지 딱 보면 몰라? 이새끼들 그냥 각단지게 명태눈깔들을 싹 뽑아뿔라. 우리는 역전의 반공투사, 멸공전선에서 용감무쌍하게 싸우다가 조국 자유대한에 팔다리 아낌없이 바친 영광스러운 반공상이용사라 그거야! 네까짓 새끼들이 후방에서 잘 먹고 잘산 것이 다 누구 덕인 줄 알기나 해! 바로 우리, 우리가 피 흘린 덕이라 그거야. 우리가 너희들 위해 싸우다 이 꼴로 병신 됐으니까 이젠 너희들이 우릴 먹여 살려야 될 차례야. 이새끼들, 무슨 말인지 알아들어! 이 정도 점잖게 말로 할 때 우리 앞길 막지 말고 비켜나, 이 갈고리에 낯짝 찢기기 전에!"

생김처럼 말도 다부진 사내가 갈고리가 달린 오른쪽 팔을 휙 휘둘렀다. 흰빛 쇠로 된 예리한 모양의 갈고리가 위압적으로 허공을 갈랐다. 그의 앞을 가로막고 섰던 세 남자가 흡 숨들을 멈추며 피하고 움츠러들었다.

상이군인은 모두 넷이었다. 몸집이 건장해 보이는 사내가 한 사내를 업었는데, 그는 두 다리가 허벅지께에서 몽땅 잘리고 없었다. 그 옆에 선 깡마른 사내는 몸이 기울어진 채 지팡이를 짚고 있었다. 네 사람은 모두 군복 차림이었는데, 계급장 대신 왼쪽 가슴에 훈장 두세 개씩을 달고 있었다.

"말이야 다 알아듣겄는디, 지끔 읍내서 질로 귀헌 손님덜이 허는 잔친께 여그 말고 딴 디로 들자 그 말이어라."

대문을 막아선 한 남자가 마른침을 삼켜가며 말했다.

"이새끼가 정말 사람 열받게 하네, 이거! 이새끼야, 우리가 거지냐, 딴 데로 들어가게. 지금 이 세상에서 우리보다 더 귀한 놈들이 어디 있냐, 도대체! 그놈들이 누군지 만나봐야 되겠다 그 말씀이다."

갈고리의 사내가 눈을 부릅떴다.

"금메 고것이……."

"야! 안 되겠다, 밀어붙여라!"

업힌 사내가 명령조로 말했다. 그러자 갈고리의 사내와 지팡이의 사내가 순식간에 앞으로 밀어닥쳤다. 갈고리가 번쩍거리며 허공을 휘젓고, 쇠지팡이가 남자들을 향해 획획 소리를 내며 휘돌았다.

"아이고메 사람 잡네!"

"워메메메 나 죽네!"

"들어가씨요, 들어가!"

두 남자는 어깨죽지와 옆구리를 얻어맞고 비명을 물었고, 한 남자는 무릎을 꿇고 앉으며 손바닥을 비벼댔다.

그때 대문 밖에서 일어나고 있는 사태가 안마당에 전해졌다.

"요거 탈나부렀네!"

"골머리 아프게 생겼소."

"말로만 들었등마 기엉코 벌교땅에도 와부렀구마!"

"자칭 애국자로 영 뻣이다든디, 누가 상대혀얄랑고?"

"금메 말이요, 으쩌까?"

유지란 사람들은 금방 기가 질려버렸고, 안마당에 넘치던 흥취도 얼어붙어버렸다. 그런데 약속이나 한 것처럼 유지들의 눈길은 한곳으로 모아지고 있었다. 거기에 염상구가 서 있었다. 그러나 그는 전혀 내색을 하지 않은 채 담배만 빨아대고 있었다. 그렇지만 그의 실눈은 점점 가늘어지며 대문 쪽을 순간순간 훑고 있었다.

마침내 대문이 벌컥 열렸다. 마당의 사람들이 모두 주춤 물러섰다. 네 상이군인들의 모습이 대문이 열린 공간을 채웠다. 그때 염상구가 입에 물고 있던 담배를 내뱉었다. 그리고 이빨 사이로 침을 찍 내쏘며 걸음을 옮기기 시작했다. 모시 남방셔츠에 흰 바지 그리고 백구두를 신고, 어깨죽지를 약간 굽힌 듯해서 왼쪽 어깨를 삐딱하게 기울인 채 대문을 향해 유유하게 걸어가고 있는 염상구의 모습은 누가 보나 한 가닥 단단히 하는 주먹패의 모습이었다. 장가를 가고 나서부터 어깻죽지를 뒤로 젖히듯 해서 점잔을 빼며 걷던 그의 모습이 어느새 바뀌어 있었던 것이다. 그런 염상구를 향해 상이군인들도 맞걸어오고 있었다. 넓은 마당에는 사람소리 하나 들리지 않고 긴장감이 감돌고 있었다.

"형씨덜! 쪼깐 정지허시드라고."

염상구가 왼손을 어깨 높이로 들며 걸음을 멈추었다. 가늘게 째진 그의 눈매만큼 목소리에서도 냉기가 돌았다. 상이군인들이 멈춰섰다. 염상구와 그들과의 간격은 서너 걸음 정도로 벌어져 있었다.

"형씨덜이 빨갱이새끼덜허고 싸우다가 요리 된 것얼 잘 알겄는디, 나도 빨갱이 총에 배에 빵꾸난 사람이여. 나가 여그 벌교바닥 청년단 단장잉게."

"아 형씨, 반갑소. 우리 같은 전우 아니오!"

업힌 상이군인이 반가운 기색으로 말을 받았다. 그는 상대방의 인상도 인상이었지만 '청년단장'이란 말에서 '주먹패 오야붕'이 틀림없다는 것을 알아챘던 것이다. 경찰이나 관공서 것들은 자기네 밥이었지만 토박이 주먹패, 그것도 청년단으로 뭉쳐져 있는 패거리들과 맞붙어서는 아무런 이익이 없다는 것을 그들은 잘 알고 있었던 것이다. 염상구는 염상구대로 상대방이 '전우'라고 걸고 나오는 데서 그들의 기가 꺾였음을 직감하고 있었다. 이제 남은 문제는 그들의 기를 완전히 꺾어버리는 것이었다.

"그러요, 우리넌 전우고, 애국자요. 근디 한 가지 섭헌 것이 있소. 애국자먼 애국자맹키로 점잖허게 헐 일이제 워째 완력얼 쓰고 그요?"

"그게 아닙니다. 좋은 말로 해도 사람을 몰라보고 거지취급을 하니 어쩔 수 없이 그리 된 거지요."

갈고리를 든 상이군인이 변명처럼 말했다.

"워떤 눈구녕에 멩씨 백힌 새끼덜이 형씨덜얼 몰라보고 거지취급입디여. 고런 느자구없는 새끼덜얼 나가 이따가 잡아내 갈빗대럴 뽑아 활을 맹글고 말 것이요. 긍께로 고런 일 다 나헌테 맽게놓고 형씨덜언 지끔부텀 애국자로 점잖게 대접이나 받으씨요. 여그 읍내서 방구깨나 뀌는 유지넌 다 뫼였응께 돈푼도 섭잖게 나오게 맹글 팅께."

"아 단장님, 고맙습니다."

업힌 상이군인이 손을 들어 보였다.

"정말 고맙습니다. 말씀대로 하지요."

갈고리 상이군인이 갈고리를 모자챙 끝에 대며 거수경례를 붙였다.

"갑시다, 저짝으로."

염상구가 돌아섰다. 그리고 느리게 걸음을 옮기기 시작했다. 그 뒤를 네 명의 상이군인이, 아니 업힌 사람을 빼고, 세 명의 상이군인이 대문을 박차고 들 때와는 전혀 딴판의 모습으로 걷고 있었다.

큰소리 한 번 치지 않고 네 명의 상이군인들을 단숨에 휘어잡아버린 염상구의 모습을 유지들은 어리둥절하고, 멍청하고, 어리벙벙한 얼굴들로 바라보고만 있었다. 국가적 대책을 세우지 못해 생계를 위한 행위들이 거칠어져 사회문제화하고 있는 상이군인들이 마침내 벌교에도 나타난 것이었다.

19

어차피 한 번 죽는다

산이란 산은 검푸른 초록빛으로 뒤덮여 있었다. 나뭇잎들은 무성할 대로 무성해져 울창한 숲을 이루어내면서 산마다 진초록빛으로 윤기나는 두꺼운 옷을 입혔다. 쑥빛의 초록으로 치장한 산들은 겨울산에 비해 넉넉하고 푸근하고 부드러워 보였다. 한여름인 7월 말의 녹음은 새잎들이 돋아오르는 사오월의 그 다양한 색감의 초록빛이 아니었다. 잎들이 무성하게 자라나면서 어린 때의 색깔들을 벗어버리고 짙은 초록빛으로 물이 들었다. 산들은 무성한 나무숲들 속에 제 모습을 감추어 어느 산줄기나 골짜기도 강파르게 보이지 않았다.

염상진은 먼 눈길로 그런 산들의 모습을 하염없이 바라보고 있었다. 그러나 그 그지없이 짙고 맑은 초록빛의 나무바다도 마음의 우울을 걷어가지 못했다. 전에 없던 일이었다. 어지간한 마음의 그늘이나 무거움은 푸른 산줄기를 바라보고 있노라면 말끔하게 씻기고는 했었다. 사실 오늘의 우울이 산줄기들을 바라보는 것으로 가셔지기를 바라는 것은 무리일지도 몰랐다. 그 우울은 깊이가 너무 깊었고, 농도 또한 너무 진했다. 저 산들의 굳건한 의지로, 저 나무들의 푸른 기상으로 모든 전사들이 여름투쟁을 전개하기 바랐던 것이다. 여름투쟁을 통해서 해방구를 지켜내는 일은 무엇보다도 중대한 투쟁사업이었다. 그런데 돌발적 상황이 야기됨으로써 기대했던 여름투쟁은 차질을 빚을 위험을 안고 있었다. 염상진은 숨을 깊게 들이켰다가 내쉬었다.

저 푸름에 보호받으며 빨치산들은 투쟁을 전개하고 있었다. 나뭇잎은 다 떨어져 은신할 데 없이 행동은 노출되고, 눈보라 치는 추위까지 몰아닥쳐 살벌해진 겨울산에 비하면 숲 짙고 물 많은 여름산은 낙원이나 다름없었다. 그러나 여름산에 안겨 있는 빨치산들은 겨울에 고대했던 여름산의 행복감을 만끽하지 못하고 있었다. 휴전소식은 비밀일 수 없었고, 거기서 비롯되는 불안감이 빨치산들 사이에 전염병처럼 번져나갔던 것이다. 물론 도당에서도 민주원칙에 따라 그 사실을 공개함과 동시에 그에 대한 학습을 강화시켜 나갔다. 그러나 학습만으로 대원들이 서로 다른 입장에 따라 갖게 되는 불안감을 일소시킬 수는 없었다. 휴전을 받아들이는 감도는 우선 이북 출신과 이남 출신이 달랐고, 이남 출신 중에서도 지식계급과 농민·기본출이 달랐다. 작년 후퇴 때 그랬듯이 이북 출신들이 가장 심하게 불안감을 드러냈다. 그건 어쩔 수 없는 일이었다. 사상의 빈약도 아니었고 특별히 겁이 많아서도 아니었다. 그건 조직원의 이성이기 이전에 고향으로 돌아갈 수 없는 것에 대한 인간으로서의 본능적 반응이었다. 학습에서도 이 점을 지적하여 이북 출신들의 이성회복을 촉구했다. 그 다음으로 불안감을 느끼는 것이 이남의 지식계급 출신들이었다. 그런데 그들은 두 가지 양상을 드러냈다. 전혀 끄떡도 않는 축과, 불안을 느끼는 축이었다. 미동도 하지 않는 쪽보다는 불안을 느끼는 쪽이 한결 많았는데, 그 불안의 원인은 그들이 머리를 굴려가며 휴전 다음의 상황을 꼬치꼬치 따지는 데 있었다. 지식계급에 비해 농업인민이나 기본출들은 꽤나 태평한 편이었다. 이래 살다 죽으나 저래 살다 죽으나 어차피 한세상인데, 바라는 세상 못 볼 바에는 실컷 싸움이나 하다 죽겠다는 태도였다. 그런 의연함은 기본출일수록 많이 나타났다. 그런 분석은 각 지구의 정치위원회가 일치하고 있었다. 그 분석을 입증이라도 하듯 한 사건이 총사에서 일어났다.

염상진은 또 긴 한숨을 내쉬며 눈을 내리감았다. 하나도 아니고 두 사람의 생명이 달린 사건이었다. 그들은 살아날 가망이라고는 전혀 없었다. 자신에게 특별한 변호의 기회가 주어진다고 해도 그들을 살려낼 만한 논리를 전개할 수가 없는 일이었다.

그들은 휴전이 그렇게도 두려웠던 것일까? 그들에겐 휴전이 곧 죽음으로 받아들여졌던 것일까? 그들의 의지는 고작 그런 식으로 가변적이었을까? 그러면서도 무엇하러 입산을 했던 것일까? 일시적인 피신이었을까? 그럼 왜 작년 말에 실시한 하산 권유를 듣지 않았던 것일까? 적들의 감정적인 초기 보복 때문에 산이 더 안전하다는 기회주의적 판단을 내린 것일까? 아니면, 고생을 하다 보니 의식에 변화가 생기기 시작하다가 휴전소식을 듣게 되자 완전히 변해버린 것일까? 그들은 배울 만큼 배웠으면서도 역사에 대한 전망을 그렇게도 할 수 없었을까? 자의로 바른 역사를 선택했다면서도 그렇게 역사에 대한 신뢰가 빈약할 수 있을까? 목숨 때문이라고? 가당치도 않은 소리다! 역사의 편에 선 자가 목숨을 변명의 이유로 내세우는 것은 일고의 가치도 없는 치졸이고 비겁이다. 애초에 역사의 선택은 목숨의 위험을 뛰어넘는 차원에서부터 시작된다. 목숨을 아까워하는 자가 어찌 혁명에 나설 수 있으며, 피흘리기를 두려워하는 자가 어찌 투쟁에 뛰어들 수 있는가! 피흘리기를 주저하고, 목숨버리기를 무서워하면서 혁명의 열매만 따먹으려고 역사를 선택했다면 그런 자들은 반동보다 더 악랄한 적이다! 혁명은 대가를 예약해 주지도, 보장해 주지도 않는다. 혁명은 역사를 발전시키는 동력이고 과정이며, 혁명에 가담하는 자는 그 연료로써 타오르기를 각오하는 것으로 그 소임을 다하는 것이다. 혁명에서 대가를 바랄 때 목숨에 연연하게 되고, 목숨에 연연하면 투쟁력이 약화되면서 기회주의가 싹트게 된다. 탈주를 감행한 그 두 사람은 결국 목숨에 연연한 자들이었다. 그들은 혁명의 순결이 희생에 있고, 그 희생은 새로운 역사를 창출해 낸다는 불변의 사실을 믿지 못한 자들이었다. 그들이 만약 탈주에 성공했더라면 어찌했을 것인가? 그들은 제 목숨을 건지기 위해서 어제까지의 동지들을 적에게 팔아넘길 것이다. 어찌 그런 자들이⋯⋯.

염상진은 다시 먼 산줄기를 바라보며 숨을 들이켰다. 마음에서는 그들을 부정하는 논리만이 줄줄이 이어질 뿐이었다. 그러면서 한편으로는 또 괴로웠다. 동지를 적의 손에 잃는 것도 괴로움인데, 자신들의 손으로 잃어야 하는 것은 더 큰 괴로움이었다. 그들이 아무리 용서받을 수 없는 과오를 저지르고 처단당하는 것이라 해도 동지로서 생사고락을 함께한 어제의 세월이 괴로움을 만들어냈다. 그 괴로움은 결코 감상이 아니었다. 혁명의 대열에서 이탈해서 그렇게 값없이 더러운 죽음을 해야 하는 자에 대한 안타까운 괴로움이었다. 혁명투쟁에 나선 자의 가장 영광스러운 죽음은 적과 싸우다가 동지들의 가슴에 영원한 추앙의 괴로움을 남기고 죽는 것이었다. 그 사실을 확고하게 믿는 자만이 역사를 짊어질 수 있었다.

염상진은 시계를 들여다보았다. 재판시간이 얼마 남지 않았다. 사건의 중대성에 따라 총사의 전체 재판이 벌어지게 되어 있었다. 몇몇 간부들의 제한된 의견과 판단으로써는 될 일이 아니었고, 모든 전사들의 의사에 따라 결정해야 될 일이었다.

탈주를 모의한 두 사람은 순천중학교 출신으로 선후배 사이였다. 그들은 부대를 이탈해 도주하다가 해방구 접경에서 정보과 분트요원들에게 적발된 것이었다. 그러니까 그들은 탈주의 마지막 고비에서 실패한 셈이었다.

염상진은 산비탈을 걸어내려갔다. 한낮인데도 나무숲이 울창해 햇빛이 스미는 곳이 별로 없었다. 그는 고개를 젖혀 숲을 올려다보았다. 그는 무심결에 감탄을 흘렸다. 햇볕을 받고 나뭇잎들을 아래서 올려다보면 그 잎들은 하나같이 가늘게 뻗어나간 잎맥들이 선명하게 드러나도록 투명한 초록빛으로 맑게 빛나고 있다. 그래서 숲그늘에는 초록빛이 아련하고 신비롭게 감돌고 있었다. 그는 햇볕을 안고 있는 이파리들을 올려다볼 때마다 형용하기 어려운 경이로움과 함께 생명의 약동을 느꼈다. 핏빛의 붉은색에서 혁명의 열정을 느낀다면, 그 해맑은 초록빛에서는 혁명의 성취를 느꼈다. 그는 행군을 하다가도 문득문득 위를 올려다보는 것이 버릇처럼 되어 있었다. 그럴 때마다 그의 입에서는 낮은 감탄의 소리가 절로 흘러나오고는 했다.

완만한 경사를 이루고 있는 숲그늘에는 벌써 총사의 대원들이 모여들어 있었다. 염상진은 눈어림을 해보았다. 300여 명 되어 보였다. 인원수에 비해 그들은 너무나 조용했다. 그것은 그들이 오늘의 모임이 오락회가 아니라는 것을 이미 알고 있다는 표시였다. 물론 300여 명씩 모여서 벌이는 오락회란 기대하기 어려운 일이었지만, 만약 그랬다면 지금쯤 나무숲은 박수소리와 웃음소리와 노랫소리로 들썩거렸을 것이다. 오락회도 투쟁이다! 그건 학습 다음으로 중요시되었다. 오락회는 내일의 강건한 투쟁을 위해 오늘의 피로를 푸는 것인 동시에 그것을 통해 전사들간의 화목과 유대를 강화시켜 투쟁력을 배가시키는 데 목적이 있었다. 곧 문화사업은 오락회를 통해 이루어졌다. 염상진은 오락회를 먼발치에서 볼 때마다 신기함과 아울러 미안스런 아쉬움을 느끼고는 했다. 대개 중대단위로 벌어지는 오락회에서 어느 중대원들이나 술도 없고 아무 음식도 없는데도 신명나고 신바람나게 잘들도 어울려들었던 것이다. 여자대원들이라고 해서 몸을 사리거나 부끄럼을 타지 않았다. 같은 대원으로서 한 덩어리가 되어 어우러지고 흥겨움을 나누었다. 여자대원들은 그렇다 하더라도 남자대원들이 술기운 하나도 없이 그렇게들 신명날 수 있다는 것이 염상진은 언제나 신기했다. 그러면서, 저 모임판에 술은 금물이니까 먹을 것이나마 조금씩 마련해줄 수 있었으면 얼마나 좋으랴 하는 미안스런 아쉬움을 갖고는 했다. 그런 생각은 오락회에서만 생기는 것이 아니었다. 각양각색의 총을 볼 때도, 제각기 다른 옷차림을 볼 때도, 코가 찢어진 검정 고무신을 새끼로 묶거나 헐어빠진 짚신발을 볼 때도, 그때마다 저런 것들을 제대로 갖추어주면 얼마나 더 잘 싸울 것인가 하는 생각을 죄스럽게 하고는 했다. 그는 어쩌다가 오락회에 끌려들어가 노래를 요청받을 때가 있었다. 그럴 때면 서슴없이 노래를 불렀다. 학생 시절부터 술이 만취할 때나 불렀던 〈아리랑〉이었다. 물론 춤추고 싶은 대원은 노래에 맞추어 춤을 추게 했다. 맨정신이면서도 요청에 선뜻 응하는 것은 그 미안스러운 아쉬운 마음 탓이었다. 맨정신으로 노래를 한다는 것이 처음 몇 차례는 어색하고 멋쩍었지만 자꾸 하다 보니 분위기에 어우러져 제법 흥이 도는 것을 느낄 수 있었다. 정말 노래가 들을 만해서 그러는 것인지, 예의를 차리느라고 그러는 것인지 알 수는 없지만, 으레 재청이 들어오고는 했다. 그러면 그는 시 하나를 낭송했다. 그는 노래를 부를 때와는 다르게 두 다

리를 어깨너비로 벌리고 똑바로 서서 하늘을 우러러보며 목소리를
가다듬었다.

> 내 조국을 떠날 때
> 사랑하는 동무는
> 깃발을 메고 돌아오라 하였거니
> 오냐,
> 떼몰려 압록강 건너
> 장백산을 타고 넘어
> 다 우리나라 서울로 진군하련다
> 바람에 펄럭이는 깃발은
> 인민의 깃발
> 둥둥 두리둥 치는 북은
> 쇠사슬을 끊으리
> 고국 산하에 구슬픈 호둘기 소리가
> 우렁찬 자유의 노랫소리로 변할 때까지
> 동무야 싸우자
> 형제야 싸우자
> 못내 뜻을 이루고 싸우다 죽으면
> 이내 가슴 위에 돌을 세워다오
> 돌 위에는 새겨라
> '조국 해방 만세'라고.

항일 무장투쟁을 그린 김사량의 〈조선의용군〉이란 연극에 나오는 시였다. 염상진은 그 시를 낭송하는 것으로 오락회의 목적을 십분 살리고자 했다. 그 효과는 언제나 만족스러웠다. 그 시를 듣고 난 대원들은 하나같이 숙연해지고 비장해졌던 것이다. 노래는 분명 투쟁의 무기였다. 시 또한 그에 못지않는 투쟁의 무기라는 것을 그는 실감하고는 했다.

염상진은 부사령관의 자리에 앉았다. 간부의 자리라고 해서 무엇이 특별하게 준비된 것이 아니었고, 사령관의 옆에 놓인 판판한 돌이 그의 자리였다. 소수의 간부회의가 아니고 이렇게 야외에서 전체 모임이 열릴 때에는 간부들의 자리는 지형이 약간 높은 곳에 앉기 편한 몇 개의 돌을 옮겨다놓는 것으로 해결되었다. 빨치산식의 급조된 의자였다.

곧 재판이 시작되었다. 두 사내는 칡덩굴로 팔이 묶여 대원들 앞에 세워졌다.

"지금부터 신동식과 윤재일에 대한 재판을 시작하고자 합니다. 먼저 두 사람이 범한 죄상에 대해 보고하겠습니다. 신동식과 윤재일은 3연대 1중대에 소속된 자들로서, 휴전회담이 개최되기 시작했다는 소식을 접하면서부터 투쟁의욕을 상실해 가다가 마침내 두 사람은 학교 선후배라는 관계를 이용하여 반당적이며 반동적인 탈주음모를 하게 되었습니다. 그리하여 신동식과 윤재일은 바로 그저께인 7월 30일 부대를 이탈하여 적진을 향해 탈주를 시도하였던바, 해방구의 경계선상 부근에서 분트요원들에게 적발, 체포되었던 것입니다. 이들의 죄상에 대하여 인민민주주의 원칙에 따라 대원 여러분들의 기탄없는 의견 개진과 아울러 공정한 처벌을 결정 내리시기 바랍니다. 지금부터 발언 시작해 주십시오."

정치위원의 말이 끝나기가 바쁘게 한 사람이 "여그 언권 주씨요!" 외치며 팔을 번쩍 들어올렸다.

"발언하시오."

정치위원이 발언권을 주었다.

"야아, 저 일이 가당찮고 선하품나는 일이라는께 나가 질게 말허고 잡지도 않으요. 우리넌 인민에 새 나라럴 맹글기 위혀서 굶어도 항꾼에 굶고, 묵어도 항꾼에 묵고, 죽어도 항꾼에 죽고, 살아도 항꾼에 살자고 맹세허고 투쟁헌께로 다 동문 것인디, 똥이야 원제 나올란지도 몰르고 인자 방구 한 방 뿌웅 나온 것이 휴전회담이라는 것인디, 고까짓 것에 시퍼러니 겁묵고 즈그덜만 살아보겠다고 당과 동무덜얼 배반허고 똥줄 빠지게 달아난 저런 반당분자, 반동분자 덜언 볼 것 없이 총살시켜 뿌러야 허요. 나 발언 접수혀 주씨요."

"알겠습니다, 발언 접수합니다. 다른 대원 발언 받겠습니다."

"여그 있소."

다른 사람이 팔을 뻗쳐올렸다.

"예, 발언하십시오."

"앞엣 동무가 쌈빡쌈빡허니 발언 잘혔응께로 나넌 같은 말이야 빼고, 한 가지만 말하겠소. 쩌그 저 두 사람은 중핵교꺼정 나와 배울 만치 배왔다는디, 배운 사람덜이먼 배운 값얼 혀서 우리 헹펜이 안 좋게 돌아가면 배운 머리럴 써서 존 쪽으로 돌릴라고 혀얄 것인디, 배운 머리로 못된 꾀럴 내서 당이고 동지덜이고 다 내뿔고 즈그덜만 살어보겄다고 나댔으니, 그런 느자구없고 보초 없는 짓거리가 이 시상에 또 워디 있겄소. 고것은 우리 빨치산의 챙피요. 나도 저 반동분자덜얼 총살시키라고 재청허겄소."

"예, 재청 발언 접수합니다. 다른 대원 발언하십시오."

"나요, 나!"

한 남자가 팔도 들지 않고 몸부터 일으켰다. "워따, 중우도 안 내리고 똥 싸네, 저 사람." 누군가 핀잔했고, "항, 싸게 삼청을 채와야 쓴께." 누군가가 말을 받았다.

"예, 발언하시오."

정치위원이 그 남자에게 발언권을 인정했다.

"나넌 폐일언하고 총살 삼청이오. 원 시상에 사람이 그랄 수는 없는 일이오. 우리가 멋 땀시로 죽기럴 한허고 묵을 것도, 입을 것도, 잠자리도 없는 요런 산골짝에서 고상얼 허고 있겄소. 근디 중도에 즈그덜만 살겄다고 원수덜헌티로 내빼! 고것이 워디 사람이 헐 짓거리여! 요런 개돼지만도 못헌 인종들아, 워디 대답 잠 혀봐라아!"

그 남자는 그만 제풀에 흥분을 해서 고래고래 소리를 질러대다가 정치위원에게 제지를 당했다.

"됐습니다, 됐습니다. 진정하시고 앉아주십시오. 동무의 발언을 삼청으로 접수합니다."

정치위원이 앉으라는 손짓을 하며 말했다.

"닌장맞을, 폐일언은 머시고 질게 새살 까는 것은 또 머시여."
"저 사람 성질이 기차 화통이시." "와따, 들을 만헌디 내빌나둬보제잉." 여기저기서 나오는 소리였다.

"삼청까지 나왔으니 반대발언 있으면 하십시오."

아무도 손을 드는 사람이 없었다. 숲그늘에는 한동안 침묵이 흘렀다.

"없소, 판결 내리씨요오!"

누군가가 외쳤다.

"옳소!"

"옳소, 싸게 허씨요, 싸게!"

여기저기서 수십 명의 목소리가 합창해 댔다.

"알겠습니다, 조용히 해주십시오." 정치위원이 팔을 넓게 흔들고는, "그럼 사령관 동지께서 최종판결을 발표하시겠습니다." 그는 옆으로 비켜섰다.

사령관이 일어나서 두어 걸음 앞으로 나섰다. 두런거리던 소리들이 뚝 그치며 조용해졌다. 팔을 묶인 두 사람은 고개를 푹 숙이고 있었다.

"전체 대원들의 결의를 존중하여 당과 인민의 이름으로 신동식과 윤재일에게 총살형을 언도하는 바이오!"

그때였다.

"사령관 동지, 살려주시씨요오."

"동무덜, 한 분만 살려줏씨요. 한 분만!"

두 사람이 서로 다른 방향으로 무릎을 꿇고 앉으며 울부짖었다.

숲그늘에는 침묵뿐 그 많은 사람들한테서는 아무런 반응이 없었다.

"동무덜, 나가 잘못혔응께로 한 분만, 한 분만 용서혀 주시씨요. 다시넌 고런 맘 안 묵겄소."

한 남자가 눈물을 흘리며 대원들을 향해 연방 고개를 주억거렸다.

"동무덜, 우리럴 불쌍허니 생각혀서 참말로 한 분만 용서혀 주씨요. 글먼 더 용감허니 투쟁허겠소."

사령관을 향해 무릎을 꿇었던 남자가 대원들 쪽으로 돌아앉으며 목메게 부르짖었다.

"저런 짜잔헌 새끼덜, 당장에 쥑여라!"

마침내 고함소리가 터져나왔다. 그것을 신호로 삼기라도 한 듯 여기저기서 분노에 찬 외침이 터지기 시작했다.

"저런 벌거지만도 못헌 새끼덜, 당장에 쳐죽여라!"

"저런 새끼덜헌테넌 총알이 아깝다. 죽창으로 찔러뿌러라!"

"죽여, 죽여!"

"싸게싸게 죽여!"

대원들의 분노와 흥분은 걷잡을 수 없이 번져가고 있었다.

염상진은 어금니를 꾹 물며 눈을 감았다. 대원들이 어째서 저리도 분노하고 흥분하는지를 그는 알고 있었던 것이다. 대원들은 두 범인이 보이고 있는 남자답지도, 빨치산답지도 못한 비굴과 비겁에 또 한 번의 배신을 당하는 것을 견뎌내지 못하는 것이었다. 두 사람이 만에 하나 목숨을 건질 수 있었으려면 죽음을 앞에 놓고도 빨치산다운 당당한 태도를 취했어야 했다. 대원들이 온갖 악조건을 무릅써가며 투쟁을 하는 것은 오로지 한 가지 목적 때문이었다. 빨치산이면 잠결에 물어도 할 수 있는 대답— 해방된 인민이 주인인 새 나라 건설이었다. 투쟁 속에서 죽음을 무릅쓰는 용기도 오직 그 목적달성을 위한 의지와 긍지감에서 비롯되고 있었다. 현실적 영광도 지위도 없는 그들을 지탱시켜 주는 빨치산의 그 긍지를 두 범인은 눈물범벅된 비굴과 비겁으로 끝내 손상시키고 훼손했던 것이다. 그들 두 범인이 대원들의 마음을 움직였으려면 정반대의 태도와 발언을 했어야 했다. 염상진의 의식 속에는 백아산에서 목격했던 장면이 선명하게 떠올라 있었다.

대원들은 진정되었고, 두 범인은 끌려갔다. 재판은 끝나고, 처형만 남아 있었다.

염상진은 돌의자에서 일어났다. 마음은 더 우울하고 무거워져 있었다. 두 사람이 보인 민망한 행태 탓이었다.

백아산지구에서도 중요한 재판이 벌어졌었다. 광주 외곽에 있는 형무소를 습격해 동지들을 구출해 내는 중요한 작전을 개시하기 위해 한 대원을 정찰병으로 보내게 되었다. 그는 나무꾼 출신으로 발이 빠를 뿐만 아니라 무등산 주변의 지리에 밝아 특별히 뽑힌 것이었다. 그런데 그것이 오히려 화근이 되고 말았다. 형무소 위치를 대충 알고 있었던 그는 방심한 채 정찰을 소홀히 하고 말았던 것이다. 그의 보고를 받고 부대를 투입하고 보니 그 형무소는

텅 빈 껍데기였다. 허탕을 친 데다가 토벌대의 추격까지 받는 위험을 겪어야 했다. 그 정찰병은 당연히 재판에 회부되었고, 대원들 전원의 만장일치로 사형이 확정되었다.

"지가 저질른 잘못은 입이 열 개라도 헐 말이 없구만이라. 지 겉은 얼빙이넌 열 분 죽어도 싸제라. 지넌 동무덜이 정헌 대로 먼첨 죽을 것잉께 동무덜언 더 열성으로 투쟁혀서 인민의 새 나라럴 꼭 맹글고, 거그서 복 받고 살기럴 바래능마요. 지넌 저시상에 가서도 그런 날이 싸게싸게 오기럴 빌겄구만이라. 지 잘못을 용서허시씨요."

그 정찰병은 대원들을 향해 똑바로 서서 이렇게 마지막 말을 남겼던 것이다. 그런데 다음 순간 이변이 일어났다.

"동무덜! 저 동무럴 살립씨다. 저 동무가 진짜배기 빨치산이오!"

누군가가 벌떡 일어나 팔을 휘두르며 소리쳤다.

"맞소, 저런 동무럴 죽이기넌 아까우요."

누군가가 동의를 하고 나섰다.

"옳소, 살립씨다아!"

"그려, 그려. 저런 맴이 진짜배기여!"

모든 대원들이 환호하기 시작했다.

그래서 재판은 다시 열리고, 모든 대원들의 만장일치로 그 정찰병은 죽음 직전에서 목숨을 구하게 되었다.

염상진은 커다란 감동으로 그 장면을 지켜보았던 것이다.

따꿍—.

따꿍―.

두 발의 총성이 울렸다. 산속에서 한 발씩 울리는 총소리는 산울림으로 하여 '따꿍' 하고 들렸다.

총소리가 사라지고, 대원들은 부대별로 숲그늘을 떠나갔다. 그들의 얼굴은 하나같이 무겁고 어두웠다.

염상진은 하늘을 올려다보며 중얼거렸다.

"어차피 한 번 죽는 건데 못난 사람들 같으니라구……."

어둠이 내리기 시작하면서 개구리 울음소리들이 바글바글 끓어댔다. 개구리들은 한낮에는 전혀 아무런 소리가 없다가도 어둠살이 퍼지면서부터 울어대기 시작하면 그 소리는 서로 다투듯 시간이 갈수록 요란스럽게 번져나갔다. 모기도 때를 같이해서 날기 시작했다. 개구리 울음소리가 여름밤의 정취라면, 모기떼들이 앵앵거리며 날아다니는 것은 더위와 함께 여름밤의 큰 고역이었다. 빨치산들에게 모기떼는 겨울의 이만큼 짜증스럽고 귀찮은 존재였다. 이를 잡아도 잡아도 없앨 수가 없듯 모기도 쫓아도 쫓아도 끝없이 달려들었다. 그래서 빨치산들은 이와 모기를 가리켜 '너희들은 우리의 또 하나의 원수'라고 이름 붙였다.

이태식의 연대원들은 날아드는 모기들과 슬슬 싸움을 시작하고 있었다.

"정찰조럴 짜야 쓰겄는디, 세 명씩 두 조로 여섯잉께, 지원자는 나스씨요."

연대장 이태식이 나직하게 말했다.

"여그요."

말이 끝나기가 바쁘게 팔을 들며 일어난 것은 여자였다.

"또……."

반사적으로 입을 열었던 이태식이 그 다음 말을 얼른 멈추었다. 말에서처럼 얼굴에도 그의 감정변화가 민감하게 드러났다. 찌푸려지려던 그의 얼굴이 어색하게 웃음 짓고 있었던 것이다.

조원제는 빙그레 웃으며 그런 연대장과 여자대원을 지켜보고 있었다. 몇몇 대원들도 소리 죽여 쿡쿡 웃고 있었다. 대원들은 연대장이 꿀꺽 삼켜버린 말이 무엇인지 다 알고 있었다. 그건 '……동무요'였다. 연대장은 그 말을 더 해서는 안 되게 되어 있었다. 그 말을 자칫 잘못 입 밖에 냈다가는 정식으로 자기비판에 붙여질 판이었다.

"이, 강경애 동무가 지원혔고." 이태식은 일부러 이름까지 불러가며 못을 박듯이 하고는, "다른 동무덜 또 지원허씨요." 대원들을 둘러보았다.

대원들이 여기저기서 일어났다.

"되얐소, 되얐소. 거그꺼정만 여섯이고, 남치기 세 사람은 도로 앉으씨요."

이태식이 일어선 순서대로 지원자 여섯을 지목했다.

이런 데는 아예 자격이 없는 조원제는 빠른 몸놀림으로 열을 빠져나가고 있는 지원자들을 흐뭇한 마음으로 바라보고 있었다. 정치일꾼인 문화부 중대장은 전투가 벌어지는 화선에서도 다소간 안전한 곳에 위치했고, 이런 경우에도 자원할 수 없게 되어 있었다. 간부보호의 원칙에 따른 것이었다. 돌격대·매복조·정찰조 같은 위험부담이 큰 조직을 짤 때는 지명이 아니라 자원을 원칙으로 하고 있었다. 민주적 방법이 조직운영인 동시에 그건 투쟁의 자발성을 키우기 위한 방법이었다. 강제성이 완전히 배제된 그 방법에도 불구하고 자원자는 언제나 모자라는 일이 없었다. 그건 매일 실시되는 학습과 함께 전체 빨치산들의 투쟁열을 입증하는 일면이었다. 그런 데다가 연대에서는 언제부턴가 야릇한 변화가 일어나기 시작했다. 앞을 다투는 자원자들이 차츰 늘어나고 있었던 것이다. 휴전회담이라는 달갑지 않은 소식으로 야기될 위험이 있는 사기저하와는 반대되는 현상이었다. 그 변화가 바로 강경애한테서 비롯되고 있다는 것을 조원제는 내밀하게 파악하고 있었다.

"저 강 동무한테 나가 판판이 지는구만."

정찰조가 임무수행을 하러 떠나자 이태식이 입맛을 다시며 고개를 저었다.

"원칙을 바꾸기 전에야 판판이 지게 생겼제라."

조원제는 씽긋 웃었다.

"그렇겄제. 좌우당간 여자 몸으로 워찌 저리 간도 크고 야물딱진지 몰르겄소. 그런다고 여자 일이 안 매시라운 것도 아니겄고. 나이넌 쪼깐혀갖고 영 사람 애믹이오."

"저리 용맹시런 부하가 생겠응께 인자 강철부대가 강강철부대 되게 생겼는디 머 땀시로 애 썩고 그러시요?"

조원제는 능청스럽게 웃었다.

"어허! 넘 속 몰르고 그 무신 땁땁헌 소리여? 아, 지가 후방부에서 기동대로 온 지가 을매나 됐다고 지원이 있을 때마동 넘 먼첨 불쑥불쑥 나스냐 그 말이여. 산에서 살았다고 다 빨치산이간디? 염불도 지각각, 잿밥도 지각각이드라고 빨치산도 다 지각각으로 달브덜 않더라고? 후방부에 있다가 기동대로 오면 빨치산 뼝아린디, 뼝아리면 뼝아리맹키로 얌전허니 있어야제 뼝아리가 겁도 무섬도 몰르고 나댄께 위태위태허제."

"연대장 동무가 시방 헌 발언 나가 강경애 동무헌테 전허겄소."

조원제는 정색을 하고 말했다.

"아이고 지도원 동무, 요것 나가 실읎는 소리 혔소. 그냥 못 들은 것으로 허씨요."

이태식도 당황하면서 금방 공적인 태도를 취했다. 그건 가식도 술수도 없는 이태식의 일면을 그대로 보여주는 장면이었다. 순진할 정도로 순수한 그는 무엇이든 곧이곧대로 받아들이고 행동했던 것이다.

"아이고, 장난이오, 장난."

조원제가 웃음을 터뜨렸다.

"예끼! 장난헐 말이 따로 있제."

이태식이 조원제의 어깻죽지를 쳤다.

강경애가 후방부에서 이태식의 연대로 온 것은 한 달 가까이 되었다. 토벌대에게 해방구 반을 빼앗기면서 입은 병력손실을 보충할 때였다. 이태식은 전부터 여자대원을 별로 달가워하지 않았다. 대체로 남자에 비해 전투력이 약한 여자를 받아들이게 되면 그만큼 부대의 전투력이 약화되기 때문이었다. 그래서 그의 연대에 있는 여자대원은 간호병 역할과 취사를 겸해서 맡고 있는 최소의 인원뿐이었다. 그런데 강경애는 간호병도 아니고 엉뚱하게도 전투병 중의 하나로 전속되어 온 것이다. 이태식이 강경애를 선선하게 받아들였을 리 없었다. 지체 없이 지구사령부에 재고해 달라는 요청을 했고, 강경애가 강철부대에 지원한 것이니까 좀 곤란하다는 사령부의 응답이었고, 그러는 사이에 강경애의 내력이 밝혀지게 되었다. 그녀의 남다른 내력을 알고 나서야 이태식은 심각한 얼굴로 고개를 끄덕이며 그녀를 받아들였던 것이다.

그런데 강경애는 며칠 만에 엉뚱한 일을 저지르고 나섰다. 그날 매복조를 짜는데 제일 먼저 자원을 하고 나섰던 것이다.

"아니, 강 동무, 워쩔라고 그요?"

이태식이 어이없는 얼굴로 헛웃음을 흘렸다.

"머시럴 워째라. 매복조 지원이제라."

강경애는 새침한 얼굴로 대꾸했다.

"동무넌 안 되겄소."

"음마, 지원이람서 지원헌 사람이 워째 안 돼라?"

강경애의 말은 또렷했다.

"동무넌 인자 총도 포도시 쏨스로, 매복이 먼지나 알고 그러요?"

"매복이야 적이 많이 댕길 만헌 길목에 숨었다가 적얼 때레잡는 일이제라."

"그런 말이 아니라, 고것이 을매나 에롭고 위험헌 일인지 아냐 그 말이오."

"그렇께 싸게싸게 배와야제라."

"허 참!" 이태식은 기가 막히다는 듯 하늘을 한 번 올려다보고 는, "우리가 시방 아그덜맹키로 고샅에서 물총쌈허는 것이 아니오. 매복이라는 것은 예사 쌈보담도 훨씬 위험시런 것인디, 여자가 나 슬 일이 아닝께 가만있으씨요."

"연대장 동무, 무신 발언얼 그리 허시오! 인민해방은 모든 사람 이 차등 없이 똑겉이 되는 것이고, 거그에 따라서 남녀도 평등허게 된다는 것을 아시오, 몰르시오? 나럴 여자로 차별혀서 지원을 안 받아줄라고 허는 것은 해방정신의 기본에 위배되는 일이오. 나럴 지원에 받아주든지, 그 틀린 발언에 대해 자기비판얼 받든지, 연대 장 동무는 양단간에 하나럴 골르씨요."

이태식이 그만 말문이 막히고 말았다. 그는 강경애의 유별난 내 력을 다시 생각하며 그녀의 자원을 받아들일 수밖에 없었다.

이태식이 그런 정도의 강경애 논리에 대응하지 못하고 무너지는 것을 조원제는 안타까워했다. 강경애의 공박은 꽤나 틀을 갖추고 있었지만, 결정적 허점을 가지고 있기도 했다. 인민해방에 따른 남 녀평등이란 인권의 평등이었지 획일적인 능력의 평등이 아니었고, 아무리 자원이라고 해도 임무수행에 대한 능력평가는 지휘관의 권한이었던 것이다. 이태식은 그 점을 들어 반격했어야 했다. 그러나 이태식은 전투력은 누구보다 강했지만 논리전개에는 약한 사람이었다. 그 점이 그의 약점이면서 열등감이기도 했다.

강경애는 그 뒤로도 서너 차례 자원자를 뽑을 때마다 어김없이 제일 먼저 손을 들고는 했다. 그때마다 이태식은 "또……" 하며 얼굴을 찌푸리다가는 얼른 표정을 바꾸어 억지웃음을 짓고는 했다. 이태식의 그런 염려 속에서 강경애는 매번 무사하게 임무를 마치고 돌아왔고, 날이 갈수록 그녀가 야멸찬 전사로 변해가는 것을 누구나 느낄 수 있었다.

동그스름한 얼굴에 눈매가 고운 강경애는 아주 자상하고 정이 많은 여자일 뿐이었다. 틈이 나는 대로 남자대원들의 찢어진 옷을 꿰매주려고 했고, 가위로라도 긴 머리를 깎아주려고 했으며, 몸이 불편한 대원이 있으면 지성으로 돌보아주었다. 그런 강경애의 모습은 지극히 여성다웠다. 그런 강경애가 싸움에 나설 때는 남자들이 무색할 지경으로 용맹스러워진다는 것은 꼭 거짓말 같은 일이라서 대원들 모두는 한동안 어리둥절해져 지냈던 것이다. 그런데 그녀가 몇몇 대원에게 자신에 관한 이야기를 털어놓게 되었다. 자신을 이상하게 보는 대원들에게 그녀는 자신을 이해시킬 필요를 느꼈던 것이다.

"우리 성제간은 오빠허고 나허고 남매였는디, 집안은 그작저작 밥술은 묵고 살어서 오빠넌 중학교꺼지 나오고, 나넌 소학교는 나왔제라. 성제간이 딱 둘잉게 우리넌 아조 우애가 짚었는디, 오빠는 일정 때부텀 좌익얼 혔제라. 그래논께 나도 솔래솔래 좌익물얼 묵어갔구만이라. 그러다가 해방이 된께 오빠는 지 시상 만내갖고 일정 때 못허든 활동얼 날개 달고 훨훨 허기 시작혔는디, 우리가 다 알디끼 그 활동이란 것이 금세 불법이 안 되야부렀소. 그리 된 께 오빠도 지하로 숨어 비합법투쟁으로 들어갔는디, 오빠가 원체로 표나게 활동얼 허다 봉께 경찰덜 눈에 딱 백혀서 나날이 갈수록 움치고 뛰기가 에롭게 되야갔소. 그래서 안전헌 비트를 장만혔는디, 거그가 워다냐 허먼, 집 앞 논두렁에다가 굴을 판 것이오. 그 논두렁이 양쪽에 논이 붙어 있는 흔헌 논두렁이 아니고 한쪽으로는 높으담 허니 밭이 시작되는, 굴파기에 아조 존 그런 논두렁이었제라. 글고 누가 보드라도 논 저짝 논두렁에 사람이 숨은 굴이 있을지넌 생각도 못허게 생겼고라. 그 굴에넌 우리 오빠 혼자만 숨은 거이 아니고 오빠 친구도 한 사람 있었구만요. 나가 새북이나 밤으로만 밥얼 날르는디, 겨울에 눈이 오면 발바닥이 찍혀 굴 있는 자리가 표가 나게 된께, 그런 날언 논 얼음장얼 깨감스로 맨발로 물 속을 걸어 굴로 밥얼 날랐소. 근디도 오빠럴 살레야 된다는 생각으로 발이 시런 줄도 몰랐제라. 그리 허기럴 1년얼 다 해가는디, 경찰에서넌 오빠 잡을라고 사흘거리로 집얼 뒤지고, 아부지럴 잡아가고 난리판굿이었제라. 아부지가 잽혀가 고초당허는 것도 못 볼 일이고, 아부지가 고초당험시로 정신이 날다 들다 허다가 오빠가 숨은 디럴 말해 불란지도 몰를 일이고, 혀서 나넌 아부지도 지키고 오빠도 지키자 허는 생각으로 맘에 하나또 없는 시집얼 가기로 작정허고 말었구만요. 그 사람이 순경인디, 오빠 잡으로 우리 집얼 발바닥 닳아지게 드나들다가 벨로 보잘 것도 없는 나헌테 미쳤응께라. 나가 그 순경헌테 시집얼 가고 난께 아부지가 고초럴 면허게 되고, 오빠도 무사허니 피했다가 여수·순천서 그 일이 터지자 굴에서 나왔구만요. 근디 그 일이 또 오래 못 가게 된께 오빠는 산으로 들어갔제라. 오빠는 산에서 투쟁허다가 해방전쟁얼 못 보고 죽고, 그 전쟁도 또 뜻대로 안 풀리니 인공 때 여맹서 일헌 나가 워째야 쓸 것이오. 정 없는 냄편 내뿔고 입산혔제라. 입산허는 날로 총 들고 나서서 오빠 몫아치꺼정 나가 다 헐라고 맘묵었는디, 당에서 워디 그 말얼 쉽게 들어줍디여? 후방투쟁도 똑겉은 투쟁이다, 비무장 남자대원덜이 너무 많은께 기둘려라, 그럼시로 차일피일 날만 가는디, 참말로 기가 맥힙디다. 나가 입산헌 것은 오빠헌테서 배운 대로 위대헌 사회 맹글라고 싸우는 것이었제 집구석에서 허든 일 산에서도 헐란 것이 아니었응께라. 근디, 그리 바래든 일 인자 허게 되얐응께로 나가 을매나 신바람이 나겠소. 나가 우리 오빠 몫아치꺼지 허잔께 자원도 자꼬 허고 그러제라잉. 나가 허는 것 보고 오빠도 저시상에서 영판 좋아라 헐 것잉마요.”

스물두 살 강경애는 이론무장도 꽤나 실한 편이었다. 그녀가 틈틈이 남자대원들의 옷을 기워주거나 머리를 깎아주거나 하는 것은 단순히 여자로서의 자상함이나 정이 많아서가 아니었다. 그녀는 그런 행위를 통해 동지애를 키우는 한편으로 암암리에 투쟁력을 고취시키고 있었던 것이다. 그녀는 수시로 자기 오빠의 용감한 투쟁담을 이야기했고, 자기가 그런 오빠를 얼마나 존경했으며, 남자다운 남자는 바로 자기 오빠 같은 남자라는 말을 은근히 덧붙이고는 했다. 사람을 가리는 법 없이 누구나 따뜻하게 대하는 그녀를 싫어하는 남자대원들은 아무도 없었다. 그리고 그들은 그녀의 오빠 같은 남자가 되기를 바라게 되었다. 그 증거가 바로 그녀를 뒤따라 자원자들이 갈수록 불어나는 것이었다. 조원제는 그런 변화를 유심히 포착하며 혼자 중얼거리고는 했다.

"정치일꾼 열 몫 허네웨……."

노을이 타고 있었다. 서쪽 하늘이 온통 불붙어 타고 있었다. 그건 광채 찬란한 불바다였다. 눈부신 찬연함으로 불타는 노을의 색깔은 이글거리는 불덩이의 싱그러운 생명력이었다. 여름해의 그 뜨거운 열정만큼 노을도 장엄하고 현란하게 타오르고 있었다. 아침노을이나 저녁노을이나 햇살이 아래서 뻗어 오르기는 마찬가지였다. 그러나 아침노을은 아래서부터 사위어오르고, 저녁노을은 위에서부터 변색해 내려왔다. 그리고 아침노을은 경쾌한 느낌이 많은데, 저녁노을은 장중한 느낌이 강했다.

"참 곱군요."

이지숙이 노을을 그윽이 바라보며 말했다.

"그렇소."

옆에 선 안창민도 노을을 바라본 채 고개를 끄덕였다.

"노을을 이렇게 바라보기도 오랜만이네요."

"그런 것 같소."

그리고 두 사람은 한참이나 말이 없었다. 이지숙은 싸리나뭇잎 하나를 따서 입술 끝에 물었다. 그리고 그 끝을 잘근잘근 씹었다. 말이 별로 없는 남자는 진중해 보이기도 하지만 답답할 때도 있었다. 불필요한 말을 거의 하는 일이 없는 안창민은 당사업을 하는 데는 진중한 일꾼이었지만, 이렇게 단둘이 만났을 때는 더없이 답답한 남자였다. 불필요한 말을 하지 않는 것은 어느 경우에나 좋은 일이었지만, 필요한 말을 필요한 경우에도 하지 않는 것은 좀 곤란한 일이었다. 이지숙은 그 점이 안창민에 대해 불만이었다. 공석이 아니고 이렇게 단둘이 만나는 것은 아주 드문 일인데도 안창민은 먼저 말을 꺼내는 일이 거의 없었다. 그러니 그의 입에서 자신이 바라고 있는 말이 나올 리 없었다. 자신의 가슴에서는 안창민을 향한 마음이 저 붉은 노을처럼 타오르고 있었다. 그런데 안창민은 그 노을을 보는 것인지, 못 보는 것인지 단둘이 만나면 씨익 웃는 것으로 그만이었다. 안창민에게 듣고 싶은 말은, 그의 가슴에서도 자신을 향해 자신의 가슴에서 타고 있는 노을과 같은 노을이 타고 있다고 하는 것이었다. 물론 그 마음의 표현이야 여러 가지 말이 있을 수 있었다. 직접적일 수도 있고, 적극적일 수도 있고, 간접적일 수도 있고, 소극적일 수도 있고, 상징적일 수도 있고, 우회적일 수도 있고, 말이야 얼마든지 있었다. 그런데 서로 마음을 열고 나서 벌써 몇 년이 지났는데 안창민은 남자로서 필요한 한마디를 여지껏 하지 않았던 것이다. 꼭 그 말을 들어야만 되느냐고 자신을 나무라기도 해보았다. 그러나 마음이라는 것은 무엇이고, 말이라는 것은 무엇인가. 말이 그냥 소리와 다른 것은 거기에 마음과 생각이 담겨 있기 때문이 아닌가. 사상이 말을 통한 논리의 구체성이듯이 사랑도 말을 통한 마음의 구체성이었다. 자신은 그 구체성을 확인하기 위해 그의 말을 목말라하고 있었다. 그 말을 꼭 들어야 하느냐고, 여자란 어쩔 수 없다고, 자신이 제일 싫어하는 그 모독적인 말을 듣는 한이 있더라도, 사상에 있어서는 그런 모독을 참아낼 수 없지만 사랑을 앞에 놓고는 그 모독을 달게 감수하면서 필요한 말을 듣고 싶었던 것이다.

"안 동무는 저런 노을을 보면 무슨 생각이 나시나요?"

이지숙은 싸리나뭇잎을 뱉으면서 안창민을 옆눈길로 살짝 쳐다보았다.

"글쎄요. 경치가 아름다울수록 감탄만 나올 뿐인데…… 저 노을을 보면서…… 혁명의 성취가 저렇게 눈부신 색깔일까 하는 생각을 잠깐 했어요."

아이고 맙소사! 그만 이 말이 터져나오려 하는 것을 이지숙은 짐짓 참아냈다. 그러면서 그녀는 혼자 웃음 지었다. 제 가슴에서는 저런 노을이 타고 있는데 안 동무의 가슴도 그런가요? 이렇게 물으려다가 너무 노골적이고 야한 것 같아서 물음을 바꾸었던 것이다. 그러나 만약 그렇게 물었더라면 안창민의 대답은 십중팔구 '예 내 가슴에서도 혁명의 열정은 저렇게 타오르고 있습니다' 했을 것 같았다. 이지숙은 혁명전사로서 강건하게 서 있는 안창민에게 만족하자고 생각했다. 혁명의 정열이 뜨거운 사람은 사랑의 정열도 그만큼 뜨겁다는 말을 믿기로 한 것이다. 사실 지금의 상황에서 그에게 사랑의 말을 듣기를 기대한다는 것이 무리일지도 몰랐던 것이다. 지구정치위원으로서 지금 같은 상황에서 사랑 운운하는 것이 오히려 남자답지 못하게 보일 수도 있었다. 그리고 자신이 사용한 '안동무'라는 호칭도 그런 분위기를 유발하기에는 부적합하다는 생각이 들었다. 습관적으로 볼 때 그건 혁명적 호칭이었지 애정적 호칭은 아니었던 것이다.

"저 붉게 타는 노을빛은 마치 동지들이 흘리고 간 피가 한데 모인 것 같아요."

이지숙은 감정을 일신시키며 말했다.

"그렇소, 그런 느낌도 들어요. 사실 말이오…… 우리가 입산하고 난 다음에 이 산골, 저 산골에서 죽어간 전사들이 그 얼마요. 우리 전남도당만이 아니라 각 도당마다 죽어간 전사들을 다 합치면 그 수가 수만 명에 이를 것이오. 그 사람들 거의가 농사를 짓거나 노동을 하던 평범한 인민들이라는 사실이 중요한 것이오. 그들이 흘리고 간 피를 전부 모으면 저 정도로 하늘을 덮을 수 있을지도 모를 일이오."

"어쩌면 더 넓을지도 모르지요. 피를 흘리지 않는 혁명은 없고, 위대하지 않은 혁명은 없다는 말을 갈수록 절실하게 실감하게 돼요."

"그렇소, 인민은 혁명을 낳고, 혁명은 역사를 낳는 것 아니겠소. 그러나…… 앞으로 얼마나 더 많은 희생이 따를 것인지가 문제요."

안창민이 무거운 한숨을 내쉬었다.

"조직개편이 있을 거라는 소식이 들리는데, 사실인가요?"

공적인 입장을 회복한 이지숙은 비로소 안창민을 정면으로 쳐다보았다.

"토벌대들의 공격이 강화되면서 모든 해방구들이 타격을 입고 있으니 아마 불가피한 일일 거 같소."

"적들의 공격이 갈수록 심해지는 것도 휴전과 어떤 관계가 있겠지요?"

"물론이오. 반격에 총력을 기울였던 적들이 삼팔선 부근에 집결되어 있다가 휴전문제가 나오기 전후로 해서 대병력을 우리들 쪽으로 투입하기 시작한 거요. 그건 우리가 바라는 바이고, 우리의 투쟁이 거두고 있는 성과 중의 하나이기도 할 것이오."

"적의 병력을 분산시켜 인민군들의 전쟁수행을 돕는다는 뜻인가요?"

"그렇소."

"이승만 정권은 정전반대국민대회라는 것을 각처에서 매일 열어 대고 있는데, 그게 휴전회담에 무슨 영향을 끼칠 수 있을까요?"

"글쎄요, 수많은 인민들이 또 이승만 반동정권을 위해 동원되고 있는데, 그 영향이란 미국에 대한 영향이니까 예측하기가 어렵고, 그 대회라는 것이 우선 우리에게 유리하게 작용하는 건 틀림없소."

"어떻게 말인가요?"

"그 대회 소식이 대원들을 심정적으로 안정시키는 효과를 나타내고 있소."

"아 예, 저도 그런 걸 느꼈어요. 그런데 앞으로 투쟁이 어려워지겠군요."

"사실이오. 그러니까 지금까지의 투쟁이 너무 쉬웠다고 생각해얄 거요. 특히 우리 전남도당은 해방구를 철저하게 확보해 왔으니까."

"그렇지만 해방구 확보가 불로소득은 아니었잖아요."

"물론이오. 그게 불로소득이란 뜻이 아니고 앞으로는 해방구가 없이 투쟁해야 하는 상황이 올지도 모른다는 뜻이오."

"아, 비무장병력이라도 무장시킬 수 있었으면……."

이지숙은 나뭇잎을 손에 잡히는 대로 쥐어뜯으며 낮게 중얼거렸다. 그 안타까움이 가슴을 파고드는 것을 안창민은 느꼈다. 그건 도당 상부에서부터 한 사람의 전사에 이르기까지 공통적으로 느끼는 안타까움이었다. 그러나 그 안타까움은 말로 곱씹는다고 풀리는 것이 아니었다. 있는 능력을 최대한 발휘해 가며 치열하게 투쟁하는 것으로 풀어나가야 했다. 그게 적의 무기로 무장을 확대해 나가는 빨치산의 기본전략에 충실한 일이었다. 빨치산의 입장에서 안타까움을 갖자면 끝이 없었고, 그 안타까운 조건들이 해결된 다음에야 투쟁을 할 수 있다면 결국 투쟁은 할 수 없게 될 것이다. 또 그런 조건들을 전제하는 것은 빨치산일 수가 없었다. 혁명이 인간들이 만드는 기적이듯이 빨치산도 기적을 만들어내는 군대여야 했다. 그러나 안창민은 이런 말을 굳이 이지숙에게 하지는 않았다. 그녀가 그런 것을 모를 리 없었고, 순간적으로 안타까워하는 그녀의 심정이 어떤 것인지 헤아릴 수 있었기 때문이다.

"염상진 동지께서는 안녕하신지요?"

이지숙은 양쪽 손으로 머리카락을 귀 뒤로 넘기고, 두어 번 손가락 빗질을 해 매만지면서 물었다. 평소에는 고무줄로 질끈 동여맸던 머리를 안창민을 만난다고 풀어헤쳤던 것이다.

"무사하시오. 하대치 동지나 다른 동지들은 더러 만났소?"

"예, 하대치 동지는 가끔 만나게 돼요. 긴 얘기는 못하는데, 그 동지만 만나면 저도 힘이 솟겨요. 그 동지는 언제나 기운이 펄펄한 게, 꼭 쇳덩어리로 만들어진 사람 같아요."

"우리에게 보물이 따로 있겠소."

"그 동지는 싸움만 잘하는 게 아니라 잔정도 많아요. 얼마 전에는 글쎄 저를 일부러 찾아왔는데, 엉뚱하게 분통 하나를 내놓지 않겠어요. 보투 나갔던 부대에 묻어들어온 건데, 두고 쓰라는 거예요. 빨치산이 분이 무슨 필요가 있느냐고 했더니, 총질도 안 하는 빨치산이 무슨 빨치산이냐며 웃고 돌아서는 거예요. 우습기도 하고, 가슴이 뭉클하기도 하고 그러데요."

"그게 잔정이 아니라 그 동지가 표시한 남다른 동지애요. 그 동지는 아픈 동지를 살리기 위해 자기는 사흘씩도 굶는 사람이오."

안창민은 일부러 이지숙의 말을 지적했다. 이지숙은 안창민에게로 빠르게 눈길을 돌렸다. 안경 속의 안창민의 눈이 이지숙을 나무라고 있었다.

"예, 제가 말을 잘못했어요. 허지만 그 동지의 그런 마음을 가볍게 보진 않았어요."

이지숙은 금방 자신의 잘못을 시인했다. 이지숙은 안창민이 그런 지적을 하고, 자신이 잘못을 시인한 것에 대해 조금이라도 서운하거나 언짢은 기분 같은 것은 느끼지 않았다. 자기비판이 생활화된 탓이었다.

"그리 생각하면 잘됐소. 우리가 구빨치투쟁을 할 때 내가 몸살 비슷한 병으로 아주 심하게 앓았는데, 그 동지는 나를 살리기 위해 자기는 사흘을 꼬박 굶었소. 그때 난 동지애가 부모의 정과 맞먹는다는 걸 처음으로 깨달았소. 내가 그런 동지애를 가질 수 있는가를 깊이 생각했고, 혁명투쟁을 하다가 그런 동지와 함께 죽는다면 아무런 아쉬움도 없을 거라는 생각도 했소."

"그런 일이 있었군요……."

이지숙은 하대치의 얼굴을 떠올리며 가만히 고개를 주억거렸다.

"하 동지는 사람으로도 예사 사람이 아니고, 전사로도 예사 전사가 아니오."

"저도 그렇게 생각해요. 부인이 잡혔다는 소식을 듣고도 안색 하나 변하지 않는 걸 보고 무섭기까지 했어요."

안창민은 그저 고개만 끄덕였다.

"이젠 그만 가봐야겠어요."

이지숙은 안창민을 새로운 눈길로 바라보며 말했다. 결국 공적인 이야기로 끝나는 만남이었지만 이지숙은 단둘이 보낸 시간 그

자체를 소중하게 마음에 담았다.

"우리의 투쟁은 이제부터 새로 시작일 거요. 서로 건강 지킵시다."

안창민이 멀리 눈길을 보낸 채 담담하게 말했다.

"네, 조심하세요."

이지숙도 안창민이 보고 있는 쪽으로 고개를 돌렸다. 노을은 어느덧 변색해 사위어가고 있었다. 사랑한다는 것은 같은 마음으로 한곳을 바라보는 것인지도 모른다고 그녀는 생각하고 있었다.

이지숙은 혼자 후방부로 돌아가면서 계속 목멤을 느끼고 있었다. 그동안 보아왔던 이름 모를 시체들이 자꾸만 눈앞에 밟히고 있었다. 그리도 많은 사람들이 죽어갔는데도 투쟁은 이제부터 또 시작되어야 하는 것이었다. 한번 꼬인 역사를 바로잡는 데 도대체 얼마나 많은 피를 흘려야 하는 것인가……. 인민해방의 표적을 향해 불화살이 되어 날아가 다시는 돌아오지 않는 그 수많은 사람들의 희생을 되짚을 때마다 그녀는 가슴 쓰라리고 저릿거리는 통증이 주체할 수 없는 통곡으로 사무쳐오는 것을 느꼈다. 160여만 명의 친일반민족세력으로 뭉쳐진 반인민적 반동정권을 쳐없애기 위해서 인민들의 희생은 너무나 컸다. 입산투쟁으로 죽어가는 것뿐만 아니라 그자들의 강압적 동원으로 또 수없이 죽어가고 있었다. 입산투쟁으로 죽어가는 것은 그래도 보람차기나 했지만, 그자들의 폭압에 끌려나가 죽는 인민들에게는 억울함뿐이었다. 그런데 그자들에게 인민을 폭압할 수 있는 폭력을 제공한 것은 미국이었다. 그자들에게 미국이 없었으면 인민은 단 한 사람도 피 흘리지 않고 그자들을 모두 처단해 인민해방을 맞이했을 것이다. 미국은 절대로 용서할 수 없는 민족의 적이고, 인민의 적이었다. 그러니까 민족해방전쟁이나 빨치산투쟁은 곧 미국과의 싸움이었다. 빨치산들 중에서 그 사실을 모르고 죽어간 사람은 아무도 없었다.

투쟁이 새로운 국면으로 접어들면 비무장이 태반인 후방부는 어찌 될 것인지 이지숙은 마음이 무거웠다. 벌써 새로운 투쟁을 위한 대비는 부분적으로 진행되고 있었다. 병기과가 어디인지 모를 곳에 비트를 장만해서 자취를 감추었다. 병기과의 비트는 땅속을 파고들었다는 말이 있었다.

백아산지구와 마찬가지로 조계산지구도 해방구를 절반 가까이 잃은 상태였다. 그들이 제일 먼저 대책을 세운 것이 병기과의 보호였다. 적과의 싸움에서 총알은 밥보다 더 우선했던 것이다. 그래서 병기과는 땅속에 굴을 파서 잠적했다. 그것도 만일에 대비해서 여러 곳으로 분산시켰다.

김종연과 서인출도 두더지 생활을 시작하게 되었다. 그들의 비트는 실개울이 흐르는 어느 골짜기의 비탈에 있었다. 겉으로 보아서는 어디에나 있는 흔한 산골짜기고 비탈일 뿐이었다. 키가 크고 작은 잡목들이 숲을 이루고, 여러 가지 잡풀들이 엉켜 무성하고, 여기저기 바위들이 널려 있는 평범한 산골짜기의 하나였다. 실개울도 수량이 적어서 별달리 눈에 띄지 않고, 그저 있는 듯 만 듯했다. 그 골짜기에 병기과 비트가 있다는 것을 미리 알고 오는 사람까지도 믿지 않을 정도로 아무런 특색도 특이함도 없었다. 그리고 그런

곳 어디에 총알을 만들어내는 굴이 있는지 찾아낼 수도 없게 산에는 흠집 하나 나 있지 않았다.

병기과의 비트는 골짜기의 중간 못미처, 실개울에서 20미터쯤 떨어진 왼쪽 비탈의 서너 개의 바위가 널린 곳에 있었다. 그 지점의 특색을 찾자면 서너 개의 바위였다. 산이면 어디에서나 볼 수 있는 그 바위들 중의 하나가 비트의 출입문이었다.

그 골짜기에 병기과의 고정비트가 들어선 것은 비트 설치조건이 완벽했기 때문이다. 첫째, 물이 있었다. 절대조건인 물이 적들이 의심을 품을 만큼 큰 개울이 아니라 그냥 지나치고 말 보잘것없는 실개울이었다. 그러나 비트 옆의 실개울 바위 아래 파놓은 웅덩이에는 비트요원들이 넉넉하게 마시고도 남는 물이 언제나 괴어서 넘치고 있었다. 둘째, 골짜기가 평범하기 이를 데 없었다. 첫눈에 은신하기 좋게 느껴지는 곳은 적들의 눈에도 똑같이 느껴지게 되어 있었다. 은신의 가능성이 희박한 곳일수록 은신의 최적지였다.

굴 안은 너덧 평의 넓이였다. 천장은 서서 일을 자유롭게 할 수 있도록 높았고, 무너지는 사고를 대비해서 통나무들을 세 줄로 가로질러 기둥을 받쳐놓고 있었다. 통나무 기둥에 걸린 네 개의 석유 등잔이 굴속을 밝히고 있었다. 그곳에서 일을 하는 사람은 여섯이었다. 그들은 모두 남자들이었다. 이번에 땅속으로 숨어들면서 여자들은 다 제외시켰던 것이다. 그들은 밤낮을 바꾸어 작업을 해나가고 있었다. 굴속에서는 낮과 밤이 따로 없었지만, 낮에 작업을 하다가 혹시라도 무슨 소리가 밖으로 새나가 토벌대에게 발각될지도 모를 위험을 아예 없애자는 것이었다. 그리고 그들도 밤이 아니고서는 바깥출입을 할 수 없었던 것이었다. 물을 떠오고, 대변을 보고 하는 일들은 다 밤에 이루어졌다. 며칠 간격으로 후방부에서 식량과 재료를 가지고 와서는 총알을 가져갔다.

"해를 못 보고 살아서 긍가 어쩐가 속할라 워째 요리 찌푸드둥허기도 허고 뻑쩍찌그리허기도 허고, 참말로 요상시럽네웨."

김종연이 윗배를 문지르며 나오지 않는 트림을 하려고 목을 늘였다 줄였다 하고 있었다.

"뻴 요상시런 소리 다 듣겄네. 해허고 배허고 무신 상관이여, 상관이. 밥얼 넘버덤 많이 묵을라고 씹을 새도 없이 막 넘게서 그렇제라."

배삼성이 엇지게 질러대고 나왔다. 말하기 좋아하는 그가 일부러 말거리를 만드는 것이었다.

"아니 시방 누구 복창 터치자는 심뽀요? 나가 동무맨치로 속이 시커먼 줄 아시요?"

김종연이 지체 없이 맞받아쳤다.

"허, 나가 속이 옥양목맹키로 희연헌 것이야 여그 동지덜이 먼첨 아는 일이고, 배가 그리 텁터그리허고 묵지그리헌 것은 해럴 못 봐서 그런 것이 아니고 하도 오래 니노지 맛얼 못 봐서 그런 것 아니겄소?"

"이, 지 속 짚어 넘 속이드라고, 동무넌 니노지럴 굶으먼 잠지에 이가 기는 것이 아니라 배가 그리 되는갑소이. 잠지 뿌랑구가 뱃속

꺼지 뻗친 빙신이 아니까?"

김종연이 언제 배가 거북하다고 했냐 싶게 배삼성을 몰아댔다. 누군가가 쿡쿡 웃었다.

"얼라, 나럴 생짜로 빙신 맹글어뿌네?"

배삼성이 어이없어했다. 그는 역시 김종연의 빨리 돌아가는 머리를 당하지 못했다. 그는 언제나 김종연의 말꼬리를 먼저 잡고 들었지만 번번이 먼저 말문이 막혔다.

"속이 안 좋으면 소금 한 주먹 묵제그려."

서인출이 염려스러운 듯 김종연을 쳐다보았다.

"아니시, 소금도 양석인디." 김종연은 목을 늘이며 헛트림을 하고는, "짐승도 해를 못 보면 죽는다든디, 사람이 해럴 안 보고 을매꺼지 살아지는지 누구 아는 사람 있소?" 그는 장난기 없이 말하며 사람들을 둘러보았다.

"김 동무, 여길 그리 갑갑하게 생각지 마시오. 내가 어떤 외국소설에서 읽었는데, 하늘은 구경도 할 수 없는 지하감방에 갇혀서 몇십 년을 살더군요. 그에 비하면 우린 밤하늘도 보고 하니까 평생 동안 아무렇지도 않을 거요. 김 동무가 여기보다는 자꾸 화선투쟁에 나서고 싶어하니까 그런 생각이 드는 것 아니겠소?"

공과대학 출신인 조장이 웃으며 말했다.

"아이고메, 쪽집게 무당이시요이. 동무, 동무가 과장동무헌테 말혀서 워찌 화선으로 잠 나갈 수 없을께라?"

김종연은 금방 애걸조가 되었다.

"김 동무, 이 일에 그냥 마음 붙이시오. 갈수록 형편은 어렵게 되고, 총알은 더 많이 필요하게 되고, 기술자를 한 사람이라도 더 구해야 할 형편 아니오? 화선투쟁도 중요하지만 우리가 총알을 만들어내지 않으면 어떻게 화선투쟁이 이루어지겠소. 모두가 중요한 혁명사업이니까 김 동무가 성질을 좀 누르고 마음을 느긋하게 먹도록 하시오."

"항, 총알이 핑핑 날아댕기는 화선에 비허자면 여그사 목심 보존허기가 용궁이제."

배삼성이가 얼른 토를 달았다.

"먼 소린지 몰르겄네. 용궁이야 토꽹이가 목심이 경각에 달린 딘디, 그 무신 뜸금없는 무식헌 소리여!"

김종연이 화풀이하듯 쏴질러버렸다. 서너 사람이 낮은 소리로 웃었다. 정작 멀뚱한 얼굴로 눈을 껌벅거리고 있는 것은 배삼성이었다.

20

포로의 섬, 거제도

　땡볕이 내리쬐는 남국민학교 운동장으로 사람들이 밀려들고 있었다. 논에서 일을 하다 말고 나오는 듯 베잠방이를 걷어붙인 늙수그레한 남자들이 많았고, 여자들도 먼지 앉은 머릿수건을 쓴 채 땀 찬 저고리 소매를 걷어올린 모습들이 많았다. 그런가 하면 한창 유행바람이 불고 있는 파랑·초록·분홍의 나일론으로 치마저고리를 해입은 여자들이 몇 명씩 눈에 띄기도 했다. 그런 여자들은 농사일과는 아무 상관 없이 읍내 안통에서 사는 여자들이라는 것을 누구나 금방 알아볼 수 있었다.

　어른들 사이에는 국민학생들도 꽤나 끼어 있었다. 어른들의 무표정과는 달리 아이들은 그저 시시덕거리고 킥킥거리며 장난질을 해대고 있었다. 어른들 사이를 뛰고 쫓고 하다가 넘어지기도 했고, 먼지를 일으켜 야단을 맞기도 했다.

"아! 아! 마이크 시험 중—. 마이크 시험 중. 하나·둘·셋, 마이크 시험 중."

확성기가 삑삑 울다가, 지글지글 끓어대다가 하며 소란을 피우고 있었다.

"이 바쁜 농새철에 아무 묵자 것도 없는 대회 헌다고 사람덜얼 요리 볶아치고 이려, 이거."

한 남자가 곰방대를 짚신 뒤축에 짜증스럽게 두들겨댔다.

"와따, 말 그리 막 허덜 마씨요. 이장 말이 애국헌다고 안 그럽디여?"

옆의 남자가 말꼬리를 야릇하게 꼬았다.

"니기럴, 정전반대허고 쌈얼 더해갖고 북으로 쳐올라가자 그것인 디, 쌈얼 더해갖고 넘 자석덜 씨럴 몰리자 그것이여, 시방?"

처음 남자가 벌컥 화를 냈다.

"아덜이 군대 나갔소?"

"나가 한나라먼 말얼 않컸소. 둘이나 끌려나갔는디, 한나가 폴세 죽어뿐졌소. 나가 여그 나와서 쌈 더허자고 허는 것은 남치기 자석 하나꺼지 죽이자는 것인디, 요것이 무신 지랄이요, 금메. 두 자석 다 죽어 북진통일인가 머신가 허먼 나가 졸 것이 머시가 있소. 나헌테 금이 생길 것이요, 은이 생길 것이요. 우리 겉은 농새꾼이야 불쌍허게 키운 자석덜만 잃어뿌렀제 될 일언 없고, 다 권세 잡고 돈 있는 놈덜만 좋아라 살판나는 것 아니겄소."

"글고 봉께 이 자리가 영판 고약시럽겄소이. 워째 뒤로 빼고 오지 말제 그랬소."

"허! 요 지랄 겉은 시상얼 다 암시로도 그리 말허요? 한 집서 한 사람씩 나오게 딱 정해났는디, 나가 속 안 상헐라고 마누래 내보내 천불 끓게 맹글겄소? 나가 당허는 게 낫제라."

"그 말이 속 짚은 말이요. 위쨌그나 장성헌 아덜덜 둔 집이 근심 걱정 잘 날 없는 시절이요."

"글치도 않소. 우리맹키로 없이 사는 집구석덜이나 그렇제 권세 있고 돈 있는 집구석덜이야 호강 날라리 아니요? 권세로 돈으로 뒷구녕으로 빼돌리고, 그리 안 돼 군대에 나가드라도 총 맞어 죽지 않을 안전헌 디로 빼돌리니 무신 근심 걱정이 있겄소. 요런 썩어빠진 놈에 시상에서 없이 사는 사람덜 자석만 죽여감서 북진통일허면 머 허겄냐 그것이요. 있는 집 자석덜만 존 일 시키는 것 아니겄소? 그런디 멀라고 더 싸와라."

"아이고 말조심허씨요. 탈 만내겄소."

"탈 만내면 빨갱이로 모는 것인디, 나를 최소한도 그리는 못 허게 되야 있소. 빨갱이허고 싸우다가 아덜 한나가 죽었고, 또 한나가 싸우고 있응께로!"

남자가 오기에 차서 말하며 담배쌈지를 거칠게 꺼냈다.

"우리 아덜도 군대에 나가 있는디, 말이 영판 아구가 잘 맞소이."

한 여자가 그 남자에게 눈인사를 보냈다.

"그려요. 찬찬히 들어봉께 말에 꽝아리가 든 것이 아조 속이 씨언허요. 나도 동상은 노무자에, 아덜언 군대에 끌려나갔소. 우리

겉은 사람덜헌테 아무 이문도 없는 전쟁 싸게싸게 막음허는 것이
상책이요."

다른 남자가 또 말을 보태왔다.

"아, 아, 친애허는 벌교 읍민 여러분, 잠시 후에 정전반대국민대회
를 시작허겄습니다. 인자부텀 잡담 금허시고 장내 질서를 유지해
주시기 바랍니다. 다시 말씀드립니다……."

확성기에서 이런 말이 울리자 운동장에 가득 찬 사람들이 웅성
거리기 시작했다. 앉았던 사람들이 일어나고, 끼리끼리 둘러섰던
사람들이 조회대 쪽으로 돌아서고, 장난질하는 아이들을 단속하
고 했다.

"모두 조용히 해주십시오. 곧 대회를 시작허겄습니다."

운동장의 웅성거림이 가라앉아갔다.

"에에, 지금부터 벌교읍 정전반대국민대회를 시작허겄습니다. 먼
저 국기에 대한 경례를 올리겄습니다. 읍민 여러분들께서는 게양대
의 국기를……."

의례적인 식순을 거쳐 읍장이 단상으로 올라섰다.

"친애하는 읍민 여러분, 오늘 우리가 이렇게 모인 것은 다름이 아
니라 북괴 김일성 공산도당들을 쳐부수어 멸공북진통일을 이룩하
고자 하는 이 마당에 있어서 정전회담이라는 도저히 묵과할 수 없
는 대사건이 터지고 있는바, 이에 대하여 전 국민들이 궐기하여 그
반민족적 행위를 결사적으로 반대하여 이 기회에 기필코 멸공북진
통일을 성취하기 위해섭니다. 북괴 김일성 도배들은 작년 6월 25일을

기하여 자유롭고 평화로운 우리 대한민국을 불법남침하여 이 나라 금수강산을 피로 물들이는 천인공노할 동족살상의 만행을 자행하였던 것입니다. 그 천인공노할 만행에 지방폭도들까지 합세하여 나라의 운명이 백척간두에 놓였을 때 우리는 이승만 대통령 각하를 중심으로 일치단결하여 공산도배들을 저어 압록강까지 무찔러나갔던 것입니다. 그런데 멸공통일을 이룩하여 백두산 영봉에 태극기 휘날릴 날을 목전에 두고 중공 괴뢰집단의 불법침략으로 우리가 몽매에도 바라던 멸공통일의 꿈은 물거품이 되고 말았던 것입니다. 중공 괴뢰들은 잔인무도한 인해전술로 우리의 강토를 다시 피로 물들이고……."

읍장의 열띤 연설은 언제 끝날지 모르게 줄줄이 이어지고 있었다.

"엿장시도 아니것고, 헐 말만 딱 허제 아그덜도 다 아는 일얼 워째 저리 질게 닐이고 저러는고?"

한 남자가 짜증을 냈다.

"금메 말이요, 헐 말만 딱 허고 만세삼창 불르먼 될 것인디, 요리 날 푹푹 쩌대는 판에 벨 새 날아가는 소리 다 허고 앉었소."

다른 남자가 동조하고 나섰다.

그러나 연설은 읍장 한 사람으로 끝나지 않았다. 경찰서장이 올라오고, 유지대표가 비슷한 내용을 읽어대고, 운동장의 사람들은 땀투성이가 되어가고 있었다.

그 시간에 송경희는 최서학과 마주 앉아 있었다.

"어지간히들 떠드네요. 다 그게 그 소린데."

송경희가 눈살을 찌푸렸다. 최서학의 집은 일정시대부터 부자들만 모여사는 '본정통'이라서 남국민학교에서 울려대는 확성기소리가 다 들리고 있었다.

"아닙니다, 계속 저렇게 해야 돼요. 빨갱이들의 사상세뇌라는 것이 뭐 별겁니까? 똑같은 말을 골백번씩 되씹어서 무식한 대가리들 속에다 제놈들 생각을 심는 거지요. 뻔질나게 학습이란 걸 시켜대고, 노래를 가르쳐대고 하는 게 다 그 방법이죠. 그런 식으로 빨간 물을 먹어 대가리가 완전히 돌아버린 것들은 입산을 했고, 나머지가 저 운동장에 모인 것들의 태반입니다. 거기다가 빨갱이들이 무상몰수 무상분배라는 토지개혁으로 선심을 쓰는 바람에 저것들이 지금 무슨 생각을 하고 있는 줄 압니까? 무서워서 겉으로는 표를 안 내서 그렇지 속으로는 배상금을 안 내도 되는 그때를 그리워하고 있습니다. 무식하고 천한 것들이 불로소득이나 바라면서 속에는 시커먼 도둑놈 심뽀들을 품고 있어요. 저것들 생각을 싹 뜯어고치기 위해선 우리 쪽에서도 똑같은 말을 빨갱이들 두 배 이상으로 강조해야 하고, 저것들이 꼼짝을 못하도록 강력하게 다스려야 합니다."

최서학의 어조는 아주 단호했다.

"말 듣고 보니 그렇군요. 역시 판사님 되실 분이라 생각이 남다르네요."

송경희는 눈이 사르르 감길 듯한 눈웃음을 보냈다. 그 눈흘김이 만들어내는 웃음이 통학생들을 사로잡았던 생김과 함께 너무 선정적이었다. 최서학은 가슴이 꿈틀하며, 아휴 저걸 그냥! 하는 충동을 느끼고 있었다. 그러나 그는 아직 그럴 용기가 없었다. 상대방이 손아귀에 잡힐 만한 복숭아가 아니라 수박덩이만큼 커 보였던 것이다. 잘못 덤벼들었다가 놓치고 말 것 같은 두려움이 앞서 있었다. 그는 마른침을 삼키며 감정을 눌렀다.

"저 사람 같지도 않게 천한 것들이 인공치하에서 어떻게 나대는지 그 꼴들 똑똑히 봤죠? 그런 놈의 세상에서 평생 살겠던가요?"

"어머, 생각만 해도 끔찍해요. 잘사는 사람들은 무조건 저희놈들 원수라니, 도대체 그따위 짐승만도 못한 인간들이 어딨어요. 잘사는 사람들은 다 그만큼 잘살 만한 이유가 있는 거예요. 그리고 누가 저희들보고 못살라고 했나요? 저희들도 잘살려고 노력을 할 것이지 왜 남의 것을 거저 갖겠다고 덤벼요, 덤비길. 그게 어디 인간들이에요, 사람 잡아먹는 짐승들이지요. 논밭 내줘서 기껏 저희들 먹여살려주니까 그 은혜, 그 고마움도 모르고 하루아침에 돌변해서 주인한테 낫 들고 덤빈 게 소작인들이고, 머슴들 아니에요? 광주 그 유명한 현 부자가 누구한테 죽었나요? 머슴이잖아요. 그런 세상에서 어떻게 평생을 살아요. 차라리 죽지요. 빨갱이들은 절대로 안 돼요. 서학 씨도 어서 판검사가 되세요. 그래서 그런 세상이 다시는 못 오게 빨갱이들을 처단하는 법을 엄허게 시행하세요."

송경희는 제풀에 열이 오르고 있었다. 아버지를 죽인 빨갱이들을 아무리 욕해 대도 언제나 배고픔 같은 부족감은 남았고, 그래서 그런지 욕을 해댈 때마다 기운이 새롭게 솟기는 것을 느끼곤 했다. 그녀는 평생 동안 그러리라는 예감을 가지고 있었다.

"예에 맞습니다. 그래야 경희 씨 아부지나 우리 아부지 원수를 갚을 것 아닙니까. 내 다리에 흉터가 없어지지 않는 한 빨갱이들에 대한 복수심은 없어지지 않을 겁니다. 두고 보세요."

최서학은 일부러 자신과 송경희가 같은 피해자 입장임을 강조했다.

"어머, 고마워요. 우리 아부지의 원수까지 갚아주실 생각을 하시다니……."

갑자기 송경희의 목소리가 울먹거림으로 변하면서 눈물까지 글썽거렸다. 최서학은 순간적으로 수박이 복숭아로 변하는 것을 느꼈다. 뜨거운 열기가 불두덩에서 가슴으로 뻗어올랐다.

"경희 씨, 우린 어쩔 수 없이 한편입니다. 이건 운명입니다."

최서학이 핏기가 싹 가신 긴장된 얼굴로 무슨 선언이라도 하는 것처럼 말하는가 싶더니 송경희를 와락 끌어안았다.

"왜 이러세요, 왜……."

송경희는 형식적인 몸놀림으로 최서학을 밀어내는 척하고 있었다.

"난 더 참을 수 없소. 양효석 같은 천한 새끼가 경희 씰 넘보는 판인데 내가 뭐가 모자라는 게 있소."

송경희가 밀어내는 것보다 몇 배의 힘으로 최서학은 그녀를 끌어안으며 뜨거운 소리로 말했다.

"그건 말할 것도 없어요, 양효석 같은 것."

송경희는 최서학을 떠밀었다.

"안 돼요, 아직은 안 돼요."

그녀는 뒤로 넘어가며 계속 남자를 거부하는 몸짓을 지었다. 그럴수록 최서학의 힘은 강해졌다.

"괜찮아요. 우린 결혼하는 겁니다."

최서학의 다급한 손이 치마를 걷어올리고 있었다.

"안 돼요, 아직 할 일이 남았잖아요."

그녀는 다리를 꼬아붙이며 최서학의 가슴을 떠밀어올렸다.

"염려 말아요. 고등고시는 내 필생의 목적이니까."

뜨겁게 들뜬 목소리만큼 최서학의 손이 송경희의 허벅지를 질정 없이 더듬고 있었다. 송경희는 짜릿거리는 성적 자극을 느끼며 다음 단계로 넘어가고 있었다.

"날 사랑한다는 걸 어떻게 믿어요."

"맹세합니다!"

"어디다요?"

"하늘에."

"난 하늘을 안 믿어요."

송경희는 갑작스럽게 센 힘으로 최서학을 떠밀었다.

"아니, 글먼, 글먼, 경희 씨 아부지허고, 우리 아부지헌테 맹세허겄소."

여지껏 송경희를 따라 서울말을 흉내내고 있던 최서학의 입에서 고향말이 튀어나왔다. 송경희는 적이 만족감을 느꼈다. 맹세의 대상도 그럴듯했고, 평소에는 그리도 듣기 싫어했던 사투리에서도 문득 최서학의 진심을 느꼈던 것이다.

"참말인가요?"

"맹세헌다니께요. 경희 씨가 누군디…… 우리가 결혼허면 나가 끝없는 영광이제라."

최서학의 목소리가 떨려나왔다.

"누가 보면 어떡해요."

"공부에 방해된께 나가 불르기 전에는 아무도 안 오요."

"그래도 싫어요. 문 잠그고 와요."

"잉, 그러제라."

최서학이 벌떡 일어났다. 송경희도 몸을 일으키며 최서학을 살짝 곁눈질했다. 그 얼굴에 야릇한 웃음이 스치고 지나갔다.

서울에도 올라가지 못하고 무료하게 지내던 송경희가 중도방죽 건너편 방죽에서 최서학을 만난 건 서너 달 전이었다. 서로가 아는 사이였지만, 중학교 때는 서로 피하기만 했고, 입장이 자유로워진 대학생이 되어 그렇게 한적한 장소에서 우연하게 마주친 것은 처음이었다. 최서학이 인민군에게 총상을 입은 것이며, 서로의 아버지 죽음에 대해서며, 같은 입장을 확인해 가며 꽤나 긴 이야기를 나누었다. 그리고 헤어질 때는 자연스럽게 다시 만날 것을 약속했다. 만나는 횟수가 늘어나다 보니 송경희의 마음에서는 슬그머니 욕심이 생겨나기 시작했다. 공부 잘하기로 소문난 최서학이 고등고시에 합격 못할 리가 없었고, 그럼 판검사 아내가 되는 것이고, 그렇게 되면 자신을 서울에 버려놓고 간 최인석에게 단단히 복수를 하게 되고……. 최인석이 국민방위군으로 끌려가다가 추풍령 언저리에서 죽었다는 것을 모르고 있는 송경희는 그런 종합계획을 세웠던 것이다.

방문을 잠근 최서학이 헐레벌떡 돌아왔다.

성을 인간이 누릴 수 있는 극치의 아름다움으로 생각하고 있는 그녀로서는 겁탈당하듯이 남자의 일방적 욕구만 채워줄 수 없었다. 성의 쾌락은 공평하게 나누어져야 하고 그리고 즐기는 것이라고 그녀는 생각하는 입장이었다. 그러기 위해서는 준비가 필요했다. 남자의 감정을 일단 진정시키고, 옷을 하나씩 벗으며 감정이 고조되고, 서로의 알몸을 보고 감정의 불꽃이 튀고, 그 불꽃이 불길이 되면서 서로 부둥켜안고…….

"사랑이 성스러운데 그 행위를 겁탈당하듯 하고 싶지 않아요. 서학 씨가 강간범이 아니잖아요."

송경희는 교태 는적이는 눈웃음을 치며 최서학의 손을 끌어 자신의 블라우스 앞가슴에 대주었다.

"미안허요, 나가 경험이 없어서……."

최서학의 목소리가 더듬거려지고 있었다.

최서학의 손은 잘게 떨리고, 그 손이 여자의 옷을 벗기는 솜씨는 서툴렀다. 그러나 살결 흰 송경희의 젖가슴이 드러나고, 불두덩마저 드러나 알몸이 되었을 때 그는 다시 불덩어리가 되어 자신의 옷을 순식간에 벗어던지고 말았다.

"아으! 아, 사랑해요……."

그녀는 최서학을 속살 깊이 받아들이며 그날 밤에 쏟아져내린 무수한 별들을 보고 있었다. 그 별들과 함께 김범우의 얼굴도 쏟아져오고 있었다. 그분은 지금 어디에 있는 것일까······.

김범우가 민기홍을 만난 것은 부산의 포로수용소 병원에서였다. 그들은 서로를 알아보고도 한순간 멍하니 있다가 손을 맞잡을 수 있었던 것이다. 전쟁이 일어난 다음 그런 장소에서 만난다는 것은 서로가 너무나 뜻밖이었던 것이다.

"김 형, 이게 어찌 된 거요. 포로수용소에다, 거기다 병원에 누워 있으니."

민기홍은 미처 감정이 가라앉지 않은 어조로 말하며 붕대로 친친 감긴 김범우의 오른쪽 다리를 찡그린 얼굴로 내려다보았다.

"맞소, 의용군에 끌려나갔다가 부상을 당했군요, 쯧쯧쯧쯧······."

민기홍은 김범우가 대답하기도 전에 스스로 해답을 찾았다. 김범우는 조용히 웃음 지었다. 팔에 두른 기자 표시의 완장에 어울리도록 그의 머리는 빠르게 돌았다. 그러나 그가 찾아낸 해답은 지극히 상식적으로 예비된 답안이었다. 아니, '끌려나갔다'는 말을 거침없이 하는 것을 보면 반공적 답안이었다. 김범우는 그런 생각을 하며 웃음 짓고 있었다.

"김 형, 언제 의용군에 끌려나갔고, 어디서 부상당했소?"

민기홍은 수첩과 만년필을 꺼내들며 물었다. 이 사람이 안부를 묻자는 거야, 취재를 하자는 거야. 김범우는 불쾌감을 느꼈다.

"민 선배님, 전 그 반댑니다."

김범우는 전혀 감정을 드러내지 않고 고개를 저어 보였다.

"반대라니, 그럼 솔선해서 의용군에 나갔단 말이오?"

민기홍이 놀라면서 목소리가 커졌다.

"목소리가 너무 크면 난처한데요."

김범우는 씁쓰름하게 웃으며 주위를 둘러보았다. 포로 카드에는 분명히 민기홍의 말대로 되어 있었던 것이다.

"아니 김 형, 어떻게 된 일인지 자세히 좀 얘기해 보시오."

민기홍이 안경을 밀어올리며 가까이 다가앉았다. 김범우는 이미 민기홍의 입장을 확실하게 파악했으므로 이야기할 흥미를 잃고 있었다.

"다 얘기하자면 너무 길고요, 이학송 선배가 해방일보에서 일했고, 제 친구 손승호란 사람이 서울시당에서 일한 걸 알고 계십니까?"

"뭐라구요!"

민기홍이 안경을 또 다급하게 밀어올리며 눈을 크게 떴다.

"저도 그렇게 함께 시작된 일입니다."

"어찌 모두 그쪽을 택했단 말이오?"

"선배님은 어째서 반대쪽을 택했습니까?"

"난 어느 쪽도 선택하지 않았소. 난 이데올로기를 믿지 않으니까."

민기홍은 고개까지 저었다.

"그건 지식인의 기만이고 자기 합리홥니다. 선배님은 지금 철저하게 한쪽 이데올로기에 종사하고 있습니다. 처음부터 의용군에

'끌려갔다'는 말을 자꾸 썼는데, 그건 반공주의에 시각이 고정된 것이 아니고 무엇입니까. 그리고 기자를 계속하시는데, 전쟁 이후 지금까지 반공주의에서 단 한 치라도 벗어난 기사를 써보신 일 있습니까?"

"아! 김 형……."

김범우는 민기홍의 눈이 반짝 빛난다고 느꼈다. 다음 순간 그의 눈동자는 아래로 떨어뜨려졌다.

"죄송합니다, 너무 고약하게 말해서."

"아니오. 김 형이 정곡을 찌른 것 같소. 실은 그런 점들이 나를 괴롭히고, 나는 그런 점들을 이겨내려고 괴로워하고, ……그러면서 변명도 하고, 저질러진 잘못에 대한 편리한 명분도 찾아내고, 그러다 보니 잘못을 예사로 감추거나 덮게 되고, 결국…… 내 주량이 늘어난 것만큼 난 한쪽으로 기울어진 것이오. 앞장서서 나서진 않았지만 결과가 그리 됐으니 뭐라고 변명할 말조차 없소. 행위의 적극적이고 소극적인 차이가 동기의 차이를 해명할 수는 없는 일이니 말이오." 민기홍은 괴로운 듯 그러나 솔직하게 자신의 입장을 시인하고는, "그런데, 세 사람은 의논해서 그렇게들 행동을 결정한 거요?" 그는 눈길을 들며 물었다.

"뭐 꼭 그런 건 아닙니다. 전쟁은 일단 터지면 그 누구에게도 방관을 용납하거나 중립을 허용하는 게 아니잖습니까? 어느 쪽으로든 입장을 분명하게 만드는 것이 전쟁의 속성이니까요. 그것이 서로의 이익을 앞세운 국가간의 전쟁이 아니고 사회개혁의 혁명성을 가진 민족세력과 반민족세력 간의 전쟁일 때 소위 지식인이란 사람들은 어떤 입장에 서야 하겠습니까?"

"알겠소, 무슨 말인지. 민족의식이나 사회의식이 그렇게들 강했으니, 충분히 이해할 만하오." 민기홍은 침울한 얼굴로 고개를 끄덕이고는, "그런데, 이 형은 어찌 됐는지 혹시 소식 아시오?" 이학송의 소식을 물었다.

"글쎄요, 지난 1월에 서울에서 잠깐 만났다가 헤어졌지요. 다시 후퇴를 할 때 저처럼 부상을 당하지 않았으면 아마 저쪽으로 무사히 갔을 겁니다."

"아니 그럼, 김 형도 부상을 당하지 않았으면 저쪽으로 갔을 거라는 말 아니오?"

민기홍은 불쑥 말을 해놓고는 그만 후회했다.

"……"

입을 꾹 다문 김범우는 민기홍을 빤히 쳐다보기만 했다. 민기홍이 눈길을 돌렸다. 그리고 두 사람 사이에는 한동안 말이 중단되었다.

"붕대를 감은 걸 보니까 부상이 심한가 보지요?"

민기홍이 물었다. 김범우는 화제를 돌리는 것이라고 생각했다.

"좀 그런 편입니다."

"얼마나 다쳤소?"

"세 군데 파편상을 입었는데, 무릎관절 부분이 좀 말썽입니다."

"파편이 관절에 박힌 거요?"

"아닙니다, 그 옆인데 염증이 관절에 퍼져 문제가 있는 모양입니다."

"관절이면 중요한 덴데…… 혹시 다른 뼈에는 이상이 없소?"

"괜찮습니다."

"다행이오. 오늘은 바빠 이만 돌아가야겠소. 또 들를 테니 건강 잘 지키시오."

민기홍은 김범우의 어깨를 꾹 눌러잡았다 놓고는 돌아섰다. 김범우는 멀어져가는 그의 뒷모습을 지켜보고 있었다. 무슨 취재를 나왔느냐는 의례적인 물음도 입에 올리지 않았던 것은 그의 입장을 난처하게 하지 않기 위해서였다. 그가 걸음을 옮길 때마다 거리가 점점 멀어지고 있는 것처럼 앞으로 세월이 갈수록 그와의 간격이 길어지리라는 것을 김범우는 예측하고 있었다.

"민 기자님과 친구시라면서요?"

몇 시간 뒤에 간호장교가 전과는 다르게 살짝 웃기까지 하며 물은 말이었다. 김범우는 그저 고개만 끄덕여 보였다.

"그런 분의 친군 줄은 몰랐어요."

김범우는 간호장교의 경박한 감정노출에 아무 반응도 보이지 않았다.

"민 기자님이 친구시라구요."

군의관이 간호장교와 똑같은 내용의 말을 했다. 김범우는 역시 고개만 끄덕였다. 민기홍이 병원을 떠나면서 한 일이 무엇인지는 간호장교의 물음에서 벌써 확실해졌던 것이다. 그 뒤로 군의관과 간호장교는 웃음을 앞세운 치료를 해주었다.

그러나 다시 오겠다던 민기홍은 더는 얼굴을 보이지 않았다. 관절과 그 부위를 재수술받았다. 그러느라고 20여 일을 더 병원에 머물렀다. 그래도 민기홍은 다시 만나지 못한 채 거제도로 떠나게 되었다. 재수술도 민기홍의 힘이었다는 것을 김범우는 잊지 않았다.

재수술까지 했지만 다리는 끝내 완치되지 않았다. 세 군데에 박혔던 파편들을 빼낸 흉터가 허벅지에서부터 장딴지까지 흉측스럽게 찍힌 다리는 걸음을 옮길 때마다 절룩거려야 했다. 더 이상 어찌할 방법이 없다는 군의관의 말을 듣는 순간 김범우는 그때까지 지켜왔던 삶의 의지가 뚝 부러지는 소리를 들었다. 그 부러진 의지에 땜질을 해나가기 시작한 것은 도무지 자신의 다리 같지 않은 오른쪽 다리를 절룩거리며 걷기 연습을 시작하면서였다.

파편이 머리나 가슴에 박혔을 수도 있다. 허벅지에서 겨우 1미터 남짓한 거리가 아니냐, 그랬으면 즉사였다. 아니지, 그보다 더 가까운 데, 옆구리나 복부에 박혔을 수도 있다, 그랬어도 즉사였다. 그나마 다리에 박힌 것이 얼마나 다행이냐, 허나 절름발이가 되었으니 이게 무슨 꼴인가, 내 인생도 이제 절름발이가 아닌가, 글쎄…… 아니야, 절름발이도 못 되고 다리를 몽땅 잘린 사람들도 얼마나 많으냐, 한 다리만이 아니고 두 다리가 다 잘린 사람들도 있잖은가, 나도 한쪽 다리를 잘릴 위험은 얼마든지 있었어, 장딴지에 박힌 파편은 뼈에서 1센티 정도밖에 안 떨어져 있었다고 하지 않던가, 그 파편이 이삼 센티만 더 파고들어 뼈를 동강 냈어봐, 그 아슬아슬함에 의사도 혀를 내두르지 않았나, 그리 됐으면 영락없이 다리 하나는 없어졌던 거야, 이만하기 얼마나 다행이냐, 글쎄…… 그런데 이런 절름발이 몸으로 뭘 해먹고 살지, 절름발이가…… 할 일이…… 아 그래, 서민영 선생이 계시구나, 서민영 선생…… 그분처럼 사나…… 글쎄 아직 너무 젊고, 그런 일이 아니고 보다 적극적인 일을 해야 하는 건데…… 아니야, 지금부터 무슨 일을 해야 할 것인가까지 생각할 필요는 없지, 그보다 먼저 할 일은 내가 절름발이라는 사실 자체를 잊어버리는 일이야, 나 스스로 그 생각에서 해방돼야 하고, 남들의 시선으로부터 날 해방시켜야 해. 병신이라고 생각해선 안 돼. 창피스럽게 생각해서도 안 돼, 모든 것으로부터 자유로워지고 당당해져야 해, 의식이 멀쩡한데 절름발이 정도가 문제야, 절름발이의 상처가 의식을 병들게 하도록 방치해선 안 된다, 그건 자포자기의 허약일 뿐이다…….

김범우는 자신을 일으켜 세우려고 불편한 다리를 끌며 날마다 스스로에게 많은 이야기를 했다. 그리고 집중폭격을 당해 부상을 입고 부대에서 낙오된 상태로 피투성이의 다리를 붙들고 미군들에게 외쳐댔던 자신의 부끄러운 거짓말을 곱씹어 생각했다. 부상자는 포로취급을 하지 않고 사살해 버린다는 소문 앞에서 온 힘을 쏟아 발악적으로 외쳐댔던 자신만 아는 거짓말— 그건 살아나야 한다는 충동에서 순간적으로 저질러진 일이었다. 본능적 충동에 사로잡혀 그리 부끄러운 거짓말을 해서 살아났으면 그 부끄러움을 씻기 위해서 똑바로 정신을 차려얄 게 아니냐고 자신을 힐난했다.

서울을 거쳐 서부전선으로 후퇴하던 부대가 포공격을 집중적으로 받은 것은 3월 16일 금촌 근방에서였다. 치열한 포공격을 받은 부대는 혼란에 빠져들었고, 흩어진 병사들은 아무 데나 마구 떨어지는 폭탄을 피해 사생결단 북쪽 방향으로만 내닫고 있었다. 김범우는 서너 명과 함께 개울둑을 타넘고 있었다. 그런데 폭음과 동시에 몸이 붕 떠오르는 것을 느꼈다. 당했다! 하는 짧은 의식이 끝이었다. 정신을 차려보니 개울바닥에 쓰러져 있었다. 견딜 수 없는 통증과 함께 오른쪽 다리는 피투성이였다. 그러나 일어나려고 했다. 뒤에서는 적들이 쫓아오고 있었다. 몸을 일으키다가 비명만 지르고 도로 주저앉았다. 지팡이가 필요했다. 주위를 둘러보았다. 지팡이 할 막대기는 보이지 않고 함께 뛰었던 인민군들이 쓰러져 있는 것이 보였다. 그들은 셋이었는데, 모두 꼼짝을 하지 않았다. 이미 죽어 있었던 것이다. 그때 인기척이 들렸다. 그리고 개울둑 위에 불쑥 나타난 것은 총을 겨눈 미군들이었다.

"잠깐! 쏘지 마, 쏘지 마! 난 인민군이 아냐. 대한민국 국민이야. 인민군에게 강제로 끌려나간 대한민국 국민이란 말야!"

김범우는 두 팔을 들어올린 채 기를 쓰며 외쳐대고 있었다.

응급처치만을 받아가며 부산의 수용소까지 도착하는 데 나흘이 걸렸다. 그동안에 파편들이 박힌 상처부위는 염증을 일으켰다. 그리고 무릎 가까운 상처에서 일어난 염증이 관절에까지 퍼지기 시작했던 것이다.

김범우가 지팡이에 몸을 의지해 가며 거제도수용소로 옮겨진 것은 5월을 하루 남겨놓은 날이었다. 부상을 당하고 나서 정반대 방향인 남쪽끝 섬에 도착하기까지 두 달 반 정도가 흘러가 있었다.

고향이 남쪽이고, 의용군으로 분류된 김범우는 '6'자가 앞에 붙어 두 자릿수의 일련번호를 이루고 있는 '62수용소'에 수용되었다. 북쪽 출신 포로들은 '7'자가 앞에 붙어 일련번호를 이루고 있는 수용소에 분리시키고 있었다.

김범우는 자신이 부상을 당하고도 포로로 살아나게 된 것은 '대한민국 국민'이라는 말보다는 그 말을 '영어'로 외쳐댔기 때문이라고 생각했다. 총을 겨눈 미군들이 즉각적으로 나타낸 반응에서 그걸 느낄 수 있었고, 조사과정에서도 그들은 영어를 잘하는 것에 대해 꽤나 호감을 보였던 것이다. 김범우는 그들에 대한 오랜 불신을 안은 채 영어가 자신의 목숨을 살렸다는 사실에 쓰디쓰게 웃을 수밖에 없었다. 자신의 거짓말은 영어뿐만이 아니라 사병에게는 계급이 없는 인민군의 군복으로 그들을 수월하게 속여넘길 수 있었던 것이다. 의용군으로 위장하지 않고 자신의 행적을 곧이곧대로 늘어놓았다간 미군들의 총이 불을 뿜을 것은 보나마나 한 일이었다.

거제도수용소는 철조망을 둘러쳐 네 개의 큰 구역으로 나누어져 있었고, 한 구역에는 여덟 개의 수용소가 들어 있었으며, 한 개의 수용소에는 6천 명의 포로들이 수용되어 있었다. 그리고 각 수용소의 막사 하나에는 50명에서 60명 사이의 인원이 배치되어 있었다. 그러니까 드넓게 펼쳐진 수용소 전체의 면적은 어마어마한 넓이였고, 그 넓은 땅을 똑같은 모양의 막사들이 가득 채우고 있었다. 거제도라는 섬 자체가 수용소나 마찬가지였고, 그 수천 개를 헤아리는 시멘트 막사들은 섬을 뒤덮고 있는 형국이었다. 단위수용소는 거제도만이 아니라 한산도 아래쪽에 있는 봉암도와 용초도에까지 펼쳐져 있었다. 거기에 15만 명을 헤아리는 포로들과 그들을 경비하는 2만의 경비병들이 기거하고 있었다.

김범우는 그 거대한 포로의 섬 한구석에 박혀 아직 회복되지 못한 의식 속에 갇혀 있었다. 무료하고 구름 낀 나날의 삶 속에서 그가 억지 정성을 들여 하는 일은 걷기연습이었다. 자신의 것 같지 않은 다리가 자신의 것으로 느껴지게 하기에는 그 방법밖에 없었다. 그건 의사의 경고를 겸한 권유였다. 그는 걷기연습과는 달리 막사 안에서 조심스러우면서도 끈끈하게 벌어지고 있는 사상의 대결과 갈등에 대해서는 주의 깊게 관찰하는 입장을 취했다. 수용된 지 얼마 안 되는 데다가, 의식의 상처가 아직 덜 아문 상태에서 그 문제는 너무 무거운 짐이었다. 양쪽에서 은밀한 접근이 시도될 때마다 그는 조용하게 같은 말을 했다. "지금 내 꼴을 좀 보시오. 절름발이가 된 충격에 시달리고 있잖소." 그럼 양쪽 사람들은 멋쩍게 물러서고는 했다.

걷기연습을 할 때마다 김범우의 눈에 거슬리는 것은 경비병들이었다. 무장한 경비병들은 미군과 국군으로 이루어져 있었다. 그런데 미군의 수가 국군보다 두 배는 많았고, 국군은 미군의 지휘 아래 철저하게 통제되고 있었다. 김범우는 수용소 전체의 구도를 보면서 새롭게 치솟는 분노를 느꼈다. 우리의 땅에 미군들이 미국제의 철조망을 치고, 그 안에 우리 민족을 15만 명이나 가두어놓고, 미국의 무기로 경비를 하는데, 국군이 거기에 경비병으로 동원되어 있는 것이 포로수용소라는 곳이었다. 그 기막힌 꼴에 이데올로기라는 것이 전제되고, 작전권 이양이라는 것이 첨가되면서 민족의 해체가 이루어짐과 동시에 그 참담한 민족의 수난과 모멸은 묵살되어 버리고, 미군의 행위가 오히려 정당화되고 합리화되고 있었다. 그런 포로수용소는 거제도에만 있는 것이 아니었다. 거제도의 것이 규모가 제일 클 뿐, 수용소는 부산에도, 광주에도, 논산에도, 영천에도, 마산에도 있었다. 수용소의 그런 모습은 바로 전쟁을 치르고 있는 반도땅의 축소판이었다. 며칠이 지나지 않아 알아낸 일인데, 미군들은 거제도에 철조망을 치면서 250만 평에 이르는 농토와 임야에 쇠말뚝을 박았고, 자그만치 3천여 채의 집들을 강제로 허물어버렸던 것이다. 물론 미리 통고한 일도 없었고, 단 한 푼의 보상이 있는 것도 아니었다. 그러한 모든 행위는 '공산당을 무찌르기 위해서' 정당화되었고, '작전권 이양에 따른 징발'로 합법화되었다. 그래서 하루아침에 집을 잃고 농토를 빼앗긴 수많은 양민들은 얼어죽고 굶어죽어도 어디 가서 배상을 요구하기는커녕 하소연할 데 한 곳 없었다. 김범우 자신이 물건도 아니면서 징발당하며 속수무책이었듯이. 도처에서 자행된 강간이 아무 문제가 안 되듯이. 과잉된 파괴와 방화로 저질러지는 초토화도 아무런 시비가 되지 않았듯이. 김범우는 외로운 분노의 불을 끌 수 없어 혼자 지팡이를 짚고 서서 분노를 깨물었다.

정하섭을 만나게 된 것은 수용소생활 20여 일이 넘어가고 있는 6월 하순이었다. 그 만남은 우연이 아니라 정하섭 쪽에서 일부러 찾아온 것이었다. 그래서 자신의 놀라움과 반가움에 비해서 정하섭에게는 놀라움이 없었다.

"성함을 보고 선생님인 것을 직감했습니다. 명단에 출생지 기록이 없어서 약간 불안하긴 했습니다만, 역시 선생님이 맞았습니다. 정말 반갑습니다, 선생님."

정하섭이 상기된 얼굴로 말했다.

"그럼, 그럼. 나도 이렇게 반가울 수가 없구먼. 자넨 몰라볼 정도로 어른이 돼버렸네. 그래, 못 만난 지가 벌써 꽤 오래됐지?"

김범우는 정하섭의 손등을 쓸며 뜻밖의 반가움에 가슴을 적시고 있었다. 그 반가움은 민기홍을 만났을 때와는 댈 것이 아니었다. 그건 당연한 것이, 민기홍은 정이 든 사이가 아니었고, 정하섭은 제자였고 고향이 같은 데다가 전쟁에서 같은 입장을 취한 사이였던 것이다.

"예, 벌써 사오 년이 지난 것 같습니다."

"그래, 그리 됐지. 그러니 자네가 이리 변할밖에."

김범우는 대견하고도 감회 깊은 얼굴로 정하섭의 모습을 바라보고 있었다. 정하섭의 모습은 김범우가 놀라워할 만큼 건장하고 강인하게 변해 있었다. 체구도 남자답게 틀이 잡힌 데다가, 준수하게 생긴 얼굴에는 투쟁생활의 연륜이 무게감 있게 드러나고 있었다.

"선생님, 그런데 어떻게 여기까지 오시게 되셨습니까?"

정하섭이 목소리를 낮추며 조심스럽게 물었다.

"응, 그게 이야기가 좀 길어. 밖으로 나가세나."

김범우는 침상 끝에 눕혀놓았던 지팡이를 집어들었다.

"아니, 선생님! 그 지팡이는……."

정하섭은 소스라치게 놀라며 말끝을 맺지 못했다.

"아닐세, 그리 놀라지 않아도 돼. 자네가 눈치 못 챘던 것처럼 서 있는 데는 아무 지장이 없고, 걸을 때만 조금씩 절룩일 뿐이야. 자 아, 나가세."

김범우는 밝게 웃으며 정하섭의 어깨를 잡았다.

"부상이 심하셨군요. 절룩이기까지 하시니."

정하섭이 가라앉은 소리로 말하며 부축을 하려고 했다.

"괜찮아, 괜찮아, 자네가 좀 살펴봐주게. 내 생각엔 별로 흉한 것 같진 않은데 남들 눈에는 어떻게 뵈는지 알 수가 있어야지. 아무나 보고 봐달랄 수도 없고, 마침 적임자를 만났네."

김범우는 태연을 가장하고 있는 것이 아니었다. 날마다 걷기연 습을 하다 보니 발 놀리기가 한결 수월해졌고, 절름거림도 덜해지 는 것을 느꼈던 것이다.

김범우는 정하섭을 앞서 걸었다. 김범우가 걸음을 옮길 때마다 오른쪽 다리는 금방 표가 나게 절름거리고 있었다. 정하섭은 뒤에 서 그 모습을 침통하게 바라보며, 아 김범우 선생님의 전성기가 끝 났구나! 하는 생각이 퍼뜩 떠올랐다. 그는 자신의 생각에 놀라며 얼른 그 생각을 지웠다.

김범우는 정하섭이가 자신의 이름을 '명단'에서 찾아냈다는 것을 되짚고 있었다. 수용자들의 명단을 파악하고 있는 것, 그건 어떤 조직이 움직이고 있다는 증거였다. 정하섭은 그 조직의 일원이되, 하부가 아니라 상부라는 것을 짐작하기는 어렵지 않았다.

"어떤가, 내 걸음이?"

김범우는 막사를 나서며 물었다.

"예, 전 아주 심하신 줄 알았습니다. 그런데 그 정도면 그리 흉해 보이진 않습니다. 선생님, 지팡이를 안 짚으면 훨씬 덜해 보이겠는데요. 그렇게는 안 되십니까?"

정하섭은 쾌활하게 말했다. 그건 꼭 가장만이 아니었다. 뜀뛰기를 할 수 없게 된 김범우 선생은 분명 자신의 중학생 시절의 김범우 선생은 아니었지만 절름거리는 정도는 예상보다 심하지 않았던 것이다.

"응, 자네 말이 의사 말하고 비슷한데, 걷기연습을 꾸준히 해서 지팡이를 짚지 않도록 해보라고 의사가 말하더군."

"선생님, 그렇게 되도록 연습을 많이 하십시오."

"그러지."

두 사람은 마주 보고 웃었다.

김범우는 전쟁이 일어난 다음부터 자신이 겪어온 이야기를 간추려서 하기 시작했다. 정하섭은 진지한 얼굴로 이야기를 듣기에 열중하고 있었다. 집중력이 강하게 드러난 정하섭의 모습에서 김범우는 잘 단련된 조직원의 전형을 보고 있었다.

"……그러니까 그날 부상만 당하지 않았더라면 난 여기 있을 몸이 아니네."

"선생님!" 김범우가 이야기를 끝내자마자 정하섭은 그를 감격적인 어조로 부르고는 "정말 감격스럽습니다. 선생님께서는 역시 저의 진정한 선생님이시군요. 저는 선생님을 찾아뵈면서, 선생님께서 아마 의용군으로 나오셨을 거라는 정도로 생각했었습니다. 그 예상이 완전히 뒤집어졌으니……. 선생님의 투쟁을 존경합니다." 그는 감정을 숨김없이 드러내며 말하고 있었다.

"존경은 이 사람아. 이젠 자네 얘길 듣세."

김범우가 햇빛을 손바닥으로 가리며 정하섭을 쳐다보았다.

"예, 말씀드려야지요."

정하섭은 간부양성교육을 받으려고 북으로 떠난 데서부터 이야기를 시작했다. 논리훈련이 잘된 정하섭은 이야기의 뼈대를 잘 엮어나갔고, 김범우는 흥미롭게 이야기를 듣고 있었다.

"그 군관학교에서 이학송이란 기자분을 만나 선생님 얘기도 나눴습니다."

"아니, 뭐라구?" 김범우는 깜짝 놀라며 정하섭의 이야기를 중단시켰고, "만주땅에서 이학송을 만나다니, 정말 세상이란 넓고도 좁구먼." 그는 이학송한테 듣지 못했던 이야기라서 더 신기했던 것이다.

정하섭은 이야기를 다시 시작했다. 김범우는 이야기의 내용에 따라 표정이 달라져가며 이야기를 열심히 듣고 있었다.

"……우리 부대는 임무상 전진할 때는 앞에, 후퇴할 때는 뒤에 서게 돼 있습니다. 후퇴하는 병력을 수습해 가며 수원을 지난 어느 야산과 야산 사이에서 몇 시간 취침을 하게 되었습니다. 그런데 자는 동안에 국방군에게 포위되고 말았습니다. 포위망을 뚫으려고 치열하게 싸웠지만 헛수고였습니다. 적이 워낙 수가 많았던 것입니다. 저도 그날 포위되지 않았더라면 지금 여기 있을 몸이 아닙니다."

정하섭은 김범우의 말을 흉내내어 이야기를 끝냈다.

"그렇군. 그래."

김범우가 웃음을 터뜨렸다. 정하섭도 함께 소리내어 웃었다.

"선생님, 오늘 참 즐거웠습니다. 몸조리 잘하십시오. 앞으로 자주 찾아뵙도록 하겠습니다."

"오랜만에 재미있었네. 찾아와줘서 고맙네."

김범우는 그의 수용소생활에 대해서는 일체 묻지 않았다. 그가 먼저 말하기 전에는 묻지 않기로 했던 것이다. 그것이 서로를 보호하는 일이었다.

정하섭은 열흘 간격 정도로 찾아왔다. 예상했던 대로 그는 '62수용소'의 조직부책이었다. 그런데 그는 안부만을 확인하고 갈 뿐 자신을 조직의 일에 연결시키지 않았다. 김범우는 그 이유를 두 가지로 짐작하고 있었다. '선생'이라는 것과 '건강'이라는 것이었다.

그런데 수용소에 태풍이 몰아닥쳤다. 그 태풍의 이름은 휴전회담이었다. 그것은 삽시간에 수용소를 뒤덮고 휩쓰는 해일이고 폭풍이었다. 그 소식을 계기로 포로교환문제가 표면으로 드러났고, 거기에 맞걸려 사상대결이 노골화되었다. 그 두 가지 문제는 수용소의 모든 수용자들과 직결되어 있는 문제였다.

김범우도 긴장하지 않을 수가 없었다. 그러나 휴전회담은 이제 시작하는 단계에 불과해서 포로교환문제는 물론이고 다른 어떤 문제들도 구체적으로 드러난 것이 없었다. 그럼에도 불구하고 수용소에서는 격랑이 일어나고 있었다. 같은 포로끼리 그런 대결양상을 보이는 것은 어떤 나라의 전쟁에서나 나타나기 어려운 현상이었다. 그 특이함은 반도땅에서 벌어지고 있는 전쟁의 특성을 그대로 반영하는 것이었다.

김범우는 8월의 무더위 속에서 지루한 나날을 보내고 있었다. 눈을 아무리 돌려도 보이는 것이라곤 철조망과 막사들과 경비병들뿐이었다. 그 살벌함 속에서 그가 유일하게 가지고 있는 즐거움은 정하섭을 기다리는 것이었다. 그러나 정하섭은 휴전회담 소식 뒤로 열흘 간격을 지키지 않게 되었다.

"이거 참 드럽게 됐소. 이래가지고서야 무슨 맛으로 군대생활 해먹겠소."

정 중령은 쓴 입맛을 다시며 또 술잔을 들었다.

"중령님, 저도 마찬가지 심정입니다. 허지만 어쩌겠습니까, 다 잊으셔야죠. 제가 잘 모시도록 하겠습니다."

심재모는 정 중령이 당한 그 일을 자신이 당한 것이나 똑같은 심정으로 그를 위로했다.

"심 소령, 내가 이렇게 암담해하고 낙담하는 건 직책이 바뀌었기 때문이 아니오. 까짓 직책이야 만년묵기가 없는 법 아니오? 난 말이오, 앞으로 군대생활할 희망을 잃었고, 우리나라 군대가 이래서는 아무 가망도 없다는 생각에 앞이 캄캄한 거요."

정 중령은 뭉텅이진 한숨을 토했다.

"중령님 심정 제가 잘 압니다. 저도 중령님 말씀에 동감이구요. 허지만 이런 현상은 일시적인 것 아니겠습니까? 우리나라 군대는 어디까지나 우리나라 군대니까요."

심재모는 확신이 없었지만 상대방을 위로 삼아 이렇게 말했다.

"그랬으면 좋겠소만, 가망 없는 일이오. 이 전쟁이 끝날 때까지는 미군이 작전권을 틀어쥐고 계속 그 꼴일 건 너무 확실한 일이고, 전쟁이 끝나 작전권을 찾아오면 그땐 이미 무슨 소용 있는 일이겠소?"

정 중령은 침통한 얼굴로 고개를 저어댔다.

"도리 없습니다. 일선 지휘관은 우리 사병들이 용감한 것 하나 믿으면서 그날그날 싸움에 이기는 길밖에 없는 일 아니겠습니까. 위를 쳐다보며 미군이 하는 짓들을 생각하다 보면 미군이 적처럼 생각돼 그쪽으로 총뿌리를 들이대고 싶어지는 때가 한두 번이 아니니까요."

심재모는 순덕이를 생각하며 또 한 줄기 증오가 뻗쳐오르는 것을 느끼고 있었다.

"내놓고 말을 못해서 그렇지 심 소령 말이 맞소. 미군이 하는 짓들을 보면 이 전쟁을 왜 하는지 의심이 생길 때가 한두 번이 아니오. 군인이든 민간인이든, 우리를 도대체 사람취급을 안 하고 자기들 멋대로 나대는 걸 보면서, 그들이 우릴 위해 전쟁을 하는 것인지, 우리가 그들을 위해 전쟁을 하는 것인지, 도무지 알 수가 없어진단 말이오."

"예, 생각이 제대로 박힌 장교라면 다 그런 생각들을 할 겁니다. 미군들의 횡포에서 한 나라 국민으로서 견디기 어려운 모독감과 증오심을 느낄 때가 너무나 숱하니까요. 그렇지만 당장 어쩌겠습니까. 우리가 약하니까 참는 수밖에요."

"그래요, 참 더럽고 기막힌 일이오. 참는다? 참아야겠지. 한국군 중령이 미군 사병새끼 하나만도 못 돼 개떡이 되는데도 참는다? 그래 참아야지! 지놈이 안 참으면 어쩔 거야. 그 사병놈에게 총을 쏠 거야, 군복을 벗을 거야. 아무 짓도 못하잖낭 말야. 그러니까 참아야지! 참는 게 군자니까. 어허허허허……."

정 중령은 헛웃음을 치기 시작했다. 그 자조적인 웃음소리를 들으며 심재모는 자신의 가슴에 구멍이 뚫리는 것 같은 허탈을 느끼고 있었다.

"중령님, 술 인제 그만 드시고 주무십시오. 내일 작전이 또 있잖습니까."

심재모는 정 중령의 손에서 술잔을 빼앗았다.

"그래요, 지아이들이 티껍구 아니꼽게 굴어두 우리가 할 일은 해야 하니까. 우리 부하들은 우리가 지켜야 하니까. 안 그렇소, 심 소령?"

"예, 맞습니다. 우리가 믿을 건 우리 부하들밖에 없습니다."

심재모는 정 중령을 일으켰다.

"심 소령, 심 소령은 누구 부하요?"

"바로 중령님 부하 아닙니까."

"으아하하하하…… 심 소령, 앞으로 나 좀 잘 부탁하오."

"예, 선임대대장님으로 성심껏 받들겠습니다."

"고맙소, 나 심 소령만 믿겠소."

정 중령의 술기운 도는 얼굴에 쓸쓸한 웃음이 스치는 것을 심재모는 보았다. 그날 미군 사병의 철모를 지휘봉으로 내려치던 모습과는 너무 대조적이었다. 그러나 정 중령의 참모습은 바로 그것이었다고 심재모는 믿고 있었다. 그 장면을 직접 목격한 이상 정 중령은 그 누구보다도 당당한 한국군 장교였고, 존경할 만한 선배라고 심재모는 생각하고 있었다.

그날 사단장이 연대 시찰을 나오게 되어 있었다. 전선시찰이라서 심재모는 길 안내를 위해 사단장을 모시는 임무를 맡게 되었다. 사단사령부로 간 심재모는 사단장의 지프로 갈아탔다. 지프의 뒷자리에 사단장의 부관참모 정 중령과 앉게 되었다. 지프가 사단사령부와 전선의 중간지점쯤을 달리고 있을 때였다. 갑자기 뒤에서 경적이 요란하게 울려댔다. 그리고 커다란 차체가 지프를 곧 덮칠 것처럼 하며 트럭이 아슬아슬하게 추월해 갔다. 그 바람에 지프가 기우뚱했다. 운전병이 반사적으로 핸들을 급히 꺾었다가 되돌린 때문이었다.

"저새끼 저거……."

핸들을 돌려대는 몸짓과 함께 운전병의 입에서 튀어나온 소리였다.

지프가 기우뚱하는 바람에 앞에 앉은 사단장이며 뒤에 앉은 두 사람의 몸이 요란하게 조리질을 당한 것은 더 말할 것이 없었다. 그런데 앞지른 트럭은 흙먼지를 뿌옇게 일으키며 달려가고 있었다. 천장덮개를 했을 뿐인 지프가 그 흙먼지를 고스란히 뒤집어쓸 수밖에 없는 지경이 되고 말았다.

"저 양키새끼, 저새끼 눈구멍엔 별판도 안 보이나?"

운전병이 백미러에 눈을 고정시키며 내뱉은 소리였다. 운전병은 그 경황 중에서도 앞의 트럭이 미군 것임을 식별해 낸 것이었다. 그리고 백미러로 뒷자리를 보며, 저걸 그대로 둘 거냐고 항의하고 있었다. 심재모는 백미러를 통해 마주친 운전병의 눈길에서 그런 항의를 느꼈던 것이다. 옆의 부관참모도 그것을 못 느꼈을 리가 없을 것 같아서 심재모는 옆으로 고개를 돌렸다. 만약 부관참모가 자신처럼 운전병과 눈길이 마주치지 않았다고 하더라도 운전병이 내뱉은 말에도 그 항의는 똑같이 들어 있었던 것이다.

정 중령의 얼굴은 벌써 불쾌하게 변해 있었고, 심재모와 눈길이 마주치자 눈썹이 꿈틀하며 아랫입술을 물었다.

"사단장 각하, 저건 도저히 방임할 수가 없습니다."

정 중령이 어깨를 굽혀 앞에다 대고 한 말이었다.

"음, 고약하긴 고약하군."

사단장이 나직하게 대꾸했다.

"저 트럭은 현재 비었습니다. 작전을 수행 중인 것도 아닌데, 묵과할 수 없는 일입니다. 조처하게 해주십시오."

정 중령은 또 어느새 트럭이 비었다는 것을 확인해 놓고 있었다. 그러는 사이에도 트럭이 일으킨 흙먼지가 사정없이 지프로 몰려들었다.

"그래, 알아서 하시오."

사단장이 고개를 끄덕였다.

"유 중사, 저걸 잡아라!"

정 중령이 기운차게 명령했다.

"옛, 알겠습니다."

운전병이 다부지게 대답했다. 그리고 지프는 속력을 높이기 시작했다. 흙먼지를 뒤집어쓰며 아무도 말이 없었다.

지프는 곧 트럭을 따라잡았다. 운전병은 경적을 울려대기 시작했다. 그리고 트럭을 추월해서 잠깐 달리다가 급정거를 시켰다. 차가 멈추자마자 운전병은 튕기듯 밖으로 나갔다. 심재모와 정 중령도 거의 동시에 차에서 뛰어내렸다. 운전병은 뒤따라오는 트럭을 향해 두 팔을 휘저으며 정지신호를 보내고 있었다.

정지할 것 같지 않게 달려오던 트럭이 쇠가 맞갈리는 소리를 뿌리며 급하게 멈춰섰다.

"이봐 미군, 당장 내려!"

정 중령이 트럭을 올려다보며 영어로 명령했다.

"왓스 메러(왜 그러시오)?"

차창에 팔을 걸친 미군이 고개를 밖으로 내밀었다. 껌을 질겅거리고 있는 그는 아주 태연한 얼굴이었다. 그의 계급이 상병인 것을 심재모는 알아보았다. 그 옆에도 군인 하나가 타고 있었다.

"뭐라구!"

정 중령이 버럭 소리 질렀는가 싶었는데, 그는 트럭으로 뛰어오르고 있었다.

"이새끼야, 네놈 눈엔 장군의 차도 안 보여!"

정 중령은 소리치며 지휘봉으로 미군의 철모를 내리치고 있었다.

"아엠 쏘리, 아엠 쏘리 써."

파란 눈이 휘둥그레진 미군은 다급하게 쏟아놓고 있었다.

"정말 잘못했다고 생각하나!"

"예스 써."

"앞으로 다시는 이런 일이 없도록 조심하라!"

"예스 써."

정 중령은 차로 뛰어오를 때와는 다르게 천천히 아래로 내려섰다. 미군 상병이 정 중령을 향해 거수경례를 붙였다. 정 중령이 그 경례를 받고 돌아섰다.

"좆같은 새끼들, 아무것도 아닌 것들이 까불어."

심재모와 정 중령보다 두어 걸음 앞서가며 이렇게 내뱉고 있는 운전병의 어깨가 춤을 추듯 가볍게 들먹거렸다. 뒷짐을 진 사단장은 지프 옆에 서서 이쪽을 보고 있었다.

심재모 자신이 목격한 것은 여기까지였다. 그 일이 '사건'으로 둔갑한 다음부터의 이야기는 정 중령을 통해서 듣게 되었다.

사단장은 정 중령이 미군의 철모를 지휘봉으로 갈긴 것이 아무래도 꺼림칙했다는 것이다. 그래서 다음날 사단장은 인접한 미군 부대를 직접 찾아갔다고 한다. 가서 보니 미군 부대장은 이미 그 '구타사건'을 접수했고, 수사기관에 넘겨 조사를 하게 할 작정이라고 말하더라는 것이다. 그 사소한 일이 '사건'으로 둔갑한 사실에 사단장은 당황하고 궁지에 몰리게 되었다. 그래서 미군이 저지른 무례를 지적하기보다는 한국군 장교가 행한 실수를 강조했고, 바로 그 점을 사과하려고 찾아온 거라고 말하게 되었다. 그리고 그 사건이 수사기관에 넘겨지지 않고 그 부대장 손에서 끝나게 하기 위해서 임기응변을 하게 되었다. 그건 다름 아니라, 그 '구타장교'를 이미 인사조처했다는 것이었다. 말이 그렇게 되자 미군 부대장은 태도를 누그러뜨리며, 사단장의 성의 있는 직접방문을 기쁘게 생각하고, 구타장교에 대한 신속한 인사조처는 잘한 일로서, 그 정도의 처리로 만족하고 그럼 그 사건을 수사기관에 넘기지 않고 일단락 짓겠다는 약속을 받았다는 것이다.

정 중령은 뒤늦게 사단장한테 그 이야기를 들었고, 기분이 몹시 불쾌하고 언짢았지만 사단장이 한 일이라서 뭐라고 단 한마디도 할 수가 없었다는 것이다. 기분은 영 풀리지 않았지만 다 끝난 일이니까 똥 한번 잘못 밟은 셈치고 잊어버리기로 했다는 것이다.

그 일을 까맣게 잊어버리고 사단 예하부대들이 연일 벌이고 있는 전투의 작전계획 수립과 점검에 매달려 정신없이 20여 일이 지난 뒤였다는 것이다. 그 일이 느닷없이 일본 동경에서 '두개골 구타'로 미군신문에 보도되었다고 했다. 한국군 장교가 미군병사의 두개골을 구타! 그건 금방 문제가 되어 미군 수사기관의 본격적인 수사가 시작되었다는 것이다.

"말 말아요, 미군 사병새끼 철모 한 번 갈기고 내가 그 꼴을 당하다니, 도대체 세상 살고 싶지가 않아요. 한국놈 장교들이, 이게 무슨 장교요. 드럽고 비참해서 원."

정 중령은 쓰디쓰게 웃으며 조사받은 것에 대해서는 이 말로 입을 닫고 말았다.

"그 병신 같은 새끼가 글쎄 즈이 어머니한테 그만 대가리라도 박살이 나버린 것처럼 허풍을 쳐서 편질 보낸 모양이에요. 그 편지를 받고 어머니가 어떻게 됐겠어요. 사회단체를 찾아가고, 여기저기 편지를 띄우고, 난리가 난 거지요. 그 편지가 군 관계기관에 들어가 해당지역 군신문 기사에 실리게 된 거지요."

정 중령이 간추린 사건확대 경위였다.

정 중령은 그런 곡절 끝에 결국 사단사령부를 떠나 심재모의 연대 1대대장으로 자리를 옮겨앉게 되었다. 오늘이 그가 대대장으로 부임한 날이었다. 심재모는 잠도 오지 않고, 그렇다고 혼자서 술을 더 마실 수도 없어서 전선의 하늘에 뜬 별들을 망연히 바라보고 있었다. 이번 전쟁에서 죽은 사람들이 남북을 다 합쳐서 도대체 얼마나 될까. 저 별들만큼 많겠지. 휴전회담이 열리기 시작했는데, 이 상태에서 전쟁이 끝나면 다시 원점으로 돌아온 것뿐인데, 이 전쟁에서 이긴 것은 누구고, 진 것은 누굴까? 원점으로 돌아와 끝나는 이 전쟁의 의미는 무엇일까? 그리도 많이 죽어간 사람들은 무엇을 위해 죽은 것인가? ……속 시원한 대답을 얻을 수 없는 의문들이 잇따라 일어나고 있었다.

21

빼앗겨가는 해방구

　마당바위는 사방 어느 쪽에서 보나 빼어나게 생긴 바위 봉우리였다. 산줄기 위에 우뚝 치솟은 그 모습은 바위의 무게감으로 장중했으며, 위로 뻗치는 기상으로 장쾌했고, 군더더기 없는 담백함으로 수려했다. 그 바위 봉우리는 여러 개의 바윗덩어리들로 이루어진 것이 아니라 봉우리 자체가 하나의 어마어마하게 큰 바위였다. 그 바위는 20미터 이상의 높이로 직립상태를 이루며 치솟아 있었다. 그런데 그 거대한 바위가 산 위에 그냥 덩그렇게 놓인 형상이 아니고 그 뿌리를 그 산속 깊이 박아 아랫부분과 유연하게 연결을 이루어 자연스러운 조화의 아름다움을 한껏 드러내고 있었다. 그 벼랑바위 사이를 어렵사리 타서 위에 오르면, 거기에 또 하나의 경이가 펼쳐져 있었다. 300여 평을 헤아리는 그야말로 넓은 '마당'이 질펀했던 것이다. 그런데 또 무슨 조화인지 바위가 평평해서 된 '바위마당'이 아니고 흙으로 된 '흙마당'이었다. 그리고 바위는 담을 치듯이 가장자리를 따라 드러나고 있었다. 그러니까 넓은 바위가 흙을 담고 있는 격이었다. 물이 있는 곳에 고기 있는 것이 자연의 철칙이듯이 그 흙에도 갈대·소나무·잔디·풀 같은 것들이 뿌릿발을 하고 있었다. 그래서 '마당바위'는 살벌하지 않고 그지없이 우아하고 아름다운 정취를 자아내고 있었다. 그런데 그 흙이 또한 인간의 탐욕의 대상이 되었다. 그곳이 명당으로 소문나 오랜 세월 그 언제부턴가 묘 하나가 통명산을 건너다보는 한쪽 구석에 자리 잡고 있었던 것이다. 두 개도 아니고 꼭 하나인 그 묘는 인근 마을사람들의 손으로 무수히 파헤쳐져왔었다. 그런데도 다시 보면 또 그 자리에 봉분이 솟아 있고는 했다. 그 누구도 상여가 산으로 올라간 것을 본 일이 없었고, 시체를 넣은 관이 그 드높은 벼랑바위를 타고 오르는 것도 본 일이 없었던 것이다. 마을사람들이 괭이며 삽을 가지고 마당바위로 치달아오르는 것은 가뭄이 심하게 들어 논바닥이 짝짝 갈라지고, 개울이 말라 붕어들이 배를 하얗게 까뒤집는 해였다. 비를 기다리다 못해 나락이 타들고, 굶어죽게 될 위기가 닥치면 사람들은 문득 마당바위를 생각해 냈다. 그것은 곧 누군가가 또 마당바위에 묘를 썼다는 것을 깨닫는 것이었다. 마당바위를 치달아오른 사람들은 으레 봉분 큼직한 묘를 발견하게 되었고, 분노한 그들은 인정사정없이 그 묘를 파헤쳐버렸다. 그리고 그 자리에서 경건하게 기우제를 지냈다. 그 자리는 명당인 것이 분명했지만, 사람의 묘를 써서는 안 되는 명당이었다. 그 자리에 묘를 써버리면 하늘에서 내리는 혈을 끊는 것으로서, 그 피해는 백아산 언저리에 사는 모든 사람들에게 미치게 되어 있었다. 묘를 그렇게 파헤쳐버려도 어느 때 한 번 주인이 나타나는 일이 없었다. 또, 그 묘에서는 뼈들이 나오기는 해도, 썩어가고 있는 시체가 나온 일은 한 번도 없었다. 그 이상스러운 일은 지극히 당연한 결과이기도 했다. 남몰래 도둑묘를 쓴 사람들이 얼굴을 드러낼 리가 없는 일이었고 그 깎아지른 바위 위로 관을 옮길 수 없는 일이니까 집안의 오래된 묘를 이장시키는 방법을 썼던 까닭이었다. 그런데 그 자리에 밤중을 틈타 묘를 쓰는 사람들을 꼭 어느 한 집안의 소행이라고 할 수는 없었다. 전혀 표를 내지는 않았지만 그 명당에 묘를 쓰고 싶어하는 사람들은 얼마든지 많았던 것이다.

마당바위는 묘를 쓰는 데만 명당이 아니었다. 빨치산에게나 토벌대에게나 그것은 천연적인 망루고 초소였다. 백아산지구에서 그것을 빼앗기자 토벌대는 그곳에다 곧바로 병력을 배치시켰다. 그 마당의 흙은 텐트치기에도 적격이었던 것이다. 그것을 빼앗겼다는 것은 백아산지구로서는 실질적으로 안방문을 다 열어놓고 있는 것이나 마찬가지의 감시를 받았고, 심리적으로 심장을 빼먹혀버린 것 같았고, 상징적으로 백아산지구가 없어져버린 것 같았던 것이다. 실질적 피해를 없애고, 심리적 불안감을 없애고, 상징적 자존심을 회복하기 위해서 마당바위를 다시 뺏지 않을 수 없었다. 그래서 두 차례나 공격을 감행해 마당바위를 다시 차지했다. 그러나 토벌대라고 가만히 있지 않았다. 세 번째 싸움에서 다시 밀려나고 말았다. 거기에 맞서 빨치산들은 네 번째 공격을 준비했으나 실행에 옮길 수가 없게 되었다. 토벌대들은 남아 있는 해방구 반을 마저 없애고 말겠다는 듯 지난번 장마 때의 공격처럼 막강한 병력과 화력을 동원해 밀어닥쳤던 것이다.

박격포탄이 제멋대로 날아들어 해방구를 뒤집어엎고 있는 속에서 빨치산들은 뒤로 물러서지 않을 수가 없었다. 그들이 일단 배수진을 친 곳은 해방구와 천연경계를 이루며 곡선으로 길게 뻗어나가고 있는 산줄기의 고지들이었다. 백아산보다 낮은 그 봉우리들에 빨치산이 붙인 이름은, 해방구의 무등산 쪽 입구로부터 따발고지·폭탄고지·승리고지·강철고지·인민고지 등이었다. 그 고지들로 물러선 것이 박격포탄의 피해에서 벗어나기 위한 임시방편이라하더라도 일단 해방구 전체를 적에게 내준 것이나 다름없었다.

강철고지에 배치된 조원제는 멀찍하게 솟아 있는 마당바위를 바라보고 있었다. 맑은 하늘을 배경 삼아 강렬한 햇빛을 받으며 우뚝 솟아 있는 마당바위는 유난히 그 모습이 뚜렷하면서 말쑥해 보였다. 역시 마당바위는 멋들어지고, 몇 차례씩 목숨을 걸고 싸울 만한 가치가 있다고 그는 생각했다. 그러나 그의 마음은 울적하기 그지없었다. 마당바위를 빼앗긴 지는 오래고, 이제 반 남았던 해방구까지 빼앗기는 것이 아닌가 하는 불안을 떼칠 수가 없었던 것이다. 이미 파악된 일이었지만 토벌대들은 군경이 합동으로 작전을 펴면서, 막강한 화력을 앞세워 각 지구를 차례로 돌아가며 공략해 대고 있었다. 그건 이쪽의 병력 소모를 꾀하면서, 해방구를 파괴하려는 이중작전이었다. 적들의 그 집중화된 공격에 각 지구들은 어찌할 수 없이 많은 피해를 당해가고 있었다. 역시 군인들이 가세된 화력전은 그 위력이 만만찮았던 것이다.

박격포공격이 뜸해지고 있었다.

"어이, 쩌어그 잠 보소."

"잉, 보고 있네."

"영판 많은갑는디?"

"아매 그런감마. 줄줄이시."

긴장된 수군거림이 들려왔다. 조원제는 고개를 돌려 무등촌 쪽을 바라보았다. 토벌대들이 멀리서 밀려들고 있었다. 많은 부대가 일제히 몰려들면서 그들은 길이고 밭이고를 가리지 않고 무지르고 있었다.

그들이 논만은 피하는 것은 물 때문이었다.

"저런 개녀러 새끼덜, 밭농새 다 망치네웨."

"적성마실 것덜 농샌디 저것덜이 머시가 아까울 것이여."

"허기넌 그려. 해방구 마실사람덜도 저새끼덜언 다 빨갱이로 몰아때리니께."

"잡새끼덜, 참말로 느자구없는 인민에 적이랑께로."

이런 수군거림이 또 들렸다. 입을 꾹 다문 조원제는 눈으로는 몰려오고 있는 토벌대들을 보면서, 귀로는 대원들의 말을 듣고 있었다. 적들은 해방구 안에 있는 마을들을 적성마을이라고 했고, 마을사람들을 적성분자라고 해서 빨치산과 똑같이 취급했다. 그리고 해방구에 가깝거나 빨치산의 영향력이 미치는 마을들을 통비마을이라고 했고, 그 마을사람들을 통비분자라고 부르며 불온시하고 불신했다. 적성마을 사람들은 남녀와 노소를 가리지 않고 잡히면 살해되었고, 통비마을 사람들은 언제나 의심받고 걸핏하면 잡혀가 혼쭐이 났다. 그런 실태를 환히 알고 있어서 해방구 사람들을 진작 승리고지와 인민고지 너머 골짜기로 완전히 피신시켜 버려 마을들은 텅텅 비어 있었다. 지난번 장마 때의 전투에서는 피신시키는 것이 늦어져 꽤나 많은 마을사람들이 죽어갔던 것이다. 그때 살아남은 사람들은 모두 반 남은 해방구로 피해와 투쟁인민이 되었다. 적들의 용어로 적성마을 사람들은 빨치산에게 세금이나 내니까 그렇다고 치더라도, 저희들 마음대로 정한 통비마을 사람들은 그 고초가 딱하기만 했다. 그렇다고 지구들이 그들까지 보호하기는 어려웠다. 조원제는 그들까지 보호할 수 없는 현실인 것을 알면서도 해방구 사람들에 비해 그들이 안됐다는 생각을 언제나 버릴 수가 없었다.

앞장선 토벌대들이 마을을 수색해 대는 것이 아까보다 조금 가깝게 보였다. 토벌대가 처음 나타났던 지점에서는 계속해서 병력이 밀려들고 있었다. 조원제는 입술을 물며 그 수를 어림으로 헤아리고 있었다. 지금까지만으로도 이쪽의 두 배는 될 듯싶었다.

"워메, 쩌것 불 질리는 것 아니라고!"

"긍마! 쩌런 잡녀러 새끼덜이 금메."

"쩌것얼 워쩐다냐! 요리 산몽뎅이서 보고만 있을 챔이여?"

"저리 마실마동 꼬실라뿔게 냅둬? 글먼 해방구 지절로 없어지는 것이제."

조원제는 옆의 목소리가 커진 것을 느끼고 있었다. 그리고 여기 저기서 일어나고 있는 술렁거림을 좌우를 살피며 파악했다. 토벌대들이 첫 번째 마을에서 불붙인 짚단들을 들고 오락가락하는 것이 보였다. 조원제는 입술을 더 세게 물며 숨길을 다잡았다. 증오가 뻗쳐올랐다. 가슴이 화끈하게 뜨거워졌다. 그는 집을 태우는 것을 볼 때마다 걷잡을 수 없이 증오가 치솟아올랐다. 빨치산의 씨를 말린다며 산을 태우는 것까지는 보아넘길 수 있었다. 그러나 집까지 무작정 태우는 것은 사람을 무작정 죽여대는 것과 마찬가지로 증오의 불기둥을 솟게 했다. 인간의 역사가 뭔지도 모르는 새끼들! 인간이 왜 평등해야 하는지를 단 한 번도 생각해 보지 않은 새끼들! 악랄한 반민족세력에게 이용당하는지도 모르고 날뛰는 새끼들!

"중대별로 돌격대 다섯 명씩 긴급 차출! 중대별로 돌격대 다섯 명씩 긴급 차출!"

연락병이 다급하게 반복을 하고는 다음 중대 쪽으로 달려갔다.

조원제는 순간적으로 가슴이 툭 트이는 것을 느꼈다. 중대장을 찾았다. 중대장이 벌써 이쪽으로 빠르게 오고 있었다.

"싸게 조직혀 주씨요."

중대장이 말했다.

"하먼이라."

조원제는 고개를 끄덕였다. 조직과 작전에 관한 일체의 권한과 책임이 정치일꾼의 임무였다.

"동무덜, 싸게 일로 모이씨요!"

조원제는 좌우를 휘둘러보며 중대원들에게 말했다. 중대원들이 신속하게 모여들었다.

"동무덜, 시방 동무덜이 다 보고 있대끼 적덜언 인민의 집얼 불질르고 있소. 인민해방얼 위해 나슨 우리가 워찌 저런 만행얼 보고만 있겄소. 나가서 쳐부셔야 헙니다. 당은 영웅적 투쟁에 나설 돌격대럴 조직헙니다. 다섯 명 자원혀 주씨요!"

조원제는 박진감 넘치게 짧은 선동연설을 했다. 선동연설은 행동을 촉발시키고, 용기를 북돋우는 힘을 발휘해야 했다. 그건 문화부 중대장의 책임이고 능력이었다.

"여그요."

"나요."

여기저기서 대원들이 일어섰다.

"다섯, 되았소. 남은 세 대원은 앉으씨요."

조원제는 다섯 명을 중대장에게 넘겼다. 중대장이 다섯 명을 인솔하고 급히 연대장 쪽으로 이동해 갔다. 중대원들을 재배치시키고 조원제가 막 돌아서려는데 강경애가 다른 남자대원들과 함께 지나가고 있었다. 눈이 마주치자 강경애는 눈을 찡긋해 보였다. 조원제도 웃어 보였다. 강경애는 조원제에게 은근히 누나 노릇을 하려 들었다. "조 동무넌 얼굴도 여자맹키로 이쁘장허고 나이도 나동상뻘로 쪼간헌디, 워찌 그리 연설도 야물딱지게 잘허고, 당이

론도 전등불 키대끼 그리 훤헌지 몰르겄소이. 허기넌 나가 실답잖은 소리제. 호남 천재덜만 뫼인다는 서중학교 댕겼당께 비문허겄어. 나헌테 조 동무겉이 똑똑헌 동상이 한나 있었으면 똑 좋겄는디이?" 강경애는 어느새 말도 편안하게 놓고는 살살 웃는 것이었다. "그럽시다" 해버리면 당장 누나 동생이 맺어질 판이었지만 조원제는 웃어넘기고 말았다. 산에는 해방투쟁을 하려고 들어왔지 의형제나 맺으려고 들어온 것이 아니었고, 또한 그런 행위는 당규에도 어긋나는 일이었다. 전사와 전사의 사이는 상호 신뢰와 존경으로 대등관계를 유지하며 인민을 위해 몸 바치도록 되어 있었다. 문화부 중대장으로서 그런 엄격한 규정을 어기고 사적 관계를 맺는다는 것은 도저히 용납할 수 없는 일이었다. 조원제는 원칙에 위배되는 일은 스스로도 하지 않았고, 다른 대원들에게도 엄했다. 그는 자신에게 붙여진 '대꼬챙이'란 별명을 영광스럽게 알았으면 알았지 조금도 흉이라고 생각하지 않았다. 연대장 이태식마저도 단둘이 있게 되면, "아이고, 자네넌 다 존디 그놈에 원칙 너무 따지는 것이 탈이여. 시상 몰르고 젊어논께 그런갑는디, 그리 땁땁허게 허덜 말고 행펜 바감스로 살살 혀, 살살" 하고 충고했다. "허면, 나보고 수정주의자가 되라 그것이오?" 조원제의 정색을 한 대꾸에 이태식은 그만 쥐어박는 시늉을 했던 것이다. 강경애의 호의는 좋았지만, 그 호의가 어디까지나 대원간의 상호존경으로 건재하기를 조원제는 바라고 있었다.

"야이 호로개애아덜놈덜아아! 여그 무당에 아덜 자앙칠봉이가 나간다아―."

    컬컬하고 걸직한 목소리가 육자배기 가락인 듯 어기차게 터져오르며 징소리가 울리기 시작했다. 모두의 눈길이 그쪽으로 쏠렸다. 폭탄고지에서 한 대원이 신바람나게 징을 쳐대고 있는 모습이 보였다. 조원제는 장칠봉이도 돌격대에 자원한 것을 알았다. 장칠봉은 스스로가 목청껏 외쳐대는 것처럼 무당의 아들이었다. 그가 쳐대는 징도 자기 어머니가 쓰던 것이라고 했다. 그는 싸움이 시작되기 직전에 그렇게 목청을 뽑아대며 한바탕 징을 두들겨대는 것으로 유명했다. 그래서 그는 장칠봉이라는 이름보다는 '무당 아들'로 더 유명해졌다. 무당 아들들이 한둘이 아닌데도 그만 유독 무당 아들인 것처럼 느껴졌고, 그는 그 점을 아주 흡족해했다. 조원제는 그가 자신의 비천했던 과거의 신분을 일부러 드러내는 심리를 충분히 이해하고 있었다. 그의 행위는 자신이 천대받고 살아온 저쪽 세상에 대한 보복감의 노출이었고, 자기를 멸시했던 자들을 적으로 맞대하게 된 증오감의 표현이었다. 그리고 이제 과거의 신분이 오히려 떳떳한 삶의 조건이 된 상황에서 자기를 마음껏 확대하고 싶어하는 보상욕구이고, 자기 확인이었던 것이다. 그런 것들이 다 한군데로 모아져 그를 남다른 투쟁력을 가진 전사로 만들고 있다고 조원제는 생각했다. 그가 소리를 외치며 징을 두들겨대는 것은 제멋대로 아무 때나 하는 것이 아니라 부대장의 허락을 받고 하는 일이었는데, 그의 한바탕 어우러지는 징놀이는 싸움을 앞둔 다른 대원들의 사기를 북돋아올리는 데도 한몫을 단단히 하고 있었다.

징소리의 여운이 아직 나무숲에도, 대원들의 가슴에도 남았는데 돌격대들은 벌써 조를 이루어 산비탈을 달려내려가고 있었다. 조원제는 나무들 사이사이를 기민하게 빠져가며 금방 숲속으로 모습을 감추는 그들을 지켜보고 있었다.

산을 벗어난 돌격대들은 산개한 채 적들을 향해 달려가고 있었다. 적들과의 거리는 아직 꽤 멀었다. 그러나 돌격대의 달리는 속도는 금방금방 거리를 좁히고 있었다. 무질서한 듯 흩어져 달리고 있는 돌격대들을 지켜보면서 조원제는 또 엉뚱한 착각을 하고 있었다. 돌격대들은 오륙십 명에 불과한데도 이쪽 들판이 돌격대로 꽉 찬 것 같았던 것이다. 그 착각은 이상하게도 언제나 똑같이 되풀이되었다. 민간인 열 명과 무장한 병력 열 명과는 전혀 딴판이었다. 무장병력이 언제나 몇 배로 많아 보였다. 살아 있는 사람 열과 시체 열이 전혀 다르게 느껴지는 것과 마찬가지였다.

돌격대들이 계속 달리면서 총을 쏘기 시작했다. 집 서너 채가 시꺼먼 연기를 뿜어올리며 불길에 싸여가고 있었다. 갑자기 터지는 총소리에 놀라고 당황한 토벌대들이 엎드리고 흩어지고 하며 대열이 헝클어지고 있었다. 그러나 토벌대들 쪽에서도 곧 반격을 가하기 시작했다. 마을에 있던 토벌대들도 모두 밖으로 뛰쳐나오고 있었다.

돌격대들은 일제히 뛰기를 멈추고 은폐물을 찾아 몸을 숨기고 있었다. 토벌대가 돌격대를 향해 질서 잡힌 공격을 시작하고 있었다. 돌격대는 토벌대가 다가서는 만큼씩 뒤로 물러서고 있었다. 그건 마을에 불을 못 지르게 하려는 방해작전이면서, 적을 산 쪽으로 끌어들이려는 유인작전이었다. 토벌대들이 갑자기 돌격전을 펼치기 시작했다. 돌격대들은 거기에 맞서 기민하게 뒤로 빠지면서 간격을 유지시키고 있었다. 토벌대는 차츰차츰 산줄기 쪽으로 가까워지고 있었다. 밭두렁을 타넘고, 논두렁에 은신하고 하면서 뒷걸음질치던 돌격대는 마침내 산으로 숨어들기 시작했다. 그러는 사이에 토벌대들은 마을을 두 개나 그냥 지나쳤던 것이다. 돌격대의 작전은 보기 좋게 성공을 거둔 셈이었다.

토벌대들은 산 아래서 부대별로 공격준비를 갖추고 있었다. 분산되었던 돌격대들이 산이 가까워지면서 다시 조별로 모아져 자기네 고지로 올라붙었기 때문에 토벌대들도 그 고지를 따라 부대를 배치시키고 있었다. 토벌대들의 움직임을 내려보면서 각 고지에서도 전열을 가다듬고 있었다.

조원제는 허리끈을 죄며 마른침을 삼켰다. 토벌대의 수는 어림잡아 이쪽보다 세 배는 더 많은 것 같았다. 그리고 경찰보다 군인들이 훨씬 더 많았다. 군인들은 경찰들에 비해 싸우는 방법이 사뭇 달랐다. 군인들은 화력도 셀 뿐만 아니라 과감하고 직선적이었다. 공격과 후퇴가 신속하고 분명했고, 고지공격에도 언제나 정면돌파를 감행했다. 경찰에 비해 시원스럽고 절도가 있었다. 그러나 이쪽 입장에서는 화력의 열세를 더 심각하게 느껴야 했다. 해방구를 놓고 벌어지는 이 싸움은 서로가 양보할 수 없는 싸움이었다. 여느 때 없이 대규모 병력을 동원한 것에서 해방구를 없애고야 말겠다는 적들의 결의를 읽을 수 있었다. 적들이 그렇다면 이쪽에서는 해방구를 꼭 지켜내고야 말겠다는 결의가 더 뜨겁게 타오를 수밖에 없었다.

토벌대들이 먼저 공격을 개시했다. 그들은 한꺼번에 병력을 투입해 고지마다 일제히 공격을 시작하고 있었다. 희생을 감수하고라도 결판을 빨리 내겠다는 공격법이었다. 그건 병력과 화력의 우세만을 믿고 몰아치는 것으로, 힘만 있는 씨름꾼의 우직한 씨름 같은 것이었다. 그러나 싸움이라는 것이 작전에 앞서 병력과 화력이 우선한다는 엄연한 사실과 함께 그런 공격의 위력 또한 무시할 수가 없었다. 그 우직한 힘에 맞서는 것은 또 하나의 우직이었다. 조원제는 빨치산전법 중에서 어떤 것이 맞을까를 생각하며 나무들 사이로 천천히 눈을 굴리고 있었다. 그건 보나마나 첫 번째인 적진아퇴(敵進我退)였다. 힘으로 밀어붙이는 적을 일단 피하면서 골탕을 먹이고, 상황에 따라 네 번째 전법인 적퇴아진(敵退我進)을 쓸 필요가 있다고 생각했다.

토벌대의 모습이 나무와 풀들 사이로 얼핏얼핏 나타나기 시작했다. 그리고 총소리가 난무하기 시작했다. 수많은 총소리들이 갑자기 터지자 산들이 따라서 울었다. 삐웅, 피우웅, 총알 날아가는 소리가 빨치산들의 머리 위에서 직선을 그어대는 느낌으로 엇갈리고 있었다. 조원제는 왼쪽 팔꿈치를 풀 밑둥과 밑둥 사이에 고정시키며 총을 단단히 잡았다.

"지도원 동지, 지도원 동지!"

조원제는 고개를 뒤로 홱 돌렸다.

"연대 지도원 동지 호출이구만이라."

허리를 반으로 접어 몸을 낮춘 연락병이 단내를 풍기며 말했다.

"이, 알겠소."

조원제는 새로운 작전지시라는 것을 직감하며 몸을 일으켰다.

"윽!"

서너 걸음을 옮긴 조원제가 입에 가득 차는 비명을 물며 왼손으로 옆구리를 잡았다. 순간적으로 그의 몸이 앞으로 휘청 꺾였다가 바로 세워졌다. 그는 옆구리에 불덩이가 닿는 것 같은 화끈함과 동시에 눈에서 불꽃이 번쩍 튀는 것을 느꼈던 것이다.

"지도원 동지! 위째 그요?"

연락병이 조원제에게 황급히 다가섰다.

"옆구리가 뜨끔혔는디, 나가 총 맞었을까?"

조원제는 태연한 것도 아니고 놀란 것도 아닌 애매한 얼굴로 말도 애매하게 하고 있었다.

"워디 봅씨다."

연락병이 잽싼 동작으로 조원제의 손을 왼쪽 옆구리에서 떼냈다.

"워메, 당혀뿌렀소!"

연락병의 큰 목소리가 탄식처럼 터져나왔다. 워쩌? 당혀? 근디 나가 워째 요로크름 꼿꼿하게 서 있다냐? 앞뒤로 빵꾸는 안 난 모양인가? 조원제는 이런 생각을 하며 왼쪽 옆구리를 내려다보았다. 연락병이 옆구리에서 손을 떼냈던 것이 분명한데 어느새 손은 옆구리를 받치고 있었고, 손가락 사이사이로는 새빨간 피가 비어져 나오며 아랫손가락으로 차례로 흘러내리고 있었다.

"지도원 동지, 워쩐 일이시오?"

연락병과 함께 중대장이 헐레벌떡 뛰어왔다.

"짜잔허게 당혔는갑소."

조원제는 씨익 웃었다.

"싸게 환자트로 옮기씨요. 피가 심헌디."

"가기넌 가야 쓸랑갑소."

"하먼이라. 무장 인계허시고, 얼렁 쾌차허시씨요이."

"아, 총!"

조원제는 그때서야 자신이 오른손에 총을 들고 있다는 것을 의식했다. 갑자기 팔이 처져내리도록 총이 무거워지는 것을 느꼈다. 총은 곧 생명이라는 인식으로 입산 이후 단 한 번도 몸에서 뗀 일이 없었던 총을 자신도 모르게 그때까지 들고 있었던 것이다. 잠을 자면서도 품고 잤고, 밥을 먹으면서도 어깨에 걸치고 먹었고, 똥을 누면서도 앞에 세워 잡았던 총이었다.

총을 받으며 중대장이 경례를 했다. 조원제도 맞경례를 했다. 그 순간, 내가 당하다니! 하는 생각이 가슴을 찡 울렸다. 이대로 끝날 수는 없다. 기필코 화선으로 다시 돌아올 것이다. 그는 차츰 심해지고 있는 적들의 총소리를 들으며 이를 맞물었다.

조원제는 간호병의 부축을 뿌리치며 1킬로미터 남짓 떨어져 있는 골짜기의 환자트까지 혼자 걸었다. 피가 계속 흐르고 있는 옆구리의 통증은 이빨이 빠득빠득 갈릴 정도로 심했지만, 다리의 힘은 풀리지 않았던 것이다. 간호병의 부축을 받는다고 통증이 덜할 리 없었고, 걸을 힘이 있는 이상 혼자 걷고자 했다.

"아니, 이건 참 기막힌 기적이오, 기적!"

옆구리의 상처를 들여다보던 의무과장이 마치 탄성을 지르듯 말했다. 상처를 건드리자 통증을 더 심하게 느끼고 있는 조원제는 상을 잔뜩 찌푸린 채 퉁명스럽게 말했다.

"옆구리 갈라진 것이 무신 홍해 갈라진 것이랍디여? 기적이게."

"그게 무슨 소리요?"

의무과장이 무슨 말인지 못 알아듣고 있었다.

"기적이면 무슨 기적인지 싸게 말이나 혀줏씨요."

조원제는 통증으로 몸을 비비 꼬았다.

"아 이게 말이오, 총알이 옆구리를 한 뼘가량이나 뚫고 지나갔는데, 글쎄 늑막을 아슬아슬하게 피해갔단 말이오. 이건 천에 하나, 만에 하나도 보기 힘든 일이오. 그러니 이게 기적이 아니면 뭣이오."

"금메요, 워떤 대원은 연장은 암시랑토 않고 붕알만 뚝 떨어져나갔드라는디, 고것에 비허자면 나넌 기적 같지도 않은디라? 과장 동무넌 그 소문 못 들으셨는게라?"

"언젠가 듣긴 들었소. 그런데 말이오, 그게 그렇지가 않아요. 아슬아슬하기로 치자면 그쪽이 더 기적이라고 생각할지 모르는데, 고환이 없어져버린 성기가 무슨 소용이 있소? 그 사람은 영원히 생식불구자요. 그런데 지도원 동무는 늑막이 안 뚫려 내장이 보호되었을 뿐만 아니라 생명의 위기를 면했소. 그리고 상처는 아물면 흉터만 남을 뿐이지 별다른 후유증도 없소. 이런데 어떤 게 더 기적이오?"

"듣고 봉께 그렇구만이라이."

조원제는 고통스러운 얼굴인 채 멋쩍게 웃었다.

"이건 공산주의자로서 전혀 안 어울리는 말이긴 하오만, 천상 명당집 자손이라고밖에는 더 할 말이 없소."

의무과장의 말에 조원제는 아무런 거부감도 느끼지 않았다. 기적이란 원래 설명이 안 되는 것이기 때문이었다. 그는 총상이 그만한 것을 뒤늦게 다행으로 여기며 이상스럽게 몸이 자지러드는 잠 속으로 빠져들었다.

그런데 다음날 기적에 대한 해답이 나왔다. 조원제는 어저께 벗어던져놓은 윗도리를 끌어당겨 옷을 뚫고 지나간 총구멍을 살펴보았다. 총알은 주머니를 뚫고 지나간 뒤에 또 하나의 구멍을 내놓고 있었다. 그런데, 조원제는 주머니에 뚫린 총구멍을 들여다보다가 문득 머리를 스치는 것이었다. 그는 부산하게 주머니에 손을 밀어넣었다. 손에 잡히는 것이 있었다. 그는 서둘러 그것을 꺼냈다. 반으로 접어진 100원짜리 수십 장에는 옷에보다 훨씬 선명한 총구멍들이 뚫려 있었다.

"과장 동무, 어지께 말혔든 그 기적이 풀렸구만요. 총알이 요 돈 60장얼 뚫고 나감시로 심이 약해져논께 늑막을 못 뚫분 것 아니겄는가요?"

"아니 이럴 수가 있나!⋯⋯" 의무과장은 놀랍고도 희한하다는 얼굴로 돈과 조원제를 번갈아가며 보더니, "지도원 동무 판단이 맞소. 돈 60장을 뚫고 나가면서 총알의 힘이 감소하는 것은 물론이고 전진 방향도 달라질 수 있소. 돈을 만드는 종이는 특히 질기고 두꺼우니까. 그런데 말이오, 기적은 여전히 남소." 끝말에 힘을 주었다.

"또 남아라?"

조원제는 의아스럽게 의무과장을 쳐다보았다.

"왜 하필이면 총알이 그 돈을 관통했느냐 그것이오."

"허, 금메요……."

조원제는 뭐라고 할 말이 없어서 별로 뜻 없는 웃음을 짓고 말았다.

의무과장이 묻지도 않았지만, 만약 물었더라도 그 돈을 지니게 된 사연을 말하지 않으려고 조원제는 생각했다. 그 내용은 또다른 기적으로 확대될 확률이 많았기 때문이다.

그 돈은 자신이 입산할 때 어머니가 마련해 준 3천 원이었다. 그 100원짜리 30장을 반으로 접어 왼쪽 주머니에 넣고 다니면서도 막상 쓸 데가 없었던 것이다. 산속에서만 살다 보니 세월은 가도 돈은 고스란히 주머니에 들어 있었다. 산속에서는 효용가치를 상실하고 그저 그림 그려놓은 종이쪽지에 불과한 그것을 왜 내버리지 않고 지니고 다녔던 것인가. 언젠가 써먹겠다는 생각에서가 아니라 그건 '어머니의 마음'이었던 것이다. 그 어머니의 마음이 생명을 지켜준 것이다……. 이런 발상이야말로 비이성적이고 반유물론적이었다.

"이거 아픈 것이 통 가라앉덜 않는디요."

조원제는 계속되는 통증을 견디기가 어려워 처음으로 의무과장에게 입을 열었다.

"이거 참 미안하오. 진통제가 없어서……."

의무과장은 민망한 얼굴로 말을 얼버무렸다.

"글먼 과장 동무도 고자 의사시요이."

"무슨 소리요?"

의무과장이 의아스럽게 조원제를 쳐다보았다. 어떻게 째고 짜고 하는 생활만 해와서 그런지 못 알아듣는 소리가 많다고 그는 생각했다.

"아, 붕알 없는 자지나 약 없는 의사나 머시가 달브냐 그 말이요."

"하하하하……. 지도원 동무가 어째서 그 나이에 지도원이 됐는지 알 것 같소. 그렇게 다치고도 혼자 걸어오질 않나, 그 고통을 당하면서도 농담을 하질 않나, 어쨌든 그런 정신력이면 약이 없어도 곧 회복될 것이오."

의무과장은 아주 흡족해하고 있었다.

조원제는 붕대 위로 피가 밴 상처부위를 왼손으로 조심스럽게 감싸며 눈을 감았다. 옆에서는 네 명의 환자가 끊임없이 앓는 소리를 내고 있었다. 그는 화끈거리고, 욱신거리고, 쑤셔대고, 비비 틀리는 아픔들을 어금니에 물며 어제의 싸움이 어떻게 되었는지 걱정하고 있었다. 그리고 어제가 1951년 8월 18일이라는 것을 머릿속에 새겨넣었다.

늦더위가 기승을 부리는 8월 하순을 고비로 각 지구들은 해방구를 잃어갔다. 1년 동안 해방구를 발판으로 삼았던 지역확보투쟁이 산악이동투쟁으로 전환되지 않을 수 없는 시점이었다. 그건 군인들이 토벌대로 투입되면서 일어난 피할 수 없는 상황이었다. 물론 잃은 것은 해방구만이 아니었다. 병력손실도 함께 겪었다. 그러나 빨치산들은 해방구를 잃은 것을 패배로 생각하지 않았고, 동지들이 죽고 다친 것을 상처로 받아들이지 않았다. 자기들이 해방구를 잃은 대신 저 북쪽 주전선에서는 그보다 훨씬 더 넓게 인민의 땅을 확보해 나가고 있다고 믿었고, 자기네들이 다치고 죽는 것만큼 그쪽에서는 인민군 전사들의 생명이 지켜지고 있다는 것을 확고하게 믿고 있었다. 그러한 공통된 인식은 학습과 토론을 통해서 이루어졌다. 그런 기여의식과 유대감 속에서 그들은 용기를 잃지 않았고, 사기가 떨어지지 않았다.

해방구를 잃었다는 것은 그 지역을 토벌대에게 완전히 빼앗겨버렸다는 뜻은 아니었다. 전과 같이 안전지대가 되지 못하고 불안지대로 바뀌어 지구의 각 조직부서들이 다른 데로 자리를 옮긴 것을 의미했다. 또한 경찰에서도 힘이 모자라 그 지역들을 완전히 장악하지 못하고 있었다. 그래서 '낮에는 대한민국이요, 밤에는 인공'이라는 말이 그 지역들에도 적용되었다. 해방구가 그런 상황에 놓이게 되었다고 해도 각 지구의 관할지역이나 조직임무에는 아무런 변동이 없었다.

천점바구의 중대가 후방대원들을 지원하고 있는 사업도 해방구의 상황변동에 따른 것이었다. 천점바구네는 후방부대원들이 굴파기 작업을 하는 동안에 경계임무를 맡고 있었다. 굴파기는 검은 돌덩이들로 뒤덮여 있는 너덜겅 밑에서 진행되고 있었다. 굴파기는 벌써 사흘밤째 계속되고 있었다. 그 굴은 곡식저장창고였다.

너덜겅의 어느 부분 돌들을 몇 개 들어내고 땅을 파내려가서 널찍한 굴을 만들었다. 굴 내부의 꾸밈은 병기과 비트나 마찬가지였고, 곡식창고라서 넓이가 한결 더 넓었다. 그리고 또다른 점 하나는, 곡식창고에는 반드시 사방으로 돌아가며 배수로를 깊이 팠다. 곡식에 습기가 차는 것을 막기 위해서였다.

굴이 완성되어 처음에 들어냈던 돌들을 조심스럽게 제자리에 갖다놓으면 감쪽같이 출입구가 가려졌다. 오래된 돌밭인 너덜겅 아래에다 곡식창고를 만드는 것은 두 가지 이유에서였다. 나무도 풀도 자라지 못하는 돌투성이인 너덜겅 밑에 곡식창고가 있으리라고는 그 누구도 상상할 수 없는 일이었고, 그 어떤 너덜겅이나 비탈지지 않은 곳이 없어서 빗물을 잘 받아낼 뿐만 아니라 아래의 비탈진 땅도 물기를 오래 머금고 있지 않았다.

무슨 용도의 굴을 파든지 제일 큰 애로가 흙의 처리였다. 굴의 위치를 감추기 위해서는 그 주변에 흙을 파낸 흔적을 남겨서는 안되었다. 그래서 언제나 굴을 파는 인원보다는 흙을 내다버리는 인원이 몇 배나 더 동원되었다. 그것도 한 장소에다 쏟는 것이 아니고 사방에다 비료 뿌리듯이 흩뿌려 아예 토벌대들이 알아볼 수 없도록 만들었다.

천점바구 중대원들은 그 흙을 내다버리고 있는 후방대원들을 경계해 주고 있었다.

"굴이 영판 큰게비요이?"

외서댁이 천점바구에게 소곤거렸다.

"그런갑소."

"저리 크게 파서 쟁일 곡식이나 머 있겄소?"

"금메요, 가실이 을매 안 남었응께라."

"저 일이 원제나 끝나겄소?"

"오늘 밤으로 다 끝낸답디다."

"여그가 워디쯤입디여?"

"몰르는 것이 약이오."

"이, 냅두씨요."

외서댁은 '비밀'이라는 것을 금방 알아들었다. 몰라야 될 것을 아는 것도 병이었다. 남모르는 것을 알고 있으면 입이 놀리고 싶어지고, 입을 놀리면 그것이 화근이었다. 그런 것을 일찍이 생활 속에서 터득한 그녀는 당이 비밀에 부치고자 하는 일을 알고 싶은 생각은 털끝만큼도 없었다.

사실 굴을 파고 있는 후방부대원들조차도 그 위치를 아무도 모르고 있었다. 어두워져서 작업장으로 왔고, 어둠 속에서 작업장을 떠났던 것이다. 모든 비트들은 만들어지는 과정에서부터 그렇게 철저하게 보안이 지켜졌다.

작업조의 경계를 책임 맡고 있는 천점바구는 요즈음의 돌아가는 형편이 구빨치 시절인 재작년 겨울 같다고 생각하고 있었다. 그때 겨울이 시작되면서 토벌대들은 맹렬하게 공격을 해대며 산을 떠나지 않았던 것이다. 밤에는 산에서 멀찍이 떨어져 야영을 했고, 날만 밝으면 산을 헤집고 다녔다. 밤에도 길목길목마다 매복을 쳐산과 산을 차단시키는 적극적인 작전을 펼쳤었다. 토벌대는 요즈음에도 그때와 똑같은 작전으로 나오고 있었다. 그만큼 병력도 화력도 강하다는 뜻이었다. 그런 작전에서 제일 위험한 것이 포위당하는 일이었다. 적들의 수가 워낙 많아서 자칫 잘못했다가는 포위당하기 십상이었다. 그 다음으로 위험한 것이 매복에 걸리는 일이었다. 숨어서 이쪽을 노리고 있는 매복에 걸려 사상자를 내지 않기란 어려웠다. 재작년 겨울에 비하면 이쪽의 병력도 막강했지만 그러나 토벌대하고는 비교가 되지 않았다.

천점바구는 부르르 어깻죽지를 떨었다. 서늘한 냉기가 느껴졌던 것이다. 8월 중순이 지나게 되자 산속의 밤은 자정 무렵부터 서늘하게 변해갔다. 밤이슬을 오래 맞아서 서늘한 느낌이 더한 것이라고 그는 생각했다. 어둠 속 멀리에서 풀벌레소리들이 가늘고 맑게 들려왔다. 그 소리에 가을이 실려 있었다. 저것덜언 잠도 안 자는가? 그는 문득 생각했고, 그 생각이 싱거워 픽 웃어버렸다. 저것덜 시상에넌 사람 시상맹키로 차등이고 계급이고가 없겄제? 그렁께 해방투쟁도 없을 것이고. 근디 위째 저 벌거지덜이 부럽덜 않제? 그려도 사람으로 사는 것이 훨씬 낫제. 투쟁혀서 새 시상 맹글어내는 맛도 있고. 요 맛얼 머시라고 혀야 될랑고? 꼬신 것도 아니고, 쌈빡헌 것도 아니고, 달치근헌 것도 아니고, 하여튼지 간에 사내자석 목심 내걸고 한바탕 혀볼 만헌 일이여. "와따! 인자 봉께로 니 말이 딱 맞어뿌렀다이! 낫 놓고 기역자도 몰르든 니럴 술술 책얼 읽게 갤차놓다니, 그 좌익허는 사람덜 겁나게 장허고 기맥히시! 나가 나이 묵어 나슬 수넌 없고, 니가 나 몫아치꺼정 싹 다 혀뿌러라. 고런 사람덜이 허는 일이면 나가 인자 딱 믿어뿔란다." 전쟁이 일어나고 하산해서 아버지 이름 석 자를 써 보이고, 옆집에서 빌려 온 책을 읽어내자 아버지가 무릎을 쳐가며 했던 말이었다. 그리고 아버지는 염상진 대장에게 생간을 대접하기로 했던 것이다.

천점바구는 당원이 되었다는 사실도, 중대장 노릇을 하는 것도, 그리고…… 여중학교 나온 여자가 자기를 좋아한다는 것까지 아버지에게 다 알리고 싶었다. 백정의 아들은 백정질만 하고 평생을 살다가 죽는 것이 아니라 백정의 아들도 이렇게 사람으로 대접받으며 사는 세상이 있다는 것을 아버지에게 다 보여주고 싶었다.

"천점바구 동무, 당은 동무의 입당을 결정했소. 동무가 당원이 된 것을 진심으로 축하하오. 심사과정에서 다 검토하고 확인된 것이지만 다시 한 번 요약하겠소. 당원은 권리를 주장하는 자격이 아니라 의무를 수행하는 자격이오. 당원은 특권을 누리는 자격이 아니라 의무를 수행하는 자격이오. 당원은 교만을 부리는 자격이 아니라 겸손을 실천하는 자격이오. 그리고 당원은 인민을 위하여 모든 짐을 지는 자격이며, 당을 위하여 마지막 생명을 바치는 자격이오. 이 점 명심하고 더욱 열정적으로 투쟁하기 바라겠소."

당원이 되던 날 안창민 동지가 악수를 한 채 해준 말이었다. 하늘까지 뛰어오르고 싶었던 그날의 감격과 함께 그 말을 한마디도 틀리지 않게 가슴에 아로새기고 있었다. 그리고 그 말을 한 치의 어긋남도 없이 나날의 투쟁 속에서 실천하려고 애써왔던 것이다.

천점바구는 날이 트이기 시작함을 육감으로 느끼고 있었다. 동쪽 하늘로 눈길을 보냈다. 어둠만 가득했다. 그러나 어둠 그 뒤편 하늘에 어리고 있는 아슴푸레한 빛의 움직임을 느낄 수 있었다. 어둠이라고 해서 다 똑같은 어둠이 아니었다. 어둠은 방향에 따라, 장소에 따라 다 달랐다. 다만 그 정확한 느낌이 말로만 표현이 안 될 뿐이었다. 오랜 산생활은 그런 것을 다 식별할 수 있게 해주었다.

천점바구는 그 밖에도 은하수와 북두칠성의 기울기를 확인했고, 풀벌레소리들이 그쳐 있음을 알았고, 나뭇잎들이 아래서 위로 바람을 타고 있다는 것을 느끼고 있었다.

"중대장 동무, 일 다 끝냈구만이라."

후방부 특무장이 천점바구에게 다가와 속삭였다.

"알겠소, 날이 새고 있응께 싸게 뜹시다."

천점바구는 총과 함께 어깨를 추슬렀다.

중대원들을 3등분하고, 작업조도 3등분시켜 인솔책임을 분담시켰다. 만일의 사태에 대비하는 것이었다.

"지끔부터 출발허겄소. 제1비상선 할메봉, 제2비상선 미륵봉이오."

천점바구는 '빨치산의 생명선'이라고도 하는 비상선 두 군데를 지적해 주었다. 돌발사태를 당해 대원들이 산산이 흩어지게 되더라도 제1비상선에서 다시 합류하게 되고, 그렇지 못한 대원들은 또다시 제2비상선에서 합류하게 되는 것이었다. 비상선 설정은 몸에서 총을 떼서는 안 되는 것과 함께 모든 행군에 앞서 내려지는 빨치산의 두 가지 절대수칙이었다. 그건 곧 항일빨치산의 기본전략인 이령화정(以零化整)이었고, 그 흩어져 종적을 감추었다가 다시모여 세력을 형성하는 전법으로 빨치산들은 토벌대의 추격을 쉽게교란시켜 버렸고, 대원들이 부대를 잃는 일이 거의 없었다.

맨 앞에 선 천점바구는 산굽이를 돌아 다음 산굽이로 건너가려하다가 머리끝이 쭈뼛 곤두서는 것을 느끼며 우뚝 멈추었다. 그건분명 사람냄새였다. 아니, 그냥 사람의 냄새가 아니라 토벌대의 냄새였다. 몸을 바짝 낮춘 그는 검지손가락을 입속으로 쑥 밀어넣어침을 발랐다. 그리고 그것을 꼿꼿하게 세우고 신경을 모았다. 손가락에 느껴지는 바람의 방향은 분명 그쪽이었다. 냄새를 잘못 맡은것이 아니었다.

그는 뒤로 수신호를 보냈다. 적정이 있으니 무장병력은 앞으로나오고, 비무장은 뒤로 빼라는 것이었다. 그는 자기네 중대만이 통하는 수신호를 열 가지 이상 가지고 있었다.

그는 건너편 어둠을 유심히 살폈다. 풀숲일 뿐 매복을 칠 만한장소가 아니었다. 무슨 바위가 있는 것도 아니었고, 무덤 같은 게있는 것도 아니었다. 굳이 따져보자면 산굽이와 산굽이의 사이라는 점뿐이었다. 매복은 거의 자기 방어에 유리한 은폐물을 끼게 마련이었고, 중요한 길목의 다리 부근이나 개울둑 같은 데에 많았다.

그러나 매복이 있을 것 같지 않은 전방에서 분명 냄새가 끼쳐왔던 것이다. 그 냄새는 순간적일 뿐, 다시 맡으려 하면 할수록 아무 냄새도 나지 않았다.

천점바구는 중대원들이 다 앞으로 나온 것을 확인한 다음 땅바닥을 더듬어 조그만 돌 몇 개를 집어들었다. 그리고 한 개를 던졌다. 이어서 두 개를 한꺼번에 던졌다.

탕! 타당, 탕!

어둠 속에서 총소리가 터져올랐다.

"1조, 사격 개시! 2·3조, 후방대와 선 잡아라!"

천점바구는 신속하게 명령을 내렸다. 매복인원은 많지 않은 법이고, 비무장부터 뒤로 빼돌려 시간을 벌어야 했다. 이쪽에서도 사격을 가하기 시작했다. 적요했던 새벽의 어둠을 양쪽 총소리가 예리하게 찢고 있었다. 천점바구는 적진의 총소리에 귀를 기울이고 있었다. 적은 수가 적지 않은 것 같았다. 적이 이쪽의 수를 알아차리기 전에 작전을 바꿔야 했다. 어물거리며 지체할 여유가 없었다.

"지끔부터 산개혀서 왼쪽 산으로 붙는다. 산얼 빨딱 넘어스는 것잉께, 출발!"

명령이 떨어지기가 무섭게 그들은 왼쪽 산으로 흩어지며 뛰기 시작했다. 적들이 잠시 방향을 못 잡는 사이에 산으로 붙고, 그들을 산으로 유인해 비무장대원들이 안전하게 피할 수 있도록 하자는 것이었다.

그들이 산중턱 가까이 이르렀을 때 총알이 그들에게로 날아오기 시작했다. 동녘 하늘이 희붐하게 트이고, 어둠도 많이 묽어져 있었다.

"쫓아라!"

"잡아라!"

총소리와 함께 아래서 터지는 소리였다. 그들은 제각기 몸을 피해가며 산을 치달아오르고 있었다. 별로 높지 않은 야산을 그들은 금방 넘어섰다.

"왼쪽으로!"

천점바구는 앞장서며 비탈을 옆으로 달리기 시작했다. 적이 산등성이에 오르는 동안 그들의 시야에서 완전히 벗어나기 위한 방법이었다.

그들은 두 개의 야산 옆구리를 타고 돌아 큰 산줄기로 접어들며 숨길을 돌렸다.

"워메, 외서댁 동무 워쩐 일이다요!"

누군가의 목소리가 다급했다. 천점바구는 급히 몸을 돌렸다.

"워째 그요?"

어리둥절하고 있는 외서댁의 오른쪽 목덜미와 어깨가 피범벅인 것을 천점바구는 발견했다. 귀에서 핏방울이 뚝뚝 떨어지고 있었다.

"워디 봅시다, 동무."

천점바구는 별일 아닌 척 외서댁에게로 다가섰다.

"워째, 나가 워디 상혔소."

외서댁이 의아해하며 천점바구를 쳐다보았다. 천점바구는 귀를 살펴보았다. 분명히 있어야 할 귓불이 없어지고, 그 자리에서 피가 떨어지고 있었다.

"와따, 멀 그리 딜다보요? 무신 일 났소?"

외서댁이 짜증을 묻혀냈다.

"요것 참, 귓밥이 떨어져나갔소."

"귓밥이?" 외서댁이 놀라는 것 같더니 다음 순간, "잘되야부렀소. 밥도 안 태이게 혀준 귓밥, 달고 댕기면 머 헐 것이오. 무겁기만 허제." 그녀는 아주 태연하게 말하고 있었다.

"허! 말 한분 요상허요이. 꼭 배짱 씬 남자맹키로."

천점바구는 시무룩하게 말하며 손수건을 꺼냈다.

"나야 빨치산잉게."

외서댁은 씨익 웃으며 손을 귀로 가져갔다.

"손대지 마씨요, 피가 나고 있응게."

천점바구는 얼른 외서댁의 팔을 붙들었다. 외서댁이 귀가 다친 것을 그리도 까맣게 모르고 있다는 것을 천점바구는 이상하게 생각하지 않았다. 팔에 총을 맞고 쫓기다가 나무를 붙들려고 하는데 팔이 말을 안 들어 총 맞은 것을 아는 사람도 있었고, 엉덩이에 총을 맞은 채 싸우다가 옆사람이 피를 보고 말을 해서야 아는 사람도 있었다. 숨 막히게 돌아가는 전쟁터에서 자기가 다친 것을 모르는 사람들은 흔했다.

벌교 장날이었다. 햇발이 퍼지기 시작하면서 모둠모둠 자리 잡은 마을에서마다 장길을 나선 사람들이 읍내로 이어진 길들을 채우고 있었다. 남자고 여자고 돈이 될 물건들을 이고 들었고, 나들 이를 한다고 삼베옷에는 풀기가 빳빳하게 서 있었다. 농사일로 검붉게 탄 얼굴들에는 그래도 웃음기가 퍼지고, 발걸음들도 가벼웠다. 그러나 그들의 기분은 언제나 읍내로 들어서는 길목에서 구겨지고 말았다. 길목을 지키고 있는 경찰들에게 일일이 도민증을 내보이고 검문을 당해야 했던 것이다. 여자들은 그나마 수월했지만 남자들의 조사는 까다로웠다. 닭이나 돼지처럼 그냥 드러나는 것이면 모르지만 그렇지 않은 짐들은 다 풀어 보여야 했고, 조금이라도 의심을 사는 사람은 경찰서로 끌려갔다. 의심을 사는 경우에는 여자라고 예외가 있을 수 없었다. 경찰서로 끌려간 여자들은 낭자머리부터 풀어헤쳐져서 속곳 주머니까지 뒤짐을 당했다. 낭자 속에 빨치산의 연락문을 감추고 있나 해서였다.

검문소는 횡계다리목·소화다리목·철길건너목 세 군데였다. 그세 곳을 막으면 날개를 달고 날아들지 않는 한 읍내로 들어오는 사람들은 누구나 걸리게 되어 있었다. 역이나 철다리 아래 선창에는 또 따로 경찰이 배치되어 있었다. 경찰에서는 벌교사람들만이아니라 다른 지역의 사람들까지 몰려드는 장날에 빨치산들이 묻어 있거나, 그 끄나풀들의 접선이 이루어진다고 생각하고 있었다. 그 판단은 옳은 것이기도 했다. 빨치산들은 분명 장날을 이용해 필요한 물건들을 조달하고 있었다.

"안녕허심녀? 오늘도 애쓰시는구만이라잉."

등짐을 진 한 사내가 낡아빠져 위에 구멍이 뚫린 밀짚모자를 벗으며 꾸벅 절을 했다.

"오 남샌, 그 짐 머시오?"

경찰 하나가 턱짓을 했다.

"항시 그 짐이제라. 연지꼰지 폴아갖고 삼베 바까묵는 것이야 항
시 그 타령이제라이."

그 남자는 변죽 좋게 말하며 등짐을 벗어 풀어헤치기 시작했다.
그러면서 투덜투덜 말을 씹어대고 있었다.

"니밀헐 놈에 빨갱이덜, 원제나 씨가 몰를랑가이. 고 잡녀러 것덜
땀세 순사양반덜 못헐 일에, 우리 장돌뱅이덜 못헐 일. 고것덜얼 이
푹푹 삶아대디끼 혀뿌는 무신 쌈빡헌 방도가 없을랑가 몰라?"

그 남자가 풀어헤친 짐 위에 회푸대 종이봉투가 놓여 있었다. 경
찰이 짐을 조사하려는 듯 허리를 굽혔다.

"요것이 전분에 말씸허셨든, 거 머시냐, 긍께 그 털로 된 물뿌리
가 달린 그 기라죽헌 양담배요."

그 남자가 경찰의 귀 가까이 대고 낮고 빠르게 말했다.

"어허, 무식하게 털로 된 물뿌리가 뭐요. 필타지, 필타."

경찰이 경멸적으로 말하며 그 봉투를 세워 속을 들여다보았다.

"금메 말이오, 무식해빠진 장돌뱅이 대그빡이라는께 꼬부랑말
언 아무리 들어도 몰르겄당께라."

봉투는 어디로 갔는지 없고, 경찰은 건성건성 짐을 살피고는 허
리를 폈다.

"이, 인자 자네덜 차례시. 순사양반헌테 절 짚이 허고 싸게싸게

도민증 꺼내여."

그 남자가 짐을 묶으며 뒤에 서 있던 두 남자에게 말했다. 두 남자가 경찰 앞으로 걸음을 옮기며 꾸벅꾸벅 절을 했다. 두 남자의 어깨에는 무명보자기와 멜빵이 걸쳐져 있었다. 경찰은 두 남자가 내민 도민증을 힐끗 들여다보고는 통과하라는 손짓을 했다.

"보성 삼베가 당신네덜 톡톡허니 믹여살리는구만."

경찰이 짐을 지고 일어서는 남자에게 한마디 걸쳤다.

"하먼이라, 보성 삼베야 조선시대부텀 명났고, 일본놈덜도 알아주든 명품잉께라. 보성 삼베야 허먼 발 골르고, 바닥 톡톡허고, 올 찬찬하기로 딴 것덜이 당헐 수가 없제라잉. 원체로 겁나게 좋아분께 우리가 장사해 묵기 쉴코, 그 덕에 처자석 믹에살리는 것 아니겄는게라."

그 남자는 눈웃음쳐가며 장돌뱅이다운 입담으로 엮어내고 있었다.

"알겄소. 장사 잘허고, 담 장에 또 만납시다."

경찰이 그만 떠들고 어서 가라는 표정으로 손짓을 해보였다.

"수고허시드라고요이."

그 남자는 허리를 굽신하고 횡계다리목 검문소를 통과했다. 두 남자도 그의 뒤를 따랐다.

앞장선 그 남자는 벌교장을 넘나든 지 오래된 장돌뱅이 남판술이었다. 나머지 두 남자는 그의 졸개이면서 동업자였다. 남판술은 여자들의 값나가는 화장품이며 장신구 같은 것들을 큰 도시에서 받아다가 벌교 같은 데다 먹이고, 작은 도시에서는 그곳의 특산물을 가져다가 큰 도시에 넘기는 장사를 하고 있었다. 그건 장돌뱅이들이면 누구나 하는 방법이었고, 그가 벌교에서 사모으는 것은 예로부터 이름난 '보성 삼베'였다. 그를 따르고 있는 두 남자는 아침에 빈 몸으로 장터에 들어섰다가 저녁에는 부피 큰 삼베 짐을 지고 장터를 떠나갔다.

그러나 그들은 장터거리에 낯모르는 사람이 거의 없고, 경찰들하고도 어물쩍 잘 통하는 장돌뱅이들만이 아니었다. 남판술은 백아산지구의 후방부 특무장이었다. 그가 후방부의 실무책임자인 특무장이란 직책을 맡게 된 것도 장돌뱅이였기 때문이다. 그 직업상 각종 물건조달이 용이했고, 행동반경이 넓었던 것이다. 그는 화순장에서 벌교장까지 자연스럽게 넘나들면서 산만 타고 다니는 선요원들이 해낼 수 없는 정보업무도 겸하고 있었다.

그들이 무사하게 장터로 들어섰다고 해도 행동은 여전히 자유로울 수가 없었다. 장터바닥 그 어디에 감시의 눈이 있는지 알 수가 없었던 것이다. 그래서 필요한 물건이 있어도 맘 놓고 사들일 수가 없었다. 남자 고무신을 서너 켤레 샀다가 끌려가는 여자도 있었고, 소금이나 석유를 많이 샀다고 조사를 당하는 경우도 숱했다. 일단 빨치산들이 필요로 할 듯한 물건들을 많이 샀다 하면 어디서 나타났는지 형사들이 덜미를 잡아챘다.

남판술이 장터마다 돌며 눈독을 들이는 것은 그런 부피 크고 표나는 물건들이 아니었다. 그가 구하고자 하는 것은 첫째가 약이고,

둘째가 성냥이고, 셋째가 칼리비료였다. 약은 갈수록 필요한데도 갈수록 구하기가 어려워졌다. 606호니 페니실린 같은 고급약은 아예 기대하지 않는다 하더라도, 그 손쉽던 아까징끼며 다이야찡 가루도 구하기가 어려웠다. 성냥만 해도 그랬다. 어느 물방에나 가면 구할 수 있었던 것이 차츰 품귀가 되고 말았다. 그것이 다 칼리비료를 배급중단시킨 것과 마찬가지의 통제라는 것을 그는 환히 알고 있었다.

그러나 그는 단념하지 않았다. 사람 사는 세상이라는 것이 묘해서 제아무리 통제를 하고 막아대도 흘러나오는 구멍은 또 있게 마련이었다. 조개껍질에 두꺼비기름 담아 만병통치약이라고 외쳐대는 뜨내기 약장수한테 귀띔을 하면 다음 장날 다이야찡 가루를 몇 봉지 구해오기도 했고, 엉뚱하게 쇠전 옆에서 뒷거래되는 칼리비료를 살 수도 있었던 것이다.

의무과에서는 아까징끼와 다이야찡 가루만이라도 빨리빨리 구해달라고 매일같이 성화였다. 그 다급하고 애타는 심정을 모르는 바 아니었다. 낫질을 잘못해서 어디를 벤 것도 아니고 총을 맞거나 폭탄에 맞아 당한 부상에 약이 없으니 의무과에서 타는 속이 어떨지 알 만했던 것이다. 다리에 박힌 파편을 꺼내는 데 마취약이 없어서 소주 한 잔 먹여 팔다리를 묶어놓고 생살을 찢어대니 그 악쓰는 소리가 온 골짜기를 울려대 새들이 놀라 다 날아가버리더라는 종류의 이야기는 수없이 들을 수 있는 것이었다. 남판술은 자기가 약을 못 구해 살릴 수 있는 대원도 죽이고 있는 것이 아닌가 하는 강박감에 눌리며 장마다 눈을 부릅뜨고 다니는 판이었다.

"어이웨, 나가 한 바쿠 삥 돌고 올 껏잉께 장시 자알 허소이."

남판술은 옆의 장수들에게 들으라는 듯 큰 소리로 말하며 자리를 털고 일어섰다.

"야아, 껵정 마시고 올 골르고 쓸 만헌 물건 나왔는가 싸게싸게 걸음허셔야제라."

부하 하나가 굽신거리며 말장단을 맞추었다.

"아, 자네넌 멀 혀! 얼렁얼렁 안 따라나스고. 국밥 묵은 지 을매나 되았다고 폴세 배 꺼져뿌렀능가."

남판술은 성질을 돋우듯 다른 부하에게 목청을 높였다.

"아니구만이라, 아니어라."

다른 부하가 서두르는 몸짓으로 그의 뒤를 따라나섰다.

남판술은 느릿느릿 걸으며 갖가지 물건들을 눈 빠르게 살펴나가고 있었다. 장터의 물목자리를 환히 알고 있는 그는 왼쪽 장마당으로는 발길을 하지 않았다. 거기는 자리 잡힌 상점들이 손님을 부르고 있었고, 진짜로 장이 서는 곳은 극장으로 통하는 큰길과 그 뒷길이었다.

남판술은 싸전이 서고 있는 길로 꺾어들었다. 그 옆이 삼베를 주로 하는 포목전이었다. 싸전이 됫박쌀을 가지고 나온 여인네들로 붐비듯이 포목전도 삼베 한두 필씩을 안고 나온 여인네들로 붐볐다. 그것을 장수들이 사모아 다른 지방으로 넘겼다.

뒷짐을 진 남판술은 여인네들이 안고 선 삼베를 힐끗 보기도 했고, 필을 풀어놓고 흥정이 오가고 있는 데를 기웃거리기도 하면서 느리게 걸음을 옮기고 있었다. 그런데 많은 여인네들 중에 가르마 왼쪽 머리에 삼베 상장을 꽂고, 남색 보자기를 든 여자가 있었다. 남판술은 그 여자에게로 다가섰다.

"베 폴라고 나왔는갑는디, 워디 귀경 잠 헙씨다. 근디 이 삼복에 무슨 상얼 당혔다냐……."

그의 끝말에 여자의 눈빛이 달라졌다.

"야아, 귀경허씨요. 냄편이구만이라."

여자가 보따리를 풀어헤치며 뒷말을 낮고 빠르게 해치웠다.

"워디 보자아아, 보오성 삼베라고 혀어서어 다 삼베넌 아닌께로 오오, 워디 보자아아……."

남판술은 가락을 늘여가며 삼베를 풀어 높직하게 들고 바탕을 요리조리 들여다보고 있었다.

"볼 것 읎소, 복내면에서 짜낸 것잉게."

여자가 당당하게 말했다.

두 번째 암호까지 확인되었고, 두 사람 사이에는 값을 흥정하는 몇 마디 말이 오가고 나서 남판술은 돈을 꺼내 세기 시작했다. 돈을 받아든 여자는 손가락에 침 발라가며 다시 세고는 돌아섰다. 그리고 사람들 사이로 총총히 사라져갔다.

남판술은 다시 걷기 시작하여 극장 뒤에 이르렀다. 사람들이 겹을 이루며 둘러싸고 있는 안쪽에서 쉰 목소리가 목청을 뽑고 있었다.

"이 약으로 말할 것 같으면 지네하고 닭을 푹푹 과서 그 진짜배기만 쪽 뽑아 만든 만병통치약으로서……."

또 만병통치냐 싶어 남판술은 돌아서버리려다가 혹시나 하는 생각으로 사람들을 밀치며 발뒤꿈치를 들어올렸다. 떠돌이 약장수가 분명한데 제법 규모 크게 패거리가 셋이었고, 못 보던 얼굴들이었다. 혹시나 하는 생각이 더 커졌다. 그래서 그는 그들이 가까운 쪽으로 옮겨갔다.

가까스로 약장수 옆에 다가선 남판술은 하는 일 없이 손톱을 깨물고 앉아 있는 나이 많은 남자를 찔벅였다.

"봇씨요, 우리 아덜이 낫으로 다리럴 많이 비었는디, 아까징끼허고 다이야쩡 가리 포는 것 읎소?"

"이 양반 뱃속 편네. 그런 약품 취급했다가 우리 콩밥 먹는 것 모르오? 그런 약품들 금지하는 덕에 우리가 먹고산다는 거나 아시오."

약장수가 고개를 돌려버렸다.

아, 정말 이새끼들이 씨를 말리기로 작정했구나! 남판술은 고개를 젖히고 혹 한숨을 토해냈다. 뭉게구름이 뭉클뭉클 피어오르고 있는 푸른 하늘이 그에게는 까만 어둠으로 보이고 있었다.

22

호산댁

김미선은 날마다 몸부림치고 있었다. 총길이 최소한 200자 원고지 1천 장, 기한 두 달. 그것은 목숨을 담보 잡은 채 요지부동으로 앞을 가로막고 있는 장벽이었다. 그 피할 수도, 무너뜨릴 수도, 물러설 수도 없는 장벽 앞에 무릎을 꿇은 그녀는 나날을 몸부림 속에서 소모해 가고 있었다.

원고지 1천 장을 두 달, 60일 동안에 써내려면 하루에 16장 반씩 써야 했다. 분량으로 따지자면 그건 결코 많은 양이 아니었다. 그 정도 분량의 글을 매일 써내는 것쯤은 이미 기자생활을 통해서 습관이 되도록 숙달되어 있었다. 그러나 그 숙달된 글쓰기는 자신을 철저하게 배신하고 있었다. 아무리 원고지 칸을 메우려고 안간힘을 써도 지난날의 그 솜씨는 살아나주지 않았다. 취재에 매달리다 보면 언제나 마감시간에 헐떡이며 기사를 써야 했다. 시간이 촉

박할수록 미처 생각지도 못했던 낱말들이 원고지 칸을 메우고 있는 것을 깨닫고는 했다. 그 예기치 못한 희한함은 자기 발견의 경이로움이었고, 글 쓰는 즐거움이었다. 그런 기이한 경험은, 글을 머리로만 쓰는 것이 아니라 손이 쓸 때도 있다는 약간 이해하기 곤란한 말을 기자들이 예사롭게 하게 만들었다. 그런 경험은 기자만 하는 것이 아닌 모양이었다. 어느 소설가가 '영감'이란 제목의 수필에서 그런 경험담을 아주 실감나게 적은 일이 있었다. 어쩌면, 있었던 일만 사실 그대로 써내는 기사보다는 상상력을 발동하는 소설에서는 그런 경우가 훨씬 더 많을지도 모를 일이었다. 그 소설가의 글을 읽으면서 그녀는 자신의 경험에 어떤 부끄러움 같은 것을 느껴야 했다. 소설에 비해 기사도 글이라고…… 하는 평소의 열등감이 자극되었던 것이다.

글 쓰는 것이 습관적으로 숙달이 되었든, 머리보다 앞서 손이 먼저 쓰는 경험을 가졌든 간에 그런 것들은 어디까지나 마음이 움직여야 비로소 이루어질 수 있는 일이었다. 마음의 움직임이 없이는 글이란 써지지 않는다는 상식적인 사실을 김미선은 매일같이 붓방아를 찧고, 원고지들을 계속 쥐어뜯어대며 새삼스러운 처절함으로 느끼고 있었다.

"참회해 가면서 전향적 내용으로 쓰시오!"

어느 적산가옥으로 장소를 옮기고, 원고지 뭉치를 한 아름 가져온 소설가 이아무개가 내린 명령이었다.

자책은 있어도 참회할 것은 없었다. 후회는 있어도 참회할 것은 없었다. 죄책감은 있어도 참회할 것은 없었다. 민족의 올곧은 역사를 위해 혁명은 기필코 성취되어야 한다는 생각을 버릴 수 없는 한 스스로의 행위에 대한 자책과 후회와 죄책감만 커갈 뿐 그 어떤 참회란 있을 수 없는 일이었다. 그러나 행동은 이미 저질러져버린 것이고, 자신의 목숨만이 아니라 두 아이의 목숨에까지 올가미가 씌워져 있었다. 아사지경에 빠진 두 자식을 차마 떼치고 또 떠날 수가 없었던 에미의 괴로운 결정이 당해야 하는 시련은 감당할 수 없도록 너무나 컸다. 참회를 해야 하는 전향적 수기는 곧 혁명의 부정이었고, 당에 대한 배반이었고, 스스로에 대한 기만이었다. 그런 엄청난 죄를 저지르는 것이 수기쓰기였다. 참회를 할 마음은 추호도 없고, 두 자식의 목숨은 걸려 있고, 그녀는 그 틈바구니에 끼여 머리카락을 쥐어뜯는 몸부림을 해야 했다.

그래, 거짓말로 쓰자…… 잘못한 척 시늉을 하자…… 신도들의 몰살을 앞에 놓고 십자가를 발로 밟은 목사처럼…… 한 번도 아니고 33번을 밟았다는 어느 목사처럼…… 아니야, 아니야, 그 목사와 난 달라, 신이란 어차피 있지도 않은 허황한 거니까 얼마든지 밟아도 그만이지만 내가 하는 행위는 엄존하고 있는 당에 대한 배반이야, 당의 위대한 실체는 곧 동지들의 순결한 투쟁이 아니던가. 믿음과 희생으로 이루어진 동지들의 집합이 곧 당인데, 동지들의 순결을 더럽히고 욕되게 할 수는 없는 일이다. 거짓말이 용납되는 경우가 있고, 결정적 오류로 영원한 죄가 되어버리는 경우도 있다. 수기는 왜 쓰려는 것인가. 책을 만들어 선전용으로 이용하려는 것 아닌가. 책으로 찍혀 세상에 널리 퍼져버리면 거짓말로 쓴 이야기가 참말로 둔갑하게 되고, 자신의 숨겨진 진심은 거짓이 되고 마는 것이었다. 그 결정적 오류가 무슨 말로써 해명될 것인가. 용납될 수 있는 거짓말은 그 어떤 위기를 넘기기 위해 비공개되는 입장에서 하는 것일 뿐이었다. 그런 경우의 거짓말은 이미 위장술이란 전술로 활용되기도 했다.

"휴전회담이 본격적으로 열리고 있소. 딴생각 말고 부지런히 쓰시오."

소설가 이아무개는 처음에 이런 식으로 부드럽게 말했다. 그러나 사흘거리로 몇 차례 들를 때마다 아무런 진전이 없자 태도가 바뀌기 시작했다.

"정말 이럴 거요? 당장 감방으로 돌아가고 싶소!"

그는 노기를 띠며 노려보았다. 그러다가 태도를 바꾸어 설득을 하려고 들었다.

"인생이 도대체 뭐요. 허망하고 허무한 것 아닌가요? 짧은 인생 허무하게 살다 가는 건데 사상이고 이념이고 따져서 뭘 하자는 겁니까. 그런 걸 따지나, 안 따지나 인생이 죽음 앞에서 허무한 빈손이기는 매일반 아닌가요. 인생 육십 공수래공수거고, 더욱이 김미선 씨는 애들이 둘씩이나 딸린 여자의 몸 아닌가요. 그저 애들 생각만 하면서 겪었던 대로만 어서어서 쓰세요. 빨리 써버리고 자유의 몸이 되어 아이들 데리고, 어머님 모시고 사는 게 젤이지 그까짓 사상이란 게 다 뭐 말라빠진 겁니까? 더구나 그 사상이 현실로 이뤄질 가망은 전혀 없는 판에 말입니다."

그리고 그는 부드러운 어조로 협박하는 것을 잊지 않았다.

"내가 기다리는 것도 한도가 있습니다. 그리고 날짜를 연기하는 건 내 능력이나 권한이 아닙니다."

김미선은 그의 어떠한 말에도 대꾸하지 않았다. 그가 내세우는 인생허무주의는 철저한 봉건적 지배논리였으며, 전형적인 기득권세력의 옹호논리였고, 표본적인 반인민·비역사성을 내세우는 문학논리였다. 어차피 허무한 인생이니 그저 그렇게 한평생 살아가자는 그 말은 무척 초연한 것 같고, 달관한 것 같지만 사실 그 속에는 간교하고 음흉한 함정이 수없이 파여 있었다. 인생은 어차피 허무한 빈손인 공수래공수거가 아니더냐…… 아주 감상적이기도 하고 철학적이기도 한 이 읊조림이 사람들의 의식을 최면시켜 나가면서 깊이 심는 것은 체념과 패배주의였다. 그 대중최면의 체념과 패배주의를 짓밟고 올라서서 지배계급은 맘껏 권력을 휘둘러대고, 그와 야합하는 기득권세력은 마음대로 착취를 일삼는 것이며, 이아무개 같은 부류의 문학을 한다는 자들은 그런 권력과 세력에 기생하면서 대중을 더욱 눈멀게 하는 체념을 조장하고, 대중을 갈수록 허무주의에 빠지게 하는 글줄을 써대 힘을 빼는 것이었다. 그 반인민적·반역사적 복무의 작태가 사랑을 터무니없이 확대해서 비련의 자살극을 조작하는 삼류 연애소설이었고, 허무가 인생 극치의 멋인 양 과장해 대면서 매일 술 취해 허무타령이나 하는 사내를 미화시키는 퇴폐소설을 써대는 일이었다. 이아무개는 바로 술주정뱅이들이 게걸거리는 꼴들을 낭만적 허무니, 고독한 인생이니 미화시켜 가면서 소설이라고 맡아놓고 써대는 자였다.

"당신 정말 이따위로 굴 거야, 이거! 좋아, 죽고 싶으면 맘대로 해. 오늘이 마지막이야. 다음번에 와서도 시작을 안 했으면 그땐 가차 없이 보고하고 말 테니까 알아서 해!"

그는 평소의 유순한 듯한 얼굴을 싹 감춘 채 살기를 내뿜으며 소리쳤던 것이다. 장소를 옮긴 지 보름쯤 지나서 일어난 일이었다.

김미선은 그의 살기 품은 얼굴에서 위기를 실감하지 않을 수 없었다. 그런 기생충적 기회주의자가 자기에게 닥칠 책임의 위험을 얼마나 악랄하고 날렵하게 피해버릴 것인지는 능히 짐작할 수 있었다. 날짜를 계산해 보고 정해진 기한까지 글을 써낼 가망이 없다고 판단되면 그자는 주저 없이 이쪽을 수사기관에 넘기고 말 위인이었다. 자신의 책임을 면하기 위해 구제불능의 악질 빨갱이니 뭐니 욕을 해대면서.

김미선은 그날부터 원고지를 펼쳐놓고 앉아 펜촉에 잉크를 찍었다. 참회고, 전향적 내용이고 다 외면하고 겪었던 그대로를 일기 쓰듯이 적어나가기로 작정했던 것이다. 그렇다고 글이 수월하게 풀려나가지는 않았다. 한 장을 채우려면 평균 세 장은 찢었고, 어느 대목에서는 자신도 모르게 미군의 잔악성을 욕해 대고 있는가 하면, 인민군들의 고난에 찬 투쟁을 고무적으로 적고 있기도 했다.

김미선은 자신의 생각이 전혀 들어가지 않는 기행문이 되도록 책상에 매달려 진땀을 흘렸다. 감시가 있는 집에서 꼼짝을 하지 않고 아침부터 밤늦게까지 써야 가까스로 15장을 채울 수 있었다. 장수를 늘리려고 문장을 짧게 했고, 문장마다 줄을 바꾸었는데도 그 지경이었다. 쓰기 싫은 글을 쓰는 것이 얼마나 큰 고역이고, 고문인가를 절절하게 느끼고 있었다. 글을 쓰다 보니 이학송은 어쩔 수 없이 옆에 있는 사람이 되었고, 그 글재주 좋던 이학송은 이런 경우에 어떨까를 생각하고는 했다. 그도 자신처럼 고통을 당하며 애꿎게 원고지를 찢어댈 것인지 어떨지 알 수가 없었다. 어쩌면 자신보다 더 심하게 고통을 당할 것도 같았고, 어찌 생각하면 하루에 몇십 장씩 써내버릴 것도 같았던 것이다. 그는 끝내 아이들의 종적을 모른 채 떠나기는 했지만, 그렇게나마 떠난 그가 문득문득 부러웠다.

사흘 만에 다시 나타난 이아무개는 글이 적힌 마흔 몇 장의 원고지를 집어들고 더없이 기분 좋아했다.

"됐소, 시작이 반이오. 우선 무조건 쓰시오. 지금 제일 중요한 일은 원고지 매수가 늘어나는 일이오."

그는 연방 싱글벙글하더니 자리를 잡고 앉아 읽기 시작했다.

김미선은 순간적으로 기분이 상했다. 가지고 가서 읽으라고 쏘아대고 싶었다. 그러나 여기가 신문사가 아니라는 것을 곧 깨달았다. 당사자를 앞에 두고 그 사람의 글을 읽는 것은 일종의 실례라고 생각해서 그런 일을 삼가는 것은 신문사에서나 차려지는 예의였다. 그러나 그 예의는 기자들끼리만 지키는 것이 아니었다. 외부 인사의 원고를 받을 때, 특히 문필가의 글을 받을 경우에 그 예의는 절대적으로 지켜야 했다. 문필가의 글을 받으면서 기자에게 허용된 것은 "수고하셨습니다, 고맙습니다" 그 한마디뿐이었다. 만약 무심코 원고를 읽었다가는 그건 기자의 기본자질부터 의심받는 큰 결례가 되었다. 그 무심코 한 행동이 원고를 심사하는 행위가 되는 것이고, 그것은 곧 문필가에 대한 모독이었다. 명성이 높은 문필가일수록 모독의 정도가 커지는 것은 더 말할 것이 없었다.

그런데 명색이 소설가인 이아무개는 그런 기본적인 예의를 아는지 모르는지 미국 담배를 뻐끔거려가며 원고를 읽어나가고 있었다. 저런 작자한테 그런 걸 기대하는 내가 바보지…… . 김미선은 경멸적인 곁눈질을 하며 입술을 물었다. 종이 넘기는 소리가 가녀리게 들릴 때마다 그녀는 목이 타드는 것을 느끼고 있었다. 그녀는 눈을 꼬옥 감으며 모아잡은 두 손에 이마를 댔다. 문득 한탄강 강변에 슬픔인 듯 보랏빛 물결을 이루고 있던 들국화꽃밭이 떠올랐다. 그 꽃밭에 바짝 엎드린 채 들국화 가지들 사이로 바라보았던 이학송의 웃음 담긴 모습이 선연했다. 지금 어디쯤에 머물러 있을까…… 얼어붙은 몸을 옆으로 감싸 품어주면서, 오라버니거니 생각하라고 해놓고서는, 눈 퍼붓는 통화역을 먼저 떠나면서는 뒤돌아보지 못했던 남자…… 철들어버린 자신을 울리고 그 응답으로 뒤돌아보지 못하는 모습을 남겨둔 채 또 떠나고 없는 큰 산 같은 남자…… 지금쯤 어디에 있을까…… .

"글이 왜 이렇게 물기가 없이 딱딱하오."

느닷없이 뒤에서 터진 큰 소리였다. 그녀는 왈칵 놀랐지만 금방 감정을 바로잡았다.

"이거 천 매짜리 수긴데 말이오, 좀 물기가 돌게 쓸 수 없소? 이렇게 딱딱해서야 어떻게 끝까지 읽겠소? 어찌, 말 좀 해보시오."

그는 책상 옆으로 다가서며 불만스럽게 말하고 있었다.

"나는 기자지 소설가가 아닙니다."

김미선은 앞의 벽만 바라본 채 대꾸했다.

"그래요? 그럼 그건 그렇다 칩시다. 그런데 왜 참회적 전향의 뜻은 단 한 줄도 볼 수가 없는 거요?"

그녀는 눈을 감으며 입을 꼭 다물었다.

"왜, 전향할 뜻이 전혀 없다 그거요?"

그녀는 입을 더 꼭 다물었다.

"대답해 봐요. 이걸 이따위로 써선 쓰나마나요."

그가 그녀의 어깨를 잡고 흔들었다. 다음 순간 그녀의 손이 그의 팔을 뿌리쳤다.

"왜 이래요, 말로만 하세요!"

그녀가 싸늘하게 내쏘며 몸을 발딱 일으켰다. 그의 얼굴에 당황한 빛이 드러났다.

"좋아요, 쓰나마나라면 안 쓰겠어요. 난 달리는 쓸 능력이 없으니까요."

그녀는 상대방을 노려보며 또렷하게 말했다. 그리고 그가 읽어본 원고지들을 와락 움켜잡았다.

"아니, 왜 이럽니까, 왜. 됐어요, 그냥 그대로 써요. 다른 건 내가

다 알아서 할 테니까 그냥 그 조시로 써요.'

그는 허둥지둥 김미선이 움켜잡은 원고지들을 맞잡으며 마치 더듬듯 말을 급하게 하고 있었다. 흥, 소설을 쓴다는 작자가 '조시'는 또 뭐야. 김미선은 쓰게 비웃고 있었다.

호산댁은 작은며느리가 옷을 차려입고 나가자 마음이 바빠지기 시작했다. 방으로 들어가 동그란 손거울을 꺼내놓고 빗을 집어들었다. 비녀를 뺀 머리로 빗을 가져가다가 호산댁은 거울에 비친 자신의 모습에 눈길이 잡혔다.

참말로 험허게도 늙었다. 나도 인자 살날이 을매 안 남았는갑다. 불현듯 호산댁의 머리를 스친 생각이었다. 너무 오래되어 금이 가고, 물이 잡힌 거울에 얼비치는 자신의 늙을 대로 늙은 몰골에 썰렁한 찬바람을 느끼고 있었다. 머리카락은 날로 빠지면서 희어지고 있어서 잎 떨구는 가을산처럼 혜성했고, 얼굴에 잡힌 굵고 가는 주름살들도 더는 들어앉을 자리가 없을 지경으로 얽히고설켜 얼굴을 쪼골쪼골하게 구겨놓고 있었다. 거기다가 이빨까지 무너지면서 입이 합죽하게 말려드니 얼굴은 더 볼품없이 늙어 보였다. 나도 꽃맹키로 훤허든 호시절이 있기넌 있었는디……. 호산댁은 지금 자신의 모습이 얼비치고 있는 손거울에 처음으로 자신의 얼굴을 담았던 때를 떠올렸다. 혼례식 올린 첫날밤을 새우고 손수 첫 번째 낭자머리를 틀었던 기억이다. 그때 새 거울에 비친 스스로의 모습을 보면서, 남들의 눈을 끌게 잘생긴 것은 없어도 곱다는 생각만은 주저 없이 했었던 것이다. 그 시절이 바로 잡힐 듯이 엊그제만 같은데…… 거울도 사람도 함께 늙어 아무짝에도 쓸모없이 흉하게 변하고 만 세월이었다. 지나간 날들을 돌이켜보아도 숯장수 마누라로 그 뒷수발을 하며 진구렁 속을 질퍽거리고 살아온 세월일 뿐이었다. 어느 때 한 번 숨 돌리고 살아본 적이 없는 궁색한 살림살이였다.

호산댁은 콧물을 들이켰다. 자신도 모르게 감정이 축축하게 젖어들었던 것이다. 나가 워째 요리 실답잖은 생각이나 허고 앉았다냐. 늙은것이 인자 노망꺼지 허는갑다. 호산댁은 마음을 추스르고 숱 적은 머리칼에 빗질을 하기 시작했다. 헛생각에 빠져 시간을 지체했다는 것을 깨닫자 호산댁의 마음은 더 바빠졌다.

나가 허는 일 없이 밥만 죽임시로 근천시럽게 살아도 광조가 중핵교 들어가기 전에야 죽을 수 없는 일이제잉. 허먼, 고 불쌍헌 것이 우리 집안 장잔디, 나가 워치케든 오래 살아서나 고것 뒷수발얼 거들어야제. 고것이 즈그 아부지 탁해서 영판 똑똑허덜 않는디, 고것 장래가 워찌 될란지 생각만 혀도 가심이 터질 일이여. 빨갱이 자석! 빨갱이 자석! 어린것이 폴세부텀 손꾸락질당허고 눈총질당험스로 사니 을매나 기가 꺾이고 주눅이 들 것이여, 금메. 빨갱이도 그냥 빨갱이가 아니라 군에서 질로 높아뿌렀으니, 숨기기럴 헐 것이여, 개리기럴 헐 것이여. 입산혀 갖고는 자리가 더 높아져뿌렀다는 소문인디, 남치기 식구덜 살기가 자꼬 에로와지제. 그려도 내놓고 말 못혀서 그렇제, 광조 애비가 인물이사 을매나 똑별난 인물이여. 인공이 질게 가덜 못혀서 그렇제, 그때 광조 애비가 일 공평하고 똑바라지게 혀나가는 것 보고 입 달린 사람이면 모다 머시라고 혔어. 일정 때부텀 이적지꺼지 쳐서 군수 중에서 제일간다고 허덜 안 혔는감. 순사덜허고 부자덜이나 광조 애비럴 원수로 알제, 가난헌 농새꾼덜이나 천허게 사는 사람덜이야 모다모다 질로 치지 안 혔등감. 나도 그때 서너 달 동안에 떠받들림스로 대접받은 것으로 치자면 장한 자석 둔 엠씨로 포한얼 다 푼 심이여. 그때 허는 것 봉께로 광조 애비가 허는 일이 열 분, 백 분 옳여. 모냥새도 생각도 다 똑겉은 사람덜이 사는 것도 다 똑겉이 공평하니 사는 시상이 옳제, 위째 한 사람 배 터지게 살리자고 백 사람, 천 사람이 배곯아야 허는 시상이 옳을 것이여. 고것이야 아그덜도 다 아는 이치고, 물 흘르디끼 허는 순린디, 위째 그 물줄기럴 꺼꿀로 돌리자고 염병이여, 염병이. 그 억지춘향이 맹글라는 이승만이넌 사람도 아녀. 고 잡녀러 영감탱이가 우리 아덜이 고상고상혀 맹글어논 살기 존 시상얼 다 때레뿌식어뿔고 또 문딩이 콧구녕 겉은 시상으로 되돌린 것이여. 사람덜이 무서바 말얼 안 헝께로 그렇제 맘속에 두고 있는 군수는 우리 큰아덜 염상진이여! 하먼, 염상진이제!

호산댁은 또 몸이 뜨거워지는 것을 느끼며 부르르 떨었다. 입 밖에 낼 수 없는 큰아들 생각만 하면 언제나 가슴에서는 불덩이가 이글거렸다. 인공을 거치고 나서 큰아들의 뜻을 완전히 이해하게 되었고, 남편의 묘를 찾아가서도 아들이 얼마나 장한 일을 해냈는지 차근차근 다 말했고, 남편이 아들에게 가졌던 서운한 마음도 다 풀어버리라고 권했던 것이다. 큰아들은 사범학교를 졸업하고 선생 노릇을 하지 않아 남편의 가슴에 못을 박긴 했지만, 결국은 남편이 평생 한스러워했던 잘못된 세상을 뒤바꿔 선생 하는 것보다 훨씬 장한 일을 해냈던 것이다.

치마저고리를 갈아입은 호산댁은 작은 보퉁이를 들고 살금살금 방을 나섰다. 부엌 쪽으로 눈길을 돌렸다. 부엌데기 처녀가 입에 붙은 노래인 '임이여 성공하소서……' 하는 대목을 읊조리며 빨래를 하고 있었다. 처녀가 그 노래를 할 때는 불러도 잘 알아듣지 못하기가 예사였다. 호산댁은 발끝으로 걸어 빠끔히 열린 대문 사이로 빠져나갔다.

굽은 허리로 잰걸음질을 쳐 골목을 벗어난 호산댁은 걸음을 잠시 멈추고 휴우 긴 숨을 내쉬었다. 그러면서 그녀는 작은며느리의 눈을 피하고, 부엌데기의 눈까지 피해가며 손자를 만나러 가야 하는 자신의 신세에 서글픔을 느꼈다. 부엌데기 처녀도 작은며느리가 시집오면서 데려온 아이니까 눈을 피해야 하기는 작은며느리와 마찬가지였다.

호산댁은 어느 길로 갈까를 잠깐 망설이다가 뒷길로 마음을 정했다. 작은며느리의 눈을 끝까지 피하자면 아무래도 큰길보다 뒷길이 더 안전할 것 같았던 것이다. 호산댁은 걸음을 옮겨놓으며 작은 보퉁이를 머리에 이었다. 며느리가 하나 더 생겼으면 무언가 좀 나아지는 것이 있어야 할 텐데 오히려 살기가 더 옹색스러워지고 말아 호산댁은 자신의 신세 박복함을 소리 없이 한탄했다.

사람들은 부잣집딸을 며느리로 들여온 것을 못내 부러워했다. 그러나 그건 작은아들한테나 기분 좋게 들릴 말일 뿐이었다. 호산댁으로서는 부잣집딸이 며느리로 들어왔다고 해서 별나게 돈으로 호강하는 일도 없었고, 또 그러기를 바라지도 않았다. 집을 새로 이사해 방이 커지고 깨끗했지만 그것도 전혀 즐거움일 수가 없었다. 그전 집보다 더 작은 방에 거처하더라도 마음 편하고, 그리고 전처럼 손자손녀를 마음대로 보러 다닐 수 있기를 호산댁은 간절하게 바랄 뿐이었다. 그러나 그건 이제 틀린 일이었다. 작은며느리의 마음이 변할 리 없었고, 따라서 작은아들이 그것을 허락할 리 없었던 것이다. 작은며느리가 들어오면서 자신의 단 하나 즐거움이었던 손자 만나러 다니는 발길이 막히리라고는 생각조차 못했던 일이었다.

　작은며느리는 새살림을 시작하고 며칠이 지나도 큰집에 인사 갈 눈치가 전혀 보이지 않았다. 작은아들도 그런 낌새가 없기는 마찬가지였다. 큰아들이 집을 비우고 있어도 큰집은 어디까지나 큰집이었다. 제사도 엄연히 큰집에서 모시고 있는데, 손윗사람에게 그럴 법이 없는 일이었다. 호산댁은 며칠을 기다리다 못해 아들 내외 앞에서 어렵게 입을 떼게 되었다.

　"야아야, 작은애기야, 큰집 동서헌테 인사걸음 한분 혀야 쓰덜 않겄냐?"

　아들이 무슨 소리를 것지를지 몰라 일부러 며느리에게 말을 붙였다.

"워메 어무님, 고것 시방 지정신으로 허는 말씸이다요?"

며느리가 눈을 똑바로 뜨며 내쏜 말이었다.

"아니 니가…… 고것이 무신 소리여……."

며느리의 그 당돌한 태도에 너무 놀라고 당황한 호산댁은 말을 더듬거리고 있었다.

"무신 소리넌 무신 소리여라! 우리 아부지, 우리 오빠 죽인 것이 누군지 몰라서 어무님언 고런 소리 나헌테 허고 그요? 나헌테넌 냄편 하나만 있제 큰집이고 지랄이고 없어라. 포도시 참고 사는 나 가심에 불 질르지 마씨요."

눈을 부릅뜬 며느리가 표독스럽게 퍼부어댄 소리였다. 가슴이 덜컹 내려앉은 호산댁은 멍한 정신으로 앉아 있었다.

"엄니넌 위째 그리 눈치콧치도 없소. 아는 것이 없으면 해주는 밥이나 묵고 소리 없이 앉었을 것이제."

작은아들이 벌컥 화를 내며 쏘아붙였다.

"아니여, 아니여. 나가 암것도 몰르고 헌 소린께 없던 일로 혀, 없던 일로."

겁 질린 호산댁은 다급하게 말하며 고개를 내두르고 있었다.

"봇씨요, 그 집구석 아그덜 우리 집에 발길 못허게 허라고 혀주씨요."

작은며느리가 작은아들에게 하는 말이었다.

"아, 알겄어." 작은아들은 고개를 끄덕이고는, "엄니, 알겄제라! 그 집구석 아그덜 여그 얼찐도 못허게 허씨요." 호산댁을 쳐다보며 큰

소리로 말했다. 호산댁은 작은아들의 기세에 눌리며 그저 고개를 끄덕였다.

"글고 말이요, 어무님도 우리하고 항꾼에 살라먼 그 집구석에 발길 안 허게 혀주씨요."

작은며느리가 또 작은아들에게 하는 말이었다.

"항, 그래야제. 엄니, 알겄제라! 엄니도 인자부텀 그 집구석에 걸음 끊으씨요."

호산댁은 또 고개를 끄덕일 수밖에 없었다.

자기 방으로 돌아온 호산댁은 머리를 방바닥에 박고 느껴울며 괜한 말을 꺼냈던 것을 후회하고 또 후회했다. 집안의 모양새를 잡으려다가 오히려 자신도 발걸음을 할 수 없도록 일을 망치고 말았던 것이다. 큰아들이 솥공장집 부자에게 직접 총질은 하지 않았더라도, 그 결정을 내린 것은 틀림없는 일이니 작은며느리가 그리 치를 떨어대도 아무 할 말이 없긴 했다. 시어머니는 있으나마나, 남편한테 그런 일을 거침없이 시키는 며느리도 가관이었고, 마누라가 시키는 대로 착착 따라서 하는 아들 꼬라지는 더 가관이었다. 처가 재산 위에 올라앉은 작은아들놈은 넋도 뼈다귀도 다 빠져버린 얼간이였다. 아들이 그 지경으로 변했거나 말거나 호산댁은 자신이 발길을 못하게 된 암담함으로 몸을 가눌 수가 없었다.

호산댁은 시어머니 노릇을 하려고도 하지 않았지만, 며느리도 시어머니 눈치 같은 것은 아예 보려고도 하지 않고 제멋대로 나돌았다. 아들이 에미를 우습게 아니 며느리가 한술을 더 뜨는 판이었다. 며느리가 그러거나 말거나 호산댁은 어떻게 하면 큰아들네를 도울 수 있을까를 궁리하고 있었다. 발걸음도 못하게 된 형편에 전처럼 쌀을 퍼낼 수는 없었다. 표가 안 나게 하자면 돈이 제일인데, 작은아들한테서 돈이 나오지 않고서는 어디서 땡전 한 닢 생길 데가 없었다. 어떻게 하면 아들한테서 돈을 쉽게 얻어낼 수 있을 것인가. 아무리 머리를 짜도 그 방도는 생각나지 않았다. 그러던 어느 날 같은 나이 또래의 노인네들과 이야기를 주고받다가 그럴듯한 생각을 해내게 되었다. 그래서 며느리의 눈을 피해 아들을 곧 만났다.

"니가 솥공장이고 정미소 사장님인 것이 틀림읎제?"

호산댁은 첫마디를 이렇게 꺼냈다.

"그렇제라."

작은아들은 이상하게 생각하는 기색이면서도 대답은 야무지게 했다.

"글먼, 그 두 가지 사장이면 읍내서 헌다허는 부자 축에 들고, 유지 축에 드는 것도 틀림읎는감?"

"아, 그렇제라."

"근디, 요 에미넌 머시여?"

"무신 소리다요?"

"안직도 무신 말인치 못 알아묵는구만잉. 고것이 무신 소린고 허니 말이시, 고런 부자에다 유지 아덜얼 둔 이 엠씨 체면이 사람덜 앞에서 똥 친 막대기여. 사람덜이야 나가 아덜 덕에 돈얼 많이 지닌 줄 알고 밥도 더러 사고, 술도 더러 사고 그러기럴 바래는디, 생전에 나가 돈이 있어야 고런 체면얼 채리고 살제. 헌디, 나가 체면 못 채리는 것이야 암시랑토 않는디, 아덜 체면이 항꾼에 깎잉께 고것이 아조 속상허고 견디기 몰뚝잖드랑께로."

"금메, 말 듣고 봉께로 고것이 그렇구만이라이. 가만있어봇씨요. 고것얼 그냥 그리 둬서는 안 되겠는디요."

이렇게 되어 전에 없이 두둑한 용돈을 타내게 되었다.

"요 돈 앗싸리허게 써서 나 체면이고, 엄니 체면이고 싹 세와뿌씨요."

작은아들이 기세 좋게 용돈을 내주며 다진 말이었다. 그러나 호산댁은 그 돈을 한 푼도 축내지 않았다. 호산댁은 그동안 용돈을 받을 때마다 며느리의 눈을 피해 손자에게 다녀오고는 했다. 친정이며 어디로 제멋대로 나돌아다니는 작은며느리의 눈을 피하기는 별로 어렵지 않았다. 그러나 작은아들이고 며느리를 어느 길목에서 불쑥 맞닥뜨리게 될지 모를 일이어서 집을 나서서 돌아올 때까지는 줄창 가슴이 조마조마했던 것이다. 그러나 일을 무사하게 끝내고 나면 전신이 나른하게 퍼지는 속에서 그지없는 만족감에 젖어들며 단잠을 잘 수 있었다. 손자 광조의 펄펄 뛰며 반가워하는 모습도, 어딘가 그늘이 낀 손녀 덕순이의 안으로 접히는 웃음도, 베틀에 몸을 묶고 사는 큰며느리의 고달픈 신역도 다 꿈에서 다시 만나는 가슴 축축하게 적시는 쓰라림이었다.

호산댁은 질정 없는 생각에 빠져 걷다가 그만 소방서 앞 사진관에 가까워져 있는 것을 깨달았다. 소방서 바로 옆은 청년단 사무실이었다. 작은아들이 읍내 어디라고 안 싸돌아다니는 데가 없지만, 청년단 앞을 그냥 무질러 지나갈 용기는 도저히 생기지 않았다. 호산댁은 서둘러 몸을 돌려세웠다. 그리고 지나쳐온 단팥죽집 옆골목을 향해 잰걸음을 쳤다. 작은아들이 곧 뒷덜미를 잡는 것만 같았던 것이다.

골목을 벗어나자 큰길이었다. 호산댁은 일단 마음을 놓았다. 작은며느리의 친정이 있는 공설시장 쪽하고는 멀리 떨어져 있었고, 작은아들이 진을 치는 경찰서나 차부하고도 반대쪽으로 가는 길이었던 것이다. 호산댁은 큰길 삼거리를 반으로 접히다시피 굽어진 허리로 잽싸게 가로지르고 있었다. 왼쪽 팔은 굽은 허리에 올라가 있었고, 오른쪽 팔은 걸음에 맞추어 폭넓게 휘저어대고 있었다. 다소 마음이 놓인 호산댁으로서는 이 지점서부터 팔다리가 가뿐해지는 것을 느꼈다. 그것은 그 묘한 돈 힘이었다. 결코 많은 돈은 아니지만 속곳 주머니에 든 돈이 그런 새 힘을 내게 만들었다.

호산댁은 삼거리를 가로질러 자애병원 쪽으로 부산하게 가고 있었다.

"어무님, 어무니임!"

세 여자들 중의 한 여자가 뒤에서 호산댁을 부르고 있었다. 그러나 호산댁의 부산스런 걸음은 멈춰지지 않았다.

"느그 시엄니가 아닌갑다."

한 여자가 들고 있는 양산을 핑그르르 돌리며 말했다.

"나가 눈이 삐었간디? 저리 꼽새등으로 표나게 걷는 늙은이럴 나가 못 알아볼 성불르냐!"

윤옥자가 파르르 화를 돋우며 내쏘았다.

"근디, 마실 나왔다가 시엄니 길에서 만내면 메누리가 먼첨 피해 달아나야 헐 일인디, 위째 니넌 꺼꿀로냐?"

다른 여자가 의아스러워했다.

"저 늙은이가 나 몰르게 저 지랄 치고 댕기는 것이제. 당장에 다리럴 뿐질러뿌러야 혀!"

윤옥자는 부르르 떨며 쓰고 있던 양산을 거칠게 접었다. 그리고 호산댁을 향해 뛰기 시작했다.

"예 말이요, 어무님! 거그 스씨요. 거그 스랑께라!"

윤옥자는 뛰면서 소리치고 있었다. 무슨 영문인지 몰라 서로 쳐다보고 있던 두 여자도 윤옥자의 뒤를 따라 뛰기 시작했다.

"광조 할메! 거그 스랑께라!"

윤옥자가 바락 소리 질렀다. 그러자 호산댁의 걸음이 뚝 멈춰졌다.

"빌어묵을 늙은이, 인자사 알아듣는구만."

계속 뛰면서 내뱉은 윤옥자의 독 오른 소리였다. 걸음을 멈춘 호산댁은 뒤도 돌아보지 않고 얼어붙은 듯 그대로 서 있었다.

"시방 어디 가시오!"

숨을 헐떡이며 시어머니 앞을 가로막고 선 윤옥자가 내쏘았다. 얼굴이 굳어진 호산댁은 눈길을 떨구고 있었다.

"요것이 머시요!"

윤옥자가 시어머니가 이고 있는 보퉁이로 팔을 뻗쳤다. 그런데 윤옥자의 손이 보퉁이에 닿는 것과 거의 동시에 호산댁의 두 손도 보퉁이를 거머잡았다.

"요것 놓씨요!"

윤옥자가 앙칼지게 말했다.

"안 뒤여!"

호산댁이 울음을 터뜨리듯 한 소리였다. 두 여자가 숨을 씩씩거리며 윤옥자 옆으로 다가서고 있었다.

"아, 싸게 놓란 말이요!"

윤옥자가 보퉁이를 잡아챘다.

"워메!"

보퉁이를 놓친 호산댁이 곧 넘어질 것처럼 비척거렸다. 그런 호산댁의 겁먹고 일그러진 얼굴은 울고 있었다.

두 여자의 눈길이 모아진 가운데 윤옥자는 보퉁이를 풀어헤치고 있었다.

"아아니, 요것이 다 머시여! 누구 돈으로 누구 존일 시키자고 요런 것얼 다 산 것이여! 우리 아부지, 오빠 죽인 빨갱이 자석새끼덜 믹이자고 우리 돈으로 요 과자럴 산 것 아니냔 말이여!"

윤옥자는 대낮의 큰길인 것을 아는지 모르는지 마구 소리 질러대며 과자 봉지를 땅바닥에 패대기쳤다.

"워메 엄니……."

호산댁은 몸을 움찔하며 가느다란 소리를 흘렸다. 봉지가 터지면서 과자들이 깨지고, 색색의 사탕이 흩어졌다.

"우리 돈으로 빨갱이 자석덜 갤차갖고 또 빨갱이 맹글라고 요런 것 산 것이여!"

윤옥자는 부들부들 떨어대며 공책을 박박 찢어댔고, 연필을 뚝 뚝 부러뜨렸다. 길 가던 사람들이 눈치 살피며 모여들기 시작했다. 땅바닥에 공책 찢어진 종이쪽지들이 어지럽게 흩어졌다.

"우새시럽다, 헐 일 다 혔으면 싸게 가자."

무슨 일인지 대강 눈치챘다는 듯 두 여자가 윤옥자를 잡아끌었다.

"아조 그 집구석에 가서 살제 우리 집에넌 발걸음도 허지 마씨요."

윤옥자가 쏘아지르고 돌아서며 양산을 확 펼쳤다. 그리고 총총 히 걸음을 옮기기 시작했다.

호산댁은 그때서야 땅바닥에 퍼질러앉으며 깨진 과자 부스러기 들과 찢어진 종이쪽들을 마디 굵은 열 개의 손가락으로 갈퀴를 만 들어 싸잡아 긁어모으고 있었다. 두 줄기 눈물이 얽히고설킨 주름 골들을 타넘으며 흘러내리고 있었다.

사단의 임무교대에 따라 양효석은 최전방에 투입되었다. 다른 장 교들은 어떤지 모르지만 양효석은 오랜만에 양쪽 겨드랑이에서 날 개가 돋치는 것 같은 속 트이는 상쾌감을 맛보고 있었다. 낙동강전 투 이후로 적과 맞대결하는 전투다운 전투를 해보지 못하고 후방 에 뒤쳐져 패잔병들 후퇴 길목이나 막고, 공비토벌이나 나서고 하 는 것이 그는 여간 못마땅하지 않았던 것이다. 군인이면 군인답게 적과 정면대결을 해서 싸워야 싸우는 맛도 나고, 이겨도 이기는 기분이 통쾌할 것인데, 패잔병들을 상대해 총질하는 것은 도무지 싸움 같지가 않았고, 군인도 민간인도 아닌 것들을 상대로 하는 공비토벌이라는 것도 아이들 숨바꼭질도 아니고 도대체 마음에 들지 않았던 것이다.

양효석이 공비토벌을 마땅찮아하는 것은 그 군인도 민간인도 아닌 것들하고 작전도 전선도 없이 총질을 해대야 하는 한심스런 꼴 때문만은 아니었다. 그것도 서로 맞대고 총질을 하는 것이니까 전쟁인 것은 분명하고, 내 목숨을 지키면서 상대방을 없애자면 그때그때 머리 기민하게 돌려가며 용감하게 싸우지 않으면 안 되었다. 그런데 그가 마땅찮아하는 것은 공비들과 맞서는 싸움이 아니라 토벌이라는 이름으로 벌어지는 엉뚱한 일에 있었다. 견벽청야라는 그 토벌작전이 도무지 마땅찮아 견디기가 어려웠던 것이다. 견벽청야라는 것은 아무리 생각해도 작전이라고 할 것이 없었다. 적 쪽에는 아무것도 남기지 말고 다 쓸어없애라니, 그처럼 무식하고 잔인한 짓이 무슨 작전이랴 싶었던 것이다. 그 작전에 따라 공비가 출몰하는 지역이면 누구든 닥치는 대로 죽여야 하니, 공비가 움직이는 대로 뒤쫓아다니며 사람들을 죽이다 보면 그 수가 끝도 없이 불어나게 되어 있었다. 그 무식한 견벽청야로 도처에서 억울하게 죽어간 양민들이 수도 없이 많다는 것은 부인할 도리가 없는 엄연한 사실이었다. 다만 거창군 신원면의 것처럼 드러나지 않고 덮였다는 것이 다를 뿐이었다. 그런 사건이 여러 곳에서 벌어지고 있다는 것을 장교들은 알면서도 그저 모르는 척할 뿐이었다. 명령에 살고 명령에 죽는 군인으로서, 더욱이 부하들의 지휘책임을 맡고 있는 장교로서 상부에서 정해놓은 기본작전에 대해 불만을 표시하거나 불평을 털어놓는다는 것은 절대 있을 수 없는 일이었다. 그런 행위는 곧 항명이며, 명령불복종이고, 군기문란이고, 사기교란으로 즉결처분감이었다. 층층이 즉결처분권이 부여되어 분대장에게까지 내려가고 있는 전시에 그런 행위를 했다가는 당장 총살이었다. 즉결처분을 당하는 것처럼 간단하고도 허망한 일은 없었다. 양효석 자신은 즉결처분을 해본 일이 한 번도 없지만, 중대장이 된 다음에 예하소대에서 한 건이 발생했었다. 소대장도 아니고 분대장인 중사가 일등병에게 총질을 해버린 것인데, 그 이유는 명령불복종이었다. 분대별로 공비와 접전이 벌어진 상황에서 진격명령을 듣지 않고 바위 뒤로 몰래 숨었다가 들킨 것이었다. 그래서 현장사살했다는 것이고, 그 사실을 분대원들이 입증했다. 그는 중대장으로서 아무 할 말이 없었다. 그건 충실한 지휘관의 임무를 다한 것뿐이었다. 그 일은 그것으로 깨끗하게 처리되었다. 그 일등병의 죽음은 복잡하게 '명령불복종에 의한 즉결처분'으로 분류되지 않고 그냥 '전사'로 집에 통고될 뿐이었다. 그런 이유뿐만 아니라 탈주 같은 것으로도 즉결처분은 여러 중대에서 일어나고 있었다. 특히 탈주에 따른 즉결처분은 전쟁 초기에 많이 저질러졌다. 겁을 먹은 사병들의 부대이탈이 그만큼 많았던 것이고, 군기강을 세우기 위해 탈주자들은 잡히는 족족 사살당했다.

양효석은 신원면을 떠나서도 계속 그때의 기억에 시달리고 있었다. 낮에도 서로 뒤엉켜 죽어가던 사람들의 끔찍스런 모습이 문득문득 떠오르는가 하면, 갑자기 난사하는 기관총소리를 들으면 그때의 수없이 터져나오던 온갖 비명소리들이 섬뜩섬뜩하게 들려왔고, 밤에 꿈을 꾸게 되면 그때의 장면들이 영화를 돌려대듯이 생생하게 반복되고는 했다. 그는 아무에게도 말을 못한 채 그 일을 잊으려고 애썼다. 그러나 그 기억들은 쉽게 잊혀지지 않았다. 특히 어린아이들의 모습과 여자들의 모습이 자꾸 눈앞에서 어른거렸다. 수없이 죽인 적이 하나도 떠오르지 않는 것과 대조적인 일이었다. 그건 스스로를 속일 수 없는 양심의 가책이었다. 아무 죄도 없고, 아무 저항도 하지 않는 사람들을 무조건 살해해 버린 죄책감은 그리도 벗어나기가 힘들었던 것이다. 그 잔인한 견벽청야라는 것이 작전의 하나가 되었으려면 어디까지나 무장한 적을 상대로 했어야 한다고 그는 생각하고 있었다. 공비가 출몰하는 지역이라는 이유만으로 민간인들을 그런 작전의 대상에 포함시킨다는 것은 잘못되어도 크게 잘못된 일이었다. 그는 자신만이 그런 괴로움을 당하는 것이 아니라고 확신하고 있었다. 자신은 간이 크기로 중학교 때부터 소문이 나 있었고, 일찍부터 주먹을 휘두르다 보니 어지간히 끔찍한 일은 예사로 보아넘길 수 있게 습관이 되어 있었던 것이다. 그런 자신이 그리도 오래 시달리고 있는데 다른 사람들은 더 말할 것이 없었다. 그들은 모두 입을 다물고 있을 뿐이었다. 그들은 군인이었던 것이다.

그놈의 견벽청야로 자신의 사단이 여기저기서 저지른 양민학살의 소식을 들을 때마다 양효석은 울화통이 터지는 것을 가까스로 참아내며 진저리를 쳤다. 산청·함양에서 800명을 죽였다고 하는가 하면, 문경군 산북면에서 150명을 죽였다는 소식이 들리고, 산청군 시천면에서는 버스 11대에 사람들을 실어다가 산골짜기에서 학살했다는 것이었고, 전라남도 함평군 월야면·해보면·나산면에서는 1천여 명의 양민들을 죽였는가 하면, 전라북도 남원군 주천면에서는 청년만 60여 명을 총살했다는 것이었다. 그런 사건들은 모두 덮여 있다가 거창사건이 문제가 되자 소문으로 떠돌기 시작했던 것이다. 그 소문들은 사건이 일어난 장소와 날짜와 부대가 정확했으므로 헛소문일 수가 없었다.

양효석은 언제 또 양민들에게 총을 갈겨대야 할지 모를 끔찍스러움에서 벗어난다는 것만으로도 부대가 전방으로 이동되는 것을 적극 환영했다.

"중대 장병 여러분, 여기는 적의 정규군과 정면으로 대결하는 최전선이다. 이제부터 지난날은 다 잊어버리고 새 마음, 새 뜻으로 새롭게 싸울 각오들을 하기 바란다."

전선배치를 받던 날 중대원들에게 일부러 이런 내용의 훈시를 했던 것도 양효석은 자기 나름으로 그 의미가 컸다.

양효석은 전방에 투입되면서부터 전투의 맛을 제대로 보고 있었다. 공비토벌에 비해 최전선 전투는 화력부터가 확연하게 달랐고, 적과 맞붙는 치열도도 비교가 되지 않았다. 빨치산들은 뒤쫓다가

지치게 마련인데, 인민군들과는 화력을 이용한 정면대결뿐만 아니라 육박전까지 벌이기 예사였다. 육박전이 벌어지는 것은 서로가 고지공방전을 얼마나 치열하게 벌이고 있는가를 입증하고 있었다.

그런 전투양상은 휴전협상의 영향이 절대적이었다. 휴전선을 정하는 데 있어서 미국 쪽에서는 '휴전협정이 체결되는 그 시점의 전선'을 내세웠고 북쪽에서는 '전선을 무시한 38도선'을 내세우고 있었던 것이다. 그 조건에 따라 모든 전선에서는 '한 치의 땅이라도 더 뺏어야 한다'는 뚜렷한 목표가 정해졌고, 모든 병사들은 그 목표 아래 집결되어 있었다. 전선을 북쪽으로 밀어올리려는 이쪽의 전투력 강화에 적이라고 가만히 있을 리 없었다. 전선이 북으로 밀릴수록 '38도선 휴전선' 조건이 불리해지므로 적들도 총력전으로 맞설 수밖에 없었다. 그러다 보니 육박전은 벌어지지 않을 수가 없었다. 온갖 비행기들이 동원되고, 여러 가지 곡사포탄들이 난무하는 현대전에서 원시적인 육박전이 예사로 벌어지고 있다는 것은 어쩌면 어이없는 일이기도 했다. 그러나 그건 부인할 수 없는 눈앞의 현실이었다. 그리고 현대무기의 화력에서보다 육박전을 통해서 전투효과를 더 크게 올릴 수가 있었다. 물론 그와 반대로 이쪽에서 병력손실을 크게 입을 수도 있었다. 화력이라는 것은 참호만 단단하게 구축하면 얼마든지 막아낼 수 있었지만, 육박전이라는 것은 서로 뒤엉켜 싸우는 것이므로 피할래야 피할 수 없는 가장 처절하고 막다른 싸움판이었다. 칼로 찌르고, 개머리판으로 치고, 발로 차고, 주먹으로 갈기는 육박전에서 끝까지 살아남고, 부대가 이

긴다는 것은 재수로 되는 일이 아니었다. 그 싸움은 어쩌다 폭탄을 피하는 요행수 같은 것은 있을 수가 없었다. 그 싸움이야말로 실력의 대결이었다. 이 점을 중시한 양효석은 중대원들에게 특별훈련을 강화시켰다.

양효석이 극성스러울 정도로 자기 중대원들에게 훈련시키는 것은 총검술과 격투기였다.

"휴전은 얼마 남지 않았다. 제군들이 살아서 부모형제의 품으로 돌아가고 싶으면 누가 시키지 않아도 솔선해서 한 번 더 찌르고, 한 번 더 치는 연습을 해야 한다. 적보다 먼저 찔러야 살고, 적보다 세게 쳐야 산다. 그렇다면 방법은 단 하나, 죽자사자 연습하는 길밖에 없다. 제군들! 살아서 고향에 돌아가고 싶은가, 죽어서 까마귀 밥이 되고 싶은가!"

양효석이 칼칼한 목소리로 부하들에게 하는 이 말은 아주 자극적이었고 선동적이었다. 부하들 또한 양효석의 말을 상관이면 으레 해대는 그렇고 그런 귀찮은 소리로 듣지 않았다. 그들은 자기네 전우들이 육박전에서 죽어가는 것을 실제로 목격하고 있었던 것이다.

그리고 양효석은 말로만 총검술과 격투기 연습을 강조하지 않았다. 자신도 윗옷을 벗고 나서서 직접 훈련에 가담했다. 그건 솔선수범을 보이거나, 시범을 보이기 위해서가 아니었다. 그런 건 어디까지나 부차적 효과에 지나지 않았다. 그는 자신도 훈련할 필요를 느꼈던 것이다. 자기도 언제 어느 때 육박전에 휩쓸리게 될지 모를 일이었던 것이다. 그런 위급상황에 대비해 그는 총이 자신의 팔다리처럼 자유자재로 움직일 수 있도록 총검술을 익힐 필요를 느꼈고, 자신이 마음먹은 대로 일격에 적을 쓰러뜨릴 수 있도록 팔다리도 다시 단련시키고자 했던 것이다.

중대장의 그런 열성에 따라 그의 중대원들은 그저 짬만 생기면 땀을 뻘뻘 흘려대며 총검술이고, 격투였다. 양효석은 중대전선을 살피고 다니다가 아무 소대나 분대에 끼어들어 부하들과 총검술을 하고 격투를 벌였다.

"나는 중대장이 아니다. 이 순간부터는 적이다. 인정사정없이 찌르고 치는 것이다!"

양효석은 모자와 윗옷을 벗어던질 때마다 부하들에게 똑같은 말을 외쳤다.

총검술은 칼을 빼고 했지만 격투는 그야말로 인정사정 볼 것 없이 치고 차게 되어 있었다. 그 길고 무거운 M1소총을 마치 가벼운 막대기 다루듯 하는 양효석의 솜씨는 놀라웠지만, 더욱 놀라운 것은 그의 격투기술이었다. 그는 하나도 아니고 둘이나 셋을 상대로 싸움을 벌이기가 예사였는데, 차례로 나가떨어져 다시 일어나지 못하는 것은 언제나 부하들이었다. 두세 명이 한꺼번에 덤벼들 때 그의 치고 차는 팔다리는 어찌나 빠른지 거의 보이지 않을 지경이었다. 그의 주먹에 맞으면 다시 일어나 덤빌 수 있어도, 발에 채여 다시 일어나는 사병은 거의 없었다. 그건 그가 강조하는 말을 틀림없는 사실로 입증하는 것이기도 했다.

"발을 써라, 발을! 다리는 첫째, 팔보다 길이가 두 배 가깝게 길다. 그러니까 적이 접근하기 전에 먼저 칠 수 있다. 두 번째, 다리는 팔보다 힘이 두 배 이상 세다. 주먹으로는 두 번 이상 쳐야 할 것을 발로는 한 방으로 오케이다. 그리고 셋째, 발에는 이 군화가 신겨져 있다. 맨주먹에 비해 이 군화의 타격효과는 몇 배가 큰지 말할 수가 없을 정도다. 알겠나, 제군!"

물론 양효석이 남달리 싸움솜씨가 뛰어나다고 해서 그가 한 방도 안 맞는 것은 아니었다. 그도 발길에 배나 옆구리를 채이기도 했고, 주먹으로 얼굴을 맞아 멍이 들기도 했다. 그러나 그가 쓰러져 다시 일어나지 못하는 것을 본 사병은 아무도 없었다. 그를 발길로 차 비틀거리게 하거나, 그의 얼굴에 멍이 들게 한 사병들은 격투가 끝나면 으레 그에게 칭찬을 받았고, 동료들에게 박수를 받았다.

"나를 쓰러뜨려 재공격을 못하게 만드는 장병에게는 1계급 특진에 무공훈장을 수여한다. 그건 적의 중대장을 죽여없앤 무공으로 인정하여 품위를 상신할 것이다."

그가 부하들 앞에서 공개적으로 내세운 약속이었다. 그러나 중대원들은 아무도 그 혜택을 탐내지 않았다. 중대장을 그렇게 만들기 전에 자기들이 먼저 숨이 끊어지리라는 것을 누구나 감지하고 있었던 것이다. 양효석은 연대의 장교들 중에서 그 누구보다 권위와 위치를 확고하게 누리고 있는 장교였다.

그의 그런 가시적인 완력은 군대라는 특수사회 속에서 출중한 능력이 아닐 수 없었고, 더구나 전쟁마당에서 그 능력은 눈부신 용맹의 빛이기에 부족함이 없었다. 그런데 그의 경력이 그 빛을 더욱 찬란하게 떠받쳐주고 있었다. 그건 다름이 아니라 그가 4년제 정규 육군사관학교 제1회라는 사실이었다. "역시 육사 출신은 어디가 달라도 달라." 사병들 사이에 자연스럽게 오가는 그에 대한 가치평가였다. 사실 모든 장교들, 특히 그보다 계급이 높은 장교들 중에서 그가 확보하고 있는 순수성에 당당하게 맞설 만한 사람들은 거의 없는 실정이었다. 계급이 높을수록 관동군 출신이거나 만군 출신들이었고, 일본군 하사관 출신들이 장교 계급장을 달고 있는 형편에서 그와 그의 동료들의 존재는 국방군 장교의 처녀성이 아닐 수 없었다. 그들의 때묻지 않은 경력 앞에 떳떳하게 나설 수 있는 장교들은 광복군 출신들이거나, 학병 출신이었다. 그러나 그들은 극소수였고, 이미 군부의 실세가 아니었다. 정치권력을 중심으로 해서 사회의 모든 분야들이 친일반민족세력에게 장악되면서 진보적 민족주의자들이나 양심적 사회개혁주의자들이 하나같이 반공논리에 몰려 무자비한 척결과 제거를 당한 것이나 마찬가지였다.

정규 육사 출신들은 자신들의 순수성이 상급장교들의 때묻은 경력과 같을 수 없다는 사실을 이미 인식하고 있었다. 그 구체적인 사례가 바로 자기네들이 육사 8기가 아니라 육사 1기로 기록되어야 한다는 사실에 뜻을 같이하는 것이었다. 단기교육으로 끝낸 비정규 육사가 4년제 정규 육사와 동일시될 수 없다는 논리적 근거에 앞서서, 그들은 심정적으로 상급장교들의 때묻은 경력을 경멸

했던 것이고, 그들과 이유 없이 선후배로 연결됨으로써 자기들의 경력마저 더럽혀지는 것을 원치 않았으며, 그들과 단절을 꾀함으로써 자신들의 순수를 지킴과 동시에 군대의 새로운 전통을 세우고자 했던 것이다. 그러나 그 욕구는 쉽게 실현될 수 있는 것이 아니었다. 작년 여름 전투에 투입되기 직전에 진해에서 그 문제가 거론되자마자 곧 막강한 힘으로 묵살되었다. '하극상'이라는 철퇴였다. 그건 군대에서 '명령불복종'이라는 또다른 죄명이었다. 그래서 그들의 정당한 요구는 불만으로 변해 그들의 가슴에 돌멩이로 남아 있게 되었다. 양효석도 그 돌멩이를 꽤나 크게 가슴에 담고 있는 사람들 중의 하나였다. 그는 어쩌다 동급생들을 만나게 되면 그 불만부터 털어놓고는 했다. 그는 아무리 생각해도 그 부당성만은 삭일 도리가 없었던 것이다.

씨 뿌린 사람이 없는 코스모스가 여기저기 피어나면서 9월이 시작된 어느 날이었다. 긴급작전명령이 부대마다 떨어졌다. 양효석의 몸은 용수철인 듯 탄력을 받기 시작했다.

"내가 믿고 사랑하는 용맹스런 중대 장병 여러분! 마침내 우리가 갈고 닦은 실력을 유감없이 발휘할 때가 오고야 말았습니다. 이번에 실시하는 작전은 그동안 싸웠던 그런 소규모 전투가 아닙니다. 사단 전체가 움직이는 대규모 전투로서 장병 여러분들은 적들을 백두산 너머로 밀어붙이고야 말겠다는 철통같은 각오로 이번 전투에 임해야 합니다. 장병 여러분, 여러분들이 똑똑히 보고 있다시피 우리는 지금 전쟁에 이기고 있습니다. 우리가 서 있는 여기가 바로 삼팔 이북의 땅이라는 사실을 잊어서는 안 됩니다. 우리는 휴전이 되기 전에 한 뼘의 땅이라도 더 차지해 나라에 충성하는 군인이 되어야 합니다. 장병 여러분, 바로 이번 작전이 충성을 바칠 수 있는 절호의 기회입니다. 북괴군들을 닥치는 대로 무찌르고 용감무쌍한 자유대한의 국군으로서 승리의 깃발을 휘날릴 수 있도록 다 같이 철통같이 뭉칩시다!"

양효석은 주먹으로 하늘을 쳐올리며 부하들의 사기를 돋우었다.

연대단위로 고지공격전이 감행되었다. 각 연대는 지정된 고지들을 독립적으로 점령해야 하는 책임 아래 일제히 공격을 개시하고 있었다. 고지마다 폭탄들이 작열하는 가운데 수많은 군인들이 공격목표를 향해 봇물 터진 듯이 밀려가기 시작했다.

그 작전은 9월 10일을 기하여 대대적으로 전개된 유엔군 추계대공세였다.

23

이동 준비

　한낮에도 더운 기는 가시고 바람결이 서늘했다. 아침저녁으로 일어나는 찬 바람은 선뜩선뜩하게 옷 속을 파고들었다. 산속에는 풀들이 먼저 추위를 타며 색깔을 바꾸기 시작했고, 그 뒤를 따라 잎들이 작고 얇은 싸리나무며 단풍나무 같은 것들이 가을옷을 갈아입고 있었다. 짙푸른 녹음과 함께 산골짜기마다 진을 쳤던 무더위는 8월이 가고 9월이 오면서 시나브로 사위어가고, 잎들이 누릿누릿 물들어가는 산줄기로는 소슬바람이 소리 낮게 스쳐가고는 했다.

　산속에서 찬 바람이 이는 것을 가장 반기는 곳이 있었다. 골짜기들 그 어디엔가 은밀하게 감추어져 있는 환자트들이었다. 환자트에서 가장 많은 환자가 총상이나 파편상을 입은 사람들이었다. 그 상처들은 거의가 깊게 마련이었고, 깊은 상처는 약을 제대로 쓰는 경우에도 무더운 한여름에는 염증이 생기거나 곪기가 쉬웠다. 그런데 현대의약품은 거의 쓰지 못하고 민간요법에 의지하고 있는 환자들 경우에 그 치료가 얼마나 어려울 것인가는 더 말할 것이 없었다. 깊은 상처의 치료에 무더위는 치명적인 장애였다. 무더위 자체가 상처를 에워싸고 염증을 일으킬 수 있는 위협물이었고, 또 환자의 체온을 전체적으로 상승시켰으며, 파리를 위시해서 상처에 해로운 온갖 세균들을 번창시켰다. 그런 백해무익한 무더위가 가고 선들선들한 찬 바람이 일게 되었던 것이다. 깊은 상처에 찬 바람은 무더위와 정반대의 치료효과를 나타냈다. 무더위 속에서 고름이 질질 흐르던 상처가 거슬거슬해지며 아물어들었다. 꼭 거짓말 같은 자연치유의 효과였다.

"동무들, 이제 됐소. 이제 됐소. 여름을 견디느라고 동무들 너무 고생했소. 다들 장하시오."

의무과장의 그 감격스러워함은 틀림이 없어서, 9월로 접어들면서 환자들의 상처는 나날이 고름이 걷히고, 새살이 돋고, 아물어갔다. 그러면서 의무과장이 이 환자, 저 환자를 붙들고 노래하듯 되풀이하는 말이 있었다.

"긁지 말아요, 절대로 긁지 말아요. 지금 고비를 넘겨야 합니다. 긁어서 덧나버리면 그땐 위험해요. 가려운 건 상처가 다 나아가고 있다는 증거니까 참기가 어렵더라도 참아야 합니다."

의무과장은 낮에 잠깐씩 눈을 붙이면서 밤에는 잠을 자지 않고 환자들을 지켰다. 환자들은 서로 경쟁이라도 하듯이 잠결에 상처부위를 벅벅 긁어댔고, 그럴 때마다 그의 손은 환자의 손을 떼내며 사정없이 때리고는 했다. 그의 그런 열정에 환자들은 감복하지 않을 수 없었다.

"내가 그 일도 하지 않으면 어쩌겠소. 동무들을 위해 한 일이 아무것도 없는데……."

그는 오히려 민망스런 얼굴로 말끝을 흐렸다. 환자들은 그의 그런 마음을 다 헤아리고 있었다. 약이 없어 치료를 제대로 해주지 못하면서 그의 입장이 얼마나 난처했을 것이며, 그 심정이 얼마나 괴로웠을지는 모두가 충분히 짐작했고, 또 이해했다.

그가 환자들을 위해 한 일이 아무것도 없는 것은 아니었다. 그는 여름 내내 무더위를 무릅써가며 늙은 호박속을 작은 나무절구에 찧는 일을 계속했던 것이다. 그리고 그 호박속을 환자들의 상처에 조심스럽게 나눠 붙여주고는 했다. 그 일을 하는 그의 얼굴은 한없이 침울하고 괴로움에 차 있었다.

환자들의 상처에 호박속을 찧어붙이고 있는 양의사― 그건 희극 같기도 하고, 비극 같기도 하고, 영 아리송했는데, 어쨌거나 진풍경인 것만은 사실이어서 조원제는 그의 모습을 바라보며 빙긋이 웃고는 했다. 희곡에 희비극이 있다는 걸 배운 기억이 있는데 그것이 바로 이런 이야기를 쓴 것이 아닐까 싶었고, 침울하고 괴로운 얼굴로 호박속을 붙이고 있는 의무과장은 가장 진지하게 연기를 하고 있는 명배우같이 보였던 것이다. 그 일이 웃음을 자아내지 않았으려면 호박속을 붙이는 사람이 의무과장이 아니라 할머니여야 했다. 지극히 과학적이어야 할 의사가 지극히 비과학적인 행위를 하고 있는 셈이었고, 의무과장의 괴로움도 바로 거기서 비롯되고 있었던 것이다.

"과장 동무는 양의사시다요, 한의사시다요?"

조원제는 이죽거렸다.

"죽도 밥도 아니오."

의무과장은 더 얼굴을 찡그려붙였다.

"이왕 붙일라면 웃음시로 붙이씨요. 그래야 환자들이 맘이 편해 병이 낫제라."

조원제는 과장의 마음을 빤히 들여다보며 한 번 더 몰아댔다.

"아 그럽시다, 그래야지요."

진지하기만 했지 농담을 할 줄 모르는 과장은 금방 어색스러운 억지웃음을 지어 보이는 것이었다.

조원제가 과장에게 붙인 별명은 '땡초'였다. 차마 가짜의사라고 노골적으로 말할 수는 없었고, 그건 또 별명으로서 맛도 나지 않았던 것이다. 과장은 그 별명을 아무 싫은 내색이 없이 그저 당연한 듯 받아들였다. 그는 어쩌면 그렇게 불리는 게 오히려 속이 편할는지도 몰랐다. 비과학적이라는 이유로 침은 물론이고 한약도 인정하지 않으려고 하는 그가 그보다 더 비과학적인 호박속 붙이기를 하고 있으니 그 곤혹스러운 입장을 면하려면 아예 가짜의사라는 것을 수긍해 버리는 것이 자연스런 해결책일 수 있었다.

그런데 그는 정말 가짜의사가 되는 위기에 봉착하지 않을 수 없게 되었다. 왜냐하면 그가 죽지 못해서, 아니 환자들을 그냥 죽일 수가 없어서 최후의 수단으로 찧어붙인 호박속이 꼭 거짓말처럼 신기하게도 상처치료에 효과를 나타냈던 것이다.

"보시씨요, 우리 민간요법이 무턱대고 비과학적인 것이 아니랑께라. 과학적이라고 낯 내세우는 서양의학이 우리 민간요법이 갖고 있는 과학성을 몰르고 허는 비과학적인 소리제라. 나 말이 워쩐가요?"

조원제가 비꼬는 투로 서양의학의 허점을 찔렀다.

"글쎄요, 호박에 염증을 빼는 무슨 성분이 좀 들었는지 원……."

의무과장은 미심쩍고 마땅찮은 표정으로 고개를 갸웃거리며 조원제의 지적을 수긍하려고 하지 않았다.

"서양의학이 지아무리 과학적이라고 혀도 이 세상에 허천나게 많이 있는 생물덜이 사람의 병에 워떤 효력얼 나타내는지 일일이 분석실험얼 못한 상태에서 한방이고 민간요법을 무작정허고 비과학적이라고 몰아때레서는 안 되는 것 아닌게라? 돼지고기나 닭고기럴 묵으면 상처가 곪아터지는디 개고기럴 묵으면 암시랑토 않은 것도 서양의학이 과학적으로 답허덜 못허지 않는게라?"

조원제의 또다른 공박에 과장은 그만 고개를 돌리고 말았다. 그는 환자들이 체험한 그 두 가지 약효에 대해서 대꾸할 말이 없던 것이다.

"어채피 약 구허기넌 틀렸응께 과장 동무도 빨치산의학이나 새로 연구허는 것이 워쩔랑가 몰르겄구만요."

조원제는 짓궂게 웃으며 계속 이죽거렸다. 그건 옆구리의 상처가 아물어가는 데서 얻은 심적인 여유이기도 했다.

약이 조달되지 않는 환자들의 유일한 상처치료제는 호박속이었고, 상처에 부작용 일으키지 않는 영양식도 개고기였다. 그건 새로운 것이 아니고 구빨치들이 벌써 써온 방법이었고, 그보다 앞서서는 오랜 세월 동안 전해내려오는 민간요법이었다. 그러나 지난해 겨울양식의 하나였던 늙은호박이 봄을 거치고 여름까지 남아 있기가 쉽지 않았다. 그리고 흔할 것 같은 개도 구하기가 그리 손쉽지 않기는 마찬가지였다. 빨치산들은 자신들의 야간활동을 위해 중요한 지역에 해당하는 마을에서 기르던 개들을 일찌감치 잡아 개장국을 끓여먹어버렸던 것이다. 호박은 천생 양식이 넉넉한 집들을 훑어야 나왔고, 개도 해방구에서 멀리 떨어진 마을에서나 잡아챌 수 있었다. 두 가지 다 위험을 무릅써야 구할 수 있는 것들이었다. 그 두 가지는 보투를 나갈 때 양식과 함께 확보해야 하는 대상물이었다. 그러나 환자가 늘어감에 따라 후방부에서는 전담조를 따로 짜기도 했다. 그렇지만 환자보다는 싸우는 사람들이 언제나 우선되어야 하기 때문에 어느 환자트에서나 개고기는 자주 먹을 수 있는 것이 아니었다.

찬 바람이 일기 시작하면서 옆구리의 상처가 나날이 나아가는 것을 조원제는 확실하게 느낄 수가 있었다. 부기가 빠지면서 욱신거리는 통증이 가라앉았고, 배 전부가 묵지근하던 기운이 사라지면서 상처부위가 가렵기 시작했던 것이다. 그리고 몸 전체가 가벼워지면서 기분도 아주 상쾌해졌다. 그런데 새로 생긴 고통이 있었다. 가려움을 참아내는 것이었다. 가려움은 나날이 심해지고 있었는데, 긁지를 못하고 참아내자니까 가려움은 더 심하게 느껴졌고, 더 심해진 가려움을 긁어서 풀지 못하니까 끝내는 고통이 되었다. 손은 자신도 모르는 새에 옆구리로 가고는 했고, 그 손이 상처부위에 닿기 직전에 멈추게 해서 앞으로 끌어당기기가 그렇게 어려울 수가 없었다. 손을 멈추게 하는 순간 가려움은 와아 소리라도 지르는 것처럼 갑자기 더 심해지고, 어금니를 맞물며 손을 끌어당기다 못해 손가락들은 상처부위에 닿을 듯 말 듯 해가며 허공을 긁어댔다. 그럴 때면 온몸이 부들부들 떨리고, 팔다리가 저릿거리며 꼬이고, 정신까지 흐릿거리고 헝클어지려 했다. 가려움이라는 것이 그렇게도 견디기 어렵게 심한 것도, 가려움을 참아낸다는 것이 그렇게도 괴로운 고통이라는 것도 조원제는 처음 겪는 경험이었다. '사람 환장한다'는 말이 무슨 말인지 알 것 같았던 것이다. 한마디로 가려움을 참는 고통은 통증을 참는 고통과 하나도 다를 것이 없었다. 가려운 데를 마음 놓고 박박 긁어댈 수 있다는 그 하찮은 행위가 회복기의 환자들에게는 가장 절실한 소원이 되어 있었다. 멀쩡한 정신으로도 그런 정도이니 잠결에 환자들의 손이 어떻게 될 것인지는 더 말할 것이 없었다. 의무과장이 밤샘을 해가며 상처를 긁어대는 손들을 사정없이 때리며 떼어내고 있는 것은 너무나 현명한 치료법이었다.

"아 참 얼마나 다행인지 모르겠소. 복막에 염증이 생길까 봐 얼마나 걱정을 했는지 모르오. 복막염이 됐더라면 참 곤란했을 텐데…… 체력이 강한 데다 젊어서 무사했던 거요.”

의무과장은 헤벌어져 있던 상처가 차츰 아물어붙고 있는 조원제의 옆구리를 들여다보며 못내 기뻐했다.

“워디가라, 명당자리에 묘럴 써서 그렇제라.”

조원제는 또 걸고 들었다.

“맞소, 동무의 그 여유 있는 마음도 상처회복에 큰 도움이 됐소.”

분명 웃어야 할 대목인데도 의무과장은 이렇게 진지하기만 했다. 농담을 걸었던 조원제가 오히려 멋쩍어지고 말았다. 그는 체질적으로 의사 같기도 했고, 정서감이 모자라는 숙맥 같기도 했으며, 저런 사람이 어떻게 입산까지 하게 되었는지 의아스럽기도 했고, 그런 진지함이 바로 열렬한 사회주의자를 만들었는지도 모른다고 생각하며 조원제는 그의 별명을 또 하나 생각해 내고 있었다. 그건 ‘맹물’이었다. 그는 진지하되 답답한 사회주의자는 될 수 있어도, 활달하면서도 멋있는 사회주의자는 되기 틀렸다고 생각했다. 조원제는 의무과장의 모습에다 ‘대꼬챙이’라는 별명을 가진 자신의 모습을 비춰보았다. 문화부 중대장으로서 원리원칙을 어기지 않으려고 하는 자신을 대원들이 마치 의무과장처럼 생각하고 ‘대꼬챙이’란 별명을 붙인 것이 아닐까 하는 의문이 생겼던 것이다. 그렇다면 그건 문제가 아닐 수 없었다. 자신은 활달하면서도 멋있고, 지혜로우면서도 따뜻한 사회주의자가 되고자 했던 것이다. 그것은 세 사람이 종합되어 이루어진 욕구였다. 서중학교 교장이었던 출판과장, 연대장 이태식, 총사 부사령관 염상진이었다. 출판과장의 지혜로움과, 이태식·염상진의 활달함과, 염상진의 멋있음과, 이태식의 따뜻함을 고루 갖추고 싶었던 것이다.

그런 자기 반성을 하게 된 것은 조금 별난 의무과장을 대하게 된 때문만은 아니었다. 환자트까지 일부러 병문안 왔던 노만석의 책망하는 것 같았던 말이 또 하나의 계기가 되었다.

연대가 다른 노만석 중대장이 환자트를 찾아온 것은 열흘쯤 지나서였다. 분트사업을 할 때 소대장이었던 그가 환자트를 찾아온 것은 정말 뜻밖이었다. 물론 함께 사업을 할 때 너덧 살이 많은 그가 자신을 유달리 아껴주었고, 부대 재편에 따라 서로 헤어지면서 그는 무척이나 아쉬워했고, 작전 중에 어쩌다가 스치게 될 때도 그는 자기 부대로 오라는 말을 꼭 하고는 했었다. 그런 정리가 서로 간에 있었다 하더라도 연대가 다르면서 트까지 찾아왔다는 것은 역시 뜻밖이 아닐 수 없었다.

"중대장 동무, 워치케 아셨는게라?"

조원제는 혈육을 만나는 반가움으로 노만석의 손을 잡았다.

"이 그그저께 조 동무 중대럴 만냈는디, 눈 씻고 찾어도 조 동무가 없덜 않드라고. 워메, 그때 땅이 푹 꺼짐스로 놀래분거, 말또 말소, 수명 십년감순께로."

노만석은 고개를 절레절레 저었다.

"죽어뿐 줄 알었구만이라?"

"항, 우리 처지에 사람이 안 뵈었다 하면 열에 아홉은 그리 되는 법인께. 근디 말이여, 부상얼 당혔단 말 듣고 당장에 쫓아오고 잡었는디, 빈손으로 안 올라다 봉께 늦어부렀구마." 노만석은 이렇게 말하고는, "어이 천 동무, 고것 일로 딜이씨요." 밖에다 대고 일렀다.

그의 말에 조원제는 별로 신경을 안 썼는데 밖에서 들어온 것은 너무나 뜻밖의 물건이었다.

"이, 요것으로는 부상당헌 디 쩜미는 디 쓰고, 요것으로는 보신 잠 허드라고."

노만석이 말의 순서대로 먼저 내놓은 것은 무명 한 필이었고, 다음에 내놓은 것은 소다리 한 짝이었다. 그가 저지른 두 번째의 뜻밖의 일에 조원제는 한동안 눈만 크게 뜨고 있었다.

"요 많은 물건이 워찌 된 것이다요?"

조원제는 고맙기도 하고 부담스럽기도 한 엇갈리는 마음으로 물었다.

"이, 인민덜 괴롭히고 뺏은 물건이 아닝께 안심허드라고. 후방부 특무장헌테 정식으로 말혀 배당받은 것잉마."

노만석은 어뗘냐는 듯 씨익 웃어 보였다. 그러나 조원제는 마주 웃을 수가 없었다. 개인적으로는 목메도록 고마운 일이 아닐 수 없었다. 그러나 공적으로는 한 대원의 위문품으로 너무나 지나친 양이었다. 아무리 특무대를 거쳤다 하더라도 한 대원에게 그 많은 양이 배당되어 버리면 다른 여러 대원들에게 배당될 양이 줄어드는 것은 너무나 당연한 일이었다. 그것을 지적하자니 개인적 정리가 상하게 될 것이고, 그냥 지나치자니 원칙위배에 대한 동조였던 것이다. 조원제는 짧은 시간 동안에 심한 갈등을 느꼈다. 노만석의 행동은 분명 정이 넘치는 것이었지만, 그건 조직의 입장에서 보면 감정에 치우친 인정주의 내지는 가족주의였다. 환자트는 후방부의 조직을 통해서 엄연히 보급을 받고 있으니까 그런 사적인 이중보급은 있을 수 없는 일이고, 그런 일들이 자꾸 묵인되면 조직의 건강은 병들 수밖에 없었다. 그가 빈손으로 왔어도 고마움은 마찬가지였을 것이고, 꼭 정을 표시하고 싶었으면 그 양이 지금 것의 10분의 1쯤만 되었더라면 이쪽에서도 마음 가벼웠을 것이다. 조원제는 조직원으로서의 상식과 양심으로써 도저히 그 물건들을 그냥 받아들일 수가 없었다.

"중대장 동무, 나럴 생각혀 주는 중대장 동무 맘얼 다 암스로도 요 물건들에 대해서 한 말씸 안 디릴 수가 없구만이라. 이리 많은 양이 나 한나럴 위해서 요르크름 처리되는 것은 조직의 원칙에 많이 어긋나는 것이구만요. 워찌 생각허시는게라?"

조원제는 아주 조심스럽게 말했다. 철도노동자 출신인 그는 학력에 대한 열등감이 조금 심한 편이었고, 자신보다 나이도 많았으며, 특히 호의를 저버리는 것 같은 오해가 생길 염려도 있었던 것이다.

"하! 그 말얼 안 허고 넘어가면 조 동무가 아니제." 그는 어글어글한 생김에 어울리게 턱을 치켜들며 야성적으로 헛웃음을 치고는, "나가 조 동무럴 좋아허는 대목 중에 한나가 탱자까시걸이 꼿꼿한 양심인디, 요것덜얼 갖고 옴스로 폴세 조 동무가 그 점을 끌탕잡을 거이다 생각혔구만. 근디 말이여, 원칙은 지키라고 정헌 것잉께 꼭 지켜야 허는 것이야 당연지산디, 고것도 사람이 서로가 위험스로 탈 없이 똑바라지게 살아보자고 맹글어낸 것이 분명혈시, 고것얼 지켜도 사람얼 우선으로 생각혀서 받들고 위허는 쪽으로 늘품있이 지키고, 낙낙허게 지키고, 푼더분허게 지키고 혀얄 것 아니드라고? 조 동무가 허는 대로 허자먼 빡빡허고 땁땁허고 깝깝혀서 사람이 원칙얼 지킬라고 사는 것이다냐, 사람보담도 원칙이 더 중허고 웃질이다냐, 어질어질혀질 판이여. 조 동무가 안직 펄펄허게 젊어서 그러기도 헐 것인디, 그리 대꼬챙이맹키로 뻣시기만 혀갖고는 조직생활이 에로와. 조 동무넌 시방 나가 볼 것도 없이 원칙얼 위반혔다고 믿고 있는디, 미안허제만 요것덜언 원칙 하나또 위반허덜 않고 갖고 왔다는 것을 알아두드라고잉. 무신 말인고 허니, 우리 중대원덜이 괴기국 한 끄니 안 묵기로 만장일치 동의헌 것이 요 소다리짝이고, 나가 개인돈얼 내서 보충해 놓게 허고 변통헌 것이 요 무명필이다 그것이여. 요래도 원칙 위반인게라, 지도원 동지이?"

노만석은 고개를 쭉 늘여 조원제를 빤히 들여다보며 말꼬리를 비틀어올리고 있었다. 조원제는 얼굴이 화끈해지는 걸 느끼며 눈길을 떨어뜨리고 말았다.

"글고 말이여, 환자트에 워디 조 동무 혼자만 있간디? 이참 저참 혀서 다른 환자들도 보신 잠 더 허고 그러는 것이제. 긍께로 원칙얼 지키기넌 지키는디 유도리가 있게, 아니시, 아니시, 안직도 요놈에 쎗바닥꺼지넌 사상무장이 덜 되야갖고 왜놈말이 불쑥불쑥 튀나오고 그렁마. 왜놈말 일단 취소허고, 긍께로 맘 쪼깐 넉넉허니 묵고 살살 혀, 살살. 뻣뻣허기만 허면 뿐질러져뿔고, 자리가 높음스로 땁땁허면 사람이 안 딸른 법잉께로. 조 동무 말이시, 사사로운 자리서 나가 요러크름 말얼 놓는 것도 원칙 위반잉께 당장에 원칙대로 존대럴 붙이까?"

"와따 중대장 동무, 너무 그리 몰아치지 마씨요. 무신 말인지 다 알아묵었고, 나가 면목이 없어서 똑 죽을 것 겉으요."

조원제는 쑥스럽게 웃으며 손을 내저었다.

조원제는 노만석이 돌아가고 나서도 그의 말을 곱씹어 생각했다. 생각할수록 그의 말이 옳고, 그는 훌륭한 조직운영자이면서 원칙실행자였던 것이다. 그보다 학력이 조금 높고, 당사나 좀더 많이 외우고, 논리적인 단어나 얼마만큼 많이 늘어놓을 줄 아는 자신에게 조원제는 심한 부끄러움과 자괴감을 느끼고 있었다.

그 일은 또 하나의 기억과 연결되었다. 출판과장을 놓고 이태식과 벌였던 사유재산 시비였다.

오랜 교단생활의 경험으로 출판과장은 어려운 이론을 아주 쉽게 풀어서 강연하는 솜씨로 지구의 모든 대원들에게 인기가 높았다. 특히 배움이 없는 기본출들에게 그 인기는 절대적이었다. 그 인기는 인기로 끝나지 않고 기본출들 거의는 출판과장을 존경하기까지 했다. 그가 주로 하는 강연은 '사회발전사'였다. 인간의 원시생활과 노동의 시작, 노동의 신성과 평등, 농경생활과 집단사회, 공동경제사회와 정치권력구조, 봉건사회와 경제착취, 착취의 부당성과 노동신성권의 회복, 혁명의 필요성과 인민이 주도하는 혁명, 이런 단계로 풀어가는 강연은 누구나 이해하기 쉬웠고, 설득력이 강했다.

"출판과장 동지 강연얼 듣고 난께 이 시상이 대낮맹키로 훤허게 보이네."

"긍께로 말이시. 눈이 번허게 열링마."

"듣고 봉께 우리가 시상얼 속고 속고 또 속음서 헛지랄만 허고 산 것이등마."

"참말로 원통허고 절통헐 일이제."

"어허, 긍께로 혁명으로 나서야제. 그 존 말씸 듣고도 앞으로 나슬 생각 않고 죽은 자석 붕알만 맨진당가!"

"옳여! 썩은 시상 다 때레뿌식어뿌러야제. 혁명혀야 혀!"

"하면, 우리 권리 찾아나서야제!"

강연을 듣고 난 기본출들은 이렇듯 감동하고, 지각하고, 결의하게 되었다.

의식무장이 안 된 입산자들을 집단적으로 교육시키는 데 출판과장의 강연은 더없이 효과적이었다. 출판과장은 연일 강연을 다녔고, 한 번 들은 대원들이 또다른 강연을 위해서 부대마다 다투어 새 강연을 청하기에 바빴다.

대원들이 출판과장 앞에서 허리를 반으로 꺾어 깊이 절하는 모습은 흔히 볼 수 있었고, 멀리서 일부러 달려가 절하는 대원들도 많았다. 그런 존경은 거기서 끝나지 않았다. 보투를 나간 대원들은 출판과장에게 선물할 물건들을 따로 챙기게 된 것이었다. 꿀·조청·약과 같은 것을 손에 넣게 되면 출판과장에게 갖다주었고, 그런 귀한 것을 구하지 못한 대원들은 지고 온 쌀을 축내 선물하기도 했다. 그러다 보니 출판과장에게는 먹을 것이 쌓이다 못해 사유재산이 생겨나게 되었다.

"사유재산얼 소유하는 것은 원칙 위반이오."

조원제는 정색을 하고 나섰다.

"아서, 아서, 조 동무. 고걸 그리 한 가닥만 보지 마씨요. 고 물건 덜얼 과장 동지께서 원허신 것이 아니라 존경의 맘으로 쪼깐썩 갖다디린 것이야 다 아는 일 아니오?"

이태식이 고개를 저어댔다.

"동기야 그렇제만 결과적으로 사유재산얼 소유헌 것이야 틀림없이 원칙 위반인디요. 고것 문제제라."

조원제는 단호하게 말했다.

"어허, 그놈에 원칙. 사람 참 땁땁허시. 글먼 묻겄는디, 그 사유재산얼 뒤로 빼돌렸소?"

"그러지넌 않제라."

"떡이고 식혜럴 과장 동지 혼자 다 묵고 배탈이 났소?"

"그도 안 그렇제라."

"글먼 해결난 일 아니겄소? 과장 동지가 아무리 마다고 혀도 대원덜언 선사럴 해대제, 쌀이 쌯잉께 과장 동지넌 헐수할수없이 떡얼 허고 식혜럴 맹글어 대원들헌테 도로 갈라믹이는 것 아니겄소? 결국에 과장 동지넌 사유재산이 하나또 없는 심이요. 워째 나 말이 틀렸소?"

조원제는 말문이 막히고 말았다.

"조 동무, 원칙 잘 지킬라고 허는 것이야 참 존 일인디, 원칙도 다 사람 살라고 하는 것잉께 그리 무시 치대끼 생각덜 마씨요. 이 시상에 사람보담 중헌 것이 따로 없응께."

이태식의 조용한 말이었다. 그러나 출판과장에게 전해지는 선물도 오래가지는 못했다. 양식이 바닥나는 계절로 접어들면서 자연히 없어지지 않을 수가 없었다.

다른 비트들이 그렇듯이 환자트들도 많은 골짜기를 따라 그 어딘가에 은밀하게 자리 잡고 있었다. 그러나 환자트는 병기과 비트처럼 땅을 파내려간 굴이 아니었다. 반드시 물이 가까이 있는 지점에 설치되는 것은 같았지만, 환자트는 가시덤불숲이거나 칡덤불 같은 것이 잡목과 우거져 자연은폐를 이루고 있는 곳에 움막을 치거나 비탈을 파내 반쪽굴을 만들어놓고 있었다. 환자트는 병기과의 비트나 너덜겅 밑의 곡식저장굴처럼 위장이 완벽하지는 못해도 그 은폐가 아주 교묘해서 어지간한 눈이 아니고서는 여간해서 찾아낼 수가 없었다. 환자트에 며칠 간격으로 차질 없이 공급되는 양식은 후방부 요원들에 의해 이루어지고 있었다. 그때 이런저런 약품들도 들어오고는 했다. 미군야전용 다이아찡 가루 한 봉에 의무과장은 환성을 지르기도 했고, 머큐로크롬 한 병에 목이 메기도 했다. 그러나 어느 때는 큼직한 조개껍질을 한지 띠로 두른 약 아닌 약이 들어와 의무과장을 실망시키거나 짜증나게 만들었다. 한지 띠에는 용도가 씌어 있었지만 의무과장은 거들떠보지도 않고 내던져버렸다. 그건 바로 정체불명의 떠돌이 약장수들이 파는 사제품이었다. 약에 따라 그렇게 감정이 민감하게 달라지는 의무과장을 물끄러미 바라보며 조원제는 의사의 참모습을 발견하고 있었다. 치료약을 그토록 목마르게 기다리고 있는 그의 모습은 화선에 나서는 전사가 화력 좋은 총알을 넉넉하게 갖기를 원하는 것이나 마찬가지였던 것이다.

환자트에서는 막소주나 소금도 약품이었다. 소주는 수술 마취제와 소독제였고, 소금물도 고름을 닦아내는 소독제였다. 그러나 한두잔 마시게 되는 소주의 취기가 생살을 찢는 수술의 통증을 잊게해줄 리가 없었다. 더러 파편을 빼내는 수술을 할 때마다 목 찢어져나가는 처절한 비명소리가 골짜기를 흔들어대고는 했다.

환자트에는 특별한 규율은 없었지만 대변 처리만은 엄격하게 지켜야 했다. 똥은 가능하면 밤에 누고, 그것은 반드시 표나지 않게 땅에 묻어야 했다. 두 가지 이유 때문이었다. 땅에 묻되 표가 나서는 토벌대에게 트 위치를 발각당할 위험이 있었다. 그리고 땅에 묻지 않으면 그 냄새를 맡고 날아온 까마귀가 상공을 맴돌아가며 내려앉기 때문에 토벌대가 트의 위치를 알아채게 되었다. 까마귀는 사람의 시체만 뜯는 것이 아니라 사람의 똥도 즐겨 먹었던 것이다. 까마귀가 떼를 지어 맴돌이 하는 곳에는 시체들이 있고, 한두 마리가 선회하는 곳에는 아직 썩지 않은 똥이 있다는 것쯤은 토벌대들도 다 알고 있었다. 대변의 뒤처리를 야무지게 해야 하는 것은 환자트가 완전 비무장상태인 데다가, 무장대는 화선투쟁에 나서기도 바빠 무장보호가 전혀 없었던 것이다. 똥을 묻지 않는 사소한 실수 같은 것으로 환자트가 발각당하면 꼼짝없이 몰살이었다. 토벌대에게 발각된 환자트 사방에는 언제나 시체가 흩어져 있었다. 토벌대가 들이치는 순간 비무장인 환자들은 제각기 도주하다가 총을 맞고 죽는 것이었다.

환자들은 트에서 무위도식만 하지는 않았다. 어느 만큼 회복기에 들어선 환자들은 후방부의 일을 거들었다. 그건 담배썰기였다. 후방부에서 가져온 잎담배를 서너 장씩 말아 자살용 칼로 실담배를 만들어 다시 후방부로 돌려보냈다. 그 실담배는 대원들에게 나누어지는 것이었다. 그 일이 대원들을 위한다는 의미는 접어두더라도, 회복기의 환자들에게는 그 일 자체가 일종의 구원이었다. 그 일을 하게 되면 그 괴로운 가려움증에서 벗어날 수 있었던 것이다. 담배썰기를 하려면 두 손이 다 필요하기 때문에 우선 두 손을 묶을 수 있었고, 무슨 일이든 하다 보면 자연히 생기게 마련인 성취욕구에 의해 담배를 더 가늘고 고르게 썰려고 정신을 모으게 되어 가려움을 잊을 수 있었다. 담배썰기가 소일거리도 된다는 것은 그 다음에 오는 덤이었다. 조원제는 누구보다도 열심히 담배썰기에 몰두했다. 그는 상처가 큰 만큼 가려움도 심했던 것이다. 그가 몰두를 하는 만큼 썰어낸 실담배의 볼품은 누구 것보다 좋았다. 조 동무는 해방되면 전매청장 할 거냐고 사람들이 놀렸다.

점심으로 배당된 밀 한 주먹씩을 생으로 우물거리며 모두 담배썰기를 하고 있었다. 멀지 않은 곳에서 전투가 벌어지고 있는 참이라 불을 피울 수가 없었던 것이다. 총소리들이 산울림으로 여울져 가며 아슴푸레하게 들리고 있었다. 그 소리는 환각적이고 몽환적 이었다.

"아이고…… 아이고……." 멀찍이서 신음소리가 들려왔고, 뒤따라 사람들의 말소리도 들려왔다. 그들은 모두 담배썰기를 멈추었다. 그들의 눈길이 의무과장에게로 쏠렸다. 의무과장은 벌써 몸을 일으키고 있었다.

의무과장의 뒤를 따라 그들은 트 밖으로 조심스럽게 몸을 내밀었다. 아래쪽 숲 사이로 서너 사람이 움직이고 있는 모습이 보였다.

"아이고 나 죽네, 아이고……."

자지러지는 신음소리가 분명하게 들려왔다.

"다 왔소, 쪼깐만 참으씨요."

숨이 가쁜 소리였다.

의무과장이 후적후적 아래로 내려가기 시작했다. 그들은 갑자기 침울해져 아래만 내려다보고 있었다.

오래지 않아 의무과장과 함께 올라오고 있는 것은 들것이었다. 가마니로 만든 들것에는 손을 내저으며 계속 신음하는 사람이 실려 있었다. 그들은 트의 위장문 앞에서 비켜서며 서로를 쳐다보았다. 침울했던 그들의 얼굴은 이제 어두워져 있었다. 들것에 실려올 정도면 목숨에 위험은 없더라도 중상이라는 것을 그들은 알고 있었던 것이다.

비켜선 그들 앞으로 들것이 지나가고 있었다.

"아니! 저, 저 사람……."

조원제가 소스라치게 놀라며 더듬거리고 있었다. 들것을 뒤에서 들고 있는 사람은 땀범벅인 얼굴로 조원제를 힐끗 쳐다보았다. 조원제가 급히 들것을 따라붙으며 다시 환자의 얼굴에 눈길을 고정시켰다.

"아이고 오마니, 나 좀 살려주시라요, 나 죽갔시요오."

들것이 트로 들어가며 환자가 소리치고 있었다.

"이북사람인디, 아는 사람이요?"

옆에 선 사람이 조원제에게 물었다. 조원제는 아무것도 보는 것 없는 빈 눈길을 앞에다 둔 채 고개를 끄덕거리고 있었다. 아랫배짬이 피투성이가 되어 들것에 누워 있는 것은 틀림없이 그 인민군이었다. 작년 9월 하순의 북상길에서 총알을 놓고 시비가 붙었던 그 인민군. 그때와 달라진 것이 있다면 인민군복을 입고 있지 않은 것이었다. 그건 당연한 일이었다. 인민군복은 너무 표가 나서 입산 초기에 벌써 후방부에서 만든 옷이나 국방군복으로 바꿔입기 시작했고, 굳이 인민군복 입기를 고집한 사람들도 그동안의 거친 산생활로 다 헐고 찢어져 다른 옷으로 갈아입지 않을 수 없었다.

그도 결국 북상을 하지 못했군…… 그렇겠지, 도당도, 염상진 동지 같은 사람도 발길을 되돌렸으니까…… 그는 그동안 어느 지구에 있었을까…… 찾아헤매던 중대장은 찾은 것일까…….

"아이쿠 오마니이, 나 죽갔어! 동지, 의무관 동지, 나 좀 살려주시라요. 나 죽어두 오마니 있는 고향에 가서 죽갔시요. 그때까지만 살려주시라요. 아우, 아야야야……."

환자트에서 터져나오는 절규였다. 의무과장이 진찰을 하고 있는 모양이었다. 조원제는 마른침을 삼켰다. 그의 부상이 자신처럼 기적적(?)이기를 바랐다. 그가 불러대는 귀에 선 '오마니'라는 소리가 그리도 절망적일 수가 없었다. 조원제는 잡히는 대로 풀줄기를 뽑아 잘근잘근 씹어대고 있었다.

간호병을 앞세우고 의무과장이 트에서 나왔다. 조원제는 그쪽으로 걸음을 빨리 옮겼다.

"어두워지기 전에 수술을 해야겠소. 빨리 물을 좀 끓이시오."

의무과장이 간호병에게 지시했다.

"워디럴 다쳤는게라?"

조원제가 물었다.

"오른쪽 허벅지하고 아랫배 사이에 파편이 박혔소."

얼굴이 냉정해진 의무과장의 대답이었다.

"근디, 어쩌겄는게라?"

"글쎄…… 위치가 고약해서 아직 잘 모르겠소. 참, 조 동무가 불 피우는 걸 좀 거들어주겠소?"

"하면요, 그러제라."

의무과장은 곧 트로 들어갔다.

조원제는 간호병을 제치고 연기가 나지 않게 때죽나무를 우물 정자로 걸쳐놓고 불을 피웠다. 수술기구가 끓는 동안에도 환자는 계속 신음과 함께 어머니를 외쳐부르고 있었다.

수술기구가 트로 들어가고 얼마 지나지 않아서였다.

"으악! 아으 아아아아……."

곧 죽는 것 같은 발악적인 비명이 터져나왔다. 그 고통에 몸부림치는 처절한 비명은 끊일 줄 모르고 길게 이어지며 골짜기를 울려대고 있었다. 그 피를 토해내는 것 같은 소리의 힘으로 풀들도 떨리고, 나뭇잎들도 떨리고, 바위들도 금이 가는 듯싶었다. 주먹을 부르쥐고 선 조원제는 하늘만 응시하고 있었다. 다른 환자들도 제각기 침묵에 빠져 있었다.

"아으 나 죽어어! 오마니, 나 여기서 죽기 싫으니끼 나 좀 데려가시라요오, 오마니이―."

그리고 비명은 뚝 끊어져버렸다. 모두의 고개가 환자트로 돌아갔다. 긴장된 얼굴들에 의문이 서려 있었다.

"죽어뿌렀으까!"

누군가가 침묵을 깼다.

"금메, 그 소리가 쪼깐 요상허기넌 혔는디……."

누군가의 자신 없는 말이었다.

"아니요, 혼절혔을 것이요."

조원제의 말이었다. 그의 목소리는 완강했다.

아무도 더는 말이 없었다.

먼 산울림으로 들리던 총소리의 기세가 많이 약해져 있었다. 맑게 높아진 하늘에 날갯짓 느린 새가 서너 마리 날아가고 있었다. 옆의 산등성이를 넘어오는 바람결이 선뜻하게 느껴지면서 풀벌레

소리가 가느다랗게 울리기 시작했다.

환자트에서 누군가가 나왔다. 의무과장이었다. 조원제는 그에게로 빨리 걸어갔다. 얼굴이 땀으로 흥건하게 젖은 그는 긴 숨을 내쉬고 있었다.

"워찌 됐는게라?"

"복막이 다치지 않았길 바랐는데, 상하고 말았소. 내출혈이 너무 심해서 어려울 것 같소."

의무과장은 먼 곳을 바라본 채 고개를 저었다. 조원제는 어깨를 축 늘어뜨렸다. 옆구리의 상처가 긴 꼬챙이로 찌르는 것처럼 뜨끔 결렸다. 그는 얼굴을 찡그리며 왼손으로 옆구리를 받쳤다. 그 인민군이 어머니를 부르는 외침이 쟁쟁하게 들리고 있었다.

그 인민군은 혼수상태인 채 자정 무렵에 숨이 끊어졌다. 그가 남기고 간 것은 환자트에 가득한 피비린내뿐이었다.

먼동이 틀 무렵부터 땅을 파기 시작했다. 여덟 명의 환자는 부실한 연장들을 가지고 묵묵히 땅을 파기만 했다. 연장이 시원찮아 땅을 깊이 팔 수는 없었다. 그가 실려온 가마니를 뜯어 한 자락은 깔고, 한 자락은 덮었다. 조원제는 일삼아 그의 머리가 북쪽을 향하게했다. 물론 평장이었다. 봉분 없는 그의 무덤은 산풀들로 덮였다.

"동무들, 이 인민군 동무가 어지께 소리 질르는 말 다 들었제라? 이북 동무들은 다 그리 고향땅에 가고 잡아험스로 수천 리 타향땅에서 이리 죽어가고 있소. 거그에 비허먼 고향땅에서 죽을 수 있는 우리넌 을매나 큰 복이오. 이 점 생각혀서, 우리가 다 이북 동무덜헌테는 감정이 쪼간썩 안 좋은디, 앞으로 그런 맘 다 없애고 진심으로 잘 대허도록 헙씨다."

조원제의 침통한 말이었다.

"야아, 존 말씸이구만이라. 지도원 동지 말씸대로 허겄구만요."

누군가가 대꾸했고, 다른 사람들은 고개를 끄덕였다.

"다 몸들 나서갖고 부대로 돌아가면 오늘 이약 차근허게 혀서 다른 동무덜도 그리 허게 맹글어주씨요."

"하먼이라."

"그리 허제라."

서너 사람이 대답했다.

조원제는 갓 피어난 억새꽃 하나를 꺾었다. 무덤을 덮고 있는 풀들 사이에 그것을 꽂았다. 같은 나이 또래인 그에게 자신이 줄 수 있는 것은 그것뿐이었다. 조원제는 흰 억새꽃이 바람결에 가벼이 흔들리는 것을 한동안 물끄러미 내려다보고 있다가 돌아섰다.

환자트에 긴급대피령이 내려온 것은 이틀 뒤였다. 그들은 신속하게 세 명씩 소조를 이루어 대피에 들어갔다. 대피령은 토벌대가 공격해 오는 골짜기와 등성이에 따라 그때그때 내려오고는 했다. 만일의 위험에서 환자들을 보호하자는 것이었다. 그동안 두 차례의 대피경험이 있어서 그들의 신속한 움직임에는 여유가 있었다.

그들은 승리고지 산마루를 넘어 골짜기를 타고 내려갔다. 토벌대는 해방구에서 공격해 오는 것이고, 아직도 해방구를 사이에 둔 공방전은 계속되고 있었다.

"쩌그 양쪽 등성에서 쌈이 붙을 것잉께 요 골짝 밑으로 퍼져서 피허씨요. 글고, 쩌 통명산 새끼맹키로 생긴 고지럴 우리가 점령허면 만세 두 분, 개덜이 점령허면 만세 한 분얼 불를 것잉께, 그 신호 듣고 움직기리씨요덜."

선요원이 길을 바꿔 떠나며 남긴 말이었다.

그들은 각기 조별로 분산했다. 조장인 조원제는 은신처를 찾으며 비탈을 내려갔다. 왼손으로는 옆구리를 받치고 있었다. 그의 뒤를 따르고 있는 두 사람은 똑같이 다리를 절룩거리고 있었다. 하나는 무릎뼈 부상이었고, 또 하나는 발목뼈 부상이었다. 조원제도 몸 움직임이 자유롭지 못했지만 걷는 것은 그중 나은 편이었다.

조원제는 골짜기가 휘어져돌며 다른 산줄기와 만나는 지점에서 발을 멈추었다. 만일 토벌대가 골짜기를 타고 내려오더라도 곧 옆의 산줄기로 붙기 위해서였다. 키 작은 잡목들 사이의 풀덤불을 헤치고 들어가 자리를 잡은 지 얼마 되지 않아 골짜기 위에서 총소리가 울리기 시작했다. 조원제는 눈을 감았다. 총소리의 울림이 유난스러웠다. 골짜기를 사이에 두고 양쪽 등성이에서 맞총질을 해대기 때문인 것 같았다. 거리상으로는 멀지만 지형적으로는 총알들이 난무하는 아래 앉아 있는 형국이었다.

토벌대가 해방구 쪽에서 공격을 하고, 이쪽에서 승리고지를 비롯한 외곽고지 밖에서 전투를 벌이는 것은 해방구를 다 잃은 것이나 마찬가지 아닌가…… 해방구를 다 잃게 되면…… 투쟁할 산이야 얼마든지 남아 있지만 투쟁은 그만큼 어렵고 불리하게 될 것은 분명하다. 식량확보도 그렇고, 그 많은 비무장대원들의 보호도 그렇고…… 또 사기에도 영향이 미칠 것이다. 자꾸만 물을 잃어가는 고기들이 아닌가…… 해방구를 장악했던 투쟁이 1년, 어쩌면 적들의 그 막강한 화력 앞에서 그 세월은 기적처럼 길었는지도 몰랐다. 그동안 도당 전체에서 죽어간 사람들은 얼마나 될까…… 반 가까이 죽지 않았을까, 아니 반이 넘을지도 모른다. 돌림병 재귀열로 그리 떼죽음을 당했고, 또 싸우면서 수없이 죽어가지 않았나…… 반으로 잡아도 그 수가 얼마인가…… 1만여 명이 죽은 것이다. 정규군이 아닌 인민들이 그렇게 죽어간 것이다. 그들은 왜 그렇게 죽어간 것인가…… 더 말할 것도 없이 인간해방의 역사를 위해, 인민해방의 세상을 위해…… 그들은 짓밟히는 인간으로 주저앉아 있지 않고 스스로 전사가 되어 불의의 역사와 맞서 싸우다가 죽어간 것이다. 빨치산— 자각한 인민들이 전사로 뭉쳐진 덩어리, 강제가 없는 그 자주적 군대는 가장 순수한 혁명의 동력이고, 바로 인민의 역사 그 자체인 것이다. 그들의 피는 가장 순결하고 가장 뜨겁다. 그래서 그들이 죽어가면서 뿌린 피는 고결하고, 그 피는 참다운 인민역사를 키운다. 그리고 그 역사는 기필코 꽃을 피우고, 열매를 맺는다. 그 역사의 성취를 위해 몸 내던져 죽어간 인민전사들은 전남도당에만 있는 것이 아니다. 조금씩 차이가 있을 뿐 도당마다 다 있는 것이다. 그 수를 다 합치면 도대체 얼마나 될까…… 수만 명…… 그러나, 그러나, 아직 투쟁은 끝난 것이 아니다…… 투쟁은 더욱 치열해질 것이다, 구빨치들이 그랬던 것처럼. 앞서 죽어간 수

많은 동지들의 죽음을 건 투쟁뿐이다. 투쟁을 통한 죽음은 의무가 아니다. 앞서간 동지들이 보여주었듯이 그건 권한이다…… 인민해방의 역사를 창출하기 위한 권한이다…….

조원제는 언제나처럼 감정의 뜨거운 소용돌이가 일어나는 것을 느끼고 있었다. 눈을 꼭 감은 그의 입에서는 무엇엔가 억눌린 소리가 무슨 신음처럼 되게 흘러나오고 있었다. 총소리들이 강약의 물굽이를 이루며 계속 울리고 있었고, 사람들의 외침이 가끔씩 그 사이에 섞이고 있었다.

"인자 저 잡녀려 새끼덜이 공화국 시간도 안 무서바헌당께로."

조원제의 왼쪽에 쪼그리고 앉은 남자가 낮은 소리로 중얼거렸다.

"기운이 씨겼다 그것 아니겠소."

맞은쪽에 앉은 남자가 말을 받았다.

"저 잡것덜이 갈수록 심이 씨지는 모냥인디, 은제꺼정 그럴께라?"

"금메 말이요, 영 지랄 겉은 일인디…… 고것얼 워찌 알겄소?"

"휴전얼 헌다 헌다 해쌓는디, 휴전이 되면 그짝 병력이 이짝으로 왈칵 내리밀리는 것 아니겠소?"

"이, 그럴란지도 몰겄소. 그리 되면 우리가 큰탈나불 것인디, 으쩌제라?"

조원제는 천천히 눈을 떴다. 그의 눈길이 왼쪽 사람에게 박혔다. 그리고 눈동자가 오른쪽으로 느리게 움직였다.

"동무덜……." 조원제의 목소리가 낮고 무거웠다. "동무덜언 앞날이 걱정인 모냥인디, 그리 걱정헐 것 없소. 우리헌테넌 당이 있고,

항꾼에 목심 걸고 싸우는 동지덜이 있소. 근디 머시가 걱정이고, 머시가 겁나시요? 물런 동무덜 맘 몰르는 것이 아닌디, 목심이 위태혀지면 겁 안 묵을 사람 이 시상에 하나또 없을 것이오. 허나, 고 것이야 지 욕심밖에 못 채리는 쫌팽이쌔끼덜이 허는 짓거리고, 동무덜이야 새 시상 맹글겄다고 총 들고 나슨 전사덜 아니오? 글면, 우리보담 먼첨 죽어간 동지덜얼 생각혀 봇써요. 그 동지덜이 재수가 없어서 먼첨 죽었겄소? 명이 짧아서 먼첨 죽었소? 그것이 아니오. 그 동지덜언 우리럴 대신혀서 먼첨 죽어간 것이오. 우리헌테 날라오는 총알얼 그 동지덜이 먼첨 맞고 죽었다 그것이오. 글면 우리넌 인자 워쩨야 쓰겄소! 그 동지덜 원수를 갚어야 쓸 것 아니겄소? 그 원수들이 또 우리럴 죽일라고 뎀비는디 맞대거리로 싸와야 쓸 것 아니겄소? 새 시상 맹글기 바랬든 뜻 못 이루고 원통허게 먼첨 죽어간 동지덜이 시방 이 골짝, 저 골짝에서 우리를 뻔허니 쳐다보고 있소. 그리고 당도 건재허고, 모든 동지덜도 용맹시럽게 싸우고 있소. 동무덜언 워쩨야 허는 것이 좋다고 생각허요?" 조원제는 그 어느 때보다도 열성적이고 간절하게 말하고 있었다.

"지도원 동지, 면목 없구만이라."

"지도원 동지, 다시넌 고런 짜잔헌 소리 안 허겄구만이라."

두 사람은 고개를 수그렸다. 조원제는 그들의 손을 덥석 잡았다.

"동무덜, 믿으씨요. 우리가 바래는 시상이 꼭 올 것잉게. 고것얼 믿고 용감허게 싸웁시다. 그러다가 죽으면 아까울 것이 머시가 있소. 우리 뒤에는 또 우리 뜻얼 따라 싸우는 동지덜이……."

"지도원 동지! 쩌그 저 만세소리!"

오른쪽 대원의 다급한 말에 조원제는 말을 중단했다. 그리고 깜짝 놀라며 물었다.

"만세소리?"

"야아, 만세소리가 났구만요."

"몇 분이요?"

"두 분인디요."

"틀림없소?"

조원제의 얼굴은 긴장되어 있었다. 말에 취해 그 소리를 놓치고 말았던 것이다.

"그럴 것인디요……."

그 대원은 약간 더듬한 얼굴이 되었다. 조원제는 미심쩍어 골짜기 위쪽으로 귀를 기울였다. 총소리가 걷힌 그쪽에서는 아무 소리도 들리지 않았다. 만세는 약속대로 한 차례 불렀으면 그만이지 계속 부를 리가 없었던 것이다.

"갑시다. 우리가 이겼는갑소."

조원제는 풀덤불을 헤쳤다.

조원제는 당원이면서 정치지도원의 책임을 다하기 위해서 다시 앞장섰다. 아까 피신을 하려고 골짜기를 내려갈 때보다는 다시 올라가는 것이 한결 마음도 몸도 가벼웠다. 조원제는 빨리 걸으면서도 물들기 시작하고 있는 나뭇잎들과, 언제나 감탄할 수밖에 없는 맑고 푸른 하늘을 눈에 담으며, 아아, 벌써 가을인가! 하는 감정의 파문이 일어나는 것을 느끼고 있었다.

골짜기를 절반쯤 넘어섰을 때였다. 앞에 인기척을 느끼며 조원제는 반사적으로 발을 멈추었다. 아니나 다를까, 숲 사이에서 사람의 모습이 불쑥 나타났다. 아니, 저게 뭔가! 조원제와 두 사람은 딱 굳어지고 말았다. 20여 미터나 될까, 비탈 저 위에서 까딱까딱 손짓을 하고 있는 것은 경찰이었다.

"여기야, 이리 와, 이리!"

총을 세워 들고 있는 경찰은 빠른 손짓과 함께 낮춘 소리로 이렇게 말하고 있었다. 헛것을 보고 있는 것이 아니었다. 경찰은 비무장인 자기네들을 자수자로 오해하고 있다는 것을 조원제는 퍼뜩 깨달았다.

"우측 사면!"

조원제는 돌아서며 외쳤다. 그리고 뛰기 시작했다.

"서라! 안 서면 쏜다!"

뒤에서 외치는 소리였다.

세 사람의 귀에 그 말이 들릴 리가 없었다. 세 사람은 마치 성한 사람들처럼 오른쪽 비탈을 향해 제각기 내달리고 있었다. 조원제의 옆구리를 받치고 있던 왼쪽 팔은 오른쪽 팔과 똑같은 모양으로 힘차게 엇갈리며 허공을 쳐내고 있었고, 두 사람의 발도 절룩거림 없이 길도 없는 비탈진 땅을 박차대고 있었다.

탕! 타당! 탕!

세 사람을 향해 총을 쏘기 시작했다. 그들의 뜀박질은 더 빨라지고 있었다.

타당, 탕! 탕, 탕!

총소리는 더 많아졌다. 그들의 옆이고 뒤에 총알이 푹푹 박혔다.

그때 오른쪽 등성이에서도 총소리가 울리기 시작했다. 그리고 조금 있다가 여럿의 목소리가 합쳐져 외쳐댔다.

"이새끼들아, 쏘지 마라, 환자다아!"

"환자다, 환자! 쏘지 말아라아!"

그 외침이 조원제의 가슴을 콱 막히게 했다. 그는 눈물이 울컥 솟는 것을 느꼈다. 아아, 동지들! 그는 아침 해가 솟을 때와 같은 생명의 벅찬 전율을 느꼈다. 그는 동지들을 향해 더 세게 달리고 있었다.

"이새끼들아, 쏘지 말어! 환자야!"

"더 씨게, 더 씨게 뛰어!"

"영차, 영차! 영차, 영차!"

오른쪽 등성이에서는 총소리와 함께 이런 외침과 응원이 뒤섞이고 있었다. 그리고 비탈로는 너덧 사람이 총을 난사해 대며 달려내려오고 있었다. 환자구출에 나선 돌격대였다.

그들 중의 한 사람이 조원제를 끌어안았다.

"조 동무, 나 눈앞에서 조 동무럴 죽이는지 알었소!"

그 사람이 격하게 한 말이었다. 조원제는 비틀거리며 그 사람이 연대장 이태식인 것을 알아보았다. "나 동상 허제, 동상." 평소에 이태식이 농담처럼 하곤 했던 말이 떠오르며 조원제는 눈물이 울컥 솟았다.

"연대장 동지!"

조원제도 이태식을 끌어안았다. '강철' 말고도 '백아산 호랑이'라는 또다른 별명을 지닌 이태식의 눈에 눈물이 엷게 번지고 있었다.

이태식의 부축을 받으며 등성이로 올라와서야 조원제는 옆구리가 견딜 수 없도록 아픈 것을 느꼈다. 아물었던 상처가 다시 터져버린 것처럼 쑤시고 화끈거리고 쥐어짰다. 몸을 잔뜩 웅크린 채 옆구리를 감싼 그는 어이없는 쓴웃음을 짓고 있었다. 그 목숨을 건 한바탕 굿은 물론 신호를 잘못 들어 그렇게 된 것이었다.

"나가 위째 찾아가보고 잡은 맘이 없었을 것이오. 맘이야 하로에도 열 분도 더 일어나도 트에 워디 조 동무 혼자뿐이간디. 딴 부하들도 있는디 조 동무헌테만 표나게 헐 수 없는 일이고……. 아픈디가 에진간허먼 트에서 나오제그려. 신색이 많이 상혔는디, 위험시런 고비 넘겠으먼 그담부터야 묵는 것이 실해야 병도 얼렁 낫고 사람 몸도 지대로 보존허는 법이오. 후방부에서 지아무리 열성으로 묵을 것얼 댄다 혀도 고것이 워디 부대허고 댈 것이나 있간디. 다 아는 일이제만, 부대야 움직이다 보면 과외 것도 생기기도 헌게. 의무과장허고 의논혀서 하로라도 얼렁 나오도록 혀, 조 동무."

이태식이 헤어지기 직전에 간곡하게 한 말이었다.

환자트에 돌아와보니 아물었던 옆구리 상처는 손가락 길이만큼 다시 터져 있었다. 굳어진 피를 물고 벌어져 있는 상처를 내려다보며 조원제는 그래도 그만하기 다행이라고 생각했다. 흉터의 길이가 한 뼘이 넘는 중에서 가운데가 그 정도 벌어지고 목숨을 구한 것을 생각하면 별로 억울할 것이 없었던 것이다. 옆구리의 흉터는 자신이 보기에도 끔찍하고 흉측스러웠다. 총알이 헤집고 지나간 자리는 푹 패인 채 살이 우둘투둘하게 되어 아물어붙어 있었다. 그리고 그 색깔이 다른 피부와 달리 거무칙칙하게 붉었다. 뿐만 아니라 그 아물린 자리는 주위의 살을 잡아끄는 꼴을 하고 있었다. 그래서 주위의 살은 구겨지고 접혀지듯 하며 울퉁불퉁해져 있었다. 그러니까 흉터는 총알이 지나간 자리만이 아니라 그 주위까지도 흉터인 것처럼 보여 엄청나게 크다는 착각을 일으키게 했다. 상처가 그렇게 못난 것을 조원제가 불평하자, 의무과장은 의학치료를 못하고 자연치료가 되어 그렇다며 민망하게 웃었다.

"더 무슨 약물치료를 못하고 있는 형편이니까 환자트에 머무는 건 요양치료 정도인 셈이지요. 이 상태에서 부대로 돌아가는 건 별 무리가 없지만, 아문 자리가 그리 됐으니 붕대로 감고 여기서 한 사나흘 더 지내다가 가는 게 좋을 것 같군요. 그 자리가 다시 빨리 아물어야지 무리해서 움직이다가 덧나기 시작하면 참 곤란해집니다."

의무과장의 말이었다.

조원제는 그 말을 따르기로 했다. 덧나는 것이 무서워서가 아니라 통증이 심해 떠나라고 해도 떠날 수가 없었던 것이다. 함께 변을 당한 두 사람도 상처의 통증이 도져 끙끙 앓아대고 있었다. 그런데 만세소리를 잘못 들었던 사람이 더 심하게 앓는 소리를 내고 있었다. 조원제는 그의 옆모습을 보며 그저 비식하게 웃고 있었다.

그는 벌써 다른 환자들에게 한바탕 면박을 당했던 것이다. 그 사람의 실수는 세 사람이 죽을 수도 있었던 위험천만한 것이었지만, 결과가 무사하게 된 이상 굳이 들출 것이 없었다. 그리고 그의 실수를 따지자면 궁극적인 책임은 조장인 자신에게 있다는 것을 조원제는 잘 알고 있었다. 그때의 상황이 어쨌든 간에 만세소리를 놓친 것도 그렇고, 직접 확인이 안 된 상태로 행동을 개시한 것도 그랬다.

조원제는 사흘 뒤에 환자트를 떠났다. 10월이 시작되고 있었다. 그동안 한 달 반이 지나가 있었다. 한 달 반이라는 시간감각은 별것이 아닌데 그동안에 일어난 시각적 변화는 엄청났다. 짙푸른 녹음을 헤치며 환자트를 찾아들었는데 그 녹음이 단풍 드는 것을 보면서 환자트를 떠나고 있었던 것이다.

그러나 부대로 돌아오니 더 크고 많은 변화들이 그를 기다리고 있었다. 그 첫 번째가 부대원들의 얼굴이 너무나 많이 바뀌어 있었다. 보이지 않는 얼굴들은 딴 부대로 간 것이 아니라 그동안 죽어 간 것이었다. 그 다음이 지구 재편성이었다. 그건 다시 말해 비무장대원들을 지리산으로 피신시키는 작전이었다. 각 지구의 해방구가 유린되면서 비무장대원들의 보호가 어렵게 되자 취해지는 불가피한 조처였다. 여순항쟁 때 그러했듯 지리산은 또 피신투쟁지로 선택된 것이었다. 그리고 세 번째가 지난 9월 20일에 이승만이 휴전수락 4대원칙을 내놓았다는 사실이다. 정전반대국민대회를 극성스럽게 열어대던 그 영감이 휴전을 '수락'하기로 마음을 바꾸었다는 것은 자신들의 투쟁에도 직접 영향을 미치는 새로운 정치국면이었던 것이다. 그러나 휴전수락 4대원칙이라는 것을 알고 나서 조원제는 하늘을 보고 한참이나 웃어야 했다. 중공군 철퇴, 북한군 무장해제, 유엔 감시하 총선거, 휴전조건 동의기간·회담종결기한 설정이 그것이었다. 이승만의 그 원칙을 뒤짚어놓고 보면, 남쪽에는 유엔군 주둔, 남한군 무장유지, 유엔 보호하 강압선거가 되었다. 휴전협정의 '협정'이란 말뜻을 최소한이나마 안다면 그따위 잠꼬대 같은 일방적 주장은 내놓을 수 없는 일이었다. 자기의 권력장악과 그 유지를 위해서는 무슨 짓이든 서슴지 않는 파렴치하고 뻔뻔스런 늙은이의 또다른 작태를 보며 조원제는 옆구리가 결리도록 헛웃음을 칠 수밖에 없었다. 끝으로, 네 번째의 소식은 너무나 통쾌했다. 그러나 통쾌한 만큼 실망을 해야 하는 이야기였다. 그건 다름이 아니라, 그 신화적인 인물인 이현상의 부대 '남부군'의 곡성읍 전체와 그 인접지역 점령에 대한 것이었다.

"긍께로 9월 30일 자정에 남부군이 우리 도당 백운산부대허고 합동작전으로 곡성을 들이쳤는디, 새북꺼지 깨끔허게 읍내럴 묵어불고, 오곡지서꺼지 손안에 넣었구마. 구례 쪽이고 남원 쪽이고 질이란 질언 남부군 손에 다 맥히고, 곡성은 완전허게 해방구가 된 것이제. 시뻘건 대낮에 신작로럴 턱턱 막고 선 남부군덜얼 봉께 그 뱃보허고 용감시런 모냥이 참말로 기맥히등마. 소문에 들든 대로 천하무적이란 말이 바로 저것이로구나 허고 탄복이 절로 나왔제. 금메, 곡성으로 진격헙스로도 대낮에 행군얼 헜당께 무신 말얼 더

허겄어. 빨치산이 '밤손님'이란 말얼 싹 뒤집어뿐 것이제. 근디, 남부군 작전은 곡성에서 끝나는 것이 아니었어. 곡성 담으로 광주럴 치고 들어간다고 혀서 우리 백아산지구도 합동작전에 나슬라고 단단허게 준비럴 혔제. 광주럴 새로 접수헌다고 생각헌게 그 심정얼 참말로 말로 다 헐 수가 없드란 말시. 대원들이 모다 새 기운얼 채리고 나스는디, 남부군이 따로 없었제. 근디 말이여, 본시 곡성 것덜이 싹수없이 경찰 쪽에 많이 붙고, 보투에도 질로 협조럴 안 허는 느자구없는 땅 아니드라고? 요분 참에도 그 행투럴 또 부려서 젊은 놈덜이 경찰허고 붙어서 저항얼 벌인 것이여. 경찰에, 의경에, 청년단에, 새로 붙은 놈덜꺼지 합친게 그 수가 수백 명인디, 요것덜이 여그저그서 찝쩍기리고 뎀빈게 광주로 치고 들어가기 전에 그것부텀 쓸어얄 것 아니라고. 그러다 봉게 쌈 겉지도 않은 쌈얼 허니라고 하로가 꼬빡 지낸 것이제. 그러고 있는 판에 얼토당토않는 일이 터져뿌렀어. 아 금메 남원 쪽에서 경찰 전투사령부 병력이 기차로 느닷읎이 곡성 읍내로 들이닥쳐뿐 것이여. 그 가당찮은 일이 워찌 벌어졌냐 허면, 외곽방어럴 맡고 있든 남부군 일부가 맘얼 턱 놓고 놀고 있는 새에 기차가 통과혀 뿐 것이드라 그것이여. 기차에서 쏟아진 적덜이 공격얼 해대는디다가, 전남경찰국에서 또 기동대가 몰아닥친 것이로구만. 그렁게 남부군은 두 패로 갈라져서 협공을 당허는 꼴이 되야뿐 것이제. 헹펜이 그리 된께 남부군이라고 워찌겄어. 병력도, 화력도 딸린께 도로 지리산으로 물러슨 것이제."

이태식이 허탈한 얼굴로 쓴웃음을 지었다.

"참 맥 빠지고 싱겁게 되야부렀소이. 그 씨다는 남부군이 위째 본전치기도 못 되는 고런 일얼 헸는지 몰르겠소?"

조원제도 떫은 입맛을 다셨다.

"지내놓고 찬찬히 따져봉께 남부군 작전에 문제가 많어. 경찰이 그리 빠르게 양쪽에서 들이닥친 것은 남부군이 대낮에 행군얼 헌 것 땜시여. 자신 있게 행동허는 것이야 존디, 고것이 적얼 끌고 댕긴 꼴이 되야부렀어. 글고, 그리 쉽게 물러슬람서 적이 날로 씨져가는 판에 멀라고 곡성얼 쳤나 그것이제. 남부군 실력얼 한 분 뵈잔 것이먼 몰라도, 이문 본 것이 암것도 없는 그런 작전은 빨치산 기본 전술에도 어긋나는 것이로구만. 남부군얼 새로 봐야 쓰겠어."

이태식은 아주 못마땅한 기색이었다.

"금메 말이요, 쌈이 다 끝난 것도 아닌디 기차가 그냥 통과허도록 방어럴 허술허게 헌 남부군도 우습고, 적진으로 무작정 들이닥친 경찰도 우습고 그렇구만이라."

"바보허고 바보허고 붙은 쌈에서 더 바보가 이게뿐 것이 요분 참 쌈이시!"

이태식의 일갈이었다.

조계산지구도 지리산으로 피신시킬 비무장대원들을 편성하느라고 한창이었다. 비무장의 범위는 원시무장까지 포함시켰다. 그러나 비무장대원이라고 해서 무조건 보내지는 않았다. 일단 그 원칙을 정해놓고 자유롭게 선택할 수 있는 기회를 주었다. 그래서 무장대원과 비무장대원이 바뀌는 경우도 더러 있었다. 무장대원이 지리산으로 가기를 원하면 무기를 반납하고 비무장대원이 되었고, 비무장대원이 지리산으로 가기를 원하지 않으면 무장대원으로 총을 갖게 되었다. 그러나 그런 경우는 별로 많지 않아 부대편성에는 별다른 지장이 없었다.

비무장대원들의 지리산 이동은 단순히 피신만이 목적이 아니었다. 그건 모든 지구의 투쟁력 정예화였다. 토벌대의 세력확산으로 해방구들을 잃게 되고, 그에 따라 신속한 기동성을 발휘하는 산악이동투쟁이 본격화되었다. 그런데 해방구의 투쟁인민들까지 포함한 비무장병력을 전투 때마다 안전지대로 이동시키고 보호해야 했다. 그러다 보니 하나의 연대는 보통 그 연대의 병력보다 두세 배가 많은 비무장들을 이끌게 되었다. 그건 이동투쟁의 생명인 기동성을 약화시키는 결정적 요인이었다. 기동성의 약화는 곧 전력의 약화였으며, 또한 전투 중에도 그들을 보호해야 했으므로 실질적인 전력약화도 초래되고 있었다. 그뿐만이 아니었다. 그런 방법은 언제 커다란 인명피해를 입을지 모를 위험을 안고 있었다. 화선투쟁에 나선 무장대가 무너지면 그 보호를 받고 있는 비무장대가 따라서 결정적 피해를 입게 되는 것은 피할 수 없는 일이었다. 그런 투쟁을 두 달 가까이 해온 결과 도당은 지리산 이동을 결정했던 것이다.

그리고 그 이동과 함께 또 한 가지 일이 추진되고 있었다. 20대 초반의 젊은 대원들을 대상으로 간부양성을 위해 대학생들을 뽑았다. 지리산에는 단기과정의 당학교·군정대학·의과대학이 설치되어 있었던 것이다. 그건 장기투쟁에 대비해 안전지대인 지리산에서 간부를 길러내자는 계획이었다. 자원과 추천의 두 방법으로 젊은 대원들은 그 길을 나서고 있었다.

"어이, 천 동무, 동무도 지리산으로 가는 거이 어쩌겠소?"

어느 날 하대치가 천점바구를 조용하게 불러 한 말이었다.

"야아? 지리산이라고라?"

천점바구가 화들짝 놀랐다.

"아니, 위째 그리 놀래고 그요? 나할라 깜짝혔구만."

하대치는 가볍게 혀를 차며 씨익 웃었다.

"지가 무신 과오 범했는게라?"

천점바구는 하대치의 친근한 웃음은 아랑곳없이 긴장되어 있었다.

"그 무신 생뚱헌 소리요?"

하대치가 정색을 했다.

"지럴 비무장 맹글라고 그러신게라?"

"이, 고런 것이 아니고 천 동무보고 대학상 되야보라는 이약이오."

"야아? 지까징 것이 뜸금없이 무신 대학상이라?"

천점바구의 얼굴이 이젠 어리둥절하게 변해 있었다.

"고것이 무신 말인고 허니, 지리산에 대학이 서너 개 있는디, 천 동무가 갈 아조 마땅헌 대학이 하나 있소. 고것이 군정대학이라는 것인디, 거그서 공부허고 나오면 천 동무가 염상진 대장맹키로 되고 잡아허든 질이 훤허니 열리게 되야뿌는 것이오. 으쩌요?"

"금메요, 핵교는 문턱도 못 볿아보고, 포도시 글이나 깨친 지 걸은 것이 워쩌크름 대학생이 되겄는게라. 맥없이 뱁새가 황새 따라갈라다가 가랭이가 찢어지제라."

천점바구는 고개를 저었다.

"어허 천 동무, 동무넌 아직도 그 못된, 거 머시냐, 잉, 계급적 피해의식을 청산허지 못혔소! 무학자에서 당원꺼지 된 몸으로 고것이 무신 못난 소리요. 동무 자격이야 당이 인정헌 것잉께 가서 잘 배와갖고 당당허니 염상진 대장 겉은 인물이 되게 혀봇씨요."

그건 하대치가 진정으로 바라는 바였다. 지난날 염상진이 자신을 이끌어주었듯이 자신은 천점바구에게 자신이 할 수 있는 모든 것을 베풀어주고 싶었던 것이다. 그건 염상진의 되풀이된 다짐이기도 했다. 끝없이 뒤따라오는 사람들을 위해 진심으로 봉사해야 한다. 인간사업 없이는 당도 혁명도 해방도 없다. 하나의 적을 무찌르는 것보다 더 중요한 것이 한 인간에 대한 사업이다. 적의 척결과 인간사업은 동시에 이루어져야 할 당의 2대사업이다.

"염 대장 동지께서 지리산으로 가신당가요?"

천점바구가 뚜벅 물었다.

"여그넌 으쩌고?"

"허먼, 연대장 동지가 가시는게라?"

"나도 안 가는디……."

"글먼 지도 안 가겄소."

천점바구의 태도는 단호했다.

"어허 천 동무……"

하대치가 입을 열기 바쁘게 천점바구가 말허리를 자르고 들었다.

"지 맘언 한 가닥으로 딱 정해졌응께 더 말씀혀도 소양없구만이라. 두 동지 옆에서 한 발도 안 띨 참잉께라."

"허 참, 저 고집통머리! 넘 없는 저놈에 점 땀세 긍가 워쩐가……"

하대치는 웃을 수밖에 없었다. 그 일은 어디까지나 순조롭게 하도록 되어 있었던 것이다. 또한 천점바구의 완강한 태도에서 하대치는 어떤 뜨거운 믿음 같은 것을 느끼기도 했다. 군정대학을 가기 위해 지리산으로 들어가는 것은 당원으로서의 내일을 보장하는 것이면서, 당장의 위험을 피하는 길이기도 했다. 천점바구는 그 정도를 모를 리가 없는데도 망설이는 것 없이 그 길을 마다했던 것이다.

장흥 유치지구에서 이해룡이가 도착할 날이었다. 그저께 안창민에게 그 소식을 전해들은 뒤로 하대치는 지난날 씨름대회를 기다리던 심정으로 이틀을 보내고 있었다. 그와 헤어진 것이 꼬박 1년 세월이었다. 산생활 1년 동안에 한 번도 만나지 못한 것이 무척이나 오래 헤어져 있었던 것처럼 느껴졌다. 나날을 위험 속에서 살다 보니 그런 느낌이 드는지도 몰랐다.

이해룡은 해질녘이 다 되어 안창민과 함께 나타났다.

"하 동무, 나요, 이해룡이!"

두 팔을 쫙 벌린 이해룡이 소리쳤다.

"우화아, 이 동무!"

하대치도 맞받아 소리치며 그에게로 달려갔다. 그들은 서로 얼싸안았다.

"와따, 보고 잡아 죽을 뿐혔소. 이 도령 기둘리넌 춘향이 맴이 나만 혔을랍디여?"

하대치가 반가움이 출렁거리는 소리로 이해룡을 불끈 들어올렸다.

"어허, 그 황소 기운은 여전하군요."

이해룡이 고개를 젖히며 크게 웃었다.

"참 해도 너무합니다. 남자끼리 좀 기다린 걸 가지고 춘향이까지 팔아먹습니까그래."

웃음 띤 안창민이 하대치에게 눈총을 보냈다.

"안 동무, 섭헌 소리 마씨요. 이 도령허고 춘향이야 하로밤 정 통헌 풋정이고, 우리야 목심 항군에 내걸고 싸운 짠득짠득헌 갱엿정잉께."

이해룡을 내려놓은 하대치가 지체할 것 없이 대거리한 말이었다.

"아이고, 그리 말하면 내가 손발 들었소."

안창민이 팔을 드는 시늉을 하며 물러섰다. 객담으로 하대치의 입심을 이길 재간이 없었던 것이다.

"아니, 이 동무! 얼굴이 워째 그리되얐소!"

하대치가 느닷없이 소리 질렀다. 그는 그때서야 이해룡의 얼굴을 제대로 보게 되었던 것이다.

"뭐, 이거 별거 아니요."

이해룡이 왼쪽 볼을 손바닥으로 쓱 문지르며 말했다.

"아닌디, 많이 상혔는디. 워찌 해필허고 얼굴이여. 큰일날 뻔혔구만이." 얼굴을 잔뜩 찡그린 하대치는 고개를 저으며 혼잣말하듯 하고는, "빌어묵을, 워디 잠 똑똑허니 봅씨다." 이해룡에게로 다가서며 혀를 차댔다.

이해룡의 왼쪽 볼은 푹 패인 채 번들번들한 흉터가 길게 자리 잡고 있었다. 왼쪽 볼은 그 흉터가 다 차지하고 있는 것이나 마찬가지였다.

"참말로, 은제 이리 됐습디여? 씨부랄 놈덜이 그 좋든 인물얼 요리 망쳐뿌렀구만그려."

하대치는 빠드득 이빨을 갈아붙이더니 또 혀를 차댔다.

"지난 4월 달에 그리 됐어요."

이해룡은 그저 싱긋 웃으며 대답했다.

"옳여, 그때 쌈판이 컸제라. 총알입디여, 파편입디여?"

"총알이었어요."

"와따메, 큰탈날 뻔혔네! 총알이면 이만허기 참말 요행이요."

"그렇지요, 운이 좋은 셈이지요."

이해룡은 얼굴이 그리 흉하게 망가진 것에 대해서 전혀 신경 쓰지 않는 것처럼 보였다.

"워쨌그나 그 좋든 인물이 너무도 아깝게 되았소."

하대치는 '아직 장개도 안 간 나이에……' 하는 말을 꿀떡 삼키고 있었다.

"아깝기는요, 얼굴 뜯어먹고 사는 악극단 배우도 아닌데요. 이게 다 인민의 훈장이고, 빨치산의 훈장 아니겠소? 진짜 빨치산 같지 않아요?"

이해룡이 두 손을 허리에 걸치며 가슴을 펴 보였다. 그런 이해룡의 모습은 전과 다르게 훨씬 억세고 강해 보이기도 했다.

"이, 아조 당당허고 용맹시러와 보이요. 워쨌그나 이 동무가 그리 화통허게 생각헌께 옆엣 사람도 맘이 씨림스롭도 좋으요. 그리 맘 묵기가 쉽덜 않은디, 하여튼지 간에 이 동무가 멋지고도 장헌 싸나이요."

"장하긴요, 의당 그리 생각해야지요."

이해룡이 담배쌈지를 꺼냈다.

"자아, 저쪽으로 앉읍시다. 그래야 담배도 말고, 다리도 쉴 테니까."

안창민이 움막 쪽으로 발을 옮겼다. 세 사람은 움막 안에 자리를 잡았다. 통나무로 기둥을 얽어세우고 지붕을 억새와 풀로 위장해 덮은 움막이 해방구를 잃은 것을 실감시켰다. 그 임시방편인 움막은 구빨치투쟁을 겪은 그들에게는 친숙한 것이기도 했다.

"이지숙 동무도 불를 것인디 그렸소. 이 동무가 을매나 반가와라 헐 챔인디."

하대치는 안창민과 이해룡에게 동시에 좋은 일이라고 생각하며 이렇게 말했다. 안창민과 이지숙을 한 번이라도 더 같이 있게 해주고 싶었던 것이다. 보투에서 묻어들어온 분통을 굳이 이지숙에게 갖다주었던 것도 안창민을 만날 때 쓰라는 뜻이었었다. 이지숙이 무색해할까 봐 그 말까지는 하지 않았지만.

"그거 좋은 생각이오. 당장 부릅시다. 어디 있는지, 하 동무, 연락병 띄울 수 있소?"

이해룡이 반색을 했다.

"아니오, 아니오, 내일 만나도록 합시다. 지리산으로 떠나는 걸 최종점검하기 위해 총사에서 염상진 동지가 내일 오도록 돼 있소. 그때 한꺼번에 다 만나는 게 좋을 것 같군요."

안창민의 말이었다.

"글쎄, 그럼 옛날 군당간부회의가 되겠군요."

이해룡이 고개를 끄덕이며 웃었다.

"그려도 오판돌 동무가 빠지제라."

하대치가 중얼거리듯 말했다.

"참, 오 동무는 더러 만났나요? 그쪽 사업은 좀 어떤지……."

안창민이 이해룡에게 눈길을 주었다.

"예, 가끔 만났는데, 군당도 형편이 좋지가 못합니다."

"왜 안 그렇겠소. 항시 지구보다 먼저 당하는 게 군당 아니오."

안창민의 얼굴에 침울한 기색이 드러났다.

"그런데 말입니다, 지리산으로 빠지는 게 괜찮은 방법일까요?"

이해룡이 말이담배에 침을 묻히고 나서 물었다.

"글쎄요, 지금 상황으론 무모한 인명손실을 막기 위해 그 방법밖에 더 있겠소? 이 동무 생각엔 마땅찮은 모양이지요?"

"나라고 무슨 방법이 있는 건 아닙니다만, 내 경험으로 봐서는 별로 좋다는 생각이 안 듭니다."

그게 뭐냐고 안창민이 눈으로 물었다.

"겨울이 곧 닥칩니다. 11월부터 얼음이 얼기 시작해서 다음 해 4월까지 가니까 지리산의 겨울은 반년인 셈입니다. 거기다가 산간 마을들은 1948년 말에 거의 다 소개시키고 불 질러버렸습니다. 많은 인원에 추위와 식량난이 동시에 문제 아니겠습니까? 그리고 거기에도 앞으로 토벌대가 투입되기는 마찬가지겠지요."

"예, 이 동무 지적이 적절한 것 같소. 도당에서는 그런 문제점들이 검토된 것 같은데, 그러나 일단 이동을 결정한 모양이오. 현재의 위기를 넘기는 데는 그래도 그게 최선이니까 말이오."

"혹시 그 결정에 이현상 선생 부대가 지리산에 도착한 것과 관계가 있는 건 아닙니까?"

"글쎄요, 도당에서 그 점을 얼마나 고려했는지는 전혀 모를 일이오. 나 혼자 생각인데, 위원장 동지의 평소 태도로 보아 별다른 연관이 없을 것 같은데요."

이해룡은 더 말이 없이 담배만 깊이 빨고 있었다.

"워째, 맘이 껄쩍지근허요?"

하대치가 담배연기로 눈을 찡등그리며 이해룡을 쳐다보았다.

"아니오. 내가 가게 되니까 그저 한번 생각해 본 문제지요."

이해룡은 자리를 고쳐 앉으며 가볍게 대꾸했다.

그는 새로 편성된 지리산지구로 가기 위해 조계산지구에 들른 것이었다. 도당에서는 지리산 경험자들로 간부편성을 하고자 했다.

학병을 피해 지리산에서 생활했던 그는 적임자가 아닐 수 없었다. 그는 유치지구와 조계산지구의 비무장대원들을 이끌고 지리산으로 갈 참이었다.

"염상진 동지가 같이 가시면 좋았을 텐데……."

이해룡이 담배를 끄며 뇌었다.

"도당문제가 더 급해놔서 염 동지는 움직일 수가 없는 모양이고, 아마 김 소장께서 같이 가실 것 같소."

안창민은 이해룡의 마음을 헤아리며 말했다.

"김 소장이오?"

"김범준 소장 동지 모르시오? 거 왜 김범우란 사람……."

"아, 예 알아요. 그분이 도당에 계신다면서 어쩐 일인가요? 사령관을 맡게 됩니까?"

이해룡이 관심을 나타냈다.

"그것까진 잘 모르겠소만, 하여튼 이번에 도당을 뜨시는 것만은 틀림없소."

"그분이 사령관을 맡으시면 아주 괜찮겠는데요. 투쟁경력이 굉장히 혁혁하시던데, 그런 분 밑에 있으면 힘이 절로 나지요."

이해룡은 금방 힘이 절로 나는 것처럼 눈을 빛냈다.

"그럴 가능성이 많으니까 내일까지 기다려봅시다."

안창민은 전혀 자신이 없으면서도 이해룡의 기분을 생각해 이렇게 말했다. 그런데 그런 눈치도 모르고 하대치가 뚜벅 말을 내놓았다.

"인민군 소장이신디 위찌 지구사령관에 어울리겠는게라?"

그는 가당치 않다는 듯 고개를 내둘렀다.

"글쎄요, 그것도 그렇군요. 도당 총사령관이면 몰라도 지구사령관이면 좀 곤란하겠는데요. 계급과 직책이 제대로 어울려야 하는 건데……."

이해룡은 하대치의 말을 수긍하며 실망스런 기색을 내비쳤다.

"아니오, 그건 꼭 그렇지가 않소. 지금 하는 말은 사무적인 경우에 한해서 그렇고, 문제는 본인이 어떻게 생각하느냐에 달렸소. 무슨 말인가 하면, 김 소장 동지께서는 본인이 필요하다고 생각하기만 하면, 계급에 상관없이 무슨 일이든 맡으실 분이다 그런 말이오. 그분은 그동안 단 한 번도 당신의 투쟁경력을 자랑한 적도 없고, 계급을 내세운 일도 없고, 오로지 사업에 유익한 입장에서만 일을 가리지 않고 한다고 그 인품이 알려져 있소. 그 좋은 예가, 도당위원장의 뜻에 따라 남해여단장의 일을 해결하려고 나서서 끝까지 애썼는데, 일이 잘 풀리지 않고 결국 남해여단장이 총살을 당하게 되자 그분은 '다 내 잘못이다' 하며 눈물을 흘렸다는 거요. 그게 무슨 뜻인가 하면, 자신의 능력 부족으로 남해여단장의 마음을 돌리지 못해 죽게 만들었다는 자책이었다는 거요. 남해여단장에 대해선 비난은 물론이고 비판도 한마디 없었다는 거요. 그게 어디 당성만 가지고 될 일이겠소."

안창민은 무척이나 진지하게 말하고 있었다. 그의 태도에서 김범준에 대한 존경이 숨김없이 드러나고 있었다.

"예에, 그런 분이시군요." 이해룡은 한참이나 고개를 주억거리다가, "그런데 말입니다, 총살을 당해 죽으면서까지 싸우기를 거부한 남해여단장의 속을 도무지 이해할 수가 없어요. 그분은 그것에 대해서도 아무 말이 없었던가요?"

이해룡의 눈에 다시 생기가 돌고 있었다.

"한마디 했다는데, 그 말이 아주 알아듣기가 어렵고 뜻이 모호해요."

안창민이 입꼬리가 약간 돌아가는 묘한 웃음을 피워냈다.

"그 말이 뭔데요?"

이해룡은 말을 재촉하는 턱짓까지 했다.

"지친 혁명가의 허무적 초월주의!"

안창민은 마치 시를 읊듯 했고, 이해룡은 잠시 멍하니 있었다.

"아니, 그게 다요?"

이해룡이 잠에서 깨듯 불쑥 물었다.

"그렇소."

"도대체 그게 무슨 뜻이오?"

"아까 말했잖소, 알아듣기 어렵다고."

"원, 제기랄, 지친 혁명가에다가, 허무니, 초월이니, 다 반동적인 말들뿐이오."

이해룡이 짜증스럽게 내뱉었다.

"아니, 이 동무, 남해여단장이 그랬다는 말이니까 반동이 누군지는 확실히 구분해얄 거요."

"아니, 그럼, 김 소장 동지가 반동인 줄 알까 봐 그럽니까! 남해여 단장 그 사람 죽어도 싸요."

이해룡이 자르듯이 말했다.

"혁명가가 지치면 그것 자체가 죽음인 거요."

안창민의 나직한 말이었다.

24

지리산

입산투쟁의 제2단계를 맞고 있는 것은 전남도당만이 아니었다. 전북도당 사령부는 이미 8월에 지리산으로 옮겨와 있었다. 그들 사령부가 트를 마련하여 머물고 있는 곳은 천왕봉·노고단과 함께 지리산의 3대주봉 중의 하나인 반야봉 줄기를 타고 내리면서 뻗친 뱀사골이었다. 지리산의 그 많고 많은 골짜기들 중에서 그들이 하필 그곳에 자리 잡은 것은 다 그럴 만한 까닭이 있었다. 그곳은 지리산 중에서도 전라북도 남원군에 속했던 것이다. 그들은 지리산으로 옮겨와서도 자기네 관할지역은 무한책임으로 지킨다는 원칙을 고수하고 있었던 것이다. 사령부와는 달리 남원군당이 차지하고 있는 또 하나의 길고 깊은 골짜기가 노고단에서 북쪽으로 뻗어 내리고 있는 달궁골이었다.

그 원칙에 따라 경남도당은 일찍이 재작년 9월부터 자기네 지역을 찾아들어 천왕봉을 중심으로 한 동쪽의 대원사골·동북쪽의 칠선골·동남쪽의 중산리골에 걸쳐서 투쟁의 바탕을 마련했던 것이다. 그리고 전남도당은 노고단과 반야봉을 잇고 있는 주능선을 따라 남쪽으로 뻗어내리고 있는 골짜기인 화엄사골·문수리골·피아골이 그 관할이었고, 화엄사골에는 오래전부터 구례군당이 자리 잡고 있으면서 그 투쟁력을 과시해 오고 있었다.

이렇게 세 덩어리로 나누고 나면 지리산에서 남는 지역은 천왕봉 아래 장터목에서부터 서쪽으로 뻗어나가는 주능선을 따라 세석평전의 영신봉·덕평봉·꽃대봉을 거쳐 명선봉에 이르는 남쪽과 북쪽의 골짜기들이었다. 남쪽으로 뻗어내린 큰 골짜기들은 거림골·대성골·빗점골이었고, 북쪽으로 뻗어내린 큰 골짜기들은 백무골·한신골·영원사골이었다. 남부군은 주로 이 지역을 넘나들면서 필요에 따라 각 도당들과 함께 합세했다가 분리되고는 했다.

그러니까 지리산이 품고 있는 3도 5군의 분기점은 주능선인 지리산맥의 토끼봉과 반야봉의 중간지점인 날라리봉(삼도봉)이었고, 그 행정구역에 따라 세 도당의 빨치산들과 이현상이 이끄는 남부군은 명확하게 그 관할을 구분 지어 책임분담을 하고 있었다.

지리산 뱀사골이라는 깊고 깊은 골짜기로 사령부를 따라 들어온 손승호는 어디가 어딘지도 모른 채 트를 만들고, 부대정비를 하고 하느라고 한 이틀을 분주하게 보내고 나서야 한가한 시간을 얻게 되었다. 그러자 비로소 눈에 들어오는 것은 울창한 숲들이었고, 귀에 들리는 것은 끊임없이 계곡을 울려대는 물소리였고, 마음에 담기는 것은 크고 큰 산이 지니는 무한량의 정적의 무게였다. 그리고 마음 한구석에 자리 잡고 있던 알 수 없는 불안감이 점점 커가고 있었다. 그 막연한 불안감은 사령부가 남덕유산의 줄기를 벗어나 지리산 줄기를 밟으면서부터 생겨나기 시작했다. 그건 지리산으로 옮겨가지 않을 수 없도록 상황이 나빠진 데서 비롯된 공적인 것이 아니었다. 왜 하필 지리산일까, 다른 산들도 많은데…… 하는 생각으로 지리산에 가는 것 자체가 싫었던 것이다. 그렇다고 지리산에 어떤 악연이 있는 것도 아니었다. 오히려 지리산은 언제나 오르고 싶었으면서도 오르지 못한 채 멀리로만 있었던 선망의 산이었다. 그런데 정작 그 산을 가게 되었는데 왜 꺼려지는 것일까. 그는 그 생각을 억지로 누르고 외면했을 뿐 불안의 원인이 무엇인지는 처음부터 알고 있었던 것이다. 우선 집에 가까워진다는 것이 싫었고, 그리고 전북도당이 밀리고 있는데 전남도당이라고 밀리지 않을 리 없었던 것이다. 지리산에서 염상진을 만날지도 모른다는 것, 그것이 가장 구체적인 불안의 이유였다. 객관적으로 따져보면 이제 그의 앞에서 떳떳하지 못할 이유가 하나도 없었다. 자신도 투쟁을 통해 당원이 된 입장이었다. 그러나 그 객관적 조건이 그와의 지난날을 해결시키지도 못했고, 청산하게 하지도 못했다. 지난날은 지난날대로 가슴벽에 화석으로 찍혀 있었다. 당원이 되었을 때, 이제야말로 염상진 앞에 떳떳하게 설 수 있다고 생각했던 것은 정말 그때의 순간적인 생각에 불과했다는 것을 이번에 깨닫게 되었던 것이다. 염상진을 만나 오늘의 자신의 모습을 확인시킨다 하더라도 자신의 가슴벽에 찍힌 화석이 결코 지워지지 않으리라는 것을 그는 알고 있었다. 그건 염상진이 찍은 것이 아니라 자신이 스스로 찍은 것이기 때문이었다. 염상진을 만나고 나면 어쩌면 그것은 더 커질지도 모른다고 그는 생각하기도 했다. 염상진에게 자신의 모습을 확인시킨다는 것은 그가 방아쇠를 당기지 않았던 인내심을 입증시키는 것이었고, 그의 예언이 적중되었음을 실증시키는 것일 뿐이었다. 자신의 오늘이 어떤 과정을 거쳐서 이루어진 것이든 간에 그 결과는 결국 염상진이 쳐놓은 그물에서 한 치도 벗어나지 못한 포획물의 꼴에 지나지 않았다. 자신의 그런 초라한 꼴을 굳이 염상진에게 보이고 싶지도 않았고 스스로도 보고 싶지 않았다. 서로 만나지 않는 다른 장소에서 같은 목적을 위해 싸워나가는 동지로 있고 싶었던 것이다.

그칠 줄 모르고 쏟아지는 소낙비처럼 줄기차게 울려대는 물소리에 마음을 빼앗긴 채 손승호는 멍하니 앉아 있었다.

"손 동무, 뭘 그리 생각하고 계십니까?"

바로 뒤에서 들리는 조심스러운 목소리였다. 손승호는 생각을 수습하며 얼른 고개를 돌렸다. 박두병이 사람 좋게 웃고 서 있었다.

"아니, 어서 오십시오."

손승호가 놀라며 몸을 일으키려 했다.

"아니오, 같이 앉읍시다. 무슨 생각이 깊으신 것 같은데, 방해가 안 되는지 모르겠습니다."

박두병이 손승호 옆에 자리 잡으며 말했다.

"아닙니다. 그저 물소리를 듣고 있었습니다."

"물소리, 좋지요. 하늘이나 숲을 보는 것처럼 물소리를 듣는 것도 오랜 긴장과 피곤을 푸는 데 아주 효과가 큽니다. 요즈음이 수량이 제일 많은 때라서 물소리가 또 유난스럽지요."

박두병이 예사스럽게 하는 말에서 손승호는 구빨치다운 세월의 축적을 또 느끼고 있었다.

"무슨 일 있습니까?"

손승호는 먼저 아랫사람으로서의 예의를 갖추었다.

"예, 다름이 아니고, 손 동무가 지리산이 초행이라고 하셨지요?"

박두병이 지리산자락을 밟으면서 잠깐 나누었던 말을 다시 확인하고 있었다.

"예, 처음입니다."

"그럼 내가 군당을 거쳐 노고단으로 돌아올 일이 있는데 동행하면 어떨까 해서요. 길도 익힐 겸 지리산도 관찰할 겸 괜찮을 것 같습니다. 지리산을 넓게 관찰하는 것은 손 동무의 사업에 필요한 일이거든요."

손승호는 박두병이 '구경'이라고 하지 않고 '관찰'이라고 하는 말에 유의했다. 투쟁 중의 모든 행위는 곧 혁명사업이어야 했던 것이다.

"그러지요. 언제 떠나십니까?"

"두어 시간 있다가 떠날 겁니다. 그럼 준비해 두시지요."

박두병이 자리에서 일어났다.

손승호는 고무신을 묶은 삼끈을 풀었다. 고무신을 벗어 왼쪽 손바닥에 대고 털었다. 고무신을 벗자 그때까지 잊고 있었던 가려움증이 발가락 사이사이에서 무슨 벌레가 기는 것처럼 스물거리기 시작했다. 한번 긁기 시작하면 끝도 없이 도지게 될 가려움이었다. 발을 내려다보았다. 크고 거친 발 하나가 바닥을 드러낸 채 풀섶 위에 놓여 있었다. 발바닥 전체에는 허이연 군살이 두껍게 붙었고, 그 군살은 늙은 얼굴에 잡힌 주름살처럼 굵고 가는 금들로 수없이 갈라터져 있었다. 물론 그 금들은 힘을 많이 쓰는 부위에 따라 엄지발가락에서 시작해서 앞굽을 거치고, 다시 뒷굽에서 심해지고 있었다. 군살의 두께는 얼른 측정하기가 어려웠다. 손톱의 서너 배쯤 두꺼운 것도 같았고, 어쩌면 그보다 훨씬 더 두꺼운 것도 같아서 종잡을 수가 없었다. 뒤꿈치에 굵게 갈라터진 금들을 들여다보면 손톱의 서너 배 두께쯤 되는 것 같았지만, 손가락으로 눌러보거나 나뭇가지로 쑤셔보면 속살이 어딘지 아무런 감각도 느낄 수가 없어 그보다 훨씬 두꺼운 것이 아닌가 하는 생각이 들기도 했다. 손톱을 손톱 끝으로 누르면 그 색깔이 금방 하얗게 변하면서 감각을 뚜렷하게 느낄 수가 있었다. 그것에 비하면 아무런 감각도 느낄 수 없는 군살은 손톱보다 몇 배 두꺼운 것은 말할 것도 없고, 강도도 몇 배가 강한 것이 분명했다. 그 감각 없는 군살에는 그동안 헤아릴 수 없이 넘고 넘었던 산들의 자취가 아로새겨져 있었다. 발의 변화는 그것뿐이 아니었다. 발등에는 언제 긁히고 다쳤는지 모를 크고 작은 흉터들이 얽혀 있었고, 발가락들 끝에는 동상의 흔적이 푸르죽죽하게 박혀 있었고, 발가락 사이사이에는 무좀이 한창 기승을 부리고 있었다.

손승호는 그야말로 소도둑놈 발 같은 자신의 발을 내려다보며 솥뚜껑을 생각하고 있었다. 솥뚜껑이 살았더라면 그 발을 자랑스럽게 보여주고 싶었던 것이다. 손도 입산 초기에 비하면 말할 수 없이 거칠어지고 억세져 있었지만 솥뚜껑 앞에 내놓기는 부족함이 많았고, 발만은 그에게 자신 있게 내놓을 수 있을 것 같았던 것이다. 자신이 발이 부르터 제대로 걷지를 못하고, 발목이나 무릎을 삐어 절룩거리며 뒤처질 때마다 그는 빙긋이 웃으며 부축을 하거나 짐을 벗게 했었다. 자신은 그럴 때마다 자기의 계급에 어울리지 않게 배움을 가진 수치심과 죄의식을 얼마나 깊이 느끼고는 했는지 몰랐다. 자신은 그런 감정을 솥뚜껑에게 한문을 열심히 가르쳐주는 것으로 상쇄하고자 했던 것이다. 물집이 잡혔다가 터지고, 또 물집이 잡혔다가 터지고 하며 발바닥의 군살은 자신도 모르게 두꺼워져갔고, 아무리 험한 산길을 오르내려도 힘드는 것을 모르며 산생활을 하고 있던 어느 날 솥뚜껑은 세상을 떠나고 말았던 것이다. 지금 산생활을 하고 있는 사람치고 발바닥에 그런 식으로 군살이 박이지 않은 사람은 단 하나도 없었다. 그런데도 그게 무슨 자랑거리라고 어린애처럼 솥뚜껑에게 보이고 싶어하는가……. 그건 끊을 수 없는 솥뚜껑에 대한 그리움이었다.

손승호의 길 떠날 준비는 삼끈을 고쳐 매는 것으로 끝났다. 짐이라고는 총 한 자루와 간추린 배낭이 전부였다.

일행은 넷이었다. 하나는 선요원이었고, 다른 하나는 박두병의 연락병 겸 경호병이었다. 손승호는 자신에게도 문화부 연대의 대본집필이라는 기본임무 외에 박두병의 경호병이라는 임무가 주어져 있음을 무언 중에 느끼고 있었다. 만일의 경우 어떤 위험에 부딪히게 되면 도당 상급간부인 박두병을 보호하기 위하여 세 사람은 주저 없이 앞으로 나서야 했다. 그건 박두병 개인이 아닌 당을 보호하기 위해 너무나 당연한 일이었다. 그러나 선요원의 말을 들으면 그럴 만한 위험은 없을 것 같았다. 자신들은 길고 깊은 골짜기의 중간쯤에 자리 잡고 있고, 전투경찰대들은 지리산 초입의 중요한 길목인 운봉이나 마천·구례 같은 곳에 보루대를 쌓아놓고 진을 쳤다는 것이었다. 토벌대가 수색대 활동을 펴지 않는 건 아니지만 마음대로 산 깊이 파고들지는 못하는 처지라고 했다. 그런 느낌은 어제의 집단목욕에서도 눈치챌 수 있었던 것이다. 부서별로 트들을 완성시켜 놓고 나서 골짜기를 흘러내리는 그 맑고 시원한 물로 뛰어들어 맘껏 목욕들을 했던 것이다. 그것은 실로 몇 개월, 아니 좀더 정확하게 거의가 1년 만의 목욕이었다. 모두가 꼭 어린애처럼 좋아하며 서로 물을 끼얹고, 물장구를 치고 했다. 그건 목욕 자체를 즐기는 것만이 아니었다. 서로 말이 없는 속에서 목욕을 할 수 있게 된 그 안전까지를 만끽하고 있었던 것이다. 지리산으로 들어오기 직전까지 숲속의 폭염에 허덕이면서도 목을 축일 짬도 없이 계곡물을 건너뛰며 쫓겨야 했던 것에 비하면 맘 놓고 목욕을 할 수 있다는 것은 크나큰 즐거움이고 기쁨이 아닐 수 없었다. 그 표현을 여자대원들은 남자대원들보다 몇 배 강렬하게 했다. 여자대원들은 남자대원들의 목욕터에서 한참 떨어진 아래쪽에서 목욕을 하고 있어서 그 모습은 보이지 않는데, 그녀들이 뿌려대는 웃음소리와 탄성은 그 요란한 물소리를 이기고 낭랑하고 탄력적으로 퍼졌던 것이다. 손승호는 때를 문지르면서 여자들이 터뜨리고 있는 온갖 기쁨의 소리에서 새들이 깃을 퍼득이며 날아오르는 모습을 보기도 했고, 빨간 꽃들이 낭자하게 피어 있는 모습을 보기도 했다. 그런데 참으로 이상한 일이었다. 그리도 오랜만에 목욕을 하는 것인데도 때는 생각보다 많이 나오지 않았다. 처음에는 물이 뜨겁지 않아 그런가 했다. 그러나 그게 아니었다. '신빨덜이 멀 알아야 말이제잉, 때라는 것은 빗게내면 빗게낸 만치 빨르게 찌는 법이고, 안 빗기면 또 그만치 덜 찌는 법이오. 우리 몸이란 것이 그리 묘허니 되야 있는디다가, 우리가 또 하도 움직기리고 난리판굿얼 치다 봉께 옷에 씻겨 빗게지기도 허고 그러는 것이오.' 어느 구빨치의 말이었다.

산길은 끝이 없었다. 산봉우리들도 끝이 없었다. 하나를 감고 돌면 또 나타나고, 그것을 감고 돌면 또 나타나는 오르막길을 그들 넷은 말을 하는 법도 없이, 발소리를 내는 법도 없이 일정한 빠르기로 줄기차게 걷고 있었다. 손승호는 걷기에만 열중할 뿐 지리산이 덕유산과 어떻게 다른지 아직 파악하지 못하고 있었다. 지리산이 덕유산보다 몇 배 장대하고 웅장하다는 말이 머리에 담겨 있을 뿐, 산속의 어느 한 부분에 파묻혀 걷고 있는 상태에서는 그 말은 아무 실감도 없었다.

"여기서 다리쉼얼 잠 허시제라."

산마루의 넓적한 바위 앞에서 선요원이 발을 멈추었다. 모두의 몸은 땀으로 젖어 있었다. 밤중에도 산등성이를 타고 걷지 못하게 되어 있는 것이 불문율인데 선요원은 하필이면 산마루에서 쉬자는 것이었다. 그러나 세 사람은 누구도 그 점을 개의치 않았다. 그만큼 안전하다는 것이었고, 기왕이면 산마루에서 땀을 식히자는 선요원의 뜻을 다 알아차렸던 것이다.

"손 동무, 걸을 만한가요?"

박두병이 쌈지를 꺼내며 손승호를 바라보았다. 출발하고 나서 처음으로 건네는 말이었다.

"예, 좋습니다."

"손 동무 걷는 걸 보니 재귀열 앓았던 게 완전히 회복된 것 같더군요. 그 병을 이겨내고 건강을 되찾다니, 손 동무도 갈 데 없는 빨치산이오."

박두병은 담배를 말며 쿡쿡 소리내서 웃었다. 손승호는 그의 마음이 언제나 세심하게 자신을 감싸돌고 있다는 것을 또 느끼며 소리 없이 마주 웃었다.

박두병이 부싯돌을 치기 시작하자 손승호는 산을 휘둘러보았다. 좌우 양쪽에 산들이 겹겹이 펼쳐져 있었다. 산의 물결, 그의 직감적인 느낌이었다. 짙은 녹음에 덮인 채 겹을 이루며 펼쳐져 있는 산들은 거칠게 일어나고 있는 파도들의 형상 그대로였다. 그 산마루가 꽤나 높은 지점이라는 것은 그 다음에 온 깨달음이었다.

"손 동무, 전에 지리산에 와본 일이 없더라도 혹시 지리산에 대한 글을 읽어본 적은 있습니까?"

박두병이 담배연기를 시원하게 내뿜고 나서 물었다.

"아 예, 기행문을 그저 몇 편 읽은 기억이 있습니다."

"그게 기억이 납니까?"

"글쎄요…… 다 예찬이었는데 특별한 기억은 없고, 최남선의 글이 제일 낫지 않나 하는 정도의 기억밖에 없습니다."

"그 친일파!"

박두병이 내쏜 소리였다. 그 소리는 전혀 크지 않았는데, 이상하게도 가슴에 쿵 부딪혀오는 것을 손승호는 느꼈다. 그건 갑작스러움 때문이 아니라 박두병의 단호함 때문인 것 같았다.

"나도 그 글은 읽었소. 그런데 재주를 친일하는 데나 더럽게 써먹은 자라서, 그 글에는 경치에 대한 찬사의 말들만 너절하게 늘어놓고 있을 뿐이지 조국강산에 대한 진정한 애정은 찾을 수가 없었소. 아무리 기행문이라지만 기행문도 어디까지나 글인 것은 분명한데, 글이 그 모양이 돼서야 글이라고 할 수 있겠소?"

"글쎄요, 박 동지 말씀이 틀림은 없는데요, 최남선한테서 그런 정신을 기대하는 건 이광수한테서 항일투쟁을 기대하는 거나 마찬가지 아닐까요?"

"아 맞소! 내가 잠깐 어리석었소."

박두병은 무릎을 치는 것과 함께 헛웃음을 쳤다. 그리고 담배를 깊이 빨아들여 연기를 천천히 내뿜고는 입을 열었다.

"손 동무는 어떻게 생각하는지 모르지만, 내가 보기엔 최남선의 친일은 계급적 기회주의의 표본이오. 그는 돈 많은 중인 집안의 자식이었는데, 그 중인계급의 생리란 게 아주 묘하고도 고약합니다. 중인계급은 지배계급과 기본계급 사이에 끼여 중간착취를 일삼는 게 그 계급적 특성 아닙니까. 그 중간착취계급의 대표적인 게 관리로서는 아전 부류고, 도시사회에서는 상인이고, 농촌사회에서는 마름인 건 다 아는 사실이지요. 그런데 그들의 공통점은 지배계급에게는 열등감과, 기본계급에게는 우월감을 동시에 가지고 있는 겁니다. 그 이중성은 위로는 계급상승욕구로 나타나고, 아래로는 지배확대욕구로 나타납니다. 그래서 그들은 위를 향해서는 간사한 아부와 아첨을 일삼고, 아래를 내려다보고는 악랄한 횡포와 억압을 자행하게 됩니다. 그리고 그들은 또한 직접생산을 위해 땀 흘리는 노력을 하지 않고도 두 계급 사이에서 정치적 지위와 경제적 안정을 누릴 수 있기 때문에 철저한 보수집단인 반면에 정치세력의 변동에 따라 언제나 민감하게 변신하는 반응을 나타냅니다. 그래서 그들의 이중성은 민첩한 현실주의와 교활한 기회주의를 낳게 됩니다. 그들의 그런 기생충과 같은 생리는 일제치하에서부터 지금까지 일관되게 나타나고 있습니다. 일제치하까지 거슬러올라갈 것도 없이 지금 우리들 주변을 유심히 살펴봐요, 중간계급출신이 얼마나 있는가. 내가 살펴본 바로는 거의 없어요. 농민들이 그렇게 많은 데 비해 마름이나 그 자식들은 찾기가 어렵다 그 말입니다. 그들은 인간적으로나 역사적으로나 아무런 기대도 걸 수 없는 속물

적 집단이고 반역사적 집단입니다. 얘기가 좀 길어졌는데, 내 생각이 어떻습니까?"

박두병은 입을 훔치며 큰 코를 씰룩했다.

"예, 저도 중간계급에 대해선 좋지 않게 생각해 오긴 했습니다만, 그렇게까지 논리적으로 정리를 하진 못하고 있습니다. 아주 정확한 파악이라는 생각이 듭니다."

손승호는 조심스럽게 말했다. 그는 박두병에게 새삼스럽게 놀랐는데, 그 기색을 드러내는 것이 실례가 될 것 같았던 것이다. 흡사 논문을 읽고 있는 것 같은 그의 말에 그가 얼마나 체계적으로 그 문제를 생각해 왔는지 알 수 있었고, 그가 지배계급 출신이기 때문에 그 비판은 더 설득력이 강했던 것이다.

"인자 가보시제라."

너무 오래 지체했다는 듯 선요원이 자리를 차고 일어나며 해를 흘낏 올려다보았다.

남원군당까지는 굽이쳐 출렁거리는 산의 파도를 내려다보며 걷는 내리막길이었다. 그러나 걸어갈수록 높이가 낮아져 언제부턴가 그 산들이 보이지 않게 되자 손승호는 얼핏 바닷속을 걷고 있다는 생각을 하게 되었다.

군당에서 약간 늦은 점심을 얻어먹고 박두병을 제외한 세 사람은 계곡물로 뛰어들었다. 그 골짜기도 거센 물소리로 가득 차 있었다. 골짜기들이 깊고, 골짜기마다 물이 많은 것이 덕유산과 다르다는 것을 손승호는 첫 번째 차이점으로 확인하고 있었다.

손승호는 두 손으로 바가지를 만들어 물을 떠마시며, 이 물들이 흘러 섬진강으로 가는구나, 하고 생각했다. 이틀을 연거푸 목욕을 한다는 것이 꼭 꿈만 같고, 살을 파고드는 시원함으로 더위를 씻어 가는 맑은 물이 소중해 그는 물을 끼얹으며 거침없이 흘러내려가는 물줄기를 하염없이 바라보고 있었다. 너무 맑고 투명해 티끌 하나 없는 물줄기는 반들거리는 넓은 바위 위를 미끄러지듯이 매끄럽게 흘러내리고 있었다. 물줄기의 그 유연한 흐름은 물기 젖은 긴 머리카락을 빗겨내린 것 같기도 했고, 볏잎 푸른 들녘이 부드러운 바람을 타고 느린 물이랑을 이루며 흔들리고 있는 것 같기도 했다. 그러나 물줄기의 흐름은 언제까지나 그렇게 부드럽고 얌전하지만은 않았다. 앞을 가로막는 바위가 나타나면 여지없이 부딪쳐 제 몸을 바수었고, 갑작스럽게 낭떠러지가 나타나도 주저 없이 제 몸을 굴려 떨어뜨렸다. 물줄기는 그때마다 몸 부서지는 소리를 냈다. 그 소리들이 모아져 골짜기의 양쪽 벽을 그리도 세차게 두들겨대는 큰 소리가 되고 있었다. 그러니까 물소리는 물줄기가 장애물과 싸우는 소리였고, 그 소리가 크면 클수록 그만큼 장애물이 많다는 증거였다. 물줄기는 장애물들을 만날 때마다 부딪치고, 깨지고, 부서지고, 휘돌고, 솟구치고, 나뒹굴고, 처박히고, 맴돌이질 쳤고, 그러면서도 흩어지거나 멈추지 않고 하나로 뭉쳐 끝끝내 목적하는 곳까지 도달하는 것이었다. 아아, 저 물의 흐름은 혁명의 과정과 같지 않은가! 혁명에는 그 얼마나 장애가 많던가. 그 장애를 무너뜨리기 위해 또 얼마나 많은 사람들이 죽어갔던가. 수많은 사람들은 피를 흘리며, 그 핏빛처럼 처절한 외침을 남기고 죽어가지 않았던가. 저 줄기차게 울려퍼지는 물소리는 그들이 남기고 간 함성이다. 그리고 또 살아남은 자들이 이어받아 외치고 있는 함성이다. 혁명에 이르는 그날까지 물줄기의 격렬함으로, 물줄기의 끈기로 싸워나가야 한다…… 싸워나가야 한다…… 그리고…….

손승호는 솥뚜껑이 숨을 거두던 모습을 또 보며 목이 메고 있었다. 그는 갔으되 그의 죽음의 의미는 자신의 의식 속에 선 굵은 강렬한 판화로 찍혀 있음을 손승호는 무시로 느끼고 있었다.

"손 동무, 봇씨요, 손 동무!"

물이 몇 방울 얼굴에 튕겨오며 부르는 소리에 손승호는 오랜만에 깊이 빠져들었던 생각에서 깨어났다.

"무신 생각얼 그리 허고 있으시요?"

유난스럽게 검은 얼굴에 물방울들을 매단 선요원이 이빨을 드러내며 웃었다.

"아 예, 죽은 동지를 생각하고 있었어요."

손승호도 그에게 웃음을 보냈다.

"죽은 동지럴 생각허는 것도 존디, 빨치산은 생각이 너무 많으면 사업 망치게 되는 수도 있소. 죽은 동지덜 생각허자면 고것이 워디 끝이나 한이 있는 일이겄소. 여그 이 달궁골에서도 작년 그러께 을매나 많이 죽었는지 몰르요. 이 나무, 저 나무에 묶여서 총 맞어 죽은 시체가 수두룩혔고, 이 깔끄막, 저 깔끄막에 엎어지고 뒤집어지고 헌 시체가 늘핀혔응께. 그 시체덜얼 까마구가 파묵고, 여우가 뜯어묵고, 쉬포리가 쉬 깔기고, 그럼시로 썩어가는디, 요 골짝이 썩는 내로 진동헜소. 아매 요 물에도 그 동지덜에 살 썩은 물이 섞였을 것이요." 선요원은 여기서 말을 끊고는 한 손바닥을 오그려 물을 떠 홀짝 마시고는, "요 골짝얼 타고 쪼옥허니 내레가면 반선이라고 나오는디, 거그서 김지회 동지도 안 죽었소." 팔을 들어 물 흘러가는 쪽을 멀리 가리키며 속상하다는 듯 쩝쩝 입맛을 다셨다.

"그려라? 그 유명한 김지회 동지럴 동무넌 보셨소?"

연락병이 침을 삼키며 호기심을 드러냈다.

"하면, 보기만 헌 것이 아니라 손도 만쳐보고, 밥도 항꾼에 묵고 혔는디. 글고 워디 그뿐이간디? 나가 그때 김지회 동지허고 항꾼에 죽고 잽힌 동지덜 웬수럴 갚은 결사대였다 그것이여!"

선요원은 그때 생각으로 감정이 흔들리는지 주먹으로 물을 내리쳤다. 손승호는 그때서야 관심이 쏠렸다. 그가 말하는 품으로 보아 구빨치라는 건 금방 알았지만, 그 사건에 이렇게까지 직접 연관되어 있다는 것은 놀랄 만한 일이 아닐 수 없었다. 그저 단편적으로 들어왔던 그 사건의 전모를 알고 싶었던 것이다. 그동안 들어왔던 이야기로는 그들이 죽은 장소부터 일정하지 않았던 것이다.

"동무, 그 사건에 대해 여러 가지 얘기가 많은데 좀 자세히 들었으면 좋겠소. 어디 얘기 좀 들읍시다."

손승호는 선요원 쪽으로 옮겨앉았다.

"이, 전라도사람치고 이약 한 자락 쌈빡허니 못허는 사람 없고, 청해받은 이약 마다허면 고것언 전라도사람 자격이 없는디, 더군다

나 나가 하늘맹키로 생각허든 김지회 동지 일잉께 안 헐라야 안 헐 수가 없제라잉. 긍께 머시냐, 미인박명에다가 영웅졸사드라고, 김지회 동지가 시상 떠나뿐 것이 똑 그 짱이요. 그때에 홍순석 동지할라 항꾼에 죽어뿌렀으니, 두 지리산 영웅이 참말로 물거품 꺼지대끼 허망허니 죽어뿐 것이요. 을매나 허망허니 죽어뿌렀는지 이약 들어봇씨요. 그날이 양력으로 4월이라 초아흐렛날인디, 김지회 동지넌 부하딜얼 델꼬 전북도당 야산대럴 지도허니라고 덕유산에 갔다가 지리산으로 들어오든 참이었제라. 비밀선얼 타고 반선마실꺼정 와서, 은제고 그리혔던 것맨치로 마실 뒤짝으로 멀찍허니 떨어져앉은 그 고정세포 아지트로 들어스지 않었겄소. 그 집 쥔녀이 희반닥 웃음시로 반가와라 헌 것이야 전허고 달븐 것이 하나또 없고, 믿거라 허는 오래된 세폰께로 밥얼 싸게 허라고 일르고 다덜 방으로 들었제라. 걸어온 질언 멀제, 밥때넌 늦었제, 모다 곤허고 배가 고프기가 거지 삼시랑이 따로 없는 판이었제라. 근디 암만 기둘려도 밥이 안 나온단 말이요. 그래서 쥔녀얼 불러 밥이 워찌 됐냐 물은께, 쥔녀 허는 대답이, 지끔 불얼 때고 있는디 낭구가 안 몰라 그런다, 그것이요. 싸게싸게 허라고 혀놓고 또 이제나저제나 기둘려도 밥이 나와야제라. 또 쥔녀얼 불러 잡진께, 그년이 눈물얼 찍어냄시로 허는 말이, 요리 눈물 짜감서 생짜배기 낭구 부지런히 때고 있응에 쪼깐 더 기둘려라. 낭구가 그 모냥인디다가 쌀얼 많이 안 치다 봉께 밥이 더 늦어진다. 긍께 정 시장허면 잔치에 쓸라고 담군 술이 있응께 먼첨 한 잔썩 허는 것이 워쩌겄냐, 아 요랬단 말이제라. 하아! 빨치산에게 술이 극약인 것이야 하늘 천·따 지고, 고것얼 귀 닳게 갤친 사람이 바로 김지회 동진디, 그때 고것이 허방 인지 착 알아묵고 그 백여시 꼬랑댕이럴 잡아챘어야 헐 것인디, 와 하! 무신 잡귀가 씌었든지 그러덜 못허고 그 백여시 꾀에 넘어가 술얼 받아묵고 말았소. 그러니 위찌 됐을 것이요. 몸언 곤헌디다가 빈속에 술이 들어간 판이니 관우 아니라 장비가 당허겄소? 보초 도 멋도 없이 다 곯아떨어져뿐 것이제라. 근디, 알고 보면 술얼 마 시기도 전에 또 한 가지 속힌 것이요. 고것이 먼고 허니, 낭구가 안 몰랐다고 혀서 생솔가지럴 때게 냅둔 것이요. 생솔가지럴 때면 내 가 을매나 지독스럽게 나오요. 고것이 바로 신호였드란 말이요. 그 내럴 보고 아랫동네서 두 놈이 토벌대헌테 연락얼 취헌 것이요. 토 벌대가 들이닥쳤는디, 더 말혀서 멋 허겄소. 그 자리서 열여섯이 죽 고, 일곱이 달아나다가 잽혔는디, 결국에넌 다 총살당혔제라. 김지 회 동지가 총얼 맞고 그 자리럴 피허기넌 혔는디, 거그서 20리 떨 어진 연장 골짝에서 죽었이니 다 소양없는 일이 되야뿌렀소. 그 개 잡년이 변심혀 갖고 토벌대허고 내통험시로 허방얼 파놓고 딱 기 둘리고 있었든 것이요. 사람이란 것이 그리 무서운 즘생이요. 좌우 당간 그 연놈 셋이서 우리 동지럴 시물넷이나 죽였이니 우리가 워 째야 쓰겄소. 고 개잡녀러 것덜이 호강 날라리로 묵고살게 냅둘 수 야 없는 일 아니겄소! 고것덜이야말로 동지덜에 웬수고, 인민에 적 인디. 그래서 결사대럴 짰소. 세 연놈얼 잡아다가 지금꺼정 헌 이 약대로 다 실토받고, 죽였제라! 고런 잡것덜언 총알이 아까와 돌로

지리산 457

처죽였제라. 그려도 분이 안 삭아 갈가리 찢었제라. 그라고 시범쪼로 돌박 우에 널었제라."

선요원은 목이 잠기며 손등으로 눈을 문질렀다. 손승호는 입을 들이대고 물을 벌컥벌컥 넘겼다. 그의 귀에는 멀어져 있던 물소리가 다시 세차게 밀려들고 있었다.

다시 노고단을 향해 길을 잡았다. 서로의 거친 숨소리만 들으며 오르막길의 강행군이 계속되고 있었다. 손승호는 선요원이 했던 말을 곱씹어 생각하며 걷고 있었다. 선요원의 말은 단순한 체험담이 아니라 살아 있는 투쟁사라는 생각이 들었다. 그런 귀한 경험자들에 의해 투쟁사는 이어져 내려가고 있었다. 그는 그런 생생한 이야기들을 기록으로 엮고 싶은 의욕을 느끼고 있었다.

한 시간을 넘게 걸어 다리를 쉬게 되었다. 어느 사이엔가 겹을 이룬 산봉우리들이 눈 아래로 펼쳐지고 있었다. 손승호는 사방으로 눈길을 돌리며 지리산의 모습을 살펴나갔다. 한 시간 정도의 노동을 바쳐 얻은 대가치고는 너무 과하다는 생각이 들었다.

"손 동무, 지리산을 보는 기분이 어떠시오?"

어느새 담배를 말아피운 박두병이 석양 햇빛을 받고 앉아 물었다.

"글쎄요, 아직 뭐라고 말씀드려야 할지 잘 모르겠습니다."

"아마 그럴 거요. 인제 시작이니까."

박두병이 고개를 끄덕거렸다.

"하먼이라. 요것 쪼깐 보고 지리산이 어쩌니저쩌니하는 것이야 순전헌 그짓말이제라. 노고단에나 올라야 갱신히 문턱 넘어스는 것잉께요."

선요원이 말을 보태고 있었다.

노고단까지는 두어 시간이 넘게 줄창 걸었다.

"기왕지사 걸음헌 것잉게 해 떨어지는 것얼 귀경혀야제라."

앞장선 선요원이 걸음을 서둘러댔던 것이다.

"옛사람들 말로 지리산 10경에 노고운해, 반야낙조라고 했는데 그리 급할 것 없잖겠소?"

아주 느긋한 박두병의 말이었다.

"말이야 필경 그렇제라. 근디, 날이 은제꺼정 요래 말끔허다는 보장이 없는디라? 지리산 칠팔월이야 요리 깨끔허다가도 은제 먹구름 깜깜허게 찔란지 몰르는 일 아니겄는가요?"

"그야 그렇소. 여름 지리산 날씨야 시시각각 변하는 거니까."

박두병이 물러서고 말았다.

그래서 선요원의 걸음은 줄달음질치듯 하게 되었다. 세 사람 다 산을 타는 데는 이골이 나 있으면서도 선요원의 발길을 따라잡기는 그리 쉬운 일이 아니었다.

노고단에 오르는 순간 그들이 마주친 것은 커다랗게 둥근 불덩어리였다. 상상하기 어렵게 큰 그 불덩어리는 해였다. 해는 하늘 가운데 떴을 때보다 열 배는 더 커진 것 같았다. 하늘 끝에서 떨어져 내리기 직전인 해는 스스로의 몸을 그렇게도 크게 키워 하루를 마감하는 모습을 찬연하게 장식하고 있었다. 해는 서쪽 하늘을 스스로의 빛으로 온통 붉게 물들여 자신의 모습을 떠받치게 하는, 세상에서 제일 큰 휘장을 만들어내고 있었다. 그 휘장의 붉은색은 생기 퍼득이는 광채와 윤기 반짝이는 채색으로 싱그럽게 빛을 발하고 있었다. 해는 하늘을 그리도 곱고 아름답게 물들이느라 제 빛을 다 써버려서 그러는 것일까. 하늘 가운데 머물 때는 눈이 시다 못해 눈물이 나도록 강한 빛을 내쏘아 그 모습을 보지 못하게 하더니만 이제는 그 빛을 거두어 자신의 모습을 그대로 드러내 보이고 있었다. 한낮의 해는 작으면서 맵고 거만했는데, 저물녘의 해는 크고 부드럽고 친근했다. 노고단이 장만해 놓은 하늘은 사람의 눈으로는 감당해 낼 수 없도록 넓고도 넓었다. 그 서쪽을 물들인 휘장만으로는 모자라는 것인지 해는 무슨 큰 깃털들처럼 옆으로 뻗친 구름층을 거느리고 있었다. 그 엷고 가볍게 뜬 구름들도 층층이 붉게 물들어 찬란한 색조로 빛나고 있었다.

커다란 불덩어리는 이글거리는 황금빛 몸을 아래서부터 느리게 느리게 감추어가고 있었고, 그 주변의 하늘은 커다란 황금빛 동그라미를 그리며 빛나고 있었고, 그 빛이 엷어지는 데서부터 황적색으로 물들고, 황적색이 엷어지면서는 청적색으로 바뀌고 있었다. 그 자연스러운 빛의 변화와 조화를 따라 구름의 층도 색감을 달리해가고 있었다.

손승호는 어디론지 잠겨들고 있는 그 신비스러운 불덩이와, 현란하고도 황홀한 빛의 채색화를 그리고 있는 낙조를 넋 놓고 바라보고만 있었다. 다른 세 사람도 긴 그림자를 하나씩 단 채 해를 향해 굳어진 듯 서 있었다.

마침내 해가 그 모습을 감추었다. 그러자 하늘을 물들였던 색에도 변화가 일어났다. 해를 에워싸고 있던 커다란 황금색 바탕이 옆으로 넓게 퍼지면서 황적색과 섞이고, 황금색이 묽어지자 하늘은 더 붉게 물들었다. 하늘은 이제 온통 붉은 색조의 바다였다. 그 붉은 색조는 살아서 뛰는 빛으로 넘치고, 그 빛들이 부딪쳐 불꽃을 일구고 있었다. 그래서 하늘은 마침내 불붙어 타고 있었다. 구름들도 그 불길에 휩싸였다. 그러면서 자취를 감춘 해가 쏘아올리는 빛살을 받아 구름들의 아랫부분은 눈부신 흰빛으로 현란하게 빛나고 있었다. 구름들은 열도 높은 흰빛을 발산하는 발광체가 되어 있었다.

해가 사라져간 그 언저리에서 뻗어오르는 빛살이 차츰차츰 약해지면서 하늘을 뒤덮은 붉은 색조에서도 싱그러움과 싱싱함이 서서히 사그라들고 있었다. 그러면서 황적색이 적색으로 변해 하늘은 더욱 붉은빛으로 칠해졌다. 그 진해진 붉은빛은 이제 불길이 아니었다. 불길이 잦아든 그 진한 붉은빛은 환상적인 핏빛이었다. 하늘은 처연한 핏빛으로 물들어 침묵하고 있었다.

아, 저건! 손승호는 가슴을 쳐오는 충격을 느꼈다. 저건…… 지리산에서 죽어간 수많은 동지들의 넋이 아닐 것인가! 한이 아닐 것인가! 그 생각이 들자 그는 몸이 움츠러드는 것을 느꼈다. 그는 눈을 감았다가 한참 만에 떴다. 노을은 그대로 핏빛인 채 가장자리가 적보랏빛으로 변하기 시작하고 있었다. 그는 이렇듯 웅장하고 장엄하고 기 질리는 노을을 여지껏 본 적이 없었다. 언제나 산으로 막힌 좁은 하늘의 규모 작은 노을을 보았을 뿐이었다. 그런데 노고단은 하늘을 있는 대로 다 열어주고는, 그 넓은 하늘에 해가 그려내는 이 세상에서 가장 크고, 가장 찬란하고, 가장 황홀한 그림을 남김없이 보여주었던 것이다. 안개가 골짜기를 자욱하게 채운 산중턱에서 해돋이 직전의 아침노을을 보며 솥뚜껑은 그런 경치를 볼 때마다 눈물이 난다고 했었다. 그러나 자신은 지금 차라리 죽고 싶었다. 황홀하고, 현란하고, 아름답다 못해 기가 막혀버리는 자연의 그 신비로운 조화 앞에서 말을 잃은 감동 그 다음에 오는 것은 죽음의 충동이었다. 어느 화가가 있어 저 기막힌 빛의 조화와 변화를 그려낼 수 있을 것인가. 그려놓은 것은 흉내일 뿐, 진정으로 그리고자 한 자는 끝내 절망하여 죽고 말리라. 그가 진정한 화가가 아닐까. 또한, 무슨 말이 있어 저 노을을 글로 표현할 것인가. 그 시도는 화가보다 더 어리석은 짓일지도 모른다. 그림은 보다 자연에 가깝지만 말은 전적으로 인간들끼리만 사용하는 도구였던 것이다. 손승호는 그런 생각을 털어냈다. 그러나 한 가지 깨달음만은 가슴을 가득 채우고 있어서 어찌할 도리가 없었다. 아, 우리 강토가 이토록 사무치게 아름다운 것을 이제야 알다니…….

노을의 가장자리에서 생기기 시작했던 적보라색은 점점 안쪽으로 퍼지고 있었고, 처음의 적보라색은 청보라색으로 변하고 있었다. 노을은 윤기를 잃어가며 서서히 사위어들고 있었다. 엷게 뜬 구름들도 어느새 그 눈부시던 흰빛의 현란함을 잃고 회백색으로 칙칙하게 변해 있었다. 그리고 겹겹이 물결 이루며 뻗어나가고 있는

먼 산들도 서로의 그림자에 묻혀가며 어슴푸레한 기운에 잠기고 있었다. 어둠살이 내리고 있었던 것이다.

"으쩌시요들?"

선요원이 기지개를 켜며 오랜 침묵을 깼다.

"아 참, 언제 봐도 장관이오."

박두병의 말이었다.

"와따 참말로 기맥혀뿌요. 정신이 다 어질어질허요."

연락병의 말이었다.

"손 동무넌 으쩌요?"

손승호가 말이 없자 선요원은 자기에게 일행의 감상을 다 들어야 하는 책임이라도 있는 것처럼 손승호에게 대답을 독촉했다.

"아무 할 말이 없소."

손승호의 입에서 나온 무뚝뚝한 소리였다.

"잉, 고것이 질로 잘헌 답인지도 몰르겄소." 선요원이 씩 웃으며 고개를 끄떡끄떡하고는, "싸게 샘터로 내레갑시다. 해가 떨어졌다 허면 금세금세 어두워진께로." 그는 서두르는 몸짓으로 앞장을 섰다.

"옛사람들이 왜 낙조는 반야봉에서 보아야 한다고 한 줄 알겠소?"

박두병이 배낭을 지며 손승호에게 나직하게 물었다.

"그거…… 잘 모르겠는데요."

손승호가 멋쩍게 웃었다.

"그게 아주 과학적인 근거가 있어요. 반야봉은 그 높이가 천왕봉 다음이고, 여기 노고단보다는 250미터 정도가 더 높아요. 그래서 동쪽에서 제일 높은 천왕봉에서 일출을 보아야 한다고 천왕일출이라고 했고, 서쪽에서 제일 높은 반야봉에서 낙조를 보아야 한다고 반야낙조라고 한 겁니다. 그리고 사실 높이가 250미터나 차이나는 반야봉의 낙조와 노고단의 낙조가 같을 수가 없지요. 높이 250미터 차이에서 오는 서쪽의 전망이 달라지니까요. 높을수록 더 멀리, 더 넓게 보일 수밖에 없는데, 오늘같이 맑은 날이면 반야봉에서는 바다 가까이까지 보입니다. 그 낙조를 즐긴 옛사람들의 관찰이 예사는 아니었지요."

"그렇군요……."

어둠이 묻어오는 내리막길을 걸으며 손승호는 이번 행보에서 자신이 해야 할 '관찰'이 무엇일까를 언뜻 생각했다. 그러나 그것이 무엇인지 굳이 박두병에게 묻고 싶지는 않았다.

샘터에 이르렀을 때는 어둑어둑해져 있었다. 선요원이 쌀을 꺼내고, 손승호와 연락병은 나무를 구하러 나섰다.

"동무덜, 낭구넌 요것저것 개릴 것 없이 닥치는 대로 해오씨요. 밤이 되기 시작헌께 내가 나도 암시랑 않고, 여그서넌 모닥불얼 피와도 뎀빌 개덜이 읎소."

선요원이 두 사람을 향해 외쳤다.

"참 희한하군요. 이 높은 산에 이리도 물이 많이 흘러나오는 샘이 있다니."

밥을 먹고 나서 냄비를 씻으며 손승호가 말했다.

"항, 명산잉께라."

선요원의 대꾸는 간단했다. 손승호는 그저 웃었다. 1,500미터를 헤아리는 산꼭대기 언저리에서 쉴 새 없이 흘러나오는 물줄기가 있다는 것을 설명하는 말로는 그 이상의 말이 없다 싶었던 것이다.

"요 샘이 노고단 보물인디, 노고단언 또 요것 땀시로 숭악헌 꼴 당허기도 혔소. 노고단이 빡빡 중대가리로 큰 나무 한나가 없는 것이 위째 그런지 아요? 요 샘물 찾어 구빨치덜이 여그에다 트럭 장만허는 것이야 당연지사 아니겄소? 이 골짝, 저 골짝으로 빠지기도 좋고, 붙기도 존 고지이기도 허고라. 그래논께 개덜이 우리 잡겄다고 요 넓은 노고단에다 싹 불얼 질러뿌렀소. 잡녀러 새끼덜, 일본놈덜언 천왕봉 아래 장터목에 슨 산신령을 넘어뜨려 골짝으로 내리굴리등마, 인자 친일민족반역자덜언 명산 꼭대기에 불얼 질르고 염병 지랄이요."

선요원의 명확한 역사 파악에 손승호는 문득 놀라움을 느꼈다. 그리고 아까부터 불탄 흔적들을 보며 이상하게 생각했던 것에 대해 뒤늦은 부끄러움을 느꼈다. 이 높은 산 꼭대기에서까지 인민투쟁이 치열하게 벌어지고, 산까지 불에 휩싸이는 수난을 겪는 그때에 자신은 역사의 현장에서 비켜서 있었던 것이다.

"보초 슬 것 없지 않겄는게라?"

잠자리를 잡으며 선요원이 박두병에게로 물은 말이었다.

"필요 없으면 그냥 자는 게 더 좋지요."

"개덜이 여그꺼지 올라붙을라면 당아당아 멀었구만요. 두 동무넌 두 다리 쭈욱 뻗고 늘어지게 자뿌씨요. 빨치산 팔자에 보초 안

스고 편안허니 자보는 것도 큰 복일 것이요."

선요원의 말은 사실이었다. 보초를 안 서도 되는 밤을 손승호는 입산하고 처음 맞는 것이었다. 그러나 그는 총을 겨드랑이에서 떼어놓지는 못했다. 지리산의 별들을 올려다보고 누워 오랜만에 집 생각을 하다가 그는 깜빡 잠이 들었다.

손승호는 누가 흔들어서야 잠에서 깨어났다. 어둠은 아직 안개가 낀 듯이 흐리칙칙하게 남아 있었다. 그는 팔을 뒤로 한껏 젖히며 숨을 깊이 들이켰다. 옷은 이슬에 함뿍 젖어 있었지만 몸은 가뿐했다. 참으로 오랜만에 깊이 잔 단잠이었다.

그들은 차례로 샘물을 마셨다.

"이 샘얼 선도샘이라고 허요. 우리넌 그냥 노고단 빨치샘이라고도 허고요."

선요원의 말이었다.

"욕심도 많소. 인민샘이라고 하면 몰라도."

박두병의 말에 선요원은 큭큭큭 웃었다.

그들은 노고단 정상을 향해 다시 출발했다. 비탈길을 오르는 선요원의 발길은 빨치산답지 않게 느렸다. 그러니 뒤따르는 사람들의 발길도 거기에 맞춰질 수밖에 없었다. 그는 느리게 걸으면서 무슨 노래를 나직하게 부르고 있었다.

여수는 항구였다.

철썩철썩 파도치는 꽃피는 항구

어버이 혼이 우는 빈터에 서서
옛날을 불러봐도 옛날을 불러봐도
재만 남은 이 거리에
부슬부슬 비만 내린다

구슬픈 음조의 노랫소리는 흐려져가는 어둠살을 타고 고산의 새벽 공기 속에 조용히 퍼지고 있었다.

"저게 무슨 노랜지 아시오?"

박두병이 손승호에게 물었다.

"모르겠는데요."

"저게 여순 이후 구빨치들이 지어 부른 노래요."

손승호는 그때서야 선요원이 빨치산 노래 같지 않은 그 노래를 부르는 이유와, 그 노래가 왜 그리 구슬픈 가락인지를 알게 되었다. 그리고 비감이 서린 가사 또한 이해할 수 있었다.

노고단 정상에 이르는 동안 어둠은 다 걷히고 싱그러운 새벽의 대기 속에 하늘과 산의 건강한 모습이 드러났다. 그리고 여기저기서 경쾌한 새소리들이 울리기 시작했다. 풀잎들이 이슬에 함초롬히 젖었고, 어떤 잎에는 맑은 구슬처럼 방울방울 맺혀 있기도 했다. 산들거리는 바람이 계곡을 타고 불어왔다. 녹음의 푸름을 묻혀 온 것처럼 싱싱한 그 바람결에 나뭇잎이며 풀잎들이 잔물결을 이루며 가볍게 흔들렸다. 어둠에 묻혀 있던 자연의 생명들이 마침내 하룻밤의 잠에서 깨어나고 있었다. 손승호는 애써서 불타버린 노고단의 모습을 보지 않으려고 했다. 불타다 만 큰 나무들의 뼈대 앙상한 모습은 사람의 해골을 보는 것이나 마찬가지로 살벌하고 끔찍스러웠다. 그러나 그 황량한 땅에서도 풀들은 다시 돋아나 푸르고, 나무들도 잔가지들을 뻗쳐올리며 초록의 잎을 매달고 있었다. 그는 무한한 생명의 경이를 느꼈다. 그리고 자신에게 또 한 번 일렀다. 식물의 생명력을 닮을 일이다! 그건 산에 들어와서 깨달은 것이었다. 바위틈에 뿌리를 박고 선 소나무를 보면서, 바위 사이의 한 줌 흙에서 꽃을 피우고 있는 패랭이를 보면서 가슴 깊이 느낀 바였다.

"어허! 또 눈이 호강허게 생겨뿌렀네. 짚었다 허먼 명당이시."

앞장선 선요원이 노고단으로 올라서며 감탄스럽게 토해내고 있는 말이었다. 뒤따라 정상에 발을 디디는 사람마다 탄성을 질렀다.

동쪽 하늘이 벌겋게 물들어 있었다. 아침노을이었다. 어제 본 저녁노을보다 붉은 기운이 더 진하고 넓게 퍼져 있었다. 황금빛 찬란함이 덜한 대신에 붉은 기운은 펄펄 살아서 넘치고 있었다. 아침의 해맑은 대기와 함께 그 붉은 기운은 풋풋한 생명력으로 부풀고 있었고, 싱싱한 활력으로 일렁거리고 있었다. 어제의 저녁노을에서 느낄 수 없었던 꿈틀거리고, 용솟음하는 것 같은 생동감이 어디서 생겨나는 것인지 손승호는 알지 못하고 있었다.

생빛이 살아서 뛰는 붉은 기운은 일렁거리며 불길로 타고, 출렁거리며 물결로 솟고 있었다. 그 선혈의 붉은빛을 밀어올리며 황금빛 빛살이 뻗어오르고 있었다. 그 황금빛살은 붉은 색조를 물들이기 시작했다. 붉은빛은 황금빛과 섞이면서 더 싱싱하게 살아오르고 있었다. 마침내 저녁노을보다 더 찬란하게 빛나기 시작했다. 그리고 해가 솟아오르고 있었다.

"아아!……."

손승호는 감탄의 소리를 신음처럼 흘리고 있었다. 해는 어제의 해가 아니었던 것이다.

해는 이글이글 타오르고 있는 불덩어리였다. 어제의 해가 불덩어리는 불덩어리이되 타는 것을 정지한 불덩어리였는데, 아침의 해는 일렁거리는 불길을 온몸에 달고 이글이글 타고 있는 불덩어리였다. 그래서 어제의 해는 정교하게 동그랗고 그 색깔도 붉은 기 섞인 황금빛이었는데, 지금의 해는 정교함이 없는 동그라미이면서 그 색깔은 눈이 시린 순 황금빛이었다. 어제의 해는 마주 바라볼 수 있었는데 오늘의 해를 마주 바라볼 수 없는 것도 그 까닭이었다. 하늘을 물들인 붉은 기운에서 넘치던 생명감이 어디서 비롯되었는지를 손승호는 비로소 깨닫고 있었다.

해가 솟아오르면서 퍼져나온 햇살이 일시에 천지에 가득 차며 하늘이고 땅이고 한 덩어리로 붉게 물들었다. 나무란 나무, 바위란 바위, 풀이란 풀, 타다 남은 나무의 잔해까지도 붉은 기운에 젖어 있었다. 지리산이 온통 붉게 물들어 해 앞에 숨죽여 읍하고 있었다. 그리고 햇살은 나뭇잎이며 풀잎에 살살이 스미고, 고루고루 뿌려져 잎마다 맺힌 이슬방울들 모두가 반짝반짝 빛나는 영롱한 구슬이 되게 해놓고 있었다.

그 장엄하고도 경건한 신비스러움 앞에서 손승호는 감당하기 어려운 위축감과, 살아 숨쉬고 있다는 경이감을 동시에 느끼고 있었다. 그는 옆에 선 동지들을 바라보았다. 그들의 얼굴도, 몸도 전부 붉게 물들어 있었다. 거친 얼굴은 더 거칠어 보이고, 남루한 옷은 더욱 남루해 보였다. 당신들은 그런 몰골로 왜 이 높은 산 위에 서 있는가. 나는 또 왜 이렇게 서 있는가. 당신들과 나, 우리는 서로서로 모르는 사람들이었다가 뜻이 같아 만나게 되었고, 그 뜻을 함께 이루어나가기 위해 서로의 생명을 함께 지키며 싸우는 동지가 되어 이 자리에 서 있다. 우리가 이루고자 하는 것은 무엇인가. 그것은 혁명이다. 역사의 해를 만들고자 하는 것이다. 그렇다. 혁명은 역사의 해다. 해는 세상 만물에게 평등한 생명을 부여하고, 모든 인간에게 평등한 삶을 보장한다. 그것이 얼마나 위대한 일인가. 인간으로 태어나 한목숨 바쳐 해볼 만한 일이 아닌가. 역사의 해를 만들어내는 날, 이 거친 얼굴들, 이 남루한 모습들은 그 얼마나 자랑스럽고도 눈물겨우랴. 그리고 그때 다시 보는 이 해돋이는 얼마나 더 가슴 벅차고 감격적이랴. 손승호는 목멤을 느끼며 눈을 내리감았다.

해가 높이 떠오를수록 크기가 작아지면서 붉은 색조도 사위어 갔다.

"저 해 아래 솟은 것이 천왕봉이오."

박두병이 팔을 뻗어 가리켰다. 손승호는 해 아래 삼각뿔로 솟은 무게 실린 봉우리를 눈에 넣고 있었다. 그 거리는 꽤나 멀어 보였다.

"인자 운해요오. 모다 뒤로 돌아습시다아."

아침햇살을 받고 새 기운이라도 돋은 것인지 선요원이 흥이 얹힌 소리를 길게 뽑았다.

몸을 돌려세운 손승호는 다시 감탄을 입에 물었다. 눈앞에는 구름바다가 드넓게 펼쳐져 있었던 것이다. 새하얀 구름이 끝없이 넓은 바다를 이루고 있었고, 구름바다 위로 산봉우리들이 붕긋붕긋 솟아 크고 작은 섬들을 만들어내고 있었다. 안개 자욱하게 낀 섬 많은 남해를 그대로 옮겨다놓은 것 같았다. 질펀한 구름 위로 솟은 산봉우리들은 안개 가득 찬 들녘의 초가지붕들 같기도 했다. 운해는 바람결을 타고 구름깃들을 뭉클뭉클 피워올려 구름파도를 일으키고 있었다. 그 구름파도들은 햇빛을 받아 위는 맑은 흰빛으로 빛나고, 아래는 제 그림자를 드리워 아주 세찬 파도처럼 느껴지게 했다. 그 구름파도들은 바람결을 타고 쉼 없이 모양을 바꾸고 있었다. 뭉클거리며 더 크게 피어오르기도 하고, 어느 것이 갑자기 가라앉으면 새것이 솟기도 하고, 서로 엉키듯 밀리듯 하기도 하는 그 수많은 구름파도에서는 정말 쏴아쏴아 파도소리가 들려오는 것도 같았다. 바다를 이루고 있는 흰 구름은 어찌나 농밀한지 그 위를 걸어 붕긋붕긋 솟은 산봉우리들로 갈 수 있을 것만 같았다. 구름바다 위로 솟은 산봉우리들은 그래도 높은 축에 드는 것이었다. 낮은 봉우리들은 모두 구름 밑에 잠겨 흔적이 없었다. 어느 산봉우리로는 구름파도가 밀려올라가기도 했고, 어느 산봉우리에서는 밀려올라간 구름파도가 갈기를 나부끼며 밀려내려오기도 했다.

바다가 그러하듯 구름파도도 살아서 쉴 새 없이 움직이고 있었다.

운파만리라는 말이 틀린 말이 아니로군, 생각하며 손승호는 빈 입맛을 다시고 있었다. 그는 '장관'이라는 말이 너무 단순한 의미라는 것을 느끼고 있었다.

"구름만 보아서는 의미가 없으니까 두 동무한테 산들을 좀 설명하는 것이 어떻소?"

박두병이 선요원에게 말했다.

"그러제라. 산 이름얼 암스로 보면 더 맛나제라. 글면 아까맹키로 뒤로 돌아스시요."

손승호와 연락병은 시키는 대로 했다.

"천왕봉언 아까 알았을 것이고, 거그서 왼쪽 옆으로 쪼깐 틀어서, 이 쩌그 저 아시무락허니 산꼭대기가 서너 개 맞붙은 것맹치로 된 것 있제라? 아, 뵈요, 안 뵈요!" "이, 뵈요." 선요원의 어조에 맞추어 손승호가 힘을 꽁 쓰며 대답했다. "고것이 바로 덕유산이요. 더 확실허게 말허자면 남덕유요. 그라고 잔잔헌 것덜이야 덮어두고, 눈얼 팍 끌어댕겨 코앞얼 보면, 폴짝 뛰어올라앉을 수 있을 것 겉은 저것이 반야봉, 다시 뒤로 돌아서서, 이, 동작이 빠른게 좋고, 쩌그 저 똑바라지게 뵈는 디에 두리뭉시리로 생겼음시로 질로 높은 것, 고것이 광주 무등산이고, 거그서 쪼로록 왼짝으로 돌아스면, 무등산허고는 반대로 뾰쪽허니 싸납게 생긴 저 뽈록헌 산, 저것이 광양 백운산이요. 요 정도로 알아두면 학습이 된 상불르요."

선요원이 만족스럽게 웃으며 입을 훔쳤다. 박두병은 돌 위에 앉아 담배를 피우고 있었다. 그는 이미 그 정도는 알고 있다는 표시였다.

"워쨌그나 두 동무가 참 복이 많으요. 넘덜언 한 행보에 한 가지보기도 에로운디, 두 동무야 한 행보에 시 가지나 봐부렀응게."

선요원이 쌈지를 꺼내며 말했다.

"그 존 것얼 넷이서만 본께 영판 아깝구만이라."

말수가 적은 연락병이 한마디 했다.

"해방의 날이 오면 인민들하고 다 함께 다시 보도록 합시다."

박두병이 구름바다를 바라본 채 힘주어 말했다.

햇발이 강하게 퍼지기 시작하면서 구름바다는 꼭 거짓말처럼 빠르게 썰물이 되고 있었다. 구름들이 얼크러지고 설크러지고, 휘감기고 꿈틀거리면서 어딘가로 사라져가고 있었다. 운해가 낮아지는만큼 산허리들이 드러났고, 새로운 봉우리들이 솟아오르고 있었다. 풀잎에 맺혔던 이슬들도 자취를 감춰가고 있었다.

"저 구름들은 남해에서 일어나 여기로 몰려든 것이오."

박두병이 몸을 일으키며 손승호에게 말했다.

"예, 그렇군요. 구름들이 저리 움직이는 게 꼭 무슨 함성 같습니다."

손승호는 무심코 대답했다.

"함성! 함성이라고 했소?"

박두병이 달라진 눈빛으로 손승호를 쳐다보았다.

"예, 함성. 여러 사람들이 질러대는 소리 말입니다."

"아, 좋소. 그것 참 좋소." 박두병은 손뼉을 치며 반색을 하고는,

"역시 손 동무는 남이 느끼지 못하는 걸 감지하는 능력이 있소. 바로 그런 관찰을 하길 바라고 있었소. 그런 관찰을 동원해서 손 동무가 지리산에 대해 글을 좀 써야겠소. 그동안에 우리가 상황이 나빠 도당신문을 제대로 발간하지 못하지 않았소? 이제 형편이 안정도 되고, 여기 종이공장에서 나오는 종이도 충분하니까 신문을 본격적으로 만들어야 되겠다 그 말이오. 거기에 손 동무가 우리의 투쟁과 지리산에 대해서 글을 좀 써야 되겠소." 손승호는 그때서야 이번 행보에서 자신이 해야 될 '관찰'이 무엇인지 알게 되었다.

"여기에 종이공장이 있다고요?"

손승호는 자신의 임무를 생각하기 전에 박두병의 말에 대한 놀라움부터 먼저 나타냈다.

"뱀사골에 종이공장도 있고 정미소도 있소. 물론 대량생산할 수 있는 기계를 설치한 건 아니고, 수공업적인 것이긴 하지만 말이오. 그래도 우리가 필요한 정도의 종이는 생산해 내고 있소."

박두병은 달궁골에 탄약창과 당학교가 있다는 말은 하지 않았다. 탄약창은 통신설비와 함께 일반대원이나 평당원들이 알 필요가 없는 기밀사항이었고, 당학교라는 것은 어느 상황에서나 개설이 어렵지 않은 별로 특이할 것이 없는 것이기 때문이다.

손승호는 수공업적인 종이공장이나 정미소에 대해서는 쉽게 납득할 수 있었다. 빨치산 중에는 여러 가지 직종을 가졌던 사람들이 많으니까 제지공장에서 일했던 기술노동자가 없을 리 없었고, 또한 한지 만드는 기술자도 있을 수 있었다. 그리고 목수가 있으면 계곡의 많은 물을 이용해서 물레방아는 얼마든지 만들 수 있는 일이었던 것이다.

구름이 걷히자 산들의 무리가 드러났다. 도저히 셀 수 없을 정도로 무리를 이룬 산들이 각기 높낮이가 다르게 겹겹이 포개지면서 하늘 끝까지 펼쳐져 있었다. 구름의 바다가 사라지자 산의 바다가 나타난 것이다. 물론 그 바다에는 지리산만 있는 것이 아니었다. 지리산이 보듬고 품은 크고 작은 봉우리들에다가, 노고단에서 바라볼 수 있는 다른 수많은 산들이 한눈에 다 보이고 있었다. 서로 업고 업혀 억세게 뻗어나가고 있는 산들은 층층이 그 색깔을 달리하고 있었다. 가까운 데서 멀리까지, 그 색깔은 진한 초록에서부터 시작해서 거리가 멀어질수록 점점 엷어지는 초록으로 바뀌어가면서 하늘 끝에 이르면 아슴푸레한 회색빛이 되고 있었다. 산들은 온갖 초록빛 잔치를 꾸며놓고 있었다.

"자아, 보기만 해서는 잘 모를 테니까 내가 설명을 하겠소."

박두병이 손승호 옆으로 다가서며 말했다. 연락병도 박두병 가까이 다가섰다.

"지리산은 너무나 크고 넓어 어느 지점에서도 한꺼번에 볼 수가 없소. 천왕봉에서 이 노고단까지만 해도 100리가 넘소. 그러니까 지리산은 부분적으로 볼 수밖에 없고, 그 부분도 골짜기 중심으로 나눠서 봐야 눈에 들어오게 되어 있소. 자아 그럼, 오른쪽으로 돌아서서 우리가 올라왔던 골짜기서부터 시작해서 차례로 왼쪽으로 돌아갑시다. 우리가 트를 잡고 있는 뱀사골은 저 반야봉에 가려 보이지 않소. 반야봉 바로 아랫골짜기가 뱀사골이오. 반야봉과 이 노고단 사이의 바로 눈앞에 보이는 계곡이 어제 우리가 타고 올라 온 심원계곡이오. 흔히들 달궁골이라고 해버리는데, 골짜기가 너무 길고 휘어져 여기서 보이는 건 심원계곡뿐이고, 그 아래로 계속 이 어진 달궁골은 안 보이오. 그러니까 한 줄기 골짜기에 지명을 따라 두 개의 이름을 붙인 셈이오. 그리고 저기 반반하게 잘생긴 봉우리 가 만복대요. 여기서부터 만복대 아래로 쭉 뻗어내리고 있는 산줄 기가 지리산 서북능선이오. 그 왼쪽으로 넓게 퍼진 골짜기가 보이 지요? 그게 성삼재골이오. 그 옆으로 좁장하게 뻗어내린 것이 천 은사골이오. 그리고 조금 더 왼쪽으로 돌아서서, 저기 산줄기가 좀 더 억세 보이는 그 아래 계곡이 화엄사골이고, 저 앞에 바로 내려 다보이는 게 문수리골이오. 그리고 저쪽으로 멀찍하게 보이는 마지 막 골짜기, 저게 피아골이오. 저 피아골과 문수리골 사이로 뻗어내 리고 있는 산줄기가 지리산 서남능선이오. 이렇게 되면 노고단에 서 볼 수 있는 여섯 개의 골짜기를 다 설명한 셈이오. 어떻소. 내 설 명이 틀린 데는 없소?"

박두병이 선요원을 쳐다보았다.

"와따, 쪼로록 허니 꿰시는 것이 총기도 좋고, 눈썰미도 좋구만이 라. 여그서 투쟁허신 지도 2년이 넘으셨을 것인디라."

선요원이 과장되게 혀를 내둘러 보였다.

"그럼 지리산에는 저런 골짜기들이 몇 개나 됩니까?"

하나의 산줄기에도 수십 개의 봉우리들이 이어지고 있는 골짜기를 내려다보며 손승호는 박두병에게 물었다.

"큰 것으로만 20개 정도 될 거요."

"그럼, 박 동지께서는 그 골짜기들을 다 다녀보셨습니까?"

"아이고, 어림없는 소리요. 난 주로 이쪽에서만 투쟁했고, 이쪽에서도 발길을 못해본 골짜기도 있소."

박두병은 고개와 손을 함께 내저었다. 그리고 선요원을 가리키며 말했다.

"모르겠소, 저 동무는 다 다녀봤는지."

"와따메, 택도 없소. 지리산서 포도시 사오 년 살아갖고 지리산 아흔아홉 골짝얼 지가 무신 수로 다 안당가요. 말이 시무 개제, 한 골짝에도 샛골짝이 쌔고 쌨고, 그 샛골짝이 또 새끼럴 쳐서 수십 개가 되는 판인디 워떤 장사가 고것얼 다 알 것이요. 세석평전에 약초 캠시로 평상얼 지리산서 사신 영감님이 기신디, 그 영감님 말이 자기도 골짝골짝얼 다 몰른다고 그럽디다. 긍께로 나 겉은 것이야 반봉사로 그냥 둔전기리고 댕기는 것이제라."

그리도 길을 잘 찾아 노고단까지 왔던 선요원의 말이었다.

손승호는 그 말이 결코 과장이나 허풍이 아니라는 것을 알았다. 지금 휘둘러볼 수 있는 여섯 개의 골짜기들만 해도 그 규모가 어마어마했다. 그런데 그 네 배 가까운 골짜기들이 또 있다는 것이었다. 그러니 그 전체의 규모는 상상으로도 가능한 것이 아니었다. 더구나 한 사람의 몸뚱이와 비교를 할 때 지리산의 크기는 상상의 밖에 있을 수밖에 없었다.

"이제 가보도록 합시다. 마침 노고단에서 볼 것을 거의 다 봤으니 반야봉엔 오르지 말고 뱀사골로 빠지는 게 좋겠소. 아침 겸 점심을 임걸령에서 해먹고 말이오."

박두병이 선요원에게 말했다.

"그러제라. 임걸령꺼정 가자면 시장허실 것인디 싸게 뜨십시다."

선요원의 동작이 빨라졌다.

그들은 천왕봉 쪽으로 뻗은 주능선을 타기 시작했다. 길은 거의 평지에 가깝도록 평탄했다. 그들에겐 그런 길이 오히려 걷기가 거북했다. 오르막·내리막·비탈에 익숙해진 그들의 다리는 평탄한 길을 낯설어하며 더듬거렸다. 능선에는 큰 나무들이 별로 없었다. 산이 높아 바람을 많이 타는 큰 나무들은 능선에서 견디기 어려운 탓일 것이었다. 진달래와 철쭉나무들이 많았고, 다른 잡목들과 억새풀들이 뒤섞여 있기도 했다. 어떤 곳에는 산죽밭이 펼쳐져 있기도 했다. 그런 지점에서는 왼쪽이나 오른쪽 중에 어느 한쪽으로는 끝없이 겹을 이루며 뻗어나가고 있는 산의 물결을 볼 수 있었다. 그러나 능선길을 약간만 벗어나 비탈길로 접어들게 되면 금방 수림에 파묻히게 되었다. 그런 숲속에는 햇발을 볼 수가 없을 지경이었다.

돼지평전을 지나자 넓은 철쭉나무밭이 펼쳐졌다. 그 옆으로 싱싱하게 자라난 억새풀들이 또 밭을 이루며 사람의 키를 넘고 있었다. 그 한옆에 누가 손질을 해놓은 것처럼 잔디밭이 널찍하게 자리잡고 있었다. 그들은 잔디밭에서 걸음을 멈추었다.

"저기 바로 내려다보이는 게 피아골이오. 그리고 저 산들 사이로 멀리 보이는 물줄기가 섬진강이고."

박두병이 손가락질하며 설명했다.

"그럼 저 멀리 솟은 게 백운산인가요?"

손승호는 정면을 가리켰다.

"잉, 딱 맞쳐뿌렀소!"

자기가 했던 학습의 효과를 반기기라도 하듯 선요원이 신바람을 냈다.

손승호는 산줄기들이 굽이치고 있는 저 멀리를 하염없이 바라보고 서 있었다. 무등산과 백운산이 사이에 들어서 있는 그 많은 산들 중에 조계산도 있을 것이고, 그 산 너머 60리면 벌교였다. 늙은 어머니의 얼굴과 동생들의 얼굴이 빠르게 스쳐가고 있었다. 그러나 그는 완강하게 그 얼굴들을 의식 밖으로 몰아냈다. 부모와 형제가 아닌 자식들을 떼어놓고도 투쟁에 나선 사람들이 얼마든지 있었던 것이다. 염상진이 그랬고, 바로 앞에 있는 박두병이 그랬다. 그런 사람들에 비하면 자신은 아무것도 아니었던 것이다.

임걸령의 샘은 노고단의 샘에 비해 물길이 아주 가늘었다. 그러나 그 높은 능선에서 물이 졸졸거리며 나온다는 사실은 역시 놀랄 만한 일이 아닐 수 없었다.

"여기 삼거리에서 피아골로 내려가게 되오."

박두병은 꼬박꼬박 설명하는 것을 잊지 않았다.

"예, 그런데…… 앞으로는 지리산에서 투쟁하게 됩니까?"

손승호는 여지껏 마음에 담아왔던 말을 조심스럽게 꺼냈다.

"글쎄요, 상황에 따라 달라지겠지만, 꼭 그렇지는 않을 거요. 지리산에 계속 머무른다는 건 투쟁원칙에도 어긋나고, 또 지리산은 최악의 상태에 빠졌을 때 선택하는 투쟁지일 뿐이오. 우리는 불리한 상황을 잠깐 피할 겸 휴식을 취하는 거라고 생각하는 게 좋을 것 같소. 우린 휴식을 통한 전력강화도, 사상 재무장도 필요한 상태에 와 있소."

박두병의 신중한 말이었다.

"바람이 후덥찌그리헌 것이 위째 요상시럽네?"

밥을 먹으려고 둘러앉으며 선요원이 하늘을 휘둘러보았다.

"내 느낌에도 날이 안 좋아질 것 같기는 한데……."

손잡이 짧은 몽당숟가락을 든 채 박두병도 하늘을 올려다보았다.

"지길, 안 좋아져봤자 비 오는 것이제라. 시장허신디 싸게 드시씨요."

선요원이 태평스럽게 냄비 뚜껑을 열었다.

세 도의 분기점인 날라리봉에 이르렀을 즈음에 그들은 완전히 비구름 속에 갇히고 말았다. 지리산의 8월이 보여주는 급격한 날씨 변화였다.

"날씨가 빨치산얼 신선 맹글어주네. 신선은 구름 속에 산당께로, 신선이 따로 있간디. 우리가 신선이제."

빗방울이 듣는데도 선요원은 느긋하기만 했다. 사실 지리산 같은 데서 서둘러대서 무슨 소용이 있을 것인가. 오랜 산생활에서 얻은 그 느긋함과 묵직함이 손승호는 너무 믿음직스럽고 마음에 들었다.

비구름은 그 넓던 시야를 완전히 차단하고 말았다. 구름 속을 걸으면서, 구름 속에서 내리는 비를 맞았다. 비로 목욕을 하며 뱀사골 트에 도착했을 때는 마침 저녁밥 때였다.

지리산은 산이 산을 품고, 산이 산을 업고, 산이 산을 거느리고 있는, 그 크기도 모양새도 쉽사리 알 수 없는 미궁의 산이었다. 이 것은 손승호가 배낭을 벗으며 한 생각이었다.

다음날부터 두 달 가까이를 손승호는 지리산에 대한 글쓰기로 일과를 삼다시피 했다. 처음 며칠은 한 줄도 쓰지 못하다가 어찌어찌 시 한 편을 엮은 다음부터 여러 종류의 글을 써내게 되었다. 시와 기행문은 신문에 게재했고, 지리산의 구빨치투쟁을 그린 희곡으로는 덕유산 이후 처음으로 연극을 하게 되었다. 그런 여러 가지 글을 태연하게 써내고 있는 자신을 보며 손승호는 스스로 뻔뻔스러움이나 쑥스러움 같은 것을 느끼는 것이 아니라 오히려 빨치산으로 완성되어 가는 만족을 느끼고 있었다. 빨치산은 온갖 투쟁에서 불가능이 없는 존재여야 했던 것이다.

〈10권에 계속〉

태백산맥 9

제1판 1쇄 / 1989년 10월 23일
제1판 27쇄 / 1994년 9월 24일
제2판 1쇄 / 1995년 1월 15일
제2판 38쇄 / 2001년 8월 10일
제3판 1쇄 / 2001년 10월 10일
제3판 40쇄 / 2006년 11월 20일
제4판 1쇄 / 2007년 1월 30일
제4판 67쇄 / 2020년 5월 5일
제5판 1쇄 / 2020년 10월 15일
제5판 8쇄 / 2024년 6월 30일

저자 / 조정래
발행인 / 송영석

발행처 / (株)해냄출판사
등록번호 / 제10-229호
등록일자 / 1988년 5월 11일(설립일자│1983년 6월 24일)

04042 서울시 마포구 잔다리로 30 해냄빌딩 5·6층
대표전화 / 326-1600 팩스 / 326-1624
홈페이지 / www.hainaim.com

ISBN 978-89-6574-929-5
ISBN 978-89-6574-920-2(세트)

파본은 본사나 구입하신 서점에서 교환하여 드립니다.